COMPTINE MORTELLE

Écrivain britannique prolifique, dans des genres aussi variés que le fantastique, le policier ou l'horreur, Anthony Horowitz est l'auteur d'une quarantaine de romans, dont la série pour la jeunesse *Alex Rider*, vendue à près de vingt millions d'exemplaires à travers le monde. Il a été choisi en 2011 par les héritiers de Conan Doyle pour écrire deux romans de Sherlock Holmes et, en 2014, par la maison Ian Fleming Publication pour continuer les aventures de James Bond. Il est aussi scénariste pour la télévision, notamment pour la série *Hercule Poirot*.

Paru au Livre de Poche :

La Maison de soie

ANTHONY HOROWITZ

Comptine mortelle

TRADUIT DE L'ANGLAIS PAR ANNICK LE GOYAT

ÉDITIONS DU MASQUE

Titre original :

MAGPIE MURDERS

Publié par Orion Books, Orion Publishing Group Ltd., Londres.

ISBN : 978-2-253-25986-2 – 1re publication LGF

Crouch End, Londres

Une bouteille de vin, un paquet familial de chips parfumées au fromage, un pot de sauce piquante. Des cigarettes (oui, je sais, je sais). La pluie qui martèle le toit. Et un livre.

Qu'y a-t-il de mieux ?

Épitaphe de la pie était le neuvième roman de la série très populaire des Fidèle Staupert, qui comptait parmi nos meilleures ventes. Quand je l'ai découvert, ce soir d'août pluvieux, le texte n'existait encore que sous la forme d'un tapuscrit, sur lequel je serais chargée d'effectuer le travail éditorial. Mais, auparavant, je comptais bien me délecter de sa lecture. Dès mon retour chez moi, j'ai foncé droit à la cuisine pour sortir quelques bricoles du réfrigérateur et me préparer un plateau. Ensuite je me suis déshabillée, abandonnant mes vêtements là où ils tombaient, j'ai pris une douche, puis j'ai enfilé un immense T-shirt Mimi la souris qui m'avait été offert à la foire du livre de Bologne. Il était trop tôt pour me mettre vraiment au lit, mais je comptais m'allonger sur les draps défaits pour lire. Je ne vis pas toujours de cette façon, mais mon petit ami était absent depuis six semaines et je négligeais volontiers les règles de rangement habituelles lorsque j'étais seule. Il y a quelque chose de réconfortant dans le désordre, surtout quand personne n'est là pour s'en plaindre.

Petit ami. Je déteste ce terme. Surtout quand il s'applique à un homme de cinquante-deux ans, deux fois divorcé. Le vocabulaire nous offre malheureusement peu d'autres possibilités. Andreas n'était pas mon compagnon : notre relation n'était pas assez régulière pour cela. Mon amant ? Mon amoureux ? Les deux expressions me faisaient grincer des dents pour diverses raisons. Andreas était crétois. Il enseignait le grec ancien à la très huppée Westminster School et louait un appartement à Maida Vale, non loin de chez moi. Nous parlions vaguement d'emménager ensemble mais redoutions l'un et l'autre que cela ne tue notre relation, de sorte que j'avais une armoire remplie de ses vêtements mais que, à certaines périodes assez fréquentes, je ne l'avais pas *lui*. C'était le cas au moment dont il est question. Andreas était retourné en Crète à l'occasion des vacances scolaires pour voir sa famille. Ses parents, sa grand-mère, ses deux fils adolescents et le frère de son ex-femme habitaient tous ensemble, dans un de ces arrangements compliqués dont les Grecs semblent raffoler. Il ne rentrerait pas avant le mardi, veille de la reprise des cours. Pour ma part, je ne le verrais pas avant le week-end suivant.

J'étais donc seule dans mon appartement de Crouch End, qui occupait le sous-sol et le rez-de-chaussée d'une maison victorienne de Clifton Road, à une quinzaine de minutes à pied de la station de métro Highgate. C'est sans doute le seul achat raisonnable que j'aie jamais fait. J'aimais vivre dans cet endroit. C'était calme, confortable, et je partageais le jardin avec un photographe qui logeait au premier étage mais s'y trouvait rarement. Bien sûr, je possédais beaucoup trop de livres. Chaque centimètre d'étagère était utilisé. Il y avait des livres sur les livres, les rayonnages ployaient sous leur poids. J'avais converti la seconde chambre en bureau, même si j'évitais de travailler chez moi, et Andreas l'utilisait davantage que moi, du moins lorsqu'il était là.

J'ai ouvert la bouteille de vin, le pot de sauce piquante, allumé une cigarette, puis j'ai entamé ma lecture, comme vous vous apprêtez à le faire. Toutefois, avant que vous vous lanciez, je dois vous avertir.

Ce roman a changé ma vie.

Vous avez sans doute déjà entendu cela. Je confesse avoir moi-même employé cette formule sur la couverture du premier livre dont j'ai dirigé la publication, un thriller très ordinaire sur la Seconde Guerre mondiale. Et je ne sais plus quel critique avait répondu que la seule façon dont ce livre pouvait changer la vie de quelqu'un, c'était en lui tombant sur la tête. D'ailleurs, un roman peut-il véritablement changer la vie ? Je me souviens encore de ma lecture des sœurs Brontë, quand j'étais adolescente, et à quel point leur univers m'avait passionnée : le mélodrame, les paysages sauvages, le romanesque gothique. On pourrait dire que *Jane Eyre* m'a orientée vers ma carrière d'éditrice, ce qui ne manque pas de sel au vu de ce qui s'est passé. Plusieurs livres m'ont profondément touchée : *Auprès de moi toujours* de Kazuo Ishiguro,

Expiation de Ian McEwan, pour ne citer qu'eux. Il paraît que les pensionnats ont attiré une multitude d'enfants après le phénomène Harry Potter et que de très nombreux ouvrages, au cours de l'histoire, ont exercé des effets majeurs sur nos comportements. *L'Amant de Lady Chatterley* en est un exemple avéré, de même que *1984*. Toutefois, je ne suis pas convaincue que ce que nous lisons ait une importance si décisive. Nos vies poursuivent leur cours. La fiction nous autorise seulement à jeter un coup d'œil sur d'autres possibles. Peut-être est-ce l'une des raisons de notre attirance pour elle.

Il n'en demeure pas moins qu'*Épitaphe de la pie* a réellement bouleversé mon existence. Je ne vis plus à Crouch End. Je n'ai plus de travail. J'ai perdu nombre de mes amis. Ce soir-là, alors que je tournais la première page, je n'avais pas la moindre idée du voyage que je m'apprêtais à entreprendre et, pour être parfaitement sincère, je regrette de m'y être embarquée. Tout cela à cause de ce salaud d'Alan Conway. Il m'avait été antipathique dès notre première rencontre et pourtant, chose étrange, j'avais toujours aimé ses romans. À mes yeux, rien ne vaut un bon polar : les péripéties, les indices, les fausses pistes et, pour finir, la satisfaction de voir toute l'intrigue s'éclairer d'une manière que, à votre grand dam, vous n'aviez pas soupçonnée.

C'était ce à quoi je m'attendais cette fois encore. Or, *Épitaphe de la pie* n'entrait pas dans ce cadre. Mais alors pas du tout.

J'espère ne plus avoir besoin de mettre les points sur les *i*. Contrairement à moi, vous aurez été prévenus.

ÉPITAPHE DE LA PIE

UNE ENQUÊTE
DE FIDÈLE STAUPERT

ALAN CONWAY

À propos de l'auteur

Alan Conway est né à Ipswich. Après des études secondaires à Woodbridge School, il a obtenu une licence de littérature avec mention à l'université de Leeds. Plus tard, après avoir suivi un cursus de création littéraire à l'université d'East Anglia, il a enseigné pendant six ans avant d'obtenir son premier succès de librairie, en 1995. *À l'assaut du crime* est resté pendant vingt-huit semaines en tête de la liste des meilleures ventes du *Sunday Times*, et a remporté le Gold Dagger Award décerné par la Crime Writers' Association pour le meilleur roman policier de l'année. Depuis lors, la série des Fidèle Staupert, traduite en trente-cinq langues, a été vendue à dix-huit millions d'exemplaires dans le monde entier. En 2012, Alan Conway a été nommé membre de l'ordre de l'Empire britannique pour sa contribution à la littérature. Il a un enfant d'un premier mariage et vit actuellement à Framlingham, dans le Suffolk.

LA SÉRIE FIDÈLE STAUPERT

À l'assaut du crime
Noir comme l'enfer
Appel dans la nuit
Gin et cyanure
Revers de fortune
Assassin sans merci
Meurtres au soleil
Mort en coulisses

CE QU'EN DISENT LES CRITIQUES

« Tout ce que vous attendez d'un roman à énigme anglais. Stylé, intelligent, imprévisible. » *The Independent*

« Prends garde, Hercule Poirot ! Il y a en ville un étranger très malin qui met ses pas dans les tiens. » *The Daily Mail*

« Je suis un fan de Fidèle Staupert. Il nous ramène à l'âge d'or du roman policier et nous rappelle où nous avons tous commencé. » Ian Rankin

« Sherlock Holmes, Lord Peter Wimsey, le père Brown, Philip Marlowe, Poirot… Les vrais grands détectives peuvent probablement se compter sur les doigts d'une seule main. Pourtant, avec Fidèle Staupert, vous aurez besoin d'un sixième doigt ! » *The Irish Independent*

« Une grande histoire policière exige un grand détective, et Fidèle Staupert est une remarquable recrue. » *The Yorkshire Post*

« L'Allemagne a un nouvel ambassadeur. Et le crime son meilleur détective. » *Der Tagesspiegel*

« Alan Conway laisse clairement s'exprimer l'Agatha Christie qui est en lui. Bonne chance à lui ! J'ai adoré. » Robert Harris

« À moitié grec, à moitié allemand, mais cent pour cent excellent. Son nom ? Staupert. Fidèle Staupert. »
Daily Express

BIENTÔT ADAPTÉ POUR LA TÉLÉVISION
SUR BBC 1

1

MALHEUR

1

23 juillet 1955

Un enterrement allait avoir lieu.

Les deux fossoyeurs, le vieux Jeff Weaver et son fils, Adam, étaient arrivés à l'aube. Tout était prêt : la fosse creusée aux dimensions exactes, la terre soigneusement entassée sur un côté. L'église St Botolph de Saxby-on-Avon, qui datait du XIIe siècle mais avait subi de nombreuses reconstructions, n'avait jamais été plus charmante avec le soleil matinal qui se réfléchissait sur ses vitraux. Le nouveau cimetière se trouvait à l'est, près des ruines de l'ancien chœur où poussaient des herbes folles et où pâquerettes et pissenlits s'épanouissaient entre les arches effondrées.

Le village était silencieux, les rues désertes. Le laitier avait terminé sa tournée, avec sa camionnette remplie de bouteilles brinquebalantes, ainsi que les jeunes livreurs de journaux. On était samedi, personne ne travaillait, et il était encore trop tôt pour les corvées du week-end. À neuf heures, l'épicerie ouvrirait ses portes. L'odeur de pain tout juste sorti du four s'échappait de la boulangerie voisine et les premiers clients n'allaient pas tarder. Après le petit déjeuner commencerait le concert des tondeuses à gazon. C'était le mois de juillet, le moment de l'année le plus actif pour l'armée des férus de jardinage ; en prévision de la fête des moissons qui aurait lieu dans un mois, on taillait les rosiers, on mesurait les courges. À treize heures trente débuterait le match de cricket sur la pelouse municipale. La camionnette de crèmes glacées stationnerait à proximité, les enfants joueraient, les visiteurs pique-niqueraient devant leur voiture. Le salon de thé serait ouvert. Un parfait après-midi anglais en perspective.

Mais, pour l'instant, le village retenait son souffle dans un silence respectueux ; on attendait le cercueil en provenance de Bath. En ce moment même, celui-ci était chargé dans le corbillard, entouré de son escorte lugubre, cinq hommes et une femme, qui tous évitaient de se regarder comme s'ils ne savaient où poser leurs yeux. Quatre des hommes étaient les ordonnateurs de pompes funèbres de la très respectée entreprise Lanner & Crane, dont l'existence remontait à l'ère victorienne, époque à laquelle la charpente et la construction représentaient l'essentiel de son activité, et où les cercueils et les funérailles n'étaient qu'un simple à-côté, presque un accessoire. Paradoxalement, cette seule branche avait survécu. Lanner & Crane ne construisait plus de maisons, et le nom était devenu synonyme de pompe mortuaire. Le service du jour, toutefois, était l'option économique : un corbillard ancien modèle, pas de chevaux noirs, ni de couronnes extravagantes. Le cercueil lui-même, bien que joliment travaillé, avait été fabriqué dans un bois de piètre qualité. Une simple plaque en métal argenté, et non en argent, portait le nom de la défunte et les deux dates essentielles :

Mary Elizabeth Blakiston
5 avril 1887 — 15 juillet 1955

Sa vie, à cheval sur deux siècles, n'avait pas été aussi longue qu'elle le paraissait et s'était interrompue de façon inattendue. Le plan d'épargne obsèques de Mary n'avait pas suffi pour couvrir les dépenses ultimes – ce qui n'avait d'ailleurs pas d'importance puisque l'assurance acquitterait la différence –, et sans doute aurait-elle été heureuse de voir que tout se déroulait selon ses souhaits.

Le corbillard démarra à l'heure prévue pour son trajet de huit miles : l'aiguille des minutes indiquait la demie de neuf heures. En respectant une allure appropriée, il arriverait à l'église à dix heures pile. Si l'entreprise Lanner & Crane avait eu un slogan, cela aurait pu être : « Jamais en retard ». Et si les deux proches de la défunte accompagnant le cercueil ne le remarquèrent peut-être pas, le paysage n'avait jamais paru si beau, avec les prés, derrière les murets de pierre, qui descendaient en pente douce vers la rivière Avon.

Dans le cimetière de St Botolph, les deux fossoyeurs examinaient leur ouvrage. On peut employer de nombreux qualificatifs pour évoquer un enterrement

– recueilli, propice à la méditation, philosophique –, mais Jeff Weaver trouva le mot juste quand, appuyé sur sa bêche et roulant une cigarette entre ses doigts, il se tourna vers son fils et décréta :

— Elle n'aurait pas pu choisir une plus belle journée.

2

Assis à la table de la cuisine du presbytère, le révérend Robin Osborne apportait les dernières retouches à son éloge funèbre. Six feuillets étaient étalés devant lui, tapés à la machine mais déjà couverts d'annotations griffonnées en pattes de mouche. Le texte était-il trop long ? Récemment, certains membres de la congrégation s'étaient plaints de ce qu'il traînait en longueur, et l'évêque lui-même avait montré quelque impatience lors de son prêche du dimanche de la Pentecôte. Mais là, c'était différent. Mary Blakiston avait vécu sa vie entière au village. Tous les habitants la connaissaient. Ils pouvaient bien consacrer une demi-heure de leur temps, voire quarante minutes, à lui faire leurs adieux.

La cuisine était une pièce spacieuse et conviviale. La cuisinière en fonte diffusait une douce chaleur tout au long de l'année. Casseroles et poêles étaient suspendues à des crochets, il y avait des bocaux remplis d'herbes aromatiques fraîches et de champignons séchés que les Osborne avaient eux-mêmes ramassés.

L'étage comptait deux chambres à coucher, toutes deux douillettes et accueillantes, avec un tapis à poils longs, des taies d'oreiller brodées à la main, des lucarnes flambant neuves ajoutées après maintes délibérations avec l'Église. Mais le charme principal du presbytère résidait dans sa situation, à la lisière du village, face à Dingle Dell. C'était une prairie, parsemée de fleurs au printemps et en été, qui se prolongeait par un bois dont les arbres, en majorité des chênes et des ormes, masquaient le domaine de Pye Hall situé au-delà, avec son lac, ses pelouses, et la demeure elle-même. Chaque matin, Robin Osborne jouissait d'une vue qui ne manquait jamais de le ravir. Il avait parfois l'impression de vivre dans un conte de fées.

Le presbytère n'avait pas toujours eu l'apparence qu'il avait maintenant. À leur arrivée dans le diocèse, en remplacement du révérend Montagu, ils avaient hérité de la demeure humide et austère d'un vieillard. Déployant tous ses talents, Henrietta s'était débarrassée du mobilier qu'elle jugeait trop laid ou inconfortable, et avait écumé les brocantes et boutiques d'occasion du Wiltshire et de l'Avon pour le renouveler. L'énergie de sa femme ne cessait d'émerveiller le révérend. Sa décision de devenir l'épouse d'un pasteur avait déjà été en soi assez surprenante, mais elle avait embrassé ses nouvelles fonctions avec un enthousiasme qui l'avait rendue populaire dès le premier jour. L'un et l'autre n'auraient pu être plus heureux qu'ils ne l'étaient à Saxby-on-Avon. Certes, l'église avait besoin d'attentions. Le système de chauffage était défaillant, le toit avait recommencé à fuir.

Mais leur congrégation était suffisamment étoffée pour contenter l'évêque, et les Osborne comptaient maintenant de nombreux amis parmi les fidèles. Ils n'auraient pu rêver un meilleur endroit pour s'établir.

« Mary Blakiston faisait partie intégrante du village. Bien que nous soyons ici aujourd'hui pour pleurer sa disparition, nous devons nous souvenir de ce qu'elle laisse derrière elle. Saxby-on-Avon est devenu un endroit plus agréable à vivre grâce à Mary, au soin qu'elle apportait à fleurir notre église chaque dimanche, à rendre visite aux personnes âgées, ici et à Ashton House, à récolter des fonds pour la Société royale pour la protection des oiseaux ou encore à accueillir les visiteurs à Pye Hall. Ses gâteaux étaient toujours les vedettes de la fête du village, et je peux vous confier que, à maintes occasions, elle me faisait la surprise d'apporter à la sacristie un de ses délicieux biscuits aux amandes ou une part de pudding. »

Osborne s'efforçait de dépeindre au mieux la femme qui avait passé la majeure partie de sa vie à travailler comme gouvernante à Pye Hall. Petite, brune, déterminée, Mary Blakiston avait toujours l'air pressé ; on avait l'impression qu'elle menait une croisade personnelle. Les souvenirs qu'il gardait d'elle étaient un peu distants, car, en vérité, l'un et l'autre n'avaient jamais passé beaucoup de temps ensemble. Ils s'étaient côtoyés à une ou deux réunions amicales, mais guère plus. Car si les habitants de Saxby-on-Avon n'étaient pas franchement snobs, ils n'en avaient pas moins une conscience de classe aiguë, et s'ils jugeaient un pasteur digne de faire bonne figure à une réception mondaine, on ne pouvait en dire autant d'une personne qui, somme toute, n'était qu'une employée de maison. Peut-être Mary Blakiston en avait-elle eu conscience : même dans l'église, elle se plaçait au dernier rang. Et il y avait une certaine déférence dans sa façon d'insister pour rendre service, comme si elle était redevable.

Mais, au fond, l'explication à son insistante serviabilité était peut-être beaucoup plus simple. Quand le révérend songeait à Mary Blakiston et relisait ce qu'il venait d'écrire, un mot lui venait à l'esprit. Fouineuse. C'était injuste, et il n'aurait probablement pas osé l'exprimer à haute voix, mais il fallait bien admettre que c'était la vérité. Mary Blakiston était de ces femmes qui fourrent leur nez partout et s'appliquent à nouer des liens avec chacun. Elle était toujours là lorsqu'on avait besoin d'elle. Mais aussi lorsqu'on n'en avait pas besoin.

Le révérend Osborne se rappelait l'avoir surprise dans cette pièce même, une quinzaine de jours auparavant. Il s'en voulait. Il aurait dû s'y attendre. Henrietta lui reprochait toujours de laisser la porte d'entrée ouverte, comme si le presbytère était une annexe de l'église et non leur domicile privé. Il aurait dû écouter sa femme. Mary était entrée de son propre chef et il l'avait trouvée là, tenant dans la main un flacon rempli d'un liquide vert comme s'il s'agissait de quelque talisman médiéval pour éloigner les démons.

« Bonjour, monsieur le pasteur ! Il paraît que vous avez des soucis avec les guêpes. Je vous ai apporté de l'huile essentielle de menthe poivrée. Ça vous en débarrassera. Ma mère ne jurait que par ça ! »

En effet, il y avait eu des guêpes dans le presbytère. Mais comment l'avait-elle appris ? Osborne n'en avait discuté avec personne d'autre que sa femme, et ce n'était certainement pas Henrietta qui en avait parlé. Bien sûr, dans une petite communauté comme Saxby-on-Avon, les nouvelles vont vite, c'est inévitable. Par un processus tout à fait énigmatique, tout le monde connaissait tout sur tout le monde, et l'on disait qu'il vous suffisait d'éternuer dans votre bain pour voir surgir quelqu'un avec un mouchoir.

En découvrant Mary Blakiston dans sa cuisine, Osborne n'aurait pas su dire s'il se sentait reconnaissant ou irrité. Tandis qu'il marmonnait un remerciement, son regard s'était posé sur la table. Elles étaient là, au milieu de ses papiers. Depuis combien de temps Mary se trouvait-elle dans la pièce ? Les avait-elle vues ? Bien sûr, il n'avait pas osé lui poser la question. Il l'avait raccompagnée à la porte aussi vite que le permettaient les convenances. C'était la dernière fois qu'il l'avait vue. Henrietta et lui étaient en vacances lors du décès de Mary Blakiston. Ils étaient revenus juste à temps pour l'enterrer.

Il leva les yeux en entendant les pas de Henrietta. Sa femme sortait de son bain, enveloppée dans un peignoir en éponge. Proche de la cinquantaine, Henrietta Osborne était une femme encore très séduisante, avec ses cheveux châtains bouclés et une silhouette que les magazines de mode auraient qualifiée d'épanouie. Bien qu'issue d'un monde très différent de celui de son mari – elle était la plus jeune fille d'un riche fermier propriétaire de centaines d'hectares dans le West Sussex –, ils s'étaient découvert une affinité immédiate dès leur première rencontre lors d'une conférence au Wigmore Hall, à Londres. Ils s'étaient mariés sans l'approbation des parents de Henrietta, et formaient un couple aussi uni qu'au début. Leur seul regret était de ne pas avoir eu d'enfants, mais bien sûr il s'agissait de la volonté de Dieu et ils avaient fini par l'accepter. Ils étaient heureux de vivre l'un auprès de l'autre.

— Je pensais que tu avais terminé, dit Henrietta.

Elle avait sorti le beurre et le miel du garde-manger et se coupa une tranche de pain.

— J'apportais quelques derniers ajustements.

— Évite d'être trop long, Robin. On est samedi, et tout le monde va avoir envie de sortir.

— Après la cérémonie, on se réunit au Queen's Arms. À onze heures.

Henrietta apporta son assiette à la table et se laissa tomber sur une chaise.

— Parfait. Est-ce que Sir Magnus a répondu à ta lettre ?

— Non. Mais je suis certain qu'il sera là.

— Eh bien, il prend son temps, remarqua Henrietta en se penchant pour jeter un coup d'œil à l'un des feuillets étalés sur la table. Tu ne peux pas dire ça, Robin.

— Quoi ?

— Que Mary Blakiston était le boute-en-train de toutes les festivités.

— Pourquoi pas ?

— Parce qu'elle ne l'était pas. Je l'ai toujours trouvée un peu coincée et secrète. Pas du tout abordable.

— Elle était plutôt amusante, au dernier Noël.

— Elle s'est jointe aux cantiques, si c'est ce que tu entends par amusante. Mais, au fond, on ne savait jamais vraiment ce qu'elle pensait. Je ne peux pas dire que je l'aimais beaucoup.

— Tu ne devrais pas parler d'elle de cette façon. Surtout aujourd'hui.

— Je ne vois pas pourquoi. Voilà l'ennui avec les enterrements. Les gens sont hypocrites. Ils ne tarissent pas d'éloges sur le défunt, louent sa gentillesse, sa générosité, alors que, en leur for intérieur, ils n'en croient pas un mot. Je n'ai jamais apprécié Mary Blakiston et je ne vais pas commencer à chanter ses louanges sous prétexte qu'elle a fait une chute dans l'escalier et s'est brisé le cou.

— Tu n'es pas très charitable.

— Je suis honnête, Robin. Et je sais que tu es de mon avis, même si tu essaies de te persuader du contraire. Mais ne t'inquiète pas. Je te promets de ne pas te faire honte devant tout le monde. (Elle fit une grimace.) Regarde ! Ai-je l'air assez affligé ?

— Tu ne ferais pas mieux de te préparer ?

— Tout est prêt, là-haut. Robe noire, chapeau noir, perles noires. (Elle soupira.) Quand je mourrai, je ne veux pas qu'on m'habille en noir. C'est trop sinistre. Promets-le-moi. Je veux qu'on m'enterre dans une robe rose, avec un bouquet de bégonias dans les mains.

— Tu ne vas pas mourir. En tout cas pas avant longtemps. Pour l'instant, monte t'habiller.

— D'accord, espère de tyran.

Elle se pencha au-dessus de lui et il sentit sa poitrine

douce et tiède contre sa nuque. Elle lui déposa un baiser sur la joue puis sortit en coup de vent. Robin Osborne sourit et revint à son discours. Henrietta avait peut-être raison. Il pouvait le raccourcir d'un ou deux feuillets.

« Mary Blakiston n'a pas eu une existence facile. Elle a vécu un drame personnel peu de temps après son retour à Saxby-on-Avon et elle aurait pu sombrer. Mais elle a lutté. Elle était de ces femmes qui prennent la vie à bras-le-corps, qui ne se laissent jamais abattre. Et en la déposant auprès du fils qu'elle a tant aimé, et perdu de façon si tragique, peut-être pourrons-nous trouver une certaine consolation à la pensée qu'ils sont enfin réunis. »

Robin Osborne relut deux fois ce paragraphe. Et de nouveau il revit Mary Blakiston debout ici même, à côté de la table.

« Il paraît que vous avez des soucis avec les guêpes. »

Les avait-elle vues ? Avait-elle su ?

Le soleil avait dû passer derrière un nuage car, soudain, une ombre traversa le visage du pasteur. Il prit le feuillet, le déchira en deux et jeta les morceaux dans la corbeille.

3

La Dr Emilia Redwing s'était réveillée tôt. Elle avait patienté pendant une heure dans son lit en espérant se rendormir, puis s'était résignée à se lever, à enfiler une robe de chambre et à se préparer une tasse de thé. Assise dans la cuisine, elle regardait le jour se lever au-dessus du jardin et, au-delà, sur les ruines du château de Saxby, un édifice du XIIIe siècle qui ravissait les centaines de visiteurs amateurs d'histoire, mais qui lui masquait le soleil chaque après-midi et enveloppait d'ombre sa maison. Il était maintenant un peu plus de huit heures et demie. Le livreur de journaux avait dû passer. Elle avait pris quelques dossiers de patients et se plongea dans leur lecture, en partie pour ne plus penser à la journée qui l'attendait. Habituellement ouvert le samedi matin, le cabinet de consultation serait fermé aujourd'hui en raison des funérailles. C'était une excellente occasion de mettre à jour la paperasse en retard.

Il n'y avait jamais de maladies graves à traiter à Saxby-on-Avon. La vieillesse était la principale cause de mortalité, et, contre cela, la médecine ne pouvait rien. La Dr Redwing feuilleta les dossiers des cas les plus récents avec un regard un peu désabusé. Mlle Dotterel, employée à l'épicerie du village, se remettait d'une rougeole qui l'avait tenue alitée une semaine. Le petit Billy Weaver, neuf ans, se rétablissait vite d'une vilaine attaque de coqueluche. Son grand-père, Jeff Weaver, souffrait d'arthrite depuis des années mais son état restait stationnaire. Johnny Whitehead s'était entaillé la main. Henrietta Osborne, l'épouse du pasteur, avait malencontreusement marché dans un massif de belladone – *Atropa belladonna* –, qui avait infecté son pied. Elle lui avait prescrit une semaine de repos et beaucoup d'eau. En dehors de cela, la chaleur de l'été était bénéfique à tout le monde.

Enfin non, pas tout le monde. On déplorait un décès.

La Dr Redwing rangea ses dossiers et commença à préparer le petit déjeuner. Elle avait entendu son mari marcher à l'étage, puis les grincements et vibrations de la tuyauterie de la baignoire. La plomberie de la maison, qui datait d'une bonne cinquantaine d'années, gémissait dès qu'on la mettait à contribution, mais au moins elle remplissait son office. Arthur n'allait pas tarder à descendre. Elle trancha le pain pour les toasts, remplit une casserole d'eau, la plaça sur le plan de cuisson, sortit le lait et les cornflakes, dressa la table.

Arthur et Emilia Redwing étaient mariés depuis trente ans. Ils formaient un couple heureux, même si les choses ne s'étaient pas tout à fait déroulées comme ils l'avaient espéré. Sebastian, par exemple, leur fils unique âgé maintenant de vingt-quatre ans, habitait à Londres avec ses amis beatniks. Pourquoi les avait-il déçus à ce point ? Et quand, précisément, s'était-il dressé contre eux ? Ils n'avaient aucune nouvelle de lui depuis des mois. Ils ne savaient même pas s'il était mort ou vivant. Et puis il y avait Arthur lui-même. Un début de carrière prometteur comme architecte, distingué par le Royal Institute of British Architects, qui lui avait décerné la médaille Sloane pour un projet qu'il avait présenté en fin d'études. Il avait travaillé sur les plans de plusieurs édifices qui avaient surgi de terre juste après la guerre. Mais sa vraie passion était la peinture à l'huile, principalement les portraits. Dix ans auparavant, il avait abandonné l'architecture pour se consacrer à plein temps à son œuvre d'artiste. Et cela avec le soutien plein et entier d'Emilia.

Une de ses œuvres ornait la cuisine, à côté du vaisselier. Emilia y jeta un coup d'œil. C'était un portrait d'elle, réalisé dix ans plus tôt. Chaque fois, en le regardant, elle souriait en songeant aux silences interminables des séances de pose au milieu des fleurs sauvages. Son mari ne disait jamais un mot quand il travaillait. Le portrait, réalisé lors d'un été caniculaire, avait nécessité une douzaine de séances. Arthur avait réussi à capter la chaleur de l'air, la brume de fin d'après-midi, et même les senteurs de la prairie. Elle portait une robe longue avec un chapeau de paille – un peu à la Van Gogh, avait-elle plaisanté – et peut-être y avait-il quelque chose du style de cet artiste dans la richesse des couleurs, dans la vigueur des coups de pinceau. Emilia n'était pas une femme belle. Elle le savait. Son visage était trop sévère, ses épaules, carrées et trop masculines, ses cheveux, trop sombres. Elle avait un peu l'allure d'un professeur ou d'une gouvernante. Les gens la trouvaient stricte. Pourtant Arthur avait vu de la beauté en elle. Si le tableau avait été accroché dans une galerie à Londres, nul n'y serait resté indifférent.

Seulement voilà. Le tableau était ici. Aucune galerie londonienne ne s'était montrée intéressée par le travail d'Arthur. Emilia ne se l'expliquait pas. Ils s'étaient rendus ensemble à l'exposition estivale de la Royal Academy pour admirer les œuvres de James Gunn et de Sir Alfred Munnings. Figurait aussi un portrait controversé de la Reine par Simon Elwes. Or tout cela paraissait bien ordinaire et timoré en comparaison des œuvres d'Arthur. Pourquoi n'y avait-il personne pour reconnaître Arthur Redwing comme le génie qu'il était incontestablement ?

Emilia prit trois œufs et les posa en douceur dans la casserole, deux pour lui, un pour elle. L'un se brisa au contact de l'eau bouillante, et aussitôt surgit l'image du crâne fendu de Mary Blakiston après sa chute. C'était plus fort qu'elle. Encore maintenant elle frissonnait à ce souvenir et se demandait pourquoi. Ce n'était pas le premier mort qu'elle voyait. Pendant les pires heures du blitz, à Londres, elle avait soigné des victimes souffrant de blessures terribles. En quoi ce cas était-il différent?

Peut-être parce qu'elle avait été proche de Mary Blakiston. A priori les deux femmes avaient peu de points communs, pourtant elles avaient noué une amitié inattendue, qui était née le jour où Mary Blakiston était venue la consulter. Elle souffrait d'un zona, qui avait duré un mois, et Emilia Redwing avait été impressionnée à la fois par le stoïcisme de la gouvernante et par son bon sens. Par la suite, elle s'était volontiers confiée à Mary Blakiston, avec une réserve prudente, bien sûr, pour ne pas enfreindre le secret médical. Mais lorsqu'une chose la tracassait, elle pouvait toujours compter sur l'oreille attentive de Mary et sur ses avis sensés.

Et puis Mary avait connu une fin brutale. Un matin, une semaine plus tôt, un coup de téléphone de Brent, le jardinier de Pye Hall, avait interrompu Emilia Redwing pendant une consultation.

— Vous pouvez venir, docteure Redwing? C'est Mme Blakiston. Elle est dans la grande maison, allongée au pied de l'escalier. Je crois qu'elle est tombée.

— Est-ce qu'elle bouge?

— Je ne crois pas.

— Vous êtes auprès d'elle en ce moment ?

— Je ne peux pas entrer. Les portes sont fermées à clé.

Brent avait une trentaine d'années. C'était un homme jeune mais fripé, avec les ongles noirs et un air d'indifférence morne dans le regard. Comme son père avant lui, il tondait les pelouses, entretenait les massifs de fleurs et, à l'occasion, chassait les intrus de la propriété. Le domaine de Pye Hall était bordé par un lac, où les enfants aimaient venir se baigner en été, mais pas quand Brent surveillait les parages. Célibataire, de nature solitaire, il vivait dans la maison qui avait appartenu à ses parents. Il était peu apprécié dans le village, où on le jugeait sournois. À la vérité, il était sans instruction et probablement un peu autiste, mais les villageois sautaient vite aux conclusions. La Dr Redwing lui demanda de l'attendre à la porte principale, jeta quelques médicaments dans sa trousse, laissa à son assistante, Joy, le soin d'éconduire les patients qui se présenteraient, et courut à sa voiture.

Pye Hall se trouvait de l'autre côté de Dingle Dell, à quinze minutes à pied et pas plus de cinq minutes en voiture. Le manoir était aussi ancien que le village lui-même, et malgré son méli-mélo de styles architecturaux, c'était sans aucun doute la plus grandiose demeure de la région. Jadis un couvent, Pye Hall avait été converti en habitation privée au XVIe siècle, et malmené au cours des siècles suivants. Il en subsistait une seule aile allongée, avec, à l'extrémité, une tour octogonale de construction plus tardive. La plupart des fenêtres étaient de style élisabéthain, c'est-à-dire étroites et à meneaux, mais il y avait aussi des ouvertures de style géorgien et victorien, entourées de lierre comme pour se faire pardonner leur indélicatesse. À l'arrière, il y avait une cour et les ruines de ce qui avait pu être un cloître. Des écuries, séparées, servaient maintenant de garage.

Mais le joyau de Pye Hall était sans conteste son cadre. Un portail doté de deux griffons gardait l'entrée, une allée de graviers passait devant le pavillon de gardien occupé par Mary Blakiston, puis s'incurvait en un gracieux col-de-cygne à travers les pelouses jusqu'à l'entrée principale, dotée d'une arche gothique. Des parterres de fleurs ponctuaient le parcours à la manière des taches de couleurs sur la palette d'un peintre et, entourée de haies ornementales, une roseraie comptait, disait-on, plus d'une centaine de variétés. Les pelouses s'étiraient jusqu'au lac, derrière lequel se trouvait Dingle Dell. De fait, toute la propriété était entourée de bois, envahis de campanules au printemps, qui la séparaient du monde moderne.

Les pneus crissèrent sur le gravier quand la Dr Redwing freina. Brent l'attendait, triturant nerveusement sa casquette entre ses mains. Elle descendit de voiture, prit sa trousse et s'approcha de lui.

— Avez-vous remarqué le moindre signe de vie ?

— Je n'ai pas regardé, marmonna Brent.

La Dr Redwing n'en revenait pas. N'avait-il pas essayé d'aider la pauvre femme ? Devant l'expression offusquée du médecin, il ajouta :

— Je vous l'ai dit. On ne peut pas entrer.

— La porte principale est fermée à clé ?

— Oui, madame. Celle de la cuisine aussi.

— Vous n'avez pas les clés ?

— Non, madame. Je n'entre jamais dans la maison.

La Dr Redwing secoua la tête, excédée. Brent aurait pu faire quelque chose en l'attendant. Aller chercher une échelle pour passer par le premier étage, par exemple.

— Si vous ne pouviez pas entrer, comment m'avez-vous téléphoné ?

C'était sans importance, mais cela l'intriguait.

— Il y a un téléphone dans les écuries.

— Bien. Montrez-moi où se trouve Mme Blakiston.

— Vous pouvez la voir par la fenêtre…

La fenêtre en question se trouvait sur le côté de la maison – c'était l'un des ajouts les plus récents. Elle offrait une vue sur le hall et son large escalier menant à l'étage. Mary Blakiston était là, au bas des marches, étalée sur un tapis, un bras étendu devant elle et masquant en partie sa tête. La Dr Redwing pensa aussitôt qu'elle était morte. La pauvre femme avait dû faire une chute dans l'escalier et se briser le cou. Non seulement elle était inerte, mais la position du corps était anormale. On aurait dit une poupée cassée.

De toute évidence Mary Blakiston avait fait une chute mortelle, cependant les apparences sont parfois trompeuses.

— Il faut entrer, décida-t-elle. Il y a sûrement un autre moyen que par la porte principale ou la cuisine.

— On pourrait essayer la remise.

— Où est-ce ?

— Par ici…

Brent l'avait conduite à une autre porte, à l'arrière. Celle-ci était vitrée et, même si elle était dûment verrouillée, on apercevait un trousseau de clés dans la serrure, à l'intérieur.

— À qui appartiennent ces clés ?

— À Mme Blakiston, sûrement.

— Il faut casser le carreau.

— Je ne crois pas que ça plairait à Sir Magnus, grommela Brent.

— Je réglerai ça avec Sir Magnus. Bien, vous vous en chargez ou c'est moi ?

Le jardinier avait ramassé une pierre en maugréant, cassé un des carreaux, glissé une main à l'intérieur et tourné la clé. La porte s'était ouverte.

En attendant que les œufs cuisent, la Dr Redwing revit cette scène telle qu'elle l'avait vécue. C'était comme un film imprimé dans sa mémoire.

Ils avaient traversé la remise, puis longé un couloir qui débouchait dans le grand hall, avec le large escalier menant à la galerie du premier étage. Les murs lambrissés de bois sombre étaient ornés de tableaux et de trophées de chasse : des oiseaux dans des vitrines, une tête de cerf, un énorme poisson. Une armure en pied, avec épée et bouclier, montait la garde près d'une porte donnant sur le grand salon. Le hall était tout en longueur, la porte d'entrée faisant face à l'escalier central. Sur un côté, il y avait une cheminée en pierre, assez haute pour s'y tenir debout. De l'autre, deux fauteuils en cuir et une table ancienne avec un téléphone. Les dalles de pierre du sol étaient en partie couvertes par un tapis persan.

L'escalier aussi était en pierre, avec un tapis bordeaux courant au milieu. Si Mary Blakiston avait dévalé les marches depuis le palier, sa mort s'expliquait facilement. Il n'y avait rien pour amortir une chute.

Tandis que Brent attendait nerveusement près de la porte, Emilia Redwing avait examiné le corps. Celui-ci n'était pas encore froid, mais il n'y avait plus de pouls. Elle avait écarté quelques cheveux noirs du visage de Mary Blakiston et découvert les yeux qui regardaient fixement la cheminée. Doucement, elle avait abaissé les paupières. Mme Blakiston avait toujours été une femme pressée. Impossible de ne pas y songer, là encore. Elle donnait l'impression de s'être littéralement envolée de l'escalier et précipitée vers sa mort.

— Il faut appeler la police, Brent.

— Quoi ? (Brent semblait surpris.) Quelqu'un lui a fait du mal ?

— Non, bien sûr que non. C'est un accident. Mais il faut quand même le signaler.

Un accident, cela sautait aux yeux. Pas besoin d'être détective. Mme Blakiston passait l'aspirateur. Le Hoover était là, rouge vif, comme un jouet, coincé contre la rampe en haut de l'escalier. Elle avait dû se prendre les pieds dans le fil, perdre l'équilibre et dégringoler jusqu'au bas des marches. Il n'y avait personne à part elle dans la maison. Quelle autre explication avancer ?

Une semaine plus tard, jour pour jour, Emilia Redwing fut arrachée de ses pensées par un bruit à la porte de la cuisine. Son mari venait d'entrer. Elle retira les œufs de la casserole et les déposa doucement dans les coquetiers en porcelaine. Elle se félicita de voir qu'Arthur s'était habillé pour les obsèques. Elle avait craint qu'il n'oublie. Il avait revêtu son costume sombre du dimanche, mais pas de cravate – il n'en portait jamais. Il y avait quelques petites taches de peinture sur sa chemise, ce qui n'avait rien d'inattendu. Arthur et la peinture étaient inséparables.

— Tu t'es levée tôt, remarqua-t-il.

— Excuse-moi si je t'ai réveillé.

— Non, pas du tout. Mais je t'ai entendue descendre. Tu n'arrivais pas à dormir ?

— Je pensais à l'enterrement.

— La journée est magnifique. J'espère que le pasteur ne va pas trop faire durer le plaisir. C'est toujours pareil avec ces fanatiques de la Bible. Ils se complaisent dans le son de leur propre voix.

Arthur fendit d'un coup sec la coquille de son premier œuf avec sa petite cuiller.

Crac.

Le bruit renvoya Emilia à Mary et à sa conversation avec elle, deux jours avant le coup de téléphone de Brent. Emilia venait de faire une découverte inquiétante et elle s'apprêtait à rentrer pour demander conseil à Arthur lorsque Mary était subitement apparue, comme convoquée par quelque esprit malin. Au lieu d'aller voir Arthur, c'était à elle qu'Emilia s'était confiée. À un moment de la journée, qui avait été très chargée, un flacon avait mystérieusement disparu de l'infirmerie du cabinet. Or le contenu de ce flacon, entre de mauvaises mains, pouvait être très dangereux, et il ne faisait aucun doute que quelqu'un l'avait dérobé. Que devait-elle faire ?

Prévenir la police ? L'idée lui déplaisait car, inévitablement, elle passerait pour une irresponsable. Pourquoi l'armoire à pharmacie du cabinet était-elle restée sans surveillance ? Pourquoi celle-ci n'était-elle pas fermée à clé ? Pourquoi ne s'était-on pas aperçu tout de suite de la disparition du flacon ?

— Ne vous tracassez pas, docteure Redwing, l'avait rassurée Mary. Laissez-moi un jour ou deux pour tirer ça au clair. En fait, je crois avoir ma petite idée…

Elle n'en n'avait pas dit davantage, mais son air entendu laissait penser qu'elle savait quelque chose et attendait qu'on la consulte sur le sujet.

Or voilà qu'elle était morte.

Bien sûr, il s'agissait d'un accident. Mary Blakiston n'avait pas eu le temps de parler à quiconque du poison dérobé et, même si elle en avait eu le temps, personne n'était responsable de sa chute. Elle était tombée toute seule. Point.

Pourtant, tout en regardant son mari plonger une mouillette de pain dans son œuf à la coque, Emilia Redwing dut reconnaître qu'une sourde inquiétude la minait.

4

— Pourquoi aller à cet enterrement ? On connaissait à peine cette femme.

Johnny Whitehead bataillait avec le bouton de son col

de chemise. Rien à faire, il n'arrivait pas à le glisser dans la boutonnière. À la vérité, le col ne parvenait tout simplement plus à faire le tour de son cou. Depuis quelque temps, ses vêtements avaient commencé à rétrécir. Les vestes qu'il portait depuis des années le gênaient aux entournures, quant aux pantalons, inutile d'en parler. Il s'avoua vaincu et se laissa choir sur une chaise devant la table. Sa femme, Gemma, posa une assiette devant lui. Elle lui avait préparé un petit déjeuner anglais complet : œufs, bacon, saucisse, tomate et rondelle d'oignon frit, tout ce qu'il aimait.

— Tout le village sera là, répondit Gemma.

— Ça ne veut pas dire qu'on est obligés d'y assister aussi.

— Les gens jaseront si nous n'y allons pas. Et puis c'est bon pour les affaires. Le fils de Mary Blakiston, Robert, voudra probablement vider la maison, et qui sait ce qu'on y trouvera.

— Sans doute un tas de cochonneries, dit Johnny en prenant son couvert. Mais tu as raison, chérie. Nous montrer ne peut pas faire de mal.

Saxby-on-Avon comptait peu de commerces. Bien sûr, il y avait l'épicerie, qui vendait à peu près tout ce dont on pouvait avoir besoin, de la serpillière à la crème anglaise en poudre, en passant par six différentes sortes de confitures. C'était un miracle si autant de produits réussissaient à tenir dans un si petit espace. Il y avait aussi la boucherie de M. Tustone, dont l'entrée arborait un rideau de lanières de plastique anti-mouches. Et la camionnette du poissonnier passait chaque mardi.

Mais si vous désiriez quelque chose d'un peu exotique, comme de l'huile d'olive ou bien ces ingrédients méditerranéens dont Elizabeth David parlait dans ses livres de cuisine, il fallait aller à Bath. La prétendue boutique d'électricité se trouvait de l'autre côté de la place, mais peu de gens y entraient sinon pour acheter des ampoules ou des fusibles. La plupart des articles exposés dans la vitrine poussiéreuse semblaient obsolètes. On comptait également la boulangerie, ainsi qu'une librairie et un salon de thé qui n'ouvraient que pendant les mois d'été. Un peu au-delà de la place, et avant la caserne de pompiers, se trouvait un garage où l'on pouvait se procurer diverses pièces détachées, mais aucune dont quiconque avait besoin. C'était à peu près tout, et, de mémoire d'homme, il en avait toujours été ainsi.

Du moins jusqu'à l'arrivée de Johnny et Gemma Whitehead. Venus de Londres, ils avaient racheté le vieux bureau de poste désaffecté depuis longtemps et l'avaient transformé en magasin d'antiquités, avec leurs noms en lettres anciennes sur la vitrine. Beaucoup de gens avaient fait la remarque que « bric-à-brac » convenait mieux qu'« antiquités » aux objets exposés, mais la boutique avait, dès le début, rencontré un franc succès auprès de tous ceux qui aimaient fouiller au milieu des vieilles pendules, des pichets en forme de têtes grotesques, des ménagères, des pièces de monnaies anciennes, des tableaux, des poupées, des stylos à plume, et de toutes sortes d'autres vieilleries. Quant à savoir si les visiteurs achetaient, c'était une autre histoire. Pourtant le magasin existait depuis maintenant six ans. Les Whitehead habitaient l'appartement au-dessus.

Johnny était un homme de petite taille, large d'épaules, chauve, qui, même s'il ne s'en apercevait pas, prenait de l'embonpoint. Il aimait s'habiller de façon voyante, en costume trois-pièces assez miteux, avec une cravate aux couleurs vives. Pour les obsèques, il s'était résigné à enfiler un costume gris sombre en laine peignée, lequel, comme la chemise, lui seyait fort mal. Sa femme, si petite et fluette qu'elle semblait faire le tiers de son mari, était tout de noir vêtue. Elle ne toucha pas au petit déjeuner qu'elle avait préparé, se contentant d'une tasse de thé avec un demi-toast.

— Sir Magnus et Lady Pye ne seront pas là, marmonna Johnny.

— Où ?

— Aux obsèques. Ils ne rentreront pas avant ce soir.

— Qui te l'a dit ?

— Je sais plus. Les gens en discutaient au pub. Les Pye sont dans le sud de la France, à ce qu'on raconte. Il y en a qui ont de la chance ! Personne n'a réussi à les joindre.

Johnny s'interrompit, un morceau de saucisse piqué dans sa fourchette. À l'entendre s'exprimer maintenant, il était évident qu'il avait passé la plus grande partie de sa vie dans les quartiers populaires de Londres. Mais quand il s'adressait aux clients, c'était avec un tout autre accent.

— Sir Magnus ne va pas sauter de joie, poursuivit-il. Il aimait beaucoup Mme Blakiston. Ils s'entendaient comme larrons en foire tous les deux.

— Qu'est-ce que tu veux dire ? Il y avait quelque chose entre eux ?

Gemma plissa le nez en méditant sur ce « quelque chose ».

— Mais non, pas du tout. Il n'aurait pas osé, pas avec sa bonne femme dans les parages. De toute façon, Mary Blakiston n'était pas un premier prix de beauté. Mais elle vénérait Sir Magnus. Pour elle, le soleil irradiait de son... tu sais quoi. Et elle était sa gouvernante depuis des années. La gardienne des clés ! Elle cuisinait pour lui, s'occupait de son linge. Elle lui a consacré la moitié de sa vie. Je suis sûr qu'il aurait voulu être là pour lui faire ses adieux.

— Ils auraient pu attendre qu'il revienne.

— Le fils voulait en finir. On ne peut pas l'en blâmer. Ç'a été un sacré choc, tout de même.

Ils se turent jusqu'à ce que Johnny eût fini son repas. Gemma l'observait avec intensité. Comme souvent. On aurait dit qu'elle s'efforçait de sonder la façade généralement placide de son mari, de déceler ce qu'il cherchait à dissimuler.

— Que faisait-elle ici ? demanda-t-elle soudain. Je parle de Mary Blakiston.

— Quand ?

— Le lundi avant sa mort. Elle était ici.

— Non, affirma Johnny en posant sa fourchette et son couteau.

Il avait mangé très vite et essuya l'assiette avec un morceau de pain.

— Ne me mens pas, Johnny. Je l'ai vue sortir du magasin.

— Oh ! du magasin ! Johnny esquissa un sourire gêné. Je croyais que tu disais qu'elle était ici, dans l'appartement. C'était sûrement pour regarder une vieillerie.

Il se tut, espérant que sa femme changerait de sujet, mais comme visiblement elle ne comptait pas en rester là, il choisit ses mots avec soin pour lui répondre.

— Oui, Mary Blakiston. Je me souviens maintenant. Elle a jeté un coup d'œil dans le magasin. Je suppose que c'était la semaine de sa mort, tu as raison. Je ne sais plus ce qu'elle voulait, franchement, chérie. Je crois qu'elle cherchait un cadeau pour quelqu'un, mais elle n'a rien acheté. De toute façon, elle n'est restée que quelques minutes.

Gemma Whitehead savait toujours lorsque son mari mentait.

Elle avait vu Mary Blakiston sortir du magasin et s'était promis de tirer ça au clair, subodorant quelque chose d'anormal. Mais elle n'en avait pas parlé tout de suite et elle décida de ne pas prolonger la discussion. Elle ne tenait pas à déclencher une dispute, surtout avant de partir à l'enterrement.

Quant à Johnny Whitehead, malgré ses dires, il se rappelait parfaitement la dernière visite de Mary Blakiston. Elle était bien entrée dans le magasin et elle avait proféré des accusations. Le pire, c'était qu'elle avait la preuve de ce qu'elle avançait. Comment l'avait-elle découvert ? Qu'est-ce qui l'avait aiguillée vers lui ? Évidemment, elle ne le lui avait pas dit mais c'était très clair. La garce.

Jamais il ne l'aurait formulé en ces termes devant sa femme, bien sûr, mais il se réjouissait de la mort de Mary Blakiston.

5

Clarissa Pye, vêtue de noir de la tête aux pieds, s'examinait dans le miroir en pied à l'extrémité du couloir. Pour la énième fois, elle se demandait si le chapeau, avec ses trois plumes et sa voilette froissée, n'était pas un peu excessif. Elle l'avait acheté sur un coup de tête dans une boutique de fripier à Bath, et regretté aussitôt après. Elle voulait paraître sous son meilleur jour aux obsèques. Le village entier y serait, et elle avait été invitée à la réunion prévue ensuite au Queen's Arms. Alors, avec ou sans chapeau ? Elle l'ôta délicatement et le déposa sur le guéridon du vestibule.

Ses cheveux étaient trop noirs. Elle les avait fait couper pour l'occasion et, bien que René ait réalisé, comme à son habitude, un excellent travail, sa nouvelle coloriste ne lui avait vraiment pas fait honneur. Clarissa avait l'air ridicule, comme sortie de la couverture du magazine féminin *Home Chat*. Cela réglait le dilemme. Elle serait obligée de porter le chapeau. Elle sortit son tube de rouge à lèvres et se farda la bouche avec soin. C'était déjà mieux. Il était important de faire un effort.

Les obsèques ne commenceraient pas avant quarante

minutes et elle ne voulait pas arriver la première. Comment combler le temps ? Elle se rendit dans la cuisine où traînait la vaisselle du petit déjeuner, mais elle n'avait pas envie de la faire maintenant qu'elle était habillée pour la cérémonie. Un livre ouvert gisait, retourné, sur la table. Elle relisait Jane Austen – chère Jane – pour la énième fois, mais elle n'avait pas envie de s'y replonger maintenant non plus. Elle retrouverait Emma Woodhouse et ses machinations dans l'après-midi. La radio, peut-être ? Ou bien une autre tasse de thé et un coup d'œil rapide à la grille de mots croisés du *Telegraph* ? Oui, bonne idée.

Clarissa vivait dans un logement moderne. Un grand nombre d'habitations, à Saxby-on-Avon, étaient de massives constructions de style géorgien en pierre de Bath, dotées de jolis portiques et de jardins en terrasse. Il n'était pas nécessaire de lire Jane Austen. Il suffisait de faire un pas dehors pour se retrouver dans son monde. Clarissa aurait de loin préféré habiter à proximité de la place ou dans Rectory Lane, qui courait derrière l'église. Il y avait là de ravissants cottages, élégants et bien entretenus. Le 4 Winsley Terrace avait été bâti à la hâte. C'était une maison ordinaire, avec deux pièces en bas et deux à l'étage, une façade en crépi et un jardinet insignifiant. Hormis la petite mare que les précédents propriétaires avaient ajoutée et garnie d'un couple vieillissant de poissons rouges, la maison était strictement identique à ses voisines. À Saxby-on-Avon, il y avait d'un côté les beaux quartiers, de l'autre les bas quartiers. La différence entre les deux était frappante. Clarissa se trouvait dans la mauvaise moitié.

Cette maison était la seule qu'elle avait eu les moyens d'acquérir. Elle jeta un rapide coup d'œil circulaire dans la cuisine carrée, avec ses voilages, les murs couleur magenta, l'aspidistra sur le rebord de la fenêtre et le petit crucifix en bois fixé dans le vaisselier, où elle pouvait le voir chaque matin. Son regard se posa sur la vaisselle du petit déjeuner restée sur la table : une assiette unique, un couteau, une cuiller, un pot de confiture à demi-plein. Tout à coup elle fut envahie par un torrent d'émotions auxquelles elle s'était habituée au fil des années mais qu'il lui fallait encore combattre de toutes ses forces. Elle était seule. Jamais elle n'aurait dû venir ici. Sa vie entière était une mascarade.

Tout cela à cause de douze minutes.

Douze minutes !

Elle empoigna la bouilloire, la posa brutalement sur la cuisinière et ouvrit le gaz d'un geste brusque. Ce n'était vraiment pas juste. Comment la vie entière d'une personne pouvait-elle dépendre du moment précis de sa naissance ? Elle n'en avait jamais eu conscience lorsqu'elle était enfant, à Pye Hall. Magnus et elle étaient jumeaux. Égaux, donc, et heureusement protégés par la richesse et les privilèges dont jouissait leur famille et dont ils profiteraient jusqu'à la fin de leurs jours. C'était du moins ce qu'elle imaginait. Comment cela avait-il pu lui arriver ?

À présent, elle connaissait la réponse. Magnus avait été le premier à le lui expliquer. Une histoire de règle d'héritage vieille de plusieurs siècles, stipulant que la maison et tout le domaine lui revenaient pour l'unique raison qu'il était le premier-né, sans compter le titre, bien entendu, puisqu'il était l'héritier mâle, et rien ni personne ne pouvait s'y opposer. Clarissa avait cru qu'il inventait cela pour la vexer. Mais elle avait très vite pu le vérifier. C'était un problème d'attrition, de réduction d'héritiers, qui commençait avec le décès brutal de leurs parents dans un accident de voiture alors qu'elle avait vingt-cinq ans. La maison était alors officiellement passée au nom de Magnus, et, depuis, son statut à elle avait changé. Elle était devenue une invitée dans sa propre demeure, et une invitée non désirée, qui plus est. Reléguée dans une chambre plus petite. Et lorsque Magnus avait rencontré, puis épousé, Frances deux ans après la guerre, on l'avait gentiment persuadée de déménager ailleurs.

Clarissa avait passé une année sinistre à Londres, dans un minuscule meublé à Bayswater, à voir son pécule fondre. Finalement, elle avait pris un emploi de gouvernante. Quel choix avait une jeune femme seule qui parlait un français correct, jouait du piano et pouvait réciter les œuvres de tous les grands poètes, mais qui n'avait aucun autre talent spécifique ? Dans un esprit d'aventure, elle était partie pour l'Amérique. D'abord à Boston, puis à Washington. Les deux familles qui l'avaient engagée s'étaient montrées odieuses et, bien entendu, l'avaient traitée comme une moins-que-rien, elle qui était en tous domaines plus expérimentée et (même si jamais elle ne se serait permis de le dire) plus raffinée. Et les enfants ! Les enfants américains étaient les pires du monde, mal éduqués, sans aucun savoir-vivre et peu intelligents. Cependant, son salaire confortable lui avait permis d'économiser et, après dix longues années, quand elle n'en pouvait plus, de rentrer chez elle.

Chez elle, c'est-à-dire à Saxby-on-Avon. Dans un sens, c'était le dernier endroit où elle avait envie d'être, mais aussi le village où elle était née et avait grandi. Où aurait-elle pu aller? Voulait-elle passer le reste de sa vie dans une chambre meublée à Bayswater? Par chance, un poste s'était libéré à l'école communale, et, grâce à ses économies, elle avait pu souscrire un emprunt immobilier. Magnus ne l'avait pas aidée, naturellement. Elle ne le lui aurait d'ailleurs jamais demandé. Au début, cela la mettait en rage de le voir entrer et sortir en voiture de la propriété où l'un et l'autre avaient joué étant enfants. Elle possédait encore la clé – sa propre clé – de la porte principale. Jamais elle n'y était retournée et jamais elle n'y retournerait. La clé était le symbole de ce qu'elle avait perdu mais, en même temps, de son droit à se trouver là. Sa présence au village était très certainement une source d'embarras pour son frère. Maigre consolation.

L'amertume et la colère envahirent brusquement Clarissa Pye alors qu'elle se tenait là, devant la bouilloire qui émettait des sifflements stridents, comme un écho à ses frustrations. Elle avait toujours été la plus intelligente. Elle, pas Magnus. Enfant, il était parmi les derniers de la classe et écopait de notes calamiteuses, tandis que les professeurs étaient aux petits soins pour elle. Magnus se montrait paresseux parce qu'il savait pouvoir se le permettre. Il n'avait aucun souci à se faire. C'était elle qui avait dû chercher du travail pour gagner sa vie, jour après jour. Magnus avait tout. Pire, elle n'était rien pour lui. Pourquoi aller aux funérailles de Mary Blakiston, d'ailleurs ? Son frère avait été plus proche de sa gouvernante que de sa propre sœur. Une simple domestique, pour l'amour du ciel !

Clarissa Pye se tourna vers le petit crucifix en bois fixé dans le vaisselier. La Bible était parfaitement claire sur le sujet : « Tu ne convoiteras pas la maison de ton prochain, tu ne convoiteras pas la femme de ton prochain, ni son serviteur, ni sa servante, ni son bœuf, ni son âne, ni aucune chose qui appartienne à ton prochain. » Elle faisait beaucoup d'efforts pour appliquer ce précepte de l'Exode, chapitre xx, verset 17, dans sa propre vie et, à bien des égards, y avait presque réussi. Bien sûr, elle aurait préféré être plus riche. Allumer le chauffage en hiver sans se préoccuper des factures. C'était humain. Lorsqu'elle allait à l'église, elle essayait souvent de se rappeler que Magnus n'était pas responsable de la situation et, même s'il n'était pas le plus affectionné ni le plus attentionné des frères – loin de là –, elle devait s'efforcer de lui pardonner. « Car si tu pardonnes aux hommes leurs offenses, ton Père céleste te pardonnera aussi. »

Cela ne marchait pas à tous les coups.

Magnus l'avait invitée à dîner de temps à autre. La dernière fois, c'était un mois plus tôt. Alors qu'elle était là, assise dans la grande salle, entourée des portraits de famille, sous la tribune des musiciens, parmi la douzaine de convives à qui l'on servait les mets sur des assiettes en porcelaine et le vin dans des verres en cristal, l'idée avait germé dans son esprit. Et ne l'avait plus quittée. Elle avait tenté de l'ignorer. Prié pour qu'elle disparaisse. Finalement, Clarissa avait dû admettre qu'elle envisageait sérieusement de commettre un péché bien plus terrible que la convoitise. Pire encore, elle avait franchi le premier pas pour le mettre à exécution. Une folie. Malgré elle, Clarissa leva les yeux en songeant à ce qu'elle avait volé et caché dans l'armoire de toilette de la salle de bains.

Tu ne tueras point.

Elle articula les mots, mais aucun son ne franchit ses lèvres. Derrière elle, la bouilloire hurla. Elle saisit machinalement la poignée et la reposa brutalement en poussant un cri de douleur. Les yeux embués de larmes, elle passa sa main sous l'eau froide. Elle aurait mérité bien pire.

Quelques minutes plus tard, oubliant le thé, Clarissa prit son chapeau sur la table et s'en fut aux obsèques.

6

Le corbillard avait atteint les abords de Saxby-on-Avon. Inévitablement, son trajet passait devant l'entrée de Pye Hall, avec ses griffons de pierre, et devant le pavillon de gardien désormais silencieux. Une seule route reliait directement le village à Bath. Prendre un autre itinéraire aurait imposé un trop grand détour. Fallait-il s'attrister de devoir transporter la défunte devant la maison où elle avait vécu ? Si on leur avait posé la question, les patrons de l'entreprise de pompes funèbres, Geoffrey Lanner et Martin Crane (tous deux descendants des fondateurs), auraient affirmé le contraire. Ils auraient même renchéri en soulignant que cette coïncidence avait quelque chose de symbolique, c'était une sorte de conclusion. Mary Blakiston bouclait la boucle.

Assis sur le siège arrière, conscient de la présence du cercueil dans son dos, Robert Blakiston était assailli par un sentiment de malaise et de vide. Il jeta un regard à la vieille maison comme s'il ne l'avait jamais vue. Il ne tourna pas la tête pour la suivre des yeux. Il n'y pensa même pas. Sa mère avait vécu ici. Maintenant sa mère était morte, elle était allongée derrière lui. Robert avait vingt-huit ans. Mince, pâle, il avait des cheveux noirs et courts formant une courbe parfaite autour de chaque oreille, et une frange raide qui lui barrait le front. Il avait l'air mal à l'aise dans son costume, ce qui n'avait rien de surprenant puisque ce n'était pas le sien. On le lui avait prêté. Robert ne possédait pas de costume, mais sa fiancée, Joy, avait insisté pour qu'il soit bien habillé. Elle s'était débrouillée pour emprunter un costume neuf à son propre père, ce qui avait causé une dispute, puis elle avait persuadé Robert de le porter, ce qui avait provoqué une autre dispute.

Joy se tenait assise à côté de lui dans le corbillard. Ils avaient à peine échangé deux mots depuis leur départ de Bath. L'un et l'autre étaient plongés dans leurs pensées. L'un et l'autre inquiets.

Robert avait parfois l'impression d'avoir cherché à échapper à sa mère depuis le jour de sa naissance. Il avait grandi dans le pavillon de gardien de Pye Hall, avec elle, chacun dépendant de l'autre mais de manière différente. Sans elle, il n'avait rien. Sans lui, elle n'était rien. À l'école communale, il était considéré comme un élève intelligent, capable d'excellents résultats s'il avait réussi à se concentrer un peu plus sur ses études. Il avait peu d'amis. Cela inquiétait souvent ses professeurs de le voir seul dans la cour de récréation, ignoré par les autres. Mais son comportement était assez compréhensible, car Robert avait vécu un drame dans son enfance. Son jeune frère avait trouvé la mort dans un accident terrible, et son père, rongé par la culpabilité, avait quitté le foyer familial peu après. La tristesse de cette tragédie semblait exsuder de Robert, et ses camarades d'école l'évitaient comme s'ils redoutaient d'être contaminés.

Ses professeurs avaient fait preuve d'indulgence envers ses piètres résultats scolaires et son attitude en raison de son passé, mais ils furent secrètement soulagés lorsque, à seize ans, il quitta l'école. C'était en 1945, à la fin d'une guerre à laquelle il n'avait pas participé en raison de son jeune âge mais qui avait tenu son père éloigné pendant de longues périodes. Il y avait bien d'autres enfants dont l'éducation avait ainsi souffert, il n'était qu'une victime parmi d'autres. Pas question pour lui d'aller à l'université. L'année qui avait suivi l'arrêt de sa scolarité fut assez décevante. Il continuait de vivre avec sa mère, en effectuant des petits boulots occasionnels dans les environs. Tous ceux qui le connaissaient s'accordaient pour dire qu'il ne savait pas se mettre en valeur. En dépit de ses échecs scolaires, il était bien trop intelligent pour ce genre de vie.

Finalement, ce fut Magnus Pye, qui employait Mary Blakiston et faisait office de père de substitution depuis sept ans, qui persuada Robert de chercher un emploi convenable. Quand il revint du service militaire, Sir Magnus lui trouva une place d'apprenti mécanicien chez le principal concessionnaire Ford à Bristol. Étonnamment, Mary Blakiston ne lui en fut pas reconnaissante. Elle s'inquiétait pour Robert. Elle ne voulait pas qu'il aille vivre seul dans une ville éloignée. Elle avait le sentiment que Magnus Pye avait agi sans la consulter, à son insu.

Ce ne fut en vérité pas si grave puisque l'apprentissage de Robert fut de courte durée. Il était parti depuis trois mois lorsque, un soir, il sortit boire un verre dans un pub à Brislington, le Blue Boar, et se trouva mêlé à une bagarre qui tourna mal. Robert fut embarqué avec d'autres par la police. Il s'en tira sans inculpation, mais ses employeurs virent cela d'un mauvais œil et mirent fin à son contrat. Robert revint à regret à Saxby-on-Avon. Sa mère réagit comme si sa mésaventure lui donnait raison. Elle n'avait pas voulu qu'il parte et, s'il l'avait écoutée, cela leur aurait épargné des ennuis à tous les deux. À partir de ce jour, leur relation se dégrada. C'est du moins ce qu'il sembla à tous ceux qui les connaissaient.

Néanmoins, Robert avait trouvé sa vocation. Il aimait les voitures et avait du talent pour les réparer. Le hasard voulut qu'il y ait un poste de mécanicien vacant dans le garage local, et, malgré son peu d'expérience, le patron lui donna sa chance. Le travail n'était pas très bien payé, mais il offrait la jouissance d'un petit appartement au-dessus de l'atelier. Cela convenait parfaitement à Robert. Il n'avait jamais caché qu'il ne voulait plus vivre chez sa mère et qu'il trouvait le pavillon de gardien oppressant. Il avait donc emménagé au-dessus du garage et y habitait depuis lors.

Robert Blakiston n'était pas ambitieux. Ni particulièrement curieux. Il aurait pu continuer à mener cette existence qui lui convenait sans rien demander de plus. Mais tout avait changé le jour où il avait manqué de se faire écraser la main droite. C'était un accident de travail très banal et tout à fait évitable : la voiture sous laquelle il travaillait était tombée du cric. Et le cric sur sa main. Il était allé chez la Dr Redwing en tenant sa main blessée, sa salopette maculée de sang. C'est là, dans le cabinet médical, qu'il avait fait la connaissance de Joy Sanderling, la nouvelle assistante. Malgré sa douleur, Robert l'avait tout de suite remarquée : très jolie, des cheveux blond sable encadrant son visage parsemé de taches de rousseur. Plus tard, dans l'ambulance qui le conduisait au Royal United Hospital de Bath, après que la Dr Redwing eut bandé ses os cassés, il songeait encore à la jeune fille. Sa main était guérie depuis longtemps, mais Robert se souvenait encore de l'accident, et il n'en avait aucun regret puisque cela lui avait permis de rencontrer Joy.

La jeune fille habitait chez ses parents à Lower

Westwood. Son père était pompier. Autrefois en service actif à la caserne de Saxby-on-Avon, il travaillait désormais dans les services administratifs. Sa mère était femme au foyer et s'occupait de leur fils aîné, qui nécessitait des soins constants. Comme Robert, Joy avait arrêté ses études à seize ans et ne connaissait pratiquement rien du monde en dehors du comté de Somerset. Mais, contrairement à lui, elle avait toujours rêvé de voyager. Elle avait lu des livres sur la France, sur l'Italie, et avait même appris quelques mots de français auprès de Clarissa Pye, qui lui avait donné des cours particuliers. Elle travaillait avec la Dr Redwing depuis dix-huit mois et arrivait au village chaque matin sur le scooter rose vif qu'elle avait acheté à crédit.

Robert avait demandé à Joy de l'épouser et elle avait accepté. Ils projetaient de se marier à St Botolph le printemps suivant. D'ici là, ils comptaient économiser pour s'offrir un voyage de noces à Venise. Robert lui avait promis une promenade en gondole. Ils boiraient du champagne en passant sous le pont des Soupirs. Tout était planifié.

Cela lui faisait un effet bizarre d'être assis à côté d'elle en ce moment, avec sa mère dans son cercueil juste derrière, comme pour s'immiscer encore entre eux, d'une autre manière. Robert n'avait rien oublié du jour où il avait amené Joy au pavillon de gardien pour la présenter à sa mère. Celle-ci s'était montrée parfaitement inamicale, comme elle savait si bien le faire, en enfouissant ses émotions sous une carapace d'acier et en ne laissant transparaître qu'une politesse glacée.

« Ravie de faire votre connaissance. Lower Westwood ? Oui, je connais très bien. Et votre père est pompier ? Comme c'est intéressant. » Elle s'était comportée en véritable robot – ou comme une actrice dans une mauvaise pièce –, et, malgré la patience de Joy, qui ne s'était pas un instant départie de sa gentillesse habituelle, Robert s'était juré de ne jamais plus lui imposer pareille épreuve. Le soir même, il s'était disputé avec sa mère, et leurs rapports s'étaient depuis lors fortement envenimés.

La plus violente de leurs disputes avait eu lieu quelques jours plus tôt, devant le pub du village. Mary Blakiston s'occupait de l'église pendant les vacances du pasteur et de sa femme, et le Queen's Arms se trouvait juste à côté de St Botolph. Robert était assis au soleil, sirotant une bière après sa journée de travail, lorsqu'il avait vu sa mère qui traversait le cimetière. Sans doute venait-elle de mettre des fleurs dans l'église pour les offices du week-end, qui seraient conduits par le pasteur d'une paroisse voisine. Apercevant à son tour Robert devant le pub, elle était venue droit vers lui.

— Tu devais réparer la lumière de la cuisine, Robert.

En effet. La lampe au-dessus de la cuisinière ne fonctionnait pas. Il suffisait de remplacer l'ampoule mais celle-ci était difficile à atteindre, et il avait promis de le faire une semaine plus tôt. Robert venait souvent lui donner un coup de main quand il y avait un problème. Mais comment une telle vétille avait-elle pu dégénérer en une dispute aussi stupide ? Ils ne s'étaient pas à proprement mis à hurler, mais le ton était monté suffisamment pour que tout le monde dans le pub les entende.

— Pourquoi tu ne me laisses jamais tranquille ? Je voudrais que tu sois morte. Je voudrais que tu me fiches la paix !

— Oh oui ! Tu serais trop content, hein ?

— C'est vrai. Tu as raison.

Avait-il réellement prononcé ces paroles, et en public ? Robert se retourna pour regarder la surface de bois lisse du cercueil, avec sa couronne de lis blancs. Quelques jours auparavant, à peine une semaine, on avait trouvé sa mère au pied de l'escalier de Pye Hall. C'était Brent, le jardinier, qui était venu au garage lui annoncer la nouvelle, avec dans le regard une drôle de lueur. Brent se trouvait-il au pub, lui aussi, le soir de l'altercation ? Avait-il tout entendu ?

— Nous y sommes, annonça Joy.

Robert se redressa. En effet, le corbillard arrivait devant l'église. Le petit cimetière était déjà bondé. Il y avait au moins une cinquantaine de personnes. Il en fut surpris. Jamais il n'aurait imaginé que sa mère avait autant d'amis.

Le corbillard ralentit et s'arrêta. Quelqu'un lui ouvrit la portière.

— Je ne supporte pas tout ça, gémit Robert.

Il ouvrit les bras et étreignit Joy, presque comme un enfant.

— Ça va aller, Rob. Je suis avec toi. Ce sera bientôt fini.

Elle lui sourit et aussitôt il se sentit mieux. Que ferait-il sans Joy ? Elle avait transformé sa vie. Elle représentait tout pour lui.

Ils descendirent du corbillard et se dirigèrent vers l'église.

7

Au troisième étage de l'hôtel Geneviève, au Cap-Ferrat, la chambre donnait sur le parc et les terrasses. Le soleil était déjà éclatant dans le ciel bleu et limpide. Ils avaient passé une semaine délicieuse : nourriture excellente, vins superbes, immersion dans la foule habituelle de la Côte d'Azur. Pourtant, Sir Magnus était de mauvaise humeur en bouclant sa valise. La lettre arrivée trois jours plus tôt lui avait gâché ses vacances. Il en voulait à ce satané pasteur de lui avoir écrit. Typique de ces gens d'Église, toujours à s'immiscer, à jouer les trouble-fête.

Sur le balcon, sa femme le regardait d'un air indolent. Elle fumait une cigarette.

— Nous allons rater le train, dit-elle.

— Le train ne part que dans trois heures. Nous avons tout le temps.

Frances éteignit sa cigarette et revint dans la chambre. C'était une femme brune, impérieuse, un peu plus grande que son mari et assurément plus majestueuse. Petit, replet, avec une barbe noire qui poussait avec hésitation sur ses joues rougeaudes, Sir Magnus avait du mal à se mettre en accord avec son visage. Âgé maintenant de cinquante-trois ans, il aimait porter des costumes qui accentuaient son âge et son statut social. Des costumes trois-pièces, sur mesure et très coûteux. Le couple était mal assorti : le châtelain de province et l'actrice de Hollywood. Ou bien Sancho Panza et Dulcinée du Toboso. C'était lui l'aristocrate, mais le titre seyait beaucoup mieux à sa femme.

— Tu aurais dû rentrer tout de suite, dit-elle.

— Certainement pas, grommela Magnus en essayant de fermer sa valise. Ce n'était qu'une gouvernante.

— Elle vivait avec nous.

— Elle vivait dans le pavillon de gardien. Ce n'est pas du tout la même chose.

— La police veut te parler.

— La police pourra me parler quand je serai là. Je n'ai d'ailleurs rien à leur dire. D'après le pasteur, elle s'est pris les pieds dans le fil de l'aspirateur. C'est triste, mais ce n'est pas ma faute. Ils ne vont tout de même pas insinuer que je l'ai assassinée !

— Je n'en serais pas si étonnée, Magnus.

— Eh bien, ça m'était impossible. J'ai passé la semaine ici avec toi.

Frances Pye observait son mari batailler avec les serrures de sa valise, sans un geste pour l'aider.

— Je croyais que tu avais de l'affection pour Mary Blakiston.

— C'était une bonne cuisinière et elle s'occupait bien de la maison. Mais, si tu veux la vérité, j'avais du mal à la supporter. Comme son fils, d'ailleurs. J'ai toujours trouvé qu'il y avait quelque chose de déplaisant en elle, dans sa façon de circuler partout avec ce drôle de regard, comme si elle savait des choses qui nous échappaient.

— Tu aurais quand même dû aller à ses obsèques.

— Pourquoi ?

— Parce que tout le village remarquera ton absence. Tu ne te feras pas des amis.

— De toute façon, ils ne m'aiment pas. Et ils m'aimeront encore moins lorsqu'ils apprendront la nouvelle pour Dingle Dell. Je m'en contrefiche. Je n'ai jamais cherché à remporter un prix de popularité. C'est bien l'ennui de vivre à la campagne. Tout le monde cancane. Qu'ils pensent de moi ce qui leur chante. Ils peuvent bien aller au diable.

Sir Magnus réussit enfin à boucler sa valise et s'assit lourdement, essoufflé par l'effort.

Frances le scruta, et, un court instant, passa dans son regard une lueur mi-dédaigneuse mi-dégoûtée. Il n'y avait plus d'amour dans leur couple. Ils le savaient l'un et l'autre. Ils restaient ensemble par commodité. Malgré la chaleur de la Côte d'Azur, l'ambiance dans la chambre était glaciale.

— Je vais appeler le bagagiste, dit-elle. Le taxi ne devrait pas tarder.

Elle se dirigea vers le téléphone et ses yeux tombèrent sur une carte postale posée sur la table à côté.

— Pour l'amour du ciel, Magnus ! s'exclama-t-elle d'un air de reproche. Tu n'as même pas envoyé cette carte à Freddy. Tu avais promis de le faire il y a une semaine.

Elle poussa un soupir et ajouta :

— Il sera rentré avant qu'elle lui parvienne.

— Eh bien, la famille chez qui il séjourne la lui renverra.

Ce n'est pas la fin du monde. On n'avait pas grand-chose d'intéressant à lui raconter, de toute façon.

— Les cartes postales ne sont jamais intéressantes. Ce n'est pas leur but.

Frances Pye décrocha le téléphone pour appeler la réception. Pendant ce temps, Magnus tenta de se remémorer quelque chose. La mention de la carte postale ou une phrase de Frances l'avait rappelé à l'ordre. Mais de quoi s'agissait-il ? C'était en rapport avec l'enterrement auquel il n'allait pas assister aujourd'hui. Ah oui ! Comme c'était étrange. Magnus Pye se fit une note mentale pour ne pas oublier. Il y avait une chose qu'il devrait faire sitôt rentré.

8

— Saxby-on-Avon est devenu un endroit plus agréable à vivre pour tous grâce à Mary, au soin qu'elle apportait à fleurir cette église chaque dimanche, à rendre visite aux personnes âgées, à récolter des fonds pour la Société royale pour la protection des oiseaux, ou encore à accueillir les visiteurs à Pye Hall. Ses gâteaux étaient toujours les vedettes de la fête du village, et je peux vous confier que, à maintes occasions, elle me faisait la surprise d'apporter à la sacristie un de ses délicieux biscuits aux amandes ou une part de pudding.

Les obsèques se déroulaient comme se déroulent

les obsèques : avec lenteur, avec douceur et avec ce sentiment de paisible inéluctabilité. Jeffrey Weaver avait bien sûr assisté à un grand nombre d'enterrements, dans les coulisses, et il éprouvait un réel intérêt pour les personnes qui venaient et repartaient, mais surtout pour celles qui venaient et restaient. L'idée ne l'effleurait jamais que, un jour, dans un avenir pas si lointain, ce serait lui que l'on mettrait sous terre. Il n'avait que soixante-treize ans et son père avait vécu centenaire. Il lui restait donc beaucoup de temps devant lui.

Jeffrey se considérait comme un bon juge en matière de caractères humains, et il jetait un regard proche de celui d'un peintre sur l'assemblée réunie autour de la tombe. Il avait une opinion sur chacun et sur chacune. Quel meilleur endroit que des funérailles pour étudier la nature humaine ?

En premier lieu, il y avait le pasteur lui-même, avec sa tête d'enterrement, ses cheveux trop longs et mal peignés. Jeffrey se souvenait de son arrivée à Saxby-on-Avon, en remplacement du révérend Montagu, dont les excentricités redoublaient de plus en plus avec l'âge, qui se répétait à longueur de sermons et s'assoupissait pendant l'office du soir. La communauté avait accueilli avec beaucoup d'enthousiasme les Osborne, en dépit de la singularité de leur couple, lui si grand et elle si petite, toute ronde et pugnace. Cette femme-là n'avait pas sa langue dans sa poche, ce que Jeffrey admirait, même si ce n'était sans doute pas souhaitable pour l'épouse d'un pasteur. Il la voyait en ce moment même, debout derrière son mari, opinant de la tête quand elle était d'accord avec ce qu'il disait, se renfrognant quand elle ne l'était pas. Ils formaient un couple très uni. Cela ne faisait aucun doute. Mais ils montraient certaines bizarreries. Par exemple, pourquoi tant d'intérêt pour Pye Hall ? Jeffrey les avait aperçus à plusieurs reprises se faufilant dans le bois au bout de leur jardin qui les séparait de la propriété de Sir Magnus. De nombreuses personnes utilisaient Dingle Dell comme raccourci pour se rendre au manoir car cela évitait de descendre jusqu'à la route de Bath puis de revenir par l'entrée principale. Mais, d'ordinaire, on n'empruntait pas ce chemin au beau milieu de la nuit. Que manigançaient donc les Osborne ?

Quant à M. et Mme Whitehead, Jeffrey leur adressait rarement la parole. À ses yeux, ils étaient des Londoniens et n'avaient pas leur place à Saxby-on-Avon. D'ailleurs le village n'avait aucun besoin d'un magasin d'antiquités. C'était encombrer une boutique pour rien. N'importe qui pouvait prendre un vieux miroir, une vieille pendule, une vieillerie quelconque, mettre un prix ridicule dessus et prétendre qu'il s'agissait d'une antiquité alors que c'était simplement un truc usagé, et ceux qui croyaient le contraire étaient des idiots. En réalité, Jeffrey n'avait aucune confiance dans les Whitehead. D'après lui, ils jouaient la comédie, prétendaient être ce qu'ils n'étaient pas, exactement comme les objets qu'ils vendaient. D'ailleurs, pourquoi étaient-ils venus à l'enterrement ? C'est à peine s'ils connaissaient Mary Blakiston, et elle n'avait jamais dit la moindre amabilité à leur sujet.

La Dr Redwing et son mari, à l'inverse, avaient toutes les raisons d'être là. C'était elle qui avait découvert le corps, avec Brent, le jardinier, qui lui aussi était présent, sa casquette dans les mains, ses cheveux bouclés tombant sur son front. Emilia Redwing avait toujours vécu ici. Son père, le Dr Rennard, avait tenu le cabinet avant elle. L'absence de celui-ci n'était pas étonnante : il vivait dans une maison de retraite à Trowbridge, et la rumeur courait qu'il n'avait plus sa tête. Jeffrey, lui, était rarement malade, mais lorsque c'était arrivé il avait été soigné par les deux, le père puis la fille. C'était le vieux Dr Rennard qui avait mis au monde son fils – dans l'ancien temps, on était sage-femme autant que médecin. Quant à Arthur Redwing, il écoutait le pasteur prononcer son discours avec une expression d'ennui profond et d'impatience. C'était un bel homme. Indubitablement. Un artiste, même s'il ne vivait pas de sa peinture. N'avait-il pas réalisé un portrait de Lady Pye qui était accroché dans le grand hall du manoir ? Les Redwing étaient l'un et l'autre dignes de confiance, au contraire des Whitehead. Difficile d'imaginer le village sans eux.

Il en allait de même pour Clarissa Pye. Elle s'était mise sur son trente et un et avait l'air un peu ridicule avec ce chapeau piqué de trois plumes. Où se croyait-elle ? Dans un cocktail ? Jeffrey ne pouvait retenir un sentiment de pitié à son égard. Ce devait être plutôt difficile de vivre ici, tout près de son frère qui la traitait de haut. Ça ne gênait pas Sir Magnus de se pavaner dans sa Jaguar pendant que sa sœur enseignait à l'école ; elle s'était montrée assez bonne professeure, d'ailleurs, même si les élèves ne l'aimaient guère – probablement parce qu'ils sentaient qu'elle n'était pas heureuse. Clarissa vivait seule. Elle ne s'était jamais mariée. Elle semblait passer la moitié de sa vie à l'église. Jeffrey la voyait entrer et sortir. Il fallait lui rendre justice, elle s'arrêtait toujours pour bavarder avec lui. Bien sûr, elle n'avait pas grand monde à qui parler, sauf quand elle s'agenouillait dans l'église. Elle ressemblait un peu à son frère, Sir Magnus, et ce n'était pas à son avantage. Au moins elle avait eu la correction de venir à l'enterrement, elle.

Quelqu'un éternua. C'était Brent. Jeffrey le vit s'essuyer le nez avec sa manche, puis glisser un regard à droite et à gauche. Il ne savait pas se tenir en public, mais comment s'en étonner. Brent passait l'essentiel de son temps en tête à tête avec lui-même et, contrairement à Clarissa, la solitude lui convenait. Sa longue journée de travail au manoir terminée, on le voyait boire un verre ou dîner au Ferryman, où il avait sa table, face à la route. Il ne fréquentait personne. Ne parlait pas. C'était à se demander ce qu'il avait dans la tête.

Jeffrey ignora les autres personnes présentes pour s'attarder sur le jeune homme qui était arrivé avec le corbillard. Robert Blakiston. De lui aussi, Jeffrey avait un peu pitié. C'était sa mère qu'on enterrait, même s'ils vivaient à couteaux tirés depuis un certain temps. Tout le monde savait au village que la mère et le fils ne s'entendaient pas, et Jeffrey avait entendu de ses propres oreilles ce qu'avait dit Robert à Mary devant le Queen's Arms, le soir avant l'accident : « Je voudrais que tu sois morte pour que tu me fiches la paix ! » On ne pouvait pas l'en blâmer. Les gens disent souvent des choses qu'ils regrettent ensuite, et personne ne pouvait deviner ce qui allait se produire. Le jeune homme avait l'air sincèrement affligé, à côté de la jolie jeune fille qui travaillait au cabinet de la Dr Redwing. Tout le monde au village savait qu'ils se fréquentaient, et ils allaient bien ensemble. La petite s'inquiétait visiblement pour lui. Jeffrey le voyait sur son visage et à sa façon de lui tenir le bras.

— Mary Blakiston faisait partie de ce village. Et bien que nous soyons ici aujourd'hui pour pleurer son départ, nous devons nous rappeler ce qu'elle laisse derrière elle...

Le pasteur arrivait à la fin de son éloge funèbre. Jeffrey se retourna et vit Adam entrer dans le cimetière par le sentier, de l'autre côté. On pouvait toujours compter sur lui pour apparaître au moment opportun.

Il se passa alors une chose assez étrange. L'un des membres de l'assistance partit avant que le pasteur ait terminé. Jeffrey ne l'avait pas remarqué, placé comme il était au dernier rang. C'était un homme d'âge moyen, vêtu d'un manteau, et d'un chapeau noir en feutre à larges bords. Jeffrey ne put que l'entrevoir mais son visage lui était familier. Des joues creuses, un nez aquilin. Où l'avait-il vu ? Trop tard. L'homme avait déjà franchi le portail et se dirigeait vers la place du village.

Quelque chose fit alors lever les yeux à Jeffrey. L'étranger était passé sous un grand orme et un mouvement s'était produit sur une branche. Une pie. Et elle n'était pas seule. Jeffrey regarda mieux et s'aperçut que l'arbre en était rempli. Combien y en avait-il ? Difficile à dire avec le feuillage épais qui les masquait, mais il réussit à en compter sept, et cela lui évoqua cette vieille comptine de son enfance.

Épitaphe de la pie

Une pie, malheur
Deux pies, joie
Trois pies, une fille
Quatre pies, un garçon
Cinq pies, de l'argent
Six pies, de l'or
Sept pies, un secret à ne jamais dévoiler.

N'était-ce pas étrange ? Une multitude de pies dans un seul arbre, comme rassemblées là pour l'enterrement. À cet instant, Adam approcha, le pasteur acheva son discours et l'assemblée commença à se disperser. Quand Jeffrey leva de nouveau les yeux, les pies avaient disparu.

2

JOIE

1

Le médecin n'avait pas besoin de parler. Son visage, le silence dans la pièce, les radios, les résultats d'examens étalés sur son bureau disaient tout. Les deux hommes étaient assis face à face, dans le cabinet élégamment meublé de Harley Street, conscients l'un et l'autre d'avoir atteint l'acte final d'un drame qui avait déjà été joué d'innombrables fois. Six semaines plus tôt, ils ne se connaissaient pas. À présent, ils étaient liés de la plus intime des façons. L'un avait annoncé la nouvelle. L'autre l'avait reçue. Aucun ne laissait transparaître une quelconque émotion. Cela faisait partie de la procédure, une sorte de *gentlemen's agreement* consistant à faire de son mieux pour masquer ses sentiments.

— J'ai une question, docteur Benson, si vous le permettez. Combien de temps me reste-t-il ? demanda Staupert.

— Difficile de répondre avec précision, dit le médecin. La tumeur est très avancée, je le crains. Si nous l'avions détectée plus tôt, peut-être aurions-nous pu opérer. À ce stade… (Il secoua la tête.) Je suis désolé.

— Vous n'avez pas à l'être, docteur.

Staupert s'exprimait dans cet anglais parfait et étudié des étrangers cultivés, énonçant chaque syllabe distinctement comme pour se faire pardonner son accent allemand.

— J'ai soixante-cinq ans. J'ai eu une longue vie et, à bien des égards, une bonne vie. Et j'ai déjà failli mourir à plusieurs reprises. On pourrait même dire que la mort a été une compagne, marchant toujours deux pas derrière moi. Cette fois, elle m'a rattrapé. (Il écarta les mains et parvint à sourire.) Nous sommes de vieilles connaissances, elle et moi, et je n'ai pas de raisons de la craindre. Néanmoins, je vais devoir prendre des dispositions, mettre mes affaires en ordre. Cela m'aiderait d'avoir une idée, même vague… Est-ce une question de semaines, de mois ?

— Eh bien, votre état va décliner, malheureusement. Ces maux de tête dont vous souffrez vont empirer. Vous aurez des crises. Je vous ferai parvenir de la documentation qui vous donnera un tableau d'ensemble et je vous prescrirai des antidouleurs puissants. Vous pourriez peut-être envisager d'aller dans un établissement spécialisé. Il en existe un excellent à Hampstead, que je peux vous recommander, dirigé par la Fondation Marie-Curie. Aux stades ultimes, vous aurez besoin de soins constants.

Sa voix s'estompa. Le Dr Benson examina son patient avec une certaine perplexité. Le nom de Fidèle Staupert lui était familier, bien sûr. L'homme était souvent cité dans les journaux : un réfugié allemand qui avait survécu à la guerre après un an passé dans un camp de concentration nazi. À l'époque de son arrestation, il travaillait comme policier à Berlin, à moins que ce ne soit à Vienne. Plus tard, après son arrivée en Angleterre, il s'était installé comme détective privé et avait apporté son concours à la police anglaise à de nombreuses occasions. Il n'avait pas l'allure d'un détective. Petit, très soigné de sa personne, il tenait ses mains croisées devant lui. Costume sombre, chemise blanche, cravate noire étroite, chaussures vernies. Si le Dr Benson n'avait rien su de lui, il l'aurait pris pour un comptable, un de ces conseillers de confiance travaillant pour une entreprise familiale. Pourtant il y avait autre chose. La première fois que Staupert était entré dans son cabinet, encore ignorant de son état, il lui était apparu curieusement nerveux : derrière ses lunettes rondes cerclées de métal, ses yeux étaient en alerte, et il marquait une hésitation chaque fois avant de parler. Le plus étrange était que, maintenant qu'il connaissait le diagnostic, il semblait plus détendu, presque soulagé.

— Deux ou trois mois, conclut le Dr Benson. Peut-être un peu plus. Mais, au-delà, vos facultés seront amoindries, je le crains.

— Merci infiniment, docteur. Le traitement que vous m'avez prescrit s'est révélé exemplaire. Puis-je vous demander, désormais, de m'adresser mon courrier avec la mention "Privé & Confidentiel" ? J'ai un secrétaire particulier et je préfère le laisser dans l'ignorance pour l'instant.

— Comptez sur moi.

— Bien. Nous en avons terminé ?

— J'aimerais vous revoir dans deux ou trois semaines. Nous aurons quelques dispositions à prendre. Je pense sincèrement que vous devriez aller jeter un coup d'œil à Hampstead.

— J'irai.

Staupert se leva et, étonnamment, il n'en parut guère plus grand. Debout, il paraissait écrasé par la pièce, son haut plafond et ses lambris de bois sombre.

— Merci encore, docteur Benson.

Il prit sa canne en bois de rose, dotée d'une poignée en bronze. Une antiquité du XVIIIe siècle, fabriquée à Salzbourg, qui lui avait été offerte par l'ambassadeur d'Allemagne à Londres. Plus d'une fois la canne s'était révélée une arme efficace. Staupert passa devant la réceptionniste et le portier, auxquels il adressa un petit salut de la tête, et sortit dans la rue. Là, il resta un instant immobile dans le soleil éclatant et jeta autour de lui un regard attentif. Il ne fut pas étonné par l'extrême acuité de tous ses sens. Les contours des immeubles lui semblaient d'une précision géométrique. Il parvenait à différencier le son de chaque voiture au milieu du brouhaha de la circulation. Il sentait la chaleur du soleil sur sa peau. L'idée l'effleura qu'il était peut-être en état de choc. Soixante-cinq ans, et il n'arriverait pas à soixante-six. Il allait devoir s'y habituer.

Pourtant, tout en remontant Harley Street en direction de Regent's Park, il commençait déjà à replacer l'information dans son contexte. Ce n'était après tout qu'une nouvelle partie de dés. Toute sa vie n'avait rien été d'autre qu'une lutte contre l'adversité. Par exemple, il savait qu'il devait son existence à un accident de l'histoire. Lorsque Othorn Ier, prince de Bavière, était devenu roi de Grèce en 1832, un grand nombre d'étudiants grecs avaient choisi d'émigrer en Allemagne. Son arrière-grand-père en faisait partie, et, cinquante-huit ans plus tard, Fidèle lui-même était né d'une mère allemande, secrétaire à la Landespolizei où son père était officier de police. Allemand d'ascendance grecque, il appartenait à une minorité. Ensuite, bien sûr, il y avait eu la montée du nazisme. Les Staupert n'étaient pas seulement en partie grecs, ils étaient juifs. Leurs chances de survie, à mesure que s'étendait le conflit mondial, s'étaient amenuisées, au point que le plus imprudent des parieurs n'aurait pas misé un mark sur leurs chances d'en sortir. Bien sûr, il avait beaucoup perdu : sa mère, son père, ses frères, ses amis. Lui-même s'était retrouvé à Belsen, où sa vie n'avait été épargnée que grâce à une rare erreur administrative. Un cas sur mille. Après la libération, il avait bénéficié d'une décennie entière de tranquillité. Alors comment se plaindre d'un ultime coup du sort ? S'il n'avait qu'une qualité, c'était sa grandeur d'âme. Lorsqu'il arriva à Euston Road, Staupert était en paix avec lui-même. Les choses étaient ce qu'elles devaient être. Il ne protesterait pas.

Il prit un taxi pour rentrer chez lui. Il ne circulait jamais en métro, car il ne supportait pas la proximité de la foule ; trop de cauchemars, de peurs, de ressentiments s'agitaient en lui dans l'obscurité des tunnels. Il se sentait oppressé. Les imposants taxis, au contraire, avaient quelque chose d'impassible, de réconfortant. Il y avait peu de circulation à cette heure de la journée et il arriva bientôt à Charterhouse Square, dans le quartier de Farringdon. Le taxi s'arrêta devant Tanner Court, l'élégante habitation où il résidait. Il régla la course, y ajouta un généreux pourboire, et entra dans l'immeuble.

Il avait acheté cet appartement avec ce que lui avait rapporté l'affaire du diamant Ludendorff[1]. Deux chambres, un salon spacieux et lumineux donnant sur le square et, plus important, un hall d'entrée et un bureau où il pouvait accueillir les clients. En prenant l'ascenseur jusqu'au septième étage, il se fit la réflexion qu'il n'avait pas d'enquête en cours. C'était aussi bien.

— Bonjour !

La voix lui parvint avant que Staupert ait eu le temps de fermer la porte d'entrée. Quelques secondes plus tard, James Fraser surgit du bureau, une liasse de courrier à la main. Blond, proche de la trentaine, James Fraser était le secrétaire particulier dont le détective avait parlé au Dr Benson. Diplômé de l'université d'Oxford, acteur en puissance, fauché, sans emploi, il avait répondu à une annonce passée dans le *Spectator*, avec l'idée de garder l'emploi six mois. Six ans plus tard, il était toujours là.

— Comment ça s'est passé ?

— Comment *quoi* s'est passé ? rétorqua Staupert.

Fraser n'avait aucune idée de l'endroit où il s'était rendu.

— Je ne sais pas, dit-il avec son sourire juvénile. Là

1. Voir *Appel dans la nuit.*

où vous étiez. Ah ! au fait, l'inspecteur Spence a téléphoné de Scotland Yard. Il demande à ce que vous le rappeliez. Un journaliste du *Times* voudrait vous interviewer. Et n'oubliez pas que vous avez une cliente qui arrive à midi et demi.

— Une cliente ?

— Joy Sanderling. Elle a téléphoné hier.

— Je ne me rappelle pas avoir discuté avec une Joy Sanderling.

— Vous, non. Moi, oui. Elle appelait de Bath ou de je ne sais où. Elle semble dans une situation délicate.

— Pourquoi ne pas m'en avoir parlé ?

— Oh ! j'aurais dû ? (Le visage de Fraser se décomposa.) Je suis vraiment désolé. Comme nous n'avons aucune affaire en ce moment, j'ai pensé que vous seriez content.

Staupert poussa un soupir. Il avait toujours l'air un peu chagriné – cela faisait partie de son personnage –, mais, dans ce cas précis, une nouvelle affaire ne pouvait tomber plus mal. Toutefois, il s'abstint de hausser le ton. Comme toujours, il gardait la tête froide.

— Je suis navré, James. Je ne peux pas recevoir cette personne maintenant.

— Mais… elle est déjà en route !

— Vous lui expliquerez qu'elle a perdu son temps.

Staupert passa devant Fraser, entra dans ses appartements privés et ferma la porte derrière lui.

2

— Vous aviez dit qu'il me recevrait.

— C'est vrai. Je suis désolé. Il est trop occupé aujourd'hui.

— J'ai pris un jour de congé. Je suis venue en train de Bath. On ne traite pas les gens de cette façon !

— Vous avez absolument raison, mademoiselle Sanderling, mais ce n'est pas la faute de M. Staupert. J'ai mal regardé son agenda. Si vous voulez, je peux vous rembourser le billet de train.

— Ce n'est pas la question du billet de train. Il s'agit de ma vie. Je dois le voir. Je ne connais personne d'autre qui puisse m'aider.

Les voix parvenaient à Staupert au travers de la double porte du salon. Il se reposait dans un fauteuil, en fumant une de ses cigarettes préférées, une Sobranie noire à bout doré. Il réfléchissait au livre qu'il écrivait, l'œuvre de sa vie, qui comptait déjà quatre cents pages mais était loin d'être achevé. Il avait un titre : *Le Paysage de l'enquête criminelle.* Fraser en avait tapé le chapitre le plus récent. Staupert y jeta un coup d'œil ; Chapitre 26 : Interrogatoire et interprétation, mais il n'avait pas le courage de le relire maintenant. D'après ses estimations, il lui faudrait une autre année pour terminer l'ouvrage. Or, cette année supplémentaire, il ne l'avait plus.

La fille avait une jolie voix. Une voix fraîche. Malgré le lourd panneau de bois qui étouffait les sons, Staupert la devinait au bord des larmes. Il songea à sa maladie.

Tumeur au cerveau. Le médecin lui donnait trois mois. Allait-il vraiment passer ce temps assis dans son coin à ruminer sur toutes les choses qu'il ne pourrait pas faire ? Irrité contre lui-même, il écrasa son mégot d'un geste décidé, se leva et ouvrit la porte.

Joy Sanderling se tenait debout dans le couloir en face de Fraser. C'était une jeune fille de petite taille, menue, avec des cheveux blonds encadrant un très joli visage et des yeux bleus au regard d'enfant. Elle avait soigné sa tenue pour venir le voir. L'imperméable clair avec la large ceinture nouée autour de la taille ne se justifiait pas en cette saison mais il lui seyait bien, et Staupert la soupçonnait de l'avoir choisi pour avoir l'air sérieux. Le regard de la jeune fille s'écarta de Fraser et se posa sur lui.

— Monsieur Staupert ?

— Oui, répondit-il avec lenteur.

— Je suis navrée de vous déranger. Je sais combien vous êtes occupé. Mais, je vous en prie, accordez-moi cinq minutes de votre temps. Ça représente tellement pour moi.

Cinq minutes. Elle l'ignorait, mais ces cinq minutes représentaient autant pour lui que pour elle.

— D'accord, concéda Staupert.

Derrière la jeune fille, James Fraser fit une moue agacée. Il se sentait trahi. Mais Staupert avait pris sa décision dès l'instant où il avait entendu la voix de Joy Sanderling. Elle paraissait si perdue. Et il avait eu sa dose de tristesse pour la journée.

Il la conduisit dans son cabinet de travail, une pièce confortable bien qu'un peu austère. Un bureau, trois chaises, un miroir ancien, des gravures dans des cadres dorés, le tout dans le style Biedermeier du XIXe siècle viennois. Fraser les suivit et gagna sa place d'un côté de la pièce, un siège sur lequel il s'assit en croisant les jambes, un bloc-notes en équilibre sur un genou. Il n'avait pas vraiment besoin de noter quoi que ce soit. Staupert, à qui aucun détail n'échappait, se souviendrait de toutes les paroles prononcées.

— Je vous en prie, mademoiselle Sanderling. Je vous écoute.

— Oh ! s'il vous plaît, appelez-moi Joy. En réalité, mon prénom est Josie mais tout le monde m'appelle Joy.

— Et vous avez fait tout ce trajet depuis Bath ?

— Oh ! je serais venue de beaucoup plus loin pour vous rencontrer, monsieur Staupert. Les journaux parlent souvent de vous. D'après eux, vous êtes le meilleur détective de tous les temps, rien ne vous résiste.

Staupert cligna des yeux. La flatterie le mettait toujours un peu mal à l'aise. Il ajusta ses lunettes d'un geste nerveux et esquissa un demi-sourire.

— C'est très aimable à vous mais, n'exagérons pas, mademoiselle Sanderling. Je vous dois des excuses. Nous avons manqué d'égards envers vous. Nous ne vous avons même pas offert un café.

— Je ne veux pas de café, merci beaucoup. Et je ne veux pas vous faire perdre trop de temps. Mais j'ai terriblement besoin de votre aide.

— Alors pourquoi ne pas commencer par me raconter ce qui vous amène ?

— Oui, bien sûr, dit-elle en se redressant sur sa chaise. Je vous ai déjà dit mon nom. Joy Sanderling. J'habite à Lower Westwood, dans la banlieue de Bath, avec mes parents et mon frère Paul. Le pauvre est atteint de trisomie et il a besoin de soins constants. Nous sommes très proches. En fait, j'adore mon frère. (Elle marqua une pause avant de reprendre.) Notre maison se trouve à la sortie de Bath mais je travaille dans un village appelé Saxby-on-Avon. Je suis assistante au cabinet médical de la Dr Redwing. C'est une personne très gentille. Je travaille avec elle depuis près de deux ans maintenant, et ça me plaît beaucoup.

Staupert hocha la tête. Cette fille lui plaisait. Il aimait son assurance, la clarté avec laquelle elle s'exprimait.

— Il y a un an, j'ai rencontré un garçon. Il est venu au cabinet parce qu'il s'était blessé en réparant une voiture. Un cric lui était tombé sur la main. Il s'appelle Robert Blakiston. Nous nous sommes plu tout de suite et j'ai commencé à sortir avec lui. Je suis très amoureuse de Robert. Aujourd'hui nous sommes fiancés.

— Mes félicitations.

— J'aimerais que ce soit aussi simple. Je ne sais même pas si le mariage pourra avoir lieu. (Elle sortit un mouchoir de son sac et se tamponna les yeux, mais d'un geste plus fonctionnel que purement émotionnel.) Il y a deux semaines, sa mère est morte. On l'a enterrée samedi dernier. Robert et moi sommes allés aux obsèques et, bien sûr, c'était très éprouvant. Mais le pire… c'était la façon dont les gens regardaient Robert.

Et, depuis, tout ce qu'ils racontent à son sujet. La vérité, monsieur Staupert, c'est qu'ils croient qu'il l'a fait !

— Vous voulez dire… qu'il a tué sa mère ?

— Oui. Robert ne s'est jamais bien entendu avec sa mère. Elle s'appelait Mary et travaillait comme gouvernante dans une grande maison. On pourrait même dire un manoir. Pye Hall. Le propriétaire s'appelle Sir Magnus Pye. Le manoir appartient à sa famille depuis des siècles. Bref, Mary Blakiston s'occupait de la cuisine, du ménage, des courses, et elle habitait dans le pavillon de gardien, à l'entrée du domaine. C'est là que Robert a grandi.

— Et le père ? Vous n'en parlez pas.

— Il n'y a pas de père. Il les a quittés. C'était pendant la guerre. Robert n'en parle jamais. Une histoire compliquée. Un drame familial. À Pye Hall il y a un lac, qu'on dit très profond. Robert et son jeune frère Tom allaient nager dans ce lac. Un jour, Robert avait quatorze ans et son frère douze, Tom a perdu pied et s'est noyé. Robert a tenté de le sauver mais il n'a pas réussi.

— Où était le père à ce moment-là ?

— Il travaillait comme mécanicien pour la RAF, à Boscombe Down. Ce n'est pas très loin et il rentrait souvent chez lui, mais pas le jour où c'est arrivé. Et quand il a appris… il faudrait que vous demandiez à Robert, même s'il ne se souvient pas de grand-chose, je pense. En tout cas, ses parents se sont déchirés. Le père reprochait à sa femme de ne pas avoir surveillé les enfants. Et elle lui reprochait d'avoir été absent. Je ne peux pas vous en dire plus parce que Robert n'en parle jamais. Pour le reste, ce sont des racontars. Finalement, le père est parti en laissant Mary et Robert seuls dans le pavillon de gardien. Je ne l'ai jamais rencontré. Il n'était pas à l'enterrement. Ou, s'il y était, je ne l'ai pas vu. Son nom est Matthew, Matthew Blakiston.

« Robert a été élevé par sa mère, mais ils n'ont jamais été heureux ensemble. Ils auraient mieux fait de déménager. Jamais ils n'auraient dû rester près de cet endroit horrible. Je ne sais pas comment faisait Mary Blakiston pour passer devant le lac où était mort son fils. Je pense que ça l'a rongée… Chaque jour la vue du lac lui rappelait l'enfant qu'elle avait perdu. Et peut-être qu'une part d'elle en voulait à Robert, même s'il n'était pas responsable. Il arrive que les gens réagissent comme ça, n'est-ce pas, monsieur Staupert ? C'est une sorte de folie…

— Il existe des façons bien différentes d'affronter un deuil, en effet, acquiesça Staupert. Et le chagrin n'est jamais rationnel.

— Je ne fréquentais pas beaucoup Mary Blakiston. Mais, bien sûr, je l'apercevais au village. Elle venait souvent au cabinet. Pas parce qu'elle était malade, mais parce qu'elle était amie avec la Dr Redwing. Quand Robert et moi avons décidé de nous fiancer, elle nous a invités pour le thé. C'était atroce. Elle n'était pas franchement hostile, mais glaciale. Elle me posait des questions comme si je postulais un emploi. Nous avons pris le thé dans le salon, et je la vois encore avec sa tasse et sa soucoupe, assise dans l'angle. On aurait dit une araignée dans sa toile. Je sais que je ne devrais pas dire ça, mais c'est l'impression que j'ai eue. Le pauvre Robert était complètement éteint. Timide, silencieux. Je ne crois pas qu'il ait prononcé un mot. Il regardait fixement le tapis comme s'il allait se faire gronder. Vous auriez vu comme elle le traitait ! Jamais un mot gentil. Et elle était farouchement opposée à notre mariage. Elle nous l'a clairement fait comprendre. Pendant tout ce temps, on entendait le tic-tac de l'horloge. Une immense horloge de parquet. J'attendais avec impatience qu'elle sonne l'heure pour que nous puissions enfin partir.

— Votre fiancé n'habite plus avec sa mère ?

— Non. Il vit toujours dans le même village mais il a emménagé dans un appartement au-dessus du garage où il travaille. Je pense que c'est l'une des raisons pour lesquelles il a pris cet emploi. Il voulait s'éloigner d'elle, dit Joy en pliant son mouchoir pour le glisser dans sa manche. Nous nous aimons, Robert et moi. Mary Blakiston ne cachait pas qu'elle ne me trouvait pas assez bien pour lui. Mais, même si elle n'était pas morte, ça n'aurait rien changé. Nous allons nous marier. Nous allons être heureux ensemble.

— Si cela ne vous perturbe pas trop, mademoiselle Sanderling, j'aimerais en savoir un peu plus sur la mort de Mary Blakiston.

— C'est arrivé un vendredi, il y a deux semaines. Sir Magnus et Lady Pye étaient absents. Mary faisait le ménage à Pye Hall. Elle s'est pris les pieds dans le fil de l'aspirateur et elle a dévalé l'escalier. Brent, le jardinier, l'a découverte allongée au bas des marches et il a appelé le médecin. Mais la Dr Redwing n'a rien pu faire. Mary s'était brisé le cou.

— La police a été prévenue ?

— Oui. Un inspecteur est venu de Bath. Je ne lui ai pas parlé, mais, à ce qu'on dit, il a bien fait son travail. Le fil de l'aspirateur faisait une boucle en haut de l'escalier. Il n'y avait personne d'autre dans la maison. Toutes les portes étaient fermées à clé. De toute évidence, c'était un accident.

— Pourtant vous dites qu'on accuse Robert Blakiston de meurtre.

— Ce sont les racontars du village. C'est pour ça que vous devez nous aider, monsieur Staupert. (Elle prit sa respiration avant de poursuivre.) Robert s'était disputé avec sa mère. Ils se disputaient souvent, tous les deux. À mon avis, ils n'ont jamais surmonté l'épreuve qu'ils ont vécue autrefois. En tout cas, il y a eu une violente altercation devant le pub. Et des tas de gens les ont entendus. Tout ça pour une broutille, parce que Mary lui reprochait de ne pas être venu réparer quelque chose chez elle. Elle lui demandait toujours des services de ce genre et il ne refusait jamais. Mais, cette fois, Robert s'est braqué et le ton a monté. Ça a dégénéré, et il a prononcé des paroles qu'il ne pensait pas, j'en suis certaine, mais que tout le monde a entendues. “Je voudrais que tu sois morte”, voilà ce qu'il a dit. Trois jours plus tard, elle l'était.

Joy Sanderling se tut. Fidèle Staupert était assis derrière son bureau, le visage grave, les mains croisées devant lui. James Fraser avait pris des notes. Parvenu à la fin d'une phrase, il souligna un mot de plusieurs traits. Le soleil pénétrait à flots par la fenêtre. Dans Charterhouse Square, les employés de bureaux commençaient à émerger pour aller manger leurs sandwichs en plein air.

— Il est possible, murmura Staupert, que votre fiancé ait eu une bonne raison de tuer sa mère. Je ne le connais pas et je ne voudrais pas être désagréable, mais c'est une possibilité que nous devons envisager. Vous vouliez vous marier, elle se mettait en travers de vos projets…

— Mais non ! s'offusqua Joy Sanderling. Nous n'avions pas besoin de sa permission pour nous marier. Et ce n'est pas comme si elle avait eu de l'argent ou quoi que ce soit. De toute façon, je sais que Robert n'a rien à voir dans cette histoire.

— Comment pouvez-vous en être si sûre ?

Joy prit une profonde inspiration. C'était manifestement une explication qu'elle n'avait pas envie de donner, mais elle n'avait pas le choix et elle le savait.

— D'après la police, Mary Blakiston est morte vers neuf heures du matin. Brent a téléphoné à la Dr Redwing juste avant dix heures et, quand elle est arrivée sur place, le corps était encore chaud. (Joy marqua une courte pause.) Le garage ouvre à neuf heures, comme le cabinet médical, et je suis restée avec Robert jusqu'à cette heure-là. Nous avons quitté son appartement ensemble. Mes parents auraient une attaque s'ils l'apprenaient, monsieur Staupert, même si nous sommes fiancés. Mon père était pompier. Maintenant il travaille pour le syndicat. C'est un homme très sérieux et terriblement vieux-jeu. Et puis le fait de devoir veiller sur Paul en permanence a rendu mes parents très protecteurs. Je leur ai dit que j'allais au théâtre à Bath et que je dormirais chez une amie. Mais en réalité j'ai passé la nuit avec Robert et je l'ai quitté le matin à neuf heures. Donc il n'a rien à voir dans la mort de sa mère.

— Si je peux me permettre, à quelle distance de Pye Hall se trouve le garage ?

— Trois ou quatre minutes avec mon scooter. À pied, il doit falloir environ un quart d'heure, en coupant par Dingle Dell. C'est le nom de la prairie boisée qui se trouve en bordure du village. (Joy fronça les sourcils.) Je sais ce que vous pensez, monsieur Staupert. Mais j'ai vu Robert, ce matin-là. Nous avons bavardé pendant le petit déjeuner. Il n'aurait pas pu se comporter comme ça, n'est-ce pas, s'il songeait à commettre un meurtre ?

Staupert s'abstint de répondre que, selon son expérience, les assassins pouvaient fort bien sourire et avoir une conversation plaisante juste avant de commettre le plus odieux des crimes. Les épreuves qu'il avait lui-même endurées pendant la guerre lui avaient beaucoup appris sur ce qu'il appelait l'institutionnalisation du meurtre : comment, en entourant le crime de formes et de procédures, vous parvenez à vous convaincre que c'est une nécessité absolue et que, en fin de compte, il ne s'agit pas d'un crime.

— Qu'attendez-vous de moi, mademoiselle Sanderling ?

— Je ne suis pas riche, monsieur Staupert. En fait, je ne peux pas vraiment vous payer. Je sais que j'ai eu tort et que je n'aurais probablement pas dû venir. Mais c'est injuste. Tellement injuste. J'avais dans l'idée que vous pourriez venir à Saxby-on-Avon. Juste une journée. Je suis sûre que ça suffirait. Vous pourriez vous faire une opinion et expliquer aux gens que c'était un simple accident. Ça mettrait un terme à cette vilaine histoire. Tout le monde sait qui vous êtes. Ils vous écouteraient.

S'ensuivit un court silence. Staupert ôta ses lunettes et les essuya avec un mouchoir. Fraser devina la suite. Il avait passé assez de temps auprès du détective pour connaître ses manies. Fidèle Staupert nettoyait toujours ses lunettes avant d'annoncer une mauvaise nouvelle.

— Je regrette, mademoiselle Sanderling, je ne peux rien pour vous, dit-il en levant une main pour l'empêcher de l'interrompre. Je suis détective privé. Il est vrai que la police m'a souvent demandé de l'aide pour certaines enquêtes, mais je n'ai aucun statut officiel dans ce pays. C'est tout le problème. Il m'est beaucoup plus difficile de m'imposer, surtout dans une affaire comme celle-ci où, pour ainsi dire, aucun crime n'a été commis. Sous quel prétexte pourrais-je entrer à Pye Hall ?

« De plus, je suis en désaccord avec votre hypothèse de base. Vous me dites que Mary Blakiston est morte accidentellement. C'est aussi ce que croit la police, manifestement. Considérons donc qu'il s'agit d'un accident. Tout ce que je peux faire, alors, c'est de confronter les commérages de certains villageois de Saxby-on-Avon qui ont surpris une malheureuse conversation et l'ont interprétée à leur manière. Mais on ne peut rien contre des commérages. Les rumeurs et les médisances sont comme du liseron. Il est impossible de les couper, même avec l'épée de la vérité. Toutefois je peux vous rassurer. Avec le temps, les rumeurs et les médisances finissent par mourir d'elles-mêmes. C'est ce que je crois. Et puis, pourquoi désirez-vous tant, votre fiancé et vous, rester dans ce petit coin du monde s'il vous est si hostile ?

— Pourquoi devrions-nous déménager ?

— Vous avez raison. Restez où vous êtes, mariez-vous et soyez heureux. Et, surtout, ignorez les potins. En les écoutant, vous les alimentez. En les dédaignant, vous les ferez taire.

Il n'y avait rien à ajouter. Comme pour signifier la fin de l'entretien, James Fraser ferma d'un coup sec son bloc-notes. Joy Sanderling se leva.

— Merci beaucoup, monsieur Staupert. Merci de m'avoir reçue.

— Mes vœux vous accompagnent, mademoiselle.

Il était sincère. Il souhaitait vraiment que cette jeune fille soit heureuse. Pendant tout le temps de la conversation, il avait oublié sa situation personnelle.

Fraser la reconduisit à la porte. Staupert entendit de faibles bruits de voix, puis la porte qui s'ouvrait et se fermait. Un instant après, Fraser revint dans le bureau.

— Je suis terriblement désolé, dit-il. J'ai essayé de lui expliquer que vous ne vouliez pas être dérangé.

— Je suis ravi de l'avoir reçue, répondit Staupert. Mais, dites-moi, James, quel est le mot que vous avez souligné plusieurs fois tandis que nous parlions ?

— Comment ? dit Fraser en rougissant. Oh, en fait…

ce n'était rien d'important. Ce n'était même pas pertinent. Je m'efforçais simplement d'avoir l'air concentré.

— C'est bien ce que je pensais.

— Oh ! Et pourquoi ?

— Parce que, à ce moment-là, mademoiselle Sanderling ne disait rien de particulièrement intéressant. Elle parlait de scooter. S'il avait été de n'importe quelle couleur sauf rose, c'eût été significatif.

Staupert sourit.

— Voulez-vous m'apporter une tasse de thé, James ? Ensuite, j'aimerais vraiment ne plus être dérangé.

Il quitta le bureau et regagna son salon.

3

Joy Sanderling se dirigeait vers la station de métro de Farringdon, en longeant le marché de viande en gros de Smithfield. Un camion était garé devant l'une des nombreuses portes. Au moment où elle passait, deux hommes en blouse blanche déchargeaient une carcasse entière de mouton, écorchée et sanguinolente. Le spectacle la fit frissonner. Elle n'aimait pas Londres. Elle trouvait la ville oppressante. Elle avait hâte de reprendre son train.

Sa rencontre avec Fidèle Staupert l'avait déçue, même si (elle l'admettait à présent) elle n'en avait jamais vraiment attendu beaucoup. Pourquoi le plus célèbre détective du pays s'intéresserait-il à elle ? D'autant qu'elle n'avait pas les moyens de le payer. Et ce qu'il avait dit était juste. Il n'y avait pas d'affaire à résoudre. Joy savait que Robert n'avait pas tué sa mère. Ils étaient ensemble, ce matin-là, et elle l'aurait entendu sortir de l'appartement. Robert pouvait se montrer parfois de mauvaise humeur. Il lui arrivait même d'être brusque et cassant, de dire des choses qu'il regrettait ensuite. Mais elle le fréquentait depuis assez longtemps pour savoir qu'il ne ferait de mal à personne. La mort de Mary Blakiston était un accident, voilà tout. Tous les détectives du monde ne pourraient rivaliser avec les mauvaises langues de Saxby-on-Avon.

Néanmoins elle ne regrettait pas sa démarche. Ils méritaient d'être heureux, surtout Robert. Il était si égaré avant de la rencontrer. Elle ne laisserait jamais personne les séparer. Ils ne partiraient pas. Peu importait ce que les gens pensaient d'eux. Ils se battraient.

À la station, elle acheta un ticket au guichet. Une idée commençait à germer dans son esprit. Joy était une jeune fille sage. Elle avait été éduquée dans une famille soudée et, en dépit des opinions politiques de son père, conservatrice. Ce qu'elle était en train d'envisager la choquait mais elle n'entrevoyait pas d'autre moyen. Elle devait défendre Robert. Protéger leur vie ensemble. Il n'y avait à ses yeux rien de plus important.

Avant que la rame de métro arrive, Joy avait pris sa décision.

4

De l'autre côté de Londres, dans un restaurant, au même moment.

Frances Pye jeta un regard indifférent sur le menu et commanda des sardines grillées, une salade, un verre de vin blanc. Chez Carlotta était un de ces restaurants familiaux italiens que l'on trouve derrière Harrods. Le directeur était marié avec la cuisinière et, au nombre des serveurs, on comptait un de leurs fils et un neveu. La commande fut notée, les menus enlevés. Frances Pye alluma une cigarette et se renversa contre son dossier.

— Tu devrais le quitter, dit son compagnon assis en face d'elle.

Jack Dartford, de cinq ans son cadet, était un homme d'une beauté sombre ; moustache fine, sourire facile, il portait un blazer croisé avec une cravate. Il la regardait avec inquiétude. Dès son arrivée, il avait perçu une tension chez elle. Même sa façon de se tenir assise trahissait sa nervosité. Frances semblait sur la défensive. Elle n'avait pas retiré ses lunettes de soleil. Il se demanda si elle avait un œil au beurre noir.

— Il me tuerait, répondit-elle avec un curieux sourire. En réalité, il a vraiment essayé de me tuer après notre dernière dispute.

— Tu plaisantes !

— Ne t'inquiète pas, Jack. Il ne m'a pas fait mal. C'était de la fanfaronnade. Il se doute de quelque chose.

Tous ces coups de téléphone, mes journées à Londres, les lettres... Je t'ai dit, pourtant, de ne pas m'écrire.

— Il les a lues ?

— Non, mais il n'est pas stupide. Et il parle avec le facteur. Chaque fois que je reçois une lettre manuscrite de Londres, il est probablement au courant. Hier soir, pendant le dîner, il a clairement soulevé la question. Il m'a plus ou moins accusée de fréquenter quelqu'un.

— Tu ne lui as pas parlé de moi ?

— Tu as peur qu'il ne te poursuive avec une cravache ? Ça ne m'étonnerait pas de lui. Mais non, Jack, je ne lui ai pas parlé de toi.

— Il t'a frappée ?

— Non.

Elle ôta ses lunettes. Elle paraissait fatiguée mais ses yeux n'étaient pas marqués.

— Disons que j'ai passé un moment désagréable. Tout est toujours désagréable avec Magnus.

— Pourquoi ne le quittes-tu pas ?

— Parce que je n'ai pas d'argent. Et tu dois comprendre une chose concernant Magnus. Il a un côté extrêmement vindicatif. Si j'essaie de le quitter, il s'entourera d'une armée d'avocats. Et il fera en sorte que je quitte Pye Hall juste avec les vêtements que je porte.

— Moi, j'ai de l'argent.

— Je ne crois pas, chéri. En tout cas, pas assez.

C'était vrai. Dartford travaillait dans la finance, ce qui, à proprement parler, n'était pas un travail. Il boursicotait. Faisait des investissements. Mais, ces derniers temps, il traversait une mauvaise passe et il espérait que Frances ne devinerait pas à quel point il était près de toucher le fond. Il n'avait pas les moyens de l'épouser. Il n'avait pas les moyens de fuir avec elle. Pour dire la vérité, il avait à peine les moyens de l'inviter à déjeuner.

— C'était comment, la Côte d'Azur ? demanda-t-il, pour changer de sujet.

C'était justement là-bas, sur un court de tennis, qu'ils avaient fait connaissance.

— Ennuyeux. J'aurais préféré que tu sois là.

— Moi aussi. Tu as joué au tennis ?

— Même pas. J'étais heureuse de rentrer. Nous avons reçu une lettre en milieu de semaine. Une domestique, à Pye Hall, s'est entravée dans le fil de l'aspirateur et s'est rompu le cou en tombant dans l'escalier.

— Seigneur ! Freddy était là ?

— Non. Il était chez des amis, à Hastings. Il y est toujours, d'ailleurs. Il n'a pas l'air pressé de revenir à la maison.

— Je le comprends. Et cette femme, qui est-ce ?

— La gouvernante. Mary Blakiston. Elle travaille chez nous depuis des années. Il va être impossible de la remplacer. Et ce n'est pas tout. À notre retour, le samedi, nous avons découvert qu'on nous avait cambriolés.

— Non !

— Mais si. C'est la faute du jardinier. Du moins c'est ce que pense la police. Il avait dû casser un carreau à l'arrière de la maison pour permettre au médecin d'entrer.

— Pourquoi un médecin ?

— Sois un peu attentif, Jack. C'était pour la

gouvernante. Brent, le jardinier, l'a aperçue allongée par terre. Il a appelé le médecin et a cassé un carreau pour entrer dans la maison. C'était trop tard. Mais, ensuite, il n'a pas eu l'idée de clouer un panneau sur la porte. Une invitation rêvée pour des cambrioleurs. Ils ne se sont pas fait prier.

— Ils t'ont volé beaucoup de choses ?

— À moi personnellement, non. Magnus garde la plupart de ses biens de valeur dans un coffre-fort. Ils n'ont pas réussi à l'ouvrir. Mais ils ont fouillé la maison et ont causé pas mal de dégâts. Tiroirs béants, toutes les affaires sens dessus dessous. Il nous a fallu deux jours pour tout remettre en ordre. (Elle tendit la main qui tenait sa cigarette et Dartford poussa un cendrier vers elle.) Les quelques bijoux que j'avais laissés à côté de mon lit ont disparu. C'est très déplaisant de penser que des inconnus sont entrés dans la chambre.

— J'imagine.

— Et Magnus a perdu son précieux trésor. Ça l'a beaucoup contrarié.

— Quel trésor ?

— Des objets de l'antiquité romaine, en argent pour la plupart, qui étaient dans la famille depuis des générations. Ils provenaient d'un site funéraire qui a été découvert quelque part dans la propriété. Il y avait des bagues, des bracelets, des coffrets, des pièces de monnaie. Ils étaient exposés dans une vitrine. Bien entendu, Magnus ne les a jamais fait assurer. Pourtant, cela valait une fortune. Trop tard…

— La police a trouvé quelque chose ?

— Non, bien évidemment. Nous avons reçu la visite d'un policier de Bath. Il a fouiné partout, posé des questions insolentes, gaspillé beaucoup de poudre à relever les empreintes, puis il a disparu. Parfaitement inutile.

Le serveur apporta le verre de vin. Dartford en profita pour commander un second Campari soda.

— Dommage que ce ne soit pas Magnus, remarqua-t-il après que le serveur fut parti.

— Que veux-tu dire ?

— Qui soit tombé dans l'escalier, plutôt que cette femme, la gouvernante.

— C'est horrible, ce que tu dis.

— J'exprime seulement ce que tu penses, chérie. Je te connais bien. Je suppose que tu hériterais de tout si Magnus cassait sa pipe.

Frances souffla un rond de fumée et scruta son compagnon.

— En réalité, la maison et le domaine reviendraient à Freddy. Il y a une clause d'inaliénabilité sur la propriété. C'est ainsi depuis toujours dans la famille.

— Mais tu mènerais la belle vie.

— Oh oui ! Et, bien sûr, j'aurais un droit d'usufruit à vie sur Pye Hall. La seule chose qui me serait interdite serait de vendre. Mais nous parlons dans le vide. Magnus est en excellente santé, du moins pour son âge.

— Je sais, Frances. Mais une grande maison comme ça, un fil tendu en travers des marches… on ne sait jamais ce qui peut arriver. Peut-être que les cambrioleurs pourraient revenir l'achever.

— Tu n'es pas sérieux !

— Juste une idée en l'air.

Frances Pye se tut. Ce n'était pas une conversation convenable, surtout dans un restaurant très fréquenté. Mais elle devait reconnaître que Jack avait raison. La vie sans Magnus serait considérablement plus simple et plus agréable. Dommage que la foudre n'ait pas pour habitude de frapper deux fois au même endroit.

Mais après tout, pourquoi pas ?

5

Emilia Redwing s'efforçait d'aller voir son père une fois par semaine, mais ce n'était pas toujours possible. Si la salle d'attente du cabinet était bondée, si elle avait des visites à faire à domicile ou à l'hôpital, ou trop de paperasse en retard sur son bureau, elle devait se décommander. C'était facile de trouver une excuse. Il y avait toujours une bonne raison à invoquer.

Elle tirait peu de plaisir de ses visites. Le Dr Edgar Rennard s'était retrouvé veuf à l'âge de quatre-vingts ans et, même s'il avait continué de vivre dans sa maison près de King's Abbot, il n'avait plus jamais été lui-même. Très vite, Emilia avait dû s'habituer à recevoir des appels téléphoniques des voisins. On avait découvert son père errant dans la rue, il ne se nourrissait plus convenablement, il était désorienté, etc. Au début, elle avait tenté de se persuader qu'il souffrait seulement de la perte de sa femme et de la solitude mais, au vu des symptômes, il lui avait fallu se rendre à l'évidence. Son père était atteint de démence sénile. Son état ne s'améliorerait pas. En fait, le pronostic était sévère. Elle avait brièvement envisagé l'idée de l'accueillir chez elle, à Saxby-on-Avon, mais cela aurait été injuste envers Arthur, et elle ne pouvait pas devenir l'aide-soignante à temps plein d'un vieillard. Elle se souvenait encore du sentiment de culpabilité et d'échec qu'elle avait éprouvé la première fois où elle l'avait conduit à Ashton House, un ancien hôpital reconverti juste après la guerre en résidence pour personnes âgées, dans la vallée de Bath. Bizarrement, il avait été plus facile de convaincre son père qu'elle-même.

Le jour était mal choisi pour faire le trajet de quinze minutes qui la séparait de Bath. Joy Sanderling avait pris un jour de congé pour aller à Londres régler une affaire personnelle. L'enterrement de Mary Blakiston avait eu lieu cinq jours plus tôt, et il régnait dans le village une sorte de malaise ambiant difficile à définir mais qui, Emilia Redwing le savait d'expérience, risquait fort de lui valoir quelques patients supplémentaires. Le malheur avait tendance à affecter les gens au même titre que le rhume, et le cambriolage qui s'était déroulé à Pye Hall participait lui aussi à l'infection générale. Mais impossible de remettre la visite à son père. Le mardi, Edgar Rennard avait fait une chute. Un médecin l'avait examiné et avait assuré à Emilia qu'il n'y avait rien de sérieux. Néanmoins son père la réclamait. Il avait perdu l'appétit. La surveillante d'Ashton House avait téléphoné pour lui demander instamment de venir.

Elle était en ce moment même auprès de lui. On l'avait levé, mais seulement pour l'asseoir dans le fauteuil près de la fenêtre. Il était en robe de chambre, si maigre et ratatiné qu'Emilia avait envie de pleurer. Lui qui avait toujours été si solide, si robuste. Petite fille, elle pensait que le monde entier reposait sur les épaules de son père. Aujourd'hui, il avait mis cinq minutes avant de la reconnaître. Son état se dégradait lentement. Ce n'était pas tant que son père était en train de mourir. En réalité, il avait perdu le désir de vivre.

— Il faut que je lui dise, marmonna-t-il d'une voix rauque.

Ses lèvres avaient du mal à articuler. Il avait répété la même phrase déjà deux fois sans pouvoir s'expliquer plus clairement.

— De qui parles-tu, papa ? Qu'est-ce que tu dois dire ?

— Elle doit savoir ce qui s'est passé… ce que j'ai fait.

— De quoi parles-tu ? Y a-t-il un rapport avec maman ?

— Où est-elle ? Où est ta mère ?

— Elle n'est pas ici.

Emilia s'en voulut d'avoir mentionné sa mère. Cela ne faisait qu'ajouter à la confusion du vieil homme.

— Que veux-tu me dire, papa ? reprit-elle d'une voix plus douce.

— C'est important. Je n'en ai plus pour longtemps.

— Mais non, voyons. Tu vas aller mieux. Il faut juste que tu essaies de t'alimenter un peu. Je peux demander un plateau à la surveillante, si tu veux. Je resterai près de toi pendant que tu manges.

— Magnus Pye…

Elle trouva extraordinaire qu'il ait prononcé ce nom. Bien sûr, son père connaissait Magnus Pye depuis l'époque où il travaillait à Saxby-on-Avon. Il avait soigné toute la famille. Mais pourquoi le mentionner maintenant ? Sir Magnus avait-il un rapport avec ce qu'essayait de lui expliquer son père ? Et lequel ? L'ennui avec la démence sénile est que, en plus de laisser des trous immenses dans la mémoire, elle mélange tout. Son père pouvait tout aussi bien penser à une chose qui s'était produite cinq ans ou cinq jours plus tôt. Pour lui, c'était pareil.

— Quoi, Sir Magnus ? dit-elle.

— Qui ?

— Sir Magnus Pye. Tu viens de le citer. Tu voulais me dire quelque chose.

Mais le regard de son père était redevenu vague. Il s'était replié dans un monde habité de lui seul. Emilia s'attarda encore une vingtaine de minutes, mais c'est à peine s'il remarqua sa présence. Ensuite elle alla échanger quelques mots avec la surveillante et partit.

Un sentiment persistant d'inquiétude la tenailla pendant tout le chemin du retour, mais, sitôt qu'elle se gara devant sa maison, elle chassa son père de ses pensées. Arthur avait promis de s'occuper du dîner. Ils regarderaient probablement un épisode de *Life with the Lyons* à la télévision et se coucheraient tôt. Elle avait consulté son cahier de rendez-vous du lendemain et savait qu'il était très chargé.

Dès qu'elle poussa la porte, l'odeur de brûlé l'assaillit. D'abord alarmée, elle s'aperçut qu'il n'y avait pas de fumée et que l'odeur était diffuse. Elle se rendit dans la cuisine et y découvrit Arthur assis devant la table, ou plutôt affalé dessus, en train de boire du whisky. Il n'avait même pas commencé à préparer le repas et elle comprit que quelque chose n'allait pas. Arthur supportait mal les déceptions. Il les célébrait. Que s'était-il donc passé ? Le regard d'Emilia embrassa la pièce et elle remarqua un tableau posé contre le mur, son cadre en bois calciné, et la toile en grande partie détruite. C'était un portrait de femme. Arthur en était l'auteur. Elle reconnut son style immédiatement, mais il lui fallut un peu plus longtemps pour deviner qui était le modèle.

— Lady Pye, murmura-t-elle, répondant à sa question avant même de la formuler. Qu'est-il arrivé ? Où as-tu trouvé cette toile ?

— Sur un feu de bois, près de la roseraie à Pye Hall.

— Que faisais-tu à Pye Hall ?

— Je me promenais. J'ai coupé par Dingle Dell et, comme il n'y avait personne en vue, j'ai décidé de passer à travers les jardins pour rejoindre la route. Je ne sais pas ce qui m'a attiré là-bas. Le destin, sans doute.

Il but une autre gorgée. Il n'était pas ivre. Le whisky lui servait de soutien.

— Brent n'était pas dans les parages, reprit-il. Il n'y avait pas âme qui vive. Juste ce foutu portrait jeté avec les autres rebuts sur le feu.

— Arthur…

— Je sais, c'est à eux. Ils m'ont payé. Ils peuvent en faire ce que bon leur semble.

Emilia Redwing se souvint que Sir Magnus avait passé

commande du portrait de sa femme à l'occasion du quarantième anniversaire de celle-ci. À l'époque, elle s'en était réjouie, même après avoir appris le prix dérisoire que Sir Magnus avait l'intention de payer. C'était une commande. Et cela signifiait beaucoup pour l'amour-propre d'Arthur. Il s'y était attelé avec enthousiasme. Il avait peint Frances Pye dans le jardin, avec Dingle Dell en arrière-plan. Il n'avait pas eu assez de temps, trois séances de pose tout au plus, et Frances Pye s'était montrée peu patiente. Mais elle avait été impressionnée par le résultat. Le portrait rehaussait tout ce qu'il y avait de bien en elle, elle y apparaissait détendue, avec un demi-sourire, maîtresse d'elle-même. Arthur avait été assez satisfait de son travail, de même que Sir Magnus, qui avait accroché le tableau en évidence dans le grand hall.

— C'est sûrement une erreur, Arthur. Pourquoi voudrait-il s'en séparer?

— Ils l'ont jeté au feu, Emilia, répondit Arthur d'une voix sourde avec un geste las vers la toile. Et avant de le brûler, ils l'ont tailladé.

— Tu peux le sauver? En faire quelque chose?

Elle connaissait la réponse. Le regard impérieux de la femme avait survécu, ainsi que la chevelure brune, ondoyante, tombant sur une épaule. Mais tout le reste était noirci, lacéré, brûlé. Celui ou celle qui l'avait jeté n'en voulait plus dans la maison.

— Excuse-moi, dit Arthur. Je n'ai pas préparé le dîner.

Il vida son verre et quitta la pièce.

6

— Tu as vu ça ?

Robin Osborne lisait le *Bath Weekly Chronicle*. Henrietta ne l'avait jamais vu aussi en colère. Il lui évoquait un personnage de l'Ancien Testament, avec ses cheveux noirs tombant sur son col, son visage pâle, ses yeux étincelants de fureur. Moïse, lors de l'épisode du veau d'or. Ou bien Josué, faisant tomber les murs de Jéricho.

— Ils vont tronçonner Dingle Dell !

— De quoi parles-tu ?

Henrietta posa les deux tasses de thé qu'elle venait de préparer et s'approcha de lui.

— Sir Magnus Pye l'a vendu à des promoteurs immobiliers. Ils vont construire une nouvelle route et huit maisons !

— Où ?

— Ici ! s'écria le pasteur avec un geste vers la fenêtre. Juste au bout de notre jardin ! Voilà ce que nous verrons, bientôt. Une rangée de maisons neuves ! Lui ne les verra pas, bien sûr. Il est de l'autre côté du lac et il a assez d'arbres pour faire écran. Mais toi et moi…

— Il ne peut pas ! Si ?

Henrietta se plaça derrière son mari pour lire le gros titre du journal. DE NOUVELLES MAISONS À SAXBY-ON-AVON. Cela sonnait comme une interprétation remarquablement optimiste pour un tel acte de vandalisme. Les mains de son mari tremblaient.

— La terre est protégée, tout de même ! s'exclama-t-elle.

— Protégée ou non, il a visiblement obtenu l'autorisation. Il se passe la même chose partout à travers le pays. D'après l'article, les travaux commenceront avant la fin de l'été. Autrement dit le mois prochain ou le suivant. Et il n'y a rien que nous puissions faire.

— On pourrait écrire à l'évêque.

— L'évêque ne sera d'aucune aide. Ni lui ni personne.

— On peut quand même essayer.

— Non, Henrietta. Il est trop tard.

Dans la soirée, alors qu'ils préparaient ensemble le repas, Robin Osborne continua de fulminer.

— Quel affreux bonhomme, ce Pye. Il est là, dans sa grande maison, et il nous toise tous de haut. Pourtant il n'a rien fait pour mériter sa situation. Il a juste hérité de son père, et son père du sien. On est en 1955, Dieu du ciel ! Pas au Moyen Âge ! Bien sûr, ça n'aide pas d'avoir ces foutus conservateurs au gouvernement, mais on aurait pu penser que l'époque était révolue où les gens possédaient la fortune et le pouvoir par le seul fait de leur naissance.

« Quand Sir Magnus a-t-il levé le petit doigt pour aider quelqu'un ? Regarde notre église ! Le toit fuit, on n'a pas les moyens de faire marcher le nouveau système de chauffage, et il n'a jamais eu l'idée de nous aider, même d'un shilling. Sans compter qu'il assiste rarement aux services. L'église même où il a été baptisé ! En revanche, il a une belle place réservée au cimetière. Plus tôt il s'y installera, mieux ce sera, si tu veux mon avis.

— Tu ne penses pas ce que tu dis, Robin.

— Tu as raison. C'est un péché de dire ça. Et très mal de ma part. (Osborne prit une profonde inspiration.) Je ne suis pas hostile à ce qu'on construise des logements neufs à Saxby-on-Avon. Bien au contraire, il est important que le village garde ses jeunes. Mais ce projet immobilier n'a rien à voir avec ça. Je doute que quiconque ici ait les moyens de s'offrir ces nouvelles maisons. Tu verras ce que je te dis. Ce seront sûrement d'horribles bâtisses modernes, pas du tout en harmonie avec le village.

— Tu ne peux pas t'opposer au progrès, Robin.

— Le progrès ? Ça ? Saccager une magnifique prairie boisée qui est là depuis plus de mille ans ? Franchement, ça m'étonne qu'il puisse s'en tirer aussi facilement. Depuis que nous vivons ici, nous avons toujours adoré Dingle Dell. Tu sais ce que ça représente pour nous. Eh bien, d'ici un an, si le projet voit le jour, nous allons nous retrouver dans une rue de banlieue !

Le pasteur posa l'épluche-légumes, ôta son tablier et ajouta d'un ton abrupt :

— Je vais à l'église.

— Et le dîner ?

— Je n'ai pas faim.

— Tu veux que je t'accompagne ?

— Non. Merci, ma chérie. J'ai besoin de réfléchir un peu. Et j'ai besoin de demander pardon à Dieu.

— Tu n'as rien fait de mal.

— J'ai prononcé des paroles que je n'aurais pas dû prononcer. Et j'ai dans la tête des pensées qui ne devraient pas y être. Ressentir de la haine pour son prochain, c'est terrible.

— Certains individus le méritent.

— Probablement. Mais Sir Magnus est un être humain, comme nous tous. Je prierai pour que son cœur change.

Il enfila sa veste et quitta la pièce. Henrietta Osborne entendit la porte d'entrée s'ouvrir puis se fermer et elle commença à ranger la cuisine. Son mari l'inquiétait. Elle ne savait que trop bien ce que la perte de Dingle Dell signifiait pour eux deux. Que faire ? Peut-être que si elle allait voir Sir Magnus elle-même…

Pendant ce temps, Robin Osborne pédalait en direction de l'église. La bicyclette du pasteur était un sujet de plaisanterie dans le village. C'était une vieillerie brinquebalante avec des roues voilées et un cadre pesant une tonne, qui faisait un horrible bruit de ferraille. Un panier était suspendu au guidon, généralement rempli de livres ou de légumes frais de son potager qu'il aimait distribuer aux membres les plus pauvres de sa congrégation. Ce soir-là, le panier était vide.

En traversant la place du village, il dépassa Johnny Whitehead et sa femme qui se dirigeaient bras dessus, bras dessous vers le Queen's Arms. Les Whitehead allaient peu à l'église, en tout cas pas plus qu'ils ne le devaient. Pour eux, l'important était de préserver les apparences, et dans tous les domaines. D'ailleurs dans le respect de ce principe, ils saluèrent le pasteur. Il les ignora. Laissant sa bicyclette à l'entrée du cimetière, il se dirigea à grands pas vers l'église et disparut par la grande porte.

— Qu'est-ce qui lui prend ? s'étonna Johnny Whitehead. Il n'avait pas l'air content.

— C'est peut-être à cause des obsèques, suggéra Gemma Whitehead. Ce ne doit pas être très rigolo d'enterrer quelqu'un.

— Mais non, les prêtres ont l'habitude. Ils aiment ça. Ça leur donne un sentiment d'importance.

Johnny Whitehead leva les yeux vers le haut de la rue. À côté de St Botolph, les lumières du garage venaient de s'éteindre. Il aperçut Robert Blakiston traverser la cour, sa journée de travail terminée. Whitehead regarda sa montre. Six heures pile.

— Le pub est ouvert, annonça-t-il. Allons-y.

Johnny était de bonne humeur. Gemma lui avait permis d'aller à Londres pour la journée – elle ne pouvait pas le forcer à passer sa vie entière à Saxby-on-Avon. Il avait retrouvé ses cafés préférés et quelques vieux copains, et s'était immergé avec bonheur dans la ville, dans le brouhaha de la circulation, la pollution de l'air. Il aimait le bruit. Il aimait la foule et l'agitation. Il avait fait son possible pour s'habituer à la campagne mais il avait encore le sentiment qu'il y avait là autant de vie que dans une courge farcie. Rejoindre Derek et Colin, boire quelques bières avec eux, se promener dans Brick Lane, c'était comme se redécouvrir. Sans compter qu'il en était revenu avec cinquante livres en poche. Curieusement, Colin n'avait pas hésité une seconde.

— Très joli, Johnny. De l'argent massif, et ancien en plus. Tu as eu ça dans un musée ? Tu devrais venir nous voir plus souvent !

Ce soir, c'était lui qui régalait, et tant pis si le Queen's Arms était aussi chaleureux que le cimetière voisin. Il y avait quelques clients. Tony Bennett passait sur le juke-box. Johnny tint la porte pour laisser passer sa femme.

7

Joy Sanderling était seule dans le cabinet de consultation de la Dr Redwing.

Elle était entrée avec sa propre clé. Elle possédait un trousseau de toutes les clés, à l'exception de celle du placard contenant les médicaments dangereux. Mais elle aurait pu l'ouvrir aussi car elle savait où la Dr Redwing cachait le double. Elle avait une idée très précise de ce qu'elle allait faire. Cette pensée lui faisait battre le cœur plus vite, mais cela ne l'arrêta pas.

Elle tira une feuille de papier d'un tiroir et la glissa dans la machine à écrire, une Olympia SM2 De Luxe, qui avait été livrée au cabinet lorsqu'elle avait été embauchée. C'était une machine portable. Joy aurait préféré un modèle plus lourd, mais se plaindre n'était pas dans son caractère. En faisant tourner le feuillet sur le rouleau, elle se prit à songer à son arrivée à Tanner Court et à son entrevue avec Fidèle Staupert. Le célèbre détective l'avait déçue mais elle ne lui en voulait pas. Il avait été aimable de la recevoir, d'autant qu'il ne semblait pas en excellente forme. Elle avait l'habitude de voir des gens malades. Son expérience au cabinet lui avait permis d'acquérir une sorte de sixième sens. Elle devinait lorsqu'il s'agissait d'un cas grave avant même que le patient ait été reçu par le médecin, et elle avait tout de suite senti que Fidèle Staupert allait mal. Bien sûr, ça ne la regardait pas. En tout cas il avait eu raison. Avec le recul, elle comprenait qu'il aurait été impossible d'endiguer le torrent de commérages acerbes dans le village. Le détective n'aurait rien pu faire.

Mais il y avait une chose qu'*elle* pouvait faire.

Choisissant ses mots avec soin, elle commença à taper. Cela ne lui prit pas très longtemps. Le message pouvait tenir en trois ou quatre lignes. Lorsqu'elle eut terminé, elle examina ce qu'elle avait écrit. Maintenant que c'était là, noir sur blanc, sous ses yeux, elle se demanda si elle pouvait vraiment continuer. Mais il n'y avait pas d'autre choix.

Un léger mouvement dans la salle d'attente lui fit lever les yeux. Robert Blakiston était de l'autre côté du guichet de séparation, vêtu de sa salopette maculée de cambouis. Absorbée par sa tâche, elle ne l'avait pas entendu entrer.

Gênée, elle ôta vivement la feuille de papier de la machine et la posa sur la table.

— Que fais-tu ici ?

— Je voulais te voir, répondit Robert.

Il était venu directement après avoir fermé le garage. Joy ne lui avait pas parlé de son aller-retour à Londres, et il supposait qu'elle avait travaillé.

— Tu as passé une bonne journée ? demanda-t-elle d'un ton enjoué.

— Pas trop mauvaise, répondit-il en baissant les yeux sur la feuille de papier. C'est quoi ?

Son ton était soupçonneux. Elle se reprocha d'avoir retourné la page trop précipitamment.

— Une lettre que j'ai tapée pour la Dr Redwing. C'est privé. Une affaire médicale.

Elle détestait lui mentir, mais en aucun cas elle ne lui aurait avoué de quoi il s'agissait.

— Tu veux venir boire un verre ?

— Non, dit Joy. Je dois rentrer voir mes parents. (Elle vit son visage se rembrunir et s'inquiéta.) Quelque chose ne va pas ?

— Non, pas vraiment. Je voulais juste être avec toi.

— Quand nous serons mariés, nous passerons notre temps ensemble et personne ne nous en empêchera.

— Ouais.

Joy songea un instant à changer ses projets. Elle aurait pu sortir avec Robert. Mais sa mère avait préparé un dîner spécial, et Paul s'énervait lorsqu'elle rentrait tard. De plus, elle lui avait promis de lui faire la lecture avant de se coucher. Il adorait ça. Prenant la lettre, elle se leva et rejoignit Robert dans la salle d'attente. Elle sourit et l'embrassa sur la joue.

— Nous serons bientôt M. et Mme Blakiston, nous vivrons ensemble et nous ne serons jamais plus séparés.

Robert l'enlaça brusquement. Son étreinte était si forte qu'il lui fit presque mal. Il l'embrassa et elle vit des larmes dans ses yeux.

— Je ne supporterais pas de te perdre, dit-il d'une voix altérée. Tu es tout pour moi. Je suis sincère, Joy. Te connaître est la meilleure chose qui me soit arrivée, et je ne laisserai rien ni personne se mettre entre nous.

— Je me moque de ce que racontent les gens, Robert. Et puis rien ne nous oblige à rester à Saxby-on-Avon. Nous pouvons aller où bon nous semble. (Elle se rendit compte que c'était exactement ce que lui avait suggéré Fidèle Staupert.) Mais nous resterons. Tu verras. Tout ira bien.

Ils se quittèrent peu après. Robert retourna chez lui prendre une douche et se changer. Joy ne rentra pas tout de suite chez ses parents. Elle avait d'abord une lettre à déposer.

8

Au même moment, un peu plus loin sur la route, Clarissa Pye entendit sonner à sa porte. Elle était en train de préparer son dîner ; une nouveauté était apparue à l'épicerie du village : du poisson surgelé, présenté sous forme de bâtonnets recouverts de chapelure. Elle venait de verser un peu d'huile dans la poêle mais, par chance, n'y avait pas encore jeté le poisson. La sonnette retentit une seconde fois. Un représentant de commerce, à cette heure ? Le village en avait été infesté ces derniers temps. Une véritable nuée, telles les sauterelles s'abattant sur l'Égypte. Méfiante, elle entrouvrit sa porte entravée par la chaîne de sécurité et jeta un coup d'œil par l'entrebâillement. C'était son frère. Elle aperçut la Jaguar bleu clair garée dans Winsley Terrace derrière lui.

— Magnus ?

Elle était tellement étonnée qu'elle ne savait quoi dire. Il ne lui avait rendu visite que deux fois, dont l'une lorsqu'elle était malade. Il n'avait pas assisté aux obsèques de Mary Blakiston et elle ne l'avait pas vu depuis son retour de France.

— Ça va, Clara ? Je peux entrer ?

Il l'appelait Clara depuis leur plus jeune âge. Cela lui rappela le garçon qu'il avait été, si différent de l'homme qu'il était devenu. Pourquoi avait-il laissé pousser cette horrible barbe ? Personne ne lui avait donc dit que cela lui allait mal ? Qu'il ressemblait à une espère d'aristocrate fou tout droit sorti d'un dessin humoristique ? Il avait le blanc des yeux grisâtre et les joues couperosées. De toute évidence, il buvait trop. Et sa tenue vestimentaire ! On aurait dit qu'il venait de jouer au golf, avec son pantalon large rentré dans ses chaussettes et son cardigan jaune vif. Impossible de les imaginer frère et sœur. Plus même. Jumeaux. Peut-être cela venait-il des chemins divergents que la vie leur avait fait prendre, en tout cas ils ne se ressemblaient plus du tout, si toutefois ils s'étaient ressemblés un jour.

Clarissa ferma la porte, ôta la chaîne de sécurité et la rouvrit. Magnus esquissa un sourire – à moins que ce ne fût un plissement nerveux des lèvres –, et entra dans le vestibule. Clarissa s'apprêtait à lui montrer le chemin de la cuisine, puis elle se souvint de la boîte de poisson congelé et préféra le guider de l'autre côté. Le 4 de Winsley Terrace n'était en rien comparable à Pye Hall. Le choix des pièces était réduit.

Ils prirent place dans le salon bien rangé et confortable, mais meublé succinctement : un tapis à volutes entre le canapé et les deux fauteuils, un bow-window, un chauffage électrique et un téléviseur. Après un moment de silence gêné, Magnus demanda :

— Comment vas-tu, Clara ?

Pourquoi voulait-il le savoir ? Qu'est-ce que cela pouvait bien lui faire ?

— Bien, merci, répondit Clarissa. Et toi ? Et Frances ?

— Oh ! Frances va bien. Elle est à Londres… Pour du shopping.

Nouveau silence embarrassé.

— Je peux t'offrir quelque chose à boire ? proposa Clarissa.

C'était peut-être une visite de convenance. Sinon, elle ne voyait aucune raison à la présence de son frère chez elle.

— Volontiers. Qu'est-ce que tu m'offres ?

— Du sherry.

— Très bien.

Magnus s'assit. Clarissa ouvrit le placard d'angle et en sortit une bouteille. Celle-ci était là depuis Noël. Est-ce que le sherry s'éventait ? Elle remplit deux verres, les huma discrètement et les apporta.

— J'ai appris pour le cambriolage. Je suis désolée.

Magnus haussa les épaules.

— Oui, c'était assez déplaisant comme spectacle.

— Quand êtes-vous rentrés de France ?

— Samedi soir. Nous avons trouvé la maison sens dessus dessous. C'est la faute de cet imbécile de Brent, qui n'a pas réparé la porte de derrière. Ça fait un certain temps qu'il me tape sur les nerfs, celui-là. Je suis content de m'en être débarrassé. Ce n'était pas un mauvais jardinier, mais je n'ai jamais apprécié son attitude.

— Tu l'as renvoyé ?

— Il était temps pour lui de bouger un peu.

Clarissa avala une gorgée de sherry. Le vin sirupeux colla à ses lèvres comme s'il refusait de pénétrer dans sa bouche.

— J'ai entendu dire qu'on a volé les objets en argent.

— Presque tous, oui. Pour être franc, c'est une vilaine période. Ça, plus tout le reste.

— Tu veux parler de Mary Blakiston ?

— Oui.

— J'ai regretté de ne pas te voir aux obsèques.

— Je sais. C'est dommage. Je ne savais pas…

— Je croyais que le pasteur t'avait écrit ?

— Oui, en effet. Mais j'ai reçu sa lettre trop tard. Foutue poste française. C'est d'ailleurs à ce sujet que je voulais te parler.

Magnus n'avait pas touché à son verre de sherry. Il jeta un regard autour de lui comme s'il découvrait le salon pour la première fois.

— Tu te plais ici, Clara ?

La question la prit par surprise.

— Ça va, répondit-elle avant d'ajouter, d'un ton plus déterminé : En fait, j'y suis très heureuse.

— Vraiment ?

Il semblait sceptique.

— Oui, oui. Vraiment.

— Parce que, tu vois, le pavillon est libre maintenant.

— Tu parles du pavillon de gardien de Pye Hall ?

— Oui.

— Tu voudrais que je m'y installe ?

— Eh bien, l'idée m'est venue dans l'avion, en revenant. C'est terrible, ce qui est arrivé à Mary Blakiston. Je l'aimais beaucoup, tu sais. C'était une bonne cuisinière, une bonne gouvernante, et surtout elle était très discrète. Quand j'ai appris cet horrible accident, j'ai tout de suite pensé que ce serait très difficile de la remplacer. Et puis j'ai pensé à toi…

Clarissa sentit un frisson glacé la parcourir.

— Es-tu en train de m'offrir sa place, Magnus ?

— Pourquoi pas ? Tu n'as guère travaillé depuis ton retour d'Amérique. Je suis certain que l'école ne te paie pas très cher et qu'un peu d'argent te serait utile. Si tu t'installais au pavillon, tu pourrais vendre cet appartement. Et tu serais sûrement contente de revenir à Pye Hall. Tu te rappelles quand on faisait la course autour du lac ? Et nos parties de croquet sur la pelouse ! Bien sûr, il faudrait que j'en parle avec Frances. Je ne lui ai encore rien dit. Je préférais te voir avant. Qu'en dis-tu ?

— Je peux y réfléchir ?

— Bien entendu. C'était juste une idée, mais ça pourrait être vraiment bien. (Il leva son verre, se ravisa et le reposa.) C'est toujours un plaisir de te voir, Clara. Ce serait merveilleux si tu revenais.

Clarissa réussit à le raccompagner à la porte, et le

regarda monter en voiture et démarrer. Elle avait du mal à respirer. Le seul fait de parler lui avait coûté un immense effort. Une vague de nausée la submergea. Elle ne sentait plus ses mains. Elle connaissait l'expression « s'étouffer de rage », mais jamais elle n'avait imaginé que cela pouvait être une réalité.

Magnus lui avait proposé un emploi de boniche. Il lui offrait de faire son ménage, sa lessive. Seigneur ! À sa propre sœur. Ils avaient vécu sous le même toit, mangé à la même table. Elle avait dû partir après la mort de leurs parents et le mariage de Magnus, deux événements malheureusement consécutifs. Depuis, elle était devenue invisible pour lui. Et maintenant ça !

Il y avait dans le vestibule une reproduction de la *Vierge aux rochers* de Léonard de Vinci. La Sainte Vierge détourna peut-être les yeux de saint Jean le Baptiste pour observer Clarissa Pye monter quatre à quatre au premier étage, le regard étincelant de vengeance.

Aucun doute, elle ne s'apprêtait pas à prier.

9

Vers vingt heures trente, la nuit était tombée sur Saxby-on-Avon.

Brent avait décidé de travailler tard. En dehors des pelouses à tondre et des mauvaises herbes à arracher, il y avait les fleurs fanées de cinquante variétés de roses à ramasser et les ifs à tailler. Une fois la brouette et ses outils rangés dans la grange, il fit le tour du lac et traversa Dingle Dell en suivant le sentier qui menait au presbytère et, au-delà, au second pub du village, le Ferryman, qui se trouvait au croisement.

Il arrivait à la lisière du bois lorsqu'un bruit le fit se retourner. Il parcourut rapidement du regard le manoir, les yeux plissés pour mieux sonder la semi-obscurité. Deux lampes étaient allumées au rez-de-chaussée, mais il n'y avait aucun mouvement visible. À sa connaissance, Sir Magnus était seul. Il était revenu du village une heure plus tôt, mais sa femme avait passé la journée à Londres. Sa voiture n'était pas rentrée.

Brent aperçut une silhouette qui remontait l'allée venant du portail. Il avait une bonne vue mais n'aurait pas su dire s'il s'agissait de quelqu'un du village. Le visiteur portait un chapeau qui lui masquait le visage. Il y avait dans sa démarche quelque chose de bizarre. Il semblait avancer courbé en deux, cherchant l'obscurité, comme s'il ne voulait pas être vu. C'était une heure tardive pour une visite. Brent hésita à faire demi-tour. Il y avait eu le cambriolage, le même jour que les obsèques, et tout le monde était un peu sur ses gardes. Il ne lui faudrait qu'une minute pour revenir vérifier si tout allait bien.

Mais il y renonça. Ça ne le regardait pas, et après la discussion qu'il avait eue dans l'après-midi avec Sir Magnus, il ne ressentait plus la moindre obligation de loyauté envers son employeur ni envers sa femme. Ils n'avaient jamais été bons pour lui. Ils avaient toujours considéré son dévouement comme une chose normale.

Brent travaillait de huit heures du matin jusque tard le soir depuis des années sans jamais un remerciement, et pour un salaire ridicule. D'habitude, il ne buvait jamais en semaine mais, ce soir-là, il avait dix shillings en poche et comptait s'offrir une ou deux pintes avec une assiette de poisson et de frites. Le Ferryman se trouvait au bout du village. C'était un pub miteux, délabré, nettement moins respectable que le Queen's Arms. Brent y était un habitué. Il s'asseyait toujours à la même table près de la fenêtre. En l'espace de deux heures il lui arrivait d'échanger une dizaine de mots avec le barman, et, pour lui, c'était déjà une conversation. Il chassa le visiteur de ses pensées et poursuivit son chemin.

Vingt-cinq minutes plus tard, un peu avant d'atteindre le pub, Brent fit une autre rencontre étrange. À l'orée du bois, il croisa Henrietta Osborne, seule, qui venait sans doute du presbytère, un peu plus loin sur la route. Elle semblait pressée. Elle avait jeté une parka bleu pâle sur ses épaules, un vêtement trop grand pour elle, sans doute appartenant à son mari. Ses cheveux étaient en désordre. Elle paraissait absorbée.

— Oh ! bonsoir, Brent, dit-elle en le reconnaissant. Vous sortez tard.

— Je vais au pub.

— Ah oui ? Je me demandais… Je cherche le pasteur. Vous ne l'auriez pas aperçu par hasard ?

— Non, répondit Brent en secouant la tête, étonné d'apprendre que le pasteur était dehors à cette heure du soir.

S'étaient-ils disputés ? Puis il se souvint de la silhouette aperçue au manoir.

— Je crois avoir vu quelqu'un à Pye Hall, madame Osborne. C'était peut-être lui.

— À Pye Hall ?

— Il venait juste d'entrer.

— Je ne vois pas pourquoi mon mari serait allé là-bas.

Elle paraissait nerveuse. Brent haussa les épaules.

— Je ne sais pas, madame.

— Eh bien, bonne nuit, Brent.

Elle tourna les talons et rebroussa chemin.

Une heure plus tard, Brent était attablé devant son assiette de poisson et de frites, et sirotait sa deuxième pinte de bière. Le pub était enfumé. Le juke-box braillait, mais, lors d'une pause entre deux disques, il entendit le grincement d'une bicyclette qui passait en direction du croisement. Il jeta un coup d'œil et l'aperçut. Il ne s'était pas trompé. C'était bien le pasteur qui était allé à Pye Hall, et le voilà qui rentrait chez lui. Il y était resté un moment. Brent songea un instant à sa rencontre avec Henrietta Osborne. Elle avait paru inquiète. Que se passait-il ? Qu'importe, ça ne le concernait pas. Il leva son verre et chassa tout cela de ses pensées.

Mais pas pour très longtemps.

10

Fidèle Staupert lut la nouvelle dans le *Times* le lendemain matin.

BARONNET ASSASSINÉ

La police s'est rendue à Saxby-on-Avon, un village du Wiltshire, pour enquêter sur la mort de Sir Magnus Pye, un riche propriétaire de la région. L'inspecteur Raymond Chubb, qui s'exprimait au nom de la police de Bath, a confirmé qu'il s'agit bien d'un meurtre. Sir Magnus laisse une femme, Frances, Lady Pye, et un fils, Frederick.

Il fumait une cigarette dans son salon de Tanner Court. James Fraser, qui lui avait apporté le journal et une tasse de thé, revint avec un cendrier.

— Vous avez vu la une, James ?

— Oui, c'est terrible. Pauvre Lady Mountbatten…

— Pardon ?

— On lui a volé sa voiture ! En plein milieu de Hyde Park !

Staupert sourit, mais d'un sourire un peu triste.

— Ce n'est pas à cette nouvelle que je faisais allusion, James.

Il tourna le journal vers son secrétaire. Fraser parcourut rapidement les titres et s'exclama :

— Pye ! N'est-ce pas…

— Oui, c'est bien cela. L'employeur de Mary Blakiston. Son nom a été prononcé ici même il y a quelques jours.

— Quelle coïncidence !

— C'est possible, oui. Il existe parfois des coïncidences. Mais dans ce cas, j'en suis moins sûr. Il s'agit d'une mort brutale. La deuxième dans la même maison. Ne trouvez-vous pas cela intriguant ?

— Vous n'allez tout de même pas y aller ?

Fidèle Staupert réfléchissait.

Il n'avait pas envisagé de reprendre du service, bien évidemment. Son temps était compté. Selon le Dr Benson, il avait tout au plus trois mois devant lui dans un état de santé à peu près vivable, ce qui risquait de ne pas suffire pour attraper un meurtrier. Cependant, il avait déjà pris certaines décisions. Il comptait utiliser ce temps pour mettre ses affaires en ordre. Il y avait la question de son testament, le déboursement de l'emprunt sur l'appartement et le legs de ses biens. Il avait quitté l'Allemagne avec presque rien, mais il y avait la collection de figurines en porcelaine de Meissen du XVIIIe siècle ayant appartenu à son père qui avait miraculeusement survécu à la guerre. Il voulait en faire don à un musée et avait déjà écrit au Victoria & Albert Museum à Kensington. Staupert éprouvait un certain réconfort à savoir que le musicien, le prêtre, le soldat, la couturière et tous les autres personnages miniatures seraient réunis après sa mort. Après tout, ils étaient sa seule famille.

Il comptait léguer une certaine somme à James Fraser, qui l'avait assisté au cours des cinq dernières affaires, et dont la loyauté et la bonne humeur n'avaient jamais fait défaut, même s'il ne l'avait guère aidé pour la résolution des enquêtes. Il voulait aussi faire des dons à plusieurs œuvres de charité, notamment la Fondation des orphelins de la police de Londres. Mais le plus important était son chef-d'œuvre inachevé, *Le Paysage de l'enquête criminelle*. Il lui manquait une année pour l'achever. Impossible de le présenter à un éditeur en l'état. Mais il avait pensé réunir toutes ses notes, ainsi que les coupures de presse, les lettres, les rapports de police, afin qu'un étudiant en criminologie soit en mesure de les collationner et de compléter l'ouvrage. Il serait dommage d'avoir tant travaillé pour rien.

Tels étaient ses projets. Mais si la vie lui avait enseigné une chose, c'était bien l'inutilité de faire des projets. La vie avait son propre ordre du jour.

Il se tourna vers Fraser.

— J'ai dit à Mlle Sanderling que je ne pouvais pas l'aider car je n'avais aucune raison officielle de me présenter à Pye Hall. Or la raison vient de s'offrir elle-même, et je lis ici que notre vieil ami l'inspecteur Chubb est chargé de l'enquête.

Staupert sourit. La petite lueur était revenue dans ses yeux.

— Préparez les bagages, James. Et allez chercher la voiture. Nous partons immédiatement.

3

UNE FILLE

1

Fidèle Staupert n'avait jamais appris à conduire. Il n'était pas délibérément vieux jeu, car il se tenait informé des dernières évolutions scientifiques et n'hésitait pas à les utiliser, dans le traitement de sa maladie, par exemple. Mais une chose dans le rythme du changement l'inquiétait : cet afflux soudain de machines de toute sorte et de toute taille. Télévisions, machines à écrire, réfrigérateurs et lave-linge devenaient de plus en plus omniprésents, tandis que les champs se hérissaient de plus en plus de pylônes électriques, et il se demandait si tout cela n'aurait pas un coût élevé pour l'humanité, laquelle avait déjà été rudement éprouvée dans un passé récent. Le nazisme, au fond, avait été en soi une machine. Et Staupert n'était pas pressé de s'immerger dans la nouvelle ère technologique.

Voilà pourquoi, le jour où il avait dû s'incliner devant l'inéluctable et admettre qu'une voiture lui serait utile, il avait préféré confier à James Fraser le soin de s'en occuper. James était revenu avec une berline quatre portes Vauxhall Velox. Un excellent choix, avait reconnu

Staupert. Robuste, fiable et spacieuse. Fraser était bien sûr très enthousiaste. La Vauxhall possédait un moteur six cylindres, qui pouvait la propulser de zéro à soixante miles à l'heure en tout juste vingt-deux secondes. Le chauffage permettait de dégivrer le pare-brise en hiver. Staupert, quant à lui, appréciait surtout que la berline le transporte là où il voulait aller et que sa carrosserie sobre et d'un gris passe-partout ne claironne pas son arrivée.

La Vauxhall, avec James Fraser au volant, arriva devant Pye Hall après un trajet de trois heures depuis Londres, qu'ils avaient effectué d'une seule traite. Deux véhicules de police étaient garés sur le gravier. Staupert descendit de voiture et étira ses jambes, heureux de sortir de l'espace confiné. Son regard balaya la façade du manoir, nota sa noblesse, son élégance, son style si typiquement anglais. On voyait du premier coup d'œil qu'il appartenait à la famille depuis de nombreuses générations. Il s'en dégageait une impression d'immuabilité, de permanence.

— Voici Chubb, annonça Fraser à voix basse.

Le visage familier de l'inspecteur venait en effet d'apparaître à la porte principale. Fraser lui avait téléphoné avant de quitter Londres et Chubb les avait guettés. Rebondi et enjoué, doté d'une moustache à la Oliver Hardy, il portait un costume mal taillé et, dessous, une des dernières créations tricotées de sa femme : un cardigan d'un mauve particulièrement malencontreux. Il avait pris du poids. C'était toujours l'impression qu'il donnait. Staupert avait remarqué que Chubb avait continuellement l'air d'un homme qui vient de terminer un bon repas. Il descendit les marches en sautillant, manifestement ravi de les voir.

— *Herr* Staupert ! s'exclama-t-il.

Avec ce « *Herr* » systématique, Chubb laissait entendre que l'origine allemande de Staupert était un petit défaut dans sa personnalité. En clair, cela signifiait : « N'oublions pas qui a gagné la guerre. »

— J'ai été très surpris par votre coup de téléphone, dit-il. Ne me dites pas que vous étiez en affaire avec Sir Magnus.

— Absolument pas, inspecteur, répondit Staupert. Je ne l'ai jamais rencontré et n'ai appris sa mort que dans le journal ce matin.

— Alors qu'est-ce qui vous amène ici ? s'étonna Chubb en posant les yeux sur Fraser comme s'il venait de remarquer sa présence.

— Une étrange coïncidence, répondit Staupert.

Pourtant, Fraser avait souvent entendu le détective affirmer que les coïncidences n'existaient pas. Il y avait un chapitre dans *Le Paysage de l'enquête criminelle* où il exprimait sa certitude que tout dans la vie suivait un schéma, et qu'une coïncidence était simplement l'instant où ce schéma devenait fugitivement visible.

— Une jeune fille du village est venue me voir hier, expliqua Staupert. Elle m'a parlé d'un décès qui s'est produit dans cette même maison il y a deux semaines…

— La gouvernante, sans doute ? Mary Blakiston ?

— C'est cela, oui. La jeune fille se plaignait que certaines personnes répandaient de fausses accusations sur ce qui s'était passé.

— Comme quoi la vieille gouvernante aurait été assassinée ?

Chubb sortit un paquet de Players, sa marque de cigarettes favorite, et en alluma une. L'index et le majeur de sa main droite étaient jaunis comme les touches d'un vieux piano.

— Eh bien, je peux vous rassurer sur ce point, *Herr* Staupert. Je suis venu sur place moi-même, et je vous certifie que c'était un accident pur et simple. La femme passait l'aspirateur en haut de l'escalier. Elle s'est entravée dans le fil et elle a dévalé toutes les marches. Le dallage de pierre, en bas, ne lui laissait aucune chance. Personne n'avait de raison de la tuer. De plus, elle était enfermée à clé dans la maison, et seule.

— Et la mort de Sir Magnus ?

— Là, c'est une autre paire de manches. Vous pouvez venir jeter un coup d'œil si ça vous dit, mais je vous préviens, c'est une boucherie. D'abord je termine ma cigarette, si vous permettez. C'est vraiment moche, à l'intérieur. (Il coinça sa cigarette entre ses lèvres et inhala profondément.) Pour le moment, nous considérons qu'il s'agit d'un cambriolage qui a mal tourné, la conclusion qui semble la plus évidente.

— Les conclusions les plus évidentes sont celles que j'essaie d'éviter.

— Vous avez vos méthodes, *Herr* Staupert, et je ne dirai pas qu'elles ne nous ont pas été utiles dans le passé. Dans le cas présent, la victime est un grand propriétaire terrien, qui a passé toute sa vie ici. C'est un peu prématuré, mais je ne vois personne qui pourrait lui en vouloir. Toutefois, quelqu'un lui a rendu visite hier soir vers vingt heures trente. Ce quelqu'un a été aperçu par Brent, le jardinier, après son travail. Il n'a pas pu nous fournir une description précise, mais, à en croire sa première impression, il ne s'agissait pas de quelqu'un du village.

— Comment pouvait-il le savoir ? demanda Fraser, qui se sentait ignoré et éprouvait le besoin de rappeler sa présence.

— Eh bien, vous savez comment c'est. Il est plus facile d'identifier quelqu'un si vous l'avez déjà rencontré. Même sans voir le visage, il y a quelque chose dans la silhouette ou dans la démarche. Brent était vraiment sûr qu'il s'agissait d'un étranger. D'ailleurs, il a remarqué que l'homme avançait vers la maison comme s'il cherchait à ne pas être vu.

— Vous en concluez donc que c'était un voleur, dit Staupert.

— Le manoir a déjà été cambriolé récemment, expliqua Chubb avec un soupir, comme si cela l'agaçait d'avoir à se répéter. Après la mort de la gouvernante, Brent a été obligé de casser un carreau pour entrer. Il aurait dû remplacer la vitre mais il ne l'a pas fait et, quelques jours après, des voleurs se sont introduits dans la maison. Ils ont dérobé des pièces de monnaie antiques et des bijoux datant de l'époque romaine, paraît-il. Incroyable, non ? Ils en ont peut-être profité cette fois-là pour repérer les lieux. Il y a un coffre-fort dans le bureau de Sir Magnus. Ils n'avaient pas pu l'ouvrir mais ils en connaissaient l'existence, et ils sont revenus pour tenter de le forcer. Ils pensaient que la maison était déserte. Sir Magnus les a surpris, et vous connaissez la suite.

— Vous dites qu'il a été tué d'une façon très violente ?

— C'est peu de le dire, soupira Chubb en aspirant une nouvelle goulée de fumée pour reprendre des forces. Il y a une armure, dans le hall. Complète. Avec son épée. C'est ça qu'ils ont utilisé. Ils lui ont tranché la tête avec l'épée.

Staupert réfléchit un moment.

— Qui l'a découvert ?

— Sa femme. En rentrant de Londres, où elle était allée faire du shopping. Elle est arrivée vers vingt et une heures quinze.

— Les magasins ferment tard, remarqua Staupert avec un demi-sourire.

— Elle a peut-être dîné là-bas. En tout cas, en arrivant ici, elle a vu une voiture qui partait. Elle n'est pas sûre de la marque, mais c'était une voiture verte, et elle a retenu deux lettres de la plaque d'immatriculation. FP. Il se trouve que ce sont ses propres initiales. Lady Pye est entrée et elle a découvert son mari gisant au pied des marches, presque au même endroit où se trouvait le corps de la gouvernante la semaine précédente. Mais lui n'était pas entier. Sa tête avait roulé sur le sol et atterri près de la cheminée. Je ne pense pas que vous pourrez interroger Lady Pye avant un moment. Elle est à l'hôpital de Bath, sous sédatifs. C'est elle qui a prévenu la police et j'ai entendu un enregistrement de la conversation. La pauvre femme. Elle pouvait à peine articuler, elle criait et sanglotait. Vous pouvez la rayer de la liste des suspects. Ou alors c'est la plus grande actrice du monde.

— Le corps a été enlevé, si j'ai bien compris.

— Oui. Nous l'avons transporté la nuit dernière. Il fallait avoir le cœur bien accroché, croyez-moi.

— Quelque chose a-t-il disparu de la maison, inspecteur?

— Difficile de l'affirmer. Nous interrogerons Lady Pye dès qu'elle sera en état. À première vue, il ne manque rien. Vous pouvez entrer, *Herr* Staupert. Vous n'êtes pas ici à titre officiel, bien entendu, et il faudrait que j'en touche un mot au commissaire, mais je ne vois aucun mal à ce que vous jetiez un coup d'œil. Et si quelque chose vous vient à l'esprit, je compte sur vous pour m'en faire part.

— Bien évidemment, inspecteur, répondit Staupert.

Cependant Fraser savait parfaitement que Staupert n'en ferait rien. Il avait accompagné le détective sur cinq enquêtes différentes et constaté son habitude exaspérante de tout garder pour lui jusqu'à ce qu'il juge opportun de révéler la vérité.

Ils grimpèrent trois marches, mais Staupert s'arrêta avant de franchir la porte et s'accroupit.

— Tiens, c'est étrange, dit-il.

Chubb lui jeta un regard incrédule.

— Ne me dites pas que quelque chose m'a échappé! Nous ne sommes même pas encore entrés à l'intérieur!

— Cela n'a peut-être aucun rapport avec ce qui nous occupe, inspecteur, répondit Staupert d'un ton rassurant. Mais observez le parterre de fleurs, à côté de la porte…

Fraser baissa les yeux. Une plate-bande fleurie courait tout le long de la façade, séparée au milieu par le perron où conduisait l'allée.

— Des pétunias, si je ne m'abuse, remarqua Chubb.

— Oh ! ça je l'ignore. Mais ne voyez-vous pas l'empreinte de main ?

Chubb et Fraser regardèrent plus attentivement. En effet, quelqu'un avait posé sa main dans la terre meuble à gauche de la porte. À en juger par sa taille, Fraser conclut qu'il s'agissait d'un homme. Les doigts étaient écartés. C'était vraiment insolite, pensa Fraser. Une empreinte de pied aurait été plus conventionnelle.

— C'est probablement le jardinier, suggéra Chubb. Je ne vois pas d'autre explication.

— Vous avez probablement raison.

Staupert se releva et franchit la porte. Celle-ci ouvrait sur un vaste hall rectangulaire, avec un large escalier en face, et deux portes, l'une à gauche, l'autre à droite. Fraser vit aussitôt l'endroit où s'était trouvé le corps de Sir Magnus, et il ressentit le tressaillement habituel au creux de son estomac. Un tapis persan aux reflets sombres était encore tout imbibé de sang. Le sang s'était répandu sur les dalles et s'étirait jusqu'à la cheminée, autour des pieds d'un des fauteuils en cuir. Et l'odeur imprégnait la pièce. Une épée gisait en diagonale, la garde dirigée vers l'escalier, la lame pointée vers la tête d'un cerf qui baissait sur elle ses yeux de verre. Sans doute l'unique témoin de la scène. Le reste de l'armure de chevalier flanquait la porte menant au salon. Fraser avait vu de nombreuses scènes de crime avec Staupert.

Des corps de victimes poignardées, noyées, tuées par balle, etc. Mais il fut frappé par l'aspect particulièrement macabre de cet endroit, avec les panneaux de bois sombre et la tribune des musiciens.

— Sir Magnus connaissait son meurtrier, murmura Staupert.

— Qu'est-ce qui vous fait dire ça ? demanda Fraser.

— La position de l'armure et la disposition de la salle, répondit Staupert avec un geste large. Voyez vous-même, James. L'entrée se trouve derrière nous. L'armure et l'épée sont plus loin devant. Si l'assassin était entré par la porte avec le dessein de tuer Sir Magnus, il aurait été obligé de le contourner pour atteindre l'armure, et, à ce moment-là, la porte étant ouverte, Sir Magnus aurait pu s'enfuir. Il me semble plus vraisemblable que Sir Magnus raccompagnait quelqu'un à la porte. Ils arrivent du salon. Sir Magnus en premier. Son assassin derrière lui. Quant il ouvre la porte, il ne voit pas que son visiteur a tiré l'épée. Il se retourne et découvre le meurtrier qui s'avance vers lui en brandissant l'épée. Peut-être le supplie-t-il. L'assassin frappe. Tout est là, sous nos yeux.

— Il n'empêche que c'était peut-être un étranger.

— Vous inviteriez un étranger dans votre maison à une heure si tardive ? dit Staupert en regardant autour de lui. Tiens, il manque un tableau.

Fraser suivit son regard. En effet, on voyait un crochet vide planté dans le mur près de la porte et une partie du lambris légèrement décolorée : un rectangle indiquant nettement l'emplacement d'un cadre absent.

— Pensez-vous qu'il y a un rapport avec le crime ? demanda Fraser.

— Tout a un rapport, répliqua Staupert, en jetant un dernier regard circulaire. Je n'ai plus rien à voir ici. Il serait très intéressant d'apprendre comment la gouvernante a été découverte morte il y a deux semaines, mais nous nous occuperons de cela plus tard. Pouvons-nous passer dans le salon ?

— Bien entendu, répondit Chubb. Cette porte y conduit. Le bureau de Sir Magnus se trouve de l'autre côté. Il y avait là une lettre qui vous intéressera sûrement.

Le salon avait une touche nettement plus féminine que l'entrée, avec son tapis rose pâle, ses épais rideaux à motif floral, ses canapés confortables et ses petites tables d'appoint. Il y avait des photographies sous verre partout. Fraser en prit une et examina les trois personnages posant devant le manoir. Un homme barbu au visage rond, vêtu d'un costume démodé. À son côté, de quelques centimètres plus grande que lui, une femme regardait l'objectif avec un regard impatient. Enfin, un adolescent en uniforme de collégien, la mine renfrognée. Une photo de famille, de toute évidence, mais pas une famille spécialement heureuse. Sir Magnus, Lady Pye et leur fils.

Un policier en uniforme gardait la porte située à l'opposé. Ils passèrent devant lui pour entrer dans une pièce dominée par un bureau ancien, encadré par deux bibliothèques, et faisant face à deux fenêtres donnant sur la pelouse et, au fond, en contrebas, le lac. Le parquet ciré était partiellement recouvert par un tapis. Deux fauteuils se faisaient face, avec, entre eux, un globe terrestre ancien. Une cheminée occupait un mur ; le bois calciné et les cendres indiquaient un feu récent. Une légère odeur de cigare flottait dans la pièce. Fraser remarqua un humidificateur et un lourd cendrier en verre sur une table. Les murs lambrissés étaient ici ornés de tableaux anciens qui semblaient dater de la même époque que la maison. Staupert s'approcha de l'un d'eux : une peinture d'un cheval devant une écurie tout à fait dans le style de Stubbs, qui avait attiré son attention car il était sur un côté légèrement décollé du mur, comme une porte entrouverte.

— On l'a trouvé comme ça en arrivant, remarqua Chubb.

Staupert sortit un stylo de sa poche et s'en servit pour faire pivoter le tableau vers lui. Le cadre était monté sur une charnière et dissimulait un coffre-fort à l'air très solide, scellé dans le mur.

— On ne connaît pas la combinaison, précisa Chubb. Lady Pye nous la donnera une fois qu'elle ira mieux.

Staupert acquiesça et reporta son attention sur le bureau. Sir Magnus s'était probablement assis là au cours des heures précédant sa mort, et les papiers étalés devant lui avaient donc peut-être quelque chose à révéler sur ce qui s'était passé.

— Il y a un revolver dans le tiroir du haut, dit Chubb. Une vieille arme de service. Il n'a pas été utilisé mais il est chargé. Selon Lady Pye, Sir Magnus le rangeait habituellement dans le coffre. Il se peut qu'il l'en ait sorti à la suite du premier cambriolage.

— À moins que Sir Magnus n'ait eu des raisons d'être nerveux, observa Staupert en ouvrant le tiroir pour examiner l'arme.

C'était en effet un revolver .38 Webley. Chubb avait raison, il n'avait pas servi. Staupert ferma le tiroir et inspecta la surface du bureau, à commencer par une série de dessins : des plans provenant d'un cabinet d'architecture, Larkin Gadwall, installé à Bath. Les plans représentaient un groupe de maisons, douze au total, disposées sur deux rangées de six. À côté, il y avait une pile de lettres : une correspondance avec le conseil municipal, des traces écrites conduisant à un probable octroi de permis de construire. Et la concrétisation de ce permis, une élégante brochure imprimée avec cet en-tête : Dingle Drive, Saxby-on-Avon. Tous ces documents occupaient un côté du bureau. De l'autre, un téléphone et un bloc-notes. Quelqu'un, vraisemblablement Sir Magnus, y avait inscrit quelque chose avec le crayon noir posé à côté.

ASHTON H
Mw
UNE FILLE

Les mots étaient tracés avec netteté en haut de la page, mais la suite dénotait une certaine agitation. Plusieurs lignes s'entrecroisaient dans un gribouillis rageur. Staupert tendit le feuillet à Fraser.

— Une fille ? lut celui-ci.

— Ça ressemble à des notes prises pendant une

conversation téléphonique, suggéra Staupert. Mw est une abréviation de quelque chose. Notez que le w est minuscule. Et la fille ? Peut-être le sujet de la conversation.

— En tout cas, il n'avait pas l'air ravi, à en croire son écriture.

— Pas du tout, en effet.

Staupert s'intéressa ensuite à une enveloppe vide et, à côté de celle-ci, à la lettre à laquelle Chubb avait sans doute fait allusion, posées au centre du bureau. Pas d'adresse sur l'enveloppe, juste un nom : Magnus Pye, écrit à l'encre noire. L'enveloppe avait été ouverte d'un geste brusque. Staupert sortit un mouchoir et s'en servit pour saisir l'enveloppe. Il examina le papier avec soin, la remit en place et, avec un soin égal, prit la feuille posée à côté. La lettre était tapée à la machine et adressée à Sir Magnus Pye, avec une date : 28 juillet 1955. Le jour même du meurtre. Staupert lut :

> *Vous pensez vous en tirer comme ça ? Ce village existait bien avant vous et existera encore après vous, et si vous espérez le détruire avec vos constructions et votre merquantilisme, vous avez tort. Réfléchissez à deux fois, espèce de salaud, si vous voulez vivre ici.*

La lettre n'était pas signée. Il la reposa sur le bureau afin que Fraser puisse la lire.

— Celui qui a écrit ça ne sait pas orthographier mercantilisme, remarqua Fraser.

— C'est peut-être aussi un fou meurtrier, ajouta Staupert avec gentillesse. Cette lettre semble avoir été remise hier. Sir Magnus a été assassiné quelques heures plus tard, comme promis. (Il se tourna vers l'inspecteur.) J'imagine que la lettre a un lien avec ces plans.

— En effet, acquiesça Chubb. J'ai demandé des renseignements sur le cabinet Larkin Gadwall. Ce sont des promoteurs immobiliers de Bath, et ils étaient en relation d'affaires avec Sir Magnus. Je compte aller les voir cet après-midi. Vous pouvez m'accompagner si vous le souhaitez.

— C'est très généreux à vous, remercia Staupert, les yeux toujours rivés sur la lettre. Il y a là quelque chose qui m'intrigue.

— Je crois savoir quoi, Staupert, sourit l'inspecteur d'un air satisfait. L'enveloppe est manuscrite et la lettre tapée à la machine. Ce serait un indice révélateur si l'expéditeur ou l'expéditrice avait l'intention de cacher son identité. Moi je pense qu'il ou elle a cacheté la lettre en premier, avant de s'apercevoir qu'il fallait taper le nom sur l'enveloppe mais que celle-ci ne passait plus dans la machine. Ça m'est souvent arrivé, personnellement.

— C'est possible, en effet, inspecteur. Mais ce n'est pas cela qui m'intrigue.

Chubb attendit qu'il poursuive mais Fraser devinait que Staupert n'en ferait rien. Il avait raison. Staupert avait déjà porté son attention ailleurs. Il se dirigea vers la cheminée, s'accroupit, sortit son stylo et l'utilisa pour fouiller les cendres du foyer. Il trouva quelque chose et le sépara soigneusement du reste. Fraser s'approcha et se pencha au-dessus de son épaule. Il vit un bout de papier, à peine plus large qu'un paquet de cigarettes, noirci sur les bords. C'était ce genre de moment que Fraser adorait en travaillant aux côtés de Staupert. Jamais Chubb n'aurait eu l'idée d'examiner la cheminée. Le policier avait dû jeter un rapide coup d'œil dans la pièce, appelé les experts pour relever les empreintes et s'en était allé. Or il y avait un indice, et pas n'importe lequel. Un indice susceptible d'éclairer toute l'affaire. Un nom était peut-être inscrit sur le morceau de papier. Quelques lettres pouvaient suffire à identifier l'écriture de quelqu'un. Malheureusement, dans le cas présent, le papier était vierge. Pourtant Staupert ne parut nullement découragé. Loin de là.

— Regardez, Fraser. Il y a une légère décoloration. Une trace. Je pense qu'il s'agit d'une empreinte de doigt.

— Une empreinte ? sursauta Chubb en approchant vivement.

Fraser s'aperçut que Staupert avait raison. La tache de couleur brune lui évoqua aussitôt du café. Mais il ne voyait pas où cela pouvait mener. N'importe qui avait pu déchirer un bout de papier et le jeter au feu. Sir Magnus lui-même.

— Je vais l'envoyer au labo pour le faire examiner, décida Chubb. Ils jetteront aussi un coup d'œil sur la lettre, par la même occasion. On a peut-être été un peu trop vite en concluant à un cambriolage.

Staupert acquiesça d'un signe de la tête et se releva.

— Il nous faut trouver une chambre d'hôtel, annonça-t-il soudain.

— Vous comptez rester ici ?

— Avec votre permission, inspecteur.

— Bien volontiers. Je pense qu'ils louent des chambres au Queen's Arms. C'est un pub, à côté de l'église, mais ils font aussi bed & breakfast. Si vous voulez un hôtel, vous devrez aller à Bath.

— Ce sera plus pratique de loger au village.

Fraser soupira intérieurement en imaginant les lits cabossés, le mobilier affreux et les robinets crachotants qui semblaient toujours être le lot des hébergements de campagne. Il ne possédait pas d'argent en dehors du salaire que lui versait Staupert, et c'était assez maigre. Toutefois, cela ne l'empêchait pas d'avoir des goûts de luxe.

— Voulez-vous que j'aille voir ? proposa-t-il.

— Allons-y ensemble, dit Staupert en se tournant vers Chubb. À quelle heure partez-vous pour Bath, inspecteur ?

— J'ai rendez-vous chez Larkin Gadwall à deux heures. De là nous pourrons rendre visite à Lady Pye à l'hôpital. Qu'en pensez-vous ?

— Excellent, inspecteur. Je dois dire que c'est un réel plaisir de travailler à nouveau avec vous.

— Pareil pour moi. Je suis heureux de vous retrouver, *Herr* Staupert. Un corps sans tête, rendez-vous compte ! Dès que j'ai appris la nouvelle, j'ai compris que c'était une affaire pour vous.

Il alluma une autre cigarette et se dirigea vers sa voiture.

2

Au grand dépit de Fraser, le Queen's Arms avait deux chambres disponibles et Staupert les prit sans même monter à l'étage pour y jeter un coup d'œil. Elles étaient aussi déplorables que Fraser l'avait imaginé : sols de guingois, fenêtres trop petites avec vue sur la place du village. Celle de Staupert donnait sur le cimetière, mais il n'émit aucune objection. Au contraire, cette vue l'amusa. Il ne se plaignit pas non plus du manque de confort. À ses débuts à Tanner Court, Fraser avait été très surpris de découvrir que le détective dormait dans un lit à une place, plutôt une sorte de lit de camp en réalité, avec un cadre en fer et des couvertures repliées avec soin. Si Fidèle Staupert avait autrefois été marié, il ne faisait jamais allusion à son épouse et ne manifestait pas le moindre intérêt pour le sexe opposé. Néanmoins, une telle austérité dans une ville élégante telle que Londres paraissait pour le moins excentrique.

Ils déjeunèrent au pub, puis sortirent. Un petit groupe de personnes s'était rassemblé autour de l'arrêt d'autobus de la place du village, pourtant Fraser eut l'impression que ces gens n'attendaient pas le bus. Quelque chose captait tout leur intérêt. Ils discutaient d'un ton animé. Fraser était certain que Staupert allait vouloir s'approcher pour voir de quoi il retournait, mais à cet instant une silhouette surgit dans le cimetière, marchant droit vers eux. C'était le pasteur. On le reconnaissait à son col ecclésiastique. Grand, dégingandé, des cheveux noirs indisciplinés. Fraser le vit prendre une bicyclette appuyée contre le portail et la pousser vers la route, dans un couinement à écorcher les oreilles.

— Voici le pasteur ! se réjouit Staupert. Dans un village anglais, c'est l'homme qui connaît tout le monde.

— Mais tout le monde ne va pas à l'église, objecta Fraser.

— C'est sans importance. Le pasteur se fait un devoir de connaître même les athées et les agnostiques.

Ils s'avancèrent pour l'intercepter avant qu'il ait le temps d'enfourcher sa bicyclette. Staupert se présenta.

— Ah oui ! s'exclama le pasteur en clignant des yeux dans le soleil. Je connais ce nom, j'en suis sûr. Le détective, c'est ça ? Bien entendu, vous êtes ici à cause de Sir Magnus Pye. Quelle terrible, terrible histoire. Une petite communauté comme la nôtre n'est pas préparée à ce genre de chose, et il nous sera très difficile de nous en remettre. Mais pardonnez-moi, je ne me suis pas présenté. Robin Osborne. Je suis le pasteur de St Botolph. Mais vous l'aurez probablement déjà deviné, c'est votre métier !

Il s'esclaffa et il apparut à Staupert, et même à Fraser, que Robin Osborne était un homme exceptionnellement nerveux, qu'il était incapable de s'arrêter de parler et que les mots jaillissaient de sa bouche dans une tentative de dissimuler ce qui occupait véritablement ses pensées.

— Je suppose que vous connaissiez très bien Sir Magnus, dit Staupert.

— Assez bien, oui. Malheureusement, je le voyais moins que je ne l'aurais souhaité. Ce n'était pas un homme très religieux. Il n'assistait que très rarement aux offices.

Osborne se rapprocha et ajouta :

— Vous êtes ici pour enquêter sur le meurtre, monsieur Staupert ?

Staupert répondit que, en effet, il était là pour cela.

— Je suis un peu étonné que notre propre police ait besoin d'une aide supplémentaire, même si celle-ci n'est évidemment pas malvenue. J'ai déjà parlé avec l'inspecteur Chubb, ce matin. Il semble penser qu'il s'agit de cambrioleurs. Vous savez, naturellement, que des voleurs se sont récemment introduits dans Pye Hall.

— Pye Hall semble avoir plus que sa part de malheurs.

— Vous parlez de la mort de Mary Blakiston, sans doute. La pauvre est enterrée juste ici, dit le pasteur en pointant le doigt. J'ai moi-même célébré ses obsèques.

— Sir Magnus était-il apprécié dans le village ?

La question prit le pasteur de court. Il chercha fébrilement une réponse appropriée.

— Certains l'enviaient. Il possédait une fortune considérable. Et puis, bien sûr, il y avait le problème Dingle Dell. Il faut bien admettre que cela a suscité des réactions houleuses.

— Dingle Dell ?

— Une prairie boisée que Sir Magnus a vendue.

— À Larkin Gadwall, intervint Fraser.

— Oui, ce sont les promoteurs, en effet.

— Seriez-vous surpris d'apprendre, monsieur le pasteur, que Sir Magnus avait reçu une menace de mort en rapport avec ce projet ?

— Une menace de mort ? tressaillit le pasteur, plus rouge que jamais. Oui, j'en serais très surpris. Personne au village n'enverrait une lettre pareille, j'en suis sûr. Il s'agit d'un endroit très tranquille. Ce n'est pas du tout le genre des gens d'ici.

— Pourtant vous parliez de réactions houleuses.

— Oui, les gens ont été contrariés. Mais ce n'est pas la même chose.

— Quand avez-vous vu Sir Magnus pour la dernière fois ?

Robin Osborne était pressé de poursuivre sa route. Il tenait sa bicyclette comme si c'était un chien fougueux tirant sur sa laisse. Et la dernière question de Staupert l'offensait. Cela se lisait dans ses yeux. Quoi, le soupçonnait-on de quelque chose ?

— Je ne l'avais pas vu depuis un certain temps, répondit-il. Il n'a malheureusement pas pu assister aux obsèques de Mary Blakiston car il se trouvait dans le sud de la France. Et, avant cela, j'étais moi-même absent.

— Où étiez-vous ?

— En vacances. Avec ma femme.

Staupert en attendait un peu plus, et Osborne combla obligeamment le silence.

— Nous avons passé une semaine dans le Devonshire. Justement, ma femme m'attend en ce moment. Donc, si vous le permettez…

Avec un demi-sourire, il passa entre eux avec sa bicyclette grinçante.

— Quelque chose le rend nerveux, commenta Fraser une fois le pasteur parti.

— Oui, James. Cet homme a certainement quelque chose à cacher.

Tandis que le détective et son assistant se dirigeaient vers leur voiture, Robin Osborne pédalait aussi vite que possible vers le presbytère. Il n'avait pas été totalement honnête et il le savait. Il n'avait pas péché par mensonge mais par omission de certains aspects de la vérité. Néanmoins, il était exact que Henrietta l'attendait, et cela depuis un moment.

— Où étais-tu ? demanda-t-elle quand il s'attabla à sa place habituelle dans la cuisine.

Elle lui servit une part de quiche maison avec une salade de haricots et s'assit à côté de lui.

— Oh ! j'étais au village, répondit-il, avant de prononcer un bénédicité silencieux. (Il ne prit même pas le temps de clore par un amen et poursuivit :) J'ai rencontré ce détective, Fidèle Staupert.

— Qui ?

— Tu as sûrement entendu parler de lui. Il est très célèbre. Un détective privé. Tu te souviens de cette école à Marlborough ? Un professeur avait été tué pendant une pièce de théâtre. Eh bien, Staupert avait enquêté sur l'affaire.

— Pourquoi avons-nous besoin d'un détective privé ? Je croyais que les meurtriers étaient des cambrioleurs ?

— Apparemment, la police s'est trompée. (Osborne hésita.) Staupert pense qu'il y a un rapport avec Dingle Dell.

— Dingle Dell ?

— C'est ce qu'il croit.

Ils mangèrent en silence. Et manifestement sans plaisir. Puis Henrietta demanda soudain d'un ton brusque :

— Où es-tu allé hier soir, Robin ?

— Comment ?

— Tu sais très bien de quoi je parle. L'assassinat de Sir Magnus.

— Pour l'amour du ciel, pourquoi me poses-tu une telle question ? (Osborne posa son couvert et but une gorgée d'eau.) J'étais en colère, expliqua-t-il. C'est un péché mortel. Et j'avais dans le cœur des pensées… qui n'auraient pas dû y être. La nouvelle m'avait contrarié mais ce n'est pas une excuse. J'avais besoin d'être seul un moment et je suis allé à l'église.

— Tu t'es absenté longtemps.

— Ce n'était pas facile pour moi, Henrietta. J'avais besoin de temps.

Elle se retint de répliquer, puis se ravisa.

— J'étais inquiète, Robin. Je suis allée à ta recherche. En chemin, j'ai croisé Brent, qui m'a dit avoir aperçu quelqu'un à Pye Hall et…

— Qu'est-ce que tu insinues, Henrietta ? Que je suis allé à Pye Hall et que je l'ai tué ? Que je l'ai décapité avec une épée ? C'est ça ?

— Non, bien sûr que non. Mais… tu étais tellement en colère…

— C'est ridicule. Je ne me suis pas approché de Pye Hall. Je n'ai rien vu.

Il y avait autre chose dont Henrietta avait envie de

parler. La tache de sang sur la manche de son mari. Elle l'avait vue de ses propres yeux. Le lendemain matin, elle avait lavé la chemise avec de l'eau de Javel. Celle-ci était encore sur le fil à linge. Henrietta voulait demander à son mari à qui appartenait ce sang. Comment il était arrivé sur la chemise. Mais elle n'osait pas. Elle ne pouvait pas l'accuser. Une telle chose était inconcevable.

Ils finirent de déjeuner en silence.

3

Assis dans une copie de fauteuil de commandant de bord, avec son dossier arrondi et son siège pivotant, Johnny Whitehead réfléchissait lui aussi au meurtre de Sir Magnus. En fait, toute la matinée, il n'avait pensé qu'à cela, tournant en rond comme un éléphant dans son propre magasin de porcelaines, déplaçant et replaçant les objets sans raison, fumant cigarette sur cigarette. Gemma avait fini par se mettre en colère en le voyant casser un ravissant porte-savon en porcelaine de Meissen, lequel, bien qu'ébréché, était tout de même étiqueté à neuf shillings et six pence.

— Quelle mouche te pique ? s'écria-t-elle. Tu es aimable comme une porte de prison. Et c'est déjà ta quatrième cigarette. Si tu sortais prendre un peu l'air ?

— Je ne veux pas sortir, bougonna Johnny.

— Qu'est-ce qui ne va pas ?

Johnny écrasa sa cigarette dans un cendrier Royal Doulton en forme de vache coûtant six shillings.

— À ton avis ? aboya-t-il.

— Je ne sais pas. Sinon je ne te poserais pas la question.

— Sir Magnus Pye ! Voilà ce qui ne va pas. (Il regarda le filet de fumée s'échapper du mégot tordu.) Pourquoi fallait-il qu'on vienne l'assassiner ? Maintenant la police va débarquer dans le village, frapper à toutes les portes, poser des questions. Ils ne vont pas tarder à venir ici.

— Et alors ? Ils peuvent nous poser les questions qu'ils veulent. (Elle marqua une pause, brève mais suffisante pour être remarquée.) Non ?

— Si, évidemment.

Elle l'examina d'un œil acéré.

— Tu n'as pas fait de bêtises, n'est-ce pas, Johnny ?

— De quoi tu parles ? grommela-t-il, d'un ton un peu blessé. Qu'est-ce que tu imagines ? Bien sûr que non, je n'ai rien fait. Qu'est-ce que je pourrais faire, bloqué dans cette cambrousse ?

C'était toujours la même discussion : la ville opposée à la campagne, Saxby-on-Avon contre le monde entier ou presque. Encore et encore. Pourtant, cette fois, Johnny avait bien autre chose en tête. Il songeait à sa dispute avec Mary Blakiston, ici-même, dans ce magasin, et à tout ce qu'elle savait sur lui. Elle était morte brutalement, ainsi que Sir Magnus, quinze jours plus tard. Ce n'était pas une coïncidence et la police ne le penserait sûrement pas non plus. Johnny connaissait leurs méthodes. Ils devaient déjà éplucher leurs dossiers, s'informer sur tous les habitants du voisinage. Ils ne tarderaient pas à s'intéresser à lui.

Gemma approcha, s'assit à côté de lui et posa une main sur son bras. Bien que nettement plus petite que son mari et plus gracile, c'était elle la plus forte, ils le savaient l'un et l'autre. Elle était restée à ses côtés lorsqu'il avait eu des ennuis à Londres. Elle lui avait écrit chaque jour, de longues lettres pleines d'optimisme et de gaieté lorsqu'il était « là-bas ». Puis, à son retour, c'était elle qui avait décidé de venir s'installer à Saxby-on-Avon. Elle avait lu dans un journal l'annonce de la vente d'un magasin d'antiquités, et pensé que cela permettrait à Johnny d'entretenir certaines pratiques de son ancienne vie, tout en lui procurant une base honnête et stable pour la nouvelle.

Quitter Londres n'avait pas été simple, surtout pour un cockney pure souche qui avait toujours vécu en plein cœur de la ville, mais Johnny avait reconnu le bon sens de ce choix et s'y était résigné. Gemma savait que cela l'avait affecté. Le bruyant, l'enjoué, le confiant et irascible Johnny Whitehead ne pouvait se sentir complètement chez lui dans une communauté où l'on était jugé en permanence et où la désapprobation équivalait à un ostracisme radical. Avait-elle eu tort de l'amener ici ? Elle lui autorisait encore quelques escapades à Londres, même si cela la rendait toujours nerveuse. Elle ne lui demandait pas ce qu'il y avait fait et il n'en parlait pas. Mais, cette fois, c'était différent. Il était allé en ville quelques jours plus tôt. Cette visite avait-elle un lien quelconque avec les récents événements ?

— Qu'as-tu fait à Londres, Johnny ?

— Pourquoi veux-tu le savoir ?

— Je me posais la question, c'est tout.

— J'ai vu quelques vieux potes. Derek et Colin. On a mangé un morceau ensemble, bu quelques bières. Tu aurais dû venir.

— Tu n'aimes pas que je vienne.

— Ils ont demandé de tes nouvelles. Je suis passé devant notre ancienne maison. C'est un immeuble, maintenant. Ça m'a donné à réfléchir. On a vécu de bons moments là-bas, toi et moi.

Johnny tapota la main de sa femme et remarqua à quel point elle s'était émaciée. Plus elle vieillissait, moins il restait d'elle en apparence.

— J'ai eu assez de Londres pour ma vie entière, Johnny, dit-elle en retirant sa main. Quant à Derek et Colin, ils n'ont jamais été tes amis. Ils n'ont jamais été là pour toi quand les choses ont mal tourné.

— Tu as raison, grommela Johnny. Je sors faire un tour. Une demi-heure. Ça chassera mes idées noires.

— Je t'accompagne, si tu veux.

— Non. Mieux vaut que tu gardes la boutique.

Personne n'y était entré depuis le matin. Une autre répercussion du meurtre. C'était mauvais pour le commerce.

Gemma le regarda sortir. La clochette de la porte tinta. Elle avait pensé que tout irait mieux en venant ici, en abandonnant leur vie d'avant. Quoi qu'en ait dit Johnny à l'époque, cela avait été une bonne décision. Mais ces deux morts brutales, coup sur coup, avaient tout changé. C'était comme si les ombres d'autrefois s'étaient allongées et les avaient retrouvés.

Mary Blakiston était venue au magasin. Pour la première fois au cours de ces longues années, la gouvernante était entrée dans leur boutique, et, questionné à ce sujet, Johnny avait menti en prétendant qu'elle était venue acheter un cadeau pour quelqu'un. Or Gemma savait que c'était faux. Si Mary Blakiston avait cherché un cadeau à faire, elle serait allée à Bath, chez Woolworth ou Boots. Et moins d'une semaine après sa visite, elle était morte. Y avait-il un lien entre ces deux événements et, si oui, existait-il aussi un lien avec la mort de Sir Magnus ?

Gemma Whitehead avait choisi de venir s'installer à Saxby-on-Avon dans l'espoir d'y mener une vie paisible. Restée seule dans le magasin miteux, au milieu de ces centaines d'objets inutiles, de toute cette bimbeloterie dont personne ne semblait vouloir, elle se mit à souhaiter de toutes ses forces être très loin, avec Johnny.

4

Chacun dans le village croyait savoir qui avait tué Sir Magnus Pye. Malheureusement, il n'y avait pas deux théories semblables.

Sir Magnus et Lady Pye étaient à couteaux tirés, tout le monde le savait. On les voyait rarement ensemble.

S'ils se montraient à l'église, c'était à distance l'un de l'autre. Selon Gareth Kite, le patron du pub Ferryman, Sir Magnus avait eu une liaison avec sa gouvernante, Mary Blakiston. Et Lady Pye les avait tués. Mais comment avait-elle commis le premier crime en étant en vacances en France, Gareth Kite ne le précisait pas.

Non, non, c'était Robert Blakiston le meurtrier. N'avait-il pas menacé sa mère quelques jours avant sa mort ? Il l'avait tuée parce qu'il était furieux contre elle et il avait tué Sir Magnus quand, on ne savait comment, il avait découvert la vérité sur leur liaison. On parlait aussi de Brent. Le jardinier vivait seul. Et il était vraiment spécial. La rumeur courait que Sir Magnus l'avait renvoyé le jour même où il avait été tué. Il y avait aussi l'étranger qui avait assisté aux obsèques de Mary Blakiston. Personne ne portait un chapeau pareil sinon pour dissimuler son identité. Même Joy Sanderling, cette gentille jeune fille qui travaillait pour la Dr Redwing, faisait l'objet de soupçons. L'étrange proclamation placardée sur le panneau d'affichage à côté de l'abri d'autobus prouvait qu'elle cachait son jeu. Mary Blakiston l'avait prise en grippe. Et elle était morte. Sir Magnus Pye l'avait démasquée. Il était mort à son tour.

Et puis il y avait le saccage de Dingle Dell. Bien que la police n'ait pas dévoilé les détails du message de menace découvert sur le bureau de Sir Magnus, tout le monde savait quelles réactions de colère avait déclenchées son projet immobilier. Plus vous étiez ancien dans le village, plus grande était votre exaspération, et, suivant cette logique implacable, le vieux Jeff Weaver, âgé de quatre-vingt-trois ans, qui nettoyait le cimetière depuis une éternité, était devenu le suspect numéro un. Le pasteur aussi avait beaucoup à perdre. Le presbytère donnait directement sur les futures constructions, et tout le village savait combien lui et sa femme aimaient se promener dans le bois de Dingle Dell.

Étonnamment, une seule habitante, qui avait pourtant toutes les raisons de tuer Sir Magnus, avait été laissée totalement hors du coup. Clarissa Pye, la sœur déshéritée, tantôt ignorée, tantôt humiliée par Sir Magnus. Il n'était venu à l'idée de personne que son ressentiment ait pu faire d'elle une meurtrière. Peut-être parce que c'était une femme seule, et très pieuse qui plus est. Peut-être à cause de son apparence un brin excentrique : ses cheveux teints d'une couleur exagérée qui se voyait à cinquante pas, ses chapeaux bizarres, ses bijoux de pacotille, sa garde-robe de frusques autrefois à la mode, alors que des vêtements plus simples, plus modernes auraient été plus seyants. Son physique aussi la desservait : ni franchement grosse, ni franchement masculine, ni franchement trapue, mais un peu des trois. Bref, elle était un sujet de plaisanterie à Saxby-on-Avon, et les sujets de plaisanterie ne commettent pas de crimes.

Assise dans sa maison à Winsley Terrace, Clarissa s'efforçait de ne pas penser aux récents événements. Depuis une heure, elle était plongée dans les mots croisés du *Daily Telegraph*, alors qu'habituellement elle en venait à bout en deux fois moins de temps. Une définition en particulier la confondait :

« 16 : S'est plainte sans fin de Bobby. »

La réponse était en huit lettres, la deuxième étant un *o*, la quatrième un *i*. Le mot la narguait, se refusait à elle. La solution était-elle un synonyme de se plaindre ? Était-ce une femme célèbre, se plaignant d'un autre personnage célèbre prénommé Bobby ? Peu vraisemblable. Les mots croisés du *Telegraph* utilisaient rarement des célébrités, en dehors des écrivains ou des artistes classiques. Dans ce cas, Bobby pouvait avoir un autre sens, qui lui échappait. Elle mâchonna son crayon Parker spécial mots croisés. Tout à coup, la lumière se fit. Mais bien sûr ! La réponse se trouvait sous ses yeux depuis le début. S'est plainte sans fin. Il fallait laisser tomber le *e* à la fin du mot. S'est plaint de Bobby. Et Bobby ? La majuscule était peut-être injustifiée. Elle compléta le mot : policier, car les policiers anglais sont surnommés les Bobbies. Autrement dit, le policier s'est plaint d'être appelé Bobby. Cela la ramena évidemment à Sir Magnus, aux véhicules de police qui parcouraient le village, aux agents en uniforme qui devaient grouiller à Pye Hall. Qu'allait-il advenir de la maison, maintenant que son frère était mort ? Frances continuerait sans doute d'y habiter. Elle n'avait pas le droit de vendre. C'était une règle de l'acte de propriété qui faisait foi depuis des siècles. Le manoir reviendrait à son neveu, Freddy, héritier direct. Il n'avait que quinze ans, et, la dernière fois que Clarissa l'avait vu, elle avait été saisie par son air superficiel et arrogant, un peu à l'image de son père. Et voilà qu'il allait devenir milliardaire !

Bien sûr, si sa mère et lui-même disparaissaient – dans un accident de voiture, par exemple –, tous les biens, sauf le titre, reviendraient à Clarissa. Une perspective intéressante. Improbable mais intéressante. En fait, il n'y avait aucune raison que cela ne puisse pas se produire. D'abord Mary Blakiston, ensuite Sir Magnus. Et finalement…

Clarissa entendit une clé tourner dans la serrure. Elle replia rapidement le journal et le poussa de côté. Elle ne voulait pas que l'on pense qu'elle perdait son temps, qu'elle n'avait rien à faire. Elle était déjà debout et se dirigeait vers la cuisine lorsque Diana Weaver entra. La femme d'Adam Weaver, qui faisait de petits boulots dans le village ainsi qu'à l'église, était une femme d'âge mûr pleine de bon sens, au sourire amical. Elle faisait le ménage deux heures par jour dans le cabinet médical et, le reste du temps, se partageait entre différentes maisons de Saxby-on-Avon, dont le presbytère un après-midi par semaine. En la voyant arriver avec l'énorme sac en plastique qu'elle portait toujours, et déboutonner l'imperméable qui n'était vraiment pas de mise par une journée aussi chaude, Clarissa se dit que Diana était réellement une femme de ménage, c'est-à-dire une dame pour qui ce travail était parfaitement approprié et nécessaire. Comment Magnus avait-il pu la ranger, elle, dans la même catégorie ? Parlait-il sérieusement ou cherchait-il simplement à l'humilier ? Sa mort ne l'attristait pas. Bien au contraire.

— Bonjour, madame Weaver.

— Bonjour, mademoiselle Pye.

Clarissa devina aussitôt que quelque chose n'allait pas. La femme de ménage semblait abattue, nerveuse.

— Il y a du linge à repasser dans la chambre d'amis, lui dit-elle. Et j'ai acheté de l'Ajax.

Clarissa allait droit au but. Il n'était pas dans son habitude d'engager la conversation avec Diana Weaver. Ce n'était pas seulement par convenance : elle avait à peine les moyens de payer deux heures de ménage hebdomadaires et n'allait pas les amputer avec du bavardage. Mme Weaver n'avait toujours pas ôté son imperméable et ne paraissait guère pressée de se mettre au travail.

— Un problème ? se résigna à demander Clarissa.

— Eh bien, c'est à cause de cette histoire au manoir.

— Mon frère.

— Oui, mademoiselle Pye, dit la femme de ménage, plus contrariée qu'elle n'avait de raison de l'être – elle ne travaillait pas à Pye Hall et n'avait probablement échangé un mot avec Magnus qu'une ou deux fois dans sa vie. C'est une chose terrible qui est arrivée, reprit-elle. Dans un village comme le nôtre. D'accord, les gens ont des hauts et des bas, mais je vis ici depuis quarante ans et je n'ai jamais rien vu de pareil. D'abord cette pauvre Mary. Et maintenant ça.

— J'étais en train d'y penser, moi aussi, acquiesça Clarissa. Je suis mortifiée. Mon frère et moi n'étions pas très proches, mais nous sommes du même sang.

Sang.

Elle frissonna. Magnus avait-il su qu'il allait mourir ?

— Et maintenant nous avons la police sur le dos, poursuivit Diana Weaver. Ils posent des questions et perturbent tout le monde. Vous croyez qu'ils ont une idée sur ceux qui ont fait le coup ?

Clarissa se demanda ce qui inquiétait tant Diana Weaver.

— J'en doute, madame Weaver. Ça date seulement d'hier soir.

— Ils ont dû fouiller le manoir. D'après ce que dit mon Adam, quelqu'un l'a... (Diana Weaver marqua un temps d'arrêt, pas tout à fait certaine de savoir épeler le mot.) Décapité.

— Oui, c'est aussi ce que j'ai compris.

— Quelle horreur.

— C'est très choquant, c'est vrai. Êtes-vous en état de travailler aujourd'hui, ou préférez-vous rentrer chez vous ?

— Non, non. Je préfère m'occuper.

La femme de ménage entra dans la cuisine. Clarissa jeta un coup d'œil à la pendule : deux minutes de retard. Elle ferait en sorte que Mme Weaver rattrape le temps perdu.

5

L'entretien chez Larkin Gadwall ne les avait guère éclairés. On avait montré à Fidèle Staupert la brochure du nouveau projet : images en aquarelle de familles souriantes, esquissées comme des fantômes dérivant dans leur paradis tout neuf. Le permis de construire avait été octroyé. Le chantier devait démarrer au printemps suivant. Philip Gadwall, associé principal de la société, soutenait que Dingle Dell était un terrain boisé sans attrait et que les nouvelles constructions bénéficieraient à tout le voisinage.

— Régénérer nos villages est une des préoccupations du gouvernement. Nous avons besoin de nouveaux logements pour les familles locales, si nous voulons garder de la vie dans nos petites communes.

Chubb avait écouté en silence. Il était frappé de voir que les familles représentées sur la brochure, avec leurs jolis vêtements et leurs voitures flambant neuves, n'avaient pas du tout l'air « local ». Et il entendit avec plaisir Fidèle Staupert annoncer qu'il n'avait pas d'autres questions à poser.

À l'hôpital, on leur apprit que Frances Pye était déjà rentrée chez elle. Ce fut donc à Pye Hall que les trois hommes – Staupert, Fraser et Chubb – se rendirent ensuite. À leur arrivée, les véhicules de police avaient déjà quitté les lieux. En passant devant le pavillon de gardien et en s'engageant sur l'allée de graviers, Staupert fut surpris de constater à quel point tout semblait normal sous le soleil qui commençait à décliner derrière les grands arbres.

— C'est ici que devait habiter Mary Blakiston, observa Fraser en désignant le pavillon silencieux.

— Il n'y a pas si longtemps, elle y vivait avec ses deux fils, Robert et Tom, dit Staupert en jetant un coup d'œil par la vitre, l'air soudain morose. N'oublions pas que le cadet est mort, lui aussi. Cet endroit a connu beaucoup de décès.

Ils se garèrent. Chubb, qui les avait devancés dans sa propre voiture, les attendait devant l'entrée principale. Un morceau de ruban jaune de la police pendait mollement autour de l'empreinte de main dans la terre près du perron, et Fraser se demanda si un lien avait pu être établi avec le jardinier, Brent, ou quelqu'un d'autre. Ils entrèrent directement dans la maison. On s'y était affairé. Le tapis persan avait été enlevé, le dallage lavé, l'armure emportée. La police avait sans doute conservé l'épée. L'arme du crime. Mais le reste de l'armure, rappel trop morbide de ce qui s'était passé, avait été déplacé. Le manoir était plongé dans le silence. Aucun signe de Lady Pye. Chubb hésita, ne sachant comment procéder.

Puis la porte du salon s'ouvrit et un homme apparut. Proche de la quarantaine, cheveux et moustache noirs, vêtu d'un blazer bleu avec des armoiries sur la poche de poitrine. Il marchait d'un pas indolent, une main dans une poche, l'autre occupée par une cigarette. Il fit aussitôt à Fraser l'impression d'un homme facilement détestable. Non seulement il éveillait l'antipathie, mais il la cultivait presque.

Le nouveau venu fut surpris de découvrir trois visiteurs dans le hall, et il ne chercha pas à le masquer.

— Qui êtes-vous ? demanda-t-il.

— J'allais vous poser la même question, répliqua Chubb, hérissé. Je suis de la police.

— Oh ! (Le visage de l'homme s'affaissa.) Je suis un ami de Frances. Lady Pye. Je suis venu de Londres veiller sur elle. Elle a besoin de soutien. Je m'appelle Dartford, Jack Dartford. (Il tendit la main d'un geste vague, puis la baissa.) Elle est très déprimée, vous savez.

— J'en suis sûr, dit Staupert en avançant. Je serais curieux de savoir comment vous avez appris la nouvelle, monsieur Dartford.

— Au sujet de Magnus ? Frances m'a téléphoné.

— Aujourd'hui ?

— Non. Hier soir. Juste après avoir prévenu la police. Elle était hystérique. Je serais venu directement mais il était tard pour faire la route et j'avais des rendez-vous ce matin. Je lui ai dit que je viendrais vers midi, ce que j'ai fait. Je suis passé la prendre à l'hôpital et je l'ai ramenée ici. Son fils, Freddy, est auprès d'elle. Il séjournait chez des amis sur la côte sud.

— Vous me pardonnerez cette question, monsieur Dartford, mais je me demande pourquoi c'est vous qu'elle a choisi parmi ses amis pour, comme vous le dites, la soutenir ?

— Eh bien, c'est assez facile à expliquer, monsieur… ?

— Staupert.

— Staupert ? C'est un nom allemand. Et vous avez l'accent qui va avec. Que faites-vous ici ?

— M. Staupert nous seconde, intervint Chubb sèchement.

— Oh ! très bien. Quelle était votre question ? Pourquoi est-ce moi qu'elle a appelé ? (Malgré ses fanfaronnades, il était évident que Jack Dartford cherchait une réponse sans risque.) Eh bien, je suppose que c'est parce que nous avons déjeuné ensemble hier. Je l'ai même accompagnée à la gare et mise dans le train pour Bath. J'étais donc présent dans ses pensées, j'imagine.

— Lady Pye était avec vous à Londres hier, le jour du meurtre de son mari ? insista Staupert.

— Oui, acquiesça Dartford avec un léger soupir, comme s'il en révélait plus qu'il n'en avait l'intention. Nous avons eu un déjeuner de travail. Je la conseille sur la bourse, les investissements, ce genre de choses.

— Et après déjeuner, qu'avez-vous fait, monsieur Dartford ?

— Je viens de vous le dire.

— Vous avez dit avoir accompagné Lady Pye à la gare. Or nous savons qu'elle a pris le train du soir, qui est arrivé à Bath à vingt et une heures trente. J'en conclus que vous avez passé l'après-midi ensemble.

— Oui, c'est exact, admit Dartford, de plus en plus mal à l'aise. Nous avons tué le temps.

Il réfléchit un instant et ajouta :

— Nous sommes allés dans un musée. La Royal Academy.

— Et qu'avez-vous vu ?

— Oh ! des peintures assez ennuyeuses.

— Lady Pye dit avoir fait un peu de shopping.

— Oui, nous sommes aussi allés dans des magasins. Elle n'a rien acheté toutefois… du moins pas que je me souvienne. Elle n'était pas vraiment d'humeur.

— J'ai une dernière question, si vous le permettez, monsieur Dartford. Vous êtes un ami de Lady Pye. Diriez-vous que vous étiez aussi un ami du défunt Sir Magnus ?

— Non. Pas vraiment. Je le connaissais, bien entendu. Je l'aimais bien. Un assez chic type. Mais je jouais au tennis avec Frances. C'est comme cela que nous avons fait connaissance. Je la voyais donc beaucoup plus souvent que lui. Il s'en moquait, d'ailleurs. Il n'était pas particulièrement sportif.

— Où est Lady Pye ? demanda Chubb.

— Dans sa chambre. Elle se repose.

— Elle dort ?

— Je ne pense pas, non. En tout cas elle ne dormait pas il y a quelques minutes.

— Dans ce cas nous aimerions la voir.

— Maintenant ?

Dartford lut la réponse sur le visage implacable de l'inspecteur.

— Très bien, je vais vous conduire.

6

Frances Pye était allongée sur son lit, enveloppée dans un peignoir et à demi submergée par une onde de draps froissés. Elle buvait du champagne. Un verre à moitié vide était posé sur la table de chevet, à côté d'une bouteille inclinée dans un seau à glace. Sédatif ou commémoratif ? Aux yeux de Fraser, ce pouvait être l'un ou l'autre, comme l'expression du visage de Lady Pye, tout aussi indéchiffrable. Leur visite l'agaçait mais elle s'y attendait.

Elle répugnait à leur parler mais, en même temps, s'était déjà préparée à répondre à leurs questions.

Lady Pye n'était pas seule. Un adolescent, vêtu de blanc comme s'il allait jouer au cricket, était affalé sur un fauteuil, les jambes croisées. Son fils, de toute évidence. Il avait hérité de ses cheveux sombres, qui balayaient son front, et de son regard hautain. Il mangeait une pomme. Ni la mère ni le fils ne semblaient particulièrement affectés par la mort de Sir Magnus. Lady Pye aurait pu tout aussi bien s'être alitée avec un rhume, et son fils lui rendre visite.

— Frances…, commença Jack Dartford. Voici l'inspecteur Chubb, de la police de Bath.

— Nous nous sommes brièvement parlé le soir où c'est arrivé, lui rappela Chubb. J'étais là lorsque l'ambulance vous a emmenée.

— Ah oui ! répondit-elle d'une voix enrouée, indifférente.

— Et voici M. Stapert.

— Staupert, rectifia l'intéressé. Je collabore avec la police. Et voici mon assistant, James Fraser.

— Ils désirent vous poser quelques questions, expliqua Dartford en essayant de s'introduire dans la pièce. Je peux rester là, si vous voulez.

— Ça ira, merci, monsieur Dartford, dit Chubb, répondant à la place de Lady Pye. Nous vous appellerons en cas de besoin.

— Je ne tiens vraiment pas à laisser Frances seule.

— Nous ne la dérangerons pas longtemps.

— Ça ira, Jack, dit Frances Pye en se redressant contre la pile d'oreillers amoncelés derrière elle. Autant en finir, je suppose, ajouta-t-elle en se tournant vers les trois importuns.

Il y eut un bref instant de gêne lorsque Dartford hésita sur la conduite à tenir. Même Fraser comprit son dilemme. Dartford aurait aimé répéter à Frances Pye ce qu'il avait déclaré aux policiers sur leur sortie à Londres. S'assurer que son témoignage concorderait avec le sien. Mais Staupert était déterminé à l'en empêcher. Séparer les suspects. Les dresser l'un contre autre. Telle était sa méthode de travail.

Dartford se retira. Chubb ferma la porte et Fraser approcha trois chaises. Il ne manquait pas de meubles, dans la chambre, qui était spacieuse, avec des doubles-rideaux drapés, d'épais tapis, des armoires encastrées et une coiffeuse ancienne dont les pieds semblaient ployer sous le poids de tous les flacons, coffrets, coupelles et brosses amoncelés dessus. Fraser, qui aimait les romans de Charles Dickens, songea aussitôt à Mlle Havisham dans *Les Grandes Espérances*. La décoration, de style vaguement victorien, était tape-à-l'œil.

Staupert s'assit.

— Je crains de n'avoir quelques questions à vous poser sur votre mari, Lady Pye.

— Je comprends, dit-elle. C'est une histoire horrible. Qui a bien pu faire une chose pareille ? Je vous en prie, continuez.

— Vous préférez peut-être que votre fils sorte.

— Je veux rester ! protesta l'intéressé, avec une certaine arrogance dans la voix, d'autant plus inappropriée qu'il n'avait pas encore mué. Je n'ai jamais rencontré un vrai détective, ajouta-t-il en fixant Staupert d'un air insolent. Pourquoi portez-vous un nom étranger ? Vous travaillez vraiment pour Scotland Yard ?

— Ne sois pas grossier, Freddy, coupa sa mère. Tu peux rester, mais à condition que tu ne nous interrompes pas. Je vous en prie, monsieur Staupert.

Staupert ôta ses lunettes, les essuya, les remit. Fraser savait que parler devant l'adolescent le mettait mal à l'aise. Staupert était toujours maladroit avec les enfants, surtout avec les jeunes Anglais qui avaient grandi dans la conviction que les Allemands étaient toujours des ennemis.

— Très bien, Lady Pye. Puis-je d'abord vous demander si vous avez connaissance de menaces qu'aurait reçues votre mari récemment ?

— Des menaces ?

— A-t-il reçu des lettres ou des coups de téléphone suggérant que sa vie était en danger ?

Un imposant téléphone blanc trônait sur la table de chevet à côté du seau à champagne. Frances Pye y jeta un coup d'œil avant de répondre.

— Non. Pourquoi l'aurait-on menacé ?

— Il y avait, je crois, une parcelle de terrain dont il était propriétaire qui fait l'objet d'un projet immobilier…

— Oh ! vous parlez de Dingle Dell ! dit-elle d'un ton méprisant. Je ne suis pas au courant. Je crois que cela suscitait certaines tensions dans le village. Les gens d'ici ont l'esprit étriqué et Magnus s'attendait à quelques protestations. Mais des menaces de mort, j'ai du mal à le croire.

— Nous avons découvert une note sur le bureau de

Sir Magnus, intervint Chubb. Tapée à la machine, sans signature, et nous avons toutes les raisons de penser que son auteur était vraiment très en colère.

— Qu'est-ce qui vous conduit à le penser?

— La lettre exprime une menace bien spécifique, Lady Pye. Il y a aussi l'arme de service que nous avons trouvée dans un tiroir du bureau de votre mari.

— J'ignorais tout cela. Le revolver était habituellement rangé dans le coffre-fort, et Magnus n'a jamais mentionné la moindre lettre de menaces devant moi.

— Pardonnez-moi, Lady Pye, reprit Staupert sur un ton d'excuse, quel a été votre emploi du temps, hier, à Londres? Je ne veux pas être indiscret, bien sûr, mais il est important pour nous d'établir les faits et gestes de toutes les personnes impliquées.

— Vous pensez que maman est impliquée? s'écria Freddy. Vous croyez que c'est elle?

— Freddy, tais-toi, le tança Frances Pye en lui jetant un regard de dédain, avant de revenir à Staupert. C'est une intrusion dans ma vie privée, monsieur Staupert. J'ai déjà expliqué à l'inspecteur ce que j'avais fait, mais si vous tenez à ce que je le répète, j'ai déjeuné chez Carlotta avec Jack Dartford. Un long déjeuner. Nous avons parlé affaires. Je ne connais rien à la finance et Jack m'est d'un précieux conseil.

— À quelle heure avez-vous quitté Londres?

— Par le train de dix-neuf heures quarante.

Elle s'interrompit, sans doute en prenant conscience qu'elle allait devoir fournir une explication pour le long après-midi.

— J'ai fait du shopping après le déjeuner. Je n'ai rien acheté mais j'ai descendu Bond Street et je suis allée chez Fortnum & Mason.

— C'est agréable de déambuler dans Londres, dit Staupert. Peut-être êtes-vous entrée dans un musée, ou une galerie d'art ?

— Non, pas cette fois. Il y avait une exposition à la Courtauld Gallery, il me semble, mais je n'étais pas d'humeur.

Ainsi donc Dartford avait menti. James Fraser lui-même nota la discordance entre les deux témoignages, mais, avant que l'un ou l'autre des enquêteurs en fasse la remarque, le téléphone se mit à sonner. Non pas dans la chambre, mais au rez-de-chaussée. Lady Pye jeta un coup d'œil au combiné muet, sur sa table de chevet, et fronça les sourcils.

— Tu veux bien aller répondre, Freddy, s'il te plaît ? Qui que ce soit, dis que je me repose et ne veux pas être dérangée.

— Et si c'est pour papa ?

— Réponds que nous ne prenons aucun appel. Tu es gentil, merci.

— D'accord, accepta Freddy à regret.

Il n'appréciait pas de devoir quitter la chambre. Il se hissa hors du fauteuil et sortit. Staupert, Chubb et James Fraser tendirent l'oreille. La sonnerie retentit encore trois fois, puis s'arrêta.

— Ce téléphone-ci est cassé, expliqua Lady Pye. C'est une vieille maison et il y a toujours quelque chose en panne. En ce moment, ce sont les téléphones. Le mois dernier, c'était l'électricité. Nous avons aussi eu de la pourriture sèche. Les gens se plaignent au sujet de Dingle Dell, mais au moins les nouvelles maisons seront modernes et fonctionnelles. Vous n'imaginez pas ce que c'est de vivre dans une bâtisse ancienne.

Fraser se dit qu'elle avait habilement changé de sujet et évité de répondre à la question de son emploi du temps à Londres. Mais Staupert parut ne pas s'en soucier.

— À quelle heure êtes-vous rentrée à Pye Hall le soir du meurtre de votre mari, Lady Pye ?

— Voyons, laissez-moi réfléchir. Le train a dû arriver vers huit heures et demie. Ce n'était pas un rapide. J'avais laissé ma voiture à la gare de Bath et, le temps de faire le trajet, il était environ neuf heures vingt. (Elle marqua une pause.) Une voiture sortait de Pye Hall au moment où j'arrivais.

— Oui, c'est ce que vous avez déclaré, Lady Pye, acquiesça Chubb. Mais vous n'avez pas pu distinguer le conducteur, je suppose ?

— Il se peut que je l'aie entrevu. Je ne sais pas pourquoi je dis ça. Je ne suis même pas sûre de savoir si c'était un homme ou une femme. En tout cas, la voiture était verte. Je vous l'ai déjà dit. Et je me rappelle deux lettres de l'immatriculation. FP. Mais je suis incapable de vous indiquer la marque.

— Une seule personne dans la voiture ?

— Oui, le conducteur. J'ai aperçu ses épaules et l'arrière de sa tête. Il portait un chapeau.

— Vous avez vu la voiture partir, intervint Staupert. Comment, selon vous, conduisait la personne au volant ?

— Vite. Il a dérapé en virant sur la route.

— En direction de Bath ?

— Non, dans le sens opposé.

— Ensuite, vous avez donc remonté l'allée vers la porte principale. Les lumières étaient allumées.

— Oui. Je suis entrée. Et... (Elle frissonna.) J'ai vu mon mari et j'ai appelé la police tout de suite.

Il y eut un long silence. Lady Pye paraissait sincèrement épuisée.

— Est-ce que, par hasard, vous connaissez la combinaison du coffre de votre mari, Lady Pye ? reprit Staupert d'une voix douce.

— Oui, je la connais. J'y garde mes bijoux les plus précieux. Il n'a pas été forcé, n'est-ce pas ?

— Non, la rassura Staupert. Cependant, il est possible qu'il ait été ouvert récemment car le tableau censé le dissimuler était un peu décollé du mur.

— Magnus, sans doute. Il y rangeait de l'argent et des papiers.

— Et la combinaison ? rappela Chubb.

— À gauche, dix-sept. À droite, neuf. À gauche, cinquante-sept. Puis vous tournez deux fois le cadran.

— Merci, Lady Pye, sourit Staupert avec sympathie. Vous devez être fatiguée et nous allons vous libérer. Néanmoins, il me reste deux petites questions. La première concerne une note manuscrite que nous avons trouvée sur le bureau de votre mari et qui semble de sa main.

Chubb avait apporté le calepin, à l'abri maintenant dans un sachet en plastique. Il le montra à Lady Pye, qui parcourut rapidement les trois lignes écrites au crayon à papier :

ASHTON H
Mw
UNE FILLE

— C'est bien l'écriture de Magnus, confirma Lady Pye. Et il n'y a rien de bien mystérieux. Mon mari avait l'habitude de prendre des notes quand il recevait un appel téléphonique. Il avait peur d'oublier. J'ignore ce qu'est Ashton H. Mais MW sont sûrement les initiales de quelqu'un.

— Le *m* est en majuscule, et le *w* en minuscule, fit remarquer Staupert.

— Alors c'est peut-être un mot. Magnus faisait ça, aussi. Si vous lui demandiez d'acheter le journal en sortant, il notait Jo.

— Selon vous, se peut-il que ce Mw l'ait mis en colère d'une façon ou d'une autre ? Il n'a rien écrit ensuite mais on voit plusieurs traits rageurs. Le papier a presque été déchiré par la pointe du crayon.

— Je ne peux pas vous le dire.

— Et la fille, vous avez une idée ? demanda Chubb.

— Non plus. Sauf que nous avons besoin d'une gouvernante. Peut-être quelqu'un lui a-t-il recommandé une fille.

— Ah oui ! pour remplacer Mary Blakiston, dit Staupert.

— Oui. Quelle période épouvantable. Vraiment horrible. Nous étions en vacances dans le sud de la France lorsque c'est arrivé. Mary travaillait pour nous depuis toujours. Magnus était très proche d'elle. Elle l'adorait ! Depuis le jour où elle s'est installée au pavillon, elle lui a été redevable, comme s'il était une sorte de monarque et qu'elle avait été admise dans la garde royale. Personnellement, je la trouvais assez ennuyeuse, même s'il ne faut pas dire du mal des morts. Que voulez-vous savoir d'autre, monsieur Staupert ?

— J'ai remarqué qu'il manquait un tableau sur un mur, dans le grand hall où l'on a découvert votre mari. À côté de la porte.

— Quel rapport avec le reste ?

— Chaque détail m'intéresse, Lady Pye.

— C'était un portrait de moi, dit Frances Pye, non sans réticence. Magnus ne l'aimait pas et il l'a jeté.

— Récemment ?

— Oui. Il y a à peine plus d'une semaine. Je ne sais pas le jour exact.

Frances Pye se laissa glisser contre ses oreillers, signifiant ainsi qu'elle avait assez parlé. Staupert hocha la tête, et, comprenant le message, Fraser et Chubb se levèrent. Les trois hommes sortirent.

— Que tirez-vous de tout cela ? demanda Chubb.

— Lady Pye a menti au sujet de Londres, il n'y a aucun doute, remarqua Fraser. Si vous voulez mon avis, Dartford et elle ont passé l'après-midi ensemble… et sûrement pas dans les magasins !

— Lady Pye et son mari faisaient lit à part, c'est évident, acquiesça Staupert.

— Comment le savez-vous ?

— Le décor de la chambre à coucher, les oreillers brodés. Pas la moindre trace masculine.

— Donc, au moins deux personnes avaient une bonne raison de tuer le mari, marmonna Chubb. Le plus vieux mobile du crime. Liquider le mari et partir ensemble avec le magot.

— Vous avez peut-être raison, inspecteur. Et il se pourrait que nous trouvions une copie du testament de Sir Magnus dans son coffre. Mais le domaine est dans sa famille depuis très longtemps et il y a fort à parier que tout revienne directement à son fils et unique héritier.

— Quel détestable personnage, celui-là, observa Chubb.

En réalité, le coffre ne contenait rien de bien intéressant. Des bijoux, l'équivalent d'environ cinq cents livres sterling en différentes monnaies, et plusieurs documents : certains récents, d'autres datant d'une vingtaine d'années. Chubb les emporta.

Ils se quittèrent sur le pas de la porte, Chubb rentrant chez lui à Hamswell où sa femme, Harriet, l'attendait. Il saurait au premier regard quelle était son humeur ; ainsi qu'il l'avait un jour confié à Staupert, l'humeur de Harriet se devinait à la vitesse de ses aiguilles à tricoter.

Staupert et Fraser lui serrèrent la main, puis s'en furent retrouver le confort tout relatif du Queen's Arms.

7

D'autres personnes s'étaient regroupées autour de l'abri d'autobus, à l'extrémité de la place, visiblement préoccupées par une chose qu'elles avaient vue. Le matin, déjà, Fraser avait remarqué un petit attroupement au même endroit. On avait dû se passer le mot. Quelque chose s'était produit. Le village entier éprouvait le besoin de savoir.

— Qu'est-ce qui les attire tant, à votre avis ? demanda-t-il en garant la voiture.

— Allons voir, répondit Staupert.

Ils descendirent et traversèrent la place. Le magasin d'antiquités des Whitehead et la boutique d'électricité générale étaient déjà fermés et, dans le silence du soir qu'aucune circulation ne troublait, il était facile d'entendre les propos échangés.

— Elle en a, du culot !

— Elle devrait avoir honte.

— S'afficher comme ça !

Les villageois ne s'aperçurent de la présence de Staupert et de Fraser que trop tard, et ils s'écartèrent pour leur permettre d'accéder à ce qui les occupait tant. À côté de l'abri d'autobus, un petit panneau d'information vitré affichait les comptes rendus du dernier conseil municipal, les horaires des services religieux, les événements à venir. Au milieu, quelqu'un avait ajouté une simple feuille de papier avec un message tapé à la machine :

À BON ENTENDEUR

De nombreuses rumeurs ont circulé dans le village au sujet de Robert Blakiston. Certaines personnes ont laissé entendre qu'il avait quelque chose à voir avec la mort tragique de sa mère, Mary Blakiston, survenue le vendredi matin à neuf heures. Ces rumeurs sont blessantes, mal renseignées et fausses. Ce matin-là, j'étais avec Robert dans son appartement au-dessus du garage, où j'avais passé toute la nuit. Si cela était nécessaire, je le jurerais sous serment devant un tribunal. Robert et moi sommes fiancés. Montrez-nous un peu de gentillesse, s'il vous plaît, et cessez de répandre de méchants commérages.

Joy Sanderling

James Fraser était choqué. Une facette de son caractère, forgé par ses années de scolarité dans un collège privé anglais, le portait à s'offusquer facilement de toute démonstration d'émotion en public. Se tenir la main dans la rue lui paraissait déjà superflu, et cette proclamation – car c'est ainsi qu'il voyait le message de Joy Sanderling – était proprement inacceptable à ses yeux.

— Mais à quoi pensait-elle ! s'exclama-t-il alors que Staupert et lui s'éloignaient.

— Est-ce le contenu de l'annonce qui vous a le plus interpellé ? dit Staupert. N'avez-vous rien remarqué d'autre ?

— Quoi ?

— La lettre de menaces adressée à Sir Magnus et la confession de Joy Sanderling ont été tapées sur la même machine à écrire.

— Seigneur Dieu ! s'écria Fraser. Vous en êtes certain ?

— Certain. La queue du *e* est estompée et le *t* penche

un peu sur la gauche. Ce n'est pas seulement le même modèle, mais la même machine.

— Joy Sanderling aurait écrit à Sir Magnus ?

— C'est une possibilité.

Ils firent quelques pas en silence, puis Staupert reprit le fil de son raisonnement.

— Mlle Sanderling a été contrainte d'agir ainsi parce que je ne pouvais pas l'aider. Elle a choisi de sacrifier sa réputation, tout en sachant que ses parents apprendront la nouvelle et en seront très contrariés. Je suis responsable.

Il fit une pause et poursuivit :

— Il y a dans ce village quelque chose qui m'inquiète. Je vous ai déjà parlé de la méchanceté de la nature humaine, mon ami. Comment les petits mensonges et les dérobades qui passent inaperçus peuvent, une fois mis ensemble, vous étouffer comme la fumée dans une maison en feu. (Staupert se retourna et embrassa du regard les maisons environnantes.) Ils sont tout autour de nous. Il y a déjà eu deux morts. Trois, si l'on inclut l'enfant qui s'est noyé dans le lac il y a longtemps. Et elles sont reliées entre elles. Nous devons agir vite avant qu'il en survienne une quatrième.

Il traversa la place et entra dans l'hôtel. Derrière lui, près de l'abri d'autobus, les villageois continuaient de marmonner en secouant la tête.

4

UN GARÇON

1

Fidèle Staupert s'éveilla avec la migraine.

Il en prit conscience avant même d'ouvrir les yeux, et, sitôt qu'il les ouvrit, le mal s'intensifia comme s'il n'attendait que cela, en embuscade. La douleur était si forte qu'elle lui coupa le souffle et c'est à peine s'il parvint à atteindre les cachets que le Dr Benson lui avait prescrits et qu'il avait posés, la veille au soir, près de son lit. Sa main les trouva en tâtonnant, mais il fut incapable de localiser le verre d'eau qu'il avait pourtant aussi préparé. Tant pis. Il avala les cachets à sec et les sentit descendre dans sa gorge, râpeux et durs. Quelques minutes plus tard, alors qu'ils se dissolvaient et envoyaient leurs agents analgésiques dans son système sanguin et dans son cerveau, il mit enfin la main sur le verre d'eau et but une gorgée pour chasser l'amertume de sa bouche.

Il resta sans bouger un long moment, les épaules enfoncées dans les oreillers, les yeux fixés sur les ombres du mur. Petit à petit, les éléments de la chambre reprirent forme : l'armoire en chêne, un peu trop grande pour la pièce, le miroir avec son verre tacheté, la gravure encadrée représentant le Royal Crescent à Bath, les rideaux affaissés qui, ouverts, découvraient une vue sur le cimetière. Très approprié, comme spectacle. En attendant le reflux de la douleur, Fidèle Staupert eut tout loisir pour réfléchir à sa fin prochaine.

Il n'y aurait pas de funérailles. Staupert avait vu trop de morts au cours de sa vie pour désirer apporter à la sienne rituel et décorum, conférer une solennité à ce qui n'était au fond qu'un simple passage. Il ne croyait pas en Dieu. Certains déportés avaient survécu aux camps de concentration avec leur foi intacte, et il les admirait pour cela. Son expérience personnelle l'avait conduit à ne croire en rien. L'être humain était à ses yeux un animal complexe, capable d'actions extraordinairement bonnes et extraordinairement mauvaises – mais fondamentalement seul. Néanmoins, il ne craignait pas qu'on lui donne la preuve du contraire. Si, après une vie entière fondée sur la raison, il se trouvait confronté au jugement dernier dans une sorte de chambre étoilée, il était certain d'être pardonné. Car, d'après ce qu'il avait compris, Dieu était du genre indulgent.

Il lui sembla, cependant, que le Dr Benson s'était montré un peu trop optimiste. Il devrait affronter d'autres crises comme celle-ci, qui le handicaperaient plus sérieusement à mesure que cette chose dans son crâne poursuivrait son irrémédiable progression. Combien de temps lui restait-il avant qu'il ne soit plus en mesure de fonctionner normalement ? C'était la pensée la plus effrayante, pensée qui elle-même ne serait plus possible. Allongé dans sa chambre du Queen's Arms, Staupert se fit deux promesses. La première était de résoudre le meurtre de Sir Magnus Pye et de s'acquitter de sa dette envers Joy Sanderling.

La seconde, il se refusait à la formuler.

Une heure plus tard, en descendant dans la salle à manger, vêtu comme toujours de son costume impeccablement repassé, avec chemise blanche et cravate, personne n'aurait pu imaginer comment sa journée avait débuté. James Fraser, en tout cas, n'y vit que du feu. Il faut dire que le jeune homme était remarquablement peu observateur. Staupert se souvenait de la première affaire sur laquelle ils avaient travaillé ensemble : Fraser ne s'était pas aperçu que son compagnon de voyage, dans le train de trois heures cinquante venant de Paddington, était mort. Et le fait qu'il ait conservé son poste de détective assistant en avait étonné plus d'un. En réalité, Staupert le trouvait très utile précisément parce qu'il était obtus. Fraser était pour lui une page blanche sur laquelle griffonner ses théories, une simple vitre sur laquelle il pouvait voir se refléter ses propres raisonnements. De plus, Fraser était efficace. Il avait déjà demandé le café noir et l'œuf à la coque que Staupert aimait pour son petit déjeuner.

Ils mangèrent en silence. Fraser avait commandé pour lui-même un petit déjeuner anglais complet : un amoncellement de nourriture qui ne manquait jamais de stupéfier Staupert. Celui-ci attendit que Fraser ait terminé son repas pour lui exposer le programme de la journée.

— Nous devons retourner voir Mlle Sanderling.

— Absolument, approuva Fraser. Je me doutais que vous alliez commencer par elle. Je n'arrive toujours pas à croire qu'elle ait pu afficher un avis pareil. Ni écrire à Sir Magnus…

— Il est peu vraisemblable qu'elle soit l'auteur des menaces. Mais il s'agit bien de la même machine à écrire, cela ne fait aucun doute.

— Quelqu'un d'autre y avait peut-être accès.

— Mlle Sanderling travaille au cabinet de la Dr Redwing. C'est là que nous lui rendrons visite. Arrangez-vous pour connaître l'heure d'ouverture.

— Bien sûr. Voulez-vous que je la prévienne de notre venue ?

— Non. Il est préférable de lui en faire la surprise, dit Staupert en se versant une goutte de café. J'aimerais beaucoup en apprendre davantage sur la mort de la gouvernante, Mary Blakiston.

— Il y a un lien, selon vous ?

— Sans aucun doute. Sa mort, le cambriolage, le meurtre de Sir Magnus, ce sont trois étapes du même voyage.

— Je me demande ce que Chubb va faire de cet indice que vous avez trouvé. Le bout de papier dans la cheminée avec l'empreinte de doigt. Ça pourrait nous apprendre quelque chose.

— Cela m'a déjà beaucoup appris, dit Staupert. Ce n'est pas l'empreinte qui est intéressante. Elle ne fournira aucune indication, à moins que son propriétaire ne soit fiché par la police, ce dont je doute. Mais comment ce papier est arrivé là, et pourquoi il a été brûlé, voilà des questions qui mènent au cœur du problème.

— Et, vous connaissant, je suppose que vous avez déjà les réponses. En fait, je parie que vous avez résolu toute l'affaire !

— Pas encore, mon ami. Mais nous rejoindrons l'inspecteur Chubb plus tard et nous verrons…

Fraser aurait aimé en apprendre davantage mais il savait que Staupert détestait qu'on lui force la main. Aux questions qu'on lui posait, il répondait au mieux par une réponse ambiguë ou incohérente, plus agaçante que pas de réponse du tout. Ils finirent de déjeuner et, quelques minutes plus tard, quittèrent le Queen's Arms. Leur première constatation en arrivant sur la place du village fut que la confession de Joy Sanderling avait disparu du panneau d'affichage.

2

— C'est moi qui l'ai enlevée. Ce matin. Je ne regrette pas de l'avoir affichée. J'ai pris la décision après vous avoir rencontré à Londres. Il fallait que je fasse quelque chose. Mais après ce qui s'est passé ici – je veux parler de Sir Magnus, de la police qui pose des questions et de tout le reste –, ça m'a semblé judicieux. De toute façon, j'avais atteint mon but. Il suffisait qu'une seule personne lise ma déclaration pour que tout le village soit au courant.

C'est ainsi que ça se passe ici. Les gens m'ont jeté des regards bizarres, croyez-moi, et je ne pense pas que le pasteur ait été ravi. Mais je m'en moque. Robert et moi allons nous marier. Ce que nous faisons ne regarde que nous et je ne vais pas supporter que les gens racontent des mensonges sur lui ou sur moi.

Joy Sanderling était assise, seule, dans le moderne cabinet médical de plain-pied qui se trouvait dans le quartier haut de Saxby-on-Avon, entouré de maisons et de petits pavillons qui avaient tous vu le jour à la même époque. C'était une bâtisse sans charme, construite à moindres frais, de conception utilitaire. Le père de la Dr Redwing l'avait en son temps comparée à des toilettes publiques ; lui-même, bien sûr, avait exercé son activité chez lui. Emilia Redwing, au contraire, jugeait préférable de séparer sa vie privée de sa vie professionnelle. Il y avait beaucoup plus d'habitants dans le village qu'à l'époque du Dr Edgar Rennard.

Les patients entraient par une porte vitrée qui donnait directement dans une salle d'attente meublée de canapés en Skaï et d'une table basse, avec une collection de magazines : pour la plupart d'anciens numéros de *Punch* et de *Country Life*. On y voyait aussi quelques jouets d'enfants, offerts par Lady Pye il y avait très longtemps et qui auraient mérité d'être remplacés. Joy se tenait dans un bureau adjacent, l'infirmerie, dotée d'une fenêtre coulissante qui lui permettait de communiquer avec les patients dans la salle d'attente. Sur son bureau, elle avait devant elle un cahier de rendez-vous, un téléphone et, sur le côté, une machine à écrire. Derrière elle, des étagères, un placard rempli de fournitures médicales, des classeurs contenant les dossiers des patients et un petit réfrigérateur où l'on conservait à l'occasion certains médicaments ou divers prélèvements nécessitant d'être envoyés à l'hôpital. Il y avait une porte de chaque côté. Celle de gauche donnait dans l'aire d'accueil, celle de droite dans le cabinet de consultation. Une ampoule électrique, à côté du téléphone, clignotait lorsque la docteure était prête à recevoir le patient suivant.

Jeff Weaver, le fossoyeur, avait accompagné son petit-fils pour un dernier bilan de santé. Le jeune Billy Weaver, complètement rétabli de sa coqueluche, était entré d'un pas sautillant dans le cabinet de consultation, bien décidé à en sortir le plus vite possible. D'autres patients figuraient sur la liste de rendez-vous, mais Joy ne s'était pas attendue à voir Fidèle Staupert et James Fraser, bien qu'elle eût appris leur présence au village. Aussi avait-elle sursauté en voyant la porte s'ouvrir devant le détective et son adjoint aux cheveux blonds.

— Vos parents ont-ils été mis au courant de votre déclaration publique ?

— Pas encore. Mais je suis certaine que quelqu'un se fera un devoir de les informer très vite, dit Joy avec un haussement d'épaules. Qu'importe s'ils l'apprennent. J'emménagerai chez Robert. C'est ce que je veux de toute façon.

Il sembla à Fraser que Joy Sanderling avait changé depuis sa visite à Londres, il n'y avait pourtant pas longtemps. Là-bas, elle lui avait paru sympathique et il avait été un peu déçu que Staupert refuse de l'aider. La jeune femme assise de l'autre côté de la fenêtre coulissante était toujours aussi charmante ; c'était le genre de personne avec qui l'on a envie de parler quand on ne se sent pas en forme. Mais à présent il émanait d'elle une sorte de dureté. Fraser nota qu'elle ne s'était pas levée pour les saluer.

— Je ne vous attendais pas, monsieur Staupert. Que désirez-vous ?

— Vous m'avez sans doute trouvé injuste lorsque vous êtes venue me voir à Londres, mademoiselle Sanderling, et peut-être devrais-je m'excuser. J'ai simplement été franc avec vous. Lors de votre visite, je ne pensais pas pouvoir vous aider à sortir de la situation dans laquelle vous étiez. Cependant, en apprenant par le journal la mort de Sir Magnus, j'ai décidé que je n'avais d'autre choix que de m'y intéresser.

— Vous croyez que cela a un rapport avec ce que je vous ai raconté ?

— Cela se pourrait.

— Dans ce cas, je ne vois pas comment je peux vous aider. À moins que vous ne me croyiez coupable ?

— Auriez-vous eu une raison de souhaiter la mort de Sir Magnus ?

— Non, je le connaissais à peine. Il m'est arrivé de le croiser, rien de plus.

— Et votre fiancé, Robert Blakiston ?

— Vous ne le soupçonnez tout de même pas ? (Un éclair étincela dans les yeux de la jeune fille.) Sir Magnus s'est toujours montré gentil à son égard. Il a aidé Robert à trouver son emploi. Ils ne se querellaient jamais. D'ailleurs ils se voyaient peu. Est-ce pour ça que vous êtes ici ? Pour me dresser contre Robert ?

— En aucune manière.

— Alors que voulez-vous ?

— En fait, j'aimerais voir la Dr Redwing.

— Elle reçoit un patient en ce moment, mais elle ne devrait plus en avoir pour longtemps.

— Merci.

Staupert n'avait pas été froissé par l'hostilité de la jeune fille, mais Fraser eut l'impression qu'il l'observait avec une certaine tristesse. Il ajouta :

— Je dois toutefois vous prévenir qu'il sera nécessaire pour moi de m'entretenir avec Robert.

— Pourquoi ?

— Parce que Mary Blakiston était sa mère. On ne peut exclure qu'il ait tenu Sir Magnus pour en partie responsable de sa mort. Cela suffirait comme mobile de meurtre.

— La vengeance ? J'en doute énormément.

— Quoi qu'il en soit, Robert a vécu à Pye Hall et j'ai besoin de fouiller la relation qu'il entretenait avec Sir Magnus. Je vous dis cela parce que vous aurez peut-être envie d'être présente lorsque je l'interrogerai.

Joy hocha la tête et demanda :

— Où voulez-vous le rencontrer ? Et quand ?

— Il pourrait peut-être venir à mon hôtel, à un moment qui lui conviendra ? Je réside au Queen's Arms.

— Je vous l'amènerai quand il aura fini son travail.

— Merci, mademoiselle Sanderling.

À cet l'instant, la porte du bureau de la Dr Redwing

s'ouvrit et Jeff Weaver en sortit, tenant la main d'un petit garçon vêtu de culottes courtes et d'une veste de collégien. Joy attendit qu'ils soient partis, puis elle s'approcha de la porte de côté et dit :

— Je vais prévenir Mme Redwing que vous êtes là.

Et elle disparut de leur vue. C'était exactement l'occasion que Staupert attendait. Il fit signe à Fraser, qui sortit vivement une feuille de papier de sa poche de veste, se pencha au-dessus du guichet de la vitre coulissante et glissa la feuille dans la machine à écrire. Il pressa au hasard plusieurs touches puis retira la feuille et la tendit à Staupert, qui examina les caractères et fit un petit hochement de tête satisfait avant de la lui rendre.

— C'est la même ? demanda Fraser.

— La même.

Joy Sanderling réapparut.

— Vous pouvez entrer, annonça-t-elle. Le prochain patient arrive à onze heures.

— Merci, mademoiselle Sanderling. Ah, à propos, ajouta-t-il comme s'il venait seulement d'y penser, êtes-vous seule à utiliser ce bureau ?

— La Dr Redwing y vient de temps en temps, mais c'est tout.

— Vous en êtes certaine ? Personne d'autre n'a accès à cette machine à écrire ?

— Pourquoi cette question ?

Comme Staupert ne répondait pas, elle poursuivit :

— Personne d'autre ne vient ici, sauf Mme Weaver. C'est la grand-mère du petit garçon qui vient de sortir. Elle fait le ménage deux fois par semaine. Mais je doute qu'elle utilise la machine, et certainement pas sans le demander.

— Pendant que nous y sommes, j'aimerais aussi connaître votre opinion sur les nouveaux logements que Sir Magnus prévoyait de construire. Il envisageait de raser les arbres du terrain connu sous le nom de Dingle Dell.

— Vous croyez que c'est pour ça qu'on l'aurait tué ? Vous connaissez mal les villages anglais, monsieur Staupert. C'était un projet stupide. Saxby-on-Avon n'a pas besoin de nouvelles maisons, et il y a d'autres endroits bien mieux situés pour en construire. J'ai horreur de voir des arbres coupés, et tout le monde ici est comme moi. Mais personne n'aurait tué Sir Magnus pour cette raison. Le pire qu'ils auraient été capables de faire, c'est d'écrire au journal local, ou de râler en buvant une bière au pub.

— Pourtant le projet immobilier risque de ne pas se réaliser maintenant que Sir Magnus n'est plus là, avança Staupert.

— C'est possible, oui.

Ayant démontré que son idée était fondée, Staupert sourit et se dirigea vers la porte. Fraser, qui avait glissé dans sa poche la feuille de papier, le suivit.

3

Le bureau de la Dr Redwing était petit, carré, et tellement fidèle à ce que l'on attendait d'un cabinet de médecin qu'il aurait presque pu inspirer un dessin humoristique comme on en trouvait dans les vieux magazines *Punch* de la salle d'attente. Un bureau de style ancien occupait le centre de la pièce, avec deux sièges lui faisant face, un classeur en bois et une étagère chargée d'ouvrages médicaux. Sur un côté, un rideau permettait d'isoler un espace occupé par un siège et un lit surélevé. Une blouse blanche était suspendue à une patère. La seule touche inattendue était une peinture à l'huile représentant un adolescent aux cheveux sombres adossé à un mur. L'œuvre d'un peintre amateur, selon toute apparence, mais Fraser, qui avait étudié l'art à Oxford, le trouva assez bon.

La Dr Redwing était assise bien droite derrière son bureau et prenait des notes sur le dossier d'un patient ouvert devant elle. Âgée d'une petite cinquantaine d'années, elle avait une allure assez sévère. Tout en elle était anguleux : la ligne des épaules, les pommettes, le menton. On aurait pu dessiner son portrait à l'aide d'une règle. Cependant, c'est d'un geste poli qu'elle invita ses deux visiteurs à s'asseoir. Elle termina ce qu'elle était en train d'écrire, revissa le capuchon de son stylo, et sourit.

— Joy me dit que vous travaillez avec la police.

— Nous sommes ici à titre privé, expliqua Staupert. Mais il est exact que nous avons collaboré à certaines occasions avec la police et que, aujourd'hui, nous assistons l'inspecteur Chubb. Mon nom est Fidèle Staupert. Et voici mon collaborateur, James Fraser.

— J'ai entendu parler de vous, monsieur Staupert. On vous dit très brillant. J'espère que vous découvrirez le fin mot de cette affaire. C'est un événement terrible dans un petit village comme le nôtre, surtout si tôt après le décès de cette pauvre Mary... Je ne sais vraiment pas quoi vous dire.

— J'ai cru comprendre que Mary Blakiston et vous étiez amies.

— Je n'irais pas jusque-là. Mais, en effet, nous nous voyions assez souvent. Les gens la sous-estimaient, à mon avis. C'était une femme très intelligente. Sa vie n'a pas été facile. Elle a perdu un fils, puis elle a dû élever l'autre seule. Mais elle s'en est bien sortie et elle aidait volontiers les gens du village.

— C'est vous, n'est-ce pas, qui l'avez trouvée après son accident ?

— En vérité, c'est Brent, le jardinier de Pye Hall. Mais... je pensais que vous vouliez me parler de Sir Magnus.

— Les deux choses m'intéressent, docteure Redwing.

— Bien. Brent m'a téléphoné de l'écurie. Il avait aperçu Mary à travers la fenêtre, étendue dans le hall, et il craignait le pire.

— Il n'était pas entré ?

— Il n'avait pas la clé. Nous avons été obligés de casser un carreau de la porte de derrière. Les clés de Mary étaient dans la serrure, à l'intérieur. Elle était allongée au pied de l'escalier et semblait s'être entravé les pieds dans le fil de l'aspirateur, qui était en haut des marches. Elle avait le cou brisé. Je pense qu'elle n'était pas morte depuis longtemps. Son corps était encore chaud quand je l'ai examinée.

— Cela a dû vous être très pénible, docteure Redwing.

— Oui, en effet. Bien sûr, je suis habituée à la mort. Je l'ai approchée de nombreuses fois. Mais c'est toujours plus difficile lorsqu'il s'agit de quelqu'un que l'on connaît personnellement.

Elle hésita un instant, visiblement assaillie de pensées contradictoires qui se lisaient dans ses yeux, puis elle sembla prendre sa décision.

— Il y a autre chose, reprit-elle.

— Oui ?

— Je n'ai pas pensé à en parler à la police, sur le moment. Sans doute aurais-je dû, et peut-être est-ce une erreur de vous le dire maintenant. En fait, je m'étais persuadée que cela n'avait aucun lien. Après tout, personne n'avait suggéré que la mort de Mary pouvait être autre chose qu'un tragique accident. Mais étant donné ce qui s'est passé ensuite et votre présence ici…

— Je vous en prie, poursuivez.

— Eh bien, quelques jours à peine avant la mort de Mary, il s'est produit un incident fâcheux au cabinet. Nous étions très occupées, ce jour-là – il y avait trois patients en salle d'attente –, et Joy a dû sortir une ou deux fois. Je lui ai demandé d'aller m'acheter quelque chose à manger pour le déjeuner. C'est une gentille fille et elle ne rechigne pas à rendre service. J'avais aussi oublié des dossiers chez moi et elle est allée me les chercher. Bref, à la fin de la journée, au moment de ranger, nous avons remarqué qu'un flacon manquait dans l'armoire à pharmacie. Comme vous l'imaginez, nous surveillons de près tous nos produits, surtout les plus dangereux, et j'ai été particulièrement contrariée par cette disparition.

— Que contenait ce flacon ?

— De la physostigmine. C'est un antidote pour les empoisonnements à la belladone. J'avais dû en prescrire pour l'épouse du pasteur, Henrietta Osborne, qui avait marché dans une touffe de belladone, à Dingle Dell. Vous devez sûrement savoir, monsieur Staupert, que l'atropine est un agent actif contenu dans cette plante. La physostigmine est curative à petite dose, mais à forte dose elle est mortelle.

— Et vous dites qu'on vous a dérobé le flacon.

— Non, ce n'est pas ce que j'ai dit. Si j'avais une raison quelconque de croire cela, je serais allée droit à la police. Non. Le flacon a pu être déplacé. Nous avons beaucoup de médicaments ici, et, malgré notre vigilance, c'est déjà arrivé auparavant. À moins que Mme Weaver, en faisant le ménage, ne l'ait fait tomber. Ce n'est pas une femme malhonnête, mais elle est du genre, si elle l'a cassé, à avoir tout nettoyé sans rien dire. (La Dr Redwing fronça les sourcils.) J'en avais parlé à Mary Blakiston. Si une personne du village était partie avec le flacon, pour une raison ou une autre, elle aurait sûrement été capable de découvrir qui. Mary était un peu comme vous, à sa manière, monsieur Staupert. Une détective-née. Elle avait un talent pour soutirer les informations et tirer les vers du nez. D'ailleurs, à propos de ce flacon, elle m'avait dit avoir une petite idée.

— Et, quelques jours tard, elle est morte.

— Deux jours après, monsieur Staupert. Exactement deux jours.

Il y eut un silence soudain, lourd de sens. La Dr Redwing semblait de plus en plus mal à l'aise.

— Je suis sûre que sa mort n'a rien à voir avec cela, reprit-elle. C'était un accident. Et ce n'est pas comme si Sir Magnus avait été empoisonné. On lui a tranché la tête !

— Le jour où la physostigmine a disparu, vous souvenez-vous des gens qui sont venus en consultation ? demanda Staupert.

— J'ai vérifié dans le cahier de rendez-vous. Comme je vous l'ai dit, il y avait trois personnes dans la salle d'attente. Mme Osborne, que j'ai déjà mentionnée. Johnny Whitehead, l'antiquaire, qui avait une vilaine coupure infectée à la main. Et enfin Clarissa Pye, la sœur de Sir Magnus, qui souffrait de maux d'estomac. Pour être franche, elle n'avait pas grand-chose. Elle vit seule et elle est un peu hypocondriaque. Je crois qu'elle vient surtout ici pour bavarder. Je ne pense pas que ce flacon disparu ait un quelconque rapport avec tout ce qui s'est passé, cependant j'ai ça sur la conscience et je trouve préférable que vous soyez au courant. Vous vouliez savoir autre chose ? demanda-t-elle en jetant un coup d'œil à sa montre. Je ne voudrais pas être impolie mais j'ai ma tournée de visites à faire.

— Vous nous avez été d'une aide précieuse, docteure Redwing, dit Staupert en se levant.

Il feignit de remarquer le tableau pour la première fois et ajouta :

— Qui est ce garçon ?

— Mon fils. Sebastian. Juste après son quinzième anniversaire. Il vit à Londres. Nous ne le voyons pas souvent.

— C'est une belle toile, dit Fraser, avec un réel enthousiasme.

La Dr Redwing fut ravie de son compliment.

— C'est mon mari, Arthur, qui l'a peinte. C'est un artiste exceptionnel, et l'un de mes plus grands regrets est que son talent n'ait pas été reconnu. Je lui ai servi de modèle une ou deux fois, et il a peint un très joli portrait de Lady Pye…

Elle s'interrompit, et Fraser nota avec surprise sa soudaine nervosité.

— Vous ne m'avez pas interrogée au sujet de Sir Magnus, monsieur Staupert, reprit-elle.

— Y a-t-il quelque chose que vous désirez me dire ?

— Oui. (Elle marqua un temps d'arrêt comme si elle se mettait au défi de poursuivre.) Sir Magnus était un être égoïste, insensible et égotiste. Cet ensemble de maisons qu'il voulait bâtir aurait saccagé un endroit plein de charme, mais ce n'est pas tout. Il n'a jamais eu la moindre gentillesse envers quiconque. Avez-vous remarqué les jouets dans la salle d'attente ? C'est Lady Pye qui nous les a donnés, mais en échange elle attendait qu'on lui fasse des courbettes. La richesse obtenue par héritage sera la ruine de ce pays, monsieur Staupert, croyez-moi. Sir Magnus et Lady Pye formaient un couple détestable et, si vous voulez mon avis, vous n'aurez pas la tâche facile. En fait, la moitié du village doit se féliciter de sa mort. Si vous cherchez des suspects, vous n'allez pas en manquer.

4

Chacun, à Saxby-on-Avon, connaissait Brent, le jardinier de Pye Hall, pourtant, personne ne savait qui il était. Lorsqu'il traversait le village ou s'installait à sa table habituelle au Ferryman, les gens disaient « Voilà ce vieux Brent », mais aucun d'eux n'avait la moindre idée de son âge. Même son nom demeurait un mystère. Brent était-il son prénom ou son patronyme ? Certains se souvenaient peut-être de son père. Lui aussi s'appelait Brent, et il avait exercé la même profession. D'ailleurs le vieux Brent et le jeune Brent avaient travaillé ensemble quelque temps, poussé la brouette et bêché la terre. Puis ses parents étaient morts. Nul ne savait exactement comment ni quand, mais cela s'était passé dans une autre région, le Devonshire, affirmaient certains. Dans un accident de voiture. Le jeune Brent était à son tour devenu le vieux Brent, et il habitait dans le cottage grand comme un mouchoir de poche où il était né, sur Daphne Road. Il avait des voisins mitoyens mais ne les avait jamais invités chez lui.

Quelque part dans les registres de l'église, on aurait sans doute pu trouver l'acte de naissance, en mai 1917, d'un certain Neville John Brent. À une époque, il avait été Neville : à l'école, ou bien comme volontaire de la défense civile (son statut d'ouvrier agricole l'ayant dispensé du service actif pendant la guerre). Mais c'était un homme sans ombre, ou l'inverse, une ombre sans homme. Il était à la fois aussi important et banal que la girouette sur le clocher de St Botolph : la seule raison susceptible d'attirer l'attention des villageois aurait été qu'ils se réveillent un jour et découvrent qu'elle n'était plus là.

Fidèle Staupert et James Fraser avaient fini par dénicher Brent sur le domaine de Pye Hall, où il continuait de travailler, de désherber, d'étêter les fleurs fanées, comme si rien ne s'était passé. Staupert avait réussi à le persuader de s'interrompre une demi-heure, et tous trois s'étaient assis dans la roseraie, entourés d'un millier de fleurs. Brent avait roulé entre ses doigts sales une cigarette qui aurait sûrement un goût de terre. Il donnait l'impression d'un homme-enfant, boudeur et emprunté, flottant dans ses vêtements trop grands pour lui, ses cheveux bouclés tombant sur son front. Assis près de lui, Fraser se sentait mal à l'aise. Brent avait un côté étrange, légèrement déplaisant ; il semblait détenir un secret qu'il refusait de partager.

— Vous connaissiez bien Mary Blakiston ?

Staupert avait commencé par le questionner sur la première mort survenue à Pye Hall, même si, comme Fraser s'en fit la remarque, le jardinier avait été le témoin des deux événements. Au fond, il était peut-être la dernière personne à avoir vu vivants la gouvernante et son employeur.

— Non, pas vraiment. Et elle ne voulait pas me connaître, répondit Brent, apparemment offusqué par la question. Elle me donnait des ordres. Fais ci, fais ça. Elle m'a même fait venir chez elle pour que je déplace des meubles, que j'enlève l'humidité. Pourtant, elle n'avait pas le droit de me commander. Je travaillais pour Sir Magnus, pas pour elle. C'est ce que je lui répondais. Ça ne m'étonne pas que quelqu'un l'ait poussée dans l'escalier, avec sa façon de se conduire. Toujours à se mêler de tout. Je suis sûr qu'elle tapait sur les nerfs à pas mal de gens. (Il renifla bruyamment.) J'aime pas dire du mal des morts, mais c'était une sacrée fouineuse, cette femme-là.

— Vous pensez qu'on l'a poussée ? La police penche plutôt pour un accident. Une chute.

— C'est pas à moi de le dire, monsieur. Un accident, ou bien quelqu'un qui l'aurait butée. Dans un cas ou l'autre, je ne serais pas étonné.

— C'est vous qui l'avez découverte gisant dans le hall.

— Oui, monsieur. Je faisais les bordures près de la porte d'entrée. J'ai regardé par la fenêtre et je l'ai vue étalée par terre au pied de l'escalier.

— Vous n'avez rien entendu ?

— Il n'y avait rien à entendre. Elle était morte.

— Et il n'y avait personne d'autre dans la maison ?

— Je n'ai vu personne. Il aurait pu y avoir quelqu'un, j'imagine. Mais je suis resté là des heures et je n'ai vu personne sortir.

— Qu'avez-vous fait en la voyant ?

— J'ai d'abord tapé au carreau pour voir si elle réagissait. Mais comme elle ne bougeait pas, je suis allé à l'écurie pour téléphoner à la Dr Redwing. C'est elle qui m'a demandé de casser le carreau de la porte de derrière. Sir Magnus n'était pas content. En fait, il m'a reproché le cambriolage qui s'est passé après. C'était pas ma faute. Moi, je voulais rien casser. J'ai juste obéi à la docteure.

— Vous vous êtes disputé avec Sir Magnus ?

— Non, monsieur. J'aurais jamais osé. Mais il était pas content, et, quand il était pas content, valait mieux l'éviter, vous pouvez me croire.

— Vous étiez là le soir de la mort de Sir Magnus.

— Je suis là tous les soirs. À cette période de l'année, je ne pars jamais avant huit heures, bien qu'on ne me paye pas d'heures supplémentaires, et ce soir-là il était huit heures et quart. (Chose étrange, plus Brent parlait, plus il devenait éloquent.) Sir Magnus et Lady Pye ne mettaient pas la main à la poche facilement. Ce soir-là, il était seul. Elle était à Londres. Je l'ai vu qui travaillait tard. Il y avait de la lumière dans son bureau et il devait attendre une visite parce que j'ai aperçu quelqu'un arriver au moment où je partais.

Brent avait déjà mentionné ce fait à l'inspecteur Chubb. Malheureusement, il n'avait pas pu décrire le mystérieux visiteur.

— J'ai cru comprendre que vous n'aviez pas réussi à voir son visage, dit Staupert.

— Je ne l'ai pas vu. Ni reconnu. Mais, plus tard, en y réfléchissant, j'ai compris qui c'était.

Cette affirmation surprit Staupert, qui attendit la suite avec impatience.

— Le type était aux obsèques, dit Brent. Il était à l'enterrement de Mme Blakiston. Je savais que je l'avais aperçu quelque part. Je l'ai remarqué quand il était au fond, derrière tout le monde, mais je ne l'ai pas vraiment vu, si vous comprenez ce que je veux dire. Il se tenait à l'écart, comme quelqu'un qui ne tient pas à se faire remarquer. Mais je sais que c'était le même homme. J'en suis sûr. À cause du chapeau.

— Il portait un chapeau ?

— Oui, monsieur. Un de ces chapeaux à l'ancienne mode, comme on en portait il y a une dizaine d'années. Très enfoncé sur le front. Le visiteur qui est venu à Pye Hall ce soir-là, c'était le même homme. J'en suis certain.

— Vous pouvez m'en dire un peu plus sur lui ? Son âge ? Sa taille ?

— Il avait un chapeau, je ne peux rien ajouter d'autre. Il était aux obsèques. Il n'a parlé à personne. Et puis il a filé.

— Et quand il est venu à Pye Hall, que s'est-il passé ?

— Je n'ai pas attendu. Je suis parti au Ferryman boire une bière et manger une tourte. J'avais un peu d'argent en poche. Ce que M. Whitehead m'avait donné, et j'étais pressé de m'en aller.

— M. Whitehead ? Le propriétaire du magasin d'antiquités ?

— Oui, et alors ? dit Brent, en plissant les yeux d'un air soupçonneux.

— Il vous a payé, dites-vous.

— Je n'ai jamais dit ça ! se récria Brent, conscient d'avoir parlé un peu trop vite et cherchant une échappatoire. Il m'avait remboursé les dix shillings qu'il me devait. C'est tout. Je suis donc allé me payer une pinte.

Staupert n'insista pas. Il était trop facile de vexer un homme comme Brent et, une fois offensé, celui-ci n'aurait plus prononcé un mot.

— Vous avez donc quitté Pye Hall aux environs de vingt heures quinze. C'est-à-dire quelques minutes avant que Sir Magnus soit tué. Je me demandais si vous auriez une explication pour l'empreinte de main que nous avons trouvée près de la porte, dans une plate-bande.

— Le policier m'a déjà posé la question et je lui ai répondu. Ce n'était pas mon empreinte. Pourquoi j'irais poser ma main dans la terre ?

Il esquissa un sourire bizarre.

Staupert essaya autre chose.

— Avez-vous vu quelqu'un d'autre ?

— Eh bien, oui, répondit le jardinier avec un regard narquois.

Pendant tout ce temps, il avait tenu sa cigarette roulée dans sa main. Il la mit entre ses lèvres et l'alluma. Puis il reprit :

— Comme je vous le disais, je suis parti vers le Ferryman. Et en route je suis tombé sur la femme du pasteur, Mme Osborne. Dieu seul sait ce qu'elle fichait dehors à cette heure. Elle était fagotée comme personne. Bref, elle m'a demandé si j'avais vu son mari. Elle avait l'air soucieux. Peut-être même effrayé. Vous auriez vu la tête qu'elle faisait ! Je lui ai répondu que c'était peut-être bien lui que j'avais aperçu à Pye Hall. Et le fait est qu'il aurait pu s'y trouver...

— Mais vous disiez que l'homme aperçu à Pye Hall, l'homme au chapeau, était celui qui avait assisté aux funérailles, objecta Staupert en fronçant les sourcils.

— Je sais ce que j'ai dit, monsieur. Mais ils y étaient tous les deux, au fond. Lui et le révérend. Voyez-vous, quand j'étais au Ferryman, j'ai entendu le pasteur passer à vélo. C'était un peu plus tard.

— Combien de temps après ?

— Trente minutes. Peut-être une heure. Je l'ai entendu passer. Sa bicyclette, on l'entend couiner à l'autre bout du village. Et il est passé devant le pub au moment où j'y étais. Où pouvait-il aller, sinon à Pye Hall ? Il n'arrivait sûrement pas de Bath.

Brent jeta un regard au détective par-dessus sa cigarette, comme s'il le défiait de le contredire.

— Merci infiniment de votre aide, dit Staupert. Vous nous avez été très utile. Il me reste juste une question. Cela concerne le pavillon de gardien où habitait Mme Blakiston. Vous avez dit que, à l'occasion, vous alliez faire des petits travaux chez elle, et je me demandais si par hasard vous auriez une clé.

— Pourquoi ?

— Parce que j'aimerais y entrer.

— Je suis pas sûr, marmonna le jardinier en faisant glisser sa cigarette entre ses lèvres. Si vous voulez entrer, vous feriez mieux d'en parler à Lady Pye.

— C'est une enquête de police, intervint Fraser. Nous

pouvons aller où bon nous semble et vous risquez des ennuis si vous refusez de coopérer.

Brent paraissait sceptique mais il n'était pas enclin à discuter.

— Je peux vous y conduire maintenant, dit-il avec un signe de la tête en direction des rosiers. Mais après il faudra que je revienne finir de les tailler.

Staupert et Fraser suivirent Brent à l'écurie, où il décrocha une clé attachée à un morceau de bois, puis ils se dirigèrent avec lui vers le pavillon de gardien, au bout de l'allée : une bâtisse à un étage, avec un toit pentu, une cheminée imposante, des fenêtres de style géorgien et une porte d'entrée en bois massif. C'était là que Mary Blakiston avait habité tout le temps qu'elle avait travaillé comme gouvernante chez Sir Magnus. Au début, elle y avait vécu avec un mari et deux fils, puis, un à un, les membres de sa famille étaient partis. Peut-être était-ce dû à la position du soleil, ou bien aux chênes et aux ormes qui entouraient le lieu, mais le bâtiment semblait se trouver en permanence à l'ombre. La maison était manifestement inhabitée. Désertée, dans tous les sens du terme.

Brent ouvrit la porte avec la clé.

— Vous voulez que j'entre avec vous ? demanda-t-il.

— Votre présence nous serait utile, si vous voulez bien rester un peu. Nous ne prendrons pas trop de votre temps.

Ils pénétrèrent dans un petit vestibule desservi par deux autres portes, un couloir et un escalier. Le papier mural à motif champêtre était désuet. On y voyait des oiseaux anglais et des chouettes. Il y avait une table ancienne, un porte-manteau et un miroir en pied. Tout paraissait en place depuis très longtemps.

— Qu'est-ce que vous voulez voir ? demanda Brent.

— Cela, je ne peux pas vous le dire, répondit Staupert. Pas encore.

Les pièces avaient peu à offrir. La cuisine était élémentaire, le salon démodé, dominé par une antique horloge de parquet. Fraser se rappelait la description que Joy Sanderling en avait faite, avec son tic-tac en bruit de fond tandis qu'elle s'efforçait de faire bonne impression sur la mère de Robert. Tout était d'une propreté impeccable, comme si le fantôme de Mary venait juste de passer. À moins qu'il ne soit jamais parti. Quelqu'un avait relevé et empilé le courrier sur la table de la cuisine, mais il y en avait peu, et d'aucun intérêt.

Ils montèrent à l'étage. La chambre de Mary se trouvait au bout du couloir, avec une salle de bains contiguë. Elle avait occupé le même lit qu'elle partageait sans doute autrefois avec son mari. Il était si lourd et encombrant que l'on imaginait mal quelqu'un le déménager après le départ de M. Blakiston. La fenêtre donnait sur la route. En fait, aucune des fenêtres ne donnait sur Pye Hall, comme si la maison avait été conçue à dessein pour que les domestiques ne puissent porter leur regard vers leurs maîtres. Staupert poussa deux autres portes de chambres. Personne n'y avait dormi depuis longtemps. Les lits étaient nus, les matelas montraient déjà quelques traces d'humidité. Une troisième porte, en face, avait eu sa serrure forcée.

— C'est la police qui l'a cassée, expliqua Brent, l'air bougon. Ils voulaient entrer, mais personne ne trouvait la clé.

— Mme Blakiston la gardait fermée à clé ?

— Elle n'y mettait jamais les pieds.

— Comment le savez-vous ?

— Je vous l'ai dit, j'y venais souvent pour réparer des bricoles. C'est moi qui ai posé la moquette en bas. Mme Blakiston n'arrêtait pas de m'appeler. Mais dans cette chambre, rien. Elle n'ouvrait pas la porte. Je ne sais même pas si elle avait la clé. C'est pour ça que les policiers l'ont cassée.

Ils entrèrent. La pièce était décevante : comme le reste de la maison, elle semblait sans vie. Un lit d'une place, une armoire vide, une fenêtre ouverte sous l'avant-toit et une table dessous. Staupert se pencha pour regarder dehors. On voyait les arbres et, par une trouée, le bord du lac, lui-même adossé à la partie boisée menacée, Dingle Dell. La table avait un unique tiroir central. Il l'ouvrit. À l'intérieur, Fraser vit une lanière de cuir noir formant un cercle, avec un petit disque attaché dessus. Un collier de chien. Il le prit et lut le nom écrit en majuscule sur la médaille :

— Bella.

— C'était le chien, dit Brent inutilement.

Fraser s'agaça. Il s'en serait douté tout seul.

— Le chien de qui ? questionna Staupert.

— Du fils cadet. Celui qui est mort. Il avait un chien mais il a pas duré longtemps.

— Qu'est-il arrivé ?

— Il s'est échappé. Ils l'ont perdu.

Fraser remit le collier dans le tiroir. Il était très petit. Sans doute appartenait-il à un chiot. Posé dans le tiroir vide, il dégageait une tristesse indicible.

— C'était la chambre de Tom, murmura Fraser.

— C'est bien possible, oui.

— Ça explique pourquoi elle était fermée à clé. La pauvre femme ne supportait pas d'y entrer. Je me demande pourquoi elle n'a pas déménagé.

— Peut-être n'avait-elle pas le choix.

L'un et l'autre parlaient à mi-voix, comme s'ils craignaient de réveiller des souvenirs anciens et dérangeants. Pendant ce temps, Brent tournicotait, visiblement impatient de s'en aller. Mais Staupert prenait son temps. Fraser savait qu'il cherchait à s'imprégner de l'atmosphère plutôt qu'à découvrir des indices – il l'avait souvent entendu disserter sur la mémoire du crime, l'écho surnaturel laissé par le chagrin et la mort violente. Il y avait même un chapitre dans son livre intitulé « Information et intuition » ou quelque chose d'approchant.

Ce n'est qu'une fois sorti qu'il remarqua :

— Chubb aura enlevé tout ce qui présentait de l'intérêt. Je suis curieux de savoir ce qu'il a découvert.

Staupert jeta un coup d'œil vers Brent qui s'éloignait déjà d'un pas traînant vers le manoir, et il ajouta :

— Quant à celui-là, il nous a beaucoup appris.

Il regarda les arbres tout autour d'eux.

— Je n'aimerais pas vivre ici. Il n'y a aucune vue.

— C'est assez oppressant, acquiesça Fraser.

— Il nous faut découvrir combien M. Whitehead a

donné à Brent et en échange de quoi. Nous devons aussi avoir une nouvelle conversation avec le révérend Osborne. Il lui fallait une bonne raison pour venir ici la nuit du meurtre. Et puis il y a la question de sa femme…

— Brent a dit qu'elle semblait effrayée.

— Oui. Mais effrayée par quoi, j'aimerais bien le savoir. Il y a quelque chose de spécial dans l'atmosphère de cette maison, James. J'ai la sensation que beaucoup de choses sont à craindre.

5

Raymond Chubb n'aimait pas les meurtres. Il était devenu policier parce qu'il croyait en l'ordre et considérait que le comté de Somerset, avec ses villages proprets, ses haies vives et ses champs à l'ancienne, était l'une des régions les plus ordonnées et civilisées du pays, sinon du monde. Le meurtre bouleversait tout. Le meurtre brisait le rythme tranquille de la vie. Il montait les voisins les uns contre les autres. Tout à coup, on ne se fiait plus à personne, et les portes, habituellement ouvertes même la nuit, étaient fermées à clé. Le meurtre était un acte de vandalisme, une brique jetée dans une fenêtre, et son travail, à lui, consistait à remettre les choses en place.

Assis dans son bureau du commissariat d'Orange Grove à Bath, il réfléchissait à l'enquête en cours. Cette affaire Magnus Pye avait pris un fâcheux départ. C'était une chose de se faire poignarder chez soi, mais se faire décapiter avec une épée médiévale était simplement scandaleux. Saxby-on-Avon était un endroit si paisible ! Certes, il y avait eu cet accident de la gouvernante, qui avait trébuché sur le fil de son aspirateur et dévalé l'escalier, mais c'était autre chose. Se pouvait-il qu'un villageois, habitant peut-être dans une maison XVIIe, fréquentant l'église et jouant dans l'équipe locale de cricket, tondant sa pelouse le dimanche matin et vendant de la confiture maison à la fête du village, soit un fou meurtrier ? La réponse était oui, très probablement. Et son identité se trouvait peut-être dans le cahier posé devant lui sur le bureau.

Chubb n'avait rien trouvé d'intéressant dans le coffre-fort de Sir Magnus. Et la fouille du pavillon de gardien était vite apparue comme une perte de temps. Du moins jusqu'à ce qu'un gendarme au regard affûté, le jeune Winterbrook, fasse cette trouvaille au milieu des manuels de cuisine de Mary Blakiston. Il irait loin, ce petit Winterbrook. Il lui suffirait de faire montre d'un peu plus de sérieux et d'ambition, et il serait promu inspecteur en un rien de temps. Mary Blakiston avait-elle délibérément caché ce cahier ? Avait-elle craint que quelqu'un s'introduise chez elle, son fils peut-être, ou bien Sir Magnus ? En tout cas, ce n'était pas quelque chose qu'elle avait envie de laisser traîner, avec toutes ses observations malveillantes sur les habitants du village. Y figuraient M. Turnstone, le boucher, qui roulait systématiquement ses clients, Jeffrey Weaver, le fossoyeur, qui martyrisait son chien, Edgar Rennard, le médecin à la retraite, qui acceptait des pots-de-vin, Mlle Dotterel, l'épicière, qui buvait. Nul, apparemment, n'échappait à son attention.

Il avait déjà fallu deux jours entiers à Chubb pour le lire de bout en bout, et, parvenu à la fin, il s'était senti presque souillé. Il se rappelait l'image de Mary Blakiston, les yeux vides, gisant au bas de l'escalier, le corps déjà froid et raide. À ce moment-là, il avait éprouvé de la pitié à son égard. À présent il se demandait ce qui l'avait poussée à déambuler dans le village, le regard fureteur et soupçonneux, toujours en quête de détails douteux. N'avait-elle jamais été capable, même une seule fois, de voir une chose positive ? Elle écrivait en pattes de mouche, nettes et lisibles, comme si elle était une sorte de comptable du mal. Comptable du mal. Staupert aurait apprécié. Chaque entrée était datée. Ce volume couvrait trois ans et demi. Chubb avait déjà renvoyé Winterbrook à la maison vérifier s'il trouvait des volumes antérieurs – même s'il y en avait déjà largement assez pour se mettre au travail.

Mary Blakiston avait deux ou trois cibles favorites, qui apparaissaient page après page. Curieusement, en dépit de l'hostilité qui régnait entre eux, son fils Robert n'en faisait pas partie, tandis que Josie, dite Joy, était devenue un objet de dédain dès l'instant où elle lui avait été présentée. Par ailleurs, la gouvernante détestait copieusement Brent, le jardinier. Son nom était souvent cité. Il était grossier, fainéant, chapardeur, il arrivait en retard, il espionnait les boy-scouts quand ils campaient à Dingle Dell, il buvait, il mentait, il ne se lavait jamais.

Apparemment, elle avait partagé son opinion avec Sir Magnus ; c'était du moins ce que suggérait un de ses derniers commentaires.

> *28 juillet*
> Enfin, un peu de bonsero ! Sir M. a demandé à Brent de quitter son emploi. Cela s'est passé hier soir à Pye Hall. Brent n'était pas du tout content. Ce matin il faisait la tête et a délibérément piétiné un parterre d'ancolies. Je l'ai vu de mes yeux et j'en ai fait part à Sir M., qui m'a dit que c'était sans importance puisqu'il allait partir. Il était grand temps. Je le lui ai assez souvent répété. Sir M. n'a pas précisé le motif du renvoi, mais il n'en manque pas. Des tas de jeunes gens, dans la région, cherchent une place. J'ai suggéré une annonce dans *The Lady*, mais Sir M. préfère la discrétion d'une agence. C'est plus cher, mais ça lui est égal, je suppose.

Le lendemain, Mary Blakiston était morte. Une semaine plus tard, c'était au tour de Sir Magnus. Coïncidence ? Ils n'avaient sûrement pas été assassinés pour une histoire de plate-bande piétinée.

Chubb avait coché sept autres entrées qui, à ses yeux, pouvaient avoir un rapport avec l'affaire. Toutes sauf une étaient récentes et susceptibles d'être reliées au meurtre de Sir Magnus. Il les parcourut une fois encore dans l'ordre qui semblait le plus logique.

13 juillet

Conversation intéressante avec la Dr Redwing. Combien de voleurs peut-il y avoir dans un seul village ? C'est très grave. Un flacon de médicament a été dérobé dans son cabinet. Elle m'a noté le nom. Physostigmine. Elle dit qu'une forte dose peut être mortelle. Je lui ai conseillé d'aller à la police, mais évidemment elle s'y refuse car elle pense qu'on lui fera des reproches. Je l'aime bien mais parfois je doute de son jugement. Avoir embauché cette fille, par exemple. Et puis elle n'est pas aussi prudente qu'elle l'imagine. Je suis entrée des tas de fois dans le cabinet et j'aurais pu prendre ce que je voulais. Quand est-ce arrivé ? Je pense qu'elle se trompe. Ce n'est pas le jour qu'elle dit mais la veille. J'ai vu C.P. sortir et j'ai tout de suite compris que quelque chose n'allait pas. Je l'ai vu sur son visage. Et à la façon dont elle tenait son sac à main. Le cabinet était désert (aucun signe de la fille) quand je suis entrée. Elle s'y était trouvée seule et l'armoire à pharmacie était ouverte. Il était facile de se servir. Pourquoi voulait-elle voler ce flacon ? En verser dans le thé de son frère ? Par vengeance peut-être. Ce n'est pas joyeux d'être le numéro deux ! Mais je dois faire attention. Ne pas porter d'accusations à la légère. Il faut réfléchir.

9 juillet

Arthur Reeve trop contrarié pour parler. Sa collection de médailles a disparu ! C'est terrible. Le voleur s'est introduit par la fenêtre de la cuisine et s'est coupé sur la vitre cassée. On aurait pu penser que c'était un indice suffisant, mais les policiers s'en sont désintéressés, comme de bien entendu. Selon eux, les coupables sont des enfants, mais je ne le crois pas. Les voleurs savaient exactement ce qu'ils cherchaient. La médaille grecque à elle seule valait une somme coquette. Tout le monde s'en fiche. C'est typique. Je suis allée boire une tasse de thé avec lui. Je me demandais si *notre relation commune* était dans le coup, mais je n'ai rien dit. Il faudra que j'aille jeter un coup d'œil, en étant prudente. Chassez le naturel… C'est terrible d'avoir une personne pareille vivant dans le village. Et dangereux, peut-être ? J'aurais vraiment dû en parler à Sir Magnus. Hilda Reeve même pas intéressée. Ça n'aide pas le mari. Elle dit qu'elle ne comprend pas toute cette agitation. Quelle femme stupide. Je n'arrive pas à piger pourquoi il l'a épousée.

11 juillet

Rendu visite à Whitehead pendant que sa femme était absente. Je lui ai dit ce que je savais. Bien sûr il a tout nié. Ça ne m'étonne pas de lui. Je lui ai montré l'article de journal et il a répondu que tout ça était derrière lui. Il m'a même accusée de vouloir lui créer des ennuis. « Pas du tout, je lui ai dit. C'est vous qui causez des ennuis ici. » Il affirme ne jamais s'être approché de la maison d'Arthur. Pourtant son magasin est bourré de toutes sortes d'objets dont on se demande où il les a trouvés. Il m'a défiée de rendre la chose publique. Et menacée de me faire un procès. Nous verrons !

Chubb aurait pu dédaigner ces passages du journal. Arthur Reeve et sa femme étaient un couple âgé, qui avait autrefois dirigé le Queen's Arms. Difficile d'imaginer quiconque moins susceptible d'être impliqué dans la mort de Sir Magnus. Et quel lien avec le vol de ses médailles ? La rencontre avec Whitehead n'avait aucun sens. Pourtant, à la fin du journal, Chubb avait découvert une coupure de presse, jaunie et friable, qui l'avait obligé à y réfléchir à deux fois.

UN RECELEUR LIBÉRÉ DE PRISON

Après avoir acquis une brève notoriété comme membre d'un gang de cambrioleurs professionnels, spécialisé dans les hôtels particuliers de Kensington et de Chelsea, John Whitehead avait été arrêté pour recel d'objets volés. Il vient d'être libéré de la prison de Pentonville après avoir purgé quatre ans d'une peine initiale de sept ans. M. Whitehead, qui est marié, semble avoir quitté Londres.

Il n'y avait pas de photo, mais Chubb avait déjà vérifié qu'il y avait bien un Johnny Whitehead vivant avec sa femme à Saxby-on-Avon, et que c'était le même Johnny Whitehead qui avait autrefois été arrêté à Londres. De nombreuses organisations criminelles avaient opéré dans la ville pendant et après la guerre, et le gang Mansion avait connu son heure de célébrité. Johnny Whitehead avait été le fourgue de la bande, et aujourd'hui il tenait un magasin d'antiquités, rien que ça ! Chubb relut de nouveau le commentaire de Mary Blakiston : *Dangereux, peut-être ?* Le point d'interrogation était sans doute pertinent. Si Johnny Whitehead était un ex-criminel et si la gouvernante avait essayé de le confondre, pouvait-il avoir attenté à sa vie ? Et si elle avait parlé de lui à Sir Magnus, avait-il été contraint de frapper une seconde fois ? Chubb mit de côté la coupure avec précaution et reprit sa lecture.

7 juillet
Quelle honte. Je me suis toujours doutée qu'il y avait quelque chose de bizarre chez le révérend Osborne et sa femme. Mais ça ! Franchement, je ne sais que penser ni quoi faire. Rien, je suppose. Qui me croirait ? Quelle horreur.

6 juillet
Lady Pye est rentrée de Londres. Toutes ces allées et venues. Tout le monde sait de quoi il retourne. Mais personne ne dit rien. C'est l'époque qui veut ça, je suppose. Je suis navrée pour Sir Magnus. Un homme si bon. Toujours si gentil avec moi. Est-il au courant ? Dois-je le prévenir ?

La dernière entrée sélectionnée par Chubb avait été rédigée près de quatre mois plus tôt. Mary Blakiston avait écrit plusieurs commentaires sur Joy Sanderling, mais celui-ci faisait suite à leur première rencontre. Elle avait utilisé une encre noire et une plume beaucoup plus épaisse. Les mots semblaient gicler sur la page, et Chubb devinait la colère et le dégoût dans les lignes tracées par le stylo. Mary Blakiston avait toujours été un observateur assez impartial : elle considérait toutes ses cibles avec une méchanceté et une antipathie égales. Mais Joy Sanderling semblait avoir eu droit à un traitement spécial.

> *15 mars*
> Thé avec la petite Mlle Sanderling. Elle dit « mon nom est Josie mais appelez-moi Joy ». Je ne l'appellerai pas Joy. Il n'y a aucune joie dans ce mariage. Pourquoi ne le comprend-elle pas ? Je m'y opposerai. Il y a douze ans, j'ai perdu mon premier fils. Je ne la laisserai pas m'enlever Robert. Je lui ai offert du thé et des biscuits, et elle est restée assise là, avec son sourire stupide. Si jeune, si ignorante. Elle a jacassé sur ses parents et sa famille. Elle a un frère mongolien ! Pourquoi fallait-il qu'elle me raconte ça ? Robert ne disait rien, et moi, pendant tout ce temps, je pensais à cette horrible maladie qui affecterait sa famille. Je n'avais qu'une envie, qu'elle s'en aille. J'aurais dû tout lui dire. Mais c'est visiblement le genre de fille qui n'écoute pas les gens comme moi. Je parlerai à Robert plus tard. C'est hors de question. Je m'y opposerai. Pourquoi a-t-il fallu que cette idiote vienne à Saxby-on-Avon ?

Pour la première fois, Chubb éprouva une réelle antipathie envers Mary Blakiston, et presque le sentiment qu'elle avait mérité de mourir. Jamais il n'aurait dit cela de quiconque, mais son journal était du poison à l'état pur, et ce paragraphe particulièrement impardonnable. C'était la référence au frère mongolien, surtout, qui le révoltait. Mary décrivait cela comme une « horrible maladie ». Faux. Ce n'était pas une maladie mais un état. Quel genre de femme pouvait y voir une menace sur sa propre lignée ? Avait-elle réellement mis son veto au mariage de son fils dans le but de protéger ses futurs petits-enfants d'une sorte de contamination ? Ça défiait la raison.

Au fond de lui, Chubb espérait que ce journal intime était l'unique volume des mémoires de Mary Blakiston. Il redoutait d'avoir à patauger dans d'autres pages aussi indigentes et suintantes de ressentiment. N'avait-elle rien à dire de bienveillant sur quiconque ? Mais, dans le même temps, il savait qu'il avait déniché là une précieuse source de renseignements qu'il ne pouvait ignorer. Il le montrerait à Fidèle Staupert.

Chubb se félicitait que le détective soit venu dans le Somerset. Ils avaient travaillé ensemble sur une affaire à Marlborough : un directeur d'école tué pendant une représentation théâtrale. Celle de Saxby-on-Avon présentait de nombreux points communs : une profusion de suspects, différents mobiles et pas une seule mort mais deux, qui pouvaient, ou non, avoir un lien. Dans l'intimité de sa maison, Chubb devait bien admettre la vérité. Il était complètement perdu. Staupert avait une façon différente de voir les choses. C'était peut-être une question de nature. Chubb ne put retenir un sourire. Toute sa vie, il avait été conduit à considérer les Allemands comme des ennemis. Il trouvait étrange d'en avoir un comme allié.

Étrange aussi que ce soit cette Joy Sanderling qui ait amené Staupert à Saxby-on-Avon. Chubb avait déjà pensé qu'elle et son fiancé, Robert, avaient la raison la plus impérieuse de souhaiter la mort de Mary Blakiston. Ils étaient jeunes, amoureux, et la mère de Robert avait voulu s'opposer à leur mariage pour le pire et le plus détestable des prétextes. Un bref instant, il avait partagé leurs sentiments. Mais, s'ils avaient projeté de l'assassiner, pourquoi avoir voulu mêler Staupert à l'histoire ? Pour créer un écran de fumée ?

La tête en ébullition, Raymond Chubb alluma une cigarette et se plongea de nouveau dans le journal de Mary Blakiston.

6

Dans son chef-d'œuvre, *Le Paysage de l'enquête criminelle*, Fidèle Staupert avait écrit : « On peut considérer la vérité comme *eine vertiefung* – une sorte de vallée profonde qui peut n'être pas visible de loin mais qui surgit soudainement. Il existe de multiples moyens d'y parvenir.

Une suite d'interrogations qui se révèle hors de propos conserve néanmoins le pouvoir de vous rapprocher de votre but. Il n'y a pas de voyages inutiles dans la détection d'un crime. » En d'autres termes, peu importait qu'il n'ait pas encore vu le journal de Mary Blakiston et ignore son contenu. Et peu importait que l'inspecteur Chubb et lui aient deux approches différentes, ils se rejoindraient inévitablement.

Après avoir quitté le pavillon de gardien, Fraser et Staupert avaient parcouru la courte distance qui les séparait du presbytère en suivant la route plutôt que le raccourci coupant par Dingle Dell, ravis de profiter de la tiédeur de l'après-midi. Fraser s'était entiché de Saxby-on-Avon et s'étonnait que le détective soit insensible à son charme. En fait, il trouvait que Staupert n'était plus tout à fait lui-même depuis leur départ de Londres : le détective s'isolait dans de longs silences, perdu dans ses pensées. Ils étaient maintenant assis dans le salon où Henrietta leur avait servi du thé et des biscuits maison. C'était une pièce lumineuse, accueillante, avec un bouquet de fleurs séchées dans la cheminée, des portes fenêtres ouvrant sur un jardin bien entretenu et bordé par un bois. Il y avait un piano droit, plusieurs étagères garnies de livres, d'épaisses tentures sur les portes que l'on tirait en hiver. Un mobilier confortable, mais dépareillé.

Assis l'un à côté de l'autre sur le canapé, Robin et Henrietta Osborne n'auraient pas pu avoir l'air plus mal à l'aise, voire coupables. Staupert avait à peine posé une question qu'ils étaient déjà sur la défensive, appréhendant visiblement la suite. Fraser comprenait ce qu'ils ressentaient. Il avait déjà vu ce genre de réaction. Vous pouviez être totalement irréprochable et respectable, dès l'instant où vous répondiez au détective vous deveniez suspect et rien de ce que vous lui disiez n'était pris pour argent comptant. Cela faisait partie du jeu, et il lui semblait que les Osborne y jouaient assez mal.

— Le soir où Sir Magnus a été tué, madame Osborne, vous êtes sortie de chez vous. Il était environ vingt heures quinze.

Staupert attendit qu'elle nie et, comme elle ne réagissait pas, il ajouta :

— Pourquoi ?

— Puis-je vous demander qui vous a dit ça ? répliqua Henrietta.

— C'est sans importance, croyez-moi, dit Staupert avec un haussement d'épaules. Mon travail consiste à établir à quel endroit chacun se trouvait à l'heure du crime, à assembler les pièces du puzzle, si vous voulez. Je pose des questions et je reçois des réponses. Voilà tout.

— Je n'aime pas l'idée d'être espionnée, vous comprenez. C'est l'ennui quand on habite dans un village. Tout le monde vous observe.

Le pasteur tapota gentiment la main de sa femme et elle poursuivit.

— Oui, c'est vrai. À cette heure-là, je cherchais mon mari. En fait…

Elle hésita puis reprit :

— Nous étions l'un et l'autre un peu contrariés par une

nouvelle que nous venions d'apprendre, et Robin était parti de son côté. Comme le soir tombait et qu'il n'était pas rentré, j'ai commencé à me demander où il était.

— Et où étiez-vous, monsieur Osborne ?

— À l'église. Quand j'ai besoin de me ressaisir, c'est là que je vais. Je suis sûr que vous comprenez.

— Étiez-vous à pied ou aviez-vous pris votre bicyclette ?

— À votre façon de poser la question, monsieur Staupert, je vous soupçonne de connaître déjà la réponse. J'ai pris ma bicyclette.

— À quelle heure êtes-vous rentré ?

— Vers vingt et une heures trente, je suppose.

Staupert fronça les sourcils. Selon Brent, il avait entendu le vélo du révérend passer devant le Ferryman une demi-heure après son arrivée. Soit aux alentours de vingt et une heures ou vingt et une heures quinze. Il y avait donc un écart d'une quinzaine de minutes.

— Vous êtes certain de l'heure ? insista Staupert.

— Moi j'en suis certaine, intervint Henrietta. Comme je vous l'ai dit, j'étais inquiète. Je regardais la pendule sans arrêt, et mon mari est arrivé à neuf heures et demie précises. Je lui avais gardé son dîner et je me suis attablée avec lui pendant qu'il mangeait.

Staupert ne poursuivit pas plus avant. Il y avait trois possibilités. La première, et la plus évidente, était que les Osborne mentaient. La femme paraissait nerveuse, comme si elle cherchait à protéger son mari. La deuxième possibilité était que Brent se soit trompé, bien qu'il ait semblé étonnamment fiable. Quant à la troisième…

— J'imagine que c'est l'annonce du nouveau projet immobilier qui vous a contrariés à ce point ?

— En effet, acquiesça le révérend Osborne en montrant la fenêtre et la vue sur Dingle Dell. C'est là qu'ils vont construire. Juste au bout de notre jardin. Certes, la maison n'est pas à nous. Elle appartient à l'Église, et ma femme et moi n'y resterons pas toujours. Mais c'est un projet tellement destructeur. Et inutile.

— Il ne verra peut-être jamais le jour, maintenant que Sir Magnus est mort, remarqua Fraser.

— Je ne vais pas me réjouir de la disparation d'un homme. Ce serait mal. Mais je reconnais que cette pensée m'a traversé l'esprit. C'était une mauvaise pensée. Je ne devrais pas laisser mes sentiments personnels pervertir mon jugement.

— Allez jeter un coup d'œil à Dingle Dell, dit Henrietta. Tant qu'on ne s'y est pas promené, on ne peut pas comprendre ce que cela représente pour nous. Voulez-vous que je vous y conduise ?

— Très volontiers, accepta Staupert.

Ils avaient terminé leur thé. Fraser prit un dernier biscuit et ils sortirent par les portes-fenêtres. Le jardin du presbytère s'étirait sur une vingtaine de mètres, en pente douce, avec des parterres de fleurs de part et d'autre, et une pelouse de moins en moins bien entretenue à mesure que l'on s'éloignait de la maison. C'était délibéré. Aucune clôture ne séparait le terrain des Osborne du bois qui s'élargissait au-delà, au point qu'il était impossible à l'œil d'en repérer les limites.

Sans le savoir, ils se retrouvèrent soudain dans Dingle

Dell. Les arbres – chênes, frênes et ormes – les entourèrent tout à coup, les isolant du monde extérieur. C'était un endroit charmant. Le soleil de la fin d'après-midi, qui glissait à l'oblique à travers les branchages, s'était teinté d'un vert doux et des papillons dansaient dans les rayons.

— Des lycènes, murmura Henrietta.

Le sol était tendre sous leurs pas : de l'herbe et des touffes de mousse parsemées de fleurs. Une impression curieuse émanait du bois. En réalité, ce n'était pas un bois, plutôt un vallon boisé, plus petit et pourtant sans limites visibles, sans issue apparente. Tout était assourdi. Même les quelques oiseaux qui voletaient dans les arbres le faisaient sans bruit. Seul le vrombissement d'un bourdon troubla brusquement le silence, mais il s'en fut aussi vite qu'il était venu.

— Certains de ces arbres ont deux cents ou trois cents ans, dit le révérend Osborne. Saviez-vous que c'est ici que Sir Magnus a découvert son trésor ? Des pièces de monnaie romaines et des bijoux, qu'on avait probablement ensevelis pour les tenir à l'abri. Chaque fois que nous venons nous promener ici, c'est différent. Plus tard dans l'année, on trouve de magnifiques champignons vénéneux. Il y a toutes sortes d'espèces d'insectes, pour ceux que ça intéresse…

Ils arrivèrent devant un buisson d'ail sauvage, dont les fleurs blanches jaillissaient comme des étoiles, et, derrière, une autre plante dont les feuilles piquantes s'étalaient en travers du chemin.

— Belladone, dit Staupert. J'ai cru comprendre,

madame Osborne, que vous avez malencontreusement marché dessus et que vous avez été empoisonnée ?

— En effet. C'était stupide de ma part. Et un manque de chance. Je me suis blessée au pied. (Elle eut un rire nerveux.) Je ne sais pas ce qui m'a pris de venir ici sans chaussures. J'aime sentir la mousse sous mes pieds. En tout cas, j'ai retenu la leçon. Désormais, je me tiens à bonne distance.

— Vous voulez continuer ? proposa le révérend. Pye Hall se trouve juste de l'autre côté.

— Oui, j'aimerais bien revoir le manoir, répondit Staupert.

Il n'y avait pas de véritable sentier. Ils poursuivirent à travers la brume légère, et débouchèrent à l'orée du bois de façon aussi inattendue qu'ils y étaient entrés. Soudain les arbres s'espacèrent et là, devant eux, surgit le lac, immobile et noir, vers lequel descendait doucement la pelouse de Pye Hall. Freddy Pye était dehors, devant le manoir, jouant avec un ballon de football. Brent était agenouillé devant un massif de fleurs, armé d'un sécateur. Aucun d'eux ne remarqua le petit groupe qui arrivait. De l'endroit où ils se tenaient, le pavillon de gardien était hors de vue, masqué par son écran de végétation.

— Nous y voilà, dit le révérend Osborne. (Il passa un bras autour des épaules de sa femme, puis se ravisa et s'écarta.) Pye Hall est vraiment magnifique. C'était un couvent, jadis. Il appartient à la même famille depuis des siècles. Au moins, ils ne peuvent pas le raser !

— Cette demeure a connu de nombreux décès, remarqua Staupert.

— C'est vrai de tous les manoirs de campagne.

— Mais pas aussi récemment ni en si peu de temps. Vous étiez absents lorsque Mary Blakiston est morte, n'est ce pas ?

— Oui, je vous l'ai déjà dit lorsque nous nous sommes rencontrés devant l'église.

— Vous étiez dans le Devonshire.

— En effet, oui.

— À quel endroit exactement ?

Le pasteur parut déconcerté. Il détourna la tête et sa femme réagit avec colère.

— Pourquoi ces questions, monsieur Staupert ? Croyez-vous réellement que Robin et moi avons inventé notre voyage ? Que nous sommes revenus furtivement pour pousser cette pauvre Mary Blakiston dans l'escalier ? Pour quelle raison, dites-moi ? Et c'est nous, je suppose, qui avons décapité Sir Magnus pour sauver Dingle Dell, alors que sa mort ne changera rien à l'affaire ? Car sa brute de fils va probablement continuer sur la même voie.

Fidèle Staupert écarta les mains et soupira.

— Madame Osborne, vous ne comprenez pas les impératifs d'une enquête. Bien sûr que non, je ne crois pas ce que vous suggérez et je ne prends aucun plaisir à vous interroger. Mais chaque chose doit se trouver à sa place. Chaque déclaration doit être vérifiée, chaque déplacement examiné. Il se peut que vous n'ayez pas envie de me dire où vous étiez. Mais, pour finir, vous serez obligés de le dire à l'inspecteur. Je regrette que vous considériez mes questions comme intrusives.

Robin Osborne jeta un coup d'œil à sa femme, qui répondit :

— Ce n'est pas que nous refusons de vous répondre. C'est seulement qu'il est désagréable d'être traités comme des suspects. Si vous interrogez le directeur de l'hôtel Sheplegh Court, près de Dartmouth, il vous dira que nous y avons passé toute la semaine.

— Merci.

Ils rebroussèrent chemin à travers Dingle Dell, Staupert et le révérend Osborne devant, Fraser et Henrietta Osborne derrière.

— C'est vous, je crois, qui avez célébré les obsèques de Mary Blakiston, reprit Staupert.

— Oui. Une chance que nous soyons revenus à temps. Sinon nous aurions écourté nos vacances.

— Je me demandais si vous aviez remarqué dans l'assistance un homme inconnu du village. Il se tenait à l'arrière, apparemment, à l'écart des autres. On m'a dit qu'il portait un chapeau démodé.

Robin Osborne réfléchit un instant.

— Il y avait en effet quelqu'un qui portait un chapeau à larges bords. Autant que je me souvienne, il est parti assez brusquement. Mais je crains de ne pouvoir vous en apprendre davantage. J'avais l'esprit occupé, comme vous l'imaginez. En tout cas, il n'est pas venu ensuite au Queen's Arms.

— Avez-vous fait attention à Robert Blakiston pendant la cérémonie ? J'aimerais beaucoup connaître votre impression sur son attitude.

— Robert Blakiston ?

Ils étaient arrivés devant un massif de belladone, qu'Osborne évita avec soin.

— Je ne comprends pas pourquoi vous me questionnez sur Robert, poursuivit-il. Si vous voulez savoir, je suis sincèrement désolé pour lui. J'ai assisté à sa dispute avec sa mère. Les rumeurs sont allées bon train après la mort de Mary. Je n'ai rien voulu écouter. Les gens peuvent être cruels ou insensibles. Cela revient souvent au même. Je ne peux pas dire que je connaisse très bien Robert. Il n'a pas eu une vie facile, mais il a trouvé une gentille fille, et je suis content pour lui. Mlle Sanderling travaille au cabinet médical et je suis certain qu'elle va l'aider à se stabiliser. Ils m'ont demandé de les marier à St Botolph. J'en suis très heureux.

Il marqua un temps d'arrêt, puis reprit:

— Sa mère et lui se querellaient, c'était bien connu. Mais je l'ai observé pendant le service funèbre. Joy et lui étaient juste devant moi. Quand j'ai entamé le dernier paragraphe de mon discours, il s'est mis à pleurer et s'est couvert les yeux pour masquer ses larmes. Joy lui a pris le bras. C'est dur pour un garçon de perdre sa mère, quelles qu'aient été leurs relations, et je suis sûr qu'il regrettait amèrement ce qu'il lui a dit. « Parle en hâte, tu te repentiras à loisir », comme dit le vieux dicton.

— Que pensiez-vous de Mary Blakiston?

Osborne ne répondit pas tout de suite. Il continua de marcher jusqu'à ce qu'ils aient rejoint le jardin du presbytère.

— Mary Blakiston faisait partie intégrante du village. Elle nous manquera.

Ce fut sa seule réponse.

— J'aimerais beaucoup lire votre éloge funèbre, dit Staupert. En auriez-vous une copie ?

— Vraiment ? dit le pasteur, les yeux brillants. (Il avait beaucoup travaillé sur ce discours). Je l'ai conservé. Il est ici. Je vais vous le chercher.

Il se précipita dans la maison. Staupert se retourna au moment où James Fraser émergeait de Dingle Dell en compagnie de l'épouse du pasteur. Derrière eux filtraient des rayons obliques. Les Osborne avaient raison : cet endroit avait quelque chose de spécial. Il méritait d'être protégé.

Mais à quel prix ?

7

Cet après-midi là, survint un autre décès.

La Dr Redwing était retournée à Ashton House, mais cette fois son mari l'accompagnait. La surveillante l'avait appelée et, si elle n'avait rien dit de précis au téléphone, le ton de sa voix ne laissait aucun doute.

« Il vaudrait mieux que vous soyez là. Je pense que vous devriez venir. »

Emilia Redwing avait eu plusieurs fois l'occasion de passer des appels téléphoniques de ce genre. Le vieil Edgar Rennard ne s'était pas remis de la chute de la semaine précédente. Au contraire, le choc semblait l'avoir fortement secoué et, depuis lors, son état s'était très vite détérioré. Il avait à peine repris conscience depuis la dernière visite de sa fille. Il n'avait rien mangé, à peine bu un peu d'eau. La vie le quittait.

Assis sur les sièges inconfortables de la chambre trop éclairée, Arthur et Emilia regardaient le lent mouvement de la respiration du vieil homme sous le drap. Chacun savait ce que l'autre pensait mais aucun n'osait le formuler. Combien de temps devraient-ils rester assis là ? À quel moment serait-il raisonnable de considérer la journée comme terminée et de rentrer chez eux ? Se sentiraient-ils coupables s'ils étaient absents lorsque le vieillard s'éteindrait ? Quelle différence cela ferait-il ?

— Tu peux rentrer si tu veux, finit par suggérer Emilia.

— Non, je reste avec toi.

— Tu es sûr ?

— Mais oui, naturellement. Tu veux un café ?

— Volontiers.

Impossible d'avoir une conversation d'aucune sorte dans la chambre d'un mourant. Arthur Redwing se leva et sortit dans le couloir, au bout duquel se trouvait une kitchenette. Emilia demeura seule avec son père.

C'est alors que, de façon tout à fait inattendue, Edgar Rennard ouvrit les yeux, comme s'il s'était momentanément assoupi devant la télévision. Il vit sa fille et ne manifesta pas le moindre étonnement. Peut-être que dans son esprit elle n'était jamais partie, car il revint presque aussitôt au sujet qu'il avait abordé lors de sa dernière visite.

— Tu lui as dit ? demanda-t-il.

— Qu'est-ce que j'ai dit à qui, papa ?

Emilia hésita à rappeler Arthur. Mais elle eut peur de devoir hausser la voix ou de faire quoi que ce soit susceptible de perturber son père.

— C'est injuste, reprit-il. Il faut que je leur dise. Ils ont le droit de savoir.

— Papa, veux-tu que j'appelle l'infirmière ?

— Non ! répondit-il avec colère, comme s'il devinait qu'il n'avait pas de temps à perdre, qu'il ne lui restait que quelques minutes.

En même temps, un éclair de lucidité traversa son regard. Plus tard, Emilia Redwing dirait que son père avait reçu cet ultime cadeau à la fin de sa vie. La démence avait fini par battre en retraite et il avait recouvré ses facultés.

— J'étais présent quand les enfants sont nés, poursuivit-il d'une voix plus ferme, plus jeune. C'est moi qui les ai mis au monde à Pye Hall. J'ai accouché Lady Cynthia Pye. Une belle femme, fille d'un comte, mais de constitution trop fragile pour donner naissance à des jumeaux. Je craignais de la perdre. Finalement, tout s'est bien passé. Deux enfants, nés à douze minutes d'intervalle. Un garçon et une fille, tous deux en bonne santé.

« Ensuite, avant que quiconque ait compris ce qui se passait, Sir Merrill Pye est venu me voir. Sir Merrill. Ce n'était pas un homme bien. Tout le monde le craignait. Il n'était pas content. Pourquoi ? Parce que la fille était née en premier. Or le domaine revenait de droit à l'enfant premier-né. Et non au premier enfant mâle. C'était inhabituel mais c'était ainsi. Sir Merrill, lui, voulait que ce soit le garçon. Lui-même avait hérité de son père, qui avait hérité de son père. Toujours des mâles. Tu comprends ? Il détestait l'idée que ses biens reviennent à une fille, alors il m'a obligé… il m'a dit… le garçon est l'aîné.

Sidérée, Emilia regardait son père, sa tête auréolée de cheveux blancs enfoncée dans l'oreiller, ses yeux brillants de l'effort qu'il venait d'accomplir.

— Qu'as-tu fait, papa ?

— Qu'est-ce que tu crois ? J'ai menti. C'était un tyran, Sir Merrill. Il m'aurait rendu la vie impossible. Sur le moment, je me suis dit, quelle importance ? Après tout, ce sont deux bébés. Ils ne savent rien. Ils grandiront ensemble dans la même maison. Je ne faisais de mal à personne. En tout cas c'est ce que j'ai pensé. (Une larme perla au coin de ses yeux et roula le long de sa joue.) Alors j'ai rempli la déclaration de naissance comme il le souhaitait. 3 h 48 : un garçon. À 4 heures : une fille. Voilà ce que j'ai écrit.

— Papa !

— C'était mal de ma part. Je m'en rends compte à présent. Magnus a tout eu, Clarissa, rien. J'ai souvent songé à la mettre au courant, à leur dire la vérité à tous les deux. Mais quel bien cela aurait-il fait ? Personne ne m'aurait cru. Sir Merrill est décédé depuis longtemps. Ainsi que Lady Cynthia. Pourtant, ça me hante. Ça m'a toujours hanté. J'ai menti. Un garçon ! J'ai dit que l'aîné était un garçon !

Lorsque Arthur revint avec les cafés, le Dr Rennard

avait rendu son dernier soupir. Il trouva sa femme immobile, en état de choc, et mit cela sur le compte du chagrin. Il resta près d'elle pendant que la surveillante prenait les dispositions d'usage. Le Dr Rennard avait souscrit une assurance obsèques auprès de la bien connue entreprise de pompes funèbres Lanner & Crane, qui serait informée à la première heure le lendemain matin. En attendant, le corps serait transféré dans une petite chapelle appartenant à Ashton House, spécialement réservée pour de telles occasions. Il serait enterré au cimetière de King's Abbot, près de la maison où il avait habité, comme il en avait exprimé le souhait lors de son départ en retraite.

C'est seulement sur le chemin du retour vers Saxby-on-Avon qu'Emilia Redwing répéta à son mari la confession de son père. Arthur, qui conduisait, sursauta.

— Seigneur Dieu ! s'exclama-t-il. Tu es certaine qu'il savait ce qu'il disait ?

— C'était extraordinaire. Pendant les cinq minutes où tu t'es absenté, il est devenu complètement lucide.

— Je suis désolé, chérie. Tu aurais dû m'appeler.

— Ce n'est pas grave. Mais j'aurais préféré que tu sois là pour l'entendre.

— Mon témoignage aurait pu servir.

Emilia Redwing n'avait pas pensé à cela.

— Oui, tu as raison.

— Que vas-tu faire ?

Elle ne répondit pas. Elle regarda la vallée de Bath qui défilait, les vaches qui paissaient dans les champs, ici et là, de l'autre côté de la voie ferrée. Le soleil d'été n'était pas encore couché mais la lumière était douce, les ombres se repliaient sur les flancs des collines.

— Je ne sais pas, dit-elle enfin. Dans un sens, je préférerais qu'il ne m'ait rien dit. C'était son secret honteux, et maintenant c'est le mien. Je vais devoir en parler à quelqu'un, je suppose. Mais je ne suis pas certaine que cela change quelque chose. Même si tu avais pu témoigner, il n'y a aucune preuve.

— Tu pourrais peut-être en parler à ce détective.

— M. Staupert ?

Elle s'en voulut. Pas une seconde l'idée ne l'avait traversée qu'il y ait un lien possible avec le meurtre de Sir Magnus. Mais oui, elle devait impérativement transmettre ce qu'elle venait d'apprendre. Sir Magnus Pye, héritier d'un immense domaine, avait été assassiné de façon atroce, or il s'avérait que le domaine ne lui avait jamais véritablement appartenu. Était-ce pour cela qu'on l'avait tué ?

— Tu as raison, je vais en parler à Staupert.

Ils continuèrent de rouler un moment en silence, puis Arthur demanda :

— Et Clarissa Pye ? Tu vas le lui dire ?

— Je ne sais pas. Je ne sais vraiment pas.

Ils arrivèrent au village. En passant devant la caserne des pompiers, puis le Queen's Arms, et l'église juste derrière, l'un et l'autre eurent la même pensée.

Et si Clarissa Pye avait déjà été au courant ?

8

Au même moment, dans la salle du Queen's Arms, James Fraser apportait un plateau garni de cinq verres à une table tranquille dans un coin reculé. Trois pintes de bière – pour lui-même, pour Robert Blakiston et pour l'inspecteur Chubb –, un Dubonnet Schweppes citron pour Joy Sanderling et un petit verre de sherry pour Fidèle Staupert. Il aurait aimé y ajouter un ou deux paquets de chips mais s'était ravisé en songeant que ce serait inapproprié. En s'asseyant, il examina l'homme pour lequel ils s'étaient réunis. Robert Blakiston, qui avait perdu sa mère et son mentor en l'espace de deux semaines, était venu au Queen's Arms sitôt après son travail. Il avait troqué sa salopette de mécanicien contre un pantalon et une veste, mais ses mains étaient encore maculées de cambouis. Fraser se demanda si cela partirait jamais. Robert Blakiston était un jeune homme au physique étrange, pas vilain, mais une sorte de version mal dessinée de lui-même, avec sa mauvaise coupe de cheveux ratée, ses pommettes très prononcées, son teint pâle. Il était assis à côté de Joy, dont il tenait probablement la main sous la table. Il avait l'air hagard. De toute évidence, il n'avait pas du tout envie d'être là.

— Ne t'inquiète pas, Rob, lui disait Joy. M. Staupert cherche seulement à t'aider.

— Comme il t'a aidée quand tu es allée le voir à Londres ? rétorqua Robert, sceptique. Ce village ne nous laissera jamais en paix. D'abord ils ont dit que j'avais tué ma mère, alors que je n'aurais jamais levé le petit doigt sur elle. Tu le sais. Et comme si ça ne leur suffisait pas, ils se sont mis à raconter des histoires à propos de Sir Magnus.

Il se tourna vers Fidèle Staupert avant de poursuivre.

— C'est pour ça que vous êtes là, monsieur Staupert ? Parce que vous me soupçonnez ?

— Aviez-vous une raison de vouloir du mal à Sir Magnus ? demanda Staupert.

— Aucune. Ce n'était pas un homme facile, je le reconnais. Mais il a toujours été bon avec moi. Sans lui, je serais au chômage.

— J'ai un certain nombre de questions à vous poser sur votre vie, Robert. Ce n'est pas que vous soyez plus suspect que n'importe qui d'autre au village, mais les deux morts sont survenues à Pye Hall, et vous avez des liens étroits avec cet endroit.

— Je n'y suis pour rien.

— Bien sûr que non. Mais vous pouvez peut-être nous en apprendre beaucoup sur son histoire et sur les gens qui y vivaient.

Robert, sa seule main visible entourant sa pinte de bière, leva un regard de défi sur Staupert.

— Vous n'êtes pas policier. Pourquoi je devrais vous répondre ?

— Moi, je suis policier, intervint Chubb, qui s'apprêtait à allumer une cigarette et se figea, l'allumette à quelques centimètres de son visage. Et M. Staupert travaille avec moi. Vous devriez faire attention à vos manières, jeune homme. Si vous ne voulez pas coopérer, une nuit derrière les barreaux vous fera peut-être changer d'avis. Ce ne serait pas la première fois que vous mettriez les pieds dans une prison, si je ne me trompe.

Chubb alluma sa cigarette et jeta l'allumette.

Joy posa la main sur le bras de son fiancé.

— Je t'en prie, Robert…

Il écarta sa main.

— Je n'ai rien à cacher. Posez-moi vos questions.

— Très bien, dit Staupert. Commençons par le commencement. Si cela ne vous perturbe pas trop, peut-être pouvez-vous nous parler de votre enfance à Pye Hall.

— Ça ne me perturbe pas, bien que je n'y aie jamais été heureux, répondit Robert. Ce n'est pas très agréable quand votre mère se préoccupe plus de son employeur que de votre père. Et c'est ce qui s'est passé dès le jour où nous avons emménagé dans le pavillon. Sir Magnus par-ci, Sir Magnus par-là ! Elle n'avait que son nom à la bouche, et pourtant elle n'était que sa boniche. Mon père n'était pas content, lui non plus. Ce n'était pas simple pour lui de vivre dans la maison d'un autre, sur le domaine d'un autre. Mais ils étaient coincés. Mon père ne trouvait pas beaucoup de travail avant la guerre. À Pye Hall, ils avaient un toit et un salaire régulier. Alors il a supporté.

« J'avais douze ans quand on a emménagé là-bas. Avant, on habitait à Sheppard's Farm, chez mon grand-père. La maison était assez décrépite mais on s'y sentait bien, mon frère et moi. On était livrés à nous-mêmes. Tom et moi, nous sommes nés à Saxby-on-Avon et nous y avons toujours vécu. Pour moi, il n'existait pas d'autre endroit au monde. Sir Magnus a eu besoin de quelqu'un pour s'occuper de la maison après le départ de la vieille gouvernante, et ma mère faisait déjà des ménages à droite et à gauche dans le village. Donc ça s'est fait naturellement.

« La première année, tout s'est bien passé. Le pavillon n'était pas si mal et nous avions beaucoup plus de place qu'à Sheppard's Farm. Chacun avait sa chambre, c'était bien. Les parents occupaient la pièce au bout du couloir. Je frimais, à l'école, d'avoir une adresse aussi chic, même si les autres enfants se moquaient de moi.

— Comment vous entendiez-vous avec votre frère ?

— On se bagarrait parfois, comme tous les garçons. Mais nous étions très proches. On se coursait à travers le domaine. Nous étions des pirates, des chasseurs de trésor, des soldats, des espions. C'était Tom qui inventait les jeux. Il était plus jeune que moi mais beaucoup plus intelligent. Le soir, il tapotait contre le mur selon un code qu'il avait imaginé. Je ne comprenais pas un mot mais je l'entendais tapoter pendant que nous étions censés dormir.

Robert esquissa un demi-sourire à ce souvenir et ses traits se détendirent.

— Vous aviez un chien, je crois. Bella.

Aussitôt la tension revint sur son visage. Fraser se souvint du collier qu'ils avaient découvert dans un tiroir de la chambre, mais ne comprit pas où Staupert voulait en venir.

— Bella était la chienne de Tom, dit Robert. C'est mon père qui la lui a donnée, à peu près à l'époque où nous avons quitté Sheppard's Farm. (Il jeta un coup d'œil à Joy, comme s'il hésitait à poursuivre.) Mais après notre déménagement à Pye Hall… ça s'est mal terminé.

— Que s'est-il passé ?

— On ne l'a jamais vraiment su, mais je peux vous dire une chose. Sir Magnus ne voulait pas de chien sur ses terres. C'était clair et net. Il disait que Bella pourchassait les moutons. Il voulait qu'on s'en débarrasse, mais Tom adorait Bella et papa a refusé. Un jour, la chienne a disparu. On l'a cherchée partout. Deux semaines plus tard, on l'a retrouvée dans Dingle Dell… (Robert s'interrompit et baissa les yeux.) Égorgée. Tom a toujours pensé que c'était Brent. Si c'était lui, il l'a fait sur l'ordre de Sir Magnus.

Suivit un long silence. Quand Staupert reprit la parole, ce fut d'une voix basse.

— J'ai une autre question, sur une autre mort. Je sais que c'est douloureux pour vous, mais vous comprendrez…

— Vous voulez parler de Tom.

— Oui.

— Quand la guerre a éclaté, dit Robert, mon père est allé à Boscombe Down pour travailler sur les avions. Il restait souvent là-bas toute la semaine. Donc on le voyait assez peu. Peut-être que s'il avait été là, s'il nous avait un peu plus surveillés, ça ne serait jamais arrivé. C'est ce que disait ma mère. Elle lui reprochait d'avoir été absent.

— Vous pouvez me raconter comment cela s'est produit ?

— Je ne l'oublierai jamais, monsieur Staupert. Tant que je vivrai. À l'époque, j'ai pensé que c'était ma faute. Des tas de gens le disaient, et c'était peut-être aussi ce que pensait mon père. Il ne m'en a jamais parlé. D'ailleurs il ne m'a presque plus adressé la parole, et je ne l'ai pas vu depuis des années. Il n'avait peut-être pas tort, au fond. Tom avait deux ans de moins que moi et j'étais censé veiller sur lui. Mais, ce jour-là, je l'ai laissé seul. Quand je l'ai retrouvé, on le tirait du lac où il s'était noyé. Il n'avait que douze ans.

— Ce n'était pas ta faute, Robert, dit Joy en passant un bras autour de ses épaules. Il s'agissait d'un accident. Tu n'étais même pas là.

— C'est moi qui l'ai entraîné là-bas. Et je l'ai laissé seul. (Robert leva sur Staupert ses yeux brillants de larmes.) C'était l'été, un jour comme aujourd'hui. On jouait à la chasse au trésor. On était toujours à la recherche de vieilles pièces de monnaie ou d'objets en argent et en or, car tout le monde savait comment Sir Magnus avait découvert tout un magot dans Dingle Dell. Un trésor enterré ! Tous les garçons rêvent de ça. Nous avions lu des histoires dans le *Magnet* et le *Hotspur*, et nous espérions que ça nous arriverait pour de bon. Sir Magnus nous encourageait. Il nous lançait des défis. Lui aussi, au fond, était peut-être en partie responsable. Je ne sais pas. On cherche toujours quelqu'un à blâmer, non ? Il se produit un drame, et on essaie de trouver une explication.

« Tom s'est noyé dans le lac. Jusqu'à aujourd'hui, personne ne sait comment c'est arrivé. Il était tout habillé, donc il n'avait pas voulu aller nager. Il est peut-être tombé. Il s'est peut-être cogné la tête. C'est Brent qui l'a trouvé et qui l'a sorti. J'ai entendu crier et je suis revenu en courant à travers la pelouse. Je l'ai aidé à le tirer au sec et j'ai tenté de ranimer Tom, comme on nous avait appris à l'école. Mais je n'ai rien pu faire. Quand maman est arrivée, il était trop tard.

— Neville Brent travaillait déjà à Pye Hall ? demanda Chubb. Je pensais que son père était encore là.

— Son père commençait à se faire vieux et Neville travaillait avec lui. À sa mort, il l'a remplacé.

— J'imagine que ça a été un choc immense pour vous de voir votre frère ainsi, remarqua Staupert.

— Je me suis jeté à l'eau. Je l'ai tiré. Je criais et je pleurais. Encore maintenant, je n'arrive pas à regarder cet endroit maudit. Je ne voulais pas rester dans le pavillon et, s'il n'y avait eu que moi, j'aurais quitté Saxby-on-Avon. Aujourd'hui, avec tout ce qui s'est passé, c'est peut-être ce que je vais faire. Bref, ce soir-là, mon père est rentré. Il a engueulé ma mère. Il m'a engueulé. Il ne nous a jamais réconfortés. Il n'y avait que de la colère en lui. Un an plus tard, il nous a quittés. Il a dit que leur mariage était fini. Nous ne l'avons plus jamais revu.

— Comment votre mère a-t-elle réagi à ce drame ?

— Elle a continué de travailler pour Sir Magnus. C'est la première chose. Jamais elle n'aurait songé à le quitter, quoi qu'il arrive. C'est dire à quel point elle le vénérait. Elle était obligée de passer chaque jour devant le lac pour aller travailler. Elle disait qu'elle tournait la tête de l'autre côté, mais je ne sais pas comment elle faisait.

— Elle s'occupait bien de vous ?

— Elle essayait, monsieur Staupert. Et je dois reconnaître que je ne l'en ai jamais remerciée. Après la mort de Tom, la vie n'a pas été facile. À l'école, les choses ont mal tourné. Les autres enfants étaient cruels. Et ma mère avait peur pour moi. Elle ne me laissait pas sortir de la maison ! Je me sentais parfois comme un prisonnier. Elle me surveillait. Elle était terrifiée à l'idée qu'il puisse m'arriver quelque chose et qu'elle reste seule. Je pense que c'est la première raison pour laquelle elle ne voulait pas que j'épouse Joy. J'allais l'abandonner. Ma mère m'étouffait et c'est pour ça que nos rapports se sont dégradés. Autant l'admettre, j'ai fini par la détester.

Il leva son verre et but quelques gorgées de bière.

— Mais non, tu ne la détestais pas, corrigea Joy. Les relations étaient compliquées entre vous, voilà tout. Vous viviez tous les deux dans l'ombre du passé, sans comprendre à quel point ça vous blessait.

— Vous l'avez menacée juste avant sa mort, rappela l'inspecteur Chubb, qui avait fini sa propre bière.

— Nous y reviendrons, dit Staupert. Finalement, Robert, vous avez quitté Pye Hall. Parlez-nous d'abord de votre séjour à Bristol.

— Ça n'a pas duré longtemps, répondit Robert, la mine sombre. C'était Sir Magnus qui avait arrangé ça pour moi. Après le départ de mon père, il a pris le relais et essayé de m'aider de son mieux. Ce n'était pas un mauvais homme. Pas totalement mauvais, en tout cas. Il m'a obtenu une place d'apprenti mécanicien chez un garagiste Ford, mais tout est allé de travers. Je dois avouer que j'ai tout gâché. Je n'étais pas heureux, tout seul, dans une ville étrangère. Je buvais trop et, un soir, je me suis trouvé mêlé à une bagarre dans un pub, le Blue Boar. Pour une broutille, bien sûr. Mais vous avez raison, inspecteur Chubb. J'ai passé une nuit en prison et j'aurais pu avoir de sérieux ennuis si Sir Magnus n'était pas une nouvelle fois intervenu. Il a parlé aux policiers, qui ont accepté de me libérer sous caution. Mais c'en était fini pour moi de Bristol. Je suis rentré à Saxby-on-Avon et Sir Magnus m'a fait avoir la place que j'ai maintenant. J'ai toujours aimé bricoler les voitures. Je tiens ça de mon père, je suppose. C'est bien tout ce qu'il m'a légué.

— Quel était le motif de votre dispute avec votre mère, la semaine de sa mort ?

— Une bêtise. Elle voulait que je change une ampoule cassée. Vous pensez vraiment que je l'aurais tuée pour ça, monsieur Staupert ? Je vous jure que je ne l'ai pas touchée. Jamais je n'aurais pu. Joy vous l'a dit. J'étais avec elle, cette nuit-là. Toute la soirée et toute la nuit. Le matin nous sommes sortis ensemble. Donc, si je mens, elle ment aussi. Et pourquoi elle mentirait ?

— Vous me pardonnerez, dit Staupert, mais ce n'est pas aussi simple.

Il se tourna vers Joy Sanderling, qui sembla se contracter dans l'attente de ce qui allait suivre.

— Lorsque vous êtes venue me voir à Londres, vous m'avez déclaré avoir passé tout ce temps avec Robert. Mais êtres-vous certaine de ne pas l'avoir quitté un instant des yeux ? N'avez-vous pas pris un bain ou une douche ? N'avez-vous pas préparé le petit déjeuner ?

Joy rougit.

— Si, monsieur Staupert. J'ai fait les deux. Il y a peut-être dix ou quinze minutes pendant lesquelles je n'ai pas vu Robert…

— Et votre scooter était garé devant l'appartement, mademoiselle Sanderling. À pied, Pye Hall était trop éloigné, mais à scooter il fallait à peine deux ou trois minutes pour s'y rendre, ainsi que vous me l'avez dit vous-même. Il n'est donc pas impossible qu'il soit allé là-bas à scooter, qu'il ait tué sa mère qui lui causait tant de tourments et s'opposait si résolument à votre mariage, et soit revenu chez lui pendant que vous étiez dans la salle de bains ou dans la cuisine.

Staupert laissa l'hypothèse flotter dans l'air puis se tourna de nouveau vers Robert et poursuivit :

— Et concernant Sir Magnus ? Pouvez-vous me dire où vous étiez à vingt heures trente, le soir de sa mort ?

Robert s'affaissa, vaincu.

— Là, je ne peux pas vous aider. J'étais chez moi et je dînais seul. Où vouliez-vous que je sois ? Mais si vous croyez que j'ai tué Sir Magnus, il faut m'expliquer pourquoi. Il ne m'a jamais fait aucun mal.

— Votre mère est morte à Pye Hall. Sir Magnus n'a même pas fait l'effort d'assister à ses obsèques !

— Comment pouvez-vous être aussi cruel ? s'insurgea Joy Sanderling. Vous inventez n'importe quoi, juste pour accuser Robert. Il n'avait aucune raison de les tuer, ni l'un ni l'autre. Quant au moteur du scooter, je l'aurais entendu. Même sous la douche, je l'aurais entendu.

— Vous avez terminé ? demanda Robert en se levant brusquement.

— Je n'ai pas d'autres questions, répondit Staupert.

— Dans ce cas, si ça ne vous dérange pas, je rentre chez moi.

— Je t'accompagne, dit Joy.

Chubb jeta un regard à Staupert, comme pour s'assurer qu'il n'avait vraiment pas d'autre question à poser. Staupert esquissa un léger hochement de tête et les deux jeunes gens sortirent.

— Vous pensez vraiment qu'il a pu tuer sa mère ? demanda Fraser.

— C'est peu probable, James. À l'entendre parler d'elle comme il vient de le faire, on sentait de la colère, de la frustration, peut-être même de la peur. Mais pas de la haine. Je ne crois pas non plus qu'il soit allé à Pye Hall sur le scooter de sa fiancée, même s'il était intéressant d'en suggérer l'idée. Pourquoi ? À cause de sa couleur. Vous vous souvenez ? C'est un détail que je vous ai fait remarquer lorsque Mlle Sanderling nous a rendu visite à Londres. Un homme désirant traverser rapidement un village pour commettre un crime emprunterait peut-être un scooter, mais sans doute pas un scooter rose vif. Trop visible. Par ailleurs, Robert avait-il un mobile pour tuer Sir Magnus ? C'est possible, mais pour l'instant j'avoue qu'il ne m'apparaît pas.

— Tout ça était donc une perte de temps, conclut Chubb en contemplant son verre vide. Heureusement, le Queen's Arms sert de la bonne bière. Et puis j'ai quelque chose pour vous, *Herr* Staupert.

Chubb sortit le journal de Mary Blakiston et expliqua brièvement comment il l'avait trouvé.

— Il y a des commentaires sur presque tous les habitants du village. Un beau déballage.

— Vous pensez qu'elle se servait des informations qu'elle détenait pour faire chanter des gens ? suggéra Fraser. Après tout, ça pouvait donner un bon mobile pour la pousser dans l'escalier.

— C'est une excellente idée, acquiesça Chubb. Certains commentaires sont un peu vagues. Elle prenait des précautions en écrivant. Mais si certaines personnes ont découvert ce qu'elle savait sur eux, elle devait avoir pas mal d'ennemis. Comme Sir Magnus avec Dingle Dell. C'est bien l'ennui dans cette affaire. Il y a trop de suspects. La question est de savoir si c'est la même personne qui a tué Mary Blakiston et Sir Magnus, dit l'inspecteur en se levant. Vous me rendrez ce journal plus tard, *Herr* Staupert. Je dois rentrer. Ma femme me mijote sa fricassée de poulet à l'ancienne. Dieu me préserve. Je vous verrai demain, messieurs.

Il quitta le pub, laissant Staupert et Fraser en tête à tête.

— L'inspecteur a raison, dit Staupert.

— À propos du nombre des suspects ?

— Sur la question de savoir si c'est la même personne qui a tué Sir Magnus et Mary Blakiston. Tout repose là-dessus. Il y a clairement un lien entre les deux morts, mais, pour l'instant, il nous échappe. Jusqu'à ce qu'on le découvre, nous resterons dans le noir. À moins que la réponse ne soit ici, entre mes mains.

Il ouvrit le journal à la première page et sourit.
— Déjà, je reconnais cette écriture…
— Comment ?
Staupert ne répondit pas. Il avait commencé à lire.

5

ARGENT

1

L'inspecteur Chubb aimait beaucoup le commissariat d'Orange Grove, à Bath. C'était une bâtisse de pur style géorgien, solide et austère, mais en même temps suffisamment claire et élégante pour paraître accueillante… du moins si l'on se trouvait du bon côté de la loi. Il ne pouvait jamais y entrer sans éprouver le sentiment que son travail était important et que, à la fin de la journée, le monde serait légèrement meilleur. Son bureau était au premier étage, au-dessus de l'entrée principale. La fenêtre située face à sa table de travail allait du sol au plafond et ajoutait à la sensation de confort. Après tout, n'était-il pas l'œil de la loi ? Il était normal qu'il jouisse d'une vue aussi large.

Il avait convoqué Johnny Whitehead dans cette pièce. Un acte délibéré, destiné à extirper l'homme du cocon que lui procurait Saxby-on-Avon et à lui rappeler qui était le patron. Ici, on ne racontait pas de mensonges. En fait, quatre personnes faisaient face au policier : Whitehead, sa femme, Fidèle Staupert et son jeune assistant, Fraser. D'habitude, une photographie de Mme Chubb trônait sur le bureau, mais il l'avait glissée dans un tiroir avant l'arrivée de ses visiteurs. Sans d'ailleurs savoir très bien pourquoi.

— Vous vous appelez Johnny Whitehead, c'est bien cela ?

— C'est exact, répondit l'antiquaire, l'air maussade et abattu.

Il savait la partie perdue et n'essayait pas de le dissimuler.

— Et vous êtes arrivé à Saxby-on-Avon depuis combien de temps ?

— Trois ans.

— Nous n'avons rien fait de mal, intervint Gemma Whitehead.

Elle était si menue que son siège semblait beaucoup trop grand pour elle. Ses pieds touchaient à peine le sol. Elle tenait son sac à main sur ses genoux.

— Vous savez parfaitement qui est mon mari et ce qu'il a fait. Mais tout ça, c'est du passé. Il a purgé sa peine et a été libéré pour bonne conduite. Nous avons quitté Londres pour nous retirer dans un endroit tranquille. Toute cette affaire avec Sir Magnus n'a rien à voir avec nous.

— Je pense que vous devriez m'en laisser juge, rétorqua Chubb.

Le journal intime de Mary Blakiston était posé devant lui et il fut un instant tenté de l'ouvrir. Mais c'était inutile. Il connaissait déjà ce qu'il avait besoin de savoir.

— Le 9 juillet, un dénommé Arthur Reeve a été cambriolé, reprit-il. M. Reeve était autrefois le propriétaire du

Queen's Arms et il vit maintenant retiré avec son épouse. Une fenêtre de sa maison a été cassée et il a eu la mauvaise surprise de découvrir que sa collection de médailles, notamment une rare pièce grecque de George VI, avait disparu. La collection était évaluée à plus d'une centaine de livres, sans compter bien sûr sa valeur sentimentale.

Whitehead se redressa mais, à côté de lui, sa femme avait pâli. Elle entendait cette histoire pour la première fois.

— Pourquoi me racontez-vous ça ? demanda Whitehead. Je ne sais rien au sujet de cette médaille.

— Le voleur s'est coupé en brisant la fenêtre, expliqua Chubb.

— Le lendemain, ajouta Staupert, la Dr Redwing vous a soigné. Vous aviez besoin de points de suture pour une vilaine entaille à la main.

Staupert esquissa un sourire entendu. Dans le paysage du crime qui les intéressait, deux chemins écartés venaient de se croiser.

— Je me suis coupé dans ma cuisine, se défendit Whitehead en jetant un coup d'œil à sa femme, qui ne parut pas convaincue. Je ne me suis pas approché de la maison de M. Reeve ni de cette médaille. Tout ça n'est qu'un tissu de mensonges.

— Que pouvez-vous nous dire au sujet de la visite de Mary Blakiston à votre magasin le 11 juillet, soit quatre jours avant sa mort ?

— Qui vous a dit ça ? Vous m'avez surveillé ?

— Vous le niez ?

— Il n'y a rien à nier. Oui, elle est entrée dans ma

boutique. Des tas de gens entrent dans ma boutique. Elle n'a jamais parlé de médailles.

— Alors peut-être vous a-t-elle parlé de l'argent que vous avez donné à Brent, dit Staupert d'une voix douce et posée.

Quelque chose dans son intonation laissait penser qu'il savait tout et qu'il était inutile d'argumenter. Mais, en réalité, Fraser savait que Staupert ne savait rien. Le jardinier avait fait de son mieux pour brouiller les pistes. Il avait évoqué cinq livres qu'on lui devait, peut-être pour une tâche qu'il aurait effectuée. Staupert avait lancé cela au hasard, pour ferrer le poisson. Et son coup d'essai obtint un succès immédiat.

— D'accord, admit Whitehead. Mary Blakiston est entrée dans le magasin pour fouiner et me poser des questions, comme vous. Qu'est-ce que vous insinuez? Que je l'ai poussée dans l'escalier pour la faire taire?

— Johnny! s'écria Gemma Whitehead, excédée.

— Ne t'inquiète pas, chérie, dit Whitehead en avançant une main vers elle, mais elle recula. Je n'ai rien fait de mal. Brent est venu à la boutique deux jours après les obsèques de Mary. Il avait quelque chose à vendre. C'était une boucle de ceinture romaine, un joli petit objet. Quatrième siècle avant Jésus-Christ, je dirais. Il en voulait vingt livres. Je lui en ai donné cinq.

— Quel jour était-ce?

— Je ne m'en souviens pas. Lundi, peut-être. La semaine après l'enterrement.

— Brent vous a-t-il dit d'où provenait cet objet? demanda Chubb.

— Non.

— Le lui avez-vous demandé ?

— Pourquoi je l'aurais demandé ?

— Vous étiez au courant du cambriolage à Pye Hall quelques jours auparavant. Une collection de bijoux et de pièces antiques a été volée à Sir Magnus. C'était le jour même des obsèques de Mary Blakiston.

— Oui, j'en ai entendu parler.

— Et vous n'avez pas fait le rapprochement ?

Whitehead prit une longue inspiration.

— Des tas de gens entrent dans mon magasin. J'achète toutes sortes de choses. Rien que la semaine dernière, j'ai acheté un service de tasses à café Worcester à Mme Reeve, et une pendulette de voyage en cuivre aux Finch. Croyez-vous que je leur ai demandé d'où ils les tenaient ? Si je traitais tous les habitants de Saxby comme des criminels, je fermerais boutique au bout d'une semaine.

— Mais c'est *vous* le criminel, monsieur Whitehead, dit Chubb. Vous avez fait trois ans de prison pour recel.

— Tu m'avais promis ! murmura Gemma Whitehead. Tu m'avais promis que tu ne recommencerais pas !

— Reste en dehors de ça, chérie. Ils essaient seulement de me faire marcher, dit Whitehead avec un regard torve vers Chubb. Vous avez tout faux, inspecteur. Oui, j'ai acheté une boucle de ceinture en argent à Brent. Oui, je savais qu'il y avait eu un cambriolage à Pye Hall. Mais ai-je fait le rapprochement ? Non. Traitez-moi d'idiot si ça vous chante, mais l'idiotie n'est pas un crime. Et, autant que je sache, Brent aurait pu avoir cet objet dans sa famille depuis vingt ans. Si la boucle a été volée à Pye Hall comme vous le pensez, alors c'est à Brent que vous devez vous adresser, pas à moi.

— Où se trouve cette boucle de ceinture à présent ?

— Je l'ai vendue à un ami à Londres.

— Pour beaucoup plus que cinq livres, je suppose.

— Ça, ce sont mes affaires, monsieur Chubb. C'est mon travail.

Staupert avait écouté leur échange en silence. Il ajusta ses lunettes et observa avec calme :

— Mme Blakiston vous a rendu visite avant le cambriolage à Pye Hall. C'est le vol de la médaille qui l'intéressait. Vous a-t-elle menacé ?

— C'était une sale fouineuse, qui posait des questions sur des choses qui ne la regardaient pas.

— Avez-vous acheté d'autres objets à Brent ?

— Non. C'est tout ce qu'il avait. Si vous cherchez le reste du trésor de Sir Magnus, vous feriez mieux de fouiller la propriété plutôt que de perdre votre temps avec moi.

Staupert et Chubb échangèrent un regard. Il n'y avait visiblement rien de mieux à tirer de cette entrevue. Pourtant, l'inspecteur était bien décidé à avoir le dernier mot.

— Il s'est produit un certain nombre de petits larcins à Saxby-on-Avon depuis votre arrivée, monsieur Whitehead. Des vitres ont été cassées, des antiquités et des bijoux ont disparu. Je peux vous assurer que vous serez interrogé sur chacun d'entre eux. Et je vais avoir besoin du registre de tous vos achats et ventes des trois dernières années.

— Je ne tiens pas de registre.

— Le service des impôts risque de voir cela d'un très mauvais œil. J'espère que ne vous ne projetez aucun déplacement au cours des prochaines semaines, monsieur Whitehead. Nous allons nous revoir.

L'antiquaire et sa femme se levèrent et quittèrent le bureau. Ils se dirigèrent vers le palier et descendirent l'escalier en silence, mais, dès qu'ils furent arrivés à l'air libre, Gemma Whitehead explosa.

— Oh ! Johnny ! Comment as-tu pu me mentir ?

— Je ne t'ai pas menti, répondit Johnny Whitehead, l'air misérable.

— Après toutes les discussions que nous avons eues. Tous les projets que nous avions ! Qui as-tu rencontré quand tu es allé à Londres ? Cette boucle de ceinture, à qui l'as-tu vendue ?

— Je te l'ai dit.

— Derek et Colin ? Tu leur as parlé de Mary ? Tu leur as dit qu'elle te soupçonnait ?

— Qu'est-ce que tu veux dire ?

— Tu le sais très bien. Autrefois, quand tu faisais partie de la bande, si quelqu'un se mettait en travers de votre chemin, il lui arrivait des ennuis. Tu n'en parlais jamais, et je sais que tu n'y prenais pas part, mais toi et moi savons de quoi je parle. Des gens disparaissaient.

— Quoi ? Tu crois que j'ai mis un contrat sur Mary Blakiston pour être débarrassé d'elle ?

— Réponds-moi, tu l'as fait ?

Johnny Whitehead ne répondit pas. Ils regagnèrent leur voiture sans un mot.

2

Une fouille de la maison de Brent n'apporta aucun élément en relation avec le meurtre ni avec le vol du trésor.

Brent vivait seul dans une maison mitoyenne toute simple de Daphne Road, avec deux pièces en bas et deux en haut, et un porche d'angle commun avec la maison voisine. De l'extérieur, la bâtisse évoquait une boîte de chocolats et n'était pas dépourvue de charme. Elle avait un toit de chaume, la glycine et les parterres de fleurs étaient bien entretenus. Quant à l'intérieur, c'était une autre histoire. Tout y sentait le négligé, de la vaisselle sale dans l'évier au lit défait, en passant par les vêtements jonchant le sol. Une odeur flottait dans l'air, une de ces odeurs que Chubb rencontrait souvent et qui lui faisaient froncer le nez. L'odeur d'un homme vivant seul.

Il n'y avait dans la maison rien de neuf ni de luxueux, tout avait un air de vieux et de recyclé. Vaisselle ébréchée, chaises réparées avec des bouts de ficelle. Les parents de Brent avaient jadis vécu là et il n'avait rien arrangé depuis leur mort. Il dormait dans le même lit étroit, avec la même couverture et le même édredon qu'il avait sans doute étant enfant. Des bandes dessinées étaient éparpillées sur le sol de la chambre. Ainsi que des magazines de scoutisme. Comme si Brent n'avait pas réellement grandi. S'il avait volé le trésor d'objets en argent de Sir Magnus, il ne l'avait visiblement pas encore revendu. Le solde de son compte en banque s'élevait à une centaine de livres. Il n'y avait rien de caché dans la maison : rien sous le plancher, ni dans le grenier ni dans la cheminée. Les policiers avaient effectué une fouille sérieuse.

— Je ne l'ai pas pris. Je n'ai rien fait. Ce n'est pas moi.

Un véhicule de la police avait conduit Brent de Pye Hall jusque chez lui. Visiblement sous le choc, il regardait les policiers qui avaient envahi le miteux sanctuaire de son domicile. Fidèle Staupert et James Fraser étaient parmi eux.

— Alors expliquez-nous comment la boucle de ceinture que vous avez vendue à Johnny Whitehead est arrivée en votre possession, demanda Chubb.

— Je l'ai trouvée ! répondit Brent avec empressement, sous le regard sceptique de l'inspecteur. C'est la vérité. Le lendemain de l'enterrement. Un dimanche. Je ne travaille pas le week-end, du moins pas régulièrement. Mais Sir Magnus et Lady Pye venaient juste de rentrer de vacances et j'ai pensé qu'ils auraient besoin de moi. Alors je suis allé à Pye Hall pour montrer ma bonne volonté. Et là, dans le jardin, je l'ai vue qui brillait sur la pelouse. Je n'avais pas la moindre idée de ce que c'était, mais ça avait l'air ancien. On voyait la forme d'un homme, sans vêtements, gravée dessus. (Il esquissa un sourire rapide comme s'il venait de faire une blague salace.) Je l'ai fourrée dans ma poche et, le lundi, je l'ai portée à M. Whitehead qui m'en a donné cinq livres. Le double de ce que j'en espérais.

Et la moitié de sa valeur, songea Chubb.

— Ce jour-là, dit-il, la police a été appelée à Pye Hall. Sir Magnus a déclaré un cambriolage. Vous avez quelque chose à nous dire à ce sujet ?

— Je suis parti avant le déjeuner. Je n'ai pas vu la police.

— Mais vous avez entendu parler du cambriolage.

— Oui. Mais à ce moment-là il était trop tard. J'avais déjà vendu ma trouvaille à M. Whitehead, et lui aussi l'avait peut-être déjà revendue. J'ai regardé dans sa vitrine et elle n'était pas là. Je n'ai rien fait de mal, conclut Brent avec un haussement d'épaules.

Affirmation hautement douteuse. Tout dans le récit de Brent était douteux, néanmoins Chubb était forcé d'admettre que le délit du jardinier était mineur. À condition bien sûr qu'il ait dit la vérité.

— Où avez-vous trouvé la boucle ?

— Dans l'herbe. Devant la maison.

Chubb jeta un regard vers Staupert, comme pour lui demander conseil.

— Il serait intéressant, dit ce dernier, de connaître l'endroit exact.

Chubb acquiesça, et tous quatre sortirent aussitôt. Brent maugréa tout au long du trajet en voiture, fâché de devoir retourner à Pye Hall. Ils passèrent de nouveau devant la maison de gardien, avec ses deux griffons qui semblaient se parler à voix basse, et, pendant un instant,

Fraser se remémora le jeu auquel les deux garçons, Robert et Tom Blakiston, s'adonnaient le soir, les mots codés qu'ils échangeaient à travers la cloison lorsqu'ils étaient couchés. Soudain, l'idée le frappa que ce jeu avait une signification qui lui avait échappé. Mais avant qu'il ait eu le temps d'en parler à Staupert, ils étaient arrivés. Brent leur intima de s'arrêter et ils descendirent de voiture à mi-parcours de l'allée, en face du lac.

— C'était là !

Le jardinier les conduisit à travers la pelouse. Devant eux, le lac se déployait, froid et huileux, avec le bois en arrière-plan. Peut-être était-ce dû à l'histoire que leur avait racontée Robert, mais il émanait du lac une impression indiscutablement maléfique. Plus le soleil était éclatant, plus noire paraissait l'eau. Ils firent halte à une quinzaine de pas de la rive, et Brent tendit le doigt comme s'il se rappelait l'endroit précis.

— Ici, dit-il.

— Juste posée sur l'herbe ? dit Chubb, peu convaincu.

— Ça brillait sous le soleil. C'est pour ça que je l'ai remarquée.

Chubb soupesa les possibilités et dit :

— Eh bien, je suppose que quelqu'un portant tout un tas d'objets de façon précipitée a pu en laisser tomber un sans s'en apercevoir.

— C'est possible, en effet, acquiesça Staupert, qui examinait déjà la topographie : l'allée, la maison de gardien, la porte d'entrée. Cependant je trouve cela étrange, inspecteur. Pourquoi le cambrioleur serait-il venu par ici ? Il a pénétré dans la maison par-derrière…

— C'est exact.

— Donc, pour sortir par le portail, il aurait été plus rapide d'emprunter l'allée dans l'autre sens.

— Sauf s'il se dirigeait vers Dingle Dell… (L'inspecteur observa la rangée d'arbres, de l'autre côté du lac, derrière lequel se trouvait le presbytère.) Il ne courait aucun risque d'être vu en passant par le bois.

— En effet, admit Staupert. Pourtant, vous me pardonnerez, inspecteur, imaginez que vous soyez un voleur. Vous transportez un grand nombre de pièces et de bijoux en argent. Auriez-vous envie de traverser un bois épais en pleine nuit ? (Il scruta la surface du lac.) Décidément ce lac recèle bien des mystères. Il doit avoir d'autres histoires à nous raconter. Croyez-vous possible d'envoyer des plongeurs de la police le sonder ? Il me vient une idée…

Staupert secoua la tête, comme pour chasser cette idée.

— Des plongeurs ? dit Chubb. Ça va coûter cher. Dites-moi exactement ce que vous espérez trouver ?

— La véritable raison pour laquelle Pye Hall a été cambriolé le jour même des funérailles de Mary Blakiston.

— Je m'en occupe, acquiesça Chubb.

— Vous voulez savoir autre chose ? demanda Brent.

— Je vous garde encore quelques instants, monsieur Brent. J'aimerais que vous nous montriez la porte qui a été forcée lors du cambriolage, dit Staupert.

— Bien, monsieur, répondit Brent, soulagé que l'enquête semble s'éloigner de lui. Nous pouvons couper par la roseraie.

— J'ai une autre question, dit Staupert.

Tandis qu'ils marchaient, Fraser s'aperçut que Staupert s'appuyait lourdement sur sa canne.

— J'ai cru comprendre que Sir Magnus vous avait notifié qu'il souhaitait se passer de vos services, reprit le detective.

Brent sursauta, piqué au vif.

— Qui vous a dit ça ?

— Est-ce vrai ?

— Oui, admit le jardinier, la mine renfrognée.

Son corps se voûta, ses mèches bouclées tombèrent sur son front.

— Pourquoi ne m'en avez-vous pas parlé lors de notre première entrevue ?

— Vous ne me l'avez pas demandé.

Staupert hocha la tête. L'explication se tenait.

— Pour quelle raison vous a-t-il demandé de partir ?

— Je ne sais pas. Il en avait toujours après moi. Mme Blakiston se plaignait de moi. Ah ! ces deux-là ! Ils étaient comme… comme Bob et Gladys Grove.

— C'est une série télévisée, expliqua Fraser. *The Grove Family*.

C'était le genre de choses que Fraser connaissait, et que Staupert ignorait.

— Quand vous a-t-il donné congé ?

— Le jour de sa mort.

— Il a dû vous fournir une explication.

— Non. Aucune raison valable. Je travaille ici depuis que je suis tout jeune. Mon père y travaillait avant moi. Sir Magnus est arrivé et il m'a juste dit que c'était terminé.

Ils étaient parvenus à la roseraie. Celle-ci était entourée d'un mur. L'entrée était une charmille taillée dans un feuillage sombre. Derrière, il y avait un pavage insolite, une statue de chérubin, toutes les variétés de roses imaginables et un banc.

Et, sur ce banc, Frances Pye et Jack Dartford échangeaient un baiser passionné.

3

En réalité, personne ne fut réellement étonné. Il était clair pour Staupert, et même pour Fraser, que Lady Pye et son ex-partenaire de tennis avaient une liaison. Sinon, comment expliquer le long après-midi passé ensemble à Londres le jour du meurtre ? De même pour Chubb. Quant aux deux coupables, ils paraissaient à peine gênés d'avoir été surpris en flagrant délit. Cela devait arriver tôt ou tard, alors pourquoi pas maintenant ? Ils n'avaient pas bougé du banc et faisaient face aux trois hommes debout devant eux. Brent, congédié, s'était éclipsé avec un sourire narquois aux lèvres.

— Je pense que vous nous devez une explication, Lady Pye, dit Chubb.

— Il n'y a rien à expliquer, répliqua-t-elle froidement. Jack et moi nous voyons depuis près de deux ans. À Londres, ce jour-là, nous ne nous sommes pas quittés. Mais il n'y a pas eu de shopping, ni de musée. Après déjeuner, nous avons pris une chambre au Dorchester. Jack est resté avec moi jusqu'à cinq heures et demie. Je suis partie à sept heures. Vous pouvez demander à l'hôtel si vous ne me croyez pas.

— Vous m'avez menti, Lady Pye.

— C'est mal de ma part, inspecteur, et j'en suis navrée. Mais, au fond, cela ne fait guère de différence, n'est-ce pas ? Le reste de l'histoire est vrai. Je suis rentrée en train, je suis arrivée à huit heures et demie et j'ai vu la voiture verte. Ce sont les points essentiels.

— Votre mari est mort. Vous le trompiez. Ces deux points aussi sont essentiels, Lady Pye.

— Ce n'est pas ce que vous pensez, intervint Jack Dartford. Frances ne le trompait pas. Du moins ce n'est pas ainsi que je voyais les choses. Vous n'imaginez pas comment se comportait Magnus. Cet homme était une brute. La manière dont il traitait sa femme, ses colères infantiles, c'était à vomir. Et elle a abandonné sa carrière pour lui !

— Quelle carrière ? demanda Staupert.

— Au théâtre ! Frances était une magnifique actrice. Je l'ai vue sur scène longtemps avant de la connaître.

— Cela suffit, Jack, le coupa Frances.

— Est-ce au théâtre que votre mari a fait votre connaissance ? voulut savoir Chubb.

— Il envoyait des fleurs dans ma loge. Il m'avait vue dans le rôle de Lady Macbeth.

Même Chubb connaissait cette pièce, où une femme de caractère persuade un homme de commettre un meurtre.

— Avez-vous jamais été heureux ensemble ?

Lady Pye secoua la tête.

— J'ai très vite compris mon erreur, mais j'étais jeune et sans doute trop fière pour l'admettre. L'ennui avec Magnus est qu'il ne lui suffisait pas que je l'épouse. Il voulait me posséder. D'ailleurs il me l'a très vite fait comprendre. Je faisais partie de ses biens. La maison, le parc, le lac, les bois et la femme. Il était très vieux jeu dans sa façon de voir le monde.

— Était-il violent avec vous ?

— Il ne m'a jamais réellement frappée, inspecteur, mais la violence peut revêtir différentes formes. Magnus avait une façon de s'agiter autour de moi qui m'effrayait souvent.

— Parle-leur de l'épée, insista Dartford.

— Oh ! Jack !

— Que s'est-il passé avec l'épée, Lady Pye ? demanda Chubb.

— C'est arrivé deux jours avant que je rejoigne Jack à Londres. Tout d'abord, il faut que vous compreniez que Magnus était une sorte de grand enfant. À mon avis, cette histoire avec Dingle Dell était plus un moyen pour lui de contrarier les gens du village que de gagner vraiment de l'argent. Il avait des crises de colère. S'il n'obtenait pas ce qu'il désirait, il pouvait devenir vraiment méchant. (Elle poussa un soupir avant de poursuivre.) Il savait très bien que je voyais quelqu'un. Nous faisions chambre à part, bien sûr. Il n'avait plus envie de moi, pas de la manière dont un mari désire sa femme, mais cela blessait sa fierté que j'aie rencontré quelqu'un d'autre.

« Ce matin-là, nous avions eu une dispute. Je ne me souviens pas de ce qui l'a déclenchée. Magnus s'est mis à hurler contre moi, clamant que je lui appartenais, que jamais il ne me laisserait partir. J'avais déjà entendu ça. Mais, cette fois, il était encore plus fou que d'habitude. Vous avez remarqué qu'il manquait un tableau dans le grand hall. C'était un portrait de moi, qu'il avait commandé à l'occasion de mon quarantième anniversaire à Arthur Redwing. Vous l'avez rencontré, monsieur Staupert ? demanda-t-elle en se tournant vers lui.

— C'est le mari d'Emilia Redwing ?

— Oui.

— J'ai vu une autre de ses œuvres mais je n'ai pas encore fait sa connaissance.

— Je lui trouve du talent. J'aimais beaucoup le portrait qu'il a fait de moi. Il a réussi à saisir un instant de vrai bonheur, dans le jardin, près du lac, et c'était assez rare, vous pouvez me croire. Il a fait un été splendide cette année-là. Arthur a peint le tableau en quatre ou cinq séances, et même si Magnus l'a payé une bouchée de pain – il était très mesquin –, je trouvais le tableau très réussi. Nous envisagions même de le présenter à l'exposition d'été de la Royal Academy. Mais Magnus refusait de m'exhiber. Il ne voulait pas me partager ! Alors le tableau est resté dans le grand hall.

« Et puis il y a eu cette dispute. Je reconnais que je peux être très méchante quand je veux, et je lui ai lâché quelques vérités. Magnus est devenu tout rouge, comme s'il allait exploser. Il a toujours eu des problèmes de tension. Il buvait trop et se mettait facilement dans des colères noires. Je lui ai dit que j'allais à Londres. Il a refusé de me donner la permission. Je lui ai éclaté de rire au nez et j'ai dit que je n'avais pas besoin de sa permission, ni de celle de quiconque. Alors il s'est précipité sur cette armure ridicule et il a tiré l'épée en poussant un grand cri…

— L'épée avec laquelle il a été tué ensuite ?

— Oui, monsieur Staupert. Magnus s'est approché de moi en traînant l'épée derrière lui et, l'espace d'un instant, j'ai cru qu'il allait m'attaquer avec. Mais, au lieu de cela, il s'est rué sur mon portrait et l'a lacéré sous mes yeux. Il savait que cela me blesserait. Et tout en détruisant le tableau, il répétait que j'étais à lui, qu'il pouvait me faire subir le même traitement n'importe quand.

— Et ensuite, Lady Pye ?

— J'ai éclaté de rire. “C'est le mieux que tu puisses faire ?” ai-je crié. Je pense que j'étais un peu hystérique. Après, je suis montée dans ma chambre et j'ai claqué la porte.

— Et le tableau ?

— Une ruine. Il n'était pas réparable. Ou alors cela aurait coûté très cher. Magnus a demandé à Brent d'aller le brûler dehors.

Elle se tut.

— Je suis content qu'il soit mort, murmura soudain Jack Dartford. C'était un vrai salaud. Il était méchant avec tout le monde et il a rendu Frances très malheureuse. Je l'aurais tué moi-même si j'en avais eu le courage. Mais il n'est plus là, maintenant, et nous pouvons recommencer à vivre. (Il tendit la main et prit celle de Lady Pye.) Plus de dissimulation. Plus de mensonges. Nous allons enfin avoir la vie que nous méritons.

Staupert adressa un petit signe de tête à Chubb, et les trois hommes quittèrent la roseraie pour revenir sur la pelouse. Brent avait disparu. Jack Dartford et Lady Pye étaient restés sur le banc.

— Je me demande où il était le soir du meurtre, dit Fraser.

— Vous parlez de M. Dartford ?

— Nous n'avons que sa parole. Il dit être resté à Londres et avoir quitté l'hôtel à cinq heures et demie. Cela lui laissait amplement le temps de prendre le train avant Lady Pye. C'est juste une idée…

— Vous le croyez capable de meurtre ?

— Je pense que c'est un arnaqueur. Ça saute aux yeux. Il rencontre une jolie femme maltraitée par son mari, et, quand on tranche la tête d'un homme, il faut une meilleure raison que de sauver un bois, or, ces deux-là avaient une excellente raison.

— Il y a une part de vérité dans ce que vous dites, admit Staupert.

Leur voiture était garée à une courte distance du manoir et ils se dirigèrent vers elle à pas lents. Chubb avait lui aussi remarqué que Staupert s'appuyait plus lourdement sur sa canne. Au début, il avait cru que ce n'était qu'un accessoire de mode pour le détective. Aujourd'hui, celui-ci en avait visiblement besoin.

— Il y a une chose que j'ai omis de vous dire, *Herr* Staupert, dit-il à voix basse.

C'était la première fois qu'ils se trouvaient seuls depuis l'interrogatoire de Robert Blakiston, la veille au soir.

— Tout ce que vous avez à me dire m'intéresse, inspecteur.

— Vous vous souvenez du bout de papier que vous avez trouvé dans la cheminée du bureau de Sir Magnus ? Vous pensiez qu'on y découvrirait peut-être une empreinte.

— Je m'en souviens très bien.

— Il y avait bel et bien une empreinte partielle. Malheureusement, il n'en subsiste pas suffisamment pour l'exploiter. Il est impossible de l'identifier, et nous ne pourrons sans doute même pas la comparer à celles de nos suspects.

— Dommage.

— Toutefois, il y a quelque chose. Il s'avère que le papier portait des traces de sang. Le même groupe sanguin que Sir Magnus, bien que nous ne puissions être certains à cent pour cent qu'il s'agit du sien.

— C'est très intéressant.

— C'est surtout un casse-tête. Comment reconstituer le puzzle ? Nous avons une enveloppe manuscrite et une menace de mort tapée à la machine. Or ce bout de papier n'appartient à aucune des deux, et nous n'avons aucun moyen de savoir depuis combien de temps il était dans la cheminée. Le sang laisserait supposer que le papier a été jeté dans le feu après le meurtre.

— Mais d'où venait-il ?

— C'est bien la question. Où cela nous mène-t-il ?

— J'espérais que vous me le diriez, inspecteur.

— À la vérité, j'allais vous soumettre une suggestion. J'ai reçu un appel téléphonique très intéressant de la Dr Redwing avant de quitter mon bureau, hier soir. Saviez-vous que son père vient de mourir ? De cause naturelle, pour changer. Eh bien, apparemment, ce vieil homme avait une bien curieuse histoire à raconter. Et je pense qu'un entretien avec Clarissa Pye s'impose.

4

Clarissa Pye entra dans le salon avec un plateau supportant trois tasses de thé et des biscuits disposés avec précision sur une assiette, comme si la symétrie pouvait les rendre plus désirables. La pièce semblait terriblement exiguë avec autant de personnes. Fidèle Staupert et son assistant se tenaient côte à côte sur le sofa en Skaï ; leurs genoux se touchaient presque. L'inspecteur au visage poupin occupait le fauteuil en face d'eux. Clarissa Pye se sentait oppressée par les murs. Depuis que la Dr Redwing lui avait annoncé la nouvelle, la maison lui paraissait différente. Ce n'était plus sa maison. Ce n'était plus sa vie. Il lui semblait avoir été échangée contre une autre personne, comme dans ces romans victoriens qu'elle avait toujours tant aimés.

— Je comprends qu'Emilia Redwing se soit sentie obligée de vous rapporter ce que son père lui a confié, commença-t-elle d'un ton un peu guindé. Toutefois elle aurait pu avoir l'obligeance de m'en informer.

— Madame Redwing a cru agir pour le mieux, j'en suis certain, dit Chubb.

— Il est normal que la police soit tenue au courant, je suppose. Après tout, quoi qu'on puisse penser du Dr Rennard, il a commis un crime, dit-elle en posant le plateau. Il a falsifié le certificat de naissance. Il nous a mis au monde tous les deux, mon frère et moi, mais je suis née la première. Il mériterait d'être poursuivi.

— Là où il est, le Dr Rennard est hors d'atteinte de la loi, mademoiselle Pye.

— De la loi humaine, certainement.

— Vous avez eu très peu de temps pour vous remettre de la nouvelle, remarqua Staupert avec gentillesse.

— En effet. Je ne l'ai apprise qu'hier.

— J'imagine quel choc cela a dû vous faire.

— Un choc ? Ce n'est pas le mot que j'emploierais, monsieur Staupert. Cela ressemble davantage à un tremblement de terre. Je me rappelle très bien Edgar Rennard. Il était très apprécié dans le village et il venait souvent à la maison lorsque Magnus et moi étions enfants. Il ne m'est jamais apparu comme un méchant homme, et pourtant il a commis un acte monstrueux. Son mensonge m'a volé ma vie. Et Magnus ! Je me demande s'il était au courant. Il me traitait toujours de haut, comme si une vilaine blague circulait sur mon compte que j'étais la seule à ignorer. Il m'a mise à la porte de chez moi, vous savez. J'ai dû subvenir à mes propres besoins, d'abord à Londres, puis en Amérique. Et tout ça pour rien. J'ai été odieusement trompée.

— Qu'allez-vous faire ?

— Réclamer ce qui m'appartient. Pourquoi pas ? J'en ai le droit.

L'inspecteur paraissait embarrassé.

— Cela peut se révéler plus compliqué que vous ne le pensez, mademoiselle Pye. D'après ce que je sais, la Dr Redwing était seule dans la pièce avec son père lorsqu'il lui a avoué son secret. Il n'y avait aucun autre témoin. Il reste une chance de trouver quelque chose dans ses papiers, je suppose. Il a peut-être mis cela par écrit. Mais, pour l'instant, il n'y a que votre parole.

— Il en a peut-être parlé à quelqu'un d'autre.

— Probablement à Sir Magnus, intervint Staupert en se tournant vers l'inspecteur. Vous souvenez-vous du calepin que nous avons trouvé sur son bureau, le lendemain de sa mort ? Ashton H. Mw. Une fille. Tout s'éclaire à présent. Il a reçu un appel téléphonique d'Ashton House. Edgar Rennard se savait mourant et, poussé par la culpabilité, il a téléphoné à Sir Magnus pour lui expliquer que le premier des jumeaux était en réalité une fille. Le calepin contenait aussi plusieurs ratures et gribouillis. Sir Magnus était visiblement perturbé.

— Maintenant je comprends, dit Clarissa d'une voix où perçait la colère. Magnus est venu chez moi le jour même de sa mort. Il s'est assis là où vous êtes assis. Et il m'a offert un emploi à Pye Hall ! Il me proposait d'emménager dans la maison de gardien et de remplacer Mary Blakiston. Vous vous rendez compte ? Il devait craindre que la vérité n'éclate. Il voulait peut-être même me tenir sous sa coupe. Si je m'étais installée là-bas, c'est peut-être moi qui aurais eu la tête tranchée.

— Je vous souhaite bonne chance, mademoiselle Pye, assura Chubb. C'est une grande injustice qui vous a été faite. Si vous trouvez d'autres témoins, cela plaidera sûrement en votre faveur. Mais, en espérant ne pas vous offenser, je vais vous donner mon avis. Peut-être feriez-vous mieux d'accepter les choses telles qu'elles sont. Vous avez une assez jolie maison, vous êtes connue et respectée dans le village. Cela ne me regarde pas, mais on passe parfois tant de temps à poursuivre quelque chose que l'on finit par perdre tout le reste.

Clarissa Pye sembla interloquée.

— Merci de votre conseil, inspecteur Chubb. Mais j'avais cru comprendre que vous étiez venu ici pour m'aider. Le Dr Rennard a commis un délit et nous n'avons que la parole de sa fille pour dire qu'il n'a pas été payé pour ce qu'il a fait. En conséquence, je pense que c'est une question sur laquelle vous aimeriez enquêter.

— Pour être honnête, j'avoue que cela ne m'a pas effleuré, dit Chubb, soudain mal à l'aise, en quêtant du regard le soutien de Staupert.

— N'oubliez pas, mademoiselle Pye, que deux décès inexpliqués sont survenus dans ce village, dit Staupert. Je comprends votre désir de voir la police enquêter sur des événements qui se sont déroulés au moment de votre naissance, cependant notre présence ici a un tout autre objet. Je ne veux pas vous affliger davantage dans un moment déjà très difficile pour vous, néanmoins j'ai une question à vous poser en relation avec les deux morts brutales de Sir Magnus et de Mary Blakiston. Cela concerne un flacon disparu récemment du cabinet de la Dr Redwing. Ce flacon contenait un poison : de la physostigmine. Avez-vous connaissance de quoi que ce soit à ce propos ?

Le visage de Clarissa Pye refléta une succession d'émotions, chacune dessinée si distinctement qu'on aurait pu en tirer une série de portraits. La première fut la sidération. La question était pour le moins inattendue : comment avaient-ils pu l'apprendre ? La deuxième fut la peur. Quelles allaient être les conséquences ? Puis vint l'indignation, peut-être feinte. Elle était outragée que l'on puisse la soupçonner d'un geste pareil ! Enfin, et tout cela en une fraction de seconde, se manifestèrent l'acceptation et la résignation. Il s'était déjà produit trop d'événements. Inutile de nier.

— Oui, c'est moi qui ai pris ce flacon, avoua-t-elle.

— Pourquoi ?

— Comment saviez-vous que c'était moi ? Si vous me permettez de vous poser la question…

— Mary Blakiston vous a vue sortir du cabinet.

— Oui, dit Clarissa. Je l'ai vue qui m'observait. Mary avait cette faculté extraordinaire de se trouver à la mauvaise place au mauvais moment. Je ne sais pas comment elle faisait. Qui d'autre est au courant ? demanda-t-elle après un silence.

— Mary Blakiston tenait un journal, que l'inspecteur Chubb a aujourd'hui en sa possession. À notre connaissance, elle n'en avait parlé à personne.

Cela rendait les choses plus faciles pour Clarissa Pye.

— J'ai pris le flacon sous le coup d'une impulsion, dit-elle. Le hasard a voulu que je me trouve seule dans l'infirmerie du cabinet, et j'ai vu la physostigmine sur l'étagère. Je savais ce que c'était. J'ai suivi une formation médicale avant de partir pour l'Amérique.

— Que vouliez-vous en faire, mademoiselle Pye ?

— J'ai honte de vous le dire, monsieur Staupert. Je sais que c'était mal, et je pense que je n'avais pas toute ma raison. Mais, à la lumière de notre précédente conversation, vous mieux que quiconque comprendrez que peu de choses dans ma vie se sont passées comme je le souhaitais. Il ne s'agit pas seulement de Magnus et de la maison. Je ne me suis jamais mariée. Je n'ai jamais connu le grand amour, même quand j'étais jeune. Oh ! bien sûr ! il y a l'église et le village, mais parfois, quand je me regarde dans le miroir, je me demande... à quoi bon, qu'est-ce que je fais ici ? Pourquoi continuer ?

« La Bible est très claire à propos du suicide. C'est moralement l'équivalent du meurtre. "Dieu donne la vie. Il la donne et la reprend." C'est dans le Livre de Job. Nous n'avons pas le droit de décider nous-mêmes. (Elle se tut et, soudain, un éclair dur passa dans ses yeux.) Mais il y a eu des moments où j'ai été dans les ténèbres, où j'ai regardé la vallée de la mort et souhaité... oui, souhaité y entrer. Comment croyez-vous que j'aie supporté de voir Magnus, Frances et Freddy vivre dans la maison où j'ai passé ma jeunesse ? Tout ce confort, ces richesses, étaient autrefois aussi à moi ! Sans même songer au fait que j'ai été spoliée, jamais je n'aurais dû revenir à Saxby-on-Avon !

J'ai été folle de m'humilier ainsi. Alors la réponse est oui. J'ai songé à me suicider. J'ai volé la physostigmine parce que je savais que ce serait rapide et sans douleur.

— Où est le flacon maintenant ?

— À l'étage. Dans la salle de bains.

— Je vais vous demander de me le donner.

— Je n'en aurai plus besoin, à présent, monsieur Staupert, répondit-elle sur un ton léger, le regard presque pétillant. Allez-vous me poursuivre pour vol ?

— Ce sera inutile, mademoiselle Pye, assura Chubb. Nous rendrons simplement son flacon à la Dr Redwing.

Ils s'en allèrent quelques minutes plus tard et Clarissa Pye ferma la porte derrière eux, heureuse d'être seule. Elle resta immobile, la poitrine haletante, l'esprit agité par ce qui venait d'être dit. L'histoire du poison était sans importance. Ça ne comptait plus. Mais il était étrange qu'un si menu larcin ait conduit chez elle la police alors qu'on l'avait dépossédée d'une fortune. Serait-elle en mesure de prouver que Pye Hall lui appartenait ? Et si l'inspecteur avait raison ? Elle n'avait que les paroles d'un homme malade et mourant, sans autre témoin que sa fille, et aucune preuve qu'il était sain d'esprit à ce moment-là. Une affaire judiciaire reposant sur douze minutes qui s'étaient égrenées cinquante ans auparavant.

Par où commencer ?

D'ailleurs le voulait-elle vraiment ?

Chose bizarre, Clarissa Pye se sentait allégée d'un poids. Le fait que Staupert ait emporté le poison y était sûrement pour quelque chose. La physostigmine l'avait minée pour toutes sortes de raisons, et elle savait qu'elle avait immédiatement regretté son geste. Mais il y avait autre chose. Les paroles de Chubb lui restaient en mémoire. « Peut-être feriez-vous mieux d'accepter les choses telles qu'elles sont. Vous avez une assez jolie maison, vous êtes connue et respectée dans le village. »

Respectée. Oui, c'était vrai. Elle était encore une enseignante populaire à l'école. À la fête de Saxby-on-Avon, son stand était le plus rentable. Tout le monde appréciait ses décorations florales à l'office du dimanche : Robin Osborne répétait à l'envi qu'il ne savait pas comment il ferait sans elle. Et maintenant qu'elle connaissait la vérité, se pourrait-il que Pye Hall ait perdu le pouvoir de l'intimider ? La propriété lui appartenait. Lui avait toujours appartenu. Magnus la lui avait volée. Ce n'était pas le destin. C'était son propre père, dont elle se souvenait toujours avec affection, qui se révélait un homme d'une époque antédiluvienne. Un monstre ! Voulait-elle réellement le combattre, le faire revenir dans sa vie, lui qui était sous terre depuis si longtemps ?

Non.

Elle pouvait s'élever au-dessus de cela. Rendre visite à Frances et Freddy à Pye Hall. Cette fois, ce serait elle la détentrice de la vérité. La plaisanterie se retournerait à leur désavantage.

Avec ce qui ressemblait à un sourire, Clarissa Pye entra dans la cuisine. Il y avait une rissole de saumon en boîte et une compote de fruits dans le réfrigérateur. Ce serait parfait pour le déjeuner.

5

— Je crois qu'elle a assez bien encaissé le choc, dit Emilia Redwing. Nous n'étions pas sûrs, au début, qu'il fallait lui annoncer la nouvelle. Mais je suis heureuse maintenant de l'avoir fait.

Staupert hocha la tête. Fraser et lui étaient venus seuls. L'inspecteur Chubb était retourné à Pye Hall pour rencontrer les deux plongeurs de la police envoyés de Bristol, la ville la plus proche disposant d'équipes spécialisées. Ils examineraient les profondeurs du lac le jour même, même si Staupert avait déjà une idée très précise de ce qu'ils allaient découvrir. Le détective était assis dans le bureau de la Dr Redwing. Arthur Redwing assistait aussi à l'entretien et semblait mal à l'aise ; il aurait visiblement préféré se trouver ailleurs.

— Oui, Mlle Pye est sans aucun doute une personne formidable, acquiesça Staupert.

— Comment avance votre enquête ? demanda Arthur Redwing.

Staupert rencontrait pour la première fois le mari de la docteure, l'auteur du portrait de Frances Pye, ainsi que celui du jeune garçon accroché sur le mur derrière lui. Son propre fils, sans nul doute. Même beauté sombre, mêmes traits légèrement tirés et typiquement anglais. Pourtant le père et le fils étaient brouillés. Un différend les opposait. Staupert s'était toujours passionné pour la relation privilégiée qui se noue entre le portraitiste et son modèle, une relation sans secrets. C'était vrai là encore. La façon dont le garçon avait été peint, sa pose, la nonchalance de ses épaules adossées contre le mur, un genou plié, les mains dans les poches… tout suggérait l'intimité, et même l'amour. Mais Arthur Redwing avait aussi capté une expression ombrageuse et méfiante dans le regard du garçon, qui ne cachait pas son déplaisir à être là.

— C'est votre fils ? demanda Staupert.

— Oui. Sebastian vit à Londres.

Ces quatre mots recelaient une vie entière de déception.

— Nous ne le voyons malheureusement pas très souvent, ajouta Emilia Redwing. Arthur a peint ce portrait quand Sebastian avait quinze ans.

— C'est vraiment excellent, dit Fraser, qui se considérait comme un expert en art et se réjouissait de pouvoir se mettre un peu en lumière. Vous exposez ?

— J'aimerais…, marmonna Arthur Redwing.

— Vous alliez nous parler de votre enquête, le coupa Emilia Redwing.

— En effet, répondit Staupert avec un sourire. Elle arrive à son terme. Je ne pense pas passer plus de deux autres nuits à Saxby-on-Avon.

Fraser sursauta. Il ignorait que Staupert était aussi près de conclure et se demandait qui avait dit quoi, et quand, pour permettre cette avancée capitale. Il était impatient d'entendre la solution du crime et ne serait pas fâché de retrouver le confort de Tanner Court.

— Vous savez qui a tué Sir Magnus ?

— J'ai une théorie. Il ne manque que deux pièces du puzzle qui, une fois découvertes, confirmeront ce que je pense.

— Et quelles sont-elles, si vous me pardonnez ma curiosité ? demanda Arthur Redwing avec une animation soudaine.

— Vous êtes tout pardonné, assura Staupert. La première pièce manquante se met en place au moment même où nous parlons. Sous la supervision de l'inspecteur Chubb, deux plongeurs de la police sont en train d'explorer le lac à Pye Hall.

— Qu'espérez-vous y trouver ? Un autre corps ?

— Rien d'aussi macabre, non.

Il était évident qu'il n'en dirait pas plus.

— Et la seconde pièce du puzzle ? demanda Emilia Redwing.

— Il y a une personne avec qui j'aimerais m'entretenir. Elle ne le sait peut-être pas, mais je crois que cette personne détient la clé de tout ce qui s'est passé à Saxby-on-Avon.

— De qui s'agit-il ?

— Matthew Blakiston. Le mari de Mary Blakiston et le père des deux garçons, Robert et Tom.

— Êtes-vous à sa recherche ?

— J'ai demandé à l'inspecteur de s'en charger.

— Mais vous savez qu'il était ici ! remarqua Emilia Redwing, presque amusée. Je l'ai aperçu. Il est venu assister aux obsèques de sa femme.

— Robert Blakiston ne m'en a pas parlé.

— Il ne l'a peut-être pas vu. Moi-même je ne l'ai pas reconnu tout de suite. Il portait un chapeau qui dissimulait son visage. Il n'a adressé la parole à personne, il est resté en arrière et il est parti avant la fin.

— En avez-vous parlé à quelqu'un ?

— Non, répondit Emilia Redwing, apparemment surprise par la question. Sa présence m'a semblé naturelle. Mary Blakiston et lui étaient mariés depuis longtemps, et ce n'est pas la haine qui les a séparés. C'est le chagrin. Ils ont perdu un enfant. J'ai regretté qu'il ait décidé de ne pas discuter avec Robert. Cela lui aurait permis de faire la connaissance de Joy. C'est très dommage, vraiment. La mort de Mary aurait pu les rapprocher.

— À moins que ce ne soit lui qui l'ait tuée ! s'exclama Arthur. Est-ce la raison pour laquelle vous voulez le voir, monsieur Staupert ? Est-il un suspect ?

— Impossible à dire avant de lui avoir parlé, répondit Staupert avec diplomatie. Jusqu'à présent, l'inspecteur n'a pas encore réussi à le localiser.

— Il habite Cardiff, confia Emilia Redwing.

Pour une fois, Staupert fut pris de court.

— Je n'ai pas son adresse mais je peux facilement vous aider à la trouver. J'ai reçu une lettre, il y a quelques mois, d'un confrère médecin de Cardiff. Simple routine. Il voulait des renseignements sur une blessure ancienne d'un de ses patients. Matthew Blakiston. Je lui ai fourni les informations qu'il désirait et je n'y ai plus pensé.

— Vous vous souvenez du nom de ce médecin ?

— Bien sûr. Il est dans le dossier. Je vais vous le sortir.

Mais avant que la docteure ait pu faire un geste, une femme fit soudain irruption dans le cabinet. La porte du bureau étant ouverte, tout le monde put voir la nouvelle venue. C'était une femme d'une quarantaine d'années, sans charme, avec un visage rond. Elle s'appelait Diana

Weaver et venait faire le ménage au cabinet comme chaque jour. Staupert avait prévu l'heure exacte de son arrivée. C'était elle, en réalité, qu'il était venu voir.

Diana Weaver fut étonnée de trouver tout ce monde à cette heure tardive.

— Oh ! je suis désolée, docteure Redwing ! Voulez-vous que je revienne demain ?

— Non, je vous en prie, entrez, madame Weaver.

La femme entra dans le bureau. Fidèle Staupert se leva pour lui offrir son siège et elle s'assit en jetant des regards nerveux autour d'elle.

— Permettez-moi de me présenter, madame Weaver…

— Je sais qui vous êtes.

— Dans ce cas vous devez savoir pourquoi je désirais vous parler.

Staupert s'interrompit. Il n'avait pas voulu brusquer cette femme et pourtant c'est ce qu'il avait fait.

— Le jour de sa mort, reprit-il, Sir Magnus a reçu une lettre concernant les nouvelles maisons qu'il projetait de construire. Ces travaux auraient détruit Dingle Dell. Pourriez-vous me dire si c'est vous qui avez écrit cette lettre ?

Comme la femme ne répondait pas, il poursuivit :

— J'ai découvert que cette lettre a été tapée sur la machine à écrire qui se trouve dans la pièce à côté. Or seules trois personnes y avaient accès. Joy Sanderling, la Dr Redwing et vous-même, dit-il en souriant. J'ajouterai que vous n'avez rien à craindre. Ce n'est pas un délit d'envoyer une lettre de protestation, même dans des termes un peu excessifs. Et je ne vous soupçonne pas une seconde d'avoir mis à exécution les menaces proférées par écrit. J'ai simplement besoin de savoir comment cette lettre est arrivée à Pye Hall. Alors je vous repose la question. Est-ce vous qui l'avez écrite ?

Mme Weaver acquiesça de la tête, des larmes dans les yeux.

— Oui, monsieur.

— Merci. Je sais combien vous étiez contrariée, à juste titre, par la perte de Dingle Dell.

— Nous étions révulsés de voir le village défiguré sans raison. J'en ai discuté avec mon mari et mon beau-père. Ils ont vécu toute leur vie à Saxby-on-Avon. Comme nous tous. C'est un endroit très à part. On n'a pas besoin de nouvelles maisons. Il n'y a pas de demandes pour ça. Et s'attaquer à Dingle Dell ! Si on commence là, où ça va finir ? Regardez Tawbury et Market Basing. Les routes, les feux de croisement, les nouveaux supermarchés. Ils ont creusé au milieu des bourgs, et maintenant les voitures les traversent de part en part… Excusez-moi, docteure Redwing. J'aurais dû vous demander la permission. J'ai agi dans le feu de l'action.

— Ce n'est pas grave, dit Emilia Redwing. Ce n'est rien. En fait, je suis d'accord avec vous.

— Quand avez-vous porté la lettre ? s'enquit Staupert.

— Jeudi après-midi. Je suis allée jusqu'à la porte d'entrée et je l'ai glissée dessous, expliqua Mme Weaver en baissant la tête. Le lendemain, en apprenant la nouvelle… le meurtre de Sir Magnus… je n'ai plus su quoi penser. J'ai regretté d'avoir déposé la lettre. Ça ne me ressemble pas d'être aussi impulsive. Je vous le promets, monsieur. Je ne voulais pas causer de mal.

— La lettre n'a aucun rapport avec ce qui s'est passé, assura Staupert pour la réconforter. Mais j'ai une chose à vous demander et vous allez bien réfléchir avant de me répondre. Cela concerne l'enveloppe qui contenait la lettre et, en particulier, l'adresse…

— Oui, monsieur ?

Mais Staupert garda le silence. Une chose étrange s'était produite. Pour parler avec Mme Weaver, il s'était tenu debout au milieu de la pièce, légèrement soutenu par sa canne, mais à mesure que se prolongeait la discussion, il s'était de plus en plus appuyé dessus. Et voilà que, très lentement, il se mit à basculer sur un côté. Fraser fut le premier à s'en apercevoir et il bondit pour le rattraper avant que Staupert s'écroule sur le sol. Il s'en était fallu de peu. À la seconde où Fraser l'empoigna, les jambes du détective se dérobèrent sous lui et tout son corps s'affaissa. La Dr Redwing s'était déjà précipitée. Mme Weaver ouvrait des yeux ronds.

Les paupières de Fidèle Staupert étaient fermées. Son visage livide. Il semblait ne pas respirer.

6

Emilia Redwing était auprès de lui lorsqu'il s'éveilla. Staupert était étendu sur la banquette surélevée qu'elle utilisait pour examiner ses patients. Il était resté inconscient moins de cinq minutes. Elle se tenait au-dessus de lui et l'auscultait, son stéthoscope autour du cou. Elle ne cacha pas son soulagement en le voyant reprendre conscience.

— Ne bougez pas, dit-elle. Vous avez eu un malaise.

— Vous m'avez examiné ?

— J'ai contrôlé votre cœur et pris votre pouls. C'est peut-être simplement le surmenage.

— Non, ce n'est pas le surmenage, affirma Staupert. (Une violente douleur lui vrilla la tempe mais il l'ignora.) Inutile de vous inquiéter, docteure Redwing. Mon état de santé m'a clairement été expliqué par mon médecin, à Londres. Il m'a également donné un traitement. Je vais me reposer ici quelques minutes, si vous le voulez bien. Mais il n'y a rien que vous puissiez faire pour moi.

— Reposez-vous le temps qu'il faudra, dit la docteure en plongeant son regard dans celui de Staupert. C'est inopérable ? ajouta-t-elle.

— Vous voyez ce que d'autres ne voient pas. Dans le monde médical, c'est vous la détective, dit Staupert avec un sourire un peu triste. On m'a affirmé qu'il n'y a rien à faire.

— Avez-vous pris un second avis ?

— C'est inutile. Je sais très bien qu'il me reste peu de temps. Je le sens.

— Je suis navrée de l'apprendre, monsieur Staupert. Votre assistant ne m'a pas semblé conscient du problème.

— Je n'en ai pas informé Fraser et je préférerais qu'il reste dans l'ignorance.

— Ne vous faites aucun souci. Je lui ai demandé de sortir. Mme Weaver et mon mari sont partis avec lui. Je lui ai dit que je vous raccompagnerais au Queen's Arms dès que vous vous sentiriez mieux.

— En fait je me sens déjà un peu mieux.

Avec son aide, Staupert se redressa et fouilla dans sa poche à la recherche de ses pilules. Emilia Redwing alla lui chercher un verre d'eau. Elle nota le nom du médicament sur la boîte : Dilaudid.

— C'est de l'hydromorphone, dit-elle. Un très bon choix. Très rapide à agir. Mais vous devez vous méfier des effets secondaires. Fatigue, parfois modification de l'humeur.

— La fatigue, c'est indubitable. Mais je n'ai remarqué aucun changement d'humeur notable. En fait, pour être honnête, je me sens plutôt enjoué.

— C'est peut-être grâce à votre enquête. Se concentrer sur quelque chose est d'une grande aide. Et vous disiez à mon mari que vos investigations progressent.

— C'est exact.

— Et ensuite ? Quand ce sera fini ?

— Quant mon enquête sera terminée, docteure, je n'aurai plus rien à faire, dit Staupert en se mettant debout d'un mouvement mal assuré et en prenant sa canne. J'aimerais regagner ma chambre, à présent, si vous aviez la gentillesse de m'accompagner.

Ils partirent côte à côte.

7

De l'autre côté du village, les plongeurs de la police refaisaient surface. Sur le talus herbeux de la rive, Raymond Chubb contemplait à ses pieds le tas d'objets extraits des profondeurs du lac. Il se demandait encore comment Staupert avait deviné ce qu'ils allaient trouver.

Il y avait trois plats, décorés de naïades et de tritons ; une coupe à rebord, sur laquelle était dessiné un centaure poursuivant une femme nue ; quelques cuillers à long manche ; un *piperatorium*, autrement dit une poivrière romaine, qui avait servi à conserver des épices précieuses ; une poignée de pièces de monnaie ; une statuette représentant un lion ou une créature similaire ; deux bracelets. Chubb savait exactement ce qu'il avait sous les yeux. C'était le trésor dérobé à Sir Magnus. Chacun des objets avait été minutieusement décrit par lui dans sa déclaration de vol à la police. Mais pourquoi les lui avait-on volés si c'était pour s'en débarrasser ? Dans le transport, les voleurs en avaient laissé tomber un sur la pelouse : la boucle de ceinture que Brent avait ramassée. Arrivés sur la rive du lac, ils avaient jeté tout le reste dans l'eau. Avaient-ils été surpris pendant leur fuite ? Avaient-ils prévu de revenir récupérer le magot une autre fois ? C'était absurde.

— Je crois que c'est tout, cria un des plongeurs.

Chubb contemplait les objets épars. Tous en argent… De l'argent qui brillait sous le soleil.

6

OR

1

La maison était proche de Caedelyn Park, à Cardiff, adossée à la ligne de chemin de fer reliant Whitchurch à Rhiwibina. Elle se trouvait au milieu d'une rangée de maisons mitoyennes, encadrée de chaque côté par trois maisons identiques, toutes décrépites et nécessitant un rafraîchissement : sept portails, sept jardins carrés où des plantes poussiéreuses bataillaient pour survivre, sept portes d'entrée, sept souches de cheminées. Toutes plus ou moins interchangeables, à ce détail près que l'Austin A40 immatriculée FPJ 247, garée devant celle du milieu, désigna immédiatement à Staupert celle qu'il cherchait.

Un homme les attendait. À sa façon de se tenir sur le seuil, il aurait pu attendre là depuis toujours. Il leva la main, pas tant en signe de bienvenue que pour accuser réception de leur arrivée. Proche de la soixantaine, il paraissait beaucoup plus âgé, éreinté par une lutte perdue depuis longtemps. Il avait les cheveux clairsemés, une moustache négligée, un regard sombre et maussade. Ses vêtements, bien trop chauds pour un après-midi d'été, avaient besoin d'un bon nettoyage. Fraser n'avait jamais vu un homme dégageant un tel sentiment de solitude.

— Monsieur Staupert ? demanda-t-il lorsqu'ils descendirent de voiture.

— C'est un plaisir de vous rencontrer, monsieur Blakiston.

— Donnez-vous la peine d'entrer.

Il les devança dans un étroit couloir obscur menant à une cuisine. La pièce donnait sur un jardin mal entretenu qui descendait en pente abrupte vers la voie ferrée. La maison était propre mais sans charme. Il n'y avait aucun objet un tant soit peu personnel : pas de photo de famille, pas de courrier traînant sur la console du vestibule, aucun signe de vie d'une autre personne. Le soleil peinait à y pénétrer. C'était un point commun avec le pavillon de gardien de Pye Hall. La maison était cernée d'ombres.

— Je me doutais que la police voudrait me parler, dit Matthew Blakiston. Vous voulez du thé ?

Il posa la bouilloire sur la cuisinière et alluma un foyer avec l'allume-gaz.

— Nous ne sommes pas à proprement parler de la police, précisa Staupert.

— Non, mais vous enquêtez.

— Oui, sur la mort de votre femme et celle de Sir Magnus.

Matthew Blakiston hocha la tête et se passa une main sur le menton. Il s'était rasé, ce matin-là, mais avec une lame de rasoir trop usée. Une petite touffe de poils résistait dans le creux sous la lèvre inférieure, et il avait une légère coupure sur la joue.

— J'ai vraiment pensé prévenir quelqu'un. J'étais là, vous savez, le soir où il est mort. Et puis je me suis dit, à quoi bon ? Je n'ai rien vu. Je ne sais rien. Je n'ai rien à voir avec ça.

— Ce n'est pas tout à fait exact, monsieur Blakiston. Je tenais beaucoup à vous voir.

— Eh bien, j'espère que vous ne serez pas déçu.

Il vida la théière pleine de vieilles feuilles de thé, la rinça à l'eau bouillante et ajouta quelques feuilles fraîches. Puis il sortit du réfrigérateur une bouteille de lait presque vide. Au bout du jardin, un train passa en lâchant des bouffées de fumée. Pendant un instant, une odeur de cendres flotta dans l'air. Blakiston ne parut pas le remarquer. Il finit de préparer le thé et l'apporta sur la table. Les trois hommes s'assirent.

— Alors ?

— Vous savez pourquoi nous sommes ici, monsieur Blakiston, reprit Staupert. Si vous nous racontiez votre histoire. Commencez par le début. Et n'omettez rien.

Blakiston opina. Il servit le thé, puis entama son récit.

Il avait cinquante-huit ans. Il habitait à Cardiff depuis son départ de Saxby-on-Avon, douze ans auparavant. Il avait eu de la famille en ville : un oncle qui possédait un magasin d'électricité, pas très loin, sur Eastern Road. L'oncle était maintenant décédé mais il lui avait légué le magasin qui lui permettait de gagner sa vie, du moins le genre de vie qu'il menait. Il vivait seul. Fraser ne s'était pas trompé sur ce point.

— Je n'ai jamais divorcé de Mary, dit-il. Je ne sais pas pourquoi. Après ce qui était arrivé à Tom, nous n'arrivions plus à rester ensemble. Mais, en même temps, aucun de nous n'a eu l'occasion de se remarier. Alors… Mary n'aimait pas les avocats et toute la paperasse. Je suppose que ça fait de moi officiellement son veuf.

— Vous n'avez jamais revu Mary après l'avoir quittée ? demanda Staupert.

— Nous étions en contact. On s'écrivait et je lui téléphonais de temps en temps, pour prendre des nouvelles de Robert et savoir si elle avait besoin de quelque chose. Mais si elle avait eu besoin de n'importe quoi, elle ne m'aurait jamais rien demandé.

Staupert sortit son paquet de cigarettes Sobranie. Il lui arrivait rarement de fumer pendant une enquête, mais, depuis quelque temps, le détective ne se comportait pas de façon habituelle et Fraser s'inquiétait beaucoup depuis son malaise dans le cabinet de la Dr Redwing. Staupert avait refusé d'en parler. D'ailleurs, pendant le trajet jusqu'à Cardiff, c'est à peine s'il avait ouvert la bouche.

— Revenons à l'époque de votre rencontre avec Mary, suggéra Staupert. Parlez-moi de votre vie à Sheppard's Farm.

— C'était la ferme de mon père, dit Blakiston. Lui-même la tenait de son père, et elle appartenait à la famille depuis des lustres. Je suis le descendant d'une longue lignée de fermiers, mais ça ne m'a jamais tenté. Mon père disait que j'étais le mouton noir de la famille, ce qui était plutôt drôle puisque nous avions une centaine d'hectares et un troupeau de moutons. Avec le recul, j'ai de la peine pour lui. J'étais son unique enfant et la ferme ne m'intéressait pas. J'avais toujours été bon en maths et en sciences à l'école, et je rêvais de partir pour l'Amérique et de devenir ingénieur en aérospatiale. C'est assez comique parce que j'ai travaillé pendant vingt ans comme mécanicien et que je n'ai jamais quitté le pays de Galles. Mais c'est souvent comme ça quand on est gosse, non ? On a toutes sortes de rêves et, à moins d'avoir de la chance, ils ne se réalisent jamais. Mais je ne me plains pas. Nous avons plutôt bien vécu. Même Mary était contente de sa vie au début.

— Dans quelles circonstances avez-vous connu votre femme ?

— Mary habitait à Tawbury, autrement dit à moins de dix kilomètres. Sa mère et la mienne étaient allées à l'école ensemble. Un dimanche, elle est venue avec ses parents déjeuner chez nous. C'est comme ça qu'on s'est rencontrés. Elle avait une vingtaine d'années et elle était très jolie. Je suis tombé amoureux tout de suite et on s'est mariés l'année suivante.

— Et que pensaient d'elle vos parents ?

— Ils l'aimaient bien. Je dirais même que, pendant un temps, tout était parfait. Nous avons eu deux fils : Robert, puis Tom. Ils ont grandi au grand air et je les vois encore courir dans les champs et aider mon père en rentrant de l'école. Je pense que nous avons été plus heureux là-bas que n'importe où ailleurs. Mais ça n'a pas duré. Mon père était endetté jusqu'au cou. Et je ne l'aidais pas. J'avais un travail près de Bristol, à l'aéroport de

Whitchurch, à une heure et demie en voiture. C'était la fin des années trente. Je travaillais comme mécanicien de maintenance sur les avions de la Civil Air Guard, et je rencontrais beaucoup de jeunes pilotes qui venaient s'entraîner. Je savais que la guerre se préparait, mais, dans un endroit comme Saxby-on-Avon, il était facile de ne pas y penser. Mary travaillait à droite et à gauche dans le village. Déjà nos chemins commençaient à se séparer. C'est pour ça qu'elle m'a reproché ce qui s'est passé. Elle avait peut-être raison.

— Parlez-moi de vos enfants, l'encouragea Staupert.

— J'adorais mes garçons. Croyez-moi, il n'y a pas un jour où je ne pense pas à ce qui est arrivé. (Sa voix s'étrangla et il dut s'interrompre un instant pour se ressaisir.) Je ne comprends pas comment tout s'est détraqué, monsieur Staupert. Vraiment, je ne sais pas. Quand nous vivions à Sheppard's Farm, je ne dirais pas que c'était parfait, mais on avait du bon temps. Les enfants se conduisaient parfois comme de sales gosses, à toujours se bagarrer, se sauter à la gorge. Mais tous les garçons sont comme ça, non ?

Il leva les yeux sur Staupert comme pour demander une confirmation. Mais devant le silence du détective, il poursuivit.

— Parfois ils étaient très proches. Les meilleurs amis du monde.

« Robert était le plus calme. On avait toujours l'impression qu'il réfléchissait à quelque chose. Même très jeune, il allait faire de longues promenades à pied dans la vallée de Bath, et parfois on s'inquiétait pour lui. Tom était plus dynamique. Il se prenait pour un inventeur. Il mélangeait toutes sortes de potions, récupérait des pièces de vieilles machines et les assemblait. Il tenait sans doute ça de moi, je suppose, et j'avoue que j'avais l'habitude de le gâter. Robert était plus proche de sa mère. Sa naissance a été très difficile. Elle a failli le perdre en accouchant, et, plus tard, il a eu tout un tas de maladies infantiles. Le médecin du village, le Dr Rennard, était toujours fourré à la maison. Je pense que c'est ce qui a rendu Mary si protectrice envers Robert. Parfois, elle ne me laissait pas l'approcher. Tom, lui, était un garçon facile. Je me sentais plus complice avec lui. Lui et moi…

Blakiston sortit un paquet de cigarettes, déchira le papier de cellophane et en alluma une.

— Tout est allé de travers quand nous avons quitté la ferme, reprit-il sur un ton soudain amer. Ça a commencé dès le jour où cet homme est entré dans notre vie. Ce salaud de Sir Magnus Pye. C'est assez facile de voir clair dans son jeu auujourd'hui, et je me demande comment j'ai pu être aussi aveugle, aussi stupide. Mais, à l'époque, son offre nous a paru répondre à nos prières. Un salaire régulier pour Mary, un endroit où loger, un joli parc où les enfants pourraient s'ébattre. En tout cas, c'est ainsi que Mary a vu les choses et comment elle me les a présentées pour me convaincre.

— Vous vous êtes disputés ?

— J'essayais de ne pas la contrarier. Ça ne faisait que la remonter contre moi. J'ai dit que j'avais quelques doutes, c'est tout. Je n'aimais pas l'idée qu'elle devienne une gouvernante. Je pensais qu'elle valait mieux. Et je me souviens de l'avoir avertie que, une fois là-bas, nous serions pris au piège. Nous deviendrions sa chose. Mais, au fond, nous n'avions pas réellement le choix. Nous n'avions pas d'économies. Nous ne pouvions pas espérer une meilleure proposition.

« Au début, ça allait. Pye Hall était une belle propriété et je m'entendais assez bien avec Stanley Brent, qui travaillait là-bas comme jardinier avec son fils. On ne payait pas de loyer et, dans un sens, c'était mieux de vivre tous les quatre seuls, plutôt qu'avec ma mère et mon père tout le temps avec nous. Pourtant, il y avait quelque chose dans le pavillon qui nous déplaisait. C'était sombre à longueur d'année et on ne s'y sentait pas vraiment chez nous. On se tapait mutuellement sur les nerfs. Même avec les garçons. Mary et moi, on n'arrêtait pas de se lancer des piques. Je détestais sa façon de vénérer Sir Magnus, tout ça parce qu'il avait un titre et de l'argent. Il ne valait pas mieux que moi. Il n'a jamais exercé un vrai travail de toute sa vie. Il avait hérité de Pye Hall, c'est tout. Mais Mary ne s'en rendait pas compte. Elle avait l'impression que, d'une certaine manière, ça l'élevait de travailler pour lui. Ce qu'elle ne comprenait pas, c'est que, quand vous nettoyez des toilettes, peu importe que ce soit le cul d'un aristocrate qui s'y pose. Vous nettoyez toujours des toilettes. Je lui ai dit ça, un jour, et ça l'a mise en rage. Mary ne se voyait pas comme une bonne ou une gouvernante. Elle était la dame du manoir.

« Magnus avait un fils, Freddy, mais c'était encore un bébé et il ne s'y intéressait pas. Alors monsieur le baron a commencé à s'occuper de mes fils plutôt que du sien. Il les encourageait à jouer sur sa propriété, les gâtait avec de petits cadeaux. Trois pence par-ci, six pence par-là. Et il les poussait à jouer des tours à Neville Brent. Les parents de Neville étaient morts, à cette époque. Ils s'étaient tués dans un accident de voiture et Neville avait pris la suite de son père à Pye Hall. À mon avis, ce type avait quelque chose de bizarre. Je ne sais pas s'il était bien net dans sa tête. Mais ça ne les empêchait pas de l'espionner, de le taquiner, de lui lancer des boules de neige, ce genre de choses. C'était cruel. Je regrette qu'ils aient fait ça.

— Vous ne pouviez pas le leur interdire ?

— Je ne pouvais strictement rien faire, monsieur Staupert. Comment vous faire comprendre ? Ils ne m'écoutaient pas. Je n'étais plus leur père, en fait. Dès le jour, ou presque, où nous avons emménagé à Pye Hall, j'ai été mis à l'écart. Magnus, Magnus… ils n'avaient que ce nom à la bouche. Lorsque les garçons rapportaient leurs carnets de notes de l'école, personne ne me demandait ce que j'en pensais. Vous savez quoi ? Mary les emportait au manoir pour les montrer à Sir Magnus. Son avis comptait plus que le mien.

« Les choses ont empiré avec le temps, monsieur Staupert. Je me suis mis à haïr cet homme. Il avait toujours le don de me faire sentir minable, de me rappeler que je vivais chez lui, sur ses terres. Comme si ça me plaisait ! Ce qui est arrivé est sa faute. Je vous le jure. Il a tué mon fils comme s'il l'avait noyé de ses propres mains et en même temps il a ruiné ma vie.

Tom était ma lumière. Quand il est mort, j'ai tout perdu. (Blakiston se tut et s'essuya les yeux du revers de la main.) Regardez-moi ! Regardez cet endroit ! Je me demande souvent ce que j'ai fait pour mériter ça. Je n'ai jamais causé de mal à personne et voilà où j'en suis. Il m'arrive de penser que je suis puni pour une chose que je n'ai pas commise.

— Je suis certain que vous êtes irréprochable.

— Oh que oui ! Je n'ai rien fait de mal. Je ne suis pour rien dans ce qui est arrivé. (Il s'interrompit et fixa Staupert et Fraser comme pour les défier de le contredire.) C'est Magnus Pye, le responsable. Ce satané Magnus Pye.

Blakiston reprit sa respiration avant de poursuivre.

— La guerre avait éclaté et on m'a envoyé à Boscombe Down pour travailler sur des Hawker Hurricane. J'étais loin de chez moi et je ne savais pas trop ce qui se passait. Quand il m'arrivait de revenir le week-end, j'étais traité comme un étranger. Mary avait tellement changé. Elle ne semblait jamais ravie de me voir. Elle était devenue secrète… comme si elle me cachait quelque chose. Je ne reconnaissais pas la jeune fille que j'avais épousée et avec qui j'avais vécu à Sheppard's Farm. Robert aussi se moquait bien que je sois là ou non. C'était le fils à sa maman. Sans Tom, je n'aurais eu aucune raison de venir.

« Sir Magnus avait pris ma place. Je vous ai déjà parlé des jeux. Il y en avait un auquel il jouait avec les garçons. Mes garçons. Ils étaient obsédés par les trésors ensevelis. Tous les enfants adorent ça, mais vous savez sans doute que les Pye avaient découvert tout un lot d'objets antiques enfouis à Dingle Dell. Magnus Pye les exposait dans une vitrine au manoir. Alors il lui était facile de transformer mes fils en chasseurs de trésors. Il enterrait des barres de chocolat, des pièces de six pence ou des demi-couronnes un peu partout dans la propriété, et il leur donnait des indices et les envoyait à la chasse. Tom et Robert pouvaient y passer la journée, et on n'avait pas vraiment envie de s'en plaindre parce qu'ils respiraient le bon air. C'était bon pour eux, non ? Ils s'amusaient bien.

« Mais Magnus Pye n'était pas leur père. Il ne savait pas ce qu'il faisait et, un jour, il a poussé le jeu trop loin. Il avait un morceau d'or. Enfin, pas vraiment de l'or. De la pyrite. Ce qu'on appelle l'or des fous. Et il a décidé d'en faire le prix à gagner. Évidemment, Tom et Robert ne connaissaient pas la différence. Ils croyaient que c'était de l'or véritable et ils brûlaient de le découvrir. Et vous savez où il l'avait caché, ce crétin ? Dans une touffe de joncs, juste au bord du lac. Il les a envoyés sur la rive. Des garçons de quatorze et douze ans ! Il les a dirigés là-bas aussi sûrement que s'il avait mis un panneau.

« Voilà ce qui s'est passé. Les garçons se sont séparés. Robert est allé explorer Dingle Dell, tandis que Tom cherchait du côté du lac. Il a peut-être aperçu un éclat d'or briller au soleil ou bien il avait déchiffré un des indices. Il n'avait pas vraiment besoin de se mouiller les pieds mais il était tellement excité qu'il est entré dans l'eau. Et après ? Il a peut-être trébuché. Il y a beaucoup d'herbes, à cet endroit, et il a pu se prendre les jambes dedans. Je n'en sais pas plus. Juste après trois heures, l'après-midi, Brent est arrivé avec la tondeuse et il a aperçu mon fils la tête dans l'eau. Tom s'était noyé, ajouta Blakiston, la voix brisée.

« Brent a fait ce qu'il a pu. Tom était seulement à quelques pas de la rive et Brent l'a tiré au sec. Ensuite, Robert est arrivé de Dingle Dell, de l'autre côté du lac, et il a vu ce qui se passait. Il s'est jeté à l'eau. Il criait. Il les a rejoints en pataugeant et a hurlé à Brent d'aller chercher de l'aide. Brent ne savait quoi faire mais Robert avait appris les gestes des premiers secours à l'école, et il a tenté de sauver son frère en lui faisant du bouche-à-bouche. Il était trop tard. Tom était mort. Je n'ai appris tout ça que plus tard, par la police. Ils ont interrogé tout le monde : Sir Magnus, Brent, Mary et Robert. Vous imaginez ce que j'ai ressenti, monsieur Staupert ? J'étais leur père et je n'avais pas été là.

Matthew Blakiston baissa la tête. Sa main serrée, qui tenait la cigarette, était pressée contre sa joue et la fumée enveloppait sa tête de volutes. Dans le silence, Fraser eut soudain conscience de l'exiguïté de la pièce, du désespoir d'une vie brisée. Blakiston lui apparaissait comme un paria. Il était en exil de lui-même.

— Encore un peu de thé ? demanda tout à coup Blakiston.

— Je vais le faire, proposa Fraser.

Aucun d'eux ne désirait de thé, mais ils avaient besoin de temps, d'une pause avant de reprendre. Fraser se leva pour remplir la bouilloire, heureux de pouvoir bouger.

— Je suis retourné à Boscombe Down, reprit Blakiston lorsque les trois tasses furent servies. Et lors de ma visite suivante à Saxby-on-Avon, j'ai compris d'où soufflait le vent. Mary et Robert avaient hissé le pont-levis. Elle ne m'a plus jamais laissé approcher de Robert, pas même une minute. C'était comme s'ils ne voulaient plus me connaître. J'aurais fait ma part d'efforts pour ma famille, monsieur Staupert. Je vous le jure. Mais ils ne m'en ont jamais laissé l'occasion. Robert racontait que je les avais laissés tomber, mais c'est faux. Je rentrais à la maison, et il n'y avait personne.

— Quand avez-vous vu Robert pour la dernière fois, monsieur Blakiston ?

— Le samedi 23 juillet, à l'enterrement de sa mère.

— Vous a-t-il vu ?

— Non, répondit Blakiston en écrasant son mégot de cigarette. On dit que, quand on perd un enfant, ça vous rapproche ou ça vous éloigne. Ce qui me peine le plus au sujet de Mary, c'est que, après la disparition de Tom, elle ne m'a jamais laissé renouer le lien avec Robert. Elle le protégeait de moi ! Vous comprenez ça, vous ? Ça ne suffisait pas que j'aie perdu un fils. J'en ai perdu deux.

« Pourtant, au fond de moi, je n'ai jamais cessé d'aimer Mary. C'est le plus pathétique. Je lui écrivais pour son anniversaire, pour Noël. Je lui téléphonais de temps en temps. Ça, elle l'acceptait. Mais elle refusait que je vienne. Elle me l'a nettement fait comprendre.

— Lui avez-vous parlé récemment ?

— La dernière fois que je l'ai eue au téléphone,

c'était il y a deux mois. Ensuite il s'est passé une chose incroyable. Figurez-vous que je lui ai téléphoné le jour de sa mort. C'était très bizarre. Ce matin-là, j'ai été réveillé par un oiseau qui criaillait de façon horrible. Une sorte de croassement. C'était une pie. Vous connaissez la comptine sur les pies ? « Une pie, malheur... » Etc. Je l'ai observé par la fenêtre, cet oiseau de malheur noir et blanc, avec ses petits yeux brillants, et j'ai senti mon estomac se nouer. C'était une prémonition. J'ai su qu'une chose grave allait se produire. Je suis allé au magasin mais je n'arrivais pas à travailler. D'ailleurs il n'y avait pas de clients. Je pensais à Mary. J'étais convaincu qu'il allait lui arriver du mal. Je ne pouvais pas m'en empêcher. J'ai fini par lui téléphoner. J'ai essayé de la joindre au pavillon, puis au manoir. Elle n'a pas répondu, bien sûr. C'était trop tard. Elle était déjà morte.

Blakiston jouait avec le papier cellophane de son paquet de cigarettes.

— J'ai appris sa mort quelques jours plus tard. Par un article dans le journal... Incroyable, non ? Personne n'a pensé à me prévenir. Robert aurait pu me contacter. Il ne s'est pas donné cette peine. Mais je savais que je devais aller aux obsèques. Peu importait ce qui s'était passé. Nous avions été jeunes, heureux, nous avions vécu ensemble. Je ne pouvais pas la laisser partir sans lui dire adieu. J'avoue que j'étais nerveux à l'idée de me montrer. Je ne voulais pas provoquer une scène devant tout le monde, alors je suis arrivé en retard, avec un chapeau enfoncé sur la tête. J'ai beaucoup maigri et j'ai bientôt soixante ans. Je me disais que, en restant à l'écart de Robert, il n'y aurait pas de problème. C'est ce qui s'est passé.

« Je l'ai vu, là-bas. Il était à côté d'une jeune fille et ça m'a fait plaisir. C'est ce dont il avait besoin. Enfant, il était très solitaire. La jeune fille était ravissante. J'ai appris qu'ils vont se marier. S'ils ont des enfants, peut-être qu'ils me laisseront leur rendre visite. Les gens changent avec le temps, n'est-ce pas ? Robert dit que je ne me suis pas occupé de lui, mais, si vous le voyez, vous pourrez peut-être lui expliquer la vérité.

« C'était une sensation étrange de me retrouver dans ce village. Je ne suis pas certain d'aimer encore cet endroit. Et les revoir tous, la Dr Redwing, Clarissa, Brent et les autres. J'en ai eu des frissons, croyez-moi. J'ai remarqué que Sir Magnus et Lady Pye n'étaient pas là et ça m'a amusé. Je suis sûr que Mary aurait été déçue ! Je lui ai toujours dit que ce type ne valait rien. Mais, au fond, c'était peut-être aussi bien qu'il ne soit pas là. Je ne sais pas comment j'aurais réagi si je m'étais trouvé en face de lui ce jour-là. Je lui reproche tout ce qui est arrivé, monsieur Staupert. Mary est tombée dans l'escalier pendant qu'elle faisait la boniche pour lui. Ça fait deux morts sur sa conscience. Mary et Tom. Sans lui, ils seraient encore en vie.

— Est-ce la raison pour laquelle vous vous êtes rendu chez Sir Magnus cinq jours plus tard ?

Blakiston baissa la tête.

— Comment l'avez-vous appris ?

— Quelqu'un a vu votre voiture.

— Je ne vais pas nier. C'est vrai. C'était stupide de

ma part mais, à la fin de la semaine, je suis retourné à Saxby-on-Avon. Je n'arrivais pas à m'ôter ça de la tête : d'abord Tom, puis Mary, tous les deux morts à Pye Hall. Vous devez penser que je suis en train d'avouer être retourné à Saxby-on-Avon pour le tuer. Pourtant, ce n'est pas le cas. Je voulais juste discuter avec lui, le questionner au sujet de Mary. Toutes les personnes qui ont assisté à l'enterrement avaient quelqu'un avec qui en parler. Pas moi. D'ailleurs, personne ne m'a reconnu. Aux obsèques de ma propre femme ! Était-ce si absurde de vouloir voir Sir Magnus, ne serait-ce que cinq minutes ?

Blakiston parut réfléchir un instant, puis aboutit à une décision.

— J'avais une autre raison, reprit-il. Vous allez me trouver lamentable, mais je pensais à l'argent. Pas pour moi. Pour mon fils. Quand une personne décède sur son lieu de travail, le patron est responsable. Mary a travaillé pour Sir Magnus pendant plus de vingt ans, il avait donc une responsabilité morale. J'imaginais qu'il avait passé un arrangement avec elle. Pour lui verser une pension. Je savais aussi que jamais Robert n'accepterait la moindre aide financière de ma part, même si j'en avais eu les moyens. Alors, puisqu'il allait se marier, je me disais qu'il méritait de prendre un bon départ dans la vie. Vous ne croyez pas ? Sir Magnus avait toujours eu un faible pour lui. J'avais dans l'idée de lui demander un petit coup de pouce pour Robert.

Blakiston s'interrompit et son regard se détourna.

— Je vous en prie, continuez, monsieur Blakiston.

— Il m'a fallu deux heures de voiture pour rejoindre Saxby-on-Avon. J'avais eu du travail au magasin. Il était sept heures et demie tapantes quand je suis arrivé. Je m'en souviens très bien, j'ai regardé ma montre. Mais, voyez-vous, monsieur Staupert, une fois là-bas, j'ai hésité. Je n'étais plus du tout certain d'avoir envie de le voir. Je ne voulais pas être humilié. Je suis resté assis dans ma voiture une heure avant de me décider. Puisque j'étais venu jusque-là, autant faire une tentative. Il devait être environ huit heures et demie quand je suis entré à Pye Hall. J'ai garé ma voiture comme autrefois, derrière le pavillon. La force de l'habitude, sans doute. Quelqu'un d'autre avait eu la même idée. Il y avait une bicyclette appuyée contre la porte. Je m'en suis souvenu plus tard. J'aurais peut-être dû y faire plus attention sur le moment.

« Bref, j'ai remonté l'allée à pied. Tous les souvenirs me revenaient. Le lac était sur ma gauche et je n'arrivais pas à le regarder. La lune était levée et tout était d'une clarté de cristal. On aurait dit une photographie. Il ne semblait y avoir personne dans les parages. Je n'ai pas essayé de me dissimuler. Je suis allé droit à la porte et j'ai sonné. Il y avait des lumières aux fenêtres du rez-de-chaussée et j'ai supposé que Sir Magnus était là. De fait, une minute plus tard, il est venu ouvrir la porte.

« Je n'oublierai jamais ce moment, monsieur Staupert. La dernière fois que je l'avais vu, c'était il y a dix ans. Il était plus grand que dans mon souvenir, et beaucoup plus gros. Il remplissait l'encadrement de la porte. Il portait un costume avec une cravate aux couleurs criardes. Il tenait un cigare.

« Il lui a fallu un petit moment pour me reconnaître, puis il a souri. “Vous !” C’est tout ce qu’il a dit. Comme s’il crachait le mot. Il n’était pas vraiment agressif, plutôt surpris. Mais il y avait autre chose. Il avait un sourire vaguement amusé. “Qu’est-ce que vous voulez ?” “J’aimerais vous parler, Sir Magnus. C’est au sujet de Mary.”

« Il a regardé par-dessus son épaule, et c’est alors seulement que j’ai compris qu’il n’était pas seul. “Je ne peux pas vous recevoir maintenant.” “J’en ai seulement pour quelques minutes.” “Hors de question. Pas maintenant. Il fallait téléphoner avant de venir. Vous avez vu l’heure ?” “Je vous en prie.” “Non ! Revenez demain.”

« Il s’apprêtait à me refermer la porte au nez. Je le sentais. Mais, à la dernière minute, il a retenu son geste et m’a posé une question. Je ne l’oublierai jamais. “Vous croyez vraiment que c’est moi qui ai tué votre saleté de chien ?”

— Le chien ? demanda Staupert.

— Ah ! j’aurais dû vous en parler. Quand nous avons emménagé à Pye Hall, nous avions une chienne.

— Bella, c’est ça ?

— Oui, Bella. Moitié labrador, moitié colley. Je l’avais offerte à Tom pour ses dix ans. Ça ne plaisait pas du tout à Sir Magnus. Il ne voulait pas que Bella gambade en liberté sur sa pelouse, qu’elle fasse peur aux poules ou des trous dans ses plates-bandes. En réalité, je vais vous dire ce qui lui déplaisait. C’était que j’offre un cadeau à mon fils. Ça revient à ce que je disais. Il voulait exercer un contrôle total sur moi et ma famille, et comme la chienne était à nous, que Tom l'adorait, il fallait qu'il s'en débarrasse.

— Il a tué Bella ? demanda Fraser, qui se rappelait le collier trouvé dans une chambre du pavillon de gardien.

— Je n'ai jamais réussi à le prouver. Peut-être a-t-il envoyé Brent. Je le crois capable d'avoir fait ça, ce sale petit pleurnichard. En tout cas, un jour, la chienne a disparu. On ne l'a retrouvée que la semaine suivante dans Dingle Dell, la gorge tranchée. Tom était anéanti. C'était la première fois de sa vie qu'il avait quelque chose de vraiment à lui. Qui peut causer un chagrin pareil à un petit garçon ?

— Cela me semble très étrange, remarqua Staupert à voix basse. Sir Magnus ne vous avait pas vu depuis des années, vous surgissez sans prévenir un soir à sa porte, et il choisit ce moment pour vous questionner au sujet de la chienne. Pourquoi ?

— Je ne sais pas.

— Que lui avez-vous répondu ?

— En fait, je ne savais pas quoi dire. Mais c'est sans importance puisqu'il a fermé la porte aussitôt. Il me l'a claquée au nez. À un homme qui avait perdu sa femme peu de temps auparavant ! Il ne m'a même pas invité à entrer. Voilà l'homme qu'il était.

Il y eut un long silence.

— La conversation que vous venez de nous rapporter est-elle fidèle à la réalité, monsieur Blakiston ? demanda Staupert. Ce sont bien les paroles exactes prononcées par Sir Magnus ?

— Autant que je m'en souvienne.

— Il ne vous a pas, par exemple, accueilli par votre nom ?

— Il savait qui j'étais, si c'est que vous voulez dire. Non, il a simplement dit : "Vous !", comme si j'avais surgi de sous une pierre.

— Ensuite, qu'avez-vous fait ?

— Que pouvais-je faire ? J'ai regagné ma voiture et je suis parti.

— La bicyclette était-elle toujours à la même place ?

— Pour être franc, je ne m'en souviens pas. Je n'ai pas regardé.

— Donc vous êtes parti…

— J'étais furieux. J'avais fait un long trajet et je ne m'attendais pas à me faire congédier aussi vite. J'ai roulé pendant une dizaine de miles et puis, brusquement, j'ai changé d'avis. Je pensais toujours à Robert. À ce qui était juste. Pour qui il se prenait, ce Magnus Pye, pour me fermer la porte au nez ? Ce type m'avait malmené depuis le premier jour et, tout à coup, la coupe débordait. J'ai fait demi-tour et, cette fois, je n'ai pas arrêté ma voiture près du pavillon. Je me suis garé juste devant le perron, et je suis allé sonner de nouveau à la porte.

— Vous vous êtes absenté combien de temps ?

— Une vingtaine de minutes, peut-être. Je n'ai pas regardé ma montre. Je me moquais bien de l'heure. Cette fois, Sir Magnus n'est pas venu ouvrir. J'ai sonné encore. Rien. Alors j'ai poussé l'abattant de la boîte aux lettres, je me suis mis à genoux et j'ai crié par la fente. Je voulais lui dire que c'était un sale lâche, qu'il aurait pu au moins venir à la porte… C'est à ce moment que je l'ai aperçu. Il y avait tellement de sang que je ne pouvais pas le manquer. Il était affalé dans le hall juste devant mes yeux. Je n'ai pas tout de suite vu que la tête n'était pas à sa place. Le corps me tournait le dos, Dieu merci. Mais il ne faisait aucun doute qu'il était mort.

« J'étais sous le choc. Pire. J'étais terrassé. Comme si j'avais reçu un uppercut en pleine figure. Je me suis senti défaillir. J'ai même cru que j'allais m'évanouir. Mais j'ai réussi à me remettre debout. J'ai compris que quelqu'un avait tué Sir Magnus pendant les vingt minutes où j'étais parti. Peut-être que l'assassin était déjà là quand je suis arrivé la première fois. Peut-être qu'il m'avait entendu. Peut-être qu'il avait attendu que je sois parti pour le tuer.

Blakiston alluma une nouvelle cigarette. Ses mains tremblaient.

— Je sais ce que vous allez me demander, monsieur Staupert. Pourquoi je n'ai pas prévenu la police ? La réponse est évidente, non ? J'étais la dernière personne à l'avoir vu vivant et j'avais toutes les raisons de vouloir sa mort. Je lui reprochais la mort de mon fils. Et ma femme était morte en travaillant pour lui. Cet homme était le diable. Si la police recherchait un suspect, j'étais tout désigné. Je ne l'avais pas tué mais je savais ce qui allait se passer, et je n'avais qu'une envie, c'était de filer. Je suis remonté dans ma voiture et j'ai roulé aussi vite que je pouvais.

« Au moment où je quittais la propriété, une autre voiture arrivait. J'ai juste vu deux phares. Mais j'ai eu peur que le conducteur ne relève mon numéro et ne me dénonce. C'est le cas, n'est-ce pas ?

— Lady Pye conduisait la voiture que vous avez croisée, répondit Staupert. Elle revenait de Londres.

— Eh bien, je suis désolé d'avoir dû la laisser découvrir le spectacle. Ça a dû être horrible pour elle. Mais je n'avais qu'une obsession. Partir.

— Monsieur Blakiston, auriez-vous une idée de l'identité du visiteur qui se trouvait chez Magnus Pye lorsque vous avez sonné chez lui la première fois ?

— Comment pourrais-je le savoir ? Je n'ai entendu personne. Je n'ai vu personne.

— Aurait-ce pu être une femme ?

— Curieusement, c'est ce que j'ai pensé. S'il avait eu un rendez-vous galant, il ne se serait pas comporté autrement.

— Avez-vous conscience que votre fils Robert figure au nombre des suspects du meurtre de Sir Magnus ?

— Robert ? Pourquoi ? C'est de la folie. Il n'avait aucune raison de le tuer. Je vous l'ai dit, il vénérait Sir Magnus. Ils s'entendaient comme larrons en foire, tous les deux.

— Néanmoins, Robert a exactement le même mobile que vous. Il aurait pu tenir Sir Magnus pour responsable de la mort de son frère et de sa mère, expliqua Staupert en levant une main avant que Blakiston puisse protester. Je trouve seulement curieux que vous ne soyez pas allé témoigner plus tôt. Vous dites que vous n'avez pas tué Sir Magnus et pourtant, en gardant le silence, vous avez permis au véritable assassin de passer inaperçu. La présence de cette bicyclette, par exemple, est d'une grande importance.

— C'est vrai, j'aurais dû aller témoigner, admit Blakiston. Mais je savais que ça tournerait mal pour moi, comme d'habitude. Pour être franc, je regrette vraiment d'être allé là-bas. Parfois, dans certains romans, on lit des histoires sur des maisons maudites. J'ai toujours trouvé ça idiot, mais pour Pye Hall je crois que c'est vrai. Le manoir a tué ma femme et mon fils. Et si vous racontez ce que je vous ai dit à la police, je finirai probablement au bout d'une corde. Et le manoir m'aura tué, moi aussi, conclut-il avec un sourire sans joie.

2

Staupert desserra à peine les dents pendant le trajet de retour, et James Fraser ne s'avisa pas de l'interrompre dans ses pensées. Il conduisait la Vauxhall d'une main experte, passait les vitesses en souplesse et roulait au milieu de la route. Le soleil déclinait et les ombres se refermaient de tous côtés. C'était le seul moment, quand il était au volant, où il se sentait totalement maître de la situation. Ils avaient emprunté le ferry pour traverser la rivière Severn et regardé en silence la côte galloise s'éloigner derrière eux. Fraser avait faim. Il n'avait rien mangé depuis le matin. Ils achetèrent des sandwichs sur le ferry mais ils n'étaient guère appétissants et, de toute façon, Staupert refusait que l'on mange dans la voiture.

Ils atteignirent la rive opposée et roulèrent à travers

la campagne de Gloucester, par la même route que Blakiston avait prise pour rendre visite à Magnus Pye. Fraser espérait atteindre Saxby-on-Avon vers dix-neuf heures, à temps pour le dîner.

Ils arrivèrent enfin à Bath et s'engagèrent sur la petite route menant à Pye Hall, avec la vallée plongée dans la pénombre sur leur gauche.

— De l'or !

Staupert n'avait pas dit un mot depuis si longtemps que Fraser sursauta en entendant sa voix.

— Que dites-vous ?

— L'or des fous caché par Sir Magnus. Je suis certain que tout tourne autour de cela.

— Pourtant, l'or des fous ne vaut rien.

— Pas pour vous, James. Ni pour moi. Justement.

— C'est l'or des fous qui a tué Tom Blakiston. Il tentait de le sortir du lac.

— Ah oui le lac. Le lac est une présence néfaste dans les contes, comme dans la légende du Roi Arthur. Les enfants jouaient à côté du lac. L'un d'eux y a trouvé la mort. Et le trésor d'argent de Sir Magnus était aussi caché dans le lac.

— Tout ça n'a guère de sens.

— Je pense au roi Arthur, aux dragons et aux sorcières. À une malédiction qui ne pouvait être levée…

— Si je comprends bien, vous savez qui est l'assassin.

— Je sais tout, James. Il me manquait seulement quelques connexions. À présent, tout est clair. Parfois, vous savez, ce ne sont pas les indices matériels qui conduisent à la solution du crime. Les paroles prononcées par le pasteur aux obsèques de Mary Blakiston ou un bout de papier dans la cheminée, suggèrent une chose mais mènent ensuite à une autre. La pièce qui était fermée à clé dans le pavillon de gardien. Pourquoi était-elle fermée à clé ? Nous pensons avoir la réponse, mais un moment de réflexion nous démontre que nous avions tort. La lettre adressée à Sir Magnus. Nous savons qui l'a écrite. Nous savons pourquoi. Mais là encore nous faisons fausse route. Il faut réfléchir. Ce sont de pures hypothèses, mais nous découvrons bientôt qu'il ne peut y avoir d'autre voie.

— Est-ce que Matthew Blakiston vous a aidé ?

— Matthew Blakiston m'a dit tout ce que j'avais besoin de savoir. C'est lui qui est à l'origine de tout.

— Vraiment ? Qu'a-t-il fait ?

— Il a tué sa femme.

Crouch End, Londres

Agaçant, n'est-ce pas ?

J'ai achevé la lecture du manuscrit le samedi après-midi et j'ai aussitôt appelé Charles Clover au téléphone. Charles est mon patron, le directeur général de Cloverleaf Books, éditeur de la collection des Fidèle Staupert. Mon appel est allé droit dans sa boîte vocale, où j'ai laissé un message.

« Charles ? Où est passé le dernier chapitre ? À quoi bon me donner à lire un polar s'il ne révèle pas qui est le coupable ? Rappelle-moi. »

Je suis descendue à la cuisine. Il y avait deux bouteilles de vin vides dans la chambre et des miettes de tortilla sur la couette. J'étais restée enfermée trop longtemps, je le savais, mais il faisait encore froid et humide dehors et je n'avais pas le courage de sortir. Comme il n'y avait plus rien de correct à boire dans la maison, j'ai ouvert une bouteille de raki rapportée de son dernier voyage en Crète par Andreas, je m'en suis servi un verre et je l'ai avalé cul sec. Le raki avait le goût de tous les alcools étrangers une fois qu'ils ont passé la douane. Mauvais.

J'avais pris le manuscrit avec moi et je l'ai feuilleté de nouveau, en essayant d'évaluer combien il manquait de pages. La dernière partie devait s'intituler « Un secret à ne jamais dévoiler », titre très approprié étant donné les circonstances. Puisque Staupert avait déjà annoncé avoir découvert la solution, il ne devait manquer que deux ou peut-être trois chapitres. On pouvait supposer qu'il allait réunir les suspects, leur exposer la vérité, procéder à une arrestation, puis rentrer chez lui et mourir. Je savais que, depuis un certain temps, Alan Conway voulait mettre un terme à la série des Fidèle Staupert, mais constater qu'il était passé à l'acte n'en demeurait pas moins une surprise déplaisante. Pour en finir avec son personnage principal, la tumeur au cerveau me semblait un peu dénuée d'originalité mais imparable, ce qui, je suppose, expliquait son choix. Je dois admettre que si j'ai versé une larme, c'était principalement pour nos futurs chiffres de vente.

Mais qui avait tué Sir Magnus Pye ?

N'ayant rien de mieux à faire, je me suis munie d'un bloc de papier et d'un stylo, et me suis assise dans la cuisine avec le manuscrit sous le coude. L'idée m'a effleurée que Charles avait fait exprès de me donner un texte tronqué pour me mettre à l'épreuve. Il serait le premier arrivé au bureau le lundi matin, comme toujours, et il me demanderait si j'avais percé l'énigme à jour avant de me remettre les dernières pages. Charles a un sens de l'humour assez bizarre. Je l'ai souvent vu pouffer de rire à des plaisanteries que personne d'autre que lui ne l'avait entendu faire.

1 – Neville Brent, le jardinier.

Il est le suspect tout désigné. Tout d'abord, il déteste Mary Blakiston et vient de se faire renvoyer par Sir Magnus. Il a une raison claire et précise de vouloir se débarrasser des deux. Il est aussi le seul personnage du roman à être relié à tous les décès. Il est présent au moment de la mort de Mary, et il est virtuellement la dernière personne à avoir vu Sir Magnus vivant. Il se rend soi-disant directement au Ferryman sitôt son travail terminé, le jour de l'assassinat de Sir Magnus, mais Conway instille un étrange détail page 110 : Brent atteint le pub *vingt-cinq minutes plus tard.* Pourquoi est-il si précis sur l'heure ? Il se peut que ce soit un détail sans importance, voire erroné : n'oublions pas qu'il s'agit ici d'une première version du texte. Toutefois j'avais l'impression que le pub se trouvait seulement à dix minutes de Pye Hall, et les quinze minutes supplémentaires auraient pu laisser le temps à Brent de faire demi-tour, d'entrer par la porte de service pendant que Sir Magnus discutait avec Matthew Blakiston et de le tuer juste après.

Il y a autre chose concernant Brent. On est presque certain que c'est un pédophile. « Célibataire, de nature solitaire... Une odeur d'homme seul flotte dans la maison. » On découvre des magazines de scoutisme jonchant le sol de sa chambre et, au détour d'une phrase, page 201, dans le journal de Mary Blakiston, on apprend qu'il a été surpris en train d'espionner des boy-scouts venus camper à Dingle Dell. Ces menus détails ont attiré mon attention, car, dans l'ensemble, il est peu question de sexe dans les romans de Fidèle Staupert, bien que je me souvienne que la tueuse dans *Assassin sans merci* se révèle être homo (elle empoisonne son amie lesbienne). Brent portait-il un intérêt malsain aux deux garçons, Tom et Robert Blakiston ? Ce n'est sûrement pas une coïncidence si c'est lui qui « découvre » Tom noyé dans le lac. Je m'interroge même sur la mort de ses parents, supposément tués dans un accident de voiture. Et, pour finir, c'est sans doute lui qui a tué le chien.

Tout cela étant posé, la première règle des romans policiers à énigme est que le suspect le plus apparent n'est jamais le meurtrier. Je suppose donc que cela innocente Brent.

2 – Robert Blakiston, le mécanicien.

Robert a également un lien avec les trois morts. À sa façon, il est aussi étrange que Brent. Le teint pâle, une coupe de cheveux ingrate, il ne s'est jamais entendu avec ses camarades d'école, il a été arrêté par la police à Bristol et, plus important, il a avec sa mère une relation difficile, qui se termine par une violente dispute où il la menace plus ou moins de mort. Ici je triche un peu, mais, en tant qu'éditrice, je trouverais assez satisfaisant que Robert soit le coupable alors que Joy Sanderling, sa fiancée, ne va voir Staupert que dans l'idée de le protéger. J'imagine assez bien un dernier chapitre dans lequel elle voit son fiancé démasqué et ses espoirs anéantis. C'est la solution que j'aurais choisie.

Néanmoins, deux obstacles majeurs s'opposent à ma théorie. Le premier est que Robert n'a pas pu tuer sa mère puisque Joy et lui étaient ensemble à l'heure où cela s'est produit. À moins, bien sûr, que Joy n'ait menti. Mais il est probable que le scooter rose ne serait pas passé inaperçu en fonçant vers Pye Hall à neuf heures du matin. (Même si cela n'a pas gêné l'assassin d'utiliser la bicyclette couinante du révérend à neuf heures du soir.) De façon plus significative, et Staupert le mentionne à une occasion au moins, Robert ne semble pas avoir le moindre mobile de tuer Sir Magnus, qui s'est toujours montré bienveillant à son égard. À moins qu'il ne lui reproche la mort de son jeune frère. Après tout, c'est Sir Magnus qui a fourni l'or des fous à l'origine du drame. Par ailleurs, Robert est la deuxième personne arrivée sur place, et il a plongé dans le lac pour aider à en sortir son frère. Il pourrait aussi tenir Sir Magnus pour responsable de la mort de sa mère.

Finalement, Robert est peut-être mon suspect numéro un, et Brent le numéro deux. Je ne sais pas.

3 – Robin Osborne, le pasteur.

Alan Conway a l'habitude d'abattre une carte mineure à la fin du jeu. Dans *Noir comme l'enfer*, par exemple, Agnes Carmichael, qui se révèle être l'assassin, n'a pas prononcé un mot, ce qui ne surprend guère puisqu'elle est sourde et muette. Je ne pense pas qu'Osborne tue Sir Magnus à cause de Dingle Dell. Pas plus qu'il ne tue Mary Blakiston à cause de ce qu'elle a trouvé sur son bureau. Néanmoins, le fait que sa bicyclette soit utilisée pendant le second crime est intéressant. Était-il vraiment dans l'église à ce moment-là ? En outre, page 139, Henrietta remarque une tache de sang sur la manche de son mari. Il n'y est plus fait allusion ensuite, mais je suis certaine que Conway y revient dans les pages manquantes.

Je suis également intriguée par les vacances que le révérend prend avec sa femme dans le Devonshire. Il répugne à en parler quand Staupert le questionne et refuse même d'indiquer le nom de l'hôtel. J'extrapole sûrement, mais les parents de Brent sont morts dans le Devonshire. Peut-il y avoir un lien ?

4 – Matthew Blakiston, le père.

Il devrait figurer en haut de ma liste de suspects puisque l'on nous dit, sans équivoque, qu'il a tué sa femme. Staupert le formule en ces termes à la fin de la sixième partie. Et Staupert ne peut évidemment pas mentir. Dans les huit romans de ses aventures, même s'il commet une erreur (la fausse arrestation dans *Revers de fortune* qui a horripilé les lecteurs parce qu'ils jugeaient Conway déloyal), il est toujours honnête à cent pour cent. S'il déclare que Matthew Blakiston a tué sa femme, c'est la vérité, même s'il exaspère en ne précisant pas pourquoi. Pas plus d'ailleurs qu'il n'explique comment il est parvenu à cette conclusion. L'explication, bien entendu, sera dans le chapitre final.

Matthew Blakiston a-t-il également tué Sir Magnus ? Je ne le pense pas. J'ai relevé au moins un indice : l'empreinte de main laissée dans le parterre de fleurs par Blakiston quand il regarde par la fente de la boîte aux lettres. « Je me suis senti défaillir. J'ai même cru que j'allais m'évanouir. » Ce sont ses propres paroles. Il a dû s'appuyer sur une main pour se retenir, laissant ainsi son empreinte dans la terre meuble. Il tue sa femme et, pour une raison inconnue, retourne sur les lieux du crime. Si tel est le cas, aussi improbable que cela paraisse, il y a un second meurtrier à Saxby-on-Avon, qui élimine Sir Magnus pour une raison totalement différente.

5 – Clarissa Pye, la sœur.

Parfois, lorsque je lis un roman policier, j'ai un pressentiment à l'égard d'un personnage sans que ce soit fondé, et c'est le cas ici. Clarissa Pye a toutes les raisons de haïr son frère et pourrait avoir eu l'intention de tuer aussi Lady Pye et son fils Freddy afin d'hériter de Pye Hall. Toute cette histoire de vol de physostigmine pour se suicider pourrait être inventée et expliquer aussi le besoin de se débarrasser de Mary Blakiston. N'oublions pas non plus que Clarissa Pye possède une clé de la porte d'entrée de Pye Hall. C'est mentionné une seule fois, page 40.

Il y a aussi le problème du Dr Rennard et de l'échange de jumeaux à la naissance pour le droit d'aînesse. Quand Clarissa Pye a-t-elle découvert la vérité ? Était-ce vraiment de la bouche de la Dr Redwing et pas avant ? Je me pose la question parce qu'il y a une curieuse allusion à Ashton House, où vit le Dr Rennard. Dans son éloge funèbre, le pasteur rappelle que Mary Blakiston y allait souvent. Il se pourrait donc que le Dr Rennard lui ait raconté ce qui s'était passé et que, étant donné son caractère, elle l'ait répété à Clarissa Pye. Cela fournirait à Clarissa une raison impérieuse de tuer à la fois Mary

Blakiston et Sir Magnus. Quant à la physostigmine, elle la destinait peut-être à Lady Pye et à Freddy. On peut même imaginer que la chute du Dr Rennard ne soit pas un accident. Mais là, je vais peut-être trop loin.

J'ai écarté de la liste les Whitehead, la Dr Redwing et son artiste de mari, Frances Pye et l'improbable Jack Dartford. Tous avaient des mobiles pour tuer Sir Magnus, mais je n'en vois aucun qui ait pu les pousser à tuer Mary Blakiston. Il ne reste plus que Joy Sanderling, la moins soupçonnable de tous. Pourquoi aurait-elle voulu tuer quiconque et, surtout, pourquoi serait-elle aller trouver Fidèle Staupert ?

Voilà donc comment s'est déroulé mon dimanche après-midi, à feuilleter le manuscrit, prendre des notes et n'aboutir à rien. Le soir, j'ai retrouvé un couple d'amis à la cinémathèque du British Film Institute pour assister à une projection du *Faucon maltais*, sans réussir à me concentrer sur le scénario labyrinthique. Je pensais à Sir Magnus, à Mary Blakiston, à des bouts de papier tachés de sang, à des chiens morts, à des lettres mises dans de mauvaises enveloppes. Je me demandais pourquoi le manuscrit était incomplet et j'étais contrariée que Charles ne m'ait pas rappelée.

Plus tard dans la soirée, j'ai compris pourquoi. Après le cinéma, j'avais pris un taxi pour rentrer chez moi, et le chauffeur avait mis la radio. C'était la quatrième nouvelle des infos du soir.

Alan Conway était mort.

Les éditions Cloverleaf

Je m'appelle Susan Ryeland et je suis directrice du département fiction aux éditions Cloverleaf. Mon rôle n'est pas aussi prestigieux qu'il le paraît car nous ne sommes que quinze personnes (plus un chien) et nous ne publions pas plus de vingt livres par an. Je travaille sur la moitié d'entre eux. Pour une production aussi réduite, notre catalogue est honorable. Nous avons deux écrivains respectés couronnés par des prix littéraires, un auteur à succès de littérature fantastique et un auteur pour la jeunesse qui vient de remporter une distinction. Nous n'avons pas les moyens d'éditer des livres de cuisine mais, par le passé, nous avons bien réussi avec des guides de voyage, des ouvrages de développement personnel et des biographies. Mais la vérité est qu'Alan Conway était de loin notre plus célèbre auteur et que notre plan de développement dépendait du succès d'*Épitaphe de la pie*.

Les éditions Cloverleaf ont été fondées il y a onze ans par Charles Clover, bien connu dans le milieu, et j'ai travaillé à ses côtés depuis le début. Nous étions ensemble chez Orion lorsqu'il décida de créer sa propre maison d'édition et de s'installer dans un immeuble qu'il avait acheté près du British Museum. Les lieux lui seyaient à merveille : trois niveaux, des couloirs étroits, des moquettes usées, des lambris de bois, peu de clarté. À une époque où tout le monde embrassait fébrilement le vingt et unième siècle – les éditeurs ne sont généralement pas les premiers à se distinguer quand il s'agit de changement social ou technologique –, Charles était très heureux dans son rôle de vestige du passé. Il est vrai qu'il avait travaillé avec Graham Greene, Anthony Burgess et Muriel Spark. Il y a même une photo de lui en train de dîner avec un Noël Coward très âgé, même s'il prétend qu'il était tellement ivre qu'il a oublié le nom du restaurant et n'a pas retenu une seule parole prononcée par le grand homme.

Charles et moi avons passé tant d'années ensemble que les gens en concluent que nous avons dû être amants, ce qui est faux. Charles est marié, père de deux enfants adultes, dont l'une, Laura, va bientôt lui donner son premier petit-enfant. Il vit dans la maison assez majestueuse de Parsons Green que sa femme Elaine et lui possèdent depuis une trentaine d'années. J'y ai quelques fois été invitée à dîner, et les soirées se sont toujours distinguées par des convives intéressants, d'excellents vins et des conversations tardives. Cela dit, Charles n'aime guère fréquenter le monde de l'édition dans sa sphère privée. Il lit beaucoup. Il joue du violoncelle. On raconte qu'il a touché à toutes sortes de drogues dans sa jeunesse, mais à le voir maintenant on ne le croirait pas.

Je ne l'avais pas vu depuis une semaine. Du mardi

au vendredi, j'avais effectué une tournée de promotion en province avec un auteur – Birmingham, Manchester, Édimbourg et Dublin –, ponctuée de divers événements et d'interviews à la radio et avec des journalistes de la presse écrite. À mon retour, le vendredi en fin de journée, Charles était déjà parti pour le week-end. Le tapuscrit d'*Épitaphe de la pie* m'attendait sur mon bureau. Le lundi matin suivant, en allumant mon ordinateur, je me suis fait la réflexion que lui et moi avions probablement lu le texte en même temps et que Charles ignorait donc qu'il était incomplet au moment où il l'avait déposé à mon intention.

Il était déjà dans son bureau, situé au premier étage, à l'extrémité du couloir opposée au mien. Ses fenêtres donnaient sur New Oxford Street et Bloomsbury Way. Mon côté de l'immeuble était plus calme. Charles disposait d'une pièce carrée, élégante, avec trois fenêtres, des étagères de livres, bien évidemment, et une étonnante collection de trophées exposés. Charles n'apprécie guère les cérémonies de remise de prix. Il pense que c'est un mal nécessaire, mais, au fil des années, Cloverleaf en a remporté quelques-uns – Nibbies, Gold Daggers, IPG Awards (le prix des éditeurs indépendants) –, et les trophées ont atterri ici. Tout était très ordonné. Charles aimait savoir où chaque chose se trouvait et il avait une secrétaire, Jemima, qui veillait sur lui sans que sa présence ne se fasse sentir. Il était assis derrière son bureau avec son exemplaire d'*Épitaphe de la pie* devant lui. J'ai remarqué qu'il avait pris des notes dans la marge, avec un stylo plume à l'encre rouge.

Je dois décrire Charles tel qu'il était ce jour-là. Âgé de soixante-trois ans, vêtu comme à l'accoutumée d'un costume avec cravate, une mince alliance en or à son annulaire que sa femme Elaine lui avait offerte pour son cinquantième anniversaire. Dans la pièce faiblement éclairée, il m'évoquait toujours le personnage du parrain dans le célèbre film. Aucune atmosphère de menace, bien sûr, mais Charles avait un physique italien, avec un regard perçant, un nez très mince et des pommettes aristocratiques. Ses cheveux blancs tombaient négligemment sur son col. Il était très en forme pour un homme de son âge, bien que jamais il n'ait mis les pieds dans une salle de gym, et il avait une autorité naturelle. Son chien, un golden labrador, l'accompagnait souvent au travail, et il était là, endormi sur une couverture pliée sous le bureau.

Le chien était une chienne, du nom de Bella.

— Entre, Susan, m'a dit Charles en m'adressant un petit signe.

J'avais le tapuscrit sous le bras. Je me suis assise en face de lui et j'ai remarqué qu'il était très pâle, presque en état de choc.

— Tu as appris la nouvelle.

J'ai répondu d'un hochement de tête. Il y avait des articles dans tous les journaux et j'avais entendu l'écrivain Ian Rankin parler d'Alan. Ma première pensée avait été qu'Alan Conway avait succombé à une crise cardiaque. N'était-ce pas le mal le plus courant à cet âge ? J'avais tort. On évoquait un accident survenu chez lui, à Framlingham.

— C’est terrible, a dit Charles. Absolument terrible.

— Sais-tu ce qui s’est passé ?

— La police m’a téléphoné hier soir. Un certain commissaire Locke. Il appelait d’Ipswich, je crois. Il m’a dit exactement ce qu’on raconte à la radio : un accident, mais il ne m’a fourni aucun détail. Et puis ce matin, il y a quelque minutes, j’ai reçu ceci.

Charles a pris une lettre posée sur son bureau à côté d’une enveloppe déchirée.

— C’est arrivé par le courrier du matin. Elle est d’Alan.

— Je peux voir ?

— Bien sûr.

Charles m’a tendu la lettre. C’est une lettre importante, aussi je préfère la reproduire ici dans sa forme exacte.

Abbey Grange
Framlingham
Suffolk

1.

28 août 2015

Cher Charles,

Je n'aime pas les excuses mais je n'étais pas au meilleur de ma forme au dîner hier soir, je dois l'admettre. Vous savez que je n'étais pas dans mon assiette ces temps-ci et je ne voulais pas vous en parler, mais autant dire franchement les choses. Je ne vais pas bien.

C'est le moins qu'on puisse dire. La Dr Sheila Bennett, à la London Clinic, connaît tous les détails, mais la réalité est que je vais succomber à la saloperie la plus banale qui soit sur terre. J'ai un cancer. Inopérable.

Pourquoi moi ? Je ne fume pas. Je bois peu. Mes deux parents sont morts à un âge très avancé. Etc. Quoi qu'il en soit, il me reste six mois, peut-être plus si je choisis de suivre une chimiothérapie.

Mais j'ai déjà décidé de refuser. Désolé, mais je ne vais pas passer les jours qui me restent branché à une perfusion, à vomir tripes et boyaux, et à regarder mes cheveux tapisser le sol de ma chambre. À quoi bon ? Je ne tiens pas à me faire pousser dans un fauteuil roulant dans les cercles littéraires, maigre comme un

2.

clou et toussant comme un perdu, à écouter des gens me dire combien ils sont navrés pour moi alors qu'ils sont impatients de me voir partir.

Je sais combien j'ai été infect avec vous, mais, d'une certaine façon, notre relation a été un vrai fiasco, alors autant qu'elle finisse comme elle a commencé. Lorsque nous avons fait connaissance, vous et moi, vous m'avez fait des promesses qui, je dois le mettre à votre crédit, se sont réalisées. Du moins sur le plan financier. Alors soyez-en remercié.

Dans ce domaine, justement, des querelles vont sûrement éclater. Pour commencer, James ne va pas être content. Je ne sais pas si je vous en ai parlé, car cela ne vous regarde pas, mais lui et moi avons plus ou moins pris des chemins séparés, et j'ai bien peur de ne l'avoir déshérité.

Seigneur ! Je parle comme un personnage de mes propres romans. De toute façon, il va devoir s'y faire. J'espère qu'il ne créera pas trop d'ennuis.

Sur le plan littéraire, les choses n'ont pas tout à fait évolué comme je le souhaitais, mais nous avons discuté de cela souvent et je ne vais pas perdre du temps à me répéter. Vous vous fichez complètement de ce que je pense de ma carrière. Vous vous en êtes toujours fichu. C'est une des choses qui me plaisaient chez vous. Le chiffre d'affaires. Les listes des best-sellers. Ces foutues courbes de vente. Tout ce que j'ai toujours détesté dans l'édition faisait votre miel. Que ferez-vous sans moi ? Dommage que je ne puisse être là pour le voir.

3.

Lorsque vous lirez ces lignes, tout sera fini. Vous me pardonnerez de ne pas vous en avoir parlé plus tôt, de ne pas m'être confié à vous, mais je suis certain que, avec le temps, vous comprendrez.

Vous trouverez sur mon bureau quelques notes que j'ai rédigées. Elles se rapportent à mon état de santé et à la décision que j'ai prise. Je tiens à ce que l'on comprenne bien que le diagnostic du médecin est clair et que, pour moi, il n'y a aucune chance de sursis. Je ne crains pas la mort. Je me plais seulement à penser que mon nom ne sera pas oublié.

J'ai obtenu de grands succès dans une vie qui a duré raisonnablement longtemps. Vous verrez que je vous ai laissé un petit legs dans mon testament. C'est en partie en souvenir des années que nous avons passées côte à côte, mais aussi dans l'espoir que vous pourrez achever le travail sur mon livre et le mettre en forme pour sa publication. Vous êtes désormais son unique gardien et je ne doute pas qu'il sera en sécurité entre vos mains.

Autrement, peu de gens me pleureront. Je ne laisse derrière moi aucune personne à charge. À l'heure où je me prépare à quitter ce monde, j'ai le sentiment d'avoir bien utilisé mon temps et j'espère que l'on se souviendra de moi pour les succès que vous et moi avons partagés.

4.

L'aventure a été belle, non ? (Pourquoi ne jetteriez-vous pas un nouveau coup d'œil sur Le Toboggan, en souvenir du bon vieux temps ?) Ne m'en veuillez pas. Pensez à tout l'argent que nous avons gagné. Et maintenant, voici mon mot préféré.

FIN

Bien à vous,
Alan

— C'est arrivé au courrier de ce matin, dis-tu ?

— Oui. Comme tu le sais, Alan et moi avons dîné ensemble jeudi soir. Je l'ai emmené à l'Ivy Club. Sa lettre est datée du 28 août, donc du lendemain. Il a dû l'écrire sitôt rentré chez lui.

Alan possédait un appartement à Fitzrovia. Il y avait certainement passé la nuit avant de reprendre le train à Liverpool Street le lendemain matin.

— Qu'est-ce que *Le Toboggan* ?

— Un livre qu'Alan a écrit il y a longtemps.

— Tu ne me l'as jamais montré.

— Pour être franc, je ne pensais pas que ça t'intéresserait. C'est un texte plus sérieux, une sorte de satire sur la Grande-Bretagne du vingt et unième siècle, qui a pour cadre un manoir.

— J'aurais quand même aimé le lire.

— Fais-moi confiance, Susan. Tu aurais perdu ton temps. Il n'était pas question que je le publie.

— Tu l'as dit à Alan ?

— Pas en ces termes. J'ai simplement expliqué que ça ne collait pas avec notre catalogue. Un vieil euphémisme d'éditeur. Tu ne peux pas répondre à ton meilleur auteur à succès que son dernier livre ne vaut rien.

Nous sommes restés un moment silencieux. Sous le bureau, le chien s'est retourné en grognant dans son sommeil.

— C'est une lettre de suicide, Charles.

— Oui.

— Il faut la remettre à la police.

— Je sais. Je m'apprêtais à leur téléphoner.

— Tu ne savais pas qu'Alan était malade ?

— Absolument pas. Il ne m'en a jamais parlé, et il n'en pas soufflé mot jeudi soir pendant le dîner. Il m'a remis son manuscrit. Il était tout excité. Selon lui, c'était son meilleur roman.

Je n'avais pas assisté à ce dîner et j'écris cela a posteriori, mais c'est ainsi que Charles m'a raconté ce qui s'était passé. Alan Conway avait promis de remettre *Épitaphe de la pie* à la fin de l'année et, contrairement à certains écrivains avec qui j'ai travaillé, il était toujours très ponctuel. Le dîner était prévu depuis plusieurs semaines et ce n'était pas un hasard, soit dit en passant, si la date avait été choisie pendant que j'étais absente de Londres. Pour des raisons sur lesquelles je reviendrai, Alan et moi ne nous entendions pas. Le jeudi, il avait donc retrouvé Charles à l'Ivy, non pas le restaurant mais le club privé réservé à ses seuls membres, à deux pas de Cambridge Circus. Il y a un piano bar au premier étage, un restaurant au-dessus, et toutes les fenêtres sont en vitraux afin qu'on ne puisse pas voir de l'extérieur, ni d'ailleurs de l'intérieur. Quelques célébrités fréquentent le club, et c'est le genre d'endroit dont Alan raffolait. Charles avait réservé sa table habituelle, à gauche de la porte, adossée à un mur de livres. Le décor n'aurait pu être mieux planté sur une scène de théâtre. D'ailleurs, le théâtre St Martin et le théâtre Les Ambassadors, qui avaient, alternativement, joué *La Souricière* d'Agatha Christie pendant Dieu sait combien d'années, se trouvaient au bout de la rue.

Charles et Alan avaient commencé par deux grands cocktails Martini, une spécialité du club, et la conversation avait roulé sur les sujets habituels : la famille, les amis, Londres, le Suffolk, le marché de l'édition, quelque potins, ce qui se vendait, ce qui ne se vendait pas. Ils avaient choisi leur menu et, comme Alan adorait les vins chers, Charles l'avait flatté en commandant une bouteille de gevrey-chambertin grand cru, qu'Alan avait bu presque à lui seul. Je pouvais aisément l'imaginer devenant plus loquace et plus sonore au fil du repas. Alan avait toujours eu tendance à boire trop. Une fois le premier plat terminé, il avait sorti le manuscrit du cartable en cuir dont il ne se séparait jamais.

— J'ai été étonné, m'a dit Charles. Je n'attendais pas son texte avant au moins deux mois.

— Tu sais que mon exemplaire est incomplet. Il manque les derniers chapitres.

— Le mien aussi. Je travaillais dessus lorsque tu es arrivée.

— Alan t'a-t-il dit quelque chose ?

Je me demandais si Alan l'avait fait exprès. S'il voulait que Charles devine la fin avant de la lui dévoiler.

Charles a réfléchi un instant.

— Non. Il a juste dit tout le bien qu'il pensait de son travail et me l'a remis.

C'était intéressant. Alan Conway devait donc présumer que le texte était complet. Sinon, il aurait expliqué la raison des chapitres manquants.

Ravi de recevoir le tout nouveau roman, Charles avait manifesté son plaisir comme il se devait et promis à Alan de le lire pendant le week-end. Malheureusement, après cela, la soirée avait mal tourné.

— Je ne sais pas comment c'est arrivé, m'a dit Charles. Nous parlions du titre. Je n'étais pas sûr de l'aimer, et tu sais comme Alan était susceptible. C'était sûrement stupide de ma part d'aborder le sujet à ce moment-là. Et tandis que nous discutions, il s'est produit un incident assez bizarre. Un serveur a laissé tomber une pile d'assiettes. Cela peut se produire n'importe où, mais le club est un endroit si feutré que le fracas a fait l'effet d'une bombe, et Alan s'est levé pour aller engueuler le serveur. Il était à cran, ce soir-là, et je ne savais pas pourquoi. Mais s'il était malade et songeait déjà à se suicider, ce n'est pas surprenant.

— Comment s'est terminé le dîner ?

— Alan s'est un peu calmé, nous avons pris un café, mais il n'était pas dans son assiette. Tu sais comment il pouvait être après quelques verres de vin. Souviens-toi. Bref, au moment de monter dans un taxi, il m'a dit qu'il voulait annuler une interview à la radio.

— Oui, Simon Mayo, sur Radio Two.

— Exact. Vendredi prochain. J'ai essayé de le dissuader. On ne laisse pas tomber les journalistes car on ne sait jamais s'ils vous réinviteront. Mais il ne voulait pas m'écouter.

Charles tournait et retournait la lettre entre ses mains. Je me demandais s'il était judicieux qu'il la tripote ainsi. Après tout, c'était une preuve.

— Je crois que je ferais bien d'appeler la police, a dit Charles. Il faut qu'ils soient au courant.

J'ai quitté son bureau pour le laisser téléphoner.

Alan Conway

C'est moi qui ai découvert Alan Conway.

Il m'a été présenté par ma sœur, Katie, qui vit dans le Suffolk. Elle envoyait ses enfants à l'école privée locale, où Alan enseignait l'anglais. Il venait d'achever un roman policier intitulé *À l'assaut du crime*. Je ne sais pas exactement comment il avait appris que Katie me connaissait – je suppose qu'elle le lui avait dit –, mais il lui avait demandé de me faire lire son livre. Ma sœur et moi avons des vies très différentes, cependant nous sommes restées très proches et j'avais accepté pour lui faire plaisir. J'étais assez sceptique, car les livres qui nous parviennent de cette manière sont rarement bons.

Or, je fus agréablement surprise.

Alan avait réussi à capter l'atmosphère des romans policiers à énigme de l'« âge d'or » britannique, dans un décor de maison de campagne, avec un crime compliqué, un éventail de personnages excentriques comme il se doit et un détective qui arrivait de l'extérieur. L'histoire se déroulait en 1946, juste après la guerre, et même si l'auteur s'attachait peu à décrire l'époque, il avait réussi à en saisir l'ambiance. Staupert était un personnage sympathique, et le fait qu'il ait survécu aux camps de concentration – passages que nous allions finir par réduire – lui donnait une certaine profondeur. J'aimais son maniérisme germanique et son obsession pour l'essai qu'il écrivait, *Le Paysage de l'enquête criminelle*, qui deviendraient des traits récurrents. Situer l'intrigue dans les années quarante permettait aussi un rythme plus tranquille : pas de téléphones portables, ni d'ordinateurs, pas de police scientifique, pas d'information instantanée. J'avais néanmoins quelques réserves. Le style était un peu trop sophistiqué. L'auteur donnait l'impression de rechercher les effets plutôt que de raconter simplement l'histoire. Le texte était trop long. Mais, parvenue à la fin du roman, je savais que j'allais le publier. Ce serait mon premier apport pour Cloverleaf.

Ensuite j'ai fait la connaissance de l'auteur.

D'emblée, je ne l'ai pas aimé. Je suis désolée de le dire, mais je l'ai trouvé glacial. Vous avez vu des photos de lui sur les jaquettes de livres : visage mince, cheveux argentés coupés court, lunettes rondes à monture d'acier. À la télévision ou à la radio il avait toujours une certaine éloquence, un charme tranquille. Dans la réalité, il était très différent. Bouffi, un peu enveloppé, des traces de craie sur les manches de son costume. À la fois agressif et avide de plaire. Il n'a pas perdu de temps pour me dire à quel point il avait désiré être publié, mais, alors que c'était sur le point de se faire, il ne manifestait presque aucun enthousiasme. Je n'arrivais pas à le cerner. Quand j'ai mentionné certains changements que je souhaitais lui voir apporter à son texte, il s'est hérissé. C'était sans doute la personne la plus dépourvue d'humour que j'aie jamais rencontré. Plus tard, Katie m'a confié que ses camarades d'école ne l'aimaient guère et j'ai compris pourquoi.

Pour être honnête, je dois avouer que je n'ai pas dû lui faire très bonne impression non plus. C'est une chose qui arrive parfois. Nous étions convenus de nous retrouver pour déjeuner dans un restaurant chic, Alan, Charles et moi. Il pleuvait ce jour-là, il tombait vraiment des cordes. Je sortais d'un autre rendez-vous à l'autre bout de la ville et mon taxi n'était pas arrivé, si bien que j'avais dû courir, en talons hauts et sous la pluie, pendant un kilomètre. Je suis arrivée au restaurant les cheveux plaqués sur le visage, mon soutien-gorge visible à travers mon chemisier trempé. En m'asseyant, j'ai renversé un verre de vin sur la table. Et puis j'avais une envie folle de fumer une cigarette et ça me mettait à cran. Bref, je me souviens que nous avons eu une discussion absurde sur un passage de son livre – il avait rassemblé tous les suspects dans une bibliothèque et je trouvais que ça faisait vraiment cliché –, mais ce n'était pas le moment de parler de cela. Charles était furieux contre moi et il avait raison. Nous aurions pu perdre Alan Conway comme auteur, et une foule d'éditeurs concurrents auraient été ravis d'acheter les droits du livre, surtout avec la promesse d'une série.

En fait, dès ce jour-là, Charles prit les choses en main et c'est lui qui s'occupa d'Alan. Autrement dit, c'est Charles qui l'accompagnait dans tous les salons et événements professionnels : Édimbourg, Hay-on-Wye, Oxford,

Cheltenham. Charles se chargeait du relationnel, moi du travail d'édition, avec l'aide d'un excellent logiciel qui m'évitait d'avoir à me trouver face à face avec Alan. C'est assez amusant de penser que j'ai collaboré avec lui pendant onze ans sans jamais aller chez lui. Un peu injuste quand on songe à ce que cela m'a coûté.

Bien sûr, je le voyais de temps à autre, chaque fois qu'il venait au bureau, et je dois reconnaître que, plus il avait de succès, plus il devenait séduisant. Il portait des vêtements de luxe, fréquentait les salles de gym. Il conduisait un coupé BMW. De nos jours, les écrivains doivent être télégéniques, et Alan Conway n'a pas tardé à courir les plateaux d'émissions telles que *The Book Show, The Wright Stuff* ou *Question Time*. Il fréquentait les soirées mondaines, les cérémonies de remise de prix. Il donnait des conférences dans les écoles et les universités. Il avait quarante ans quand il a connu la célébrité, et on aurait dit qu'il commençait seulement à vivre sa vie. Il a changé dans d'autres domaines, aussi. Quand je l'ai rencontré, il était marié et père d'un petit garçon de huit ans. Son mariage n'a pas résisté.

En relisant ces lignes, je m'aperçois que je semble désenchantée, comme si j'acceptais mal le succès dont je suis en grande partie l'artisan. Mais ce n'était pas le cas du tout. Je me fichais de ce qu'Alan pensait de moi et j'étais très contente de laisser Charles gérer la promotion pendant que moi je m'occupais du travail éditorial et surveillais la production. En vérité, c'était tout ce qui m'importait. J'aimais beaucoup les livres d'Alan. J'ai grandi avec Agatha Christie, et, quand je suis en avion ou sur une plage, il n'y a rien que j'aime tant qu'un bon policier. J'ai vu l'intégralité des épisodes d'*Hercule Poirot* et d'*Inspecteur Barnaby* à la télévision. Je ne devine jamais la chute et j'attends avec impatience le moment où le détective réunit tous les suspects, et, tel un magicien faisant apparaître des foulards de soie, met en place toutes les pièces du puzzle. Voilà la vérité. J'étais une groupie de Fidèle Staupert. Je n'avais pas besoin d'en être une aussi d'Alan Conway.

En quittant Charles, je suis retournée dans mon bureau passer plusieurs coups de téléphone urgents. Et en recevoir. Bizarrement, avant même que nous ayons informé la police de l'existence de la lettre, la nouvelle du suicide d'Alan s'était répandue et les journalistes étaient à l'affût. Des amis du monde de l'édition téléphonaient pour témoigner de leur sympathie. Une librairie de livres anciens de Cecil Court voulait savoir si nous avions des exemplaires signés car ils préparaient une vitrine dédiée à Alan Conway. J'ai beaucoup pensé à Alan, ce matin-là, mais je pensais plus encore à un roman auquel il manquait la fin et, par voie de conséquence, à un planning de parutions estivales affligé d'un énorme vide.

Je ne suis retournée voir Charles qu'après le déjeuner.

— J'ai parlé avec la police, m'a-t-il dit. (La lettre était toujours devant lui, avec l'enveloppe.) Ils envoient quelqu'un la chercher. Ils disent que je n'aurais pas dû y toucher.

— Je ne vois pas comment tu aurais pu en prendre connaissance et les prévenir avant de l'avoir ouverte.

— Exactement.

— Est-ce qu'ils t'ont expliqué comment Alan a fait ça ?

Par « fait ça », je voulais dire « comment il s'est suicidé ».

Charles a opiné.

— Il y a une sorte de tour contiguë à sa maison. La dernière fois que je suis allé chez lui, en mars ou en avril, il se trouve que nous avons parlé de cette tour. Je lui ai dit que je la trouvais dangereuse, parce qu'il y avait juste un muret bas et pas de parapet. C'est bizarre, mais, en entendant qu'il avait eu un accident, j'ai tout de suite pensé qu'il était tombé de cette fichue tour. Sauf que, apparemment, il a sauté.

Un long silence s'est installé. D'habitude, chacun de nous sait ce que pense l'autre, mais cette fois nos regards s'évitaient délibérément. Ce qui venait de se produire était horrible. Ni lui ni moi n'avions envie de l'affronter.

— Qu'as-tu pensé du livre, Charles ?

C'était la seule question que je ne lui avais pas posée. La première chose, dans des circonstances normales, qui m'aurait importé.

— Je l'ai lu pendant le week-end et ça m'a beaucoup plu. Il est aussi bon que les autres. En arrivant à la dernière page, j'étais aussi irrité que tu as dû l'être. J'ai d'abord pensé qu'une des secrétaires avait fait une erreur. J'avais demandé deux exemplaires, un pour toi et un pour moi.

— À propos, où est Jemima ?

— Partie. Elle m'a donné sa démission la semaine

dernière, pendant que tu étais sur la route, a dit Charles, l'air soudain fatigué. Elle n'aurait pas pu choisir un pire moment. Cette histoire avec Alan. Et puis il y a Laura.

Laura était sa fille enceinte.

— Comment va-t-elle ?

— Bien. Mais les médecins disent qu'elle peut accoucher d'un moment à l'autre. Apparemment, le premier enfant est souvent en avance. Pour revenir au livre, on n'a retrouvé aucune des pages manquantes, Susan. En tout cas, pas au bureau. Nous avons fouillé la salle de photocopie. Nous avons imprimé exactement ce qu'Alan nous a remis. Je m'apprêtais à lui téléphoner quand j'ai entendu la nouvelle.

— Il ne t'a pas envoyé une copie électronique ?

— Non. Il n'en donnait jamais.

C'était vrai. Alan était un adepte du papier et du stylo. Il écrivait toujours sa première version à la main. Ensuite il la tapait sur son ordinateur et il nous envoyait toujours une copie imprimée avant de nous l'adresser par courrier électronique, comme s'il ne se fiait pas à nous pour la lire sur écran.

— En tout cas, on a intérêt à retrouver les chapitres manquants, et le plus tôt sera le mieux.

Voyant que Charles paraissait sceptique, j'ai insisté :

— Ils doivent être quelque part chez lui. Tu as réussi à découvrir qui est le coupable dans le roman ?

— La sœur, peut-être, je ne sais pas.

— Clarissa Pye ? Oui, elle est aussi sur ma liste.

— Il reste la possibilité qu'Alan n'ait pas terminé son livre.

— Il te l'aurait dit en te remettant le texte. Et pourquoi aurait-il fait ça ?

Je pensais à mon emploi du temps surchargé, à tous les rendez-vous qui m'attendaient au cours de la semaine, mais cette histoire était bien plus importante que le reste.

— Si j'allais faire un tour à Framlingham, Charles ?

— Tu crois que c'est une bonne idée ? La police sera dans la maison. Si Alan s'est suicidé, il y aura une enquête.

— Oui, je sais. Mais j'aimerais avoir accès à son ordinateur.

— La police l'aura sûrement pris.

— Je pourrai au moins jeter un coup d'œil. L'original sera peut-être sur son bureau.

Charles a réfléchi un moment.

— Oui, je suppose.

J'étais étonnée par son manque d'enthousiasme. Même si aucun de nous n'avait soulevé la question, nous savions à quel point Cloverleaf avait besoin d'*Épitaphe de la pie.* L'année n'avait guère été florissante. En mai, nous avions publié la biographie d'un comédien qui avait fait une plaisanterie de très mauvais goût en direct lors d'une interview à la télévision. En une soirée, il avait cessé d'être drôle, et son livre avait plus ou moins disparu des rayons des librairies. Et je venais de faire une tournée de promotion avec l'auteur d'un premier livre intitulé *Le Jongleur manchot*, un roman léger qui se passait dans un cirque. La tournée s'était bien déroulée, mais les critiques avaient été impitoyables, et nous avions du mal à convaincre les libraires de prendre le livre.

Nous avions également des soucis avec l'immeuble, un procès, des problèmes avec le personnel. Bref, nous n'allions pas couler mais nous avions désespérément besoin d'un succès.

— Je partirai demain.

— Tu peux toujours essayer. Tu veux que je t'accompagne ?

— Non, je me débrouillerai seule.

Alan ne m'avait jamais invitée à Abbey Grange, et j'étais curieuse de voir à quoi cela ressemblait.

— Transmets mes amitiés à Laura. Si elle accouche, préviens-moi.

Je me suis levée, j'ai quitté le bureau de Charles, et là, dans le couloir, il s'est passé un phénomène étrange : j'ai soudain pris conscience d'une chose que j'avais eue sous les yeux sans y prêter attention. C'était très bizarre. Et ça n'avait aucun sens.

La lettre d'Alan annonçant son suicide et l'enveloppe étaient sur le bureau de Charles. La lettre était manuscrite. Et l'enveloppe, tapée à la machine.

Abbey Grange, Framlingham

Le lendemain, de bon matin, je traversais à vive allure le haut d'Alexandra Park, dominé par la carcasse virtuellement vide du célèbre palais, en direction de l'autoroute A12. C'était le prétexte idéal pour sortir la MGB Roadster que je m'étais offerte six mois plus tôt pour mes quarante ans. Une voiture ridicule, mais à laquelle j'avais été incapable de résister dès l'instant où je l'avais vue en vente devant un garage à Highgate : modèle 1969, avec vitesses surmultipliées et une carrosserie d'un rouge pompier agressif avec liseré noir. Katie en était restée muette la première fois où j'étais arrivée avec, mais ses enfants avaient poussé des cris d'admiration, et, à chacune de mes visites, je les emmenais faire un tour sur les petites routes, capote baissée, eux deux sur la banquette arrière.

Je roulais en sens contraire de la circulation qui affluait vers Londres, et tout se passa bien jusqu'à Earl Soham, où des travaux sur la chaussée me firent perdre dix bonnes minutes. Il faisait chaud. L'été avait été beau dans l'ensemble et septembre s'annonçait aussi agréable.

J'avais renoncé à abaisser la capote à cause du bruit sur l'autoroute. Peut-être plus tard.

Je connaissais la plupart des bourgs de la côte du Suffolk – Southwold, Walberswick, Dunwich et Orford –, mais je n'étais encore jamais allée à Framlingham. Peut-être parce que Alan y habitait. Ma première impression en y arrivant fut celle d'une petite ville plaisante, un peu vieillotte, avec une place centrale biscornue. Quelques constructions avaient un certain charme, mais d'autres, notamment un restaurant indien, semblaient bizarrement incongrues, et pour les amateurs de shopping il n'y avait rien de très excitant à acheter. Une imposante bâtisse en brique abritait un supermarché moderne. J'avais réservé une chambre à l'hôtel Crown, un ancien relais de poste qui donnait sur la place depuis quatre cents ans et qui se trouvait maintenant encadré par une banque et une agence de voyages. L'hôtel était vraiment charmant, avec son dallage de pierre, ses innombrables cheminées et ses poutres en bois. Je fus agréablement surprise de voir des livres sur les étagères et des jeux de société empilés sur un bahut, qui donnaient une atmosphère conviviale. La réceptionniste était cachée derrière une petite vitre. Je me suis fait connaître. J'avais un moment songé à loger chez ma sœur, mais Woodbridge se trouvait à trente minutes en voiture et je serais aussi bien sur place.

Je suis montée dans ma chambre et j'ai posé mon sac sur le lit : un lit à baldaquin, pas moins. Je regrettais qu'Andreas ne soit pas avec moi. Il avait un penchant pour la vieille Angleterre. Il aimait le croquet, les goûters avec scones à la crème et le cricket, tous aussi incompréhensibles et irrésistibles, et il se serait senti dans son élément. Je lui ai envoyé un SMS, puis je me suis coiffée et rafraîchie. C'était l'heure de déjeuner mais je n'avais pas faim. Je suis redescendue prendre ma voiture pour aller directement à Abbey Grange.

La maison d'Alan Conway se trouvait à deux miles de Framlingham et était impossible à trouver sans GPS. J'ai passé toute ma vie dans une ville où les rues mènent quelque part car, soyons francs, elles ne peuvent pas se permettre le contraire. On ne pouvait pas en dire autant de la petite route qui tournicotait à travers la campagne, avant qu'une autre, encore plus étroite, me conduise au chemin privé qui amenait enfin à la maison elle-même. À quel moment ai-je pris conscience que j'avais devant moi l'inspiration de Pye Hall ? Les griffons de pierre encadrant le portail auraient dû me mettre la puce à l'oreille. Le pavillon de gardien était identique à celui décrit dans le roman. L'allée s'incurvait en traversant de larges pelouses. Je n'ai pas aperçu de roseraie, mais le lac était là, ainsi que le bois qui aurait pu être Dingle Dell. Il était facile d'imaginer Brent au-dessus du corps sans vie de Tom Blakiston, tandis que son frère lui faisait désespérément du bouche-à-bouche. L'essentiel du travail m'était mâché.

Et la maison elle-même ? « Il en subsistait une seule aile allongée, avec, à l'extrémité, une tour octogonale de construction plus tardive. » En approchant, c'est exactement ce que je vis : une longue bâtisse étroite avec une douzaine de fenêtres sur deux niveaux, reliée à une tour qui offrait sans doute un beau panorama mais qui, en soi, était ridicule. La tour datait probablement du XIXe siècle, création de quelque industriel de l'époque victorienne qui avait apporté dans le Suffolk rural ses souvenirs d'usines et de mausolées londoniens. En tout cas, c'était beaucoup moins séduisant que le manoir ancestral de Sir Magnus dépeint par Alan Conway. Abbey Grange était construite en briques rouges, matériau que j'ai toujours associé à Charles Dickens et William Blake. Ça ne convenait pas du tout ici. Seul l'environnement sauvait la maison. Le parc s'étendait sur plus de deux hectares, avec un ciel immense et aucune autre construction en vue. Je n'aurais pas aimé vivre dans cet endroit et, franchement, je ne voyais pas ce qui avait séduit Alan Conway. N'était-il pas trop urbain pour cette baraque perdue dans la campagne ?

Quoi qu'il en soit, voilà où il était mort. Quatre jours plus tôt, il s'était jeté du haut de la tour qui se dressait devant moi. En descendant de voiture, j'ai levé les yeux sur les créneaux, tout là-haut. Ils ne semblaient pas sûrs. Il suffisait de se pencher un peu trop, suicidaire ou non, pour basculer dans le vide. La tour était entourée de pelouse, noueuse et irrégulière. Dans son roman *Délire d'amour*, Ian McEwan décrit très bien ce qu'il advient d'un corps humain qui tombe d'une hauteur importante, et j'imaginais sans peine l'état de Conway, les os brisés et les membres pointant dans de mauvaises directions. La chute l'avait-elle tué sur le coup ou avait-il agonisé là jusqu'à ce que quelqu'un le découvre ? Comme il vivait seul, c'était sans doute un jardinier ou une femme de ménage qui avait donné l'alarme. Était-ce un geste sensé ? Se tuer pour éviter de souffrir, et souffrir le martyre. Ce n'est pas le moyen que j'aurais choisi. Se faire couler un bain chaud et s'ouvrir les veines. Sauter devant un train. Voilà qui était plus radical.

Je me suis écartée de la porte principale pour prendre une photo d'ensemble avec mon téléphone portable. Je ne sais pas pourquoi j'ai fait cela. Mais tout le monde prend tout le temps des photos, non ? Que l'on ne regarde jamais. En arrivant en voiture, j'étais passée devant un massif d'arbustes (qui ne figurait pas dans le roman) et, en y revenant à pied, j'ai remarqué deux traces de pneus. Une voiture s'était garée derrière le massif récemment, quand l'herbe était humide. J'ai aussi pris une photo des empreintes de pneus, non parce qu'elles avaient une quelconque signification, mais parce que cela m'a paru naturel. J'ai remis mon téléphone dans ma poche et je me suis de nouveau dirigée vers la porte d'entrée. Celle-ci s'est ouverte et un homme est apparu. Je ne l'avais jamais rencontré mais j'ai compris tout de suite qui il était. J'ai mentionné qu'Alan avait été marié. Mais je n'ai pas précisé que, peu de temps après la sortie du troisième volume de la série des Fidèle Staupert, lui aussi était sorti… du placard. Il avait abandonné sa famille pour un jeune homme dénommé James Taylor – quand je dis jeune, je veux dire qu'il avait à peine vingt ans quand Alan en avait quarante-cinq, et un fils âgé de douze ans. Sa vie privée ne me regardait pas, mais je dois avouer que j'avais été un peu mal à l'aise et inquiète des possibles conséquences sur les ventes. Son *coming out* avait été largement commenté dans les journaux, mais, heureusement, on était en 2009 et les journalistes n'avaient pas pu trop ricaner. La femme d'Alan, Melissa, et son fils étaient allés s'installer dans l'ouest. Ils avaient vite trouvé un arrangement. C'est à cette époque qu'Alan avait acheté Abbey Grange.

Sans avoir jamais rencontré James Taylor, je savais que c'était lui que j'avais devant moi. Il portait un jean et un blouson de cuir sur un T-shirt décolleté qui laissait entrevoir une mince chaîne en or. Âgé maintenant de vingt-huit ou vingt-neuf ans, il avait toujours l'air incroyablement juvénile, avec un visage d'enfant qu'une barbe de trois jours ne pouvait dissimuler. Il avait des cheveux blonds et longs, ébouriffés, légèrement gras dans le cou. Il avait l'air de sortir du lit. Ses yeux étaient un peu hagards, soupçonneux. J'ai eu le sentiment qu'il avait souffert à un moment de sa vie. Ou bien il n'était simplement pas ravi de me voir.

— Oui ? a-t-il dit. Qui êtes-vous ?

— Susan Ryeland. Je travaille chez Cloverleaf. Nous sommes les éditeurs d'Alan.

Je lui ai tendu une carte de visite. Il y a jeté un coup d'œil, puis il a regardé au-dessus de mon épaule.

— J'aime bien votre voiture.

— Merci.

— C'est une MG ?

— Une MGB, pour être précis.

Il a souri. Visiblement amusé qu'une femme de mon âge conduise une voiture pareille.

— Si vous êtes venue voir Alan, vous arrivez trop tard, j'en ai peur.

— Je sais. Je suis au courant. Puis-je entrer ?

— Pourquoi ?

— C'est difficile à expliquer. Je cherche quelque chose.

— Si vous voulez.

Il haussa les épaules et s'effaça pour me laisser entrer comme s'il était le propriétaire des lieux. Or il ne l'était pas : j'avais lu la lettre d'Alan.

Si je m'étais trouvée dans le monde d'*Épitaphe de la pie*, la porte d'entrée aurait débouché dans un vaste hall aux murs lambrissés de bois, avec une cheminée en pierre et un escalier montant vers un étage à galerie. Mais tout cela avait dû naître dans l'imagination de Conway. Ici, l'intérieur était décevant : une pièce de réception avec un parquet en bois décapé, du mobilier rustique, des tableaux modernes aux murs, l'ensemble de très bon goût mais sans originalité. Pas d'armure, pas de trophées d'animaux, pas de cadavres. James Taylor m'a guidée à droite dans un couloir qui parcourait toute la longueur de la maison, jusqu'à une cuisine de belle taille, avec un four professionnel, un réfrigérateur américain, des plans de travail brillants et une table d'au moins douze couverts. Il m'a offert un café, que j'ai accepté, et me l'a préparé dans une de ces machines à capsules qui font aussi mousser du lait sur le côté.

— Donc vous êtes son éditrice.

— Oui, je m'occupe de ses livres.

— Vous connaissiez bien Alan ?

Je ne savais pas trop comment répondre à cette question.

— C'était une relation de travail. Il ne m'a jamais invitée ici.

— C'est ma maison. Du moins ça l'était jusqu'à il y a deux semaines, quand Alan m'a demandé de faire mes bagages. Je n'ai pas encore déménagé parce que je n'avais aucun endroit où aller. Et maintenant… je n'y suis peut-être pas obligé.

Il a posé les deux tasses sur la table, et s'est assis.

— Cela vous dérange si je fume, monsieur Taylor ?

Je venais de remarquer un cendrier sur la table, et une odeur de tabac flottait dans l'air.

— Pas du tout. Et si vous avez des cigarettes, j'en prendrai volontiers une aussi.

Je lui ai tendu le paquet et, d'un coup, nous sommes devenus amis. C'est l'un des rares avantages d'être fumeur de nos jours. On fait partie d'une minorité persécutée. On se lie facilement. De toute façon, j'avais déjà décidé que ce jeune homme, tout seul dans cette grande maison, m'était sympathique.

— Vous étiez là quand Alan s'est tué ?

— Non, Dieu merci. Nous n'étions plus ensemble. J'étais à Londres, avec quelques amis.

Je l'ai regardé tapoter sa cendre au-dessus du cendrier. Il avait les doigts longs et minces. Et les ongles sales.

— J'ai reçu un coup de téléphone de M. Khan, son notaire, et je suis revenu lundi soir. Il y avait des policiers partout. C'est M. Khan qui a découvert Alan. Il venait lui apporter des papiers à signer, probablement le testament où il me déshéritait ou un truc de ce genre, et il a vu Alan sur la pelouse, au pied de la tour. J'avoue que je suis heureux que ce soit lui qui l'ait trouvé plutôt que moi. Je ne sais pas comment j'aurais réagi.

Il a tiré sur sa cigarette, en la tenant dans le creux de sa main, à la manière d'un soldat dans un vieux film.

— Qu'est-ce que vous cherchez, mademoiselle Ryeland ?

Je lui ai dit la vérité. J'ai expliqué qu'Alan nous avait remis son dernier manuscrit deux jours avant sa mort et qu'il manquait le dernier chapitre. Je lui ai demandé s'il avait lu *Épitaphe de la pie* et il a eu un petit rire.

— Je lis tous les Fidèle Staupert. Vous savez que je figure dedans ?

— Non, je l'ignorais.

— James Fraser, c'est moi. Quand j'ai rencontré Alan, il commençait tout juste *Gin et cyanure*. C'est le quatrième de la série. À cette époque, Fidèle Staupert n'avait pas d'assistant. Il travaillait seul. Mais quand Alan et moi avons commencé à sortir ensemble, il a dit qu'il allait ajouter un personnage.

— Il a changé votre nom.

— Pas seulement le nom. D'abord, je ne suis jamais allé à l'université d'Oxford. Mais il est vrai que je faisais un peu de théâtre. Encore une de ses petites plaisanteries. Dans chaque livre, il disait que Fraser était au chômage, ou qu'il n'avait pas de succès, et bien sûr qu'il s'agisssait d'un abruti. Mais Alan affirmait que c'est propre à tous les acolytes de héros. Ils sont là pour que le détective ait l'air plus intelligent, et aussi pour détourner l'attention de la vérité. Tout ce que dit mon personnage dans chacun des romans est erroné. Alan procédait ainsi délibérément pour que le lecteur regarde dans la mauvaise direction. En fait, il faut ignorer tout ce que dit Fraser. C'est ainsi que ça fonctionne.

— Donc vous avez lu *Épitaphe de la pie* ?

— Non. Je savais qu'Alan travaillait dessus car il passait des heures enfermé dans son bureau. Mais jamais il ne me montrait un texte avant de l'avoir achevé. Pour être franc, je ne savais même pas qu'il l'avait terminé. D'habitude, il me donnait son manuscrit à lire avant de le montrer à quiconque. Mais vu l'état de nos relations ces derniers temps, il a dû en décider autrement. Pourtant je suis étonné de ne pas l'avoir su. Je sentais quand il avait fini un livre.

— Comment ?

— Il redevenait humain.

Je brûlais d'envie de savoir ce qui s'était passé entre eux mais je me suis contentée de demander à voir le bureau d'Alan pour chercher les pages manquantes. James était ravi de me le montrer et nous avons quitté la cuisine.

Le bureau se trouvait juste à côté, ce qui n'était pas illogique. Quand il avait besoin d'une pause, de manger ou de boire, Alan n'avait pas loin à aller. C'était une pièce spacieuse, à l'extrémité de la maison, avec des fenêtres sur trois côtés, qui avait été remaniée pour y incorporer la tour. Un escalier en colimaçon s'élevait au milieu, sans doute pour conduire au sommet. Deux murs entiers étaient couverts de livres, le premier avec ceux d'Alan : les huit Fidèle Staupert, traduits en trente-quatre langues. Le texte de présentation que j'avais écrit disait trente-cinq, mais en comptant l'anglais : Alan aimait les chiffres ronds. Pour la même raison, nous avions porté le nombre d'exemplaires vendus à dix-huit millions, estimation plus ou moins inventée. La table de travail d'Alan avait été spécialement conçue pour lui, avec un fauteuil visiblement coûteux : cuir noir, design ergonomique, accoudoirs et repose-tête amovibles, dossier ajustable. Un fauteuil d'écrivain. L'ordinateur était un Apple, avec un écran de vingt-sept pouces.

La pièce m'intéressait. J'avais l'impression qu'elle me permettrait de pénétrer dans la tête d'Alan Conway. Et que me racontait-elle ? Qu'Alan Conway n'était pas modeste. Toutes les récompenses qu'il avait reçues étaient exposées. La lettre de félicitations que P.D. James lui avait écrite sur *Mort en coulisses* était encadrée et accrochée au mur. Il y avait aussi des photos d'Alan avec le prince Charles, avec J.K. Rowling et (assez bizarrement) avec Angela Merkel. C'était un homme méthodique. Stylos et crayons noirs, carnets, dossiers, coupures de presse, et toutes les babioles de la vie d'un écrivain, étaient disposés avec soin, sans le moindre désordre. Une étagère était dédiée aux ouvrages de référence : *Shorter Oxford English Dictionary* (en deux volumes), *Roget's Thesaurus, Oxford Dictionary of Quotations, Brewer's Book of Phrase and Fable*, diverses encyclopédies de chimie, de biologie, de criminologie et de droit. Tous alignés comme des soldats. Et les œuvres complètes d'Agatha

Christie, soit pas moins de soixante-dix volumes brochés, rangés par ordre chronologique, à commencer par *La Mystérieuse Affaire de Styles*. Il était significatif que les romans d'Agatha Christie figurent dans la section des ouvrages de référence. Alan Conway ne les avait pas lus pour le plaisir, mais pour s'en servir. Alan avait été un écrivain très professionnel. Il n'y avait dans le décor aucune diversion, rien qui ne soit pas en rapport avec son travail. Les murs étaient blancs, la moquette beige. Il s'agissait d'un bureau de fonction, pas d'un bureau privé.

Un agenda en cuir était posé à côté de l'ordinateur. Je l'ai ouvert. Pourquoi, je l'ignorais. Sans doute le même réflexe que celui qui m'avait poussée à prendre une photo des traces de pneus dans le jardin. Étais-je à la recherche d'indices ? Une page arrachée à un magazine était glissée sous la couverture de l'agenda. C'était une photo en noir et blanc d'un film de Steven Spielberg datant de 1993, *La Liste de Schindler*. On y voyait l'acteur Ben Kingsley assis à un bureau en train de taper à la machine.

— Que vient faire là cette photo ? ai-je demandé à James Taylor.

— C'est Fidèle Staupert, m'a-t-il répondu, comme si c'était une évidence.

Et ça l'était. « Derrière ses lunettes rondes cerclées de métal, les yeux du détective étaient en alerte… Si le Dr Benson n'avait rien su de lui, il l'aurait pris pour un comptable, un de ces conseillers de confiance travaillant pour une entreprise familiale… » Alan Conway avait emprunté (volé ?) son détective à un film sorti dix ans avant qu'il écrive son premier livre. Peut-être le lien avec les camps de concentration, que j'avais trouvé original, venait-il de là. Je ne sais pas pourquoi, cela m'a décontenancée. J'étais déçue de découvrir que Fidèle Staupert n'était pas une création totalement originale, mais de seconde main, en quelque sorte. J'étais injuste. Après tout, n'importe quel personnage de fiction prend sa source quelque part. Charles Dickens s'inspirait de ses voisins, de ses amis, même de ses parents. Edward Rochester, mon personnage préféré dans *Jane Eyre*, avait pour modèle un Français dénommé Constantin Héger dont Charlotte Brontë était tombée amoureuse. Mais arracher la photo d'un acteur dans un magazine me semblait différent. C'était de la triche.

J'ai feuilleté l'agenda jusqu'à la semaine en cours. Une semaine qui aurait été très chargée si Alan avait vécu. Le lundi : un déjeuner avec une certaine Claire au Jolly Sailor, suivi, dans l'après-midi, par un rendez-vous chez le coiffeur. Le mercredi : une partie de tennis avec une personne identifiée par les initiales SK. Le jeudi, il devait venir à Londres : un déjeuner indiqué par « lch » et, à cinq heures, « Henry au OV ». Il m'a fallu un peu de temps pour comprendre qu'il s'agissait de *Henry V* au théâtre Old Vic. Simon Mayo était noté sur l'agenda le vendredi matin. C'était l'interview qu'Alan avait décidé d'annuler, et pourtant aucun signe ni aucune rature ne l'indiquait. Je suis revenue à la semaine précédente. Le dîner avec Charles à l'Ivy Club était bien mentionné. Le matin même, il avait vu « SB ». Son médecin.

— Qui est Claire ?

— Sa sœur, a dit James, penché par-dessus mon épaule. Et le Jolly Sailor est à Orford. C'est l'endroit où elle habite.

— Vous ne connaîtriez pas le mot de passe de son ordinateur, par hasard ?

— Si. C'est F1dèle.

Le prénom de son détective, mais avec le chiffre 1 à la place de la lettre i. James a allumé l'ordinateur et tapé le mot de passe.

Je n'avais pas besoin d'explorer l'ordinateur d'Alan dans ses moindres détails. Ses courriels ne m'intéressaient pas, ni l'historique de ses recherches sur Google, ni le fait qu'il aimait jouer au scrabble électronique. Tout ce que je voulais, c'était le manuscrit. Il se servait de Word pour Mac et nous avons rapidement trouvé les deux derniers romans : *Meurtres au soleil* et *Mort en coulisses*. Il y avait plusieurs versions de chacun, y compris celles que je lui avais adressées avec les modifications finales. Mais pas un mot d'*Épitaphe de la pie* dans aucun des fichiers. Comme si l'ordinateur avait été nettoyé.

— C'est son seul ordi ?

— Non. Il en a un autre à Londres, et aussi un portable. Mais il utilisait celui-ci pour le livre. J'en suis certain.

— Est-il possible qu'il ait utilisé une clé USB pour le sauvegarder ?

— Je ne crois pas l'avoir jamais vu avec une clé USB. Mais c'est possible.

Nous avons fouillé la pièce. Exploré tous les tiroirs, tous les placards. James participait avec entrain. Nous avons découvert des tirages papier de tous les Fidèle Staupert. Des cahiers contenant des extraits griffonnés au stylo plume, mais rien en rapport avec *Épitaphe de la pie*, comme si tout avait été délibérément enlevé. Une chose, pourtant, m'intéressait : une copie brochée du *Toboggan*, le roman que Charles avait mentionné et qu'il avait refusé. À ma demande, James a accepté que je l'emprunte. Il y avait des piles de journaux et de vieux magazines. Alan avait conservé tout ce qui avait été écrit à son sujet : interviews, portraits, critiques (les bonnes), essais. Tout était parfaitement en ordre. Un placard était dédié à la papeterie : enveloppes rangées par taille, rames de papier blanc, bloc-notes, chemises plastifiées, tout un éventail de Post-it. Mais aucune trace de clé USB. Et s'il y en avait une, elle était trop petite pour que l'on puisse la trouver.

Finalement, j'ai dû renoncer. J'étais là depuis une heure. J'aurais pu y passer la journée.

— Vous devriez tenter votre chance chez M. Khan, m'a suggéré James. C'est le notaire d'Alan. Ses bureaux sont à Framlingham, sur Saxmundham Road. Je ne sais pas pourquoi il aurait le manuscrit, mais Alan lui confiait beaucoup de documents. Son testament, notamment.

Il avait déjà plaisanté sur ce sujet dès mon arrivée.

— Vous allez continuer d'habiter ici, James ?

C'était une question tendancieuse. Il devait savoir qu'Alan avait eu l'intention de le déshériter.

— Sûrement pas ! Je ne pourrais pas rester tout seul au milieu de nulle part. Je deviendrais fou. Un jour, Alan m'a dit qu'il me léguerait la maison, mais, si c'était le cas, je retournerais à Londres. C'est là que je vivais avant de le rencontrer. (Il a fait une moue avant de poursuivre.) Nous avons eu une mauvaise passe, récemment. Nous étions plus ou moins séparés. Alors il a peut-être changé ses plans. Je ne sais pas.

— M. Khan vous tiendra informé.

— Pour l'instant, il ne m'a rien dit.

— Je vais aller le voir.

— Si j'étais vous, j'irais aussi voir la sœur d'Alan. Avant, elle travaillait pour lui. Elle s'occupait de la paperasse et du courrier des lecteurs. Je crois même qu'elle a tapé à la machine les premiers manuscrits d'Alan. Qui sait, il lui a peut-être fait lire le dernier.

— Elle habite à Orford, c'est bien ça ?

— Je vais vous donner son adresse et son numéro.

Tandis que James Taylor cherchait un papier et un stylo, je me suis approchée d'un placard que je n'avais pas ouvert et qui était encastré dans un mur, derrière l'escalier en colimaçon. Je pensais qu'il contenait peut-être un coffre-fort. Après tout, Sir Magnus Pye en avait un dans son bureau. La porte s'ouvrait bizarrement : une moitié coulissait vers le haut, l'autre moitié vers le bas. J'ai compris que, en fait de coffre, il s'agissait d'un monte-plat.

— C'est Alan qui l'a fait installer, m'a expliqué James sans lever les yeux. Il prenait toujours son petit déjeuner et son déjeuner dehors quand il faisait assez chaud. Il posait les plats et les faisait monter.

— Est-ce que je pourrais voir la tour ?

— Bien sûr. J'espère que vous n'avez pas le vertige.

C'était un escalier métallique, très moderne. Machinalement, j'ai compté les marches. Elles n'en finissaient pas. Enfin, une porte verrouillée de l'intérieur débouchait sur une large terrasse circulaire, entourée d'un muret crénelé. Charles l'avait bien décrit. De là, on apercevait un océan de verdure, arbres et champs, jusqu'à Framlingham. Au loin, l'université de Framlingham, un bâtiment gothique du XIXe siècle, était perchée sur une colline. Mais j'ai remarqué autre chose. Bien que masquée par la végétation et invisible de la route, une autre propriété jouxtait Abbey Grange. J'y serais arrivée si j'avais continué de rouler sur le chemin. On distinguait aussi ce qui ressemblait à un sentier entre les arbres. C'était une construction spacieuse et moderne, entourée d'un jardin très bien entretenu, avec une serre et une piscine.

— Qui habite là ?

— Le voisin. John White. Il est administrateur d'un fonds spéculatif.

Alan avait aménagé la terrasse avec une table et quatre chaises, un barbecue à gaz et deux chaises longues. Je me suis approchée un peu nerveusement du muret pour regarder en bas. De la tour, le sol semblait terriblement loin, et j'imaginais facilement Alan en train de plonger. Mon estomac s'est soudain serré et j'ai reculé, aussitôt arrêtée par les mains de James dans mon dos. Pendant un instant atroce j'ai cru qu'il allait me pousser. Le garde-corps n'était vraiment pas adapté. Il m'arrivait à peine à la taille.

James a fait un pas en arrière, gêné.

— Excusez-moi, j'avais peur que vous ne soyez prise de vertige. Cela arrive souvent aux personnes qui montent ici pour la première fois.

La brise soulevait mes cheveux. Je me suis ressaisie.

— J'en ai assez vu. Descendons.

Pousser Alan Conway par-dessus le muret aurait été très facile. Ce n'était pas un homme costaud. N'importe qui aurait pu se faufiler jusqu'ici et le faire basculer. Je ne sais pas pourquoi ces pensées me venaient puisqu'il était clair qu'aucun crime n'avait été commis. Alan avait laissé une lettre de suicide. Malgré cela, sitôt après être remontée dans ma voiture, j'ai appelé le théâtre Old Vic à Londres, où l'on m'a confirmé qu'Alan Conway avait bien réservé deux places pour la représentation de *Henry V*, le jeudi. Je leur ai dit qu'il n'en aurait pas besoin. Détail intéressant, Alan avait fait la réservation le samedi, soit la veille du jour où il s'était donné la mort. Son agenda révélait qu'il avait aussi pris d'autres engagements : rendez-vous, déjeuners, match de tennis. Malgré l'évidence, je ne pouvais m'empêcher de m'interroger.

Était-ce vraiment le comportement d'un homme qui a décidé de mettre fin à ses jours ?

Wesley & Khan, Framlingham

De retour à Framlingham, je garai ma voiture sur la place centrale et terminai le trajet à pied. Ce bourg était vraiment un méli-mélo. À son extrémité se dressait un château bien conservé, entouré de rectangles d'herbe et de douves : image parfaite de l'Angleterre telle qu'elle avait pu être à l'époque de Shakespeare, avec un pub et une mare aux canards. Mais, cinquante mètres plus loin, le charme était brutalement rompu par Saxmundham Road, une route large et moderne qui s'étirait dans le lointain, avec un garage Gulf d'un côté et un assortiment de maisons et de petits pavillons très ordinaires de l'autre. Wesley & Khan, le cabinet d'avocats qui gérait les affaires d'Alan Conway, occupait une bâtisse à la façade moutarde en bordure de la ville. C'était une maison particulière, reconvertie en local professionnel, ainsi que l'indiquait la plaque à l'entrée.

Je n'étais pas certaine que M. Khan me recevrait sans rendez-vous, mais je tentai ma chance. Je n'aurais pas dû m'inquiéter. Les lieux étaient déserts. Une jeune femme lisait un magazine derrière le bureau de réception, et, en face, un jeune homme posait un regard vague sur l'écran de son ordinateur. La maison était ancienne, avec des murs irréguliers et un plancher qui craquait. Malgré les tapis gris et les néons, cela ressemblait tout de même à un intérieur de particulier.

La jeune femme a passé un coup de téléphone. M. Khan allait me recevoir. Elle m'a indiqué l'escalier et je suis montée dans ce qui avait dû être la chambre du maître de maison, à présent transformée en un bureau fonctionnel donnant sur le garage Gulf. Sajid Khan – son nom entier figurait sur la porte – était assis derrière une copie de bureau ancien, à la surface gainée de cuir vert et doté de poignées en bronze. Le genre de mobilier que l'on choisit pour en imposer. C'était un homme gros et expansif d'une quarantaine d'années, abrupt dans ses mouvements et dans sa façon de parler. Il s'est levé pour m'accueillir.

— Entrez ! Entrez ! Je vous en prie, asseyez-vous. Vous a-t-on offert un thé ?

Il avait les cheveux très noirs, des sourcils épais qui se rejoignaient presque, il portait une veste de sport avec des pièces aux coudes, avec ce qui ressemblait à une cravate de club. Il y avait peu de chances qu'il soit né à Framlingham et je me demandais ce qui avait pu l'attirer dans un trou aussi paumé et, d'ailleurs, comment il s'accordait avec M. Wesley. Près de lui, sur son bureau, trônait un de ces écrans de photos numériques où les images se succèdent toutes les trente secondes, en glissant ou en tournant sur elles-mêmes. Avant même de m'asseoir, j'ai ainsi fait connaissance de son épouse, de ses deux filles, de son chien, et d'une vieille dame avec un hidjab qui était sans doute sa mère. Je ne sais pas comment il supportait ce défilé incessant de photos. Cela m'aurait rendue folle.

J'ai décliné son offre de thé et me suis assise face au bureau. Il a repris sa place et je lui ai brièvement expliqué la raison de ma visite. Son comportement a changé dès la mention du nom d'Alan.

— C'est moi qui l'ai trouvé, vous savez. Je suis passé chez lui le dimanche matin. Nous avions rendez-vous. Vous connaissez Abbey Grange ? Vous ne le croirez peut-être pas, mais en roulant vers sa maison j'ai eu un mauvais pressentiment. Et cela avant même de l'apercevoir. D'ailleurs, je ne sais pas ce que je regardais. C'était comme si on avait jeté un tas de vêtements sur la pelouse. Vraiment, c'est ce que j'ai cru. Et puis je me suis rendu compte que c'était lui. J'ai compris tout de suite qu'il était mort. Je ne me suis pas approché ! J'ai aussitôt prévenu la police.

— Vous étiez assez proches, je crois.

Sajid Khan était SK, dans l'agenda de Conway. Ils jouaient au tennis ensemble, et Khan lui rendait visite le dimanche.

— En effet, oui. J'avais lu nombre de ses romans avant de le rencontrer et j'étais un fervent admirateur. Au fil du temps, nous avons réglé de nombreuses affaires pour lui et je suis heureux de dire que je le connaissais bien. En fait, j'irais même jusqu'à dire que nous étions amis.

— Quand l'avez-vous vu pour la dernière fois ?

— Il y a environ une semaine.

— Vous doutiez-vous qu'il avait l'intention de se suicider ?

— Absolument pas. Alan était dans ce bureau, assis exactement à votre place. Nous parlions de l'avenir et il semblait de fort bonne humeur.

— Il était malade.

— C'est ce que je viens d'apprendre. Mais il ne m'en a jamais soufflé mot, mademoiselle Ryeland. Il m'a téléphoné le samedi soir. Je suis probablement une des dernières personnes à avoir parlé avec lui quand il était vivant.

Il aurait été difficile de parler avec lui quand il ne l'était plus, ai-je pensé. Réflexe d'éditrice.

— Puis-je vous demander le sujet de votre conservation, monsieur Khan ? Et pourquoi vous lui rendiez visite un dimanche ? Je sais que cela ne me regarde pas…

Je l'ai gratifié d'un sourire bienveillant pour l'encourager à me mettre dans la confidence.

— Je ne vois aucun mal à en parler, à présent. Certains changements se sont produits dans la vie privée d'Alan et il avait décidé de revoir son testament. J'en avais rédigé une nouvelle version et j'allais chez lui pour la lui soumettre. Il devait revenir le lundi.

— Il comptait rayer James Taylor de son testament, n'est-ce pas ?

M. Khan a froncé les sourcils.

— Vous me pardonnerez de ne pas entrer dans les détails. Ce ne serait pas correct.

— Bien sûr, monsieur Khan. Alan nous a écrit une

lettre, à Cloverleaf. Il y annonçait son intention de se suicider et de déshériter James Taylor.

M. Khan a poussé un soupir.

— Je n'ai pas à commenter ce qu'Alan a pu vous écrire, mademoiselle Ryeland. Mais je vais être franc avec vous. J'ai découvert un aspect d'Alan très difficile à comprendre.

— Vous parlez de sa sexualité ?

— Non, bien sûr que non. Ce n'est pas cela du tout. Mais avoir un compagnon tellement plus jeune…

M. Khan s'empêtrait, cherchait un équilibre entre ses divers préjugés. Une photo de lui, bras dessus, bras dessous avec sa femme, glissa sur l'écran numérique.

— Je connaissais bien Mme Conway, reprit-il.

Pour ma part, j'avais rencontré Melissa Conway à l'occasion de quelques manifestations professionnelles. Je me souvenais d'une femme peu loquace et grave. Elle donnait toujours l'impression de savoir qu'une chose terrible allait se produire mais qu'elle se refusait à le formuler.

— Comment avez-vous fait sa connaissance, monsieur Khan ?

— Eh bien, en fait, c'est elle qui nous a présenté Alan. Lorsqu'ils ont acheté leur première maison dans le Suffolk, à Orford, précisément, elle s'est adressée à nous pour les actes. Malheureusement, ils se sont séparés quelques années plus tard. Nous ne nous sommes pas occupés du divorce, mais nous avons réglé l'acquisition d'Abbey Grange par Alan. Ou plutôt Ridgeway Hall, ainsi que s'appelait la propriété à l'époque. C'est Alan qui a modifié le nom.

— Où vit son ex-femme aujourd'hui ?

— Elle s'est remariée. Je crois qu'elle habite aux environs de Bath.

J'ai fait un point rapide sur ce que je venais d'apprendre. Sajid Khan avait rédigé un nouveau testament qu'il avait apporté le dimanche matin…

— Il ne l'a donc pas signé ! Alan est mort avant d'avoir signé son nouveau testament.

— En effet, oui.

Le testament non signé est une de ces figures imposées du roman policier que j'en suis venue à détester, tout simplement parce qu'il est galvaudé. Dans la vie réelle, des tas de gens ne prennent pas la peine de rédiger un testament, mais c'est parce que nous avons réussi à nous convaincre que nous sommes immortels. Et ceux qui en font ne se promènent pas en menaçant de le changer afin de fournir à quelqu'un le prétexte idéal pour les assassiner.

Or c'est exactement ce qu'Alan Conway avait fait.

— Je vous serai reconnaissant de ne pas dévoiler cette conversation, mademoiselle Ryeland, poursuivit M. Khan. Je le répète, je ne devrais même pas discuter de cette histoire de testament.

— Ne vous inquiétez pas, monsieur Khan. D'ailleurs ce n'est pas la raison de ma présence ici.

— Dans ce cas, en quoi puis-je vous aider ?

— Je cherche le manuscrit d'*Épitaphe de la pie*. Alan l'a terminé juste avant de mourir, mais il manque les derniers chapitres. J'imagine que…

— Alan ne me montrait jamais son travail avant sa

publication, répondit Khan, ravi de revenir sur un terrain moins mouvant. Il a eu la gentillesse de me dédicacer un exemplaire de *Mort en coulisses* avant sa parution. Mais il ne me parlait jamais de ses romans. Vous devriez plutôt demander à sa sœur.

— Oui, je dois la voir demain.

— Ne lui parlez pas du testament, s'il vous plaît. J'aurai un entretien avec elle dans la semaine. Et il y aura les obsèques.

— Je recherche seulement les pages manquantes, monsieur Khan.

— J'espère que vous les trouverez. Alan va nous manquer à tous. Ce serait bien d'avoir un ultime souvenir de lui.

Il a souri et s'est levé. Sur l'écran numérique, une nouvelle image est apparue : c'était la même qu'à mon arrivée. L'album de photos avait effectué un tour complet.

Extrait du *Toboggan,* d'Alan Conway

La salle à manger de l'hôtel Crown était quasiment déserte lorsque j'y suis entrée pour dîner, et je me sentais un peu mal à l'aise de prendre mon repas seule. Cependant j'avais de la compagnie. Je m'étais munie du roman qu'Alan Conway avait imploré Charles de publier alors même qu'il s'apprêtait à se suicider. *Le Toboggan.* Charles avait-il eu raison de le refuser ? En voici le début.

Lord Quentin Trump descend mollement l'escalier, avec ce regard hautain dont il toise toujours les cuisinières et les domestiques, les majordomes en second et les laquais, lesquels n'existent que dans son imagination tortueuse, et se sont faufilés pêle-mêle dans son esquisse de l'histoire familiale. Ils étaient là quand lui-même était enfant. D'ailleurs, par certains côtés il est encore un enfant, ou, plus exactement, l'enfant qu'il était reste tapi obstinément dans les replis graisseux que cinquante années d'un mode de vie malsain ont déposé sur l'arbre nu et sec de son squelette. *Deux œufs à la coque, cuisinière. Tu sais comme je les aime. Moelleux mais pas coulants. Avec des mouillettes tartinées de Marmite comme maman les faisait... Les poules n'ont pas pondu ? Qu'elles aillent au diable, Agnes. À quoi servent les poules si elles ne pondent pas ?* N'est-ce pas son héritage ? N'est-ce pas son droit légitime ? Il vit dans l'édifice majestueux où il est venu au monde, braillant et miaulant, petite boule visqueuse et mauvâtre, déchirant le rideau du vagin de sa mère avec la même violence avec laquelle il s'est déchaîné tout au long de sa vie. Et le voici maintenant, ses joues ravagées par le réseau de ses veines, d'un rouge rubis semblable à celui des vins sublimes qui les ont fait éclore à la surface, ses joues qui bataillent pour se frayer une place sur un visage qui semble trop petit pour les contenir. Une trace de moustache balaie sa lèvre supérieure : elle semble avoir rampé hors de ses narines, jeté un regard en arrière sur ses génitrices, perdu espoir et succombé. Ses yeux sont fous. Pas fous dans le genre « coup de tête », fous dans le genre dangereux. Il a les sourcils Trump. Eux aussi sont un peu fous, ils jaillissent de sa peau comme la jacobée couverte de duvet blanc qu'il n'a pas réussi à éradiquer du terrain de croquet. Aujourd'hui étant un samedi et la température étant un peu froide pour la saison, il est vêtu de tweed. Veste de tweed, gilet de tweed, pantalon de tweed, chaussettes de tweed. Il aime le tweed. Il en aime même le son lorsqu'il commande un costume dans le magasin de Savile Row qu'il fréquente, mais moins fréquemment maintenant, pas à deux mille livres le costume. Néanmoins ça les vaut. Quel moment de réconfort agréable lorsque le taxi noir prend le virage et le dépose juste devant la porte. *Ravi de vous revoir,* my lord. *Comment se porte Lady Trump ? C'est toujours un plaisir de vous accueillir. Vous restez longtemps en ville ? Un joli tweed cheviot, peut-être... Dans les tons bruns ? Où est mon mètre ? Remuez-vous, Miggs ! Je crois que nous allons devoir reprendre les mesures de votre taille*, my lord. Il n'a plus de taille. Que de la chair. Sa corpulence a atteint des proportions de phénomène de foire, et il sait qu'il patauge dans les eaux écumeuses de la mauvaise santé. Dans leurs cadres dorés, ses ancêtres le regardent descendre l'escalier ; aucun d'eux ne sourit, désappointés qu'ils sont que ce crétin adipeux soit le maître de la demeure familiale et que quatre cents ans de consanguinité appliquée n'aient abouti qu'à cela. Cela le préoccupe-t-il ? Non. Ce qu'il veut, c'est son petit déjeuner. Na. Il infantilise tout. Quand il mange, la nourriture dégouline sur son menton, et il se demande encore, dans un coin de son esprit, pourquoi la nounou ne vient pas l'essuyer. Il entre dans la salle du petit déjeuner et s'assied, son postérieur adipeux s'encadrant de justesse entre les accoudoirs du fauteuil XVIIIe Hepplewhite, qui gémit sous son poids. Il déplie la serviette de lin blanche et la coince sous son menton, ou plutôt ses mentons car il en possède la double ration qui sied au gentleman anglais de bonne naissance. Un exemplaire du *Times* l'attend, mais il ne l'ouvre pas encore. Pourquoi devrait-il partager les mauvaises nouvelles du monde, la communion quotidienne de dépression, de désorientation et de décadence, alors qu'il en a largement son content chez lui ? Il est sourd aux voix geignardes qui alertent contre la montée du fondamentalisme musulman et contre la chute de la livre sterling. La maison de son enfance, le manoir, est en danger. Elle ne tiendra peut-être même pas jusqu'à la fin du mois. Telles sont les pensées, les squatteurs immondes qui occupent son esprit.

Cela continuait ainsi sur quatre cent vingt pages. J'avoue que j'ai commencé à lire en diagonale sitôt la fin du premier chapitre, en piochant ensuite une phrase ici ou là. Le roman m'apparaissait comme une tentative de satire, une pochade grotesque sur l'aristocratie britannique. L'intrigue, à supposer qu'il y en ait une, tournait autour de la banqueroute de Lord Trump et de ses efforts pour transformer sa superbe mais croulante demeure en attraction touristique, en mentant sur son histoire, en inventant un fantôme, et en transférant sur ses terres les animaux vieillissants et dociles d'un zoo local. Le toboggan du titre était censé être le joyau d'une aire de jeux qu'il avait construite, mais il servait pompeusement de métaphore à l'état de la nation. Élément révélateur : lorsque arrivent les premiers visiteurs – « des femmes en blousons de nylon bouffants, de grosses poufiasses épaisses, laides et geignardes, aux doigts jaunis par la nicotine, accompagnées de leurs rejetons débiles qui avaient des fils d'écouteurs dégoulinant de leurs oreilles, des caleçons de marque dépassant de la ceinture de leurs jeans informes » –, ils sont traités par l'auteur avec le même mépris que les Trump.

Le Toboggan m'inquiétait pour toutes sortes de raisons. Comment un homme qui avait écrit des romans largement plébiscités et distrayants – la série des Fidèle Staupert – pouvait-il être l'auteur d'un texte aussi détestable ? Cela revenait presque à découvrir qu'Enid Blyton, à ses heures perdues, s'était adonnée à la pornographie. Le style manquait douloureusement d'originalité ; cela m'évoquait un autre écrivain, mais sur le moment je ne savais plus qui. En tout cas, Conway cherchait laborieusement les effets à chaque phrase, en usant d'horribles métaphores. Le pire est qu'il ne s'agissait pas d'une œuvre de jeunesse écrite avant qu'il ait trouvé sa voix. La référence à l'islamisme radical en était la preuve. Il avait rebricolé ce roman assez récemment et l'avait mentionné dans sa dernière lettre pour demander à Charles de le relire. C'est donc qu'il lui importait encore. Était-ce la vision qu'il avait du monde ? Croyait-il réellement dans les qualités littéraires de ce texte ?

J'ai mal dormi cette nuit-là. Je suis habituée à la mauvaise littérature. J'ai lu des tas de romans qui n'ont pas la moindre chance d'être publiés. Mais je connaissais Alan depuis onze ans, du moins je pensais le connaître, et je n'arrivais pas à le croire capable d'avoir commis ces quatre cent vingt pages. C'était comme s'il me chuchotait à l'oreille, alors que j'étais allongée dans l'obscurité, quelque chose que je ne voulais pas entendre.

Orford, Suffolk

Épitaphe de la pie a pour cadre un village fictif du Somerset. La plupart des histoires se situent dans des villages inventés par Alan, et les deux romans londoniens (*Noir comme l'enfer* et *Assassin sans merci*) utilisent de faux noms pour tous les lieux qui pourraient être reconnaissables : hôtels, restaurants, musées, hôpitaux, théâtres. Comme si l'auteur craignait d'exposer ses personnages imaginaires au monde réel, même avec le paravent des années cinquante. Staupert ne se sent à l'aise que lorsqu'il se promène dans le parc communal ou boit un verre au pub du village. Les meurtres ont lieu pendant un match de cricket ou une partie de croquet. Il fait toujours beau. Comme Alan a puisé le nom de sa maison dans une nouvelle de Sherlock Holmes, il est possible qu'il se soit aussi inspiré de la célèbre maxime du détective : « Les plus obscures et sordides ruelles de Londres ne présentent pas un plus terrible palmarès de crimes que notre souriante et belle campagne[1]. »

---

1. Traduction de Bernard Tourville.

Pourquoi les villages anglais se prêtent-ils si bien au meurtre ? Je me suis souvent posé la question, jusqu'au jour où j'ai découvert la réponse en commettant l'erreur de louer un cottage près de Chichester. Charles avait essayé de m'en dissuader, mais, à l'époque, je ne voyais que le plaisir de m'échapper de temps à autre de la ville pour un week-end. Charles avait raison. La campagne m'a très vite été insupportable. J'ai rapidement découvert que chaque fois que je me faisais un ami, je me faisais en même temps trois ennemis, et que les chamailleries sur des sujets aussi futiles que le stationnement de la voiture, les cloches de l'église, les crottes de chien et les jardinières de fleurs dominaient la vie quotidienne à un point tel que tout le monde sautait en permanence à la gorge de tout le monde. Je n'exagère rien. Les émotions, qui se diluent assez vite dans le vacarme et le chaos de la ville, couvent et grondent aux abords de la place du village, et conduisent les habitants à la psychose et à la violence. Pour un auteur de romans policiers, c'est une bénédiction. Sans compter l'avantage du lien social. Les villes sont anonymes alors que, dans une petite commune rurale, les gens se connaissent, ce qui facilite la tâche pour multiplier les suspects et, par conséquent, ceux qui les suspectent.

Il me paraissait évident qu'Alan avait en tête l'image d'Orford lorsqu'il inventa Saxby-on-Avon. Ce n'était pas dans l'Avon, et il n'y avait pas de « constructions de style géorgien en pierre de Bath, dotées de jolis portiques et de jardins en terrasse », mais, sitôt après avoir dépassé la caserne de pompiers avec sa tour d'entraînement jaune vif, en débouchant sur la place du village, j'ai su exactement où j'étais. À Orford, l'église s'appelait St Bartholomew et non St Botolph, mais elle se trouvait au bon emplacement et possédait même quelques arches en pierre endommagées. Un pub faisait face au cimetière. Le Queen's Arms, où séjournait Staupert, s'appelait ici le King's Head. Le panneau d'affichage communal, où Joy placarde sa déclaration, était aussi sur un côté de la place. L'épicerie et la boulangerie de l'autre. Le château, qui jette son ombre sur la maison de la Dr Redwing, et qui fut sans doute construit à la même époque que celui que j'avais vu à Framlingham, était un peu plus loin. Il y avait même une Daphne Road. Dans le roman, c'est l'adresse de Neville Brent, mais dans le monde réel c'était celle de la sœur d'Alan. La maison ressemblait beaucoup à celle décrite dans le livre. Et je me suis interrogée sur ce que cela pouvait signifier.

Claire Jenkins n'avait pas pu me recevoir la veille mais avait accepté de me rencontrer à l'heure du déjeuner. Je suis arrivée en avance et me suis promenée dans le village, en suivant la route principale jusqu'à la rivière Alde. La rivière n'existe pas dans le livre d'Alan, elle est remplacée par la route menant à Bath. Pye Hall est quelque part sur la gauche, ce qui le placerait en réalité sur le terrain appartenant au yacht club d'Orford. Comme j'avais du temps devant moi, j'en ai profité pour boire un café au second pub du village, le Jolly Sailor. Dans le roman, il s'appelle le Ferryman. Deux références aux bateaux. Je suis également passée devant un vaste pré, qui avait sans doute inspiré Dingle Dell, même s'il n'avait qu'un bosquet d'arbres et aucun presbytère en vue.

Je commençais à me faire une idée de la façon dont

fonctionnait l'esprit d'Alan. Il avait placé sa propre maison Abbey Grange, y compris le lac et les arbres, dans le village où il avait vécu jusqu'à son divorce. Ensuite, il avait transporté l'ensemble dans le Somerset, région où, comme par hasard, habitaient maintenant son ex-femme et son fils. D'évidence, il avait utilisé tout son environnement, êtres et choses. Le golden labrador de Charles Clover, Bella, avait fait son entrée dans le récit. James Taylor y jouait un rôle secondaire. Quant à Claire, la sœur d'Alan, je me doutais qu'elle s'était réincarnée en Clarissa.

Ce qui, en conséquence, faisait d'Alan Conway le double réel de Magnus Pye. Il était intéressant qu'Alan se soit identifié au personnage central de l'intrigue : un propriétaire terrien arrogant et odieux. Savait-il une chose qui m'échappait ?

Claire Jenkins ne portait pas de chapeau à plumes. Sa maison était moderne et non sans charme. Bref, rien dans ce décor ne ressemblait à celui décrit par Alan. Certes, la villa était petite, modeste comparée aux autres propriétés d'Orford, mais confortable, de bon goût, et sans aucune image pieuse. Claire Jenkins elle-même était une femme de petite taille, d'allure pugnace, vêtue d'un pull à col roulé et d'un jean qui ne la flattait guère. Contrairement à Clarissa Pye, elle ne se teignait pas les cheveux, lesquels avaient une couleur indéfinissable entre le gris et le châtain. Une frange tombait sur ses yeux fatigués et tristes. Elle ne ressemblait en rien à son frère, et une chose m'a tout de suite frappée lorsqu'elle m'a fait entrer dans son salon : il n'y avait pas un seul des livres d'Alan en vue. Peut-être les avait-elle retournés en signe de deuil. Claire Jenkins m'avait invitée à l'heure du déjeuner mais pas à déjeuner. Elle tenait manifestement à se débarrasser de moi au plus vite.

— L'annonce de la mort d'Alan m'a causé un grand choc, vous savez, mademoiselle Ryeland. Il était mon cadet de trois ans et nous avons toujours été très proches. C'est pour lui que je suis venue habiter à Orford. J'ignorais totalement qu'il était malade. Il ne m'en a jamais parlé. J'ai croisé James il y a une semaine à Ipswich, où il faisait des courses, et il ne m'a rien dit non plus. Je m'entendais très bien avec James, même si j'ai été étonnée en apprenant qu'il était le compagnon d'Alan. Nous l'avons tous été. Je n'ose imaginer comment auraient réagi mes parents s'ils avaient encore été en vie. Mon père était directeur d'école. Mais ils sont morts depuis longtemps. Bref, James n'a jamais fait la moindre allusion au fait qu'Alan était malade. Je me demande même s'il était au courant.

Lorsque Fidèle Staupert interroge les gens, ils donnent généralement des réponses sensées. Peut-être parce qu'il a un talent pour formuler les questions. On lui répond en commençant par le commencement et de façon logique. Il en allait tout autrement avec Claire Jenkins. Elle s'exprimait comme respirerait quelqu'un ayant un poumon perforé. Les mots sortaient par à-coups, et je devais me concentrer pour suivre ce qu'elle disait. Elle était écrasée de chagrin. La mort de son frère l'avait anéantie.

— Ce que je n'arrive pas à comprendre, c'est pourquoi il ne s'est pas tourné vers moi. Nous avons eu quelques différends ces derniers temps, mais j'aurais été heureuse de parler avec lui, et si quelque chose le tracassait…

— Il s'est suicidé à cause de sa maladie.

— C'est ce que m'a expliqué le commissaire Locke. Mais il n'était pas obligé de choisir un moyen aussi radical. Il existe toutes sortes de soins palliatifs, de nos jours. Mon mari avait un cancer du poumon, voyez-vous. Les infirmières ont été absolument merveilleuses avec lui. Je pense même qu'il a été plus heureux au cours de ses derniers mois que pendant toute sa vie avec moi. Il était le centre de toute leur attention. Cela lui plaisait. Je suis venue à Orford après sa mort. C'est Alan qui m'a fait venir. Il disait que ce serait bien de se rapprocher. Cette maison… jamais je n'aurais eu les moyens de l'acheter sans son aide. Après ce que j'ai traversé, il aurait été naturel qu'il se confie à moi. S'il avait vraiment l'intention de se suicider, pourquoi ne m'en a-t-il rien dit ?

— Il avait peut-être peur que vous ne cherchiez à l'en dissuader.

— Jamais je n'aurais pu dissuader Alan de quoi que ce soit. Ni le pousser à faire quelque chose. Ce n'était pas notre genre.

— Vous étiez très proches, dites-vous.

— Oh oui ! Je le connaissais mieux que personne. J'aurais tellement de choses à vous raconter sur lui. Je suis surprise que vous n'ayez jamais publié son autobiographie.

— Il ne l'a jamais écrite.

— Vous auriez pu demander à quelqu'un de l'écrire pour lui.

Je me suis abstenue de la contredire.

— Tout ce que vous pourrez m'apprendre sur votre frère m'intéresse, madame Jenkins.

— Vraiment ? Dans ce cas, je pourrais écrire quelque chose sur Alan. Vous parler de l'époque de Chorley Hall, quand nous étions enfants. Ça me plairait, vous savez. J'ai lu les nécrologies et c'est à peine si elles font son portrait.

Je me suis efforcée de la ramener sur ce qui me préoccupait.

— James Taylor m'a dit que vous aidiez Alan dans son travail. Que vous lui tapiez certains manuscrits.

— C'est exact. Alan rédigeait toujours son premier jet à la main. Il aimait écrire au stylo plume. Il se méfiait des ordinateurs. Il refusait que toute cette technologie s'immisce entre son travail et lui. Il préférait l'intimité du stylo et du papier. Il se sentait plus proche de la page, disait-il. Je m'occupais du courrier aux lecteurs pour lui. Les gens lui écrivaient des lettres délicieuses, mais il n'avait pas le temps de répondre à toutes. Il m'avait appris à écrire comme lui. Je rédigeais les lettres et il les signait. Je l'aidais également dans ses travaux de recherche. Sur les poisons et les choses de ce genre. C'est moi qui l'ai présenté à Richard Locke.

Richard Locke, le commissaire de police qui avait téléphoné à Charles.

— Je travaille pour la police du Suffolk, a précisé Claire Jenkins. À Ipswich, dans Museum Street.

— Vous êtes policière vous-même ?

— Non, je travaille aux ressources humaines.

— Avez-vous tapé le manuscrit d'*Épitaphe de la pie* ?

— Non. Je me suis arrêtée après *Assassin sans merci*. Le fait est, vous comprenez, qu'Alan ne me donnait rien. Oh ! il était très généreux envers moi à certains égards.

Pour m'aider à acheter la maison, par exemple, m'inviter au restaurant, ce genre de choses. Mais après lui avoir tapé trois romans, j'ai suggéré qu'il pourrait peut-être… je ne sais pas… me verser un salaire. Cela semblait raisonnable. Je ne demandais pas des sommes folles. Je trouvais naturel d'être payée pour mon travail. Pas lui. J'ai vu tout de suite que je l'avais contrarié. Il ne trouvait pas normal de m'employer parce que j'étais sa sœur. Nous ne nous sommes pas disputés, mais, à partir de ce jour, il a tapé ses manuscrits lui-même. À moins que James ne l'ait aidé. Je ne sais pas.

Claire Jenkins ne savait rien des chapitres manquants d'*Épitaphe de la pie*.

— Je n'ai pas lu ce texte. Alan ne me l'a pas montré. Avant, je lisais tous ses livres avant qu'ils soient publiés, mais après notre discussion il a cessé de me les donner. Il était comme ça, vous savez. Terriblement susceptible.

— Si vous écrivez vraiment sa biographie, il faudra parler de tout cela. De votre jeunesse. S'il a toujours eu dans l'idée de devenir écrivain. D'écrire des romans policiers.

— Oui, je vais le faire. C'est décidé.

Et aussitôt elle a ajouté :

— Je ne crois pas qu'Alan se soit suicidé.

— Pardon ?

— Je suis sûre que non !

Elle a presque crié ces mots, comme si elle se retenait de les dire depuis que j'étais arrivée et n'en pouvait plus.

— Je l'ai dit au commissaire Locke mais il n'a pas voulu m'écouter. Alan ne s'est pas suicidé. Je ne le crois pas une seconde.

— C'est un accident, selon vous ?

— Je pense qu'on l'a tué.

Je l'ai regardée d'un air sidéré.

— Qui aurait voulu sa mort ?

— Des tas de gens. Des gens qui étaient jaloux, des gens qui ne l'aimaient pas. Melissa, pour commencer. Elle ne lui a jamais pardonné ce qu'il lui a fait, et on peut la comprendre. La quitter pour un jeune homme. Elle a été humiliée. Et puis il y a son voisin, John White. Ils se sont fâchés pour une histoire d'argent. Alan m'en a parlé. Il disait que ce White était capable de tout. Il se peut aussi que l'assassin soit un inconnu. Quand on est un écrivain célèbre, il y a toujours des désaxés qui vous harcèlent. Il n'y a pas très longtemps, Alan a reçu des menaces de mort. Je le sais parce qu'il me les a montrées.

— De qui venaient-elles ?

— Lettres anonymes. Ça m'était insupportable de les lire, tant le langage était obscène, injurieux. Apparemment, c'était quelqu'un qu'il avait rencontré dans le Devonshire, un écrivain.

— Vous les avez conservées ?

— Elles doivent être encore au commissariat. Je les avais montrées au commissaire Locke, et il pensait qu'il fallait les prendre au sérieux, mais Alan ne voyait pas du tout de qui il s'agissait. Mon frère adorait la vie. Même malade, jamais il n'aurait mis fin à ses jours.

— Alan a écrit une lettre, madame Jenkins. La veille de sa mort, il nous a écrit pour nous informer de ses intentions.

Claire Jenkins a posé sur moi un regard mêlé d'incrédulité et de ressentiment.

— Il vous a écrit à vous ?

— Oui.

— Personnellement ?

— Non. La lettre était adressée à Charles Clover, son éditeur.

Claire Jenkins a réfléchi un instant puis :

— Pourquoi ? Pourquoi à vous et pas à moi ? Je n'y comprends rien. Nous avons été élevés ensemble. Jusqu'à ce qu'on l'envoie au pensionnat, nous étions inséparables. Et même après, quand je le voyais…

Sa voix s'est éteinte et j'ai compris ma stupidité. Je l'avais vraiment bouleversée.

— Voulez-vous que je m'en aille, madame Jenkins ?

Elle a hoché la tête. Elle avait sorti un mouchoir de sa poche mais ne s'en servait pas. Elle le pétrissait en boule entre ses doigts.

— Je suis sincèrement désolée, madame Jenkins.

Elle ne m'a pas raccompagnée à la porte. Je suis sortie et, une fois dans la rue, je me suis retournée et je l'ai aperçue par la fenêtre. Elle n'avait pas bougé. Elle ne pleurait pas. Elle regardait fixement le mur, offensée, en colère.

Woodbridge

Katie, ma sœur cadette, a deux ans de moins que moi mais paraît plus âgée. C'est une plaisanterie récurrente entre nous. Elle me reproche d'avoir la vie facile, seule dans mon petit appartement chaotique, tandis qu'elle veille sur deux enfants hyperactifs, plusieurs animaux domestiques, et un mari rétrograde qui peut se révéler parfois tendre et romantique mais qui aime aussi se mettre les pieds sous la table. Ils possèdent une grande maison et trois cents mètres carrés de jardin, qui, grâce aux bons soins de Katie, semblent sortis d'un magazine de décoration. La maison date des années soixante-dix, avec fenêtres coulissantes, fausses bûches dans la cheminée et écran de télévision géant dans le salon. Il n'y a pratiquement aucun livre. Je ne porte pas de jugement. C'est simplement le genre de choses que je ne peux m'empêcher de remarquer.

Elle et moi vivons dans deux mondes différents. Elle est beaucoup plus mince que moi et soigne davantage son apparence. Elle porte des vêtements pratiques, qu'elle achète sur des catalogues, et va chez le coiffeur tous les quinze jours dans un salon de Woodbridge dont, dit-elle, la coiffeuse est une amie. Moi, je connais à peine le nom de la mienne : Doz, Daz ou Dez, et j'ignore de quoi c'est le diminutif. Katie n'a pas besoin de travailler, néanmoins elle a dirigé pendant dix ans une jardinerie à quelques centaines de mètres de chez elle. Dieu sait comment elle a réussi à conjuguer cela avec son travail à plein temps d'épouse et de mère. Bien sûr, un bon nombre de filles au pair et de nounous se sont succédé pendant que les enfants étaient petits. Je me souviens de l'anorexique, de l'évangéliste, de l'Australienne esseulée et d'une autre qui avait disparu. Katie et moi communiquons deux ou trois fois par semaine sur FaceTime et je trouve amusant, alors que nous avons si peu de points communs, que nous soyons restées de si bonnes amies.

Je ne pouvais évidemment pas quitter le Suffolk sans passer la voir. Woodbridge ne se trouvait qu'à douze miles d'Orford et, par chance, elle avait son après-midi libre. Gordon était à Londres. Il s'y rendait chaque jour pour travailler : Woodbridge-Ipswich, Ipswich-Liverpool Street, et retour. Il prétendait que cela ne le dérangeait pas, mais je préférais ne pas penser au nombre d'heures qu'il passait dans le train. Il aurait eu les moyens de prendre un pied-à-terre, mais il avait horreur d'être séparé de sa famille, même une nuit ou deux. Katie et Gordon trouvaient très important de faire des choses ensemble : vacances d'été, sports d'hiver, week-ends. Le seul moment où j'avais conscience de ma solitude, c'était lorsque je pensais à eux.

Je me suis rendue chez Katie sitôt après avoir quitté Claire Jenkins. Ma sœur était dans la cuisine. Malgré la taille de la maison, c'était la pièce où elle semblait toujours se tenir. Nous nous sommes embrassées, et elle m'a servi une tasse de thé avec une belle tranche de gâteau, fait maison, bien entendu.

— Qu'est-ce qui t'amène dans le Suffolk ? a demandé Katie.

Je lui ai raconté mon histoire, la mort d'Alan Conway.

— Ah oui ! bien sûr. J'ai appris la nouvelle par la radio. C'est grave pour vous ?

— Ce n'est pas bon.

— Je croyais que tu ne l'aimais pas.

Lui avais-je réellement dit cela ?

— Mes sentiments n'ont rien à voir. C'est notre auteur le plus important.

— Il ne venait pas de finir un livre ?

Je lui ai parlé des deux ou trois chapitres manquants, du fait que je n'en avais trouvé aucune trace sur l'ordinateur d'Alan, et que toutes ses notes manuscrites avaient disparu. Et tout en lui expliquant cela, je me suis rendu compte à quel point c'était bizarre ; on aurait cru une machination dans un roman à suspense. Sans parler de la conviction de Claire Jenkins que son frère ne s'était pas suicidé.

— C'est compliqué, a dit Katie. Comment feras-tu si tu ne les retrouves pas ?

C'est un problème auquel bien sûr j'avais pensé et que j'avais l'intention d'aborder avec Charles. Nous avions besoin d'*Épitaphe de la pie*. Et si l'on considère les différents types de romans qui sont sur le marché, le roman à énigme est le seul qui réellement, absolument, a besoin d'être achevé. *Le Mystère d'Edwin Drood* est l'unique exemple à ma connaissance d'un livre qui a réussi à survivre, mais Alan n'était pas Charles Dickens. Alors qu'allions-nous faire ? Trouver un autre auteur pour terminer *Épitaphe de la pie* ? Sophie Hannah avait effectué un formidable travail avec Poirot, mais ici il faudrait commencer par élucider le meurtre, ce à quoi j'avais manifestement échoué. Autre solution : le publier comme un cadeau de Noël très ennuyeux à offrir à quelqu'un que l'on n'aime pas. Avec un concours à la clé : *Découvrez qui a tué Sir Magnus Pye et gagnez un week-end à bord de l'Orient-Express.* Nous pouvions aussi continuer de rechercher les chapitres disparus en espérant les voir ressurgir.

La conversation s'est poursuivie un moment, puis j'ai préféré changer de sujet et demander des nouvelles de Gordon et des enfants. Gordon allait bien. Son travail lui plaisait. À Noël, ils projetaient de partir skier à Courchevel où ils avaient loué un chalet. Les études secondaires de Daisy et de Jack à l'école de Woodbridge touchaient à leur fin. Ils y avaient accompli presque toute leur scolarité, de l'école primaire au lycée. C'était un endroit charmant. J'y étais entrée une ou deux fois. On ne s'attend pas à un si grand parc et à de si jolis bâtiments cachés dans une petite ville telle que Woodbridge. Cette école privée allait idéalement avec la personnalité de ma sœur. Tout y était immuable, parfait. On y oubliait aisement le monde extérieur.

— Tu sais, les enfants n'ont jamais vraiment aimé Alan Conway, a brusquement déclaré Katie.

— Oui, tu me l'as déjà dit.

— Tu ne l'aimais pas non plus.

— Pas vraiment, non.

— Est-ce que tu regrettes que je te l'aie présenté, autrefois ?

— Pas du tout. Il nous a fait gagner une fortune.

— Mais il t'en a fait voir de dures. D'après ce que j'ai entendu dire, personne ne l'a regretté quand il a quitté l'école de Woodbridge.

Alan Conway avait arrêté l'enseignement peu après la parution de son premier livre. À la sortie du deuxième, il gagnait déjà plus d'argent qu'il n'en avait gagné en tant que professeur.

— Qu'est-ce qui clochait chez lui, à ton avis ?

Katie a réfléchi un instant.

— Je ne sais pas exactement. Il avait une réputation. Comme certains professeurs. Je pense qu'il était très sévère. Et il n'avait pas le sens de l'humour.

En effet. Il y a très peu d'humour dans les Fidèle Staupert.

— Je crois qu'il était très secret, a poursuivi Katie. Il m'est arrivé de le rencontrer lors de compétions sportives à l'école. On ne savait jamais ce qu'il pensait. J'ai toujours eu l'impression qu'il dissimulait quelque chose.

— Sa sexualité ?

— Peut-être. Quand il a quitté sa femme pour ce jeune homme, c'était vraiment très inattendu. Mais non, il s'agissait d'autre chose. Quand on le rencontrait, on sentait qu'il était en colère mais qu'il n'avait pas l'intention d'expliquer pourquoi.

Comme je voulais éviter de me trouver bloquée dans les embouteillages de Londres, et que j'avais terriblement envie d'une cigarette – Katie déteste me voir fumer –, j'ai fini mon thé, refusé une autre tranche de gâteau et commencé à prendre congé de ma sœur.

— Tu reviens bientôt ? Les enfants adoreraient te voir. On pourrait dîner tous ensemble.

— Je vais probablement faire quelques allées et venues.

— Tant mieux. Tu nous manques.

Je savais que Katie allait ajouter quelque chose, et ça n'a pas manqué.

— Tout va bien, Sue ? a-t-elle demandé d'une voix qui disait qu'elle pensait le contraire.

— Tout va très bien.

— Tu sais que je m'inquiète pour toi, de te savoir toute seule dans cet appartement.

— Je ne suis pas seule. J'ai Andreas.

— Comment va-t-il ?

— Bien.

— Il a dû reprendre ses cours, j'imagine.

— Pas encore. Il ne recommence que la semaine prochaine. Il est parti pour la Crète pendant les vacances.

J'ai aussitôt regretté mes paroles. Cela signifiait que j'étais seule, en fin de compte.

— Pourquoi n'es-tu pas partie avec lui ?

— Il m'a invitée mais j'avais trop de travail.

Ce n'était qu'en partie vrai. Je n'étais jamais allée en Crète. Quelque chose en moi résistait à l'idée de pénétrer dans le monde d'Andreas, de devenir un objet d'examen pour sa famille.

— Y a-t-il une chance ? Je veux dire, est-ce que vous deux…

On en arrivait toujours au même point. Le mariage,

pour Katie, était le but suprême, l'unique raison de vivre. Le mariage était son école de Woodbridge, son parc, son mur d'enceinte et, quant à moi, j'étais celle qui reste à l'extérieur et regarde par la grille.

— Nous n'en parlons jamais, ai-je répondu d'un ton léger. Nous aimons notre façon de vivre telle qu'elle est. D'ailleurs, jamais je ne l'épouserais.

— Parce qu'il est grec ?

— Parce qu'il est *trop* grec. Il me rend folle.

Pourquoi fallait-il toujours que Katie me juge selon ses propres critères ? Pourquoi ne parvenait-elle pas à comprendre que je n'avais pas besoin de ce qu'elle avait et que ma situation me rendait parfaitement heureuse ? Si j'avais l'air agacé, c'était sans doute parce que je craignais qu'elle n'ait raison. Une petite voix en moi me soufflait la même question. Je n'aurais pas d'enfant. J'avais un homme qui avait passé tout l'été loin de moi et qui, pendant les trimestres où il travaillait, ne venait me voir que le week-end, s'il n'était pas pris par un match de football, une répétition de pièce de théâtre à l'école ou une visite scolaire à la Tate Gallery. J'avais voué ma vie aux livres, aux librairies, aux libraires, au monde de l'édition. Et, ce faisant, j'avais fini comme un livre : sur une étagère.

J'ai retrouvé la MGB avec plaisir. Il n'y a pas de radars de contrôle de vitesse entre Woodbridge et l'A12, et j'ai roulé pied au plancher. Arrivée sur l'autoroute M25, j'ai allumé la radio pour écouter l'émission de Mariella Frostrup sur la littérature. Maintenant, je me sentais mieux.

La lettre

On pourrait supposer que, après vingt ans passés à éditer des romans policiers, j'aurais dû remarquer que je me trouvais moi-même plongée en plein mystère. Alan Conway ne s'était pas suicidé. Il était monté sur sa tour pour prendre le petit déjeuner et quelqu'un l'avait poussé dans le vide. N'était-ce pas évident ?

Deux personnes qui le connaissaient bien, son avocat et sa sœur, avaient affirmé qu'il n'était pas homme à mettre fin à ses jours, et son agenda, où il avait noté ses réservations au théâtre, un match de tennis et divers rendez-vous pour la semaine suivante, semblait le confirmer. Par ailleurs, la méthode de suicide choisie, douloureuse et hypothétique, laissait un doute. Et puis il y avait les suspects dont la liste s'allongeait. Claire avait mentionné l'ex-femme d'Alan, Melissa, et son voisin, un dénommé John White, avec qui Alan s'était disputé. Elle-même avait eu un différend avec son frère. Quant à James Taylor, il avait le meilleur des mobiles : Alan était mort la veille de signer son nouveau testament. James avait également accès à la maison et savait que, lorsqu'il faisait beau, Alan prenait son petit déjeuner sur la terrasse de la tour. Or le mois d'août avait été chaud.

Toutes ces pensées s'agitaient dans mon esprit alors que je roulais en direction de chez moi, et pourtant il m'a fallu un peu de temps avant d'en convenir. Dans un roman policier à énigme, lorsqu'un détective apprend que Sir Machinchose a reçu trente-six coups de couteau dans un train ou a été décapité, il accepte cela comme un fait. Il se met à poser des questions, à rassembler des indices, pour aboutir à une arrestation. Mais je n'étais pas détective. J'étais éditrice et, jusqu'à il y a une semaine, jamais personne dans mon entourage ne s'était arrangé pour mourir dans des circonstances inhabituelles et violentes. Dans mon cercle proche, hormis mes propres parents et Alan, personne n'était mort. C'est étrange, quand on y songe. Il y a des centaines et des centaines de meurtres à la télévision et dans les livres. Il est rare de voir un film sans une mort violente. Pourtant, dans la vie réelle, il n'y en a pratiquement jamais. À moins de vivre dans un endroit à haut risque. Pourquoi avons-nous tant besoin d'histoires policières ? Qu'est-ce qui nous fascine : le crime ou la solution ? Avons-nous un besoin primitif d'effusion de sang parce que nos vies sont trop sages, trop confortables ? Je me suis promis de vérifier les chiffres de vente des livres d'Alan Conway à San Pedro Sula, au Honduras, la capitale mondiale du meurtre. Il y a fort à parier que là-bas personne ne l'a jamais lu.

Tout convergeait vers la lettre. Sans en parler à quiconque, j'en avais fait une photocopie avant que Charles la remette à la police. Sitôt rentrée chez moi, je l'ai sortie pour l'examiner de nouveau. Je me souvenais de l'étrange anomalie que j'avais remarquée dans le bureau de Charles : lettre manuscrite et enveloppe tapée à la machine. La réplique inversée de ce que Fidèle Staupert découvre dans le bureau à Pye Hall. Sir Magnus reçoit une menace de mort tapée à la machine, dans une enveloppe écrite à la main. Dans un cas comme dans l'autre, qu'est-ce que cela signifiait ? Et, en additionnant les deux, y avait-il une signification plus large, un dessein que je ne saisissais pas ?

La lettre avait été envoyée le lendemain du jour où Alan avait remis son manuscrit à Charles. Je regrettais maintenant de n'avoir pas mieux examiné l'enveloppe pour voir si elle avait été postée de Londres ou du Suffolk, bien que Charles ait déchiré une partie de l'oblitération en l'ouvrant. Quoi qu'il en soit, il était certain qu'Alan l'avait écrite. C'était son écriture, et, à moins d'avoir été contraint de l'écrire sous la menace, il y exprimait nettement ses intentions. Nettement ? Vraiment ? Un verre de vin à la main, une cigarette dans l'autre, je n'en étais plus si sûre.

À la première page, Alan présente des excuses. Il s'est mal conduit. Mais cela s'inscrit dans un cadre plus large. Il est malade. Il dit qu'il a décidé de refuser un traitement et que, de toute façon, cela le tuera prochainement. Il n'y a rien dans ces lignes sur le suicide. Au contraire. C'est le cancer qui le tuera parce qu'il ne suivra pas de chimiothérapie. Plus loin, il décrit les mondanités de l'édition à Londres. Pas un mot sur le fait que sa vie soit finie. Il parle des choses telles qu'elles vont se passer.

En page deux, il évoque sa mort, notamment dans le paragraphe concernant James Taylor et le testament. Mais, là encore, cela manque de précision : « … des querelles vont sûrement éclater. » Il peut ici se référer à n'importe quel moment : dans six semaines, six mois, un an. C'est seulement en page trois qu'il va droit au but. « Lorsque vous lirez ces lignes, tout sera fini. » Quand j'ai pris connaissance de cette lettre, juste après avoir appris la mort d'Alan, j'ai automatiquement pensé qu'avec ce « tout » Alan faisait allusion à sa vie. Sa vie serait finie. Il se serait suicidé. Mais en la relisant, il m'est apparu qu'il pouvait simplement parler de sa carrière littéraire, qui était le sujet du paragraphe précédent. Il avait remis son dernier livre. Il n'y en aurait plus d'autre.

Quelques lignes plus loin, on arrive à « la décision que j'ai prise ». S'agit-il réellement de la décision de sauter de la tour ? Ou, plus simplement, la décision de ne pas accepter la chimiothérapie et donc de précipiter sa mort ? À la fin de la lettre, il parle de gens qui le pleureront mais, là encore, il a déjà établi qu'il allait mourir. Nulle part il n'écrit explicitement qu'il compte passer à l'acte. « À l'heure où je me prépare à quitter ce monde… » N'est-ce pas un peu doux pour qualifier la façon dont il compte en finir ?

Voilà donc où me menaient mes réflexions. Et à moins qu'il n'y ait eu autre chose dans cette lettre qui m'ait totalement échappé et qui prouverait que je me fourvoyais, la donne avait changé. Je savais maintenant que la lettre n'était pas ce qu'elle semblait être, qu'elle n'était pas autre chose qu'une simple lettre d'adieu, mais que quelqu'un, en la lisant, avait compris qu'elle pouvait être interprétée autrement. Claire Jenkins et Sajid Khan avaient raison. L'auteur de romans policiers le plus célèbre de sa génération avait lui-même été assassiné.

On a sonné à la porte.

Andreas m'avait téléphoné une heure plus tôt, et le voilà qui se tenait sur le seuil (c'était une attention délicate et vieux jeu de sa part de sonner car il avait sa clé), armé d'un bouquet de fleurs et d'un volumineux sac de supermarché rempli d'olives crétoises, de délicieux miel de thym, d'huile, de vin et de thé. Ce n'était pas seulement de la générosité de sa part. Il avait un amour fou pour son pays et ses produits. C'est une caractéristique grecque. L'interminable crise financière déclenchée depuis un an avait disparu des unes de la presse britannique – combien de fois peut-on prédire l'effondrement total d'un pays ? –, mais Andreas m'avait expliqué combien la situation était douloureuse sur place. Les affaires étaient au plus bas. Les touristes ne venaient plus. C'était comme si, en me submergeant de produits locaux, il cherchait à me convaincre que les choses allaient s'arranger.

J'avais fait le ménage dans l'appartement, pris une douche, et j'espérais être raisonnablement désirable. Après de longues séparations, nos retrouvailles me rendaient toujours un peu nerveuse. Je voulais être certaine que rien n'avait changé. Andreas avait l'air en forme. Six semaines au soleil lui avaient donné un beau teint bronzé et il avait minci : résultat combiné de la natation et de la nourriture crétoise pauvre en glucides. Non qu'il ait jamais été gros. Il avait une carrure de soldat, avec des épaules carrées, des traits ciselés et une chevelure noire bouclée de pâtre grec – ou de dieu. Il avait un regard espiègle et un sourire en coin. Je ne dirais pas qu'il a une beauté conventionnelle, mais il est drôle, intelligent, agréable à vivre et toujours de bonne compagnie.

Lui aussi a un lien avec l'école de Woodbridge puisque c'est là que j'ai fait sa connaissance. Il y enseignait le latin et le grec ancien, et je trouve amusant de penser qu'il connaissait Alan Conway avant moi. Melissa, l'ex-femme d'Alan, y était également professeur, et tous trois étaient en relation bien avant que j'apparaisse dans le tableau. On nous avait présentés lors d'une compétition sportive à laquelle j'étais venue assister pour soutenir Jack et Daisy, mes neveux. Nous avions bavardé et je l'avais trouvé immédiatement sympathique, mais nous ne nous sommes revus qu'un an après. Il avait alors changé d'école et enseignait à Westminster School, à Londres, et il avait téléphoné à Katie pour avoir mon numéro de téléphone. J'avais trouvé agréable qu'il se souvienne de moi après tout ce temps, mais nous ne sommes pas sortis ensemble tout de suite. Nous sommes restés amis un long moment avant de devenir amants. En fait, notre relation amoureuse ne datait que de deux ans. Nous ne parlions que très rarement d'Alan. Il y avait entre eux une rancœur sur laquelle je ne l'avais jamais interrogé. Andreas n'était pas d'un caractère jaloux, néanmoins j'avais l'impression que le succès d'Alan lui restait en travers de la gorge.

Je connaissais tout du passé d'Andreas. Il ne voulait aucun secret entre nous. Il s'était marié une première fois, trop jeune, à dix-neuf ans, et le mariage s'était rompu pendant qu'il effectuait son service militaire dans l'armée grecque. Sa seconde femme, Aphrodite, vivait à Athènes. Enseignante comme lui, elle l'avait suivi en Angleterre. C'est là que les choses s'étaient gâtées. Sa famille lui manquait. Elle avait le mal du pays. « J'aurais dû voir qu'elle était malheureuse et rentrer avec elle, m'avait dit Andreas. Mais il était trop tard. Elle est partie seule. » Ils étaient cependant restés amis et se voyaient de temps en temps.

Nous sommes descendus dans le quartier de Crouch End pour dîner. Nous avions nos habitudes dans un restaurant grec, chypriote très exactement. Même après un été passé chez lui, Andreas n'était pas lassé de la gastronomie grecque. Il faisait très doux et nous avons pris une table dehors, assis côte à côte sur la terrasse étroite, sous les inutiles appareils de chauffage. Nous avons commandé du tarama, des feuilles de vigne, des *loukànikos*, des *souvlàkis* – tout cela préparé dans une cuisine minuscule –, et une bouteille d'un vin rouge râpeux.

C'est Andreas qui a orienté la conversation sur la mort d'Alan Conway. Il avait lu la nouvelle dans les journaux et s'inquiétait des répercussions sur moi.

— Est-ce que Cloverleaf va en pâtir ?

J'ai oublié de préciser qu'Andreas parle un anglais parfait. Sa mère était anglaise et il est totalement bilingue. Je lui ai parlé d'*Épitaphe de la pie*, des chapitres manquants, puis, tout naturellement, le reste est venu. Je ne voyais pas pourquoi je lui aurais caché quelque chose, et je trouvais réconfortant de pouvoir tester mes impressions sur lui. J'ai décrit ma visite à Framlingham et tous les gens que j'y avais rencontrés.

— J'ai vu ma sœur. Elle m'a demandé de tes nouvelles.

— Ah ! cette chère Katie. (Andreas l'avait d'abord connue comme mère d'élèves, et il l'aimait bien.) Comment vont les enfants ?

— Ils n'étaient pas là. Et, tu sais, ce ne sont plus vraiment des enfants. Jack entre à l'université l'année prochaine.

Je lui ai ensuite parlé de la lettre et de la conclusion à laquelle j'étais arrivée : finalement, Alan ne s'était peut-être pas suicidé. Andreas a souri.

— C'est le problème avec toi, Susan. Rien n'est jamais simple.

— Tu crois que j'ai tort ?

Il a pris ma main.

— Voilà que je t'ai vexée. Ce n'était pas mon intention. Au contraire, c'est une des choses qui me plaisent chez toi. Mais ne crois-tu pas que la police s'en serait aperçue si quelqu'un l'avait poussé de la tour ? Il aurait fallu que l'assassin s'introduise dans la maison. Il y aurait eu une lutte. Des empreintes.

— Je ne suis pas certaine que la police ait cherché.

— Sans doute parce que c'est évident. Il était malade. Il a sauté.

Son assurance m'étonnait.

— Tu n'aimais pas beaucoup Alan, n'est-ce pas, Andreas ?

Il a réfléchi un instant avant de répondre.

— Je ne l'aimais pas du tout, si tu veux la vérité. C'était un fauteur de troubles.

J'attendais qu'il s'explique, mais il a haussé les épaules et s'est contenté d'ajouter :

— Ce n'était pas un homme facile à aimer.

— Pourquoi ?

Andreas a ri et repris sa fourchette.

— Toi-même tu te plaignais de lui, non ?

— J'étais obligée de travailler avec lui.

— Moi aussi. Et je n'ai plus envie de parler de Conway. Il va nous gâcher la soirée. Je pense seulement que tu devrais être prudente.

— Comment cela ?

— Ce ne sont pas tes affaires. Conway s'est peut-être suicidé. Il a peut-être été assassiné. Dans un cas comme dans l'autre, tu n'as pas à t'impliquer. Je pense à toi, c'est tout. Cela pourrait être dangereux.

— Sérieusement ?

— Pourquoi pas ? Il faut toujours réfléchir avant de fouiller dans la vie de quelqu'un. Je dis ça peut-être parce que j'ai grandi sur une île, dans une petite communauté. Chez nous, les gens pensent qu'il faut garder pour soi les histoires personnelles. Quelle différence fait pour toi la façon dont Alan est mort ? À ta place, je resterais en dehors.

— Il faut tout de même que je récupère les chapitres manquants.

— Et s'il n'y avait *pas* de chapitres manquants ? Tu n'as pas la certitude qu'il les a écrits. Il n'y avait rien dans son ordinateur. Rien sur son bureau.

Je n'ai pas cherché à argumenter. J'étais un peu désappointée qu'Andreas ait démoli mes théories avec tant de désinvolture. J'avais aussi l'impression qu'il y avait entre nous une sorte de gêne, une déconnexion, et cela depuis l'instant où il était entré dans l'appartement. Nous avons toujours été à l'aise l'un avec l'autre, complices jusque dans nos silences. Pas ce soir-là. L'idée m'a même effleurée qu'il avait rencontré quelqu'un d'autre.

Et puis, à la fin du repas, alors que nous sirotions le café épais et sirupeux que je me gardais bien d'appeler « turc », il a déclaré tout à trac :

— Je songe à quitter Westminster.

— Pardon ?

— À la fin du trimestre. Je veux abandonner l'enseignement.

— C'est très soudain comme décision. Pourquoi ?

Un hôtel était à vendre près d'Agios Nikolaos : une affaire familiale et intime d'une douzaine de chambres, juste en bord de mer. Les propriétaires étaient vieillissants et leurs enfants avaient quitté l'île. Comme beaucoup de jeunes Grecs, ils avaient émigré à Londres. Mais un cousin d'Andreas travaillait avec les hôteliers et ils le considéraient presque comme un fils. Ils lui avaient offert de racheter l'hôtel, et le cousin avait demandé à Andreas s'il voulait s'associer avec lui. Andreas était las d'enseigner. Chaque fois qu'il retournait en Crète, il se sentait vraiment chez lui et se demandait pourquoi il en était parti. Il avait cinquante-deux ans. C'était l'occasion de changer de vie.

— Mais, Andreas, tu ne connais rien à la gestion d'un hôtel, ai-je aussitôt objecté.

— Yannis a l'expérience, et c'est un petit établissement. Ce ne doit pas être si compliqué.

— Mais tu disais que les touristes avaient déserté la Crète.

— L'année passée, oui. Mais les choses vont s'améliorer.

— Mais… Londres ne te manquera pas ?

Toutes mes phrases commençaient par mais. Pensais-je sincèrement que c'était une mauvaise idée ou avais-je simplement peur de ce changement et peur de perdre Andreas ? C'était exactement ce qu'avait prédit ma sœur. J'allais finir seule.

— J'espérais te voir plus enthousiaste, Susan.

— Pourquoi serais-je enthousiaste ? ai-je demandé d'une petite voix misérable.

— Parce que je veux que tu viennes avec moi.

— Tu es sérieux ?

Il a éclaté de rire.

— Bien sûr, je suis sérieux ! À ton avis, pourquoi est-ce que je te dis tout ça ?

Le serveur avait apporté du raki et nous en a servi deux verres jusqu'à ras bord.

— Tu vas adorer, Susan. Je te le promets. La Crète est une île merveilleuse, et il est grand temps que tu fasses connaissance de ma famille et de mes amis. Ils me demandent toujours de tes nouvelles.

— Est-ce que tu me demandes de t'épouser ?

Il a levé son verre, une lueur malicieuse dans le regard.

— Que répondrais-tu si je te le demandais ?

— Probablement rien. Je serais en état de choc.

Mais je ne voulais pas le vexer et me suis empressée d'ajouter :

— Je répondrais que je vais y réfléchir.

— C'est tout ce que je te demande.

— J'ai un travail, Andreas. Une vie.

— La Crète est à trois heures d'avion. Ce n'est pas à l'autre bout du monde. Et peut-être que, après ce que tu viens de me raconter, tu n'auras bientôt plus le choix.

Ce n'était pas faux. Sans *Épitaphe de la pie*, sans Alan, qui pouvait dire combien de temps survivrait la maison d'édition ?

— Je ne sais pas, Andreas. C'est une idée séduisante. Mais tu n'aurais pas dû m'annoncer ça aussi brutalement. Il va falloir me donner un peu de temps.

— Bien sûr.

J'ai avalé mon raki d'un trait. J'avais envie de demander à Andreas ce qui se passerait si je décidais de rester à Londres. Serait-ce la fin de notre histoire ? Partirait-il sans moi ? Il était trop tôt pour avoir cette conversation, mais, pour être franche, je m'imaginais mal abandonnant ma vie – Cloverleaf, Crouch End – pour la Crète. J'aimais mon travail, et je devais penser à ma relation avec Charles, surtout maintenant que la situation devenait difficile. Je ne me voyais pas dans la peau de l'héroïne du film *Shirley Valentine*, qui part s'installer en Grèce à l'âge de quarante-cinq ans, à des milliers de miles de son Angleterre natale.

— Laisse-moi y réfléchir, Andreas. Tu as peut-être raison, à la fin de l'année il se peut que je sois au chômage. Dans ton hôtel, je pourrais toujours être femme de chambre.

Andreas a passé la nuit chez moi. C'était bon de le retrouver. Pourtant, allongée dans l'obscurité, avec ses bras autour de moi, mille pensées m'assaillaient et m'empêchaient de dormir. Je me voyais descendant de voiture à Abbey Grange, dans l'ombre de la tour, pour examiner les traces de pneus, puis fouillant le bureau d'Alan. L'écran de photos de Sajid Khan continuait de s'animer, mais cette fois c'étaient les images d'Alan, de Charles, de James Taylor, de Claire Jenkins et de moi qui défilaient. Et, dans le même temps, me revenaient des bribes de conversation.

« J'avais peur que vous ne soyez prise de vertige », disait James Taylor en m'agrippant en haut de la tour.

« Je pense qu'on l'a tué », disait la sœur d'Alan à Orford.

« Ce ne sont pas tes affaires, tu n'as pas à t'impliquer », disait Andreas.

Beaucoup plus tard dans la nuit, j'ai entendu la porte s'ouvrir et un homme est entré dans la chambre. Il s'appuyait sur une canne. Il ne disait rien mais il restait là sans bouger, à nous regarder tristement, Andreas et moi. Un rayon de lune a pénétré par la fenêtre et j'ai reconnu Fidèle Staupert. Je dormais, bien entendu, mais je me rappelle m'être demandé comment il avait réussi à s'immiscer dans mon monde, avant que l'idée m'effleure que c'était peut-être moi qui m'étais immiscée dans le sien.

Ivy Club

— Comment ça s'est passé ?

J'ai raconté à Charles ma visite à Framlingham, mes entrevues avec James Taylor, Sajid Khan et Claire Jenkins. Ma recherche infructueuse des chapitres manquants. J'ignore pourquoi mais je n'ai pas évoqué les circonstances réelles de la mort de Conway, ni ma conviction que sa lettre nous avait induits en erreur. Pas plus que je n'ai dit avoir lu – ou tenté de lire – *Le Toboggan.*

Ayant choisi de jouer au détective, je sais que s'il existe un lien entre tous les détectives de la littérature, c'est leur solitude intrinsèque. Les suspects se connaissent. Ils peuvent être des membres ou des amis de la famille. Le détective, par essence, est un étranger. Il pose les questions nécessaires mais il ne se lie avec personne. Il se méfie de tous, et tous ont peur de lui. C'est une relation fondée entièrement sur la tromperie, et une relation qui, pour finir, ne mène nulle part. Une fois l'assassin identifié, le détective s'en va et on ne le revoit jamais. En fait, tout le monde est ravi de le voir s'en aller.

J'avais un peu cette sensation avec Charles : une distance s'était installée entre nous, qui n'avait jusqu'alors jamais existé. J'étais frappée par l'idée que, si Alan avait bel et bien été tué, Charles deviendrait lui aussi un suspect, même si je ne voyais pas la raison qui l'aurait poussé à se débarrasser de son auteur à succès et à se ruiner par la même occasion.

Charles avait changé, lui aussi. Il avait les traits tirés, fatigués, les cheveux moins bien lissés que d'habitude, et son costume était fripé. Cela n'avait rien de surprenant. Il était impliqué dans une enquête de police ; il venait de perdre un best-seller assuré et de voir s'envoler une année entière de bénéfices potentiels. Rien de réjouissant pour les affaires dans la période d'avant Noël. En outre, il allait devenir grand-père pour la première fois. Et cela se voyait.

Mais ça ne m'a empêchée d'en rajouter :

— Je voudrais en savoir davantage sur votre dîner à l'Ivy Club. Autrement dit la dernière fois que tu as vu Alan.

— Que veux-tu savoir ?

— J'essaie de comprendre ce qu'il avait dans la tête. (Ce n'était qu'à demi vrai.) Pourquoi il a délibérément gardé la fin du roman.

— C'est ce que tu crois ?

— Ça y ressemble, en tout cas.

Charles a baissé la tête. Jamais je ne l'avais vu si abattu.

— Tu sais, Susan, pour nous, c'est un désastre. J'ai discuté avec Angela.

Angela McMahon était la responsable du marketing et de la publicité. La connaissant, elle devait déjà être à la recherche d'un nouvel emploi.

— D'après elle, on peut s'attendre à une flambée des ventes, surtout quand la police annoncera qu'Alan s'est suicidé. Ça fera la une des journaux. Elle essaie d'obtenir un article sur l'ensemble de la carrière d'Alan dans le *Sunday Times*.

— C'est plutôt bon, alors ?

— Peut-être, mais ça s'éteindra vite. Il n'est même pas certain que la BBC poursuive le projet de série télévisée.

— Je ne vois pas pourquoi la mort d'Alan les arrêterait. Pourquoi se retireraient-ils ?

— Alan n'avait pas signé le contrat. La BBC et lui étaient en désaccord sur la distribution. Les producteurs devront attendre de savoir qui hérite des droits, et ça entraînera de nouvelles négociations.

Sous le bureau, Bella a roulé sur le flanc avec un grognement de contentement, et mes pensées ont divagué un bref instant vers le collier trouvé par Fidèle Staupert dans le pavillon de gardien. Bella, la chienne de Tom Blakiston, avait eu la gorge tranchée. Le collier était donc manifestement un indice. Mais sur quelle piste ?

— Est-ce qu'Alan t'a parlé des séries télé, à l'Ivy Club ?

— Non, il n'en a pas dit un mot.

— Vous vous êtes disputés.

— Je ne dirais pas cela, Susan. Nous étions en désaccord sur le titre de son roman.

— Tu ne l'aimais pas.

— Je n'aurais pas dû aborder le sujet. Mais je n'avais pas encore lu le livre et, à ce stade, de quoi d'autre pouvions-nous parler ?

— C'est à ce moment-là que le serveur a fait tomber les assiettes.

— Oui. Alan s'est arrêté au milieu d'une phrase. Je ne sais plus ce qu'il disait. Soudain, il y a eu ce fracas épouvantable.

— Tu disais qu'il était en colère.

— C'est le moins qu'on puisse dire. Il s'est levé pour aller l'engueuler.

— Le serveur ?

— Oui.

— Il a quitté la table ?

Je ne sais pas pourquoi j'insistais tant sur ce point. Mais l'attitude d'Alan me paraissait bizarre.

— Oui. Il a quitté la table.

— Et tu n'as pas trouvé ça étrange ?

Charles a réfléchi un instant avant de répondre.

— Pas vraiment, non. Ils ont discuté une ou deux minutes. J'ai supposé qu'Alan lui reprochait sa maladresse. Ensuite, il est allé aux toilettes.

— Tu ne saurais pas décrire le serveur, j'imagine ? Tu connais son nom ?

Je n'avais pas beaucoup de matière pour continuer dans cette voie, pourtant il me semblait qu'il s'était passé quelque chose au cours de ce dîner de Charles et d'Alan. Toutes sortes de fils conduisaient à cette soirée et à cette table. Au moment précis où Alan avait remis le manuscrit, quelque chose l'avait perturbé et rendu chicaneur. Il s'était comporté de façon bizarre, s'était levé de table pour houspiller un serveur à cause d'un incident qui ne le concernait pas. Le manuscrit était incomplet et, deux jours plus tard, Alan mourait. Je n'ai rien dit à Charles. Il aurait trouvé que je perdais mon temps. Toutefois, un peu plus tard dans l'après-midi, je me suis rendue au club privé de l'Ivy.

Je n'ai pas eu trop de difficultés à y accéder. La réceptionniste m'a expliqué que la police était venue la veille pour poser des questions sur le comportement d'Alan Conway, sur son état d'esprit. J'étais son éditrice. Une amie de Charles Clover. Bien sûr que je pouvais entrer. On m'a conduite au restaurant du deuxième étage. La salle était vide, les tables dressées pour le dîner. La réceptionniste m'avait indiqué le nom du serveur auteur de l'incident, et celui-ci m'attendait près de la porte.

— En effet, oui. J'étais censé travailler au bar, ce soir-là, mais le restaurant était à court de personnel et j'y suis allé en renfort. Les deux messieurs entamaient leur plat lorsque je suis sorti des cuisines. Ils étaient assis dans ce coin, là-bas…

Nombre de serveurs du club étaient très jeunes et originaires d'Europe de l'Est, mais Donald Leigh n'était ni l'un ni l'autre. Il était écossais, ainsi que son accent le révélait, et avait dépassé les trente ans. Courtaud et carré, il semblait écrasé par le poids de la vie. Natif de Glasgow, il était marié et père d'un petit garçon de deux ans. Il vivait à Londres depuis six ans et adorait travailler à l'Ivy.

— Vous verriez la clientèle qui vient ici, surtout à la sortie des théâtres ! Pas seulement des écrivains. Des acteurs, des politiciens, tout le gratin.

Je lui avais expliqué qui j'étais et la raison de ma visite. La police l'avait déjà interrogé et il m'a donné un bref résumé de son témoignage. Charles Clover et son invité avaient réservé une table pour dix-neuf heures trente et ils étaient partis peu après vingt-deux heures. Ce n'était pas lui qui les avait servis. Il ignorait ce qu'ils avaient mangé, mais se souvenait qu'ils avaient commandé une bouteille de vin très chère.

— M. Conway n'était pas de très bonne humeur.

— Comment le savez-vous ?

— Je vous le dis, c'est tout. Il n'avait pas l'air content.

— Il remettait son dernier roman à son éditeur, ce soir-là.

— Ah bon ? Eh bien, tant mieux pour lui. Je n'ai pas vu le manuscrit, mais je faisais des allées et venues entre les cuisines et la salle. J'étais très occupé.

Depuis le début, j'avais l'impression qu'il taisait quelque chose.

— Vous avez laissé tomber des assiettes, je crois.

Il m'a jeté un regard morne.

— Je vais en entendre parler encore longtemps ? On ne va pas en faire toute une histoire, tout de même !

— Écoutez, Donald… Vous permettez que je vous appelle Donald ?

— Je ne suis pas de service. Appelez-moi comme vous voulez.

— Je veux savoir ce qui s'est passé. Je travaillais avec

Alan Conway. Je le connaissais bien et je ne l'aimais pas beaucoup, si vous voulez la vérité. Tout ce que vous me raconterez restera entre nous. Je ne suis pas persuadée qu'il se soit suicidé et, si vous savez quoi que ce soit, si vous avez entendu quelque chose, cela me sera très utile.

— Si vous ne croyez pas qu'il s'est suicidé, qu'est-ce que vous croyez ?

— Je vous le dirai si vous me dites ce que je veux savoir.

Il a réfléchi un moment.

— Vous permettez que je fume une cigarette ?

— Je vais en fumer une avec vous, Donald.

Cette bonne vieille cigarette, encore, qui abattait les barrières et mettait les fumeurs du même côté. Nous sommes donc sortis du restaurant. Il y avait un espace fumeurs à l'extérieur, un petit patio séparé par des vitres du monde désapprobateur. Nous avons chacun allumé notre cigarette. Je lui ai dit de m'appeler Susan et lui ai de nouveau promis la discrétion. Tout à coup, il est devenu très bavard.

— Vous êtes éditrice, alors ?

— Oui, je travaille dans une maison d'édition.

— Dans ce cas, nous pouvons peut-être nous aider mutuellement. Je connaissais Alan Conway. Je l'ai reconnu dès la seconde où je l'ai vu, et c'est pour ça que j'ai laissé tomber ces foutues assiettes. J'ai oublié que je les portais, pourtant elles étaient brûlantes.

— Comment se fait-il que vous le connaissiez ?

Il m'a jeté un regard étrange.

— Vous avez travaillé sur un des Fidèle Staupert qui s'intitule *Mort en coulisses* ?

C'est le septième de la série, qui a pour cadre un pensionnat.

— J'ai travaillé sur toute la collection.

— Comment avez-vous trouvé celui-là ?

Dans *Mort en coulisses*, un directeur d'école est tué pendant une représentation théâtrale. Il est assis dans la salle obscure lorsqu'une silhouette indistincte court au milieu des spectateurs et le poignarde à mort dans la nuque avec une précision chirurgicale. La subtilité du roman tient au fait que les principaux suspects sont sur la scène au moment du meurtre et n'ont donc pas eu la possibilité de le commettre, et pourtant il s'avère que c'est l'un d'entre eux. L'intrigue se déroule juste après la guerre, et il y a en arrière-plan une histoire de lâcheté et de manquement au devoir.

— J'ai trouvé l'histoire ingénieuse.

— C'était *mon* histoire. *Mon* idée, a déclaré Donald, un éclair de colère dans son regard brun. Vous voulez entendre la suite ?

— Bien sûr. S'il vous plaît, racontez-moi.

Il a tiré une longue bouffée sur sa cigarette dont le bout a rougeoyé.

— Très bien. J'adorais lire quand j'étais enfant. J'ai toujours voulu devenir écrivain, même quand j'étais à l'école. Pourtant ce n'était pas une chose facile à dire dans le genre d'école où j'allais. C'était à Bridgeton, à l'est de Glasgow. Un endroit horrible, où on vous traite de pédé sous prétexte que vous allez à la bibliothèque. Ça ne me tracassait pas. Je passais mon temps à lire. Tous les livres qui me tombaient sous la main. Des romans d'espionnage : Tom Clancy, Robert Ludlum. Des romans d'aventures. Des romans d'épouvante. J'adorais Stephen King. Mais ce que je préférais, c'étaient les romans policiers. Je ne m'en lassais pas. Je ne suis pas allé à l'université. Tout ce que je voulais, c'était écrire, et j'y arriverai un jour, vous pouvez me croire. Je travaille sur un livre en ce moment. Je fais le métier de serveur en attendant, pour gagner ma vie.

« Le problème c'est que les choses ne se sont pas passées comme je l'espérais. Quand j'ai commencé à écrire, j'avais cette histoire dans la tête. Je savais ce que je voulais faire. J'avais les idées, les personnages, mais quand je les mettais par écrit, ça ne collait pas. J'essayais, j'essayais, je regardais ma page et je recommençais. Je m'y reprenais cinquante fois, et ça ne marchait toujours pas. Bref, il y a quelques années, j'ai lu une publicité quelque part. Un organisme proposait des stages d'écriture, pour aider les écrivains novices, et il y en avait un dans le Devonshire. C'était loin, mais il était centré sur le roman policier. Ce n'était pas bon marché. Sept cents livres. Mais j'avais quelques économies et je pensais que ça en valait la peine. Alors je me suis inscrit.

L'Ivy Club fournissait aux fumeurs d'élégants cendriers argentés. J'ai tapoté ma cendre, en attendant la suite. Mais je la pressentais déjà.

— Tout le groupe s'est retrouvé dans une ferme au milieu de nulle part, a poursuivi Donald Leigh, les poings serrés. Nous étions neuf. Deux étaient de vrais branleurs, et il y avait deux femmes imbues d'elles-mêmes qui se croyaient supérieures aux autres parce qu'elles avaient déjà publié des nouvelles. J'imagine que vous devez en rencontrer souvent, de ce genre de personnes. Sinon, les autres étaient sympas, et je m'entendais bien avec eux. Ça m'a permis de me rendre compte que je n'étais pas seul dans mon cas, que nous avions tous les mêmes problèmes et que nous étions venus chercher la même chose. Trois professeurs animaient l'atelier d'écriture. Alan Conway était l'un d'eux.

« Je le trouvais formidable. Il conduisait une voiture superbe, une BMW. On l'avait installé à part, dans une petite maison. Alors que nous logions tous ensemble dans une autre. Mais il préférait crécher avec nous. Il connaissait bien son sujet et il avait gagné des tonnes d'argent avec ses Fidèle Staupert. J'en avais lu un ou deux avant de venir. Ça me plaisait et ce n'était pas très éloigné de ce que j'essayais de faire. Dans la journée, nous avions des cours et des travaux pratiques. Nous prenions nos repas ensemble. En fait, les membres du groupe devaient se relayer pour faire la cuisine. Le soir, l'alcool circulait gaiement et on bavardait à n'en plus finir. C'étaient mes moments préférés du stage. On se sentait tous égaux. Un soir, je me suis trouvé seul avec Conway dans l'arrière-salle et je lui ai parlé du livre que j'étais en train d'écrire.

Donald Leigh a serré violemment les poings à l'évocation de ce moment et il m'a demandé :

— Si je vous donne mon manuscrit, vous le lirez ?

C'est une question que, habituellement, je redoute,

mais j'ai acquiescé de la tête. Comment éviter l'inévitable ?

— Êtes-vous en train de me dire qu'Alan a volé vos idées ?

— Oui, Susan, c'est exactement ce que je suis en train de vous dire. Et c'est exactement ce qu'il a fait.

— Comment s'intitulait votre roman ?

— *La mort monte sur les planches*.

Un titre horrible. Bien sûr, je me suis abstenue de tout commentaire.

— Je pourrai y jeter un coup d'œil. Mais je ne promets pas de vous aider.

— Tout ce que je veux, c'est que vous le lisiez. (Il m'a regardée droit dans les yeux comme pour me défier de refuser.) Pour revenir à Conway, je lui ai raconté comment je voyais le meurtre. Il était tard et nous étions seuls, sans témoins. Il m'a demandé si je voulais lui montrer mon manuscrit, et bien sûr j'étais ravi. Tout le monde avait envie de lui faire lire ses textes. On était là pour ça.

Donald Leigh a écrasé son mégot et aussitôt allumé une autre cigarette avant de poursuivre :

— Conway l'a lu très rapidement. Il ne restait que deux jours de stage. Le dernier jour, il m'a pris à part pour me donner son avis. Selon lui, j'utilisais de trop nombreux adjectifs. Mes dialogues manquaient de réalisme. Qu'est-ce qu'un dialogue réaliste, je vous le demande ! Ce n'est pas réel, c'est de la fiction ! Il m'a donné quelques très bonnes idées sur mon personnage principal, le détective. Il disait qu'il fallait lui donner une manie, une mauvaise habitude, comme fumer, boire, etc. Pour finir il m'a promis de se mettre en contact avec moi et m'a donné son adresse mail.

« Je n'ai jamais eu de ses nouvelles. Pas un mot. Et puis, un an plus tard, presque jour pour jour, *Mort en coulisses* est sorti en librairie. L'intrigue en était un meurtre au cours d'une représentation théâtrale dans une école. La mienne ne se situait pas dans une école, mais dans un théâtre. Sinon, la trame était identique. Et ce n'est pas tout. Il m'avait piqué mon meurtre. C'était exactement le même. Même méthode, mêmes indices, presque les mêmes personnages. Voilà ce qu'a fait Conway, Susan, a ajouté Leigh en haussant le ton. Il a pris mon histoire et l'a utilisée pour *Mort en coulisses*.

— Vous en avez parlé à quelqu'un ? Lorsque le roman est paru, qu'avez-vous fait ?

— Que vouliez-vous que je fasse ? Dites-le-moi. Qui m'aurait cru ?

— Vous auriez pu écrire aux éditions Cloverleaf.

— Je vous ai écrit. J'ai envoyé une lettre au directeur, M. Clover. Il ne m'a pas répondu. J'ai écrit à Alan Conway. Plusieurs fois, même. J'avoue que, dans mes lettres, je me suis un peu laissé aller. Mais il ne m'a pas davantage répondu. J'ai écrit aux organisateurs du stage d'écriture. Ils m'ont répondu. Ou plutôt ils m'ont envoyé balader. Ils niaient toute responsabilité et se lavaient les mains de mon histoire. J'ai envisagé de m'adresser à la police. Après tout, Conway m'avait volé quelque chose. Il existe un terme pour ça, non ? Mais Karen, ma femme, m'a conseillé de laisser tomber. Conway était célèbre.

Protégé. Moi, je n'étais personne. Elle disait que ça me ferait plus de mal que de bien et que je ferais mieux de passer à autre chose. C'est ce que j'ai fait. Je continue d'écrire. Au moins, je sais que mes idées sont bonnes. Sinon il ne les aurait pas plagiées.

— Avez-vous écrit d'autres romans ?

— Je suis en train. Mais ce n'est pas un policier. J'ai arrêté les polars. C'est un roman pour enfants. Maintenant que j'ai un fils, ça me semble opportun.

— Mais vous avez conservé le manuscrit de *La mort monte sur les planches*.

— Bien sûr. J'ai conservé tout ce que j'ai écrit. Je sais que j'ai du talent. Karen adore mon travail. Et un jour…

— Envoyez-le-moi. Je vais vous donner ma carte. Mais revenons sur ce qui s'est passé dans le restaurant, lorsque vous avez reconnu Conway.

Il n'attendait que cela, ma carte de visite. C'était vital pour lui. Je me trouvais dans une tour d'ivoire et lui à l'extérieur. J'ai vu cela chez tant de jeunes auteurs, cette croyance que les éditeurs sont des êtres différents, des gens plus malins, qui réussissent mieux qu'eux, alors que, en réalité, nous jouons aux chaises musicales, en espérant avoir encore un travail à la fin du mois.

— Je suis sorti des cuisines. Je portais deux grandes assiettes et un plat de hors-d'œuvre pour la table neuf. Je l'ai aperçu assis dans le coin, il se disputait avec M. Clover. J'étais tellement saisi que je suis resté pétrifié. Les assiettes étaient très chaudes. Elles me brûlaient à travers la serviette et j'ai tout lâché.

— Et ensuite ? J'ai cru comprendre qu'Alan s'est approché de vous. Qu'il était en colère contre vous.

— Ce n'est pas ça du tout, a objecté Donald Leigh. J'ai nettoyé les dégâts et je suis allé aux cuisines renouveler la commande. Je n'avais pas vraiment envie de revenir en salle mais je n'avais pas le choix. Et, au moins, je n'étais pas affecté à leur table. Bref, en revenant, j'ai vu Conway se lever pour aller aux toilettes. Il est passé devant moi. Je n'avais pas l'intention de lui adresser la parole, mais en le voyant si près, à quelques centimètres, je n'ai pas pu me retenir.

— Qu'avez-vous dit ?

— Je lui ai dit : "Bonsoir. Vous vous souvenez de moi ?"

— Et ?

— Il ne s'en souvenait pas. Du moins c'est ce qu'il a prétendu. Je lui ai rappelé que nous nous étions rencontrés dans le Devonshire et qu'il avait eu la gentillesse de lire mon roman. Il savait très bien qui j'étais et à quoi je faisais allusion. Alors il s'est mis en rogne. "Je ne suis pas venu ici pour parler avec les serveurs !" Ce sont ses paroles exactes. Il m'a sommé de m'écarter de son chemin. Il parlait à voix basse mais je devinais ce qu'il était capable de faire si je ne prenais pas garde. C'est toujours le même refrain. Lui riche et célèbre, avec sa belle voiture et sa grande maison à Framlingham. Et moi qui ne suis personne. Ici, il est membre du club. Et moi serveur. J'ai besoin de ce travail. J'ai un petit garçon de deux ans. Alors j'ai marmonné des excuses et je me suis éloigné. Ça me donnait la nausée mais je n'avais pas le choix.

— Vous avez dû être content en apprenant sa mort.

— Vous voulez la vérité ? J'étais aux anges. Je n'aurais pas été plus heureux si…

Il en avait déjà trop dit, pourtant je l'ai pressé d'aller au bout.

— Si quoi ?

— Rien.

Mais nous savions tous deux ce qu'il voulait dire. Je lui ai remis ma carte de visite, qu'il a rangée avec soin dans sa poche de poitrine.

Il a écrasé son second mégot et nous sommes rentrés dans le restaurant.

— Je peux vous demander une dernière chose, Donald ? Vous dites que Conway et Charles Clover se sont disputés. Est-ce que par hasard vous auriez entendu quel était le sujet de leur dispute ?

— Non, j'étais trop loin.

— Et les clients de la table voisine ?

J'avais pu observer la disposition de la salle et les deux tables étaient côte à côte.

— C'est possible. Je peux retrouver qui étaient les clients assis là, si vous voulez. Les noms sont enregistrés.

Donald Leigh est allé consulter l'ordinateur et, en le regardant s'éloigner, je me suis remémoré ses paroles à propos de Conway : « … sa grande maison à Framlingham ». Il connaissait le nom de la ville. Il savait où habitait Alan.

Le petit-fils

L'homme assis à la table voisine d'Alan Conway et de Charles Clover ce fameux soir, et qui avait pu entendre des bribes de leur conversation, s'appelait Mathew Prichard. C'était très étrange. Ce nom ne vous est peut-être pas familier, mais à moi, oui. Il est le petit-fils d'Agatha Christie. Et, de notoriété publique, il a hérité des droits de *La Souricière* à l'âge de neuf ans. Cela me fait tout drôle de parler de lui ici, et sa présence ce soir-là peut sembler improbable. Cependant il est membre du club. Et les bureaux de la société Agatha Christie Ltd. se trouvent à quelques pas, dans Drury Lane. De plus, comme je l'ai déjà dit, *La Souricière* se joue encore au théâtre St Martin, au bout de la rue.

J'avais son numéro de portable. Nous nous étions rencontrés à deux ou trois reprises lors de manifestations littéraires et, quelques années auparavant, j'avais négocié pour acheter ses mémoires, *The Grand Tour*, un récit très distrayant du tour du monde effectué par sa grand-mère en 1922. Mais HarperCollins avait fait une offre supérieure à la mienne. Je lui ai donc téléphoné et il s'est tout de suite souvenu de moi.

— Mais bien sûr, Susan ! Ravi de vous entendre. Comment allez-vous ?

J'hésitais sur la façon de lui présenter les choses. Là encore, le fait de l'impliquer dans une énigme policière bien réelle me troublait, et je n'avais pas envie de tout expliquer au téléphone. J'ai donc simplement mentionné le décès d'Alan Conway, qu'il avait bien entendu appris, et mon désir de lui poser quelques questions. Cela suffisait. Par un heureux hasard, il habitait non loin de nos bureaux, et il m'a donné rendez-vous le soir même pour boire un verre dans un bar situé dans le quartier de Seven Dials.

S'il existe un mot pour définir Mathew, c'est l'affabilité. Il a dans les soixante-dix ans et, en le regardant, avec sa chevelure blanche ébouriffée et son teint légèrement rougeaud, on a le sentiment qu'il a eu une vie bien remplie. On entend son rire d'un bout à l'autre de la salle, un rire tapageur, un rire de marin qui vient de lancer une plaisanterie salace. Il était impeccable dans son blazer et sa chemise à col ouvert lorsqu'il s'est avancé vers le bar pour commander nos cocktails. Malgré mes protestations, il avait insisté pour m'inviter.

Nous avons un peu parlé d'Alan Conway. Mathew a exprimé sa sympathie, son engouement pour les romans de Conway.

— Très intelligent. Toujours surprenant. Truffé de bonnes idées.

Je me rappelle ses paroles avec précision, parce que

la vilaine éditrice en moi se demandait s'il serait possible de les reproduire sur la quatrième de couverture : le petit-fils d'Agatha Christie faisant l'éloge de l'œuvre d'Alan Conway ne pouvait qu'être bénéfique pour les ventes à venir. Il m'a questionnée sur la façon dont Alan était mort et j'ai répondu que la police avait conclu au suicide. Il m'a paru peiné. Un homme si débordant de vie avait du mal à comprendre un homme qui choisissait de l'abréger. J'ai ajouté qu'Alan était gravement malade, et Mathew a semblé mieux concevoir la chose.

— Figurez-vous que je l'ai vu il y a environ une semaine, à l'Ivy.

— C'est justement à ce propos que je voulais vous interroger, Mathew. Alan dînait avec son éditeur.

— C'est cela, oui. J'étais assis à la table voisine.

— Je serais très curieuse de savoir si vous avez vu, ou entendu quelque chose.

— Pourquoi ne pas interroger Clover ?

— Je l'ai fait. Charles m'en a dit beaucoup mais j'essaie de remplir les vides.

— Eh bien, je n'écoutais pas vraiment leur conversation. C'est vrai, les tables sont très proches, mais je serais bien en peine de vous répéter ce que j'ai entendu.

Je trouvais touchant que Mathew ne m'ait pas demandé les raisons de ma curiosité. Il avait vécu une grande partie de sa vie dans le monde inventé par sa grand-mère, or, dans ce monde-là, les policiers posaient des questions et les témoins leur répondaient. C'était aussi simple que cela. Je lui ai rappelé le moment où Donald Leigh avait fait tomber les assiettes et Mathew a souri.

— Oui, cela, je m'en souviens. D'ailleurs, j'ai surpris quelques mots de ce qu'ils se disaient juste avant que l'incident se produise. Ils avaient haussé le ton ! Ils discutaient du titre du nouveau roman de Conway.

— Oui, Alan l'a remis à Charles, ce soir-là.

— *Épitaphe de la pie*. Je crois que votre ami éditeur a fait un commentaire que n'a pas du tout apprécié Conway. Oui, c'est ça. Il a dit qu'il pensait à ce titre depuis des années, et il a cogné du poing sur la table. Les couverts en ont tressauté. C'est à cet instant que je me suis tourné vers eux et que je me suis rendu compte de qui il s'agissait. Je ne m'en étais pas aperçu jusque-là. Bref, il y a eu un silence. De deux secondes, peut-être, et ensuite Conway a pointé un doigt menaçant en disant : Il est hors de question de…

— De quoi ?

— Je regrette, Susan, a souri Mathew. Je crains de ne pouvoir vous aider, car c'est à cet instant que le serveur a fait tomber les assiettes. Un vacarme terrible. Toute la salle s'est figée. Vous imaginez la scène. Le pauvre serveur est devenu rouge comme une pivoine, et il a ramassé les débris. Après, je n'ai plus rien entendu. Désolé.

— Avez-vous vu Alan se lever de table ?

— Oui. Je pense qu'il est allé aux toilettes.

— Il a parlé avec le serveur.

— C'est possible. Mais je ne me souviens pas du reste. J'avais terminé mon repas et je suis parti assez rapidement.

Il est hors de question de…

Dommage. La suite aurait pu m'éclairer. Je me suis promis de questionner Charles de nouveau dès que possible.

Mathew Prichard et moi avons ensuite parlé de sa grand-mère. J'avais toujours trouvé amusant qu'elle finisse par haïr Hercule Poirot sitôt après avoir terminé d'écrire sur lui. Quels qualificatifs célèbres avait-elle employés à son sujet déjà ? « Un sale petit bonhomme égocentrique, ennuyeux, pompeux et détestable. » Elle avait même déclaré un jour qu'elle voulait s'exorciser de lui.

— Je pense, a dit Mathew en riant, que, comme tous les génies, ma grand-mère Agatha voulait écrire toutes sortes de livres très différents et qu'elle a été très frustrée que ses éditeurs ne lui réclament, à une certaine époque, que des Hercule Poirot. Elle détestait qu'on lui dicte ce qu'elle devait faire.

Nous avions terminé nos cocktails. J'avais pris un gin tonic et, en me levant, j'ai senti ma tête tourner légèrement.

— Merci de votre aide, Mathew.

— Je crains de ne pas vous avoir été très utile, Susan. Mais je suis curieux de lire le prochain roman de Conway. J'ai toujours aimé les enquêtes de Fidèle Staupert. Et Conway était un grand admirateur de l'œuvre de ma grand-mère.

— Il en possède la collection dans son bureau.

— Ça ne me surprend pas. Il lui a emprunté pas mal de choses, vous savez. Des noms. Des lieux. C'était presque comme un jeu. Je suis certain qu'il le faisait délibérément et, en lisant ses livres, je découvrais toutes sortes de références cachées dans le texte. Je lui ai même écrit à ce sujet, pour lui demander ce qu'il manigançait.

Mathew Prichard a souri de nouveau. Il était bien trop accommodant pour accuser Alan de plagiat, toutefois sa remarque faisait un étrange écho à ma conversation avec Donald Leigh.

Nous nous sommes serré la main. De retour à mon bureau, j'ai fermé ma porte et j'ai ressorti le manuscrit pour l'examiner une nouvelle fois.

Mathew avait raison. *Épitaphe de la pie* rendait hommage à Agatha Christie une bonne demi-douzaine de fois. Par exemple, Sir Magnus Pye et sa femme résident à l'hôtel Geneviève, au Cap-Ferrat. Dans *Le Crime du Golf*, il y a une villa du même nom. Le Blue Boar est le pub de Bristol où Robert Blakiston est mêlé à une bagarre. Mais il existe aussi à St Mary Mead, où habite Miss Marple. Lady Pye et Jack Dartford déjeunent chez Carlotta, dont le nom semble s'inspirer de celui de l'actrice américaine dans *Le Couteau sur la nuque.* Il y a aussi un petit trait d'humour au sujet de Fraser, qui remarque un homme mort dans son compartiment du train de Paddington de trois heures cinquante, référence manifeste au *Train de 16h50.* Mary Blakiston habite d'abord à Sheppard's Farm. Or le Dr James Sheppard est le narrateur dans *Le Meurtre de Roger Ackroyd*, qui se situe à King's Abbot, un village également mentionné comme l'endroit où le Dr Rennard se fait enterrer dans *Épitaphe de la pie.*

Par ailleurs, tout le mécanisme d'*Épitaphe de la pie*,

l'usage de la comptine pour enfants, imite intentionnellement un procédé très souvent utilisé par Agatha Christie. Elle aimait les comptines. *Un, deux, trois…*, *Cinq petits cochons*, *Dix petits nègres.* On pourrait penser qu'un auteur dont le travail présente tant de similitudes avec celui d'un auteur beaucoup plus célèbre ferait tout pour le dissimuler. Or Alan Conway, à sa manière si singulière, faisait le contraire. Qu'avait-il en tête lorsqu'il insérait des signes aussi évidents ? Ou bien, pour présenter les choses autrement, que désignaient ces signes ?

J'avais le sentiment, et ce n'était pas la première fois, qu'il avait essayé de me dire quelque chose, qu'il n'avait pas simplement écrit les enquêtes de Fidèle Staupert pour distraire le public. Il les avait imaginées dans un but qui, lentement, se dessinait.

La Route de Framlingham

L'enterrement d'Alan Conway eut lieu le vendredi suivant dans le Suffolk. Ni Charles ni moi n'avions été invités, et l'on ne savait pas exactement qui avait organisé les obsèques : James Taylor, Claire Jenkins ou Sajid Khan. J'avais été informée par ma sœur, qui elle-même avait lu l'annonce dans le journal local et m'avait prévenue aussitôt par courriel du lieu et de l'heure. Le service serait conduit par le révérend Tom Robeson, pasteur de l'église St Michael. Charles et moi avions décidé d'y aller ensemble, et nous avons pris ma voiture car je comptais m'attarder sur place.

Andreas, qui avait passé toute la semaine chez moi, était un peu contrarié que je m'absente le week-end. Mais j'avais besoin d'être seule. Ce projet en Crète planait au-dessus de nos têtes et, bien que nous n'en ayons pas reparlé, je savais qu'il attendait une réponse que je n'étais pas encore prête à lui donner. Et puis la mort d'Alan m'obsédait. J'étais convaincue que quelques jours de plus à Framlingham me conduiraient à la découverte des chapitres manquants mais aussi, plus largement, à ce qui s'était réellement passé à Abbey Grange. Pour moi, les deux étaient liés. Alan avait probablement été assassiné à cause d'une chose qui se trouvait dans son roman. Et il y avait de fortes chances qu'en découvrant l'assassin de Sir Magnus Pye je découvre aussi celui d'Alan Conway. Ou vice versa.

Les obsèques étaient prévues à quinze heures. Charles et moi avons quitté Londres juste après midi. J'ai compris presque tout de suite que c'était une erreur. Nous aurions mieux fait de prendre le train. La circulation était difficile. Charles avait l'air embarrassé dans le siège très bas de la MGB. Je me sentais moi-même mal à l'aise et je me suis demandé pourquoi, jusqu'à ce que je comprenne tout à coup (au moment où je m'engageais sur l'autoroute M25) que notre relation avait toujours été bâtie sur le mode du face-à-face. Dans son bureau, il était d'un côté de sa table de travail et moi de l'autre. Au restaurant, nous mangions l'un en face de l'autre. Dans les salles de réunion, nous nous trouvions de part et d'autre de la table. Or ici, dans la voiture, nous étions côte à côte. Son profil ne m'était pas familier, et nous étions dans une proximité inhabituelle. Bien sûr, il nous était arrivé de voyager ensemble dans un taxi ou dans un train, mais ma petite voiture de sport nous imposait une promiscuité plus contraignante. Je n'avais jamais remarqué à quel point son teint était maladif; des années de rasage semblaient avoir effacé la vitalité de ses joues et de son cou. Il portait un costume sombre, avec une chemise stricte, et j'étais fascinée par sa pomme d'Adam qui, sous la contrainte, saillait au-dessus du nœud de cravate. Charles avait prévu de rentrer à Londres par ses propre moyens, et je regrettais d'avoir été trop persuasive en lui proposant de partir avec moi.

Toutefois, après nous être extirpés des embouteillages, nous avons pu bavarder agréablement. En arrivant sur l'A12, je commençais à me sentir plus détendue et j'ai pu accélérer. J'ai raconté à Charles mon entrevue avec Mathew Prichard, ce qui l'a amusé et m'a permis de l'interroger à nouveau sur le dîner à l'Ivy Club, notamment sur sa dispute avec Alan à propos du titre *Épitaphe de la pie*. Je ne voulais pas qu'il ressente cela comme un interrogatoire, et je ne comprenais pas non plus en quoi leur dernière conversation m'importait à ce point.

Charles était lui aussi intrigué par ma curiosité.

— Je t'ai déjà dit que je n'aimais pas ce titre, Susan.

— Tu lui as donc demandé d'en changer.

— Oui.

— Et il a refusé.

— Pire, il s'est mis en colère.

— Savais-tu qu'il songeait à ce titre depuis plusieurs années ?

— Non. Mais toi, comment le sais-tu ?

Au lieu d'avouer que je tenais cela de Mathew Prichard, j'ai préféré mentir :

— Alan a dû y faire allusion devant moi, un jour.

Après quoi nous n'avons plus parlé d'Alan. Nous n'étions pas ravis d'aller aux obsèques. Personne n'aime cela, évidemment, mais dans le cas d'Alan nous n'y allions que par obligation, même si j'étais assez curieuse de voir qui serait là. J'avais téléphoné à James Taylor le matin même. Nous étions convenus de dîner ensemble le soir, à l'hôtel Crown. Je me demandais si Melissa Conway serait présente. Nous ne nous étions pas croisées depuis plusieurs années et, après ce que m'avait dit Andreas, j'étais assez contente de la revoir. Andreas, Alan et Melissa étaient tous les trois enseignants à Woodbridge lorsque Fidèle Staupert avait vu le jour.

Nous avons roulé en silence pendant une vingtaine de minutes puis, juste après être entrés dans le comté du Suffolk, ainsi que le signalait une pancarte, Charles a subitement déclaré :

— Je songe à me retirer.

— Comment ?

Je me suis retenue de tourner la tête pour le dévisager car j'étais en train de doubler un énorme semi-remorque.

— Il y a un moment que je pense à t'en parler, Susan. Bien avant la mort d'Alan. Je suppose que sa disparition a été le coup de grâce, bien que l'expression soit peu appropriée, j'en conviens. J'aurai bientôt soixante-cinq ans, et Elaine me presse de ralentir.

Elaine, comme je l'ai déjà mentionné, était l'épouse de Charles. Je ne l'avais rencontrée que deux ou trois fois, et je savais que l'édition ne l'intéressait guère.

— Et puis ma fille va bientôt accoucher, a poursuivi Charles. Devenir grand-père incite à réfléchir. Je pense que le moment est venu.

— Bientôt ?

Je ne savais que dire. L'idée de Cloverleaf sans Charles Clover était inconcevable. Il faisait partie de la maison autant que les lambris de bois.

— Peut-être au printemps prochain. Susan, que penserais-tu de prendre ma suite ?

— Moi ? Directrice ?

— Pourquoi pas ? Je resterai PDG, de façon à garder un rôle, mais tu t'occuperas de gérer la boîte. Tu connais le fonctionnement mieux que quiconque. Et, soyons lucide, si je devais parachuter quelqu'un de l'extérieur, tu ne serais pas ravie de travailler avec.

Sur ce point, il avait raison. J'avais plus de quarante ans et je me sentais vaguement consciente que, plus je vieillissais, plus je m'ancrais dans mes habitudes. Phénomène probablement fréquent dans l'édition, quand les gens occupent longtemps le même poste. Je n'étais pas bienveillante envers les nouveaux. Avais-je la compétence pour occuper le poste ? Le livre n'avait pas de secrets pour moi, mais j'avais peu d'intérêt pour le reste : le personnel, les comptables, les frais généraux, les stratégies à long terme, la gestion au quotidien d'une entreprise moyenne. En même temps, je m'apercevais que c'était la deuxième offre d'emploi en moins d'une semaine. Je pouvais devenir directrice générale de Cloverleaf ou bien diriger un petit hôtel à Agios Nikolaos. Un sacré choix.

— J'aurais une totale autonomie ?

— Oui, Susan. Il nous faudra trouver un accord financier, mais tu seras effectivement la patronne. Ça modifie les priorités, de devenir grand-père, a-t-il ajouté en souriant. Tu vas y réfléchir ?

— Bien sûr, je vais y réfléchir, Charles. C'est très gentil à toi de me faire ainsi confiance.

Un nouveau silence s'est installé pendant dix ou vingt miles. J'avais mal anticipé le temps qu'il fallait pour sortir de Londres et nous risquions d'arriver en retard aux obsèques. En fait, nous aurions vraiment été en retard si Charles ne m'avait indiqué de tourner à droite pour couper par Brandeston, ce qui nous a permis d'éviter les travaux qui m'avaient ralentie à Earl Soham la dernière fois que j'y étais passée. Le raccourci nous a fait gagner un quart d'heure et nous sommes confortablement arrivés à trois heures moins dix. Comme j'avais de nouveau réservé une chambre au Crown, j'ai pu me garer directement dans le parking de l'hôtel. Ils avaient déjà préparé le grand salon pour la réception qui suivrait les obsèques. Nous avons eu le temps d'avaler un café en vitesse. Nous n'avions ensuite que la rue à traverser.

Un enterrement allait avoir lieu…

C'est par ces mots que commence *Épitaphe de la pie*.

L'ironie de la chose ne pouvait pas m'échapper, alors que je rejoignais le cortège funèbre rassemblé autour de la tombe béante.

L'église de St Michael est véritablement beaucoup trop grande pour la ville où elle a été construite, mais le Suffolk tout entier est parsemé d'édifices monumentaux en lutte contre le décor environnant, comme si chaque paroisse éprouvait le besoin de s'imposer dans la vie de ses habitants. Cela procure une sorte d'inconfort. On se sent non seulement enfermé, mais aussi au mauvais endroit : si l'on regarde derrière soi à travers les grilles en fer forgé, on est surpris de voir, de l'autre côté de la rue, le restaurant chinois de M. Chan. Quant au cimetière, lui aussi a quelque chose d'étrange. Il est légèrement surélevé, si bien que les défunts sont enterrés au-dessus du niveau de la rue ; l'herbe est trop verte, et les tombes disposées sur des rangées irrégulières sont si espacées qu'il n'y a aucune économie d'échelle. Le cimetière est à la fois trop rempli et trop vide. Pourtant c'était l'endroit qu'Alan Conway avait élu comme dernière demeure. Je devinais qu'il avait choisi son emplacement avec soin. De fait, sa tombe était en plein milieu, entre deux ifs. Personne ne pouvait la manquer en allant à l'église. Ses voisins les plus proches étaient morts depuis près d'un siècle, et la terre récemment retournée ressemblait à une blessure toute fraîche. Incongrue et inconvenante.

Le temps avait changé. Alors que le soleil brillait quand nous avions quitté Londres, le ciel s'était chargé de nuages et une fine bruine s'était mise à tomber. Je comprenais pourquoi Alan avait choisi un enterrement comme entrée en matière pour *Épitaphe de la pie*. Le procédé est judicieux : tous les protagonistes sont présents et observables à loisir. J'ai pu moi-même m'adonner à l'exercice, et j'ai été étonnée de connaître autant de personnes.

D'abord James Taylor, tout en noir, dans un imperméable de créateur, ses cheveux mouillés plaqués sur la nuque, l'air de sortir tout droit d'un roman d'espionnage. Il faisait de son mieux pour avoir l'air sombre et posé, mais il se dégageait de sa personne une sorte de sourire irrépressible : non pas sur ses lèvres mais dans ses yeux, dans sa façon même de se tenir. À côté de lui, Sajid Khan brandissait un parapluie. Les deux étaient arrivés ensemble. Conclusion : James avait hérité. Il savait qu'Alan n'avait pas pu signer son dernier testament, et il était désormais propriétaire d'Abbey Grange et de tout le reste. Intéressant. En m'apercevant, il m'a adressé un petit signe de tête et un sourire, auxquels j'ai répondu. Je ne sais pas pourquoi, mais j'étais contente pour James, et l'idée qu'Alan ait pu être tué par lui ne me troublait même pas.

Claire Jenkins était là, bien entendu. Tout de noir vêtue, elle aussi, elle pleurait et sanglotait ; les larmes ruisselaient sur son visage, un peu aidées par la pluie. Près d'elle, un homme lui tenait maladroitement le bras de sa main gantée. Je ne l'avais encore jamais rencontré, mais je me souviendrais aisément de lui si je le croisais de nouveau. En premier lieu, il était noir. La seule personne de couleur à assister aux obsèques. De plus, il possédait une présence physique extraordinaire : grand, athlétique, large d'épaules, un cou puissant et un regard intense. Je l'ai d'abord pris pour un ancien lutteur – il en avait la carrure –, avant d'opter, plus logiquement, pour un policier. Claire m'avait dit travailler pour la police du Suffolk. Était-ce là l'insaisissable commissaire Locke dont l'enquête suivait la mienne en parallèle ?

Mon attention s'est ensuite portée sur un autre homme, seul, avec en arrière-plan la monstrueuse tour, trop grande pour une église elle-même trop grande pour la ville. Ce sont ses hautes bottes de caoutchouc qui ont d'abord attiré mon regard. Elles étaient toutes neuves et orange vif – un choix étrange pour un enterrement. Son visage m'était un peu masqué. Il portait une casquette et une veste en coton huilé dont il avait relevé le col. Au moment où je l'observais, son téléphone s'est mis à sonner et, au lieu de le mettre sur silencieux, il a répondu à l'appel et s'est détourné pour avoir un peu d'intimité. « John White… » Je l'ai entendu énoncer son nom, mais rien de plus. Au moins, je savais qui il était. Le voisin d'Alan Conway, le gestionnaire de fonds de pension avec qui il s'était brouillé peu de temps auparavant.

Le service tardant à commencer, j'ai parcouru l'assistance du regard et déniché Melissa Conway et son fils, debout à côté du monument aux morts. Son imperméable était tellement serré autour de sa taille qu'il semblait sur le point de la couper en deux. Ses mains étaient enfoncées dans ses poches, ses cheveux enfouis sous un foulard. Sans son fils, qui approchait maintenant de vingt ans, je ne l'aurais peut-être pas reconnue. Freddy était le portrait craché de son père – du moins la dernière incarnation d'Alan –, visiblement mal à l'aise dans son costume sombre un peu trop large pour lui. Lui non plus n'était pas ravi de se trouver là, euphémisme pour dire qu'il était en colère. Il regardait fixement la tombe avec une lueur assassine dans les yeux.

Je n'avais pas vu Melissa depuis six ans. Très exactement depuis la réception donnée à l'occasion de la sortie d'*Appel dans la nuit*, à l'ambassade d'Allemagne à Londres, avec champagne et saucisses cocktail. À l'époque, je voyais Andreas épisodiquement, et, comme c'était un ami commun, nous avions pu engager la conversation. Je me souviens d'elle comme une femme courtoise mais distante. Ce ne doit pas être amusant d'être mariée à un écrivain, et elle ne cachait pas qu'elle était venue là uniquement par devoir. Dommage qu'elle et moi ne nous soyons pas davantage fréquentées à Woodbridge ; je ne la connaissais qu'à travers Alan. Elle avait le même air inexpressif qu'à la soirée de l'ambassade, même si c'était un cercueil, et non des canapés, qu'on s'apprêtait à nous présenter. Pourquoi était-elle venue ?

Le corbillard était arrivé. On apporta le cercueil, et le pasteur apparut sur le seuil de l'église. Il s'agissait du révérend Tom Robeson, dont le journal avait mentionné le nom. Il avait dans les cinquante ans. Sans l'avoir jamais vu, je l'ai reconnu aussitôt : « sa tête d'enterrement, ses cheveux trop longs et mal peignés ». Telle était la description de Robin Osborne dans *Épitaphe de la pie*. Mais au moment où je me disais cela, une autre chose m'a frappée. J'avais lu son nom écrit à l'entrée du cimetière, et cet indice visuel m'avait aidée.

Robeson était l'anagramme d'Osborne.

Encore une des plaisanteries très personnelles d'Alan. James Taylor était devenu James Fraser, Claire était Clarissa, et, à bien y réfléchir, John White, le gérant de fonds spéculatifs, s'était réincarné en Johnny Whitehead, le brocanteur et petit malfrat d'*Épitaphe de la pie*, à la suite de sa dispute avec Alan pour une histoire d'argent. À ma connaissance, Alan n'avait jamais été porté sur la religion, en dépit de ces obsèques très conventionnelles. Ce qui m'amenait à m'interroger sur la relation qu'il avait entretenue avec ce pasteur, et pourquoi il l'avait mis en scène dans son roman. Osborne était le numéro trois sur ma liste de suspects : Mary Blakiston avait découvert sur lui on ne savait quel secret. Robeson, pour sa part, avait-il eu une raison de tuer Alan Conway ? En tout cas, il avait l'allure de l'assassin vengeur, avec ses traits pâles et lugubres, et sa robe d'ecclésiastique qui pendait tristement sous la pluie.

Dans son éloge funèbre, le révérend Robeson décrivit Alan Conway comme un écrivain célèbre dont les livres avaient distrait des millions de lecteurs à travers le monde. On aurait dit qu'il présentait Alan pour une émission sur Radio 4.

— Alan Conway nous a quittés trop tôt et dans des circonstances tragiques, mais il demeurera, j'en suis certain, dans le cœur et dans l'esprit de toute la communauté littéraire.

J'ignorais si la communauté littéraire avait réellement un cœur, mais je trouvais l'hypothèse peu probable. D'après mon expérience, les auteurs morts sont oubliés avec une remarquable célérité. Les auteurs vivants eux-mêmes ont bien du mal à rester sur les rayonnages. Il y a beaucoup trop de nouveaux livres et trop peu de rayonnages.

— Alan était l'un de nos auteurs de romans policiers les plus célébrés. Il a passé la plus grande partie de sa vie dans le Suffolk et a toujours désiré y être enterré.

Dans *Épitaphe de la pie*, quelque chose se cache dans l'éloge funèbre en lien avec le meurtre. À la toute dernière page du manuscrit, quand Staupert mentionne les indices qui vont résoudre le crime, il évoque spécifiquement « les paroles prononcées par le pasteur ». Malheureusement, le discours de Robeson était presque délibérément neutre et sans mystère. Il ne mentionnait ni James ni Melissa. Rien sur l'amitié, la générosité, l'humour, les petites manies, les petites attentions, les moments particuliers, toutes ces choses qui nous manquent tant lorsque quelqu'un disparaît. Si Alan avait été une statue de marbre volée dans un jardin public, le révérend Tom Robeson n'en aurait pas fait plus de cas.

Un seul passage m'est resté en mémoire. J'en fus suffisamment marquée pour en reparler au pasteur un peu plus tard.

— Très peu de gens, de nos jours, sont enterrés dans ce cimetière. Mais Alan a insisté. Il avait versé beaucoup d'argent à l'église, ce qui nous a permis de financer les travaux de restauration indispensables sur les fenêtres à claire-voie et l'arche du chœur principal. En échange, il exigeait de reposer ici. Qui étais-je pour m'opposer à ses desiderata ? (Le pasteur a souri, comme s'il essayait d'alléger ses paroles.) Toute sa vie, Alan a été une personnalité dominante, ainsi que je l'ai découvert très tôt. Je n'allais pas lui refuser cette dernière volonté. Sa contribution a assuré l'avenir de St Michael, et il est normal qu'il repose ici, dans l'enceinte de l'église.

Cette partie de l'éloge funèbre avait un double sens. D'un côté, Alan s'était montré généreux. Il méritait donc de reposer dans ce cimetière. Mais, de l'autre, il l'avait « exigé ». Il avait une « personnalité dominante ». « Ainsi que je l'ai découvert très tôt. » Alan et le pasteur avaient donc un passé. Étais-je la seule personne dans l'assistance à avoir remarqué la discordance de cet éloge ?

Je comptais demander ses impressions à Charles sitôt le service funèbre terminé, mais je n'en ai pas vu la fin. La pluie avait commencé à se calmer et Robeson allait bientôt conclure. Bizarrement, il semblait avoir oublié Alan. Il parlait maintenant de l'histoire de Framlingham et, en particulier, de Thomas Howard, troisième duc de Norfolk, dont le tombeau se trouvait à l'intérieur de l'église. Pendant un instant, mon attention a dérivé, et, tout à coup, j'ai remarqué un homme qui avait dû arriver en retard. Debout près du portail, il observait le service de loin et semblait impatient de s'en aller. D'ailleurs, au moment où je l'observais, il a soudain tourné les talons et s'est éloigné dans la rue.

Je n'avais pas distingué son visage. Il portait un chapeau noir en feutre à larges bords. Je me suis penchée vers Charles pour lui chuchoter :

— Ne pars pas. Je te rejoins à l'hôtel plus tard.

Il avait fallu deux cents pages à Fidèle Staupert pour découvrir l'identité de l'homme qui avait assisté aux funérailles de Mary Blakiston. Pas question que j'attende aussi longtemps. Je me suis éclipsée discrètement et j'ai filé à la poursuite de l'inconnu au chapeau.

Les aventures de Fidèle Staupert

J'ai rattrapé l'homme au chapeau dans Church Street, au croisement de Market Place. Maintenant qu'il avait échappé au cimetière, il semblait moins pressé de fuir. D'autant que le crachin avait cessé ; quelques taches de soleil faisaient scintiller les flaques d'eau. Il prenait son temps et je pouvais, quant à moi, reprendre mon souffle avant de l'aborder.

Une sorte d'instinct l'a incité à se retourner et il m'a vue.

— Oui ?

— J'étais aux obsèques.

— Moi aussi.

— Est-ce que…

C'est à ce moment seulement que j'ai pris conscience de la situation. Je n'avais pas la moindre idée de ce que j'allais lui dire, et tout était bien trop compliqué à expliquer. J'enquêtais sur un meurtre dont, apparemment, j'étais la seule à avoir connaissance. Je l'avais poursuivi uniquement en raison de son chapeau, prétexte qui manquait pour le moins de pertinence.

J'ai respiré à fond et me suis reprise.

— Je m'appelle Susan Ryeland. J'étais l'éditrice d'Alan Conway chez Cloverleaf.

— Cloverleaf? Oui, je connais. Nous avons eu quelques échanges.

— Vraiment?

— Pas avec vous. Avec une certaine Lucy Butler. Nous avons discuté ensemble des Fidèle Staupert.

Lucy était la responsable des droits. Son bureau était voisin du mien. À présent j'avais une idée précise de l'identité de mon interlocuteur, qu'il a d'ailleurs aussitôt confirmée.

— Je suis Mark Redmond.

Charles et moi avions souvent parlé de Redmond et de sa société de production, Red Herring Productions, au cours de nos réunions hebdomadaires. Producteur pour le cinéma et la télévision, il avait mis une option sur les droits des Fidèle Staupert, qu'il voulait adapter en collaboration avec la BBC. Lucy lui avait rendu visite dans ses bureaux de Soho et nous en avait fait un rapport favorable: une équipe jeune et enthousiaste, une étagère remplie de Bafta (les Oscars britanniques), des téléphones qui ne cessaient de sonner, des allées et venues de coursiers, bref, le sentiment d'une entreprise dynamique. Comme le suggérait son nom, Red Herring[1], la société de production était spécialisée dans les films policiers. Redmond avait débuté sa carrière

1. Néologisme désignant une diversion, une fausse piste. (Note de la traductrice.)

comme régisseur sur *Bergerac* et avait probablement arpenté de long en large Jersey, où la série avait été tournée. Il avait ensuite travaillé sur une demi-douzaine d'autres feuilletons, avant de fonder sa propre maison de production indépendante. D'après ce que je comprenais, la BBC était enthousiasmée par le projet.

J'étais ravie de le rencontrer : son avenir et le mien étaient liés. Une série télévisée donnerait une nouvelle vie aux livres de Conway. Nouvelles couvertures, nouvelle publicité, nouveau lancement. Nous en avions un besoin crucial, étant donné nos problèmes avec *Épitaphe de la pie*. Et puis il me fallait tenir compte de la proposition de Charles. Si je devais réellement prendre les rênes de Cloverleaf, j'aurais besoin de son auteur vedette, même de façon posthume. Or Red Herring Productions pouvait rendre cela possible.

Mark Redmond s'apprêtait à repartir pour Londres – son chauffeur l'attendait sur la place –, mais j'ai réussi à le convaincre de venir discuter dans un petit café en face de l'hôtel. Nous avions moins de risques d'y être dérangés. Il avait ôté son chapeau et découvert ainsi ses cheveux noirs plaqués en arrière et ses yeux étroits. C'était un bel homme, mince, vêtu avec élégance. Il avait bâti sa carrière à la télévision, et cela se devinait dans son maintien. On l'imaginait aisément présentant une émission. Sur la mode ou sur la finance, peut-être.

J'ai commandé deux cafés et engagé la conversation.

— Vous avez quitté les obsèques rapidement.

— Si vous voulez la vérité, je ne savais plus vraiment pourquoi j'étais venu. Puisque je travaillais avec

Conway, ça m'a d'abord semblé normal d'être présent, mais une fois sur place je me suis dit que c'était une erreur. Je ne connaissais personne, il faisait froid, humide, et j'ai eu brusquement envie de partir.

— Quand avez-vous vu Alan pour la dernière fois ?

— Pourquoi cette question ?

J'ai haussé les épaules, comme si c'était sans importance.

— Je me demandais, c'est tout. Le suicide d'Alan nous a causé un grand choc et nous essayons de comprendre pourquoi il s'est donné la mort.

— Je l'ai vu il y a deux semaines.

— À Londres ?

— Non. Je suis allé chez lui. Un samedi.

La veille de la mort d'Alan.

— Il vous avait invité ?

Mark Redmond a lâché un petit rire.

— Je n'aurais pas fait cette foutue route sans avoir été invité. Il voulait me parler de la série et m'a proposé de venir déjeuner. Connaissant Alan, je ne me suis pas avisé de refuser. Il était déjà assez difficile, je n'avais pas envie d'autres disputes.

— Quel genre de disputes ?

Il m'a jeté un regard dédaigneux.

— Je n'ai sûrement pas besoin de vous expliquer qu'Alan était un cas. Puisque vous étiez son éditrice, vous ne me ferez pas croire qu'il ne s'est pas fichu de vous ! Je regrette presque d'avoir entendu parler des Fidèle Staupert. Il m'en a tellement fait baver que j'aurais pu le tuer de mes propres mains !

— Je suis désolée, monsieur Redmond. Je l'ignorais. Quel était le problème, exactement ?

— Avec lui, les problèmes se succédaient.

Les cafés sont arrivés. Il a sucré le sien et s'est mis à tourner sans fin sa cuiller dans la tasse comme pour illustrer ses relations de travail avec Alan.

— Pour commencer, lui faire signer l'option n'a pas été facile. Vous n'imaginez pas la somme exorbitante qu'il exigeait. Il devait se prendre pour J.K. Rowling. Or, pour moi, c'était un investissement à risque. À l'époque, je n'avais pas encore conclu l'accord avec la BBC, et tout aurait pu capoter. Mais ce n'était que le début. Conway ne lâchait rien. Il voulait être producteur délégué. Bien sûr, ce n'est pas inhabituel. Mais il insistait aussi pour adapter lui-même ses romans, alors qu'il n'avait aucune expérience de scénariste. Et je peux vous dire que la BBC n'était pas du tout ravie. Il exigeait aussi de superviser la distribution. Un vrai casse-tête. Aucun auteur ne choisit jamais les acteurs ! On voulait bien le consulter, mais ça ne lui suffisait pas. Il avait des idées ridicules. Savez-vous quel comédien il voulait pour jouer le rôle de Fidèle Staupert ?

— Ben Kingsley ?

Redmond a ouvert de grands yeux.

— Il vous l'avait dit ?

— Non, mais je sais qu'il admirait Kingsley.

— Eh bien, oui, vous avez raison. Malheureusement, c'était hors de question. Jamais Kingsley n'aurait accepté le rôle et, de toute façon, il a soixante-treize ans, c'est beaucoup trop vieux pour le personnage. Je voulais commencer la série par *Mort en coulisses*. C'est le meilleur, à mes yeux. Mais là non plus, Conway n'était pas d'accord. Sans expliquer pourquoi. Il disait simplement qu'il ne voulait pas le faire. Comme l'option arrivait à son terme, je devais mesurer mes paroles.

— Allez-vous poursuivre le projet, maintenant qu'il est mort ?

Redmond s'est subitement égayé. Il a enfin posé sa cuiller et bu une gorgée de café.

— C'est *justement* parce qu'il est mort que je vais poursuivre le projet. Vous me permettez d'être franc, Susan ? Je ne devrais pas dire du mal des morts, mais, sincèrement, sa disparition est la meilleure chose qui pouvait arriver. J'ai déjà discuté avec James Taylor. C'est lui le propriétaire des droits à présent, et il m'a l'air assez arrangeant. Il a déjà accepté de nous accorder un an de plus pour l'option, ce qui va nous permettre de monter l'ensemble du projet. Nous espérons tourner l'adaptation des neuf romans.

— Il n'a pas achevé le dernier.

— Ce n'est pas grave. Ils ont tourné cent quatre épisodes d'*Inspecteur Barnaby*, alors que l'auteur original n'a écrit que neuf livres. Sans parler de *Sherlock*. Ils réalisent des choses que Conan Doyle n'aurait jamais imaginées ! Avec un peu de chance, nous ferons une douzaine de saisons avec *Les Aventures de Fidèle Staupert*. C'est le titre que nous avons choisi pour la série. À présent nous allons pouvoir avancer et trouver un bon scénariste. La vie va être beaucoup plus facile.

— Vous ne croyez pas que le public en a assez des histoires de meurtres ?

— Vous plaisantez ! *Inspecteur Morse*, *Taggart*, *Inspecteur Lewis*, *Inspecteur Frost*, *Luther*, *Meurtres à l'anglaise*, *Cracker*, *Broadchurch*, sans parler de *Maigret* et de *Wallander* ! La télévision britannique serait réduite à un écran noir sans le crime. Même dans les feuilletons à l'eau de rose, on liquide les gens. Et le phénomène se produit partout dans le monde. Il paraît que, en Amérique, un enfant voit huit mille meurtres avant de quitter l'école primaire. Ça donne à réfléchir, n'est-ce pas ?

Redmond avait terminé son café et il était de nouveau impatient de s'en aller.

— Que voulait Alan Conway, lorsque vous l'avez vu, il y a deux semaines ?

Il a haussé les épaules.

— Conway se plaignait des lenteurs de la production. Il n'avait aucune idée de la façon dont fonctionne la BBC. Ils peuvent mettre des semaines avant de répondre au téléphone. Mais le fond du problème est qu'ils n'aiment pas son scénario. Vous imaginez bien que je ne le lui ai pas dit. Nous cherchions quelqu'un d'autre pour réécrire l'adaptation.

— Avez-vous discuté de l'option ?

Pour la première fois, il m'a semblé percevoir une faille dans l'armure d'assurance affichée par Redmond.

— Conway m'a dit qu'il était en pourparlers avec une autre société de production. Il se fichait que j'aie déjà investi des milliers de livres dans le projet. Il était prêt à tout recommencer à zéro.

— Et alors ?

— Nous avons déjeuné chez lui. Les choses avaient mal débuté parce que j'étais arrivé en retard. Il y avait un bouchon sur la route à Earl Soham, à cause de travaux. En tout cas, il était de mauvaise humeur. J'ai fait mon petit laïus. Et il m'a promis de revenir avec moi. Je suis parti vers trois heures et je suis rentré chez moi. Voilà, c'est tout. Merci pour le café, Susan. C'était un plaisir de vous rencontrer. Dès que nous avons le feu vert pour la production, je vous fais signe.

Mark Redmond s'est levé et il est parti, en me laissant payer les consommations. « Je l'aurais tué de mes propres mains ». Inutile d'être fan d'*Inspecteur Barnaby* pour reconnaître un mobile quand j'en voyais un. Et pour ce qui était des suspects les plus évidents, Redmond venait de prendre la tête de la liste. Toutefois, il y avait une chose à laquelle je ne m'attendais pas. Plus tard dans l'après-midi, en signant le registre à l'hôtel, j'ai machinalement feuilleté les pages précédentes. Et il était là, devant mes yeux. Le nom de Mark Redmond. Enregistré à l'hôtel Crown pour deux nuits. J'ai interrogé la réceptionniste, qui se rappelait l'avoir vu partir le lundi matin après le petit déjeuner, avec sa femme. Mark Redmond ne m'avait pas dit que sa femme l'accompagnait.

Mais c'était un détail sans importance. L'important était que Redmond se trouvait à Framlingham au moment de la mort d'Alan Conway. En d'autres termes, il avait menti. Et je ne voyais à cela qu'un seul motif.

Après les obsèques

À mon retour à l'hôtel, le salon de réception était bondé. Une quarantaine de personnes avaient assisté à la cérémonie, ce qui avait paru assez peu dans le cadre de St Michael mais beaucoup dans les salles exiguës du Crown, où deux cheminées étaient allumées, et où les bouteilles de vin rouge et de vin blanc circulaient, avec les plateaux de canapés et de friands à la viande. Il régnait une ambiance presque festive ; quelques clients de l'hôtel s'étaient même invités pour profiter du lunch gratuit, sans se soucier de l'identité du défunt que l'on célébrait. Sajid Khan était présent avec sa femme – je l'ai reconnue grâce à la photo d'elle qui défilait sur l'album numérique. C'est Khan qui m'a accueillie. Il était d'une humeur étonnamment guillerette, comme si feu son client venait d'être archivé et non enterré, et que s'ouvrait une nouvelle période d'affaires florissantes. James Taylor, qui se tenait à côté de lui, m'a glissé trois mots à voix basse.

— À ce soir.

Manifestement, il était impatient d'en finir.

Charles était en grande conversation avec le révérend Tom Robeson. Ce dernier était nettement plus grand qu'il ne m'était apparu au cimetière. Il dominait largement Charles et les autres invités. De plus près, et sans le rideau formé par la pluie, la disgrâce de son visage était saisissante : le regard morne, les traits un peu décalés du boxeur qui a fait trop de combats. Il avait troqué son habit ecclésiastique contre une veste de sport élimée, avec des pièces aux coudes. Au moment où je m'approchais, il faisait un exposé en pointant vers Charles un sandwich entamé.

— … il y a des villages qui ne survivent pas, tout simplement. Les familles sont dispersées. C'est moralement injustifiable.

Charles m'a jeté un coup d'œil un peu irrité.

— Où étais-tu passée ?

— J'ai aperçu quelqu'un que je connaissais.

— Tu es partie bien soudainement.

— Je ne voulais pas le manquer.

Charles a pivoté vers le pasteur pour nous présenter l'un à l'autre.

— Tom Robeson, Susan Ryeland. Avec le révérend, nous discutions des résidences secondaires.

— Southwold, Dunwich, Walberswick, Orford, Shingle Street, tous ces villages le long de la côte, a repris Robeson.

J'ai coupé court à sa démonstration.

— Votre éloge funèbre m'a beaucoup intéressée, révérend.

— Ah oui ?

Il m'a jeté un retard inexpressif.

— Vous connaissiez Alan quand il était jeune, révérend ?

— Oui. Nous nous sommes rencontrés il y a longtemps.

Un serveur est passé et j'en ai profité pour cueillir un verre de vin blanc sur son plateau. Du pinot gris, je pense, tiède et fadasse.

— À vous entendre, il vous tyrannisait un peu.

Au moment même où je les prononçais, mes paroles me sont apparues invraisemblables. Alan n'avait jamais eu ce qu'on appelle de la présence physique, et Robeson devait mesurer deux fois sa taille lorsqu'ils étaient enfants. Pourtant le pasteur n'a pas nié. Au contraire, il a rougi.

— Je ne crois pas avoir dit cela, madame Ryeland.

— Vous avez dit qu'Alan avait exigé d'avoir une place au cimetière.

— Ce n'est sûrement pas le mot que j'ai employé. Alan Conway s'est montré d'une exceptionnelle générosité à l'égard de l'église. Il n'avait aucune exigence. Lorsqu'il a demandé si, un jour, il pourrait reposer dans le cimetière, j'ai pensé qu'il serait très ingrat de le lui refuser, même si, je dois l'admettre, il m'a fallu demander une dérogation spéciale.

Le pasteur regardait par-dessus mon épaule. Il cherchait une issue. S'il avait serré un tant soit plus son verre de jus de sureau, celui-ci aurait explosé.

— C'était un plaisir de vous rencontrer, madame Ryeland. Vous aussi, monsieur Clover. Si vous voulez bien m'excuser…

Il s'est glissé entre nous et s'est faufilé au milieu des invités.

— Où voulais-tu en venir, Susan ? a demandé Charles. Et derrière qui as-tu couru quand tu as filé ?

La seconde question était facile.

— Mark Redmond.

— Le producteur ?

— Lui-même. Tu sais qu'il était là le week-end où Alan est mort ?

— Pourquoi ?

— Alan voulait discuter avec lui de la série télévisée. *Les Aventures de Fidèle Staupert.* D'après Redmond, Alan lui en faisait voir de toutes les couleurs.

— Je ne comprends pas, Susan. Pourquoi tenais-tu tant à lui parler ? Et pourquoi t'es-tu montrée aussi agressive avec le pasteur, à l'instant ? On aurait cru un interrogatoire. Tu veux bien m'expliquer ce qui se passe ?

Il fallait que je le lui dise. Je ne savais pas pourquoi je ne l'avais pas déjà fait. Je lui ai brossé le tableau d'ensemble : ma visite à Claire Jenkins, la lettre de suicide, l'Ivy Club. Tout. Charles m'a écoutée en silence, et je ne pouvais m'empêcher de penser que, plus je parlais, plus j'avais l'air ridicule. Il ne me croyait pas, et je n'étais pas certaine de me croire moi-même. Je disposais de peu d'éléments et d'aucune preuve pour étayer mon hypothèse. Mark Redmond avait passé deux nuits à l'hôtel. Cela faisait-il de lui un suspect ? Un serveur s'était fait voler une idée de roman. Cela valait-il de faire le voyage jusqu'au Suffolk pour se venger ? Le fait incontournable était qu'Alan était atteint d'une maladie incurable. Pourquoi, dans ce cas, tuer quelqu'un qui allait bientôt mourir ?

Charles secouait la tête.

— Un auteur de romans policiers assassiné. Tu es sérieuse, Susan ?

— Oui, Charles. Je le suis.

— Tu en as parlé à quelqu'un ? À la police ?

— Pourquoi cette question ?

— Pour deux raisons. Je n'aime pas te voir te couvrir de ridicule. Et, franchement, tu pourrais attirer d'autres ennuis à Cloverleaf.

— Charles…

Le tapotement d'un couteau contre un verre m'a interrompue. Un silence s'est abattu sur la salle. James Taylor s'était juché sur les premières marches de l'escalier menant aux chambres. Il avait bien dix ans de moins que les plus jeunes des invités et ne semblait pas du tout dans son élément. Sajid Khan était à ses côtés.

— Mesdames et messieurs, Sajid m'a demandé de vous dire quelques mots. Et j'aimerais commencer en le remerciant d'avoir tout organisé aujourd'hui. Comme le savent la plupart d'entre vous, j'étais le compagnon d'Alan jusqu'à ces derniers temps, et je tiens à dire combien je lui étais attaché et à quel point il va me manquer. Beaucoup parmi vous m'ont demandé ce que je comptais faire, et je crois pouvoir leur répondre que, sans Alan, je ne resterai pas à Framlingham, même si j'y ai été très heureux. D'ailleurs, si cela intéresse quelqu'un, Abbey Grange va bientôt être mis en vente. Je vous remercie tous d'être là. Je n'ai jamais beaucoup aimé les enterrements, mais je suis heureux d'avoir cette occasion de vous voir et de vous dire au revoir. Adieu à Alan, surtout. Je sais ce que cela représentait pour lui d'être enterré dans le cimetière de St Michael, et je suis certain que des tas de gens viendront lui rendre visite. Tous ceux qui aiment ses livres. Maintenant, buvez et mangez. Et merci encore.

Ce n'était pas à proprement parler un discours, et il avait été prononcé non seulement de façon maladroite mais un peu désinvolte. James m'avait déjà dit qu'il était impatient de quitter le Suffolk et il venait clairement de l'exprimer devant tout le monde. Pendant qu'il parlait, j'avais observé les réactions de l'assistance. Le pasteur, debout dans un angle, arborait un visage de pierre. Une femme l'avait rejoint, beaucoup plus petite que lui, rondelette, avec des cheveux longs et roux. Sa femme, probablement. John White n'était pas venu à la réception, mais le commissaire Locke était présent, si c'était bien l'homme que j'avais identifié au cimetière. Melissa Conway et son fils s'étaient éclipsés par la porte du fond dès que James avait pris la parole, et je comprenais leur trouble à écouter le compagnon d'Alan. C'était dommage pour moi, car j'avais eu l'intention de leur parler. Mais je ne pouvais pas déserter une deuxième fois.

James a serré la main du notaire et il a quitté la salle, en s'arrêtant brièvement pour murmurer quelques mots à une ou deux personnes. Je me suis retournée vers Charles, espérant reprendre notre conversation, mais son portable s'est mis à vibrer. Il a jeté un coup d'œil à l'écran du téléphone et m'a dit :

— Ma voiture est là.

Il avait réservé un taxi pour se faire conduire à la gare d'Ipswich.

— J'aurais pu t'y emmener, Charles.

— Ça ne fait rien. Susan, il faut vraiment qu'on parle. Si tu veux poursuivre tes investigations, je ne peux évidemment pas t'en empêcher. Mais tu devrais réfléchir à ce que tu es en train de faire… et aux conséquences.

— Je sais.

— Et pour les chapitres manquants, où en es-tu ? À mon humble avis, c'est beaucoup plus important.

— Je continue de chercher.

— Alors bonne chance. On se voit lundi.

Il ne m'a pas embrassée. Jamais nous ne nous embrassions. Pas une fois depuis toutes ces années. Il est trop formel pour cela, trop collet monté. J'ai même du mal à l'imaginer embrassant sa femme.

Charles parti, j'ai vidé mon verre et me suis dirigée vers l'accueil pour récupérer ma clé. Je comptais monter dans ma chambre prendre une douche et me reposer avant le dîner avec James Taylor, mais, en allant vers l'escalier, alors que l'assistance commençait à se disperser, Claire Jenkins m'a barré le chemin. Elle tenait à la main une enveloppe en papier brun de format A4 qui, à en juger par son épaisseur, devait contenir une dizaine de feuillets. L'espace d'une seconde, mon cœur a bondi. Elle avait retrouvé les pages du manuscrit !

Mais non.

— Je vous avais promis d'écrire quelque chose sur Alan, m'a rappelé Claire Jenkins en me tendant l'enveloppe. Je ne sais pas si c'est bon. Je n'ai pas son talent. Mais vous y trouverez peut-être ce que vous vouliez savoir. Prenez. J'ai fait une copie, vous pouvez le garder.

— Je vous remercie.

Mais Claire Jenkins ne bougeait pas, comme si elle attendait autre chose.

— Toutes mes condoléances, madame Jenkins. Je suis désolée pour vous.

Oui, c'était cela qu'elle attendait. Elle a hoché la tête. Elle a soupiré.

— Je n'arrive pas à croire qu'il n'est plus là.

Et puis elle est partie.

Mon frère, Alan Conway

Je ne me fais pas à l'idée qu'Alan est mort.

Je veux écrire un portrait de lui mais je ne sais pas par où commencer. Les articles nécrologiques dans les journaux ne nous apprennent rien sur mon frère. Oh ! bien sûr, ils indiquent sa date de naissance, les titres de ses romans, les prix qu'on lui a décernés. Ils disent même des choses gentilles à son sujet. Mais ils ne cernent absolument pas sa personnalité, et je suis surprise qu'aucun de ces journalistes ne m'ait téléphoné, car j'aurais pu leur donner une idée plus précise de l'homme qu'il était, à commencer par le fait, ainsi que je vous l'ai dit, que jamais il ne se serait suicidé. Un combattant, voilà ce qu'il était. Alan surmontait tout. Moi aussi. Lui et moi avons toujours été très proches, même s'il nous arrivait d'être en désaccord, et si cette maladie l'avait vraiment plongé dans le désespoir, je suis certaine qu'il m'aurait téléphoné avant de faire une chose insensée.

Il n'a pas sauté de cette tour. On l'a poussé. Comment puis-je en être si certaine ? Vous devez comprendre d'où nous venons, tout le chemin que nous avons parcouru. Jamais il ne m'aurait laissée seule sans me prévenir d'abord.

Revenons au tout début.

Alan et moi avons grandi à Chorley Hall, près de la ville de St Albans, dans le comté de Hertfordshire. Chorley Hall était un pensionnat pour garçons dont notre père, Elias Conway, était le directeur. Notre mère aussi y travaillait. En tant qu'épouse du directeur, elle recevait les parents d'élèves, aidait l'infirmière quand des enfants étaient malades. Il s'agissait d'un emploi à plein temps, bien qu'elle se soit souvent plainte de n'avoir pas de salaire.

C'était un endroit épouvantable. Mon père était un homme épouvantable. Chorley Hall et lui allaient très bien ensemble. Il avait commencé sa carrière comme professeur de mathématiques et, autant que je sache, il a toujours travaillé dans l'enseignement privé, peut-être parce que, à l'époque, on y était moins regardant sur les personnes recrutées. Cela peut sembler une chose terrible à dire sur son propre père, mais c'est la vérité. Je suis heureuse de n'avoir pas été pensionnaire à Chorley Hall, contrairement à Alan. J'ai fait ma scolarité dans une école pour filles à St Albans.

Chorley Hall ressemblait à ces maisons hantées décrites dans les romans du XIXᵉ siècle. On ne se trouvait qu'à trente minutes à pied de St Albans, mais c'était tout au bout d'une longue allée privée, à travers un bois, et on avait l'impression d'être au milieu de nulle part. Le bâtiment était typique du genre, très allongé, avec des couloirs étroits, des sols dallés de pierre et des murs couverts de briques sombres. Il y avait des radiateurs dans toutes les salles, mais ils n'étaient jamais allumés parce que le froid mordant, les lits durs et la mauvaise nourriture faisaient partie de la philosophie de l'école pour former le caractère. Il y avait cependant quelques ajouts plus modernes. Le bâtiment des sciences datait de la fin des années cinquante, et l'école avait reçu des fonds pour construire un gymnase neuf, qui servait aussi de théâtre et de lieu de rassemblement. Tout était brun ou gris. Il n'y avait quasiment pas de couleurs. Même l'été, les arbres filtraient l'essentiel du soleil, et l'eau de la piscine, d'un vert noirâtre, dépassait rarement les dix degrés.

Le pensionnat abritait cent soixante garçons âgés de huit à treize ans. Ils logeaient dans des dortoirs de six à douze lits. Pour m'y être parfois promenée, je me souviens encore de cette étrange odeur de renfermé, un peu âcre, qui se dégageait des chambres occupées par les garçons. Ils avaient le droit d'apporter de chez eux une couverture et un ours en peluche ; en dehors de cela, ils avaient peu d'effets personnels. L'uniforme était vraiment vilain : culottes courtes de couleur grise et pull-over bordeaux à col en V. Chaque lit était accoté à un placard, et si les élèves ne rangeaient pas bien leurs vêtements ils étaient punis de coups de baguette.

Alan ne dormait pas dans un dortoir. Lui et moi habitions chez nos parents, dans une sorte d'appartement aménagé à l'intérieur de l'école, aux deuxième et troisième étages. Nos chambres étaient contiguës et nous nous amusions à nous envoyer des messages codés en tapant sur le mur de séparation. J'adorais entendre les tapotements, longs et courts, dès que notre mère avait éteint les lumières, même si je ne comprenais pas toujours leur signification. Alan avait la vie dure, sans doute une volonté de notre père. Le jour, il était un élève, traité exactement comme tous les autres élèves. Mais il n'était pas un pensionnaire puisqu'il dormait avec nous. De ce fait, il ne se sentait à sa place nulle part et, bien sûr, en tant que fils du directeur, il était une cible pour les autres garçons. Il avait très peu de camarades. Il était solitaire et replié sur lui-même. Il adorait la lecture. Je le vois encore, à neuf ans, dans ses culottes courtes, assis avec un gros volume sur les genoux. Comme il était de petite taille, les livres, surtout les livres anciens, semblaient disproportionnés entre ses mains. Il lisait partout où il pouvait, surtout tard le soir, avec une torche électrique cachée sous les draps.

Nous avions peur de notre père. Ce n'était pas un homme particulièrement imposant sur le plan physique. Il avait l'air vieux avant l'âge, avec ses cheveux ondulés, déjà blancs et clairsemés, qui laissaient entrevoir son crâne. Mais quelque chose dans son attitude le rendait monstrueux, du moins aux yeux des enfants. Il avait le regard rageur, presque fanatique, de quelqu'un toujours certain d'avoir raison et, quand il expliquait quelque chose, il pointait le doigt vers votre visage comme pour vous défier de le contredire. Ce que nous ne faisions jamais. Il pouvait être méchant et sarcastique, vous remettre à votre place avec un ricanement et une tirade d'insultes qui mettaient en lumière vos faiblesses et s'acharnait dessus. Je ne compte plus le nombre de fois où il m'a humiliée et mise plus bas que terre. Mais c'était pire avec Alan.

Rien de ce qu'il faisait ne trouvait grâce aux yeux de notre père. Alan était stupide. Alan était lent. Alan n'arriverait jamais à rien. Même ses lectures étaient puériles. Pourquoi n'allait-il pas plutôt jouer au rugby ou au football, ou bien camper avec les cadets ? Il est vrai qu'Alan n'était pas sportif. Dans la journée, il se faisait souvent bousculer par les autres garçons. Et, le soir, il se faisait rudoyer par son propre père. Il y a autre chose qui risque de vous choquer. Elias, notre père, battait les élèves jusqu'au sang. À cette époque, dans les années soixante-dix, cela n'avait rien d'inhabituel dans les pensionnats anglais. Mais il battait aussi Alan, et souvent. Si Alan arrivait en retard en classe, s'il n'avait pas fait ses devoirs ou s'il avait été impoli envers un autre professeur, il était expédié au pas de gymnastique dans le bureau du directeur. Le soir, il devait dire « Merci, monsieur le directeur », et non pas « Merci, père ». Comment un homme peut-il infliger cela à son fils ?

Ma mère ne protestait jamais. Elle avait peut-être peur de lui ou alors elle lui donnait raison. Nous étions une famille typiquement anglaise, tous repliés sur nous-mêmes, nos émotions soigneusement dissimulées.

J'aimerais pouvoir vous dire ce qui motivait notre père, ce qui le rendait si déplaisant. Un jour, j'ai demandé à Alan pourquoi il n'avait jamais rien écrit sur son enfance, même si sa description de l'école, dans *Mort en coulisses*, présente des similitudes avec Chorley Hall. Même le nom est semblable. Le directeur qui se fait tuer ressemble par certains traits à notre père. Alan m'a répondu qu'écrire son autobiographie ne l'intéressait pas. C'est dommage car j'aurais aimé voir le regard qu'il portait sur sa propre vie.

Que puis-je dire d'Alan pendant cette période ? C'était un garçon tranquille. Il avait peu de camarades. Il lisait beaucoup. Il n'aimait pas le sport. Je pense qu'il vivait déjà dans son monde imaginaire, bien qu'il n'ait commencé à écrire que bien plus tard. Il adorait inventer des jeux. Pendant les vacances scolaires, quand nous étions ensemble, nous nous transformions en espions, en soldats, en explorateurs, en détectives… Nous courions à travers le parc, à la recherche de fantômes ou d'un trésor enseveli. Alan était toujours plein d'énergie. Il ne se laissait jamais abattre par quoi que ce soit.

Il n'écrivait pas encore à cette époque, mais dès l'âge de douze ou treize ans il adorait jouer avec les mots. Il inventait des codes. Il composait des anagrammes très compliquées. Il fabriquait des mots croisés. Pour mes onze ans, il m'a offert une grille de mots croisés dans laquelle se trouvait mon prénom. Alan était brillant. Parfois, il me passait un livre dans lequel il avait tracé des petits points sous certaines lettres. En les assemblant, ça formait un message secret. Parfois aussi il m'envoyait des acrostiches. Il rédigeait un message, qui aurait paru banal à mon père ou à ma mère s'ils l'avaient lu, mais, en prenant la première lettre de chaque phrase, là encore, je pouvais déceler un message compréhensible de nous deux seuls. Il aimait également les acronymes. Il appelait notre père « chef », acronyme de « Chorley Hall est fangeux ». Vous trouverez cela un peu puéril, mais nous étions des enfants, et ça me faisait rire. Notre éducation nous a rendus très secrets. Nous avions peur de parler, d'exprimer une opinion qui nous aurait valu des ennuis. Alan inventait toutes sortes de moyens de communication compris de nous seuls. Le langage était pour lui une façon de nous cacher.

Chorley Hall a pris fin pour lui et pour moi de manière différente. Alan a quitté le pensionnat quand il a eu treize ans. Deux ans plus tard, mon père a subi une grave attaque cérébrale qui l'a laissé à demi paralysé. Cela a sonné la fin de son pouvoir sur nous. Alan poursuivait sa scolarité à St Albans et il y était beaucoup plus heureux. Il avait un professeur de lettres qu'il adorait. M. Stephen Stapler. Plus tard, j'ai demandé à Alan si c'est de son nom qu'il avait tiré Fidèle Staupert, mais il a éclaté de rire et affirmé qu'il n'y avait aucun lien entre les deux. Quoi qu'il en soit, il était évident qu'il allait faire carrière dans la littérature. Il avait commencé à écrire des nouvelles et de la poésie. Au lycée, il a écrit une pièce de théâtre présentée en fin d'année.

À partir de cette époque, je l'ai vu beaucoup moins et nos chemins se sont séparés. Lorsque nous nous retrouvions, nous étions toujours très proches, mais nous commencions à mener des vies différentes. Alan est allé à l'université à Leeds, moi pas. Mes parents étaient contre. J'ai trouvé un emploi à St Albans, aux archives de la police. C'est ainsi que j'ai fini par épouser un policier. Je vivais et travaillais à Ipswich. Mon père est mort quand j'avais vingt-huit ans. Vers la fin, il était grabataire et avait besoin d'assistance vingt-quatre heures sur vingt-quatre. Je suis sûre que ma mère a été soulagée lorsqu'il a fini par claquer. Il avait souscrit une assurance vie qui lui a permis de subvenir à ses besoins. Elle vit toujours. Je ne l'ai pas vue depuis un temps fou. Elle est retournée s'installer à Dartmouth, où elle est née.

Mais revenons à Alan. À l'université de Leeds, il étudiait la littérature anglaise. Après son diplôme, il est parti pour Londres et a trouvé du travail dans la publicité, comme beaucoup de jeunes gens diplômés en lettres. Il travaillait dans une agence qui s'appelait Allen Brady & Marsh, et je crois qu'il menait la belle vie : il ne travaillait pas trop dur, avait un bon salaire et sortait beaucoup. C'était dans les années quatre-vingt, et la publicité était un secteur florissant. Alan avait un poste de rédacteur. Il s'était fait connaître avec un slogan en forme d'acrostiche. Il louait un appartement à Notting Hill et, prenez l'information pour ce qu'elle vaut, il avait des tas de petites amies.

Alan est resté dans la publicité jusqu'en 1995, juste avant ses trente-six ans. J'ai été très surprise en apprenant qu'il avait quitté l'agence et s'était inscrit en troisième cycle à l'université d'East Anglia dans un cours de création littéraire. Il m'avait invitée à Londres spécialement pour me l'annoncer. Il m'a emmenée chez Kettner et a commandé du champagne. Il était intarissable. Kazuo Ishiguro et Ian McEwan avaient tous les deux fait leurs études à East Anglia. McEwan avait été pressenti pour le Booker Prize ! Alan avait postulé sans être sûr d'être admis, mais sa candidature avait été acceptée. Il avait rempli un formulaire, remis des textes, puis passé un entretien avec deux membres de la faculté de lettres. Je ne l'avais jamais vu aussi heureux ni aussi exalté. On aurait dit qu'il venait de se trouver, et j'ai compris alors à quel point il était important pour lui de devenir écrivain. Il m'a expliqué qu'il aurait deux ans pour écrire un roman de quatre cent mille signes sous la direction d'un tuteur, que l'université avait des liens étroits avec les éditeurs et que cela l'aiderait pour être publié. Il avait déjà une idée de roman. Il voulait traiter de la course à l'espace, du point de vue britannique. « Le monde se rétrécit de plus en plus, disait-il. Et nous aussi. » C'était le thème qu'il voulait explorer. Le personnage principal serait un astronaute anglais qui ne quitterait jamais la Terre. Il avait déjà le titre : *Regarde vers les étoiles*.

Nous avons passé un week-end merveilleux, et j'étais triste de le quitter et de retourner à Ipswich. Sur les deux années suivantes, j'ai peu de choses à dire car j'ai à peine vu Alan. Nous communiquions de temps en temps par téléphone. Il adorait le cours. Mais il était mitigé à l'égard des autres étudiants. Pour être honnête, je dois avouer qu'Alan était devenu très irritable, ce que je n'avais jamais remarqué auparavant, et cela s'accentuait. Peut-être parce qu'il travaillait beaucoup. Il s'est heurté à un ou deux des tuteurs qui avaient critiqué son travail. Le plus drôle c'est qu'il était allé à l'université d'East Anglia pour avoir des conseils, et maintenant qu'il y était il jugeait qu'il n'en avait pas besoin. « Je leur montrerai, Claire ! me disait-il souvent. Tu verras, je leur montrerai. »

Regarde vers les étoiles n'a jamais été publié. Je ne sais même pas ce qu'est devenu le manuscrit. Il comptait plus de cinq cent mille signes. Alan m'en a montré les deux premiers chapitres et je suis contente qu'il ne m'ait pas demandé de lire le reste parce que ça ne me plaisait pas beaucoup. Le style était excellent. Alan n'avait rien perdu de cette formidable capacité à manier le langage, à tordre les mots et les phrases à volonté, mais je ne comprenais pas de quoi il parlait ni où il voulait en venir. J'avais l'impression que chaque page m'interpellait. Bien sûr, je savais que je n'étais pas le meilleur public pour ce genre de livre. Je n'y connaissais rien. Moi, je lisais les romans de Danielle Steel. Évidemment, je lui ai servi les compliments d'usage. J'ai dit que c'était très intéressant, que les éditeurs allaient adorer. Mais les lettres de refus ont commencé à arriver, et Alan était totalement découragé. Il était tellement persuadé que son livre était génial. D'ailleurs, quand vous êtes écrivain et que vous restez cloîtré, comment voulez-vous continuer si vous pensez le contraire ? Ce doit être horrible d'avoir une totale confiance dans ce qu'on fait et de découvrir qu'on s'est complètement fourvoyé.

En tout cas, c'est ce qui s'est produit pour Alan à l'automne 1997. Il avait envoyé son roman à une douzaine d'agents littéraires et à une multitude d'éditeurs, et personne ne manifestait le moindre intérêt. C'était d'autant plus douloureux pour lui que deux des étudiants de sa classe avaient signé des contrats. Malgré cela, il n'a pas abandonné. Ce n'était pas dans sa nature. Il m'a dit que jamais il ne retournerait dans la publicité. Il avait peur que cela ne l'empêche de poursuivre son vrai travail – c'est ainsi qu'il appelait la littérature –, parce qu'il aurait trop de distractions et trop peu de temps. Et un jour il m'a annoncé qu'il avait pris un poste de professeur de littérature anglaise à Woodbridge.

Il n'y a jamais été particulièrement heureux, et les élèves devaient le sentir parce qu'il n'était pas très populaire. D'un autre côté, il avait de longues vacances, des week-ends, beaucoup de temps disponible pour écrire, et c'était tout ce qui lui importait. Il a écrit quatre autres romans. Du moins c'est ce qu'il m'a dit. Aucun n'a été publié, et je ne suis pas certaine qu'Alan aurait eu l'énergie de continuer d'enseigner à Woodbridge s'il avait su qu'il lui faudrait attendre encore onze ans avant de goûter au succès. Il m'a dit un jour que c'était comme d'être enfermé dans un goulag russe sans connaître la durée de votre détention.

Alan s'est marié pendant qu'il était à Woodbridge. Melissa Brooke, de son nom de jeune fille, enseignait le français et l'allemand. Elle avait débuté à Woodbridge en même temps que lui. Inutile de vous la décrire, vous l'avez rencontrée. Ma première impression fut qu'elle était jeune, séduisante et très amoureuse d'Alan. Je ne sais pas pourquoi, mais on ne s'entendait pas très bien.

Elle m'a à peine saluée à l'enterrement d'Alan. Je dois reconnaître que c'était un peu ma faute. Je voyais en elle une rivale, j'avais l'impression qu'elle m'avait pris Alan. En écrivant cela, je m'aperçois combien c'était stupide, mais j'essaie de vous brosser le tableau le plus honnête possible de notre jeunesse. Melissa avait lu tous les romans d'Alan. Elle croyait en lui à cent pour cent. Ils se sont mariés au bureau d'état civil de Woodbridge en juin 1998, et sont partis en lune de miel en France, à Cap-Ferrat. Leur fils, Freddy, est né deux ans plus tard.

C'est Melissa qui a conseillé à Alan d'écrire le premier Fidèle Staupert. Ils étaient mariés depuis sept ans. Je sais que ça fait un grand bond dans le temps, mais, dans l'intervalle, il n'y a rien de marquant à signaler. Je travaillais pour la police du Suffolk. Alan enseignait. Nous ne vivions pas éloignés géographiquement, mais menions des vies très différentes.

Melissa a eu son idée de génie un jour où elle se trouvait chez W.H. Smith, la librairie. Quels étaient les auteurs à succès dans les rayons ? Dan Brown, John Grisham, Michael Crichton, James Patterson, Clive Cussler. Elle savait Alan capable d'écrire beaucoup mieux qu'eux tous réunis. Le problème est qu'il visait trop haut. Pourquoi s'entêter à écrire un livre sur lequel les critiques spécialisés s'extasieront mais que personne ne lira ? Pourquoi ne pas mettre son talent au service d'un roman plus facile ? Une intrigue policière, par exemple. Si le livre se vendait, sa carrière serait lancée et, par la suite, il pourrait essayer autre chose. L'important était de se faire connaître.

Alan m'a fait lire *À l'assaut du crime* peu après l'avoir écrit, et j'ai adoré. Ce n'était pas uniquement la subtilité de l'intrigue. Je trouvais le personnage du détective fascinant. Le fait d'avoir survécu aux camps de concentration, d'avoir vu tant de morts, et de se retrouver ici, en Angleterre, à enquêter sur des crimes. Il ne lui avait fallu que trois mois pour le terminer. Il en avait écrit la plus grande partie pendant les vacances d'été. Je voyais qu'il était assez content du résultat. La première question qu'il m'a posée, c'était si j'avais deviné la fin, et il a sauté de joie quand je lui ai dit que non, je n'avais rien deviné.

Inutile d'en dire plus, car vous connaissez la suite. Le manuscrit est arrivé chez Cloverleaf et vous l'avez acheté ! Alan est allé à Londres pour signer le contrat et, le soir même, nous avons dîné ensemble, Alan, Melissa et moi. Melissa avait préparé le repas. Freddy dormait à l'étage. C'était supposé être une fête, mais Alan manifestait une humeur étrange. Il y avait entre Melissa et lui quelque chose, une tension que je ne m'expliquais pas. Alan était nerveux, je crois. Quand vous avez poursuivi une ambition toute votre vie, le moment où vous touchez au but est assez effrayant. Qu'allez-vous faire après ? Mais il y avait autre chose. Alan a subitement découvert que le monde est rempli de premiers romans, que chaque semaine de nouveaux livres surgissent sur les tables des libraires et que très peu rencontrent le succès. Pour un écrivain reconnu, cinquante autres disparaissent, et il était tout à fait possible que Fidèle Staupert, au lieu d'être la réalisation d'un rêve, n'en soit la fin.

Mais ce n'était pas la fin. *À l'assaut du crime* est sorti

en septembre 2007. J'étais folle de joie en voyant le premier exemplaire, avec le nom d'Alan sur la couverture et sa photo au dos. Il m'a semblé que c'était juste, comme si nos vies n'avaient mené qu'à cet instant. Le livre a obtenu une merveilleuse critique dans le *Daily Mail*. « Prends garde, Hercule Poirot ! Il y a en ville un étranger très malin qui met ses pas dans les tiens. » À Noël, Fidèle Staupert figurait sur la liste des best-sellers. D'autres bonnes critiques ont suivi. Au printemps, quand le livre est sorti en édition de poche, on avait l'impression que tout le monde en voulait un exemplaire. Cloverleaf a demandé à Alan d'écrire une suite de trois autres romans. Alan ne m'a pas donné le chiffre, mais je sais qu'il a touché une somme faramineuse.

Du jour au lendemain, il était devenu un écrivain célèbre. Son livre était traduit en plusieurs langues et il était invité dans les festivals littéraires : Édimbourg, Oxford, Cheltenham, Hay-on-Wye, Harrogate. À la parution du deuxième tome, il est venu faire une signature à Woodbridge, et la file d'attente allait jusqu'au carrefour. Il avait quitté son poste à l'école, où Melissa continuait d'enseigner, et acheté une maison à Orford, avec vue sur la rivière. C'est à cette époque que Greg, mon mari, est mort, et Alan m'a suggéré de venir m'installer plus près de lui. Il m'a aidée pour acheter la maison de Daphne Road, où vous êtes venue me voir.

Les livres continuaient de bien se vendre. L'argent affluait. Alan m'a demandé de l'aider pour son troisième livre, *Appel dans la nuit*. Il avait toujours très mal tapé à la machine. Il écrivait ses premiers jets au stylo plume, et je les tapais sur l'ordinateur. Ensuite il apportait ses révisions à la main, et je les intégrais avant qu'il envoie le texte à l'éditeur. Il voulait aussi que je l'aide pour ses recherches. Je lui ai présenté un des inspecteurs de police d'Ipswich, je lui fournissais de la documentation sur les poisons et les choses de ce genre. J'ai travaillé sur quatre de ses romans. J'adorais m'impliquer dans son travail et j'ai beaucoup regretté quand ça s'est terminé. C'était entièrement ma faute.

Le succès avait changé Alan. Ça le submergeait. Quant il n'écrivait pas, il voyageait à travers le monde pour faire la promotion de ses livres. Je lisais des articles sur lui dans les journaux. Parfois je l'entendais parler à la radio. À cette époque-là, je le voyais de moins en moins. En 2009, quelques semaines après la sortie de *Gin et cyanure*, j'ai été abasourdie quand il m'a annoncé qu'il quittait Melissa. Ensuite j'ai appris qu'il vivait avec un jeune homme et je suis tombée à la renverse.

Il m'est difficile d'expliquer ce que j'ai ressenti. C'était comme un tourbillon d'émotions, et il y avait des tas de choses que je ne savais pas. Habitant à Orford, je voyais Melissa très souvent, mais je n'avais pas la moindre idée que leur mariage battait de l'aile. Ils avaient l'air si bien ensemble. C'est arrivé très soudainement. À peine Alan m'avait-il annoncé la nouvelle que Melissa et Freddy ont déménagé, et la maison a été mise en vente. Le divorce s'est fait sans avocats. Ils ont tout partagé par moitié.

En ce qui me concerne, j'ai eu du mal à accepter cette nouvelle facette de sa personnalité. Je n'ai jamais eu aucun problème avec les homosexuels. J'ai même travaillé avec un homme ouvertement gay et avec qui je m'entendais très bien. Mais là, il s'agissait de mon frère, quelqu'un dont j'avais été très proche toute ma vie et que j'étais obligée de regarder sous un jour radicalement différent. En vérité, les changements étaient profonds et variés. Alan avait maintenant cinquante ans. C'était un écrivain riche et célèbre. Il était plus secret, plus dur, il avait un fils, c'était un personnage public. Et il était gay. En quoi ce dernier trait avait-il une signification particulière ? D'abord, parce que son compagnon était très jeune. Je n'avais rien contre James Taylor. Et même, je l'aimais bien. Je ne l'ai jamais considéré comme un gigolo ni quoi que ce soit de ce genre, mais j'avoue que j'ai été horrifiée en apprenant de la bouche d'Alan qu'il avait autrefois été prostitué. Cela me mettait mal à l'aise de les voir ensemble, parfois se tenant la main. Je n'ai jamais rien dit. De nos jours, on n'a plus rien à dire, n'est-ce pas ? J'étais gênée, c'est tout.

Mais ce n'est pas la raison de notre éloignement. Je fournissais un très gros travail pour Alan. Ma tâche ne s'arrêtait pas aux livres. Je l'aidais aussi à répondre aux lecteurs. Certaines semaines, il recevait plus d'une douzaine de lettres, et, même s'il avait une réponse standard, il fallait bien s'occuper de la gestion du courrier. Je m'occupais aussi de ses déclarations d'impôts. J'allais lui acheter ses fournitures : papeterie, cartouches d'encre. Je veillais sur Freddy. Bref, j'étais à la fois secrétaire, chef de bureau, comptable et nounou, en plus de mon travail à plein temps à Ipswich. Cela m'était égal, mais, un jour, j'ai suggéré à Alan, un peu en blaguant, qu'il devrait me verser un salaire. Ça l'a mis en rage. C'est la seule fois où je l'ai vu en colère contre moi. Il m'a rappelé qu'il m'avait aidée pour l'achat de ma maison (alors que c'était un prêt et non un don). Il a dit qu'il me croyait heureuse de l'aider, mais que si c'était une telle corvée il ne me demanderait plus rien. J'ai fait marche arrière aussi vite que j'ai pu, mais il était trop tard. Le mal était fait. Alan a cessé de me confier du travail et, peu de temps après, il a quitté Orford pour aller s'installer à Abbey Grange.

Pas une fois il ne m'a parlé de sa maladie. Vous n'imaginez pas à quel point cela me peine. Mais je finis par où j'ai commencé. Alan a lutté tout au long de sa vie. Cela le faisait parfois sembler dur et agressif, mais au fond il ne l'était pas. Il savait simplement ce qu'il voulait et ne laissait rien se mettre en travers de sa route. Il était avant tout un écrivain. Croyez-vous réellement qu'il se serait suicidé avant de voir publier son tout dernier roman ? C'est inconcevable ! Ce n'est pas l'Alan Conway que je connaissais.

St Michael

Il me semblait que Claire avait abouti à sa conclusion par de mauvaises voies. Elle pensait à juste titre qu'Alan ne s'était pas suicidé. Mais son raisonnement pour parvenir à cette conviction était confus. « Je suis certaine qu'il m'aurait téléphoné avant de faire une chose insensée. » C'était son premier argument. Pour finir, elle en avançait un autre : « Croyez-vous réellement qu'il se serait suicidé avant de voir publier son tout dernier roman ? » Deux arguments très différents et sur lesquels on peut se pencher séparément.

Alan était un homme rancunier. Le frère et la sœur s'étaient gravement brouillés le jour où Claire lui avait demandé de la rémunérer en échange du travail qu'elle effectuait pour lui et, quoi qu'elle ait pu en penser, ils n'avaient pas retrouvé leur ancienne complicité. Alan lui avait certes annoncé sa séparation d'avec Melissa, mais pas sa relation avec James, puisqu'elle avait appris son changement de vie par les journaux. On peut imaginer que, en faisant son *coming out*, Alan avait laissé derrière lui son ancienne vie comme un vieux costume, et Claire en faisait partie. S'il n'était pas disposé à lui parler de sa sexualité, pourquoi lui aurait-il parlé de son suicide ?

Elle commet une autre erreur en pensant que sauter de la tour était un geste prémédité. « Jamais il ne m'aurait laissée seule sans me prévenir d'abord. » Ce n'était pas forcément le cas. Il avait très bien pu prendre sa décision à son réveil, en se moquant totalement de la sortie de son livre. De toute façon, il savait qu'il serait probablement mort avant sa publication. Plus tôt ou plus tard, quelle importance ?

Le récit de Claire était toutefois intéressant à d'autres égards. Je ne m'étais encore jamais rendu compte à quel point la vie privée d'Alan était intriquée avec *Épitaphe de la pie.* Savait-il, avant de connaître le diagnostic médical, que ce serait son dernier livre ? Quand Robert Blakiston explique à Staupert que, enfants, son frère et lui jouaient aux pirates et aux chasseurs de trésor, Alan parle de sa propre enfance. Alan aimait les codes – Robert communique avec son frère en tapotant du morse contre la cloison. Et puis il y a les anagrammes et les acrostiches. Robeson devient Osborne. Clarissa Pye résout une anagramme dans une grille de mots croisés du *Daily Telegraph.* Se pouvait-il qu'Alan ait dissimulé une sorte de message secret dans son roman, une information qu'il était seul à connaître sur quelqu'un ? Mais alors quel était ce message ? D'ailleurs, s'il connaissait un secret assez horrible pour se faire assassiner, pourquoi avoir joué à ce jeu ? Pourquoi ne pas l'avoir dit ouvertement ?

Et si ce message était caché dans les derniers chapitres, on les lui avait volés pour la même raison. Ce n'était pas absurde, mais restait à savoir qui les avait lus.

Comme j'avais deux petites heures à tuer avant le dîner, j'ai décidé d'aller à pied jusqu'au Castle Inn. J'avais besoin de m'éclaircir les idées. Le soir commençait déjà à tomber, les boutiques étaient fermées, les rues désertes, et une atmosphère de désolation enveloppait Framlingham. Au moment où je passais devant le cimetière, un mouvement a attiré mon attention. Une silhouette sombre se mouvait entre les tombes. C'était le pasteur. Il a disparu dans l'église et la porte s'est refermée bruyamment derrière lui. Une impulsion soudaine m'a poussée à le suivre. En longeant la tombe d'Alan, la pensée qu'il était là, sous la terre fraîchement retournée, m'a serré la gorge. À notre première rencontre, je l'avais trouvé froid et silencieux. Désormais, il l'était pour l'éternité.

L'église St Michael était immense, pleine de courants d'air, surchargée. Plusieurs siècles s'y juxtaposaient. L'ère moderne ne lui valait rien. Le XIIe siècle avait offert les arches, le XVIe siècle le magnifique plafond en bois, le XVIIIe l'autel. Mais qu'avait apporté le XXIe siècle à St Michael ? Athéisme et indifférence. Le révérend Robeson était à genoux à l'arrière des bancs, tout près des portes. J'ai d'abord cru qu'il priait, puis je me suis aperçue qu'il purgeait un vieux radiateur. Il a tourné une clé et un sifflement d'air confiné s'est échappé, suivi de vibrations et de hoquets quand les tuyaux ont commencé à se remplir. Il a pivoté vers moi en m'entendant approcher et s'est relevé maladroitement. Mon visage semblait lui rappeler quelque chose.

— Bonsoir, madame… ?

— Ryeland. Susan Ryeland. Je vous ai questionné au sujet d'Alan, cet après-midi.

— Beaucoup de personnes m'ont parlé d'Alan aujourd'hui.

— Je vous ai demandé s'il vous rudoyait.

Cette fois, la mémoire lui est revenue. Il a détourné les yeux.

— Je crois vous avoir répondu.

— Saviez-vous qu'Alan parle de vous dans son dernier roman ?

Le révérend a paru étonné. Il s'est frotté le menton, qu'il avait carré.

— Comment cela ?

— Il y a un personnage de pasteur qui vous ressemble. Même le nom est proche du vôtre.

— Il parle de l'église ?

— De St Michael ? Non.

— Tant mieux. Cela ressemblerait bien à Alan de dire des choses déplaisantes à mon sujet. C'était son genre d'humour, si on peut appeler cela de l'humour.

— Vous ne l'aimiez pas beaucoup, n'est-ce pas ?

— Pourquoi ces questions, mademoiselle Ryeland ? En quoi cela vous intéresse-t-il ?

— Je ne vous l'ai pas dit ? J'étais son éditrice, chez Cloverleaf.

— Je vois. Je n'ai lu aucun de ses livres. Les romans policiers ne m'intéressent pas. Je préfère les essais.

— Depuis quand connaissiez-vous Alan ?

Il n'avait pas envie de répondre mais voyait que je ne le lâcherais pas.

— En fait, nous étions à l'école ensemble.

— À Chorley Hall ?

— Oui. Et quand je suis venu m'établir à Framlingham, il y a quelques années, j'ai eu la surprise de le retrouver dans ma congrégation. Même s'il n'était pas très assidu. Lui et moi avions exactement le même âge.

— Et ensuite ? Vous disiez qu'il avait une personnalité dominante. Il vous brutalisait ?

Robeson a poussé un soupir.

— Je trouve un peu inconvenant d'avoir ce genre de conversation, surtout aujourd'hui. Mais, puisque vous insistez, sachez que son père était le directeur du pensionnat. Ce qui lui conférait un certain pouvoir. Alan pouvait dire et faire certaines choses avec l'assurance qu'aucun de nous n'oserait se plaindre de lui.

— Quel genre de choses ?

— On pourrait appeler ça des farces. Je suis sûr que c'est ainsi qu'il les considérait. Mais des farces qui pouvaient être très blessantes et méchantes. En ce qui me concerne, il m'a causé bien des tourments. Mais l'eau a coulé sous les ponts depuis. Cela fait bien longtemps.

— Que vous a fait Alan, révérend ? C'est très important. Je pense que sa mort n'est pas aussi simple qu'il y paraît, et tout ce que vous pourrez me dire, en confidence, me sera très utile.

— C'était une blague, mademoiselle Ryeland. Rien de plus.

Robeson espérait que j'en resterais là, mais comme je ne bougeais pas, il a ajouté :

— Il a pris des photos…

— Des photos ?

— Des photos horribles !

Ce n'était pas le pasteur qui avait répondu. Ces paroles venaient de nulle part. L'acoustique des églises se prête aux apparitions surprises. Je me suis retournée et trouvée face à la femme rousse aperçue à l'hôtel, probablement l'épouse du pasteur, qui approchait à grands pas sonores et déterminés. Elle est venue se placer à côté de lui et m'a jeté un regard d'une hostilité non déguisée.

— Tom ne veut pas en parler. Je ne comprends pas pourquoi vous le harcelez. Nous avons enterré Alan Conway aujourd'hui et, en ce qui nous concerne, l'histoire est close. Inutile de nous lancer dans les commérages. Tu as réparé les radiateurs ?

Elle avait posé cette dernière question exactement sur le même ton, sans prendre de respiration.

— Oui, ma chérie.

— Dans ce cas, rentrons.

Elle a glissé son bras sous le sien et, malgré la disproportion de leurs tailles respectives – sa tête arrivait à peine sous l'épaule de son mari –, c'est elle qui l'a propulsé hors de l'église. La porte a claqué derrière eux et je suis restée là, à m'interroger sur ce que représentaient ces photographies, à me demander si, parallèlement, c'étaient aussi des photos que Mary Blakiston avait découvertes sur la table du presbytère de Saxby-on-Avon, et si, enfin, ces photos étaient la cause de la mort d'Alan.

Le dîner au Crown

Je n'avais pas l'intention de me soûler avec James Taylor, pourtant c'est ce qui s'est produit, et je n'arrive pas à me rappeler comment. Il faut dire que, en arrivant, James était dans tous ses états. Il a aussitôt commandé une bouteille du champagne le plus cher, puis une bouteille de bon vin, suivie de quelques whiskys. Mais j'avais l'intention de le laisser boire seul. Pour finir, je ne sais pas ce que j'ai appris au cours des deux heures passées avec lui. En tout cas, pas qui avait tué Alan, ni pourquoi. Et le lendemain matin, au réveil, je n'étais pas loin non plus de la mort clinique.

— Dieu ! que je déteste cet endroit !

Telles furent les premières paroles de James en se laissant choir sur sa chaise devant la table. Il avait troqué son costume contre le blouson de cuir noir et le T-shirt blanc que je lui avais vus à notre première rencontre. Cela lui donnait un côté très James Dean.

— Désolé, Susan, mais je n'en pouvais plus de ces obsèques. Le pasteur n'a pas prononcé un seul mot gentil sur Alan. Et cette voix ! Une vraie voix d'outre-tombe.

Je n'avais pas envie de venir, mais M. Khan a insisté. Comme il m'a été d'une grande aide, je lui devais bien ça. Évidemment, tout le monde est au courant.

Devant mon regard interrogateur, il a ajouté :

— Pour la succession ! J'hérite de tout. La maison, les terres, les comptes en banque, les droits d'auteur, tout ! Bien sûr, Alan a laissé quelque chose à Freddy. Normal, c'est son fils. Et aussi à sa sœur. Et un legs à l'église. Robeson lui a fait payer son lopin dans le cimetière. Et puis un ou deux autres trucs. Mais je me retrouve avec plus d'argent que je n'en ai eu de toute ma vie. C'est moi qui vous invite, ce soir ! Ou plutôt, c'est Alan. Au fait, vous avez retrouvé les pages du manuscrit ?

— Non.

— Dommage. J'ai fouillé partout pour vous, mais sans succès. C'est drôle de penser que, maintenant, vous devrez traiter avec moi. J'ai déjà discuté au téléphone avec un certain Mark Redmond pour *Les Aventures de Fidèle Staupert*. Il peut avoir les droits télé, du moment que je ne suis pas obligé de regarder ce qu'il va en faire. (James a jeté un rapide coup d'œil au menu, fait son choix et poursuivi sur sa lancée.) Ils me détestent tous, vous savez, Susan. Oh ! bien sûr, ils sont obligés de faire bonne figure. Ils sont trop nerveux pour dire franchement ce qu'ils pensent, mais il suffit de voir comment ils me regardent. Pour eux, j'étais le gigolo d'Alan et j'ai touché le gros lot. Voilà ce qu'ils se disent.

Le champagne est arrivé et James a attendu que le serveur remplisse nos coupes. Je ne pouvais m'empêcher de sourire. Il venait de devenir millionnaire et il s'en plaignait presque, mais d'un ton léger, ironique. Une autoparodie désinvolte.

Il a vidé son verre d'un trait.

— Je mets Abbey Grange en vente dès demain matin. Ils me le reprocheront probablement, mais je n'ai qu'une hâte, c'est de partir d'ici. D'après M. Khan, je peux en tirer deux millions de livres et j'ai déjà un acquéreur : John White. Je vous ai parlé de lui ? C'est le voisin. Un gestionnaire de fonds super riche. Alan et lui ont eu un gros coup de gueule, il n'y a pas longtemps. Une histoire d'investissement. Depuis, ils ne s'adressaient plus la parole. Amusant, non ? Vous achetez une propriété de vingt-cinq hectares en pleine campagne, et la seule personne avec qui vous vous fâchez, c'est votre voisin. White veut tout me racheter.

— Où irez-vous ?

— À Londres. C'est ce que j'ai toujours voulu. Et puis j'essaierai de devenir acteur. S'ils tournent *Les Aventures de Fidèle Staupert*, ils m'offriront peut-être un rôle. Ce serait rigolo, non ? Je pourrais jouer le personnage de James Fraser, pour lequel j'ai servi de modèle. À propos, vous savez pourquoi Alan l'a appelé Fraser ?

— Non, je l'ignore.

— Hugh Fraser est l'acteur qui jouait le rôle de l'acolyte de Poirot, à la télé. Et l'appartement où est censé habiter Fidèle Staupert, Tanner Court, dans le quartier de Farringdon ? Une autre facétie d'Alan. Il existe un endroit qui s'appelle Florin Court, dans les téléfilms de Poirot. Vous pigez ? Le tanner ? Le florin ? Deux anciennes monnaies.

— Comment le savez-vous ?

— Alan me l'a dit. C'était fréquent, chez lui, ce genre d'astuces. Il avait la manie des artifices, des doubles sens et des sens cachés.

— Par exemple ?

— Les noms. Dans un de ses romans, qui se déroule à Londres, tous les personnages ont des noms de stations de métro ou de lieux. Dans un autre, les personnages s'appellent Brooke, Waters, Forster, Wilde…

— Des écrivains.

— Oui, mais des écrivains gays. C'était une sorte de distraction pour Alan.

Nous avons encore bu du champagne et commandé du poisson et des frites. Le restaurant était à l'extrémité de l'hôtel, séparé du salon où avait eu lieu la réception. Deux ou trois familles y étaient attablées. On nous avait donné une table dans un angle. L'éclairage était tamisé. J'ai continué de questionner James sur la façon dont Alan concevait l'écriture. Dans ses livres, il dissimulait presque autant de choses qu'il en révélait, et il y avait une curieuse déconnexion entre l'auteur à succès et sa production littéraire. Pourquoi tous ces jeux, ces codes, ces références secrètes ? Ne lui suffisait-il pas de raconter simplement une histoire ?

— Il ne s'est jamais expliqué sur son métier d'écrivain, a dit James. Ce que je sais, c'est qu'il travaillait beaucoup, parfois sept ou huit heures par jour. Il avait un cahier dans lequel il notait des indices, des fausses pistes, toutes sortes de détails. Qui était à quel endroit, qui faisait quoi. Alan disait que ça lui donnait la migraine de tout mettre en place, et si j'avais le malheur d'entrer dans son bureau et de le déranger, il hurlait. Certains jours, il parlait de Fidèle Staupert comme d'une personne réelle, et j'avais l'impression qu'ils n'étaient pas très bons amis. "Staupert me détruit ! J'en ai assez de lui ! Pourquoi suis-je obligé d'écrire encore une autre de ses aventures ?" Voilà ce qu'il répétait tout le temps.

— À votre avis, c'est pour ça qu'il a décidé de faire mourir son héros ?

— Je ne sais pas. Staupert meurt à la fin du dernier livre ?

— En tout cas, il est malade. On suppose qu'il va mourir.

— Alan a toujours déclaré qu'il y aurait neuf livres. Il avait décidé ça dès le départ. Ce chiffre devait être important à ses yeux.

— Où est passé le cahier ? Vous ne l'avez pas retrouvé, j'imagine ?

— Non, aucune trace. Je regrette, Susan. Mais je suis quasiment sûr qu'il n'est pas à la maison.

Donc, celui ou celle qui avait dérobé les derniers chapitres d'*Épitaphe de la pie*, effacé tout le fichier de l'ordinateur d'Alan, avait également fait disparaître toutes ses notes. Cela m'apprenait au moins une chose. Le ou la coupable savait comment travaillait Alan.

La conversation s'est orientée ensuite sur la vie commune de James avec Alan. Nous avions terminé le champagne et attaqué le vin. Les autres clients étaient partis et, vers neuf heures, nous avions le restaurant pour nous seuls. James me donnait l'impression d'être très seul.

Pourquoi un homme si jeune était-il venu s'enterrer dans un trou comme Framlingham ? La vérité est qu'il n'avait pas eu le choix. Sa vie avait été déterminée par sa relation avec Alan, et c'était cette raison, plus que toute autre sans doute, qui avait précipité la fin de leur histoire. James se confiait à moi de façon très détendue. Nous étions devenus amis. Peut-être à cause de cette première cigarette ou bien des circonstances étranges qui nous avaient réunis. Il avait envie de me parler de sa vie d'avant.

— J'ai grandi à Ventnor, sur l'île de Wight. Je détestais cet endroit. Au début, j'ai cru que c'était parce qu'il s'agissait d'une île, que j'étais entouré d'eau. En réalité, c'était à cause de qui j'étais. Mes parents étaient Témoins de Jéhovah. Ça paraît dingue mais c'est vrai. Ma mère arpentait l'île pour distribuer leur revue, *La Tour de Garde*. Elle faisait du porte à porte. Vous savez quel était son plus grand drame ? Elle était à court de portes.

Pour James, le problème n'était pas la religion, ni même la structure patriarcale de sa famille (il avait deux frères aînés), mais que l'on y considérait l'homosexualité comme un péché.

— J'ai compris qui j'étais à l'âge de dix ans, et j'ai vécu dans la terreur jusqu'à mes quinze ans. Le pire était de n'avoir personne à qui en parler. Je n'avais jamais été proche de mes frères – je pense qu'ils savaient que j'étais différent –, et sur l'île de Wight on vivait comme dans les années cinquante. Les choses se sont arrangées, à ce qu'on raconte. Il y a des bars gays à Newport et des lieux de rencontre un peu partout. Mais quand j'étais petit, au milieu de tous ces gens âgés qui venaient à la maison, je me sentais complètement isolé. Ensuite, j'ai rencontré un autre garçon, à l'école, et on a commencé à se tripoter. Et très vite j'ai compris qu'il fallait que je parte avant d'être surpris le pantalon baissé, au sens propre du terme, et d'être banni. C'est ce que font les Témoins de Jéhovah quand ils sont fâchés. Sitôt mon brevet en poche, j'ai décidé de devenir acteur. J'ai quitté l'école à seize ans et je me suis dégoté un petit boulot au théâtre Shanklin. Je travaillais comme machiniste. Deux ans après, j'ai quitté l'île pour aller à Londres. Je crois que ma famille était ravie de me voir partir. Je n'y suis jamais retourné.

James n'avait pas les moyens de se payer des cours dans une école de théâtre. Il avait suivi un autre genre de formation. Un homme rencontré dans un bar l'avait présenté à un producteur, lequel l'avait fait tourner dans des films qui n'avaient pas les honneurs de la télévision britannique. C'est moi, ici, qui fais ma sainte-nitouche. J'édulcore. James, lui, parlait franchement et crûment de sa carrière dans le cinéma porno, et, lorsqu'on nous a apporté la deuxième bouteille de vin, nous riions aux éclats. Il s'était également prostitué, à Londres et à Amsterdam.

— Ça ne me dérangeait pas. Certains types étaient de sales pervers, mais la plupart étaient sympas. Des hommes d'âge moyen, pères de famille, terrifiés à l'idée d'être démasqués. J'avais beaucoup d'habitués. J'adorais le sexe et l'argent, et je faisais très attention à moi.

James avait loué un petit appartement à West

Kensington, où il recevait ses clients. L'un d'eux était directeur de casting et lui avait fait tourner quelques petits rôles dans des films convenables.

Puis il avait rencontré Alan Conway.

— Alan était le client type. Marié, père d'un jeune garçon. Il avait trouvé ma photo et mes coordonnées sur Internet, et il a mis très longtemps avant de me dire son nom. Il ne voulait pas que je sache qu'il était un auteur célèbre. Il avait peur que je le fasse chanter ou que je vende mon histoire à un journal à sensation. C'était stupide. Plus personne ne fait ça de nos jours.

James avait découvert l'identité d'Alan en le voyant à la télévision où il présentait un livre. Ce détail a fait tilt en moi. Quand les Fidèle Staupert avaient commencé à bien se vendre, Alan s'était ingénié à *ne pas* apparaître à la télévision, à l'inverse de tous nos autres auteurs. J'avais d'abord cru à de la timidité de sa part. Mais, s'il menait une double vie, tout s'expliquait.

Le repas terminé, nous sommes sortis dans la cour fumer une cigarette. La nuit était claire et, sous les étoiles, un croissant de lune très pâle se dessinait dans le ciel noir. James était devenu songeur, tout à coup.

— Vous savez, Susan, j'aimais vraiment Alan. Il pouvait se conduire comme un vrai salaud, surtout quand il était en train d'écrire un roman. Tout cet argent qu'il gagnait avec ses polars ne le rendait pas heureux. Moi oui, je le rendais heureux. Ce n'est pas un mal, si ? Quoi que puissent penser ou dire les gens, Alan avait besoin de moi. Au début, il me payait à la nuit. Ensuite, il m'a emmené faire un voyage ou deux. À Paris, à Vienne.

Il racontait à Melissa qu'il faisait des recherches pour ses livres. Il m'a même emmené en Amérique pour une tournée de promotion. Quand on lui posait des questions, il disait que j'étais son secrétaire. Nous prenions des chambres séparées, mais avec une porte de communication. Après, il m'a versé une sorte d'allocation et je ne devais plus fréquenter personne d'autre.

James a soufflé un rond de fumée et contemplé le bout rougeoyant de sa cigarette avant de reprendre.

— Alan aimait me voir fumer. Après l'amour, je fumais une clope, nu, et il me regardait. Je regrette de l'avoir laissé tomber.

— Pourquoi avez-vous fait ça ?

— J'avais la bougeotte. Lui, il avait ses livres, son travail d'écriture, mais moi, je m'ennuyais à Framlingham. J'avais plus de vingt ans de moins que lui, vous savez. Il n'y avait rien pour moi, ici. Alors j'ai commencé à retourner à Londres. Je lui disais que j'allais voir des copains, mais Alan n'était pas dupe. C'était évident. Nous avions des disputes, mais ça ne m'arrêtait pas et, à la fin, il m'a flanqué dehors. Il m'a donné un mois pour faire mes bagages. Quand vous êtes venue, je n'avais plus que deux jours avant de me retrouver à la rue. J'espérais vaguement me réconcilier avec lui, mais, en fait, j'étais heureux que ça se termine. L'argent ne m'intéressait pas. Les gens, en nous voyant, imaginaient que je ne pensais qu'à ça mais ils se trompaient. J'étais là pour Alan.

Nous sommes revenus à l'intérieur du restaurant. James a bu quelques whiskys et m'a confié ses projets d'avenir, oubliant qu'il l'avait déjà fait. D'abord des vacances, dans un pays chaud. Ensuite reprendre sa carrière d'acteur.

— Je pourrais même m'inscrire à un cours de théâtre. J'en ai les moyens, maintenant.

Malgré ce qu'il m'avait dit de ses sentiments pour Alan, James avait déjà entamé une relation avec quelqu'un d'autre. Un homme plus proche de son âge, cette fois. Je ne sais pas pourquoi, mais, en l'observant, avec ses cheveux longs et son regard embué par l'alcool, j'ai eu brusquement la sensation que les choses se termineraient mal pour lui. C'était une impression étrange, mais je me disais qu'il avait eu besoin d'Alan de la même façon que James Fraser avait besoin de Fidèle Staupert. Il n'y avait pas d'autre place pour lui dans l'histoire.

James était venu en voiture mais il n'était pas question que je le laisse conduire pour rentrer, même si ce n'était pas loin. Un peu comme une tante attentionnée, je lui ai confisqué ses clés et j'ai demandé à l'hôtel de lui appeler un taxi.

— Je pourrais dormir ici, a dit James. Je peux m'offrir une chambre. Je peux même m'offrir tout l'hôtel.

Sur ces dernières paroles, il s'est éloigné dans la nuit en titubant.

Doubles sens et sens cachés

James avait raison. Dans *Assassin sans merci*, certains personnages s'appellent Leyton Jones, Victoria Wilson, Michael Latimer, Brent Andrews, Warwick Stevens. Tous ces noms sont, pour partie ou entièrement, des stations de métro de Londres. Les deux meurtrières, Linda Cole et Matilda Orre, sont des anagrammes : Colindale, sur la ligne Northern, et Latimer Road. Les écrivains homosexuels donnent leurs noms aux personnages de *Meurtres au soleil.* Et dans *Appel dans la nuit*, à vous de deviner :

John Waterman
Parker Bowles Advertising
Caroline Fisher
Carla Visconti
Professeur Otto Schneider
Elizabeth Faber

Le lendemain du dîner avec James, je me suis réveillée peu après sept heures avec une migraine épouvantable et la bouche pâteuse. Bizarrement, je serrais encore les clés de voiture de James dans ma main et, l'espace d'une seconde, je me suis demandé si, en ouvrant les yeux, je n'allais pas le découvrir allongé à côté de moi. J'ai pris une longue douche bien chaude, me suis habillée, puis je suis descendue boire un jus de pamplemousse et du café noir, sans oublier d'emporter avec moi le manuscrit d'*Épitaphe de la pie*. Il ne m'a pas fallu longtemps pour trouver ce que je cherchais.

Tous les personnages avaient des noms d'oiseaux.

Dès ma première lecture, j'avais noté en marge de questionner Alan au sujet de Sir Magnus Pye et de Pye Hall. Ces noms me paraissaient un peu enfantins, ou pour le moins désuets. Ils semblaient sortir de *Tintin*. En feuilletant à nouveau le texte, j'ai pris conscience qu'il en allait de même pour tous les personnages, jusqu'aux plus secondaires. Il y a bien sûr les plus évidents : le pasteur se prénomme Robin et le diminutif de sa femme est Hen. Le rouge-gorge et la poule. Whitehead, le brocanteur, est un passereau ; Redwing, la docteure, une grive ; Weaver, le fossoyeur, un tisserin. Des espèces d'oiseaux très communes, tout comme les agents immobiliers : Crane, la grue, et Lanner, le faucon, ou encore le propriétaire du pub Ferryman : Kite, le milan. Certains sont plus difficiles à identifier. Joy Sanderling tire son nom d'un petit échassier, Jack Dartford d'une fauvette pitchou. Brent, le jardinier, est une bernache cravant. Enfin, un naturaliste du XIXe siècle appelé Thomas Blakiston donna son nom à un grand-duc, et à la famille qui est au cœur de l'histoire d'*Épitaphe de la pie*. Etc.

Était-ce si important ? Oui. Cela me perturbait.

Les noms de personnages comptent beaucoup. J'ai

connu des écrivains qui utilisaient ceux de leurs amis, tandis que d'autres puisaient dans les ouvrages de référence : l'*Oxford Book of Quotations* et le *Cambridge Biographical Encyclopedia*, notamment. Quel est le secret d'un nom fictif bien choisi ? La simplicité est souvent la clé. Ainsi, James Bond n'avait pas besoin d'un nom à rallonge. Le nom est souvent la première chose que l'on apprend d'un personnage et mieux vaut qu'il soit approprié. Rebus, le héros de Ian Rankin, et Morse, l'inspecteur bien connu, en sont de bons exemples. Les deux renvoient à des codes et sont attribués à des détectives dont le rôle consiste justement à déchiffrer des énigmes et des informations. Leur patronyme annonce déjà tout. Des auteurs du XIXe siècle tels que Charles Dickens poussèrent l'idée plus loin. Qui voudrait avoir pour professeur Wackford Squeers, le cogneur ? Qui se prendrait de sympathie pour M. Bumble, le bafouilleur ? Qui souhaiterait épouser Jerry Cruncher, l'écrabouilleur ? Mais, ici, on a affaire à des personnages grotesques. Dickens était nettement plus circonspect lorsqu'il s'agissait de héros ou d'héroïnes pour qui il souhaitait que le lecteur éprouve de l'empathie.

Parfois, les auteurs tombent sur des noms emblématiques presque par accident. L'exemple le plus célèbre est celui de Sherrinford Holmes et d'Ormond Sacker. On peut se demander s'ils auraient rencontré le même succès international si Conan Doyle ne s'était pas ravisé, et n'avait finalement opté pour Sherlock Holmes et Dr John Watson. J'ai eu l'occasion de voir le manuscrit où il a fait le changement : un simple trait de plume a modifié l'histoire littéraire. De la même manière, Pansy O'Hara aurait-elle enflammé le monde comme l'a fait Scarlett si Margaret Mitchell n'avait modifié son prénom lorsqu'elle eut achevé *Autant en emporte le vent* ? Les noms ont la faculté de s'imprimer dans notre esprit. Peter Pan, Luke Skywalker, Jack Reacher, Fagin, Shylock, Moriarty… Peut-on imaginer ces héros sous un autre nom ?

En conclusion, le nom et le personnage sont entrelacés. Ils s'influencent. Or, ce n'est pas le cas dans *Épitaphe de la pie*, ni dans aucun des livres d'Alan Conway. En baptisant ses personnages secondaires de noms de stations de métro ou d'oiseaux (ou de marques de stylos dans *Appel dans la nuit*), il les a banalisés et dévalorisés. Mais j'exagère peut-être. Après tout, ses romans policiers ne sont que du divertissement. Cela trahissait néanmoins une sorte de désinvolture, presque de dédain, à l'égard de son propre travail, et cela me déprimait. J'étais aussi un peu dépitée de ne pas en avoir pris conscience plus tôt.

Après le petit déjeuner, j'ai plié bagage, réglé ma note d'hôtel et repris ma voiture pour aller rendre ses clés à James Taylor. Abbey Grange, que je voyais sans doute pour la dernière fois, m'a fait un effet étrange. Peut-être à cause du ciel gris du Suffolk. Il s'en dégageait une atmosphère lugubre, comme si la maison avait perçu non seulement la mort de l'ancien propriétaire mais le refus de son successeur de la garder. J'arrivais à peine à poser les yeux sur la tour, sinistre et menaçante. Si une bâtisse devait être hantée, c'était bien celle-là. Un jour pas très lointain, le futur propriétaire serait réveillé en sursaut au milieu de la nuit, d'abord par un cri dans le vent, puis par le bruit sourd d'un corps percutant le sol. James avait bien raison de fuir.

J'ai failli sonner à la porte mais je me suis ravisée. James était plus que probablement encore au lit, assommé par l'alcool, et peut-être regretterait-il d'avoir été plus franc dans ses confidences qu'il n'en avait eu l'intention. Mieux valait éviter les remords et récriminations du lendemain.

De plus, j'avais un rendez-vous à Ipswich. Comme promis, Claire Jenkins m'avait arrangé un entretien avec le commissaire Locke, non pas au commissariat mais dans un café près du cinéma. Elle m'avait envoyé les instructions par SMS. Onze heures au Starbucks. Cela me laissait largement le temps. Auparavant, j'avais l'intention de passer chez le voisin d'Alan. John White avait fait une apparition aux obsèques, avec ses bottes de caoutchouc orange, mais je n'avais pas eu l'occasion de lui parler. James avait mentionné la prise de bec qui l'avait opposé à Alan, et White s'était réincarné dans un personnage d'*Épitaphe de la pie*. Je voulais en apprendre davantage. Comme on était dimanche, j'avais de bonnes chances de le trouver chez lui. J'ai donc glissé les clés de James dans la boîte aux lettres et quitté Abbey Grange.

En dépit du nom, il n'y avait aucun pommier à Apple Farm, qui d'ailleurs n'avait rien d'une ferme. C'était une élégante demeure, plus conventionnelle qu'Abbey Grange, construite dans les années quarante. Une résidence bien comme il faut, avec une allée de graviers tracée au cordeau, des haies parfaitement taillées, des pelouses formant de larges bandes vertes. En face du portail d'entrée, devant un garage ouvert, stationnait un cabriolet Ferrari 458. Je n'aurais pas été mécontente de rouler sur les petites routes du Suffolk dans ce bolide, mais il m'en aurait coûté pas loin de deux cent mille livres. À côté, ma MGB avait l'air un peu triste.

J'ai sonné à la porte. La maison devait compter au moins huit chambres à coucher et, vu sa taille, je risquais d'attendre un moment avant qu'on vienne m'ouvrir. Je me trompais. La porte s'est ouverte presque aussitôt, devant une femme à la mine peu engageante, très brune, coiffée avec une raie au milieu, vêtue d'habits masculins : une veste sport, un pantalon moulant, des bottines. Était-ce la femme de White ? Peu probable. Elle aurait assisté aux obsèques. Ou pas. J'étais indécise.

— Pourrais-je voir M. White ? Vous êtes peut-être Mme White ?

— Non. Je suis la gouvernante de M. White. Qui êtes-vous ?

— Une amie d'Alan Conway. Son éditrice, plus exactement. Je voudrais m'entretenir avec M. White au sujet de M. Conway. C'est très important.

Elle était probablement sur le point de m'envoyer balader, mais, à cet instant, un homme est arrivé derrière elle dans le hall.

— Qu'est-ce que c'est, Elizabeth ?

— Une amie d'Alan Conway.

— Je m'appelle Susan Ryeland, ai-je lancé par-dessus

son épaule. Je n'en ai que pour quelques minutes, mais j'apprécierais vraiment que vous acceptiez de me recevoir.

Je parlais d'un ton si raisonnable qu'il aurait été difficile à White de refuser.

— Entrez, a-t-il dit.

La gouvernante s'est effacée et j'ai pénétré dans le hall. John White se tenait devant moi. Je l'ai reconnu aussitôt. Petit, très mince, assez insignifiant d'apparence, des cheveux noirs coupés ras, comme en écho à sa constante barbe de trois jours. Il portait une chemise stricte sous un pull à col en V. Difficile de l'imaginer au volant de la Ferrari. Il ne dégageait rien d'agressif.

— Un café ? m'a-t-il proposé.

— Merci, volontiers.

Il a esquissé un signe de tête vers la gouvernante, qui avait attendu ses ordres et s'est éclipsée.

— Allons dans le salon.

Il m'a conduite dans une vaste pièce dont les fenêtres donnaient sur les jardins à l'arrière de la maison. Le mobilier était contemporain, des œuvres d'art certainement très chères ornaient les murs. J'ai reconnu un des néons de Tracey Emin. J'ai également remarqué une photo de deux ravissantes fillettes, des jumelles. Ses filles ? J'aurais mis ma main au feu que, hormis la gouvernante, White occupait seul la maison. Soit sa famille était en voyage, soit il était divorcé. J'optais pour la seconde hypothèse.

— Que voulez-vous savoir au sujet d'Alan ?

L'ambiance était décontractée, mais, grâce à mes

recherches sur Internet le matin même, je savais que cet homme avait géré non pas un mais deux des fonds d'investissement les plus rentables pour une importante société de la City. Il s'était fait un nom et avait permis à de nombreux investisseurs de gagner une fortune en prédisant l'effondrement du crédit. Puis il s'était retiré, à l'âge de quarante-cinq ans, avec plus d'argent que je ne pourrais en rêver, à supposer que j'aie ce genre de rêves. Néanmoins White continuait de travailler. Il investissait des millions, gagnait encore plus de millions, dans tout et n'importe quoi : les pendules, les parkings, l'immobilier, etc. C'était le genre d'homme que je pouvais volontiers détester, plus encore avec la Ferrari, et pourtant il ne m'était pas antipathique. J'ignore pourquoi. Peut-être à cause de ces drôles de bottes orange.

— Je vous ai aperçu aux obsèques, monsieur White.

— Oui, j'ai cru de mon devoir d'y faire un saut. Mais je ne suis pas resté pour la réception.

— Vous étiez proches, Alan et vous ?

— Nous étions voisins, si c'est ce que vous voulez dire. On se voyait assez souvent. J'ai lu un ou deux de ses livres mais je n'ai pas été emballé. Je n'ai guère le temps de lire et ce qu'il écrivait n'était pas mon genre.

— Monsieur White…

J'hésitais. Cela n'allait pas être facile.

— Appelez-moi John.

— … J'ai cru comprendre qu'Alan et vous aviez eu un désaccord, peu de temps avant sa mort.

— En effet, a répondu White, pas du tout déstabilisé. Pourquoi ?

— J'essaie de comprendre comment il est mort.

John White avait des yeux noisette et doux, mais j'ai cru y voir soudain briller une étincelle, comme si une machinerie intérieure se mettait en branle.

— Conway s'est suicidé.

— Oui, bien sûr. Mais j'essaie de définir ce qui l'a conduit à ce geste.

— J'espère que vous ne suggérez pas…

Je suggérais toutes sortes de choses mais j'ai rétropédalé aussi vite que possible.

— Non, pas le moins du monde. Comme je l'ai dit à votre gouvernante, j'étais l'éditrice d'Alan. Or, il nous a remis son dernier roman.

— Je suis dedans ?

Il l'était. Alan lui avait donné les traits de Johnny Whitehead, le brocanteur escroc qui a purgé une peine de prison à Londres pour recel. C'était le dernier doigt pointé sur son ex-ami.

— Non, ai-je menti.

— J'en suis ravi.

La gouvernante est entrée avec un plateau de café. White a paru se détendre. Après avoir servi deux tasses, proposé de la crème et des biscuits, elle n'a fait aucun geste pour se retirer, et White était visiblement content de la savoir là.

— Puisque vous y tenez, je vais vous raconter ce qui s'est passé. Alan et moi avons fait connaissance le jour de son emménagement à Abbey Grange, et nous avons sympathisé aussitôt. Mais, il y a environ trois mois, ça s'est gâté. Nous faisions quelques affaires ensemble. Je veux que ce soit bien clair pour vous, Susan. Je ne l'ai jamais forcé à rien. C'est lui qui a voulu investir.

— Dans quoi ?

— Mon domaine d'activités doit vous être assez étranger, je suppose. Disons que je travaille beaucoup avec les capitaux publics et les transferts d'actifs. Dans ce cas précis, il s'agissait d'un organisme créé par le gouvernement irlandais après le krach boursier de 1998 pour vendre des affaires en faillite. Il y avait un immeuble de bureaux à Dublin qui avait retenu mon intérêt. Il fallait débourser douze millions pour l'acquérir, puis en ajouter encore quatre ou cinq, mais je pensais pouvoir tout remettre à flot. J'en ai parlé à Alan, et il a voulu entrer dans le FCC.

— Le FCC ?

— Fonds commun de créances. C'est simplement un moyen rentable de réunir six ou sept personnes pour faire ce genre d'investissement. Mais abrégeons. L'affaire s'est cassé la figure. Nous devions négocier avec un certain Jack Dartford, lequel s'est révélé un voyou fini. Un menteur, un imposteur. Croyez-moi, Susan, il n'y avait pas d'homme plus charmant que lui. Il était assis là où vous êtes, et toute l'assistance se tordait de rire tant il était drôle. Mais il n'était pas du tout propriétaire de l'immeuble, et il a filé avec quatre millions en liquide. Je suis encore à sa recherche mais je crains de ne jamais le retrouver.

— Et Alan vous a fait des reproches ?

— On peut dire ça, oui, a souri White. En fait, il était fou de rage. Chacun de nous a perdu la même somme et je l'avais prévenu, quand il est entré, qu'on n'est jamais certain à cent pour cent de gagner dans ce genre d'affaires.

Mais lui s'était mis en tête que je l'avais floué, ce qui était totalement faux. Il voulait me poursuivre en justice. Il m'a menacé ! Je n'arrivais pas à lui faire entendre raison.

— Quand l'avez-vous vu pour la dernière fois ?

White s'apprêtait à prendre un biscuit. J'ai vu sa main hésiter. En même temps, il a jeté un coup d'œil vers sa gouvernante. Ses études de commerce et son expérience lui avaient sans doute enseigné à garder un visage impassible de joueur de poker, mais Elizabeth n'avait visiblement pas reçu le même enseignement car elle a été incapable de cacher sa nervosité. Cela annonçait le mensonge à venir.

— Il y a des semaines que je ne l'avais pas vu, a dit White.

— Vous étiez ici, le dimanche où il est mort ?

— Oui, je suppose. Mais il ne m'a pas contacté. Si vous voulez la vérité, nous nous parlions par avocats interposés. Et je n'aimerais pas que vous imaginiez que ses affaires avec moi avaient un lien quelconque avec ce qui s'est passé. Sa mort, je veux dire. Conway avait perdu une grosse somme, c'est vrai. Comme nous tous. Mais il pouvait se le permettre. Il n'allait pas être obligé de vendre quoi que ce soit. Si tel avait été le cas, jamais je ne l'aurais laissé entrer dans le FCC.

J'ai pris congé quelques minutes plus tard. Elizabeth ne m'avait pas offert une seconde tasse de café. White et elle m'ont accompagnée sur le seuil et ont attendu que je monte dans ma MGB. Ils y étaient encore lorsque j'ai regardé dans le rétroviseur en remontant l'allée.

Starbucks, Ipswich

Il existe une route à sens unique contournant Ipswich qui me convient tout à fait, car c'est une ville dans laquelle je n'ai jamais aimé circuler. Il y a trop de magasins et trop peu d'autres sujets d'intérêt. Les habitants sont probablement contents d'y vivre, mais j'y avais de mauvais souvenirs. Quand ils étaient plus jeunes, j'emmenais souvent mes neveux, Jack et Daisy, à la piscine, et je jure devant Dieu que je sens encore l'odeur du chlore. On ne trouvait jamais de place dans ces fichus parkings et il fallait faire des queues interminables pour y entrer ou en sortir. Plus récemment, il s'est construit un de ces complexes à l'américaine juste en face de la gare, avec une douzaine de restaurants de fast-food et un cinéma multisalle. À mon sens, cloisonner ainsi les zones de divertissement tue une ville. Mais c'était là que j'avais rendez-vous avec Richard Locke, pour l'entrevue de quinze minutes qu'il avait eu la bonté de m'accorder.

Je suis arrivée la première. J'étais plus ou moins persuadée qu'il ne viendrait pas, pourtant je l'ai vu pousser la porte et entrer à grands pas, l'air ostensiblement renfrogné. Je l'ai reconnu tout de suite et lui ai adressé un signe de la main. C'était bien l'homme que j'avais vu à côté de Claire Jenkins aux obsèques. Lui n'avait aucune raison de me connaître. Il portait un costume mais pas de cravate. C'était son jour de repos. Il s'est approché et s'est assis lourdement en face de moi. La chaise en plastique a couiné sous le poids de son corps sain et musclé. Ma première pensée a été que je n'aimerais pas me faire arrêter par lui. Je me sentais mal à l'aise, même en lui offrant un café. Il préférait du thé et je me suis levée pour aller le lui chercher au comptoir. Je lui ai aussi apporté une galette.

— J'ai cru comprendre que vous vous intéressez à Alan Conway.

— J'étais son éditrice.

— Et Claire Jenkins était sa sœur. Elle pense qu'il a été tué. Est-ce aussi votre avis ?

Il avait une voix sinistre, raisonnable, d'où sourdait une colère qui se lisait aussi dans ses yeux. Il les fixait sur moi comme si j'étais la responsable de cet interrogatoire. Je ne savais pas comment répondre. Je ne savais même pas comment m'adresser à lui. Richard était évidemment trop informel. M. Locke n'allait pas non plus. Commissaire ? Monsieur le commissaire ? Ça faisait un peu série télé, mais je ne voyais pas mieux.

— Avez-vous vu le corps, commissaire ?

— Non. J'ai lu le rapport, a-t-il maugréé, en cassant un morceau de sa galette mais sans la manger. Deux policiers de Leiston ont été envoyés sur les lieux. On m'a passé l'affaire parce que je connaissais M. Conway. Et puis il était célèbre et on pensait que la presse allait s'en mêler.

— C'est Claire qui vous a présenté à lui ?

— Ce serait plutôt l'inverse, mademoiselle Ryeland. Il avait besoin d'aide pour ses livres et elle *me* l'a présenté. Mais vous n'avez pas répondu à ma question. Pensez-vous qu'il a été assassiné ?

— Je pense que c'est possible, oui.

Pour l'empêcher de m'interrompre, je me suis empressée de poursuivre. J'ai mentionné les chapitres manquants d'*Épitaphe de la pie*, qui avaient motivé ma première visite dans le Suffolk. L'agenda d'Alan, le nombre de rendez-vous prévus la semaine suivant sa mort. Néanmoins je n'ai pas évoqué les personnes que j'avais rencontrées car je trouvais injuste de les impliquer. Mais, pour la première fois, j'ai expliqué mon sentiment concernant la lettre de suicide et ses incohérences.

— C'est seulement à la troisième page qu'il fait allusion à sa mort. En réalité, il était mourant. Il avait un cancer. La lettre ne précise pas qu'il envisageait de se tuer.

— Ne trouvez-vous pas bizarre qu'il ait envoyé cette lettre à son éditeur la veille du jour où il s'est jeté de sa tour, mademoiselle Ryeland ?

— Ce n'est peut-être pas lui qui l'a postée. C'est peut-être quelqu'un qui, en lisant la lettre, a pensé qu'elle pouvait être interprétée différemment. Ce quelqu'un a pu pousser Alan de la tour puis envoyer la lettre, sachant que nous en tirerions des conclusions erronées justement à cause du *timing*.

— Je ne pense pas avoir tiré de conclusions erronées, mademoiselle Ryeland.

Le regard qu'il posait sur moi n'avait rien de

sympathique, mais, étrangement, même si cela me contrariait, Locke n'avait pas tort de douter de moi. Il y avait dans cette lettre quelque chose que moi, plus que quiconque, j'aurais dû remarquer, or je n'avais rien vu. Je me disais éditrice, pourtant j'étais aveugle devant la vérité, même si elle était sous mes yeux.

— Beaucoup de gens n'aimaient pas Alan, commissaire.

— Des tas de gens détestent des tas de gens mais ce n'est pas pour ça qu'ils les tuent.

Richard Locke était venu dans l'intention de me faire la leçon, et maintenant qu'il avait commencé, il n'était pas près de s'arrêter.

— Ce que les personnes comme vous ne semblent pas comprendre, mademoiselle Ryeland, c'est que vous avez plus de probabilités de gagner au loto que de vous faire assassiner. Connaissez-vous le nombre de meurtres commis l'année dernière ? Cinq cent quatre-vingt-dix-huit. Sur une population de soixante millions ! Je vais vous dire une chose qui va vous amuser. Dans certaines régions, la police a résolu plus de crimes qu'il n'en avait été commis au cours de l'année. Vous savez pourquoi ? Le nombre de meurtres est tombé si bas qu'ils ont eu le temps d'enquêter sur des crimes non résolus datant de plusieurs années.

« Ça me dépasse, tous ces meurtres à la télévision, mademoiselle Ryeland. On pourrait penser que les gens ont mieux à faire de leur temps libre. Chaque soir ! Sur toutes les chaînes ! On dirait qu'ils font une fixation. Et, ce qui m'énerve le plus, c'est qu'on leur montre des crimes qui n'ont rien à voir avec la réalité. J'ai vu des victimes de meurtres, mademoiselle Ryeland. J'étais là quand Steve

Wright assassinait des prostituées. On l'avait surnommé l'Éventreur d'Ipswich. Les criminels ne projettent pas leurs crimes. Ils ne se faufilent pas dans la maison de leurs victimes pour les jeter du toit et ils n'envoient pas de lettres en espérant qu'elles seront mal interprétées, comme vous l'imaginez. Ils ne mettent pas de perruques et ne se déguisent pas comme chez Agatha Christie. Tous les meurtres sur lesquels j'ai enquêté ont été commis par des individus qui étaient soit fous, soit en colère, soit ivres. Parfois les trois. Et c'était horrible. À vomir. Les morts n'étaient pas des acteurs allongés par terre avec un peu de peinture rouge sur la gorge. Quand vous voyez un cadavre avec un couteau dans le ventre, ça vous donne la nausée. Vraiment.

« Savez-vous pourquoi les gens tuent ? Parce qu'ils ne sont pas dans leur état normal. Il n'existe que trois mobiles. Le sexe, la colère et l'argent. Vous tuez quelqu'un dans la rue. Vous le poignardez et vous lui piquez son fric. Vous vous disputez avec quelqu'un et vous lui fracassez une bouteille sur le crâne ou vous l'égorgez. Ou alors vous tuez pour prendre votre pied. Les meurtriers que j'ai rencontrés étaient stupides. Des gens ni très intelligents, ni très riches, ni de la bonne société. C'étaient des abrutis. Et vous savez comment on les arrête ? On ne leur pose pas des questions sophistiquées pour essayer de savoir s'ils ont un alibi, s'ils n'étaient pas là où ils prétendaient avoir été. Non. On les chope grâce aux écrans de surveillance. La moitié du temps, ils laissent leur ADN sur le lieu du crime. Ou bien ils font des aveux. Un jour, peut-être, vous pourriez publier un bouquin qui raconte la vérité. Mais ce que je vous dis là, personne n'a envie de le lire.

« Je vais vous expliquer ce qui m'a vraiment chagriné au sujet d'Alan Conway. Je l'ai aidé, bien qu'il ne m'ait jamais dit merci, mais c'est une autre histoire. Non. C'est surtout que la vérité ne l'intéressait pas. Pourquoi les policiers dans ses livres sont-ils aussi idiots ? Vous savez qu'il s'est inspiré de moi pour l'un d'eux ? Raymond Chubb. C'est moi. Oh ! bien sûr, il n'est pas noir. Conway ne serait pas allé jusque-là. Mais Chubb, vous savez ce que c'est ? Le nom d'un fabricant de loquets. Vous saisissez ? Locke, loquet. Amusant non ? Et tout ce qu'il raconte au sujet de la femme de Chubb dans *Noir comme l'enfer*. C'est ma femme qu'il décrit. J'ai été assez idiot pour lui parler d'elle et il a mis ça dans son bouquin sans même me demander la permission.

C'était donc là la source de sa colère. J'ai compris que Locke ne s'intéressait pas du tout à moi et qu'il ne m'aiderait pas. J'aurais presque pu l'ajouter à ma liste de suspects.

— Le public n'a aucune idée de ce que la police fait véritablement dans ce pays, et c'est à cause de gens comme Conway et vous, a conclu Locke. J'espère que vous ne m'en voudrez pas de vous dire ça, mademoiselle Ryeland, mais je trouve assez pathétique que vous cherchiez à transformer en énigme policière réelle ce qui est en fait un exemple très classique de suicide. Conway avait une bonne raison. Il était malade. Il a rédigé une lettre. Il venait de se séparer de son ami. Il était seul. Alors il a pris sa décision et il a sauté. Si vous voulez un conseil, rentrez à Londres et oubliez tout ça. Merci pour le thé.

Locke s'est levé et il est parti. Il avait bu son thé mais laissé sa galette en miettes sur l'assiette.

Crouch End

Andreas m'attendait. Je l'ai compris sitôt en ouvrant la porte de l'appartement car une bonne odeur venait de la cuisine. Andreas est un merveilleux cuisinier. Il cuisine d'une façon typiquement masculine, en entrechoquant les casseroles, en incorporant les ingrédients sans les mesurer, en faisant cuire les mets à feu très vif, avec un verre de vin rouge à la main. Je ne l'ai jamais vu ouvrir un livre de recettes. La table était dressée pour deux, avec des bougies et des fleurs qui semblaient venir tout droit d'un jardin et non de chez le fleuriste. Il a souri et m'a serrée dans ses bras.

— Je croyais que tu ne reviendrais plus.

— Quel est le menu ?

— Agneau rôti.

— Tu me donnes cinq minutes ?

— Je t'en donne quinze.

J'ai pris une douche et enfilé un grand sweat-shirt sur un caleçon, une tenue qui m'assurait de ne pas ressortir. Je me suis assise, les cheveux mouillés, et j'ai pris le généreux verre de vin qu'Andreas m'avait servi.

— Santé.

— *Yamas*.

Une tradition que nous avions pour trinquer.

Nous nous sommes mis à table et j'ai raconté à Andreas ce qui s'était passé à Framlingham. Les obsèques et le reste. J'ai vu tout de suite que cela ne l'intéressait pas. Il écoutait poliment mais j'espérais beaucoup plus. Je voulais qu'il me pose des questions, qu'il fasse des objections. J'imaginais que nous pourrions élucider l'affaire à la manière de Tommy et Tuppence, le duo un peu moins célèbre d'Agatha Christie. Mais Andreas se moquait bien de savoir si Alan avait été tué et par qui. En fait, dès le début, il avait essayé de me dissuader d'enquêter. Peut-être l'avais-je agacé en passant outre ses recommandations. C'était son côté grec.

Mais non. En réalité, il avait d'autres choses en tête.

— J'ai donné ma démission, Susan, m'a-t-il annoncé tout à coup.

— Déjà ?

J'étais surprise.

— Oui. J'arrête à la fin du trimestre. Je te l'avais dit.

— Tu as dit que tu l'envisageais.

— Yannis m'a poussé à prendre une décision. Les propriétaires de l'hôtel ne veulent pas attendre et l'argent est là. Nous avons obtenu un prêt de la banque, et l'Union européenne accorde certaines subventions. Tout est en place, Susan. Polydore ouvrira l'été prochain.

— Polydore ? C'est le nom de l'hôtel ?

— Oui.

— C'est joli.

Je dois admettre que j'étais désarçonnée. Andreas m'avait plus ou moins demandé de l'épouser, mais je pensais qu'il me laisserait un peu de temps pour réfléchir. Or, voilà qu'il présentait les choses comme une affaire réglée. Prends ton billet d'avion, ton tablier et on s'en va. Il a ouvert sa tablette pour me montrer des photos. Le Polydore était un endroit charmant. Une longue véranda, avec un pavage étonnant et une pergola au toit en cannisses, des tables en bois de couleurs vives et, derrière, la mer scintillante. La bâtisse elle-même était peinte en blanc à la chaux, et les volets en bleu. On apercevait un bar, avec un ancien percolateur à café dans un coin. Les chambres étaient simples, mais propres et accueillantes. On imaginait aisément quelle clientèle y séjournerait : des visiteurs plutôt que des touristes.

— Qu'en penses-tu ?

— C'est ravissant.

— C'est pour nous deux que je fais ça, Susan.

— Mais… que devient le « nous deux » si je ne veux pas venir ? ai-je remarqué en fermant la tablette. Tu ne pouvais pas attendre un peu avant de démissionner ?

— Il fallait que je me décide pour l'hôtel, c'est ce que j'ai fait. Je ne veux pas enseigner toute ma vie, et toi et moi… Tu ne crois pas qu'on peut faire mieux, nous deux ? (Il a soigneusement posé son couteau et sa fourchette de part et d'autre de l'assiette.) On ne se voit pas beaucoup. Il y a des semaines où l'on ne se voit pas du tout. Tu m'as clairement dit que tu ne voulais pas que je m'installe chez toi…

Là, je me suis rebiffée.

— Ce n'est pas vrai. Tu es toujours le bienvenu, mais, la plupart du temps, tu travailles. Je pensais que ça te convenait mieux ainsi.

— Tout ce que je dis, c'est que nous pourrions passer plus de temps ensemble. Ce serait bien. Je sais que je te demande beaucoup mais tu ne le sauras pas avant d'avoir essayé. Tu n'es même jamais allée en Crète ! Viens au moins quelques semaines au printemps. Vois si ça te plaît. (Comme je me taisais, il a continué.) J'ai cinquante-deux ans, Susan. Si je ne bouge pas maintenant, je ne bougerai jamais.

— Est-ce que Yannis ne peut pas se débrouiller sans toi ?

— Je t'aime, Susan. Et je veux t'avoir près de moi. Je te promets que, si tu n'es pas heureuse là-bas, nous reviendrons ensemble. J'ai déjà commis cette erreur une fois. Je ne tiens pas à la commettre deux fois. Si ça ne marche pas, je pourrai toujours retrouver un poste d'enseignant.

Je n'avais plus faim. J'ai allumé une cigarette.

— Il y a une chose que je ne t'ai pas encore dite, Andreas. Charles m'a proposé de prendre sa place à Cloverleaf.

Andreas a accusé le coup.

— Et tu en as envie ?

— Ça mérite réflexion. C'est une occasion fantastique. Je pourrai choisir les orientations éditoriales.

— Je croyais que Cloverleaf était fichu.

— Je n'ai jamais dit ça. C'est ce que tu espérais ?

— Je peux être franc, Susan ? C'est vrai, quand Alan est mort, j'ai pensé que ce serait la fin pour la maison d'édition. Je me suis dit que Cloverleaf allait fermer, que tu arrêterais et que l'hôtel serait la solution pour nous deux.

— Cloverleaf n'en est pas là. Ce sera peut-être difficile pendant un ou deux ans, mais la boîte ne va pas disparaître en deux jours. Je trouverai de nouveaux auteurs.

— Tu veux dénicher un autre Alan Conway ?

Il avait dit cela avec un tel mépris que je me suis tue, interloquée.

— Je croyais que tu aimais les romans d'Alan.

Il a pris ma cigarette et tiré quelques bouffées avant de me la rendre. C'était une manie, entre nous, lorsque nous étions en colère l'un contre l'autre.

— Je n'ai jamais aimé ses livres. Je les lisais parce que tu travaillais dessus et que toi tu m'intéresses. Mais, pour moi, c'est de la merde.

J'étais abasourdie. À court de mots.

— Fidèle Staupert a rapporté beaucoup d'argent.

— Les cigarettes rapportent beaucoup d'argent. Le papier toilette rapporte beaucoup d'argent. Cela ne signifie pas que ça vaut quelque chose.

— Tu ne peux pas dire ça !

— Pourquoi pas ? Alan Conway se fichait de toi, Susan. Il se moquait de tout le monde. Je sais ce que c'est, écrire. J'enseigne Homère, ne l'oublie pas. J'enseigne Eschyle. Conway savait ce que valaient ses bouquins. Il le savait au moment même où il les écrivait. C'est mauvais. De la daube.

— Je ne suis pas d'accord. C'est bien écrit. Des millions de lecteurs aiment ses romans.

— Ils ne valent rien ! Quatre cent mille signes pour prouver que c'est le majordome qui a fait le coup ?

— Tu es snob. Élitiste.

— Et toi tu défends une pseudo-littérature que tu as toujours considérée comme mineure.

Je ne savais pas à quel moment la discussion avait pris cette tournure belliqueuse. La table était si jolie, avec les bougies et les fleurs. La nourriture succulente. Et voilà que nous étions sur le point de nous sauter à la gorge.

— Si je ne te connaissais pas mieux, je dirais que tu es jaloux, Andreas. Tu as connu Alan avant moi. Vous étiez professeurs dans le même établissement. Mais lui, il a réussi à…

— Tu as raison sur un point, Susan. Je l'ai connu avant toi et je ne l'aimais pas.

— Pourquoi ?

— Je préfère me taire. C'est du passé et je ne veux pas te faire de peine.

— C'est déjà fait.

— Je suis désolé. Je dis seulement la vérité. Quant à l'argent qu'il a amassé, il ne le méritait pas. Il n'en méritait pas un seul penny. Et, depuis que je te connais, j'ai toujours détesté la façon dont tu te prosternais devant lui. Crois-moi, Susan. Alan n'était pas digne de toi.

— J'étais son éditrice, c'est tout. Moi non plus je ne l'aimais pas. Et d'ailleurs, pourquoi ne m'as-tu pas dit tout cela avant ?

— Parce que cela ne s'imposait pas. Aujourd'hui, oui. Je te demande d'être ma femme !

— Eh bien, tu as une curieuse façon de t'y prendre.

Andreas a passé la nuit chez moi, mais il n'y avait plus l'ombre de l'intimité que nous avions eue le premier soir après son retour de Crète. Il est allé se coucher et, le lendemain matin, il est parti sans prendre de petit déjeuner. Les bougies s'étaient consumées. J'ai enveloppé le reste d'agneau dans du papier alu pour le mettre au réfrigérateur. Ensuite j'ai travaillé.

Cloverleaf

J'ai toujours aimé le lundi. Le jeudi et le vendredi me rendent nerveuse, alors qu'il y a quelque chose de rassurant à entamer la pile amoncelée sur ma table. Courrier, épreuves à relire, Post-it du marketing, de l'attachée de presse, des droits étrangers. J'avais choisi mon bureau pour sa situation à l'arrière de l'immeuble. Il est calme, douillet, niché sous les avant-toits. Le genre de pièce où l'on s'attend à voir une cheminée ; il y en avait d'ailleurs probablement une jusqu'à ce qu'un vandale, au tournant du siècle, s'avise de la boucher. Je partageais avec Charles les services de Jemima, avant que celle-ci nous quitte. Heureusement, il restait Tess, à la réception, qui m'était très dévouée. À mon arrivée, ce lundi matin, elle m'a apporté un thé et mes messages téléphoniques. Rien d'urgent. Le Women's Prize for Fiction, la plus prestigieuse récompense britannique décernée aux romancières, me proposait de faire partie du jury. Mon auteur pour la jeunesse avait besoin de réconfort. Le service fabrication avait un problème avec une jaquette, ce que j'avais anticipé.

Charles n'était pas là. Sa fille Laura était entrée en salle de travail plus tôt que prévu et il était resté chez lui avec sa femme en attendant les nouvelles de la clinique. Il m'avait envoyé un courriel. « J'espère que tu as eu le temps de réfléchir à notre conversation. Ce serait formidable pour toi et je suis certain que ce serait formidable aussi pour Cloverleaf. » Par une ironie du sort, j'étais en train de lire son message lorsque Andreas m'a téléphoné. Vu l'heure, j'ai deviné qu'il avait dû se faufiler dans le couloir en laissant ses élèves plancher sur leur manuel de grec. Il parlait à voix basse.

— Excuse-moi pour hier soir, Susan. C'était stupide de ma part de t'accabler comme je l'ai fait. L'école m'a demandé de reconsidérer ma position et j'ai décidé de suspendre ma décision jusqu'à ce que tu me donnes ta réponse.

— Merci.

— Et… tu sais, je ne pensais pas vraiment ce que j'ai dit sur Conway. Ses livres ne sont pas mauvais. C'est simplement que je le connaissais bien et…

Sa voix s'est estompée. Je l'imaginais jetant des regards furtifs dans le couloir comme un écolier craignant d'être surpris.

— Nous en reparlerons plus tard.

— J'ai une réunion de parents d'élèves, ce soir. On pourrait dîner ensemble demain.

— Avec plaisir.

— Je te rappellerai.

De façon très inattendue, et sans réellement le vouloir, j'étais parvenue à un carrefour dans ma vie, ou plus exactement à un embranchement. D'un côté, je pouvais prendre la direction de Cloverleaf. Il y avait des auteurs avec qui je souhaitais travailler, j'avais des idées éditoriales que Charles avait toujours refusées. Si je prenais sa suite, j'aurais les mains libres.

De l'autre côté, il y avait la Crète.

Les options étaient si différentes, les directions si opposées, que le seul fait de les mettre côte à côte était risible. J'étais comme l'enfant qui ne sait pas s'il veut devenir chirurgien ou conducteur de train. C'était frustrant. Pourquoi fallait-il que les deux possibilités se présentent en même temps ?

J'ai feuilleté mon courrier. Une lettre était adressée à Susan Ryland. Je détestais voir mon nom mal orthographié, d'autant qu'il était facile de vérifier. J'ai réprimé l'envie de la jeter à la corbeille. Il y avait aussi des invitations, des factures, le lot habituel. Et, en dessous de la pile, une enveloppe brune de format A4 qui contenait manifestement un manuscrit. C'était inhabituel. Je ne lisais jamais les manuscrits spontanés. Personne ne le fait plus. Cependant mon nom (bien orthographié) figurait sur l'enveloppe. Je l'ai ouverte et ai jeté un coup d'œil à la page de garde.

La mort monte sur les planches
Donald Leigh

J'ai mis un instant avant de me rappeler qu'il s'agissait du livre écrit par le serveur de l'Ivy Club, l'homme qui avait laissé tomber les assiettes quand il avait reconnu

Alan Conway. Il affirmait qu'Alan lui avait volé ses idées et s'en était servi pour écrire un livre de la série des Fidèle Staupert, *Mort en coulisses*.

Je n'aimais décidément pas le titre du roman de Donald, et la première phrase (« Il y avait eu des centaines de morts au Pavilion Theatre, à Brighton, mais celui-ci était le premier à être réel. ») ne me séduisait pas davantage. L'idée était bonne, mais trop précise, la formulation maladroite. Cependant j'avais promis de lire son manuscrit. Charles étant absent et Alan, trop présent dans mes pensées, j'ai décidé de m'y mettre sur-le-champ.

J'ai parcouru le texte en diagonale. C'est une technique que j'ai acquise. Dès la fin du deuxième ou du troisième chapitre, je sais si un livre va me plaire, mais, si je dois en rendre compte à une réunion éditoriale, jc suis tenue de le lire jusqu'à la dernière page. Cela m'a pris trois heures. Ensuite j'ai pris un exemplaire de *Mort en coulisses*.

Et j'ai comparé les deux.

Extrait de *Mort en coulisses*, d'Alan Conway.

CHAPITRE 26
RAPPEL

Tout s'achevait là où tout avait commencé, au théâtre de Fawley Park. En jetant un regard circulaire, James Fraser eut une impression d'inexorabilité. Il avait abandonné sa carrière d'acteur pour devenir l'assistant de

Fidèle Staupert, et voilà où l'avait conduit cette nouvelle affaire. Les lieux étaient encore plus miteux que lors de sa première visite. À présent la scène était nue et la plupart des sièges empilés contre les murs. N'ayant plus rien à masquer, les rideaux rouges étaient tirés de chaque côté ; ils paraissaient fatigués, élimés, et pendaient tristement. La scène elle-même était comme une bouche béante et bâillante, écho ironique de tous les jeunes spectateurs qui avaient été contraints de rester assis dans la salle pour assister aux productions théâtrales de leur directeur, *Agamemnon* et *Antigone*. En tout cas, Elliot Tweed ne produirait plus de spectacles. Il était mort dans cette salle, un couteau planté dans le cou. Fraser n'était pas encore très habitué aux meurtres, et une pensée le glaçait particulièrement. Quelle sorte de personne est capable de tuer un homme dans une salle remplie d'enfants ? Le soir du spectacle scolaire, trois cents spectateurs étaient assis dans l'obscurité : de jeunes garçons et leurs parents. Ils s'en souviendraient jusqu'à la fin de leur vie.

Le théâtre convenait à Staupert. Il avait agencé les sièges de façon à former deux rangs en face de lui. Lui-même se tenait devant la scène, appuyé sur sa canne en bois de rose, mais il aurait pu tout aussi bien se tenir *dessus*. C'était son spectacle, le paroxysme d'un drame qui avait débuté trois semaines plus tôt avec la visite d'un homme effrayé à son bureau de Tanner Court. Les projecteurs n'étaient pas allumés, pourtant ils étaient braqués sur lui. Les personnes convoquées étaient des suspects mais aussi des spectateurs. L'inspecteur Ridgeway avait pris place à côté de lui, mais il était clair qu'il n'était ici qu'un figurant.

Fraser examina les membres du personnel. Leonard Graveney était arrivé le premier et s'était assis devant, sa béquille posée contre le dossier de sa chaise. Le moignon de sa jambe pointait en avant comme pour bloquer le passage. Le professeur d'histoire, Dennis Cocker, était ensuite venu s'asseoir près de lui, mais, ainsi que l'avait noté Fraser, ils n'avaient pas échangé une parole. Les deux avaient été impliqués dans la dernière et fatale représentation de *Mort en coulisses*, Graveney comme auteur de la pièce, Cocker comme metteur en scène. Le rôle principal était tenu par Sebastian Fleet. Âgé de vingt et un ans seulement, il était le plus jeune professeur de Fawley Park. Il venait d'entrer d'un pas nonchalant, en adressant un clin d'œil à l'infirmière, laquelle tourna ostensiblement la tête. Lydia Gwendraeth se tenait assise au deuxième rang, raide comme un piquet, les mains croisées sur les genoux, son calot blanc amidonné collé sur la tête. Fraser demeurait persuadé qu'elle était impliquée dans l'assassinat d'Elliot Tweed. Elle avait un mobile : il s'était conduit de façon odieuse à son égard, et, grâce à son expérience médicale, elle savait exactement à quel endroit de la gorge planter la lame. Avait-elle couru dans la salle obscure, ce soir-là, pour se venger de l'humiliation qu'elle avait subie ? Pour l'instant, elle gardait un visage impassible.

Trois autres membres du personnel de l'école entrèrent : Harold Trent, Elizabeth Colne et Douglas Wye. L'homme à tout faire, Garry, fermait la marche, les mains enfoncées dans les poches, la mine renfrognée. Il ne savait visiblement pas pourquoi on l'avait convoqué.

Enfin, Staupert prit la parole.

— La question que nous devons nous poser n'est pas de savoir pourquoi Elliot Tweed a été assassiné. Directeur de l'école Fawley Park, cet homme avait plus que sa part d'ennemis. Les garçons le craignaient. Il les châtiait impitoyablement et au moindre prétexte. Et il ne cherchait pas à dissimuler le plaisir qu'il prenait à leur douleur. Sa femme voulait divorcer. Les professeurs, pourtant en désaccord sur bien des points, étaient unis dans leur haine de lui. Non…

Staupert balaya l'assistance du regard avant de poursuivre :

— La question que nous devons nous poser est la suivante. Pourquoi a-t-il été tué de cette manière et devant tout un public ? Le tueur surgit de nulle part, traverse en courant la salle, ne s'arrêtant que pour frapper sa victime avec un scalpel dérobé dans le laboratoire de biologie. Certes, il fait sombre et les yeux des spectateurs sont fixés sur la scène. C'est le moment le plus dramatique de la pièce. Il y a de la fumée, une lueur clignotante, et, dans l'ombre, apparaît le fantôme du soldat blessé décrit par M. Graveney. Pourtant le risque est énorme. Il y aura sûrement quelqu'un pour voir d'où il vient et où il va. Un pensionnat tel que Fawley Park fournit maintes occasions beaucoup plus simples de tuer quelqu'un. Il y a un emploi du temps pour chacun. C'est très pratique pour un assassin qui peut ainsi prévoir le lieu et le moment où sa victime sera seule.

« D'ailleurs, l'obscurité, la vitesse avec laquelle le meurtre est commis, conduisent à la catastrophe. L'inspecteur Ridgeway pensait que le directeur adjoint, M. Moriston, qui était assis à côté de M. Tweed ce soir-là, avait été témoin de quelque chose et qu'on l'avait tué pour lui imposer le silence. Une histoire de chantage, peut-être, que semblait suggérer la découverte d'une forte somme d'argent dans son placard. Toutefois, nous savons maintenant que les deux hommes avaient échangé leurs places juste avant le début du spectacle. M. Tweed étant plus petit que M. Moriston, il était gêné par la dame coiffée d'un chapeau assise devant lui. En vérité, c'était donc M. Moriston qui était visé. La mort de M. Tweed est un accident.

« Or, cela est très étrange car M. Moriston était un professeur apprécié. Ainsi, il avait souvent pris la défense de Mlle Gwendraeth. C'était lui qui avait décidé d'embaucher M. Garry, en dépit de son casier judiciaire. Il avait même réussi à empêcher le suicide d'un élève. Difficile de trouver dans l'école quelqu'un qui puisse dire du mal de M. Moriston. Difficile mais pas impossible. En fait, il y avait une exception.

Staupert se tourna vers le professeur de mathématiques, sans prendre la peine de le nommer.

— Vous ne prétendez tout de même pas que c'est moi qui l'ai tué ! s'emporta violemment Graveney.

Staupert ne put retenir un sourire.

— Bien sûr, il vous était impossible de commettre le meurtre, monsieur Graveney. Vous avez perdu une jambe à la guerre…

— En combattant contre les vôtres !

— Et vous avez maintenant une prothèse. Vous auriez été incapable de traverser l'auditorium en courant. C'est tristement évident. Cependant, vous admettrez qu'une grande inimitié vous opposait à M. Moriston.

— C'était un lâche et un menteur.

— Il était votre commandant dans le désert de Libye, en 1941. Vous avez combattu ensemble à la bataille de Sidi Rezegh, où vous avez perdu votre jambe.

— J'ai perdu bien plus, monsieur Staupert. Je suis resté à l'hôpital, dans des souffrances atroces, pendant six mois. Et j'ai perdu de très nombreux camarades, tous plus méritants que ce salaud de major Moriston. Il nous a donné des ordres absurdes. Il nous a expédiés dans l'enfer et ensuite il nous a abandonnés. Il avait filé pendant qu'on nous massacrait.

— Et la cour martiale ?

— Il y a eu une enquête après la guerre, lâcha Graveney avec mépris. Le major Moriston a déclaré que nous avions agi de notre propre initiative et qu'il avait fait de son mieux pour nous ramener en lieu sûr. C'était ma parole contre la sienne. Facile, n'est-ce pas ? Tous les autres témoins avaient été taillés en pièces.

— Le choc a dû être rude pour vous en le retrouvant ici.

— J'en ai eu la nausée. Et tout le monde était comme vous. Tout le monde ne jurait que par lui. Il était le héros de guerre, la figure paternelle, le meilleur ami de chacun. J'étais le seul à voir clair en lui. Et oui, je l'aurais tué. Je l'admets. Ne croyez pas que je n'ai pas été tenté.

— Pourquoi êtes-vous resté ici ?

Graveney haussa les épaules. L'homme paraissait hanté par ses souvenirs ; il avait les épaules affaissées, la moustache tombante.

— Je n'avais aucun autre endroit où aller. Tweed ne m'a donné le poste que parce que j'étais marié à Gemma. Sinon, comment, à votre avis, un infirme sans qualifications peut-il gagner sa vie ? Je suis resté par obligation, et j'évitais Moriston autant que possible.

— Et quand il a été fait commandeur de l'ordre de l'Empire britannique ?

— Ça ne signifiait rien pour moi. Vous pouvez épingler un bout de métal sur un lâche et un menteur, ça ne changera pas ce qu'il est.

Staupert hocha la tête, comme si c'était la réponse qu'il attendait.

— Nous en arrivons donc à la contradiction qui est au cœur de l'affaire, dit-il. Le seul à Fawley Park ayant un mobile de tuer Moriston était aussi le seul dans l'incapacité de le faire. À moins… À moins qu'une deuxième personne, ayant aussi un mobile, le même, ne soit venue à Fawley Park dans l'unique but d'accomplir sa vengeance.

Sebastian Fleet s'aperçut que le détective avait posé les yeux sur lui. Il se redressa, les joues soudain empourprées.

— Qu'est-ce que vous racontez, monsieur Staupert ? Je n'étais pas à Sidi Rezegh, ni nulle part dans les parages. J'avais dix ans ! C'est trop jeune pour faire la guerre.

— En effet, monsieur Fleet. Cependant, quand je vous ai rencontré, j'ai remarqué que vous étiez surqualifié pour un poste de professeur dans une école élémentaire perdue dans la campagne. Vous avez obtenu une mention très bien à l'université d'Oxford. Vous êtes jeune, talentueux. Pourquoi avoir choisi de vous enterrer ici ?

— J'ai déjà répondu à cette question. Je travaille sur un roman.

— Un roman très important à vos yeux. Et pourtant vous l'avez mis en suspens pour écrire une pièce de théâtre.

— On me l'a demandé. Chaque année, un professeur écrit une pièce, que les autres enseignants jouent. C'est une tradition ici.

— Et qui vous l'a demandé ?

Fleet marqua une hésitation avant de répondre à contrecœur.

— M. Graveney.

Staupert hocha la tête et Fraser comprit qu'il connaissait déjà la réponse.

— Vous avez dédié votre pièce de théâtre à la mémoire de votre père. Il est mort récemment, m'avez-vous dit ?

— Il y a un an.

— J'ai trouvé étrange, en visitant votre chambre, de ne voir aucune photographie récente de lui. Votre mère vous a accompagné le jour de votre entrée à Oxford. Votre père n'était pas là. Ni d'ailleurs à la remise de votre diplôme.

— Il était malade.

— Votre père était mort, monsieur Fleet. Pensiez-vous que ce serait si difficile pour moi de découvrir qu'un sergent Michael Fleet, servant dans le 60e bataillon d'artillerie de campagne, a péri au combat le 21 novembre 1941 ? Allez-vous prétendre qu'il n'était pas votre père et que c'est une pure coïncidence qui vous a conduit dans cette école ? Vous avez fait la connaissance de M. Graveney dans les bureaux de l'association des anciens combattants, l'Honourable Artillery Company, à Londres. Il vous a invité à Fawley Park. Vous aviez l'un et l'autre une bonne raison de haïr Edward Moriston. Et c'était la même.

Ni Graveney ni Fleet ne prononcèrent un mot. Ce fut l'infirmière qui rompit le silence.

— Vous voulez dire qu'ils ont fait le coup ensemble ?

— Je dis qu'ils ont écrit, créé et conçu leur pièce dans le seul but de commettre un meurtre. Ils avaient décidé de se venger des événements de Sidi Rezegh. C'est M. Graveney, je pense, qui en a eu l'idée, et M. Fleet qui l'a mise en œuvre.

— C'est absurde, a sifflé Fleet. J'étais sur scène quand l'assassin a couru dans la salle. Tout le monde pouvait me voir.

— Non. Tout a été étudié pour que vous *sembliez* être sur scène. Mais ce n'était pas le cas.

Staupert se leva en s'aidant de sa canne, et poursuivit sa démonstration.

— Le fantôme fait son apparition à l'arrière de la scène. Tout est très sombre. Il y a de la fumée. Il porte un uniforme de soldat de la Première Guerre mondiale.

Il a une moustache identique à celle de M. Graveney. Son visage est maculé de sang. Il a un bandage autour du crâne. Il a très peu de répliques à dire. C'est ainsi que la scène a été conçue. Le pouvoir de l'auteur consiste à mettre l'action au service de ses propres desseins. Il crie un seul mot : "Agnes !" La voix, déformée par l'attaque des gaz moutarde, n'est pas difficile à rendre. Mais ce n'est pas M. Fleet qui se trouve sur la scène.

« M. Graveney, le metteur en scène, attend dans les coulisses et, comme prévu, ils échangent leurs places pour cette très courte scène. M. Graveney enfile la capote, applique sur sa tête le bandage et le sang. Sa claudication ne se remarquera pas pour les quelques pas qu'il a à faire et, de toute façon, il joue le rôle d'un soldat blessé. Pendant ce temps, M. Fleet a ôté la fausse moustache dont il est affublé dans la pièce. Il revêt un manteau et un chapeau, qui seront retrouvés plus tard dans le puits. Il traverse la salle en courant, s'arrête un bref instant pour poignarder dans le cou l'homme assis à la place E23. Comment pourrait-il deviner que, juste avant le début du spectacle, M. Tweed et M. Moriston ont échangé leurs sièges et qu'il se trompe de cible ?

« Tout se déroule très vite. M. Fleet sort par la porte principale du théâtre, se débarrasse du manteau et du chapeau, puis fait le tour par l'extérieur pour reprendre la place de M. Graveney qui vient de sortir de scène. À ce moment-là, le tumulte règne dans la salle. Tous les regards sont tournés vers le mort. Bien entendu, les deux hommes sont horrifiés en découvrant leur méprise. Leur victime est l'irréprochable M. Tweed. Mais les assassins sont froids et rusés. Ils inventent une histoire pour suggérer que M. Moriston était un maître-chanteur et, deux jours plus tard, ils l'empoisonnent avec de la ciguë volée dans le même laboratoire que celui qui leur a fourni le scalpel. Intelligent, n'est-ce pas ? Un doigt accusateur se tourne alors vers la professeure de biologie, Mlle Colne, et, cette fois, leur véritable mobile est parfaitement dissimulé…

Extrait de *La mort monte sur les planches*, de Donald Leigh.

CHAPITRE 21 : DERNIER ACTE

Il faisait très sombre dans le théâtre. Dehors, la lumière du jour tombait rapidement et le ciel immense était plein de nuages lourds et vilains. Dans tout juste six heures, 1920 s'achèverait et 1921 débuterait. Mais l'inspecteur MacKinnon célébrait déjà la nouvelle année en pensée. Il avait découvert la vérité. Il savait qui avait commis le meurtre et bientôt il confondrait l'assassin, il l'épinglerait avec le même geste impitoyable qu'un naturaliste avec un papillon rare.

Le sergent Browne observait avec attention les suspects, en se demandant pour la centième fois lequel d'entre eux avait planté un poignard dans la gorge du professeur d'histoire, Ewan Jones, pendant cette soirée inoubliable. Lequel ?

Ils étaient assis dans le théâtre délaissé, chacun

s'appliquant à éviter le regard des autres. Henry Baker, le metteur en scène, lissait sa moustache, comme toujours quand il était nerveux. L'auteur, Charles Hawkins, fumait une cigarette, qu'il tenait entre ses doigts boudinés toujours tachés d'encre. Était-ce une coïncidence s'il avait été gravement blessé à la bataille d'Ypres en même temps que la seconde victime, le directeur du théâtre, Alastair Short, lequel avait été mystérieusement empoisonné avec de l'arsenic quelques jours plus tard ? Y avait-il un lien ? Short avait deux cents livres sterling enfouies dans le placard de sa chambre et il y avait fort à parier que le chantage était le nœud de l'affaire. Sinon, comment aurait-il eu tout cet argent ? Dommage qu'il n'ait pas vécu pour s'expliquer.

Lequel d'entre eux ? Browne soupçonnait encore Lila Blaire. Il ne cessait de penser au moment où elle s'était jetée sur Short en hurlant et en l'accusant d'avoir détruit sa carrière. « Je te déteste ! Je voudrais te voir mort ! » Et soixante-dix minutes plus tard, il était bel et bien mort, comme elle l'avait souhaité. Et Iain Lithgow, le beau et souriant acteur, trop jeune pour avoir combattu à Ypres ? Il n'y avait aucun lien apparent, mais il avait des dettes de jeu, et les gens qui ont un besoin désespéré d'argent commettent souvent des actes désespérés. Browne attendit pendant que son patron se concentrait.

Le moment tant attendu arriva. Quand MacKinnon se leva, un grondement de tonnerre roula dans l'air lourd et oppressant. Le Nouvel An allait commencer avec une tempête. Tout le monde se figea et leva les yeux quand MacKinnon ajusta son monocle et prit la parole.

— La nuit du 20 décembre, commença-t-il, un meurtre a été commis ici, dans le théâtre Roxberry, pendant une représentation d'*Aladin*. Mais ce n'était pas la bonne victime ! Alastair Short était la véritable cible. Le meurtrier s'est trompé parce que, au dernier moment, M. Short et M. Jones ont permuté leurs places.

MacKinnon se tut un moment, examinant chacun des suspects qui buvaient ses paroles.

— Mais qui était le tueur qui a couru dans la salle et plongé le couteau dans le cou de Jones ? Deux personnes n'avaient pas pu le faire. Charles Hawkins ne pouvait pas courir puisqu'il était unijambiste. Et Nigel Smith, qui se trouvait sur scène au moment du meurtre, au vu de tous les spectateurs, ne pouvait pas non plus.

« C'est du moins ce que je pensais…

Il ne peut y avoir de doute : Alan a volé l'idée de Donald Leigh. Il a modifié l'époque, passant des années vingt aux années quarante, et le décor, abandonnant le théâtre de province pour un pensionnat de garçons inspiré de Chorley Hall et rebaptisé Fawley Park. Elliot Tweed est un portrait à peine déguisé de son père, Elias Conway. Et tous les professeurs ont des noms de rivières anglaises. Celui de l'inspecteur Ridgeway est peut-être emprunté à Agatha Christie, dans *Mort sur le Nil*. Encore un fleuve. Mais le mécanisme de l'intrigue est identique, ainsi que le mobile. Pendant la guerre, un officier abandonne ses hommes au cours d'un combat et, des années plus tard, l'unique survivant s'allie au fils d'un de ses camarades morts. Ils échangent leurs rôles pendant la représentation d'une pièce de théâtre et commettent le crime devant le public. Le commissaire Locke aurait trouvé cela très invraisemblable, mais, dans le monde de la fiction, ça fonctionne très bien.

Mes lectures terminées, j'ai passé un coup de téléphone à l'Arvon Foundation, qui, comme je le pressentais, avait accueilli le stage d'écriture auquel avait participé Donald Leigh. Ils m'ont confirmé que Donald avait bien séjourné au manoir de Totleigh Barton, dans le Devonshire. C'est un endroit charmant. J'y suis moi-même allée. J'aurais évalué à une contre un million les chances qu'un tuteur invité vole le travail d'un stagiaire, mais, en comparant les deux versions, c'était bel et bien ce qui s'était passé. J'étais désolée pour Donald. Pour être honnête, il ne sait pas écrire. Ses phrases sont lourdes, manquent de rythme. Il abuse des adjectifs et ses dialogues sont peu convaincants. Sur ce point, Alan avait raison. Mais Donald ne méritait pas d'être traité de cette façon. Aurait-il pu se défendre ? Il m'a dit avoir écrit à Charles, sans recevoir de réponse. Ce n'est pas étonnant. Les maisons d'édition reçoivent des lettres loufoques à longueur de temps, et celle-ci n'avait sans doute pas passé le filtre de Jemima, qui l'avait sûrement jetée à la corbeille. Quant à la police, elle ne se serait pas intéressée au problème de Donald. Il aurait été facile à Alan d'affirmer que c'était lui qui avait donné l'idée à Donald et non l'inverse.

Qu'aurait-il pu faire d'autre ? Trouver l'adresse d'Alan dans les archives de l'Ivy Club, aller jusqu'à Framlingham, pousser Alan du haut de la tour et dérober les derniers chapitres de son roman. À sa place, j'aurais été tentée de faire de même.

J'avais passé ma matinée à lire et je devais déjeuner avec Lucy, notre responsable des droits. Je voulais parler avec elle de James Taylor et des *Aventures de Fidèle Staupert*. Il était midi et demi. J'ai songé à descendre tout de suite pour aller fumer une cigarette dehors sur le trottoir, puis je me suis souvenue de la lettre posée sur la pile de courrier sur laquelle mon nom était mal orthographié. Je l'ai ouverte.

L'enveloppe contenait une photo. Pas de message. Pas de nom d'expéditeur. Le cachet postal était celui d'Ipswich.

La photo était un peu floue. Probablement prise par un téléphone mobile, agrandie et imprimée sur ces machines automatiques que l'on trouve maintenant partout. Le client s'y connecte directement et, pour peu qu'il paie en liquide, il reste totalement anonyme.

La photo montrait John White en train de tuer Alan Conway.

Les deux hommes sont en haut de la tour. Alan est dos au muret. Il porte les mêmes vêtements que lorsqu'on l'a trouvé : chemise noire, veste ample. White a les mains posées sur ses épaules. Une poussée, et ce sera fini.

Et voilà. Le mystère était résolu. J'ai appelé Lucy pour annuler le déjeuner. Et puis j'ai commencé à réfléchir.

Travail de détective

C'est une chose de lire des histoires de détectives, c'en est une autre d'en devenir un.

J'ai toujours aimé les romans policiers. Je ne me suis pas contentée de les éditer. Toute ma vie j'en ai lu pour le plaisir, je m'en suis même gavée. Vous connaissez sûrement cet état d'esprit, lorsqu'il pleut dehors, qu'il fait bien chaud chez vous et que vous vous immergez totalement dans un livre. Vous lisez, lisez, les pages filent entre vos doigts jusqu'à ce que, soudain, il en reste beaucoup moins dans votre main droite que dans la gauche. Vous avez envie de ralentir mais vous continuez de vous hâter vers une conclusion que vous craignez de découvrir. C'est le pouvoir singulier des romans policiers, qui occupent, je crois, une place spéciale dans la littérature parce que, parmi tous les personnages de fiction, le détective jouit d'une relation particulière et unique avec le lecteur.

Les énigmes policières traitent de la vérité, ni plus ni moins. Dans un monde rempli d'incertitudes, n'est-il pas profondément réconfortant d'arriver à la dernière page, où chaque *i* porte un point, et chaque *t* une barre ? Les histoires policières imitent ce que nous vivons. Nous sommes cernés de tensions et d'ambiguïtés, que nous passons la moitié de notre vie à essayer de résoudre, et tout ne prend probablement un sens que sur notre lit de mort. Or, cet instant de plaisir où les choses s'éclairent, presque tous les romans policiers le procurent. C'est la raison même de leur existence. Et c'est pourquoi *Épitaphe de la pie* était tellement exaspérant.

Dans la plupart des livres qui me viennent à l'esprit, nous suivons pas à pas les traces de nos héros : espions, soldats, romantiques, aventuriers. Mais, avec le détective, nous avançons côte à côte. Dès le début, nous poursuivons le même but, et il est très simple. Nous désirons savoir ce qui s'est réellement passé, et ni l'un ni l'autre ne le fait pour l'argent. Lisez les nouvelles de Sherlock Holmes. Il est rarement payé, et, bien qu'il vive dans l'aisance, je ne suis pas certaine qu'il présente des notes d'honoraires. Il va de soi que les détectives sont plus intelligents que nous. C'est ce que nous attendons d'eux. Mais ils ne sont pas pour autant des parangons de vertu. Holmes est dépressif. Poirot est vaniteux. Miss Marple est brutale et excentrique. Ils n'ont pas besoin d'être séduisants. Regardez Nero Wolfe, tellement gros qu'il peut à peine sortir de son appartement new-yorkais et a un fauteuil sur mesure pour supporter son poids ! Ou le père Brown, « qui avait un visage aussi rond et fade qu'une boulette du Norfolk… des yeux aussi vides que la mer du Nord ». Lord Peter Wimsey, ancien élève d'Eton et d'Oxford, mince et chétif, porte un monocle. Bulldog Drummond aurait pu tuer un homme à mains nues ; il a peut-être servi de modèle pour James Bond mais n'était pas lui-même un modèle de beauté masculine. Son auteur, H.C. McNeile, enfonce le clou quand il écrit que Drummond «possédait cette laideur réjouissante qui inspire une confiance immédiate». Il n'est pas utile que nous aimions ou admirions nos détectives. Nous leur sommes attachés parce que nous avons confiance en eux.

Tout cela fait de moi une bien piètre narratrice-enquêtrice. Hormis le fait que les qualifications requises me font défaut, je risque aussi de manquer de talent. J'ai essayé de décrire toutes les personnes que j'ai rencontrées, toutes les informations que j'ai entendues, et, plus important, toutes mes réflexions personnelles. Malheureusement, je n'ai pas un Watson, un Hastings, un Troy, un Bunter, un Lewis pour m'assister. Je n'ai donc pas d'autre choix que de tout mettre sur le papier, y compris le fait que, jusqu'à ce que j'ouvre l'enveloppe et découvre la photo montrant John White, je n'arrivais absolument à rien. En réalité, dans mes heures les plus sombres, je commençais à me demander s'il y avait vraiment eu meurtre. Le problème venait en partie de ce que le mystère que je tentais de résoudre n'avait pas de dessein apparent, pas de contours. Si Alan Conway avait pu lui-même décrire sa propre mort, comme il a décrit celle de Magnus Pye, je ne doute pas qu'il m'aurait fourni toute une série d'indices, de signes et de directions pour guider mes pas. Par exemple, dans *Épitaphe de la pie*, il y a l'empreinte de main dans la terre, le collier de chien dans la chambre, le morceau de papier dans la cheminée, le revolver de service dans le tiroir du bureau, la lettre tapée à la machine dans l'enveloppe manuscrite. Même si je ne comprends pas à quoi rime tout cela, au moins, en tant que lectrice, je sais que ces indices ont une signification, sinon pourquoi l'auteur les mentionnerait-il ? En tant que détective, je devais découvrir les indices par moi-même, et peut-être regardais-je dans la mauvaise direction parce que je disposais de très peu d'éléments : ni boutons tordus, ni empreintes mystérieuses, ni conversations opportunément surprises. Bien sûr, j'avais la lettre écrite de sa main par Alan et envoyée à Charles dans une enveloppe imprimée ; l'exact contraire de celle examinée par Fidèle Staupert. Mais quelle conclusion en tirer ? Alan avait-il manqué d'encre ? Avait-il écrit la lettre, et quelqu'un d'autre imprimé l'adresse ? Si vous lisez une enquête de Sherlock Holmes, vous pouvez parier que le détective saura précisément de quoi il retourne même s'il ne vous le dit pas nécessairement. Dans l'affaire qui m'occupe, c'est loin d'être le cas.

Il y avait aussi ce dîner à l'Ivy. Je n'arrivais pas à me le sortir de la tête. Alan s'était énervé quand Charles avait suggéré le changer le titre de son roman. Mathew Prichard, assis à la table voisine, avait entendu leur échange. Alan avait tapé du poing sur la table, furieux à la seule idée de changer de titre. Pourquoi une telle colère ?

Autant aller droit au but. Je ne pensais pas que John White avait tué Alan, en dépit de la preuve photographique qui l'accusait. C'était comme la lettre de suicide, qui n'était pas une lettre de suicide, sauf que, cette fois, je n'avais pas le début d'une explication. Simplement, je n'y croyais pas. White ne m'avait pas paru être un homme particulièrement violent ni agressif. De plus, il n'avait aucune raison de tuer Alan. C'était plutôt l'inverse.

Il y avait d'autres interrogations. Qui m'avait envoyé la photo ? Pourquoi me l'envoyer à moi plutôt qu'à la police ? Elle avait probablement été postée le jour des obsèques et portait le cachet d'Ipswich. Combien parmi les personnes présentes aux funérailles savaient que je travaillais chez Cloverleaf ? Mon nom était mal orthographié sur l'enveloppe. Était-ce une erreur innocente ou une tentative délibérée de l'expéditeur de faire croire qu'il ne me connaissait pas bien ?

Assise dans mon bureau, seule – tout le monde était allé déjeuner –, j'ai dressé la liste des suspects. Cinq personnes me paraissaient plus susceptibles que John White d'avoir assassiné Alan, et je les ai notées par ordre de préférence. C'était assez déroutant. J'avais effectué le même exercice après avoir lu le livre d'Alan.

1 – James Taylor, le petit ami.

Même s'il m'était sympathique, James restait le premier bénéficiaire de la mort d'Alan. En fait, si Alan avait vécu vingt-quatre heures de plus, James aurait perdu plusieurs millions. Il savait qu'Alan se trouvait dans la maison. Il savait qu'il monterait sur la tour pour prendre son petit déjeuner car il faisait beau en cet avant-dernier jour d'août. Il vivait encore à Abbey Grange et il lui était facile de monter sur la terrasse et de pousser Alan dans le vide. Il m'avait dit avoir passé le week-end à Londres, mais je n'avais que sa parole, et, quand je l'avais rencontré la première fois, il m'avait paru parfaitement à l'aise dans la maison, comme s'il était déjà maître des lieux. Bien sûr, la première règle des énigmes policières est d'écarter le suspect le plus évident. Devais-je suivre cette règle dans le cas de James ?

2 – Claire Jenkins, la sœur.

Dans les feuillets qu'elle avait rédigés à mon intention, Claire Jenkins se répandait sur son affection pour son frère, sur la générosité dont il avait fait preuve à son égard et sur la complicité qu'ils avaient toujours partagée. Or, je ne suis pas certaine de la croire totalement. James la jugeait jalouse du succès d'Alan, et il est exact que, vers la fin, le frère et la sœur s'étaient brouillés pour une histoire d'argent. Cela ne suffisait sans doute pas comme mobile de meurtre, mais il y avait une autre très bonne raison de la placer au deuxième rang sur ma liste, et cette raison avait un apport avec le livre inachevé.

Alan Conway prenait un malin plaisir à inventer des personnages inspirés de gens qu'il connaissait. Ainsi, James Taylor était devenu ce dandy un peu bêta de James Fraser. Le pasteur, une anagramme de lui-même. Le propre fils d'Alan apparaissait sous son vrai nom. Et Clarissa Pye, la sœur vieille fille de Sir Magnus, avait de toute évidence Claire pour modèle : Alan en avait brossé un portrait caricatural et allait même jusqu'à citer son adresse de Daphne Road (en l'attribuant à Brent, le jardinier). En supposant que Claire ait lu le manuscrit, elle aurait pu vouloir se venger et le pousser du toit. Elle avait également intérêt à empêcher la publication du livre, ce qui lui était possible en subtilisant les derniers chapitres.

Mais pourquoi, alors, tant insister pour clamer que son frère avait été assassiné ? Pourquoi attirer l'attention sur elle ? Je n'avais pas de réponse à cette question, mais, en y réfléchissant, je me suis souvenue d'avoir lu quelque part que les meurtriers réclament souvent la paternité de leurs actes. C'est ce qui les pousse à retourner sur les lieux du crime. Claire m'avait-elle pressée d'enquêter sur la mort de son frère pour la même raison qu'elle avait rédigé un portrait de lui ? Mue par un désir pathologique d'occuper le centre de la scène ?

3 – Tom Robeson, le pasteur.

Dommage que Robeson n'ait pas eu le temps de me dire précisément ce qui s'était passé à Chorley Hall, lorsque je l'avais questionné dans l'église. Si sa femme était arrivée quelques minutes plus tard, tout aurait été différent. Néanmoins je savais qu'un incident s'était produit à propos d'une photo utilisée pour humilier un garçon, et je n'avais pas besoin de faire beaucoup d'efforts pour saisir l'idée générale. Accessoirement, il était intéressant de remarquer que Claire présentait son frère comme une des victimes des multiples brimades perpétrées au pensionnat, tandis que Robeson le voyait comme un participant actif. Plus j'en apprenais sur Alan, plus j'étais encline à croire la version du pasteur.

Tout cela avait eu lieu dans les années soixante-dix, mais le souvenir en était encore très présent dans l'esprit d'Alan puisqu'il l'avait évoqué dans le premier chapitre d'*Épitaphe de la pie*, dans la scène où Mary Blakiston entre dans le presbytère. Qu'avait-elle vu sur la table ? Henrietta et Robin Osborne étaient-ils des pervers ? Avaient-ils laissé traîner des photos compromettantes, similaires à celles qui tourmentaient Robeson ? Dans son éloge funèbre, le pasteur avait montré qu'il n'avait rien oublié du passé, et, maintenant que je l'avais rencontré, je l'imaginais assez bien se faufilant au sommet de la tour pour assouvir sa vengeance. Cela dit, j'ai toujours considéré les pasteurs comme de très mauvais personnages dans les histoires criminelles. Ils sont trop prévisibles, trop étriqués. Si Robeson s'avérait être le meurtrier, je serais très déçue.

4 – Donald Leigh, le serveur.

« Vous avez dû être content en apprenant sa mort », avais-je dit. « Vous voulez la vérité ? J'étais aux anges », avait-il répondu. Deux hommes ne se voient pas pendant plusieurs années. L'un déteste l'autre. Ils se rencontrent par hasard et, quarante-huit heures plus tard, le second est mort. Quand j'écris cela noir sur blanc, Donald a sa place sur ma liste. Il lui était très facile de trouver l'adresse d'Alan dans les registres du club. Que dire d'autre ?

5 – Mark Redmond, le producteur.

Il m'a menti. Il a dit être rentré à Londres dès le samedi alors qu'il a passé tout le week-end à l'hôtel Crown. Lui aussi avait de bonnes raisons de vouloir la mort d'Alan. Avec un bon lancement, *Les Aventures de Fidèle Staupert* rapporteraient une fortune, et il avait déjà investi une coquette somme de son argent personnel pour démarrer le projet. Quant aux meurtres, il en connaissait un rayon puisqu'il en avait mis en scène des centaines pour la télévision. Était-ce si compliqué de passer de la fiction à la réalité ? Après tout, il s'agissait là d'un meurtre sans effusion de sang. Pas de revolver, pas d'arme blanche. Une simple poussée. N'importe qui en était capable.

Telles étaient donc les cinq personnes recensées sur ma liste (comme *Cinq petits cochons*) que je soupçonnais d'avoir commis le crime. Deux autres noms auraient pu y figurer.

6 – Melissa Conway, l'ex-femme.

Comme je n'avais pas eu l'occasion de lui parler, j'ai décidé de me rendre à Bradford-on-Avon dès que possible. Le meurtre d'Alan commençait à m'obséder et je savais que je serais incapable de me concentrer sur mon travail à Cloverleaf tant que le crime ne serait pas résolu. Selon Claire Jenkins, Melissa n'avait jamais pardonné à Alan la façon dont il l'avait quittée. S'étaient-ils revus récemment ? S'était-il produit quelque chose qui aurait pu la pousser à la vengeance ? Je regrettais de l'avoir manquée à Framlingham. J'aurais aimé lui demander pourquoi elle avait fait tout ce chemin pour assister aux obsèques de son ex-mari. Avait-elle parcouru le même trajet pour le pousser du haut de la tour ?

7 – Frederick Conway, le fils.

Il est peut-être injuste de l'inclure – je l'avais à peine entrevu lors des obsèques et ne savais presque rien de lui –, cependant je n'avais pas oublié son regard noir sur la tombe de son père, son visage déformé par la colère. Son père l'avait abandonné. Pire : son père avait ouvertement assumé son homosexualité et, pour un petit garçon, cela n'avait pas du être facile à l'école. Un mobile de meurtre ? Alan avait pensé à son fils en écrivant *Épitaphe de la pie*. Freddy y apparaît sous son vrai nom, et sous les traits du fils unique de Sir Magnus et Lady Pye.

Voilà donc les notes que j'avais prises dans mon bureau, ce lundi après-midi. Mais je n'étais pas plus avancée. C'est très bien d'avoir des suspects. Poussés à bout (ce qui était le cas), tous les sept – huit, si l'on compte John White – auraient pu tuer Alan Conway. Mais cela pouvait tout aussi bien être le laitier, le facteur, quelqu'un que j'avais omis de citer ou que je n'avais pas rencontré. Ce qui me manquait, c'était ce lien étroit qui existe dans un roman policier, cette sensation que tous les personnages se meuvent en tandem, comme des pièces sur un jeu de Cluedo. N'importe lequel d'entre eux pouvait avoir toqué à la porte d'Abbey Grange, ce samedi matin. N'importe lequel pouvait être l'assassin.

Dépitée, j'ai mis de côté mes notes pour aller à ma réunion avec une de nos relectrices. Si j'avais travaillé un peu plus, je me serais aperçue que l'indice que je recherchais était là, que quelqu'un m'avait dit récemment une chose qui l'identifiait comme étant le tueur, et que le mobile du meurtre d'Alan se trouvait sous mes yeux depuis l'instant où j'avais commencé à lire *Épitaphe de la pie*.

Une petite demi-heure aurait tout changé. Mais j'étais en retard pour la réunion, et je pensais encore à Andreas. Ça allait me coûter cher.

Bradford-on-Avon

Bradford-on-Avon était la dernière étape de mon voyage dans le monde fictif d'*Épitaphe de la pie*. Bien qu'Alan ait pris Orford comme modèle pour Saxby-on-Avon, le nom qu'il a inventé montre clairement d'où venait son inspiration. En fait, il a réalisé une synthèse des deux. L'église, la place, les deux pubs, le manoir, la prairie et tout l'environnement appartiennent à Orford. Mais c'est Bradford-on-Avon, situé à quelques miles de Bath, où s'élèvent les « massives constructions de style géorgien en pierre de Bath, dotées de jolis portiques et de jardins en terrasse » décrites dans le livre. Ce n'est pas non plus une coïncidence si c'est l'endroit où habite son ex-femme. Quelque chose, pendant qu'il écrivait, lui avait fait penser à elle. Quelque chose, un message, dans *Épitaphe de la pie* lui était destiné.

J'avais téléphoné pour annoncer ma visite et pris le train le mardi matin à la gare de Paddington, avec un changement à Bath. J'aurais pu m'y rendre en voiture, mais j'avais emporté le manuscrit et comptais travailler dessus pendant le trajet. Melissa avait paru ravie de mon appel et m'avait invitée à déjeuner. Je suis arrivée peu après midi.

Elle m'avait indiqué une adresse – Middle Rank –, qui m'a conduite vers une rangée de maisons en surplomb de la ville, auxquelles on accède uniquement à pied, à travers un labyrinthe extraordinaire de sentiers, d'escaliers et de jardins qui auraient pu être espagnols ou italiens s'ils n'étaient si résolument anglais. Les maisons, alignées sur trois rangs, avaient des fenêtres de style géorgien parfaitement proportionnées, des portiques au-dessus de leurs portes d'entrée et, bien sûr, cette pierre de Bath couleur de miel. Celle de Melissa s'élevait sur trois niveaux, adossée à un jardin qui descendait la colline par des marches jusqu'à un petit pavillon, tout en bas. C'est là qu'elle s'était installée en quittant Orford, et c'en était l'antithèse. Un endroit singulier, secret. Un refuge.

J'ai sonné et Melissa est venue m'ouvrir elle-même. Elle m'a paru beaucoup plus jeune que dans mon souvenir, même si nous avions à peu près le même âge. Aux obsèques, c'est à peine si je l'avais reconnue. Avec son imperméable et son foulard, elle était fondue dans le cortège. Maintenant que je la voyais devant moi, dans sa maison, elle m'apparaissait assurée, séduisante, détendue. Mince, souriante, des pommettes hautes, ses cheveux, châtain clair autrefois, étaient à présent châtain foncé et coupés court sur la nuque. Elle portait un jean, un pull léger, une chaîne en or autour du cou et n'était pas maquillée. J'ai souvent remarqué que le divorce avantage certaines femmes. C'était le cas.

Elle m'a accueillie de façon assez formelle et conduite

au premier étage, dans le vaste séjour qui s'étirait sur toute la longueur de la maison, avec une jolie vue sur Bradford-on-Avon et les collines de Mendip. Le mobilier, visiblement haut de gamme, était à la fois moderne et traditionnel. Elle avait préparé le déjeuner : saumon fumé, salade, pain artisanal. J'ai refusé le vin qu'elle m'offrait, préférant m'en tenir à l'eau gazeuse.

— Je vous ai aperçue aux obsèques, m'a-t-elle dit en s'asseyant. Pardon de ne pas être venue vous parler, mais Freddy avait hâte de s'en aller. Vous ne le verrez pas, malheureusement. Il est à Londres pour une journée portes ouvertes.

— Ah oui ?

— Il souhaite s'inscrire à la St Martin's School of Art, pour le cours de céramique. Vous savez, Susan, Freddy ne voulait pas vraiment aller à Framlingham.

— J'avoue avoir été surprise de vous y voir tous les deux.

— Alan a été mon mari. Et c'est le père de Freddy. Dès que j'ai appris sa mort, j'ai su que je devais y aller. Je pensais que ce serait bien pour mon fils. Il a été très blessé par ce qui s'est passé. Plus que moi, sans doute. Je pensais qu'assister à l'enterrement lui permettrait de tourner la page.

— Ça a marché ?

— Pas vraiment. Il a ronchonné pendant tout le trajet aller et il n'a pas desserré les dents au retour. Il est resté branché sur son iPad. Néanmoins je suis contente de l'avoir emmené. Je pense que c'était la meilleure chose à faire.

Le moment délicat était venu.

— Melissa... Je voulais vous parler de vous et d'Alan. Il y a certaines choses que je n'arrive pas à comprendre.

— Voilà donc pourquoi vous êtes venue jusqu'ici.

Au téléphone, je lui avais dit que je recherchais les chapitres manquants et que je tentais de comprendre pourquoi Alan s'était suicidé. Elle n'avait pas eu besoin d'autres explications et je n'allais certainement pas suggérer qu'il avait peut-être été assassiné.

— Je ne voudrais pas vous embarrasser, Melissa.

— Demandez-moi ce que vous voulez, Susan. Nous étions séparés depuis six ans et je ne suis pas embarrassée par ce qui s'est passé. Pourquoi le serais-je ? Oh ! bien sûr, cela a été très difficile sur le moment. J'aimais profondément Alan et je ne voulais pas le perdre. Mais, c'est curieux... Êtes-vous mariée, Susan ?

— Non.

— Lorsque votre mari vous quitte pour un autre homme, ça aide un peu. Je pense que j'aurais réagi plus violemment s'il était parti pour une femme plus jeune. Quand Alan m'a parlé de James, je me suis dit que c'était son problème. À supposer que ce soit un problème. Je ne me sentais pas responsable.

— Aviez-vous eu un doute lorsque vous viviez avec lui ?

— Au sujet de sa sexualité ? Non. Pas le moindre. Freddy est né deux ans après notre mariage. Je dirais que notre relation était normale.

— Les choses ont été plus difficiles pour votre fils, dites-vous.

— En effet, oui. Freddy avait treize ans quand Alan a révélé son homosexualité. Le pire est que les journaux se sont emparés de l'histoire et que ses camarades en ont discuté à l'école. Ils se sont moqués de lui. Avoir un père gay, vous imaginez ! Ce serait peut-être moins pénible aujourd'hui. Les choses évoluent si vite.

Melissa ne gardait aucune rancœur. Je me suis promis d'effacer son nom de ma liste de suspects. Alan et elle avaient divorcé à l'amiable. Alan lui avait accordé tout ce qu'elle voulait et il avait continué de subvenir aux besoins de Freddy, même si les ponts étaient rompus avec lui. Il avait mis en place un fonds fiduciaire pour prendre en charge tous les frais universitaires de son fils et, comme l'avait mentionné James Taylor, il lui avait légué de l'argent. Quant à Melissa, elle exerçait un travail à mi-temps comme professeur suppléant à Warminster. Pourtant elle n'avait pas besoin de travailler. Son compte en banque était largement pourvu.

Ensuite nous avons parlé de l'Alan Conway écrivain, puisque je lui avais dit que c'était ce qui m'intéressait. Melissa l'avait connu pendant la période la plus passionnante de sa carrière : au moment où il bataillait pour se faire connaître, où il avait été publié pour la première fois, et où il avait connu le succès.

— Tout le monde à Woodbridge savait qu'il espérait devenir écrivain. Il le voulait à tout prix. Il ne parlait de rien d'autre. Avant son arrivée, je sortais avec un autre prof, mais nous avons rompu quand j'ai connu Alan. Avez-vous encore des nouvelles d'Andreas ?

Melissa m'a posé la question ingénument, et je ne

crois pas qu'elle ait noté ma réaction. Je me suis littéralement figée. Nous avions en effet évoqué plusieurs fois Andreas lorsque nous nous étions croisées à des soirées, mais soit je ne lui avais pas dit que nous étions ensemble, soit elle l'avait oublié.

— Andreas ?

— Andreas Patakis. Il enseignait le latin et le grec à Woodbridge. Nous avons eu une liaison qui a duré un an. Nous étions fous l'un de l'autre. Vous connaissez les Méditerranéens. Je lui ai fait du mal quand j'ai rompu, mais il y avait chez Alan quelque chose qui me convenait mieux.

Andreas Patakis. *Mon* Andreas.

Brutalement, une foule de choses se sont éclairées. C'était donc la raison pour laquelle Andreas en voulait à Alan et pour laquelle il acceptait mal son succès. Cela expliquait aussi pourquoi, le dimanche soir, il avait été si réticent à m'expliquer les raisons de son antipathie pour Alan. Andreas répugnait à avouer son aventure avec Melissa. Il craignait peut-être ma réaction. Que je lui fasse des reproches. Après tout, j'avais hérité de lui en seconde main. Non. C'était ridicule. Andreas avait été marié deux fois. Et il avait connu beaucoup d'autres femmes. Je le savais. Mais... Melissa ? Tout à coup, je me suis surprise à la regarder sous un jour différent. Elle était beaucoup moins séduisante que je ne l'avais pensé un peu plus tôt : elle était trop mince, un peu garçonne, bien mieux assortie à Alan qu'à Andreas.

Melissa était intarissable.

— J'adorais lire et je trouvais Alan fascinant. Jamais

je n'avais rencontré un être aussi passionné. Il me parlait de ses idées, des histoires qu'il inventait, des livres qu'il avait lus et de ceux qu'il voulait écrire. Il avait suivi un cours d'écriture créative à East Anglia, et il avait la conviction que cela l'aiderait à percer. Cela ne lui suffisait pas d'être publié. Il voulait devenir célèbre. Mais la célébrité a mis beaucoup plus longtemps à venir qu'il ne l'avait espéré. J'étais à ses côtés pendant toute cette période. Il écrivait sans relâche et, dès qu'il avait terminé un livre, il l'envoyait à des éditeurs. Aucun n'était intéressé. Alors venait l'horrible déception. Vous n'imaginez pas ce que c'est, Susan, que d'être rejeté. Toutes ces lettres qui arrivent par la poste, avec cinq ou six lignes de refus pour un travail d'un an ou plus. Je suppose que vous-même avez dû en envoyer, des lettres de ce type. Pour celui qui a passé tant de temps à envoyer un livre dont personne ne veut, c'est atrocement destructeur. On ne rejette pas seulement son travail. On rejette qui il est.

Justement, qui était Alan ?

— Il prenait l'écriture très au sérieux. En vérité, il n'avait pas du tout envie d'écrire des romans policiers. Le premier livre qu'il m'a montré s'intitulait *Regarde vers les étoiles*. C'était très intelligent, drôle, et un peu triste. Le personnage principal était un astronaute qui ne réussissait jamais à aller dans l'espace. Dans un sens, il était un peu comme Alan. Ensuite, il y a eu un roman qui se déroulait dans le sud de la France. C'était inspiré du *Tour d'écrou*, de Henry James. Alan a mis trois ans pour l'écrire, mais, là encore, ça n'a intéressé personne. J'avais du mal à comprendre parce que j'aimais beaucoup ce qu'il écrivait et que je croyais en lui. Ce qui m'enrage c'est que, finalement, c'est moi qui ai tout gâché.

— Comment cela ? ai-je demandé, un coin de la tête toujours tourné vers Andreas.

— Fidèle Staupert était mon idée. Si, je vous assure ! Vous devez comprendre qu'Alan tenait par-dessus tout à être publié, reconnu. Il dépérissait à être coincé dans ce pensionnat au milieu de nulle part, à donner des cours à des élèves qu'il n'aimait même pas et qui l'oublieraient dès l'instant où ils entreraient à l'université. Un jour, alors que nous sortions d'une librairie, je lui ai suggéré d'écrire des romans plus simples, plus populaires. Il avait toujours été très doué pour les puzzles, les mots croisés, ce genre de choses. Il avait une fascination pour les trompe-l'œil, les stratagèmes. Alors je l'ai encouragé à écrire un *whodunnit*, comme disent les Anglais. Une énigme policière. Il me semblait que certains auteurs de polars gagnaient beaucoup d'argent avec des livres qui étaient loin de valoir les siens. Ça ne lui prendrait que quelques mois. Ça le distrairait. Et, s'il avait du succès, il pourrait quitter Woodbridge et devenir écrivain à plein temps, ce à quoi il aspirait.

« Je l'ai aidé à écrire le premier. *À l'assaut du crime*. J'étais là quand il a imaginé son détective. Il m'exposait toutes ses idées.

— Comment lui est venu le personnage de Staupert ?

— On venait de voir *La Liste de Schindler* à la télévision, et Alan s'en est inspiré. Et peut-être aussi d'un de ses anciens professeurs d'anglais, je crois. Alan a lu tous les romans d'Agatha Christie pour essayer de saisir comment elle échafaudait ses énigmes policières. Ensuite seulement il s'est mis au travail. J'ai été sa première lectrice. J'en suis encore très fière. Je suis la première personne au monde à avoir lu une enquête de Fidèle Staupert. J'ai adoré. Bien sûr, c'était nettement moins bon que ses autres romans. C'était plus léger, futile, mais merveilleusement écrit. D'ailleurs vous l'avez publié. Et vous connaissez la suite.

— Vous disiez avoir tout gâché.

— Tout s'est détraqué après la sortie du livre. Vous savez, Alan était un homme très complexe. Il pouvait être morose, introverti. Pour lui, l'écriture était une chose mystérieuse, comme s'il s'agenouillait devant l'autel et que les mots lui parvenaient d'en haut. Il y avait des écrivains qu'il admirait et auxquels il aurait aimé ressembler.

— Lesquels ?

— Salman Rushdie. Martin Amis. David Mitchell. Et Will Self.

Je me suis remémoré les quatre cent vingt pages du *Toboggan*, que j'avais trouvé peu original. Maintenant je comprenais pourquoi. Alan avait imité un auteur qu'il admirait mais que, personnellement, j'ai toujours eu du mal à lire. Il avait réalisé une sorte de pastiche de Will Self.

— Dès la parution de *À l'assaut du crime*, Alan s'est trouvé piégé, a poursuivi Melissa. Ce n'était pas du tout ce que nous avions envisagé. Le succès a été tel que personne ne voulait qu'il fasse autre chose.

— C'était meilleur que ses autres livres, ai-je souligné.

— C'est votre avis, mais pas celui d'Alan. Ni le mien,

d'ailleurs, a-t-elle ajouté avec une pointe d'amertume. Il n'avait écrit *À l'assaut du crime* que pour quitter Woodbridge et il tombait dans une autre ornière, peut-être plus profonde.

— Mais il était riche.

— Alan se moquait de l'argent ! Ça ne l'intéressait pas. D'ailleurs, même s'il n'avait pas découvert l'autre aspect de sa personnalité, même s'il ne m'avait pas quittée pour James, je ne pense pas que notre mariage aurait survécu. Il n'a plus jamais été le même avec moi une fois devenu célèbre. Vous comprenez, Susan ? Je l'avais trahi. Pire, je l'avais convaincu de se trahir lui-même.

Trois quarts d'heure plus tard, alors que nous avions à peine touché à notre déjeuner, j'ai pris congé de Melissa. J'ai dû patienter à la gare de Bradford-on-Avon, mais cela me convenait. J'avais besoin de réfléchir. Andreas et Melissa ! Pourquoi cette pensée me perturbait-elle autant ? Leur liaison était terminée longtemps avant que la nôtre commence. Je suppose que ce petit pincement de jalousie rétroactive était naturel. Pourtant, les paroles d'Andreas, lors de notre dernière conversation m'obsédaient. « Tu ne crois pas qu'on peut faire mieux, nous deux ? » J'avais toujours présumé que, l'un comme l'autre, nous étions satisfaits du caractère informel de notre relation, et le projet de l'hôtel m'irritait parce qu'il remettait cela en cause. Or, la remarque de Melissa me donnait à réfléchir. Je découvrais soudain combien une rupture peut être facile.

D'autres pensées émergeaient. Melissa avait quitté Andreas à cause d'Alan, et il était clair que cela lui était resté sur le cœur. Or, ces deux-là ne s'aimaient guère. Et voici que, des années plus tard, c'était encore à cause d'Alan qu'Andreas risquait de me perdre. J'étais son éditrice. Ma carrière dépendait largement du succès de ses livres. « J'ai toujours détesté la façon dont tu te prosternais devant lui », m'avait dit Andreas.

Et soudain j'ai compris qu'Andreas, comme bien d'autres, avait dû se réjouir de la mort d'Alan.

J'avais besoin de me changer les idées et, sitôt installée dans le train, j'ai sorti *Épitaphe de la pie*. Mais, cette fois, au lieu de le relire, je me suis efforcée de le déchiffrer. Je n'arrivais pas à chasser l'idée qu'Alan Conway avait dissimulé dans son texte quelque chose qui avait provoqué sa mort. Il y avait la grille de mots croisés que résout Clarissa Pye, les messages codés que s'envoient les deux jeunes frères. Quand Alan était à Chorley Hall, il adressait des acronymes à sa sœur, mettait des points sous certaines lettres dans des livres pour lui envoyer des messages secrets. Mais, dans *Épitaphe de la pie*, il n'y avait pas de points sous les lettres. J'avais déjà vérifié. Dans ses autres romans, on retrouvait des noms de rivières anglaises, de stations de métro, de stylos plume, d'oiseaux. « Il avait toujours été très doué pour les puzzles, les mots croisés, ce genre de choses », m'avait confirmé Melissa. C'était d'ailleurs ce qui l'avait poussée à convaincre Alan de s'essayer au roman policier. J'étais certaine que, en cherchant bien, j'allais découvrir quelque chose.

Sachant d'où venaient les noms des personnages, je

les ai ignorés. Si je recherchais des messages secrets, les acronymes offraient de meilleures possibilités. Les premières lettres du premier mot de chaque chapitre, par exemple, donnaient UALPCLAS. Rien. Puis les premières phrases : ULLMMSLD. Les premières lettres du premier mot de chaque partie : MJFGAO. Inutile de continuer dans cette voie. Puis le titre du livre, avec les syllabes réarrangées : DE LA PIE TAPHE É, ÉPI DE LA TAPHE, etc. Toujours rien. C'était un exercice assez puéril, mais cela m'occupait l'esprit. Je n'avais pas envie de penser à ce que m'avait révélé Melissa.

Et puis, quelque part entre Swindon et Didcot, je l'ai vu. Le mot s'est assemblé tout seul devant mes yeux.

Les titres des livres.

C'était là que se trouvaient les indices. Depuis toujours. James m'avait bien dit que, pour Alan, le nombre de ses romans était important. « Alan a toujours déclaré qu'il y aurait neuf livres. Il avait décidé ça dès le départ. » Pourquoi neuf ? Parce que c'était cela le message secret. Ce qu'il voulait énoncer.

À l'assaut du crime
Noir comme l'enfer
Appel dans la nuit
Gin et cyanure
Revers de fortune
Assassin sans merci
Meurtres au soleil
Mort en coulisses

Si l'on ajoute le dernier : *Épitaphe de la pie*, qu'obtient-on avec les premières lettres ?

ANAGRAMME

Finalement, cela expliquait ce qui me tournait dans la tête depuis quelque temps. L'Ivy Club. Alan s'était violemment emporté contre Charles quand celui-ci avait suggéré de changer le titre. *Il est hors de question de*… À cet instant, Donald Leigh avait fait tomber les assiettes.

De modifier le titre d'un iota, sans doute, car cela aurait bouleversé tout le jeu qu'il avait conçu presque depuis le début. Alan Conway avait composé une anagramme avec les titres de ses romans.

Mais une anagramme de quoi ?

Une heure plus tard, quand le train s'est arrêté dans la gare de Paddington, je n'avais toujours pas trouvé.

Gare de Paddington

Dans les romans, je n'aime pas les coïncidences, et encore moins dans les énigmes policières, qui fonctionnent sur la logique et le calcul. Le détective doit pouvoir parvenir à ses conclusions sans l'aide de la providence. C'est l'éditrice qui parle ainsi, mais, dans la réalité, c'est pourtant ce qui s'est produit. En descendant du train à dix-sept heures deux dans une ville de huit millions et demi d'habitants, dont plusieurs milliers d'entre eux circulaient autour de moi, je suis tombée sur une personne que je connaissais. Jemima Humphries. Jusqu'à une période très récente, elle était l'assistante personnelle de Charles à Cloverleaf.

Je ne pouvais pas me tromper. Charles se plaisait à répéter que Jemima avait un sourire qui irradiait au milieu d'une foule, et c'est précisément ce sourire qui a attiré mon regard, le seul visage enjoué au milieu de la masse des banlieusards pressés de rentrer chez eux. Mince et jolie, Jemima avait de longs cheveux blonds, et malgré ses vingt-cinq ou vingt-six ans, elle n'avait rien perdu de son exubérance juvénile. Elle m'avait expliqué un jour avoir toujours rêvé travailler dans l'édition parce qu'elle adorait lire. Elle me manquait beaucoup au bureau. J'ignorais totalement la raison de son départ.

Elle m'a aperçue au même moment et adressé un signe joyeux de la main. Nous nous sommes dirigées l'une vers l'autre, et je pensais que nous allions simplement nous saluer et échanger les banalités d'usage. Je me trompais.

— Comment allez-vous, Jemima ?

— Bien, je vous remercie, Susan. Je suis ravie de vous revoir. Je regrettais de ne pas vous avoir fait mes adieux.

— C'est arrivé si vite. À mon retour de voyage, vous n'étiez plus là.

— Je sais.

— Où êtes-vous, à présent ?

— J'habite chez mes parents, à Chiswick.

— Où travaillez-vous ?

— Je n'ai pas retrouvé de travail, a-t-elle répondu avec un petit rire gêné. Je cherche.

Cela m'a étonnée. J'imaginais qu'elle avait été débauchée par la concurrence.

— Mais alors pourquoi êtes-vous partie ?

— Je ne suis pas partie, Susan. Charles m'a renvoyée. Enfin, il m'a demandé de partir. Je n'en avais pas envie.

Ce n'était pas ce que m'avait dit Charles. J'en étais certaine. Il m'avait dit que Jemima lui avait donné sa démission. Il était cinq heures et demie et j'avais envie de passer au bureau voir mes courriels avant de retrouver Andreas. Mais quelque chose m'incitait à ne pas partir tout de suite. J'avais besoin d'en savoir plus.

— Vous êtes pressée, Jemima ?

— Pas vraiment.

— Je vous offre un verre ?

Nous nous sommes frayé un chemin jusqu'à l'un des pubs glauques qui bordent les quais de Paddington. J'ai commandé un gin tonic, qui m'a été servi sans glaçons, et Jemima un verre de vin blanc.

— Expliquez-moi ce qui s'est passé, Jemima.

— Pour être franche, je ne sais pas exactement. J'aimais vraiment mon travail à Cloverleaf, et Charles était agréable la plupart du temps. Il pouvait se montrer un peu sec parfois, mais ça ne me gênait pas. Et puis il y a eu ce gros accrochage. Il me semble que c'était le jour où vous êtes partie en tournée de promotion. Charles a prétendu que je lui avais pris un double rendez-vous pour déjeuner et qu'un agent l'avait attendu en vain dans un restaurant. C'était faux. Je ne commettais jamais d'erreurs avec son agenda. Quand j'ai essayé de lui montrer qu'il se trompait, il est entré dans une colère noire. Je ne l'avais jamais vu dans cet état. Ensuite, le vendredi matin, je lui ai apporté son café comme d'habitude et, au moment où je lui tendais la tasse, il a eu un geste maladroit et le café s'est répandu sur son bureau. Ce n'était pas joli à voir. Je suis aussitôt allée à la cuisine chercher une serviette pour nettoyer, et là, il m'a déclaré que ça ne pouvait plus marcher entre nous et que je devais trouver un autre emploi.

— Il vous a virée sur-le-champ ?

— Pas tout à fait. J'étais bouleversée. Cette maladresse avec le café, ça ne me ressemble pas. J'allais poser la tasse sur son bureau, comme d'habitude, et il a tendu la main et l'a renversé. Et puis ce n'était pas comme si j'étais coutumière de ce genre de bêtises. Depuis un an que je travaillais avec lui, tout se passait très bien. Nous avons discuté un peu et je crois que c'est moi qui ai suggéré de partir tout de suite. Je pensais que ça valait mieux pour nous deux. Il a dit qu'il me paierait un mois de salaire et qu'il me fournirait de bonnes références. Il m'a dit aussi que, si quelqu'un lui posait la question, il ne dirait pas que j'avais été licenciée, mais que j'avais démissionné. C'était plutôt gentil de sa part.

En effet, c'était ce que m'avait dit Charles.

— Quel jour était-ce ?

— Le vendredi matin. Le jour où vous reveniez de Dublin. À propos, est-ce qu'Andreas a pu vous joindre ?

— Pardon ?

La tête me tournait. C'était la deuxième fois dans la même journée que le nom d'Andreas était mentionné. D'abord Melissa, maintenant Jemima. Elle le connaissait, bien sûr. Elle l'avait rencontré à plusieurs reprises, et elle notait ses messages quand il appelait au bureau. Mais pourquoi parler de lui maintenant ?

— Il est passé la veille de votre retour, a poursuivi Jemima. Il voulait vous voir après son entrevue avec Charles.

— Excusez-moi, Jemima, mais vous devez vous tromper. Andreas n'était pas à Londres, il était en Crète.

— C'est vrai qu'il était bronzé. Non, je ne me trompe pas, Susan. Cette semaine a été si horrible pour moi que je me souviens de tous les détails. Andreas est passé au bureau le jeudi vers trois heures.

— Et il a vu Charles ?

— Oui, a dit Jemima, un peu perplexe. J'espère ne pas avoir commis d'impair. Andreas ne m'a pas demandé de ne pas vous le dire.

Pourtant lui-même ne m'en avait rien dit. Au contraire. Au cours de notre dîner de retrouvailles, j'avais eu l'impression qu'il revenait tout droit de Crète.

Mais je préférais laisser Andreas en dehors de ce qui m'occupait pour l'instant. Je voulais revenir à Charles.

— Je ne vois vraiment pas pourquoi Charles a décidé de se priver de vos services, Jemima.

En fait, je ne m'adressais pas vraiment à elle. Je réfléchissais à voix haute pour essayer de comprendre. J'imaginais facilement Charles se mettant en colère, mais pas contre elle. Jemima avait été sa troisième secrétaire en quelques années, et je savais qu'il l'appréciait. Avant elle, il y avait eu Olivia, qui lui tapait sur les nerfs, puis Cat, qui arrivait systématiquement en retard. La troisième avait été la bonne. C'était toujours ce qu'il répétait. Jemima était efficace, travailleuse, et elle le faisait rire. Pourquoi avait-il subitement changé d'avis ?

— Je ne sais pas, a soupiré Jemima. Les deux dernières semaines avaient été un peu éprouvantes. Les mauvaises critiques sur *Le Jongleur manchot* l'avaient beaucoup atteint, et je sais qu'il n'aimait pas le titre *Épitaphe de la pie*. Et puis il y avait sa fille sur le point d'accoucher. Franchement, Susan, j'ai tout fait pour le seconder, mais je crois qu'il avait besoin de se défouler sur quelqu'un, et j'étais la première personne qu'il avait sous la main. Est-ce que Laura a eu son bébé ?

— Euh… oui. (En réalité je n'en savais rien.) Je ne sais pas si c'est une fille ou un garçon.

— Vous lui transmettrez mes meilleurs vœux, si vous la voyez.

Nous avons continué de bavarder un moment. Jemima aidait sa mère, qui était notaire. Elle envisageait de passer l'hiver à Verbier. Bonne skieuse, elle espérait trouver un emploi saisonnier dans un chalet. Mais j'avoue que je ne l'écoutais plus que d'une oreille. Une seule pensée m'obsédait. Téléphoner à Andreas. Savoir pourquoi il m'avait menti.

Mais au moment de quitter Jemima, une nouvelle idée a surgi. Une chose qu'elle avait dite tournait dans ma tête.

— Jemima, vous disiez que Charles n'aimait pas le titre du dernier roman de Conway, c'est bien ça ? Quel était le problème ?

— Je ne sais pas. Il ne m'en a pas parlé. Mais je sais que quelque chose le dérangeait. J'ai supposé que le titre ne convenait pas.

— Pourtant il ne l'avait pas encore lu.

— Vraiment ? Vous m'étonnez.

Elle semblait maintenant pressée d'aller prendre son train, mais je l'ai retenue encore un instant. Cette histoire n'avait aucun sens. Alan avait remis son nouveau roman après le départ de Jemima. Il l'avait donné à Charles le jeudi 27 août au soir, à l'Ivy Club, le jour même, semblait-il, où Andreas avait rendu visite à Charles à Cloverleaf. Quant à moi, j'étais revenue à Londres le 28 août et j'avais trouvé le texte déposé à mon intention.

Charles et moi avions lu *Épitaphe de la pie* pendant le week-end. Le même week-end au cours duquel Alan était mort. Qu'est-ce qui avait donc pu contrarier Alan ?

— Charles n'a reçu le texte qu'après votre départ de Cloverleaf, Jemima.

— Mais non, pas du tout. Le manuscrit est arrivé par la poste.

— Quand ?

— Le mardi.

— Comment le savez-vous ?

— J'ai ouvert l'enveloppe.

— Vous avez lu le titre ?

— Oui. Il était sur la page de garde.

— Le livre était complet ?

Ma question l'a troublée.

— Ça, je n'en sais rien, Susan. Je l'ai juste apporté à Charles. Il était très content de le recevoir. Mais il n'a pas fait de commentaire. Quelques jours après, il y a eu l'histoire du café renversé et je suis partie.

Une voix a retenti dans les haut-parleurs pour annoncer le départ d'un train. J'ai remercié Jemima, je l'ai embrassée brièvement et j'ai filé vers les taxis.

Les éditions Cloverleaf

Je n'ai pas appelé Andreas. J'avais autre chose à faire avant de lui téléphoner.

Les bureaux étaient fermés lorsque je suis arrivée à Cloverleaf mais j'avais ma clé. Je suis entrée, j'ai désactivé les alarmes et je suis montée au premier étage. J'ai allumé les lumières, mais, dans l'immeuble désert, tout semblait sombre et oppressant, les ombres compactes. Je savais exactement où j'allais. Le bureau de Charles n'était jamais fermé à clé et il m'a suffi de pousser la porte. Le décor m'était familier : les deux fauteuils en demi-cercle et le bureau en face, les étagères surchargées de livres, les trophées, les photographies, le panier de Bella dans un coin, près du minibar. Combien de fois m'étais-je assise là, jusque tard le soir, en sirotant un Glenmorangie single malt, pour passer en revue les problèmes de la journée ? Et voilà que maintenant j'y étais comme une intruse, avec le sentiment de détruire ce que j'avais contribué à construire au cours des onze dernières années.

Je me suis approchée du bureau. J'étais dans un état d'esprit tel que, si les tiroirs avaient été verrouillés, je n'aurais pas hésité à les fracturer. Mais Charles ne prenait aucune mesure de sécurité. Les tiroirs se sont ouverts librement en révélant leur contenu : contrats, analyses de coûts, factures, épreuves, coupures de presse, câbles dépareillés de vieux ordinateurs et de vieux téléphones, photos et, tout au fond, mal dissimulée, une chemise plastifiée contenant une vingtaine de feuillets. La première page était presque blanche, avec juste un en-tête en majuscules.

7

UN SECRET À NE JAMAIS DÉVOILER

Les chapitres manquants. Ils étaient là depuis le début.

Le titre prenait tout son sens. La solution du meurtre de Sir Magnus Pye devait être gardée secrète en raison de son lien avec celui d'Alan Conway. Soudain il m'a semblé entendre un bruit. Un craquement dans l'escalier ? Puis plus rien. J'ai tourné la page et commencé à lire.

Profitant du soleil matinal, Fidèle Staupert fit une dernière promenade à travers Saxby-on-Avon. Il avait bien dormi et pris deux comprimés à son réveil. Il se sentait revigoré et avait les idées claires. L'inspecteur Chubb l'attendait au commissariat de Bath dans une heure. Pendant que James Fraser s'occupait des bagages et réglait la note de l'hôtel, il avait eu envie de se dégourdir les jambes. Il n'avait pas passé beaucoup de temps à Saxby, pourtant il lui semblait connaître les lieux intimement. L'église, le magasin d'antiquités, l'abri d'autobus, Dingle Dell et, bien sûr, Pye Hall, autant de repères reliés les uns aux autres de manières différentes mais qui tous composaient l'échiquier sur lequel s'était jouée cette partie, la dernière pour lui, sans doute.

La dernière partie, parce qu'il était mourant. Staupert et Conway allaient faire leur sortie simultanément. Tout était là. Un écrivain et un personnage qu'il haïssait marcheraient ensemble vers leurs chutes de Reichenbach, à l'image de Sherlock Holmes et de Moriarty, son ennemi juré.

Tout s'était éclairé pour moi à la gare de Paddington. J'avais fait l'expérience de ce moment extraordinaire que tous avaient connu – Poirot, Holmes, Wimsey, Marple, Morse –, mais que leurs auteurs n'avaient jamais totalement expliqué. Était-ce le résultat d'un lent processus, le patient assemblage d'un puzzle ? Ou bien la lumière arrivait-elle d'un coup, comme la dernière révolution d'un kaléidoscope d'enfant où tous les motifs et les couleurs s'assemblent pour former soudain une image reconnaissable ? Pour moi, cela s'était passé ainsi. La vérité avait surgi brusquement. Mais il avait fallu un ultime petit coup de pouce pour qu'elle jaillisse.

L'aurais-je découverte si je n'avais pas rencontré Jemima Humphries ? Je n'en aurai jamais la certitude, cependant je pense que j'aurais fini par l'atteindre. Pour cela il m'aurait fallu évacuer de ma tête des bribes d'information, des fausses pistes. Par exemple, le producteur de télévision, Mark Redmond, avait omis de me dire qu'il avait passé le week-end à l'hôtel Crown, à Framlingham. Pourquoi ? La réponse était simple quand on y songeait. Il avait voulu me faire croire qu'il était venu seul, mais la réceptionniste de l'hôtel avait mentionné la présence de sa femme. Or supposons que cette femme n'ait pas été son épouse ? Peut-être sa secrétaire ou une actrice ? Cela lui donnait une bonne raison de prolonger son séjour et de mentir à ce sujet. Quant à James Taylor, il était réellement à Londres avec des amis. La photo montrant John White et Alan en haut de la tour ? White avait rendu visite à Alan le dimanche matin. Rien d'étonnant donc à ce que sa gouvernante ait montré des signes de nervosité. Alan et lui s'étaient disputés pour cette histoire d'escroquerie. Mais ce n'était pas White qui avait tenté de tuer Alan. Plutôt le contraire. Ils s'étaient empoignés un moment, et c'était cette lutte que montrait la photo. Donc, c'était le véritable assassin d'Alan qui l'avait prise.

J'ai parcouru rapidement les pages suivantes. J'étais maintenant moins curieuse d'apprendre qui avait tué Sir Magnus Pye. Je savais ce que je cherchais et j'ai fini par le trouver dans la deuxième partie du dernier chapitre.

Cher James,

Lorsque vous lirez ces lignes, tout sera fini. Vous me pardonnerez de ne pas vous en avoir parlé plus tôt, de ne pas m'être confié à vous, mais je suis certain que, avec le temps, vous comprendrez.

Vous trouverez sur mon bureau quelques notes que j'ai rédigées. Elles se rapportent à mon état de santé et à la décision que j'ai prise. Je tiens à ce qu'on comprenne bien que le diagnostic du médecin est clair et que, pour moi, il n'y a aucune chance de sursis. Je ne crains pas la mort. Je me plais seulement à penser que mon nom ne sera pas oublié.

— Que fais-tu, Susan ?

J'en étais arrivée là de ma lecture lorsque la voix de Charles m'a fait sursauter. Il était sur le pas de la porte. J'avais donc bien entendu un bruit dans l'escalier. Il portait un pantalon de velours et un pull sous une veste. Il avait l'air fatigué.

— J'ai trouvé les chapitres manquants, Charles.

— C'est ce que je vois.

Il y a eu un long silence. Il n'était que six heures et demie et pourtant on se serait cru beaucoup plus tard. Les bruits de la circulation nous parvenaient à peine.

— Que fais-tu ici, Charles ?

— J'ai décidé de prendre quelques jours de repos et je voulais récupérer des dossiers.

— Comment va Laura ?

— Elle a accouché d'un petit garçon. Ils vont l'appeler George.

— C'est un joli prénom.

— Je trouve aussi.

Il s'est avancé dans la pièce et s'est assis dans l'un des fauteuils. Comme j'étais derrière son bureau, nos positions se trouvaient étrangement inversées.

— Je peux t'expliquer pourquoi j'ai caché ces feuillets, Susan.

Je devinais qu'il avait déjà commencé à échafauder une explication, qui serait de toute façon fausse.

— C'est inutile, Charles. Je sais tout.

— Vraiment ?

— Je sais que tu as tué Alan Conway. Et je sais pourquoi.

— Tu ne veux pas t'asseoir, Susan ? (Il a esquissé un geste vers le minibar.) Un whisky ?

— Merci.

J'ai ouvert le bar et servi deux verres. J'étais soulagée que Charles me facilite les choses. Nous nous connaissions depuis longtemps et j'étais décidée à ce que tout se passe de façon civilisée. Pour la suite, j'hésitais encore. Je supposais que Charles passerait un coup de téléphone au commissaire Locke pour se dénoncer.

Je lui ai apporté son verre et me suis assise en face de lui, dans le second fauteuil.

— La tradition veut que tu m'exposes tes conclusions, a dit Charles. À moins que tu ne préfères l'inverse.

— Tu ne nies pas ?

— Je vois que c'est inutile. Tu as trouvé les pages du livre.

— Tu aurais pu les cacher un peu mieux.

— Je n'imaginais pas que tu viendrais fouiller. J'avoue que ta présence dans mon bureau me surprend.

— Je ne pensais pas non plus t'y voir.

Il a levé son verre d'un geste ironique pour porter un toast. Charles était mon patron, mon mentor. Un père. Un parrain. Je n'arrivais pas à croire que nous avions cette conversation. Pourtant je me suis lancée, pas en commençant tout à fait au début comme je l'aurais souhaité, mais en endossant tout de même l'habit du détective.

— Alan Conway haïssait Fidèle Staupert. Il se considérait comme un grand écrivain, l'égal de Salman Rushdie ou de David Mitchell, un auteur sérieux, alors qu'il produisait à la chaîne des œuvres alimentaires, des romans policiers qui lui rapportaient une fortune mais qu'il méprisait. Ce livre qu'il t'avait fait lire, *Le Toboggan*, était le genre de littérature que Conway avait réellement envie d'écrire.

— C'était mauvais.

— Je sais. (Charles a paru surpris.) J'ai trouvé le texte chez lui, dans son bureau, et je l'ai lu. Je suis d'accord avec toi. Ça manque d'originalité et c'est raté. Mais ça traite d'un vrai sujet. Alan y dépeint sa vision de la société, la déliquescence des anciennes valeurs des classes érudites et, par voie de conséquence, le glissement du reste du pays dans une sorte d'abîme moral et culturel. C'était son cheval de bataille. Il ne comprenait pas que tu refusais de le publier simplement parce que ce n'était pas bon. Il croyait dur comme fer que c'était le genre de littérature qu'il était fait pour écrire et il blâmait Fidèle Staupert de se mettre en travers de son chemin, de l'empêcher de se réaliser comme grand écrivain. Sais-tu que c'était Melissa Conway qui lui avait suggéré de s'essayer au roman policier ?

— Non, je l'ignorais.

— C'est même une des raisons pour lesquelles il a divorcé.

— Pourtant, il a empoché une fortune avec ses polars.

— Il s'en moquait. Il a gagné un million, puis dix. Il aurait pu en gagner cent. Mais il lui manquait ce qu'il recherchait par-dessus tout : le respect, l'imprimatur du grand écrivain. Aussi fou que cela paraisse, il n'était pas le seul auteur à succès dans ce cas. Regarde Ian Fleming et Conan Doyle. Même A.A. Milne ! Milne détestait Winnie l'Ourson *parce qu'* il était populaire. Mais je crois que la grande différence avec Alan, c'est qu'il a détesté Staupert dès le début. Il n'a jamais eu envie d'écrire ses aventures. Et, quand il est devenu célèbre, il n'a eu qu'une idée, se débarrasser de lui.

— Es-tu en train de me dire que j'ai tué Alan parce qu'il ne voulait plus écrire ?

— Non, Charles.

J'ai plongé la main dans mon sac pour en sortir mon paquet de cigarettes. Au diable les interdictions. Nous parlions d'un meurtre.

— Nous reviendrons à ton mobile dans une minute,

Charles. Je vais d'abord te dire comment ça s'est passé et aussi comment tu t'es trahi.

— Si tu commençais par là, Susan ? Je suis curieux de le savoir.

— Comment tu t'es trahi ? Le plus drôle, c'est que je me rappelle précisément le moment. Une alarme a sonné dans ma tête mais je n'ai pas fait le lien. Sans doute parce que je ne pouvais pas t'imaginer dans la peau d'un assassin. Je persistais à penser que tu étais la dernière personne à vouloir la mort d'Alan.

— Continue.

— Quand j'étais dans ton bureau, le jour où on a annoncé son suicide, tu as souligné que tu n'étais pas allé chez lui, à Framlingham, depuis six mois, depuis mars ou avril. C'était un mensonge légitime. Tu essayais de mettre une distance entre la scène du crime et toi. Seulement voilà, lorsque nous sommes allés en voiture aux obsèques, nous avons été ralentis par des travaux sur la chaussée, à Earl Soham, et tu m'as conseillé de prendre une autre route pour les éviter. Or ces travaux, je l'ai appris plus tard par Mark Redmond, venaient de débuter. Si tu étais au courant de leur existence, c'était que tu avais fait ce trajet récemment. Tu es allé à Framlingham le dimanche matin pour tuer Alan.

Charles a réfléchi un instant et esquissé un sourire triste.

— C'est ce qu'Alan aurait pu écrire dans un de ses livres.

— Oui, c'est aussi ce que j'ai pensé.

— Je reprendrais volontiers un peu de whisky, Susan.

Je nous ai servi deux autres verres. J'avais besoin de garder les idées claires, mais le Glenmorangie accompagnait agréablement la cigarette.

— Alan ne t'a pas remis son manuscrit à l'Ivy Club. Le texte est arrivé par la poste, le mardi 25 août. Jemima a ouvert le pli et te l'a apporté. Tu l'as sans doute lu le même jour.

— Je l'ai terminé le mercredi.

— Et tu as dîné avec Alan le jeudi soir. Il était à Londres car il avait rendez-vous avec son médecin, Sheila Bennett. J'ai vu ses initiales dans son agenda. Je ne sais pas si c'est ce jour-là qu'elle lui a annoncé que son cancer était en phase terminale. Difficile d'imaginer dans quel état d'esprit il était quand il s'est assis avec toi au restaurant, mais ce qui est sûr, c'est que vous avez passé l'un et l'autre une soirée épouvantable. Après le dîner, Alan est rentré dans son appartement londonien et, le lendemain, il t'a écrit une lettre pour s'excuser de son comportement. La lettre est datée du 28, soit le vendredi, et je parierais qu'il l'a déposée ou fait déposer ici. Je reviendrai à cette lettre dans une minute. Je préfère suivre l'ordre chronologique des faits.

— Cela a toujours été ton point fort, Susan. La maîtrise.

— Le vendredi matin, tu as manigancé cette affaire de café renversé pour pouvoir licencier Jemima. Elle était parfaitement innocente, mais tu avais déjà prévu d'éliminer Alan en faisant passer le meurtre pour un suicide. Pour cela, tu n'étais pas censé avoir lu *Épitaphe de la pie*. Or Jemima t'avait déjà remis le texte le mardi.

Et elle avait probablement aussi vu la lettre d'Alan. Par ailleurs, tu savais que je rentrais de Dublin le vendredi après-midi, et il était essentiel que je ne croise pas Jemima. J'étais censée croire que, comme moi, tu avais passé le week-end à lire le manuscrit. C'était ton alibi. Mais ton meilleur alibi était que tu n'avais aucune raison de tuer Alan.

— Tu ne m'as d'ailleurs toujours pas expliqué.

— Je vais y venir.

J'ai dévissé le bouchon du flacon d'encre posé sur le bureau de Charles pour m'en servir de cendrier. La chaleur du whisky dans mon estomac m'encourageait à continuer.

— Alan est retourné à Framlingham le vendredi soir ou le samedi matin. Tu devais savoir qu'il avait rompu avec James et tu supposais qu'il serait seul à la maison. Tu es allé là-bas le dimanche matin, mais, à ton arrivée, tu as aperçu quelqu'un avec lui sur la tour. C'était John White, son voisin. Tu as garé ta voiture derrière un bosquet – j'ai remarqué des traces de pneus quand j'y suis allée – et tu as observé ce qui se passait. John White et Alan ont eu une violente altercation et ils en sont venus aux mains. Tu as pris une photo au bon moment, en te disant que cela pourrait servir. Et en effet tu t'en es servi, n'est-ce pas, Charles ? Quand je t'ai dit que je soupçonnais Alan d'avoir été assassiné, tu m'as envoyé la photo pour me mettre sur une mauvaise piste.

« Mais ce n'est pas White qui a tué Alan. Il est parti et tu l'as observé de loin rentrer chez lui par le raccourci à travers le bois. Ensuite tu es passé à l'action. Alan a sans doute pensé que tu venais poursuivre la conversation entamée à l'Ivy Club. Il t'a invité à le rejoindre sur la terrasse de la tour pour le petit déjeuner. Ou bien c'est toi qui as suggéré d'y monter. Peu importe. L'important est que, dès que l'occasion s'est présentée, dès qu'il a eu le dos tourné, tu l'as précipité dans le vide.

« Mais ce n'était pas fini. Après l'avoir tué, tu es descendu dans son bureau. Tu avais lu *Épitaphe de la pie* et tu savais exactement ce que tu cherchais. Un véritable cadeau ! Nous savons toi et moi qu'Alan rédigeait toujours son premier jet à la main. Et tu avais la lettre qu'il t'avait écrite et déposée le vendredi matin. Mais dans le roman il y avait aussi une lettre, et tu avais compris que tu pourrais l'utiliser. Je n'arrive pas à y croire ! Je suis éditrice depuis vingt ans et, à ma connaissance, c'est le premier crime que seul un éditeur puisse résoudre. Je sentais qu'il y avait quelque chose de bizarre dans la lettre de suicide d'Alan, mais je ne voyais pas quoi. Maintenant je sais. Alan a écrit les pages une et deux le vendredi matin. Mais la page trois, celle qui annonce sa volonté de mettre fin à ses jours, est extraite de son roman. Ce n'est plus la voix d'Alan qu'on entend. Le style est plus formel, plus académique. « ...pour moi, il n'y a aucune chance de sursis. » « ...dans l'espoir que vous pourrez achever le travail sur mon livre. » Ce n'est pas une lettre adressée à toi, c'est une lettre de Staupert à James Fraser. Et le livre dont il parle n'est pas *Épitaphe de la pie* mais *Le Paysage de l'enquête criminelle.*

« Tu as eu une chance folle. Je ne sais pas comment se poursuivait la lettre qui t'était destinée, mais cette nouvelle page, devenue la page trois, convenait parfaitement. Tu as pourtant dû découper le haut, je suppose. Il manque une ligne, celle où Staupert écrit « Cher James ». J'aurais compris plus vite si j'avais mesuré les feuillets, mais je suis passée à côté. Une autre chose m'a échappé. Pour parfaire l'illusion que tous les feuillets appartenaient à la même lettre, tu les as numérotés en haut à droite. Si j'avais été plus attentive, j'aurais vu que les chiffres ne sont pas de la même encre que la lettre. Sinon, c'est parfait. Pour que la mort d'Alan apparaisse comme un suicide, il te fallait une lettre de suicide, et tu en avais une.

« Restait à l'envoyer. Celle écrite par Alan avait été déposée. Or il fallait qu'elle semble avoir été postée d'Ipswich. La solution était simple. Tu as trouvé une vieille enveloppe, sans doute celle d'un ancien courrier d'Alan, et tu as glissé dedans la lettre de suicide contrefaite. Tu supposais que personne n'examinerait l'enveloppe. C'était la lettre qui importait. Pourtant, j'ai remarqué deux détails. Un : l'enveloppe était déchirée. J'en déduis que tu l'as délibérément déchirée à l'endroit du cachet de la poste pour effacer la date. Deux : la lettre était manuscrite et l'enveloppe imprimée. L'exact contraire de ce qui se passe dans *Épitaphe de la pie*. Et, bien sûr, ça m'a interpellée.

« Revenons maintenant au cœur de l'histoire. Ayant utilisé un fragment de la lettre écrite par Fidèle Staupert, pour que ton plan fonctionne, personne ne devait lire le roman. Si quelqu'un découvrait le stratagème, toute la théorie du suicide s'effondrait. Voilà pourquoi il fallait faire disparaître les derniers chapitres. Je dois dire que ton manque d'enthousiasme, lorsque j'ai proposé d'aller chez Alan chercher les pages manquantes, m'a étonnée. Maintenant je comprends. Tu n'avais pas envie que je fourre mon nez dans ses papiers. Tu avais pris la version manuscrite du roman, subtilisé les notes d'Alan et effacé les fichiers de son ordinateur. Bien sûr, cela revenait à perdre le neuvième roman de la série, du moins à en reporter la publication jusqu'à ce qu'on trouve un autre auteur pour l'achever, mais le jeu en valait la chandelle.

Charles a poussé un soupir et posé son verre vide. Il régnait dans la pièce une atmosphère étrangement détendue. Nous aurions pu être en train de discuter d'un roman, comme nous l'avions fait si souvent. Pour une raison que je ne saurais expliquer, je regrettais l'absence de Bella. Peut-être que tout m'aurait paru un peu plus normal.

— Je pressentais que tu découvrirais la vérité, Susan. Tu es très intelligente. Je l'ai toujours su. Mais il reste le mobile ! Tu ne m'as toujours pas dit *pourquoi* j'ai tué Alan.

— Parce qu'il avait décidé d'arrêter les Fidèle Staupert. C'est bien ça ? Ce qui nous ramène au dîner à l'Ivy Club. Ce soir-là, Alan t'a fait part de sa décision. La semaine suivante, il avait une interview prévue à la radio avec Simon Mayo, ce qui lui donnerait une occasion en or pour l'annoncer publiquement. Une sorte de dernier pied de nez avant de mourir. Cela lui importait beaucoup plus que d'attendre la publication de son roman. Tu as menti en me disant qu'il avait annulé l'interview. Le rendez-vous était noté dans son agenda et personne à la radio n'était au courant d'une annulation. Je pense qu'il tenait beaucoup à cette interview. Il y tenait désespérément.

— Alan était malade.

— À bien des égards. Ce que je trouve extraordinaire, c'est qu'il ait planifié tout cela presque depuis le début. Depuis le jour où il a inventé Fidèle Staupert. Quel genre d'écrivain faut-il être pour imaginer un mécanisme d'autodestruction à l'intérieur de son propre travail et écouter s'égrener le compte à rebours pendant onze longues années ? C'est ce qu'a fait Alan. C'est la raison pour laquelle son dernier roman devait s'intituler *Épitaphe de la pie* et pas autrement. Il avait composé un acrostiche avec les titres de ses neuf romans. Les premières lettres formaient un mot.

— Anagramme, a dit Charles.

— Tu le savais ?

— Alan me l'a dit.

— Anagramme. Mais l'anagramme de quoi ? Je n'ai pas mis si longtemps à comprendre. Ce n'était pas les titres, parfaitement innocents. Ni les personnages, qui portent des noms d'oiseaux. Ni les policiers, empruntés à Agatha Christie ou inspirés de gens qu'il connaissait. Et James Fraser portait le nom d'un acteur. Restait un seul personnage.

— Fidèle Staupert.

— Qui a pour anagramme : Fils de p… taré.

Pardonnez-moi si j'abrège. C'est assez clair, et j'ai horreur de la vulgarité et de la violence verbale. Les injures, dans les livres, me sont toujours apparues comme une preuve de paresse et de familiarité gratuite. Conway se défoule et exprime explicitement sa frustration à l'égard du détective que sa femme l'a poussé à créer, en même temps que son mépris pour ce genre littéraire.

— Il t'a tout raconté, n'est-ce pas, Charles ? Ce soir-là, à l'Ivy Club. Il t'a dit qu'il allait divulguer son secret publiquement lors de l'interview avec Simon Mayo, la semaine suivante.

— En effet.

— Et c'est la raison pour laquelle tu devais le tuer.

— Tout cela est exact, Susan. C'est vrai. Alan avait un peu trop bu du bon vin que j'avais commandé. Il a vidé son sac lorsque nous sommes sortis du restaurant. Il se moquait des conséquences. Il savait qu'il allait mourir et il était décidé à entraîner Fidèle Staupert avec lui dans la tombe. Alan était un être diabolique. Sais-tu ce qui se serait passé s'il avait raconté cette histoire à tout le monde ? Le public l'aurait détesté. La BBC aurait annulé le projet d'adaptation de toute la série. Il n'aurait plus vendu un seul bouquin. Les droits n'auraient plus rien valu.

— C'est donc l'argent qui t'a motivé ?

— En ces termes, c'est un peu brutal. Mais oui, c'est ça. J'ai passé onze ans à bâtir cette maison d'édition. Je n'allais tout de même pas la regarder s'écrouler en un soir à cause d'un ingrat qui avait gagné une fortune grâce à nous ! J'ai fait ça pour ma famille, pour mon petit-fils. Et même aussi un peu pour toi, Susan, même si je n'attends pas de remerciements de ta part. Je l'ai fait pour les millions de lecteurs, à travers le monde, qui ont adoré les romans d'Alan Conway. Je n'ai eu aucun scrupule. Mon unique regret est que tu aies découvert le pot aux roses. Ce qui fait de toi ma complice.

— Ta complice, pourquoi ?

— Cela dépend de ce que tu vas décider. As-tu parlé de tout ça à quelqu'un ?

— Non.

— Donc tu peux choisir de ne pas en parler. Alan est mort. Il allait mourir, de toute façon. Tu as lu la première page de sa lettre. Il lui restait au mieux six mois. J'ai abrégé sa vie d'autant, et je lui ai sans doute épargné bien des souffrances. Mais je ne prétendrai pas que c'était ma préoccupation première, a-t-il ajouté avec un sourire. Je crois avoir rendu service au monde. Nous avons besoin de héros littéraires. Leur aura éclaire notre vie sombre et compliquée. Ils sont les balises que nous suivons. Soyons réalistes, Susan. Tu vas prendre la direction de cette maison. Je t'ai fait cette offre en toute bonne foi, et elle tient toujours. Sans Fidèle Staupert, il n'y aura plus de maison d'édition. Si tu ne penses pas à toi-même, pense à tous ceux qui travaillent ici. As-tu as envie de les voir perdre leur emploi ?

— C'est un peu injuste, Charles.

— La cause et l'effet, ma chère.

Au fond, je crois que je redoutais cet instant. C'était très bien de démasquer Charles Clover, mais depuis le début je me demandais ce que je ferais ensuite. Ce qu'il venait de me dire, je me l'étais dit. Le monde ne se porterait pas plus mal sans Alan Conway. Sa sœur, son ex-femme, son fils, Donald Leigh, le pasteur, le commissaire Locke, tous avaient eu à pâtir de lui, à des degrés différents, et il prévoyait de jouer un très vilain tour à tous les lecteurs qui aimaient ses livres. Et puis il allait bientôt mourir.

Mais c'est ce « ma chère », lâché du bout des lèvres par Charles, qui m'a décidée. Il y avait quelque chose d'abject dans cette manière de s'adresser à moi. Moriarty, Flambeau, Carl Peterson ou Arnold Zeck auraient pu employer le même terme. Et s'il était vrai que les détectives jouaient un rôle de balises morales, pourquoi ne pas me laisser guider par leur lumière ?

— Je regrette, Charles. Je suis assez d'accord avec ce que tu as dit. Je n'aimais pas Alan et ce qu'il a fait est odieux. Mais tu l'as tué, et je ne peux pas fermer les yeux. Comment pourrais-je vivre avec ce secret sur la conscience ?

— Tu vas me dénoncer ?

— Non. Je n'ai pas besoin d'intervenir. Je suis sûre que ce serait mieux si tu appelais toi-même la police.

Il a souri, imperceptiblement.

— Tu te rends compte que tu m'envoies en prison, Susan ? À perpétuité. Je ne sortirai jamais.

— Oui, Charles. C'est ce qui arrive quand on commet un meurtre.

— Tu me surprends, Susan. Nous nous connaissons depuis très longtemps, toi et moi. Je ne te croyais pas l'esprit aussi étriqué.

— C'est ce que tu penses ? Alors il n'y a plus rien à ajouter.

Charles a contemplé son verre vide, puis il a levé les yeux sur moi.

— Tu me donnes combien de temps, Susan ? Tu m'accordes une semaine de grâce ? J'aimerais passer un peu de temps avec ma famille et mon petit-fils. Et j'ai des dispositions à prendre…

— Je ne peux pas te donner une semaine, Charles. Ça ferait de moi ta complice. Peut-être le week-end ?

— D'accord. C'est correct.

Charles s'est levé et s'est approché de la bibliothèque. Toute sa carrière se déployait devant lui. Il avait publié la plupart de ces livres. Je me suis levée à mon tour. J'étais restée assise si longtemps que mes genoux ont craqué.

— Je suis sincèrement désolée, Charles.

Une partie de moi se demandait si j'avais pris la bonne décision. J'avais une envie folle de quitter cette pièce, à présent.

— Ne le sois pas, Susan, m'a-t-il répondu sans se retourner. Je comprends très bien.

— Bonsoir, Charles.

— Bonsoir, Susan.

Je me suis tournée et j'ai fait un pas vers la porte. C'est alors que j'ai reçu un choc d'une violence terrible dans la nuque. Un éclair blanc est passé devant mes yeux et j'ai eu la sensation que mon corps se brisait en deux. La pièce a basculé et je me suis effondrée.

Fin de partie

J'étais tellement choquée, tellement surprise, qu'il m'a fallu un moment avant de comprendre ce qui m'était arrivé. J'ai sans doute perdu connaissance. Lorsque j'ai rouvert les yeux, Charles se tenait au-dessus de moi, avec une expression que je qualifierais de contrite. J'étais affalée sur le tapis, la tête près de la porte ouverte. Quelque chose s'écoulait derrière mon oreille et dans ma nuque. J'ai péniblement avancé une main pour tâter. C'était poisseux. J'ai regardé mes doigts et compris que c'était du sang. J'avais reçu un coup extrêmement brutal. Charles tenait quelque chose, mais ma vision était trouble. Finalement mes yeux ont réussi à faire le point et, si je n'avais pas eu aussi peur, ni aussi mal, j'aurais sans doute ri. Il brandissait le Gold Dagger qui avait été décerné à Alan pour *À l'assaut du crime*. Pour ceux qui ne connaissent pas ce trophée, c'est une dague miniature enchâssée dans un gros bloc de plexiglas rectangulaire, avec des arêtes acérées. Charles s'en était servi pour m'assommer.

J'ai tenté de parler mais les mots refusaient de sortir. J'étais encore étourdie ou bien je ne savais pas quoi dire.

Charles m'examinait et je crois avoir perçu l'instant où il a pris sa décision. Son regard s'est vidé et, soudain, j'ai songé que les meurtriers sont les êtres les plus solitaires au monde. C'est la malédiction de Caïn, le fugitif et le vagabond chassé de la surface de la terre. En dépit de ses justifications, Charles avait rompu ses liens avec le reste de l'humanité dès la seconde où il avait précipité Alan du haut de la tour. L'homme qui se dressait au-dessus de moi n'était plus mon ami ni mon collègue. Il était un grand vide. Il allait me tuer, me faire taire, car, lorsque vous avez tué une personne, vous pénétrez dans un univers où tuer deux personnes de plus, ou en tuer vingt, ne fait plus aucune différence. Je le savais et je l'acceptais. Charles ne connaîtrait jamais la paix. Jamais il ne jouerait joyeusement avec son petit-fils. Jamais il ne se raserait sans voir dans la glace le visage d'un meurtrier. Cette pensée me réconfortait un peu. Mais je serais morte. Et il n'y avait rien que je puisse faire pour l'empêcher. J'étais terrifiée.

Charles a posé le trophée.

— Pourquoi es-tu si obstinée, Susan ? a-t-il demandé d'une voix qui n'était pas la sienne. Je ne voulais pas que tu recherches les chapitres manquants. Je me fichais de ce livre. Je voulais seulement protéger le fruit de mon travail et mon avenir. J'ai essayé de te retenir. Tu n'as pas écouté. Et maintenant, que vais-je faire, Susan ? Je dois continuer de me protéger. Je suis trop vieux pour aller en prison. Pourquoi prévenir la police ? Il suffisait que tu t'en ailles. Quelle idiote tu fais…

En réalité, Charles ne s'adressait pas véritablement

à moi. C'était plus une conversation entre lui et sa conscience. Pour ma part, je ne bougeais pas. Une douleur lancinante me déchirait le crâne et j'étais furieuse contre moi-même. Charles m'avait demandé si j'avais raconté ce que je savais à quelqu'un. J'aurais dû mentir. Ou prétendre que je le comprenais, le soutenais, que je me ferais volontiers sa complice. J'aurais dû dire n'importe quoi et partir. Ensuite, j'aurais appelé la police. Je m'étais piégée moi-même.

— Charles…

Ce n'était pas ma voix mais un croassement. J'avais un problème de vue. Les images se brouillaient puis se dessinaient. Le sang s'étalait autour de ma tête.

J'ai vaguement vu Charles chercher et trouver quelque chose sur le bureau. C'était la boîte d'allumettes avec laquelle j'avais allumé ma cigarette. Je n'ai compris son intention que lorsque j'ai vu le phosphore s'enflammer. La flamme m'a paru immense. Il disparaissait derrière.

— Je suis désolé, Susan.

Il allait mettre le feu au bureau. Il allait me laisser brûler vive. Se débarrasser de l'unique témoin et, par la même occasion, des pages incriminées, qui étaient encore sur le bureau où je les avais laissées. Son bras a décrit un arc de cercle, et c'était comme si une boule de feu traversait la pièce pour atterrir près des étagères. Dans un bureau moderne, l'allumette serait tombée sur la moquette ignifugée et se serait éteinte. Mais tout chez Cloverleaf était ancien. Le bâtiment, les lambris de bois, le parquet, le mobilier. Le feu a pris instantanément, et j'étais si tétanisée que j'ai à peine vu la deuxième allumette enflammer un autre endroit de la pièce. Cette fois, les flammes se sont emparées des rideaux et ont très vite léché le plafond. La rapidité avec laquelle tout s'est embrasé était saisissante. J'avais l'impression d'être dans un crématorium. Charles est revenu vers moi, silhouette immense et noire qui emplissait mon champ de vision. J'ai cru qu'il allait m'enjamber, puisque j'étais en travers de la porte. Mais auparavant il m'a décoché un violent coup de pied dans la poitrine. J'ai hurlé. J'ai senti le goût du sang dans ma bouche. Des larmes ont inondé mes joues, la douleur et la fumée. Puis il a disparu.

Le bureau brûlait magnifiquement. L'immeuble datait du XVIIIe siècle et l'incendie lui rendait honneur. Je sentais les flammes me roussir les joues et les mains. J'aurais pu simplement rester là et mourir, mais les sirènes d'alarme se sont déclenchées et m'ont arrachée à ma torpeur. Il fallait que je trouve la force de me lever et de sortir. Une fenêtre a explosé et cela m'a aidée. Un vent frais s'est engouffré et a un peu dissipé la fumée. En tâtonnant j'ai trouvé le montant de la porte et m'y suis accrochée pour me hisser. Je ne voyais quasiment rien. Je respirais avec peine. Charles m'avait cassé des côtes. Comment un homme que je connaissais depuis si longtemps avait-il pu se montrer aussi brutal ? La colère m'a donné du courage. J'ai réussi à me redresser, mais ce n'était pas mieux car j'étais assaillie par les fumées toxiques. Je ne mettrais pas longtemps à m'évanouir. Si les pompiers étaient en route, je ne les entendais pas. Je ne voyais rien. Je ne pouvais plus respirer. Puis, tout à coup, j'ai poussé un hurlement. Un bras s'est enroulé autour de moi et m'a serrée. J'ai cru que Charles était revenu pour m'achever. Mais un mot crié dans mon oreille m'a détrompée.

— Susan !

J'ai reconnu la voix, l'odeur, le contact de son torse contre ma tête. L'inespéré, l'incroyable arrivait. Andreas venait de surgir de nulle part pour me secourir.

— Tu peux marcher ?

— Oui.

Maintenant je pouvais. Avec Andreas pour me soutenir, je pouvais tout.

— Je vais te sortir d'ici.

— Attends ! Les pages… sur le bureau…

— Susan !

— Pas question de les laisser…

Il m'a prise pour une folle mais il me connaissait trop pour protester. Il m'a abandonnée quelques secondes, puis il m'a traînée hors de la pièce et m'a aidée à descendre l'escalier. Des flammèches nous suivaient, mais le feu allait vers le haut, pas vers le bas. Malgré la douleur, malgré le sang qui ruisselait, malgré ma vision brouillée et mes pensées confuses, nous avons réussi à atteindre le rez-de-chaussée. Andreas m'a tirée dehors et sur le trottoir d'en face. Lorsque je me suis retournée, le deuxième et le troisième étage étaient déjà la proie des flammes. À présent j'entendais les sirènes des pompiers, mais je savais que rien de Cloverleaf ne serait sauvé.

— Andreas, tu as les feuillets ?

Je me suis évanouie avant d'entendre sa réponse.

Soins intensifs

J'ai passé trois jours au University College Hospital de Euston Road. C'était peu au regard de ce que j'avais subi. Mais c'est ainsi, maintenant. Les merveilles de la science moderne. Et aussi le manque de lits. Andreas ne m'a pas quittée. Les vrais soins intensifs, c'est lui qui me les a administrés. J'avais deux côtes cassées, des hématomes importants et une fracture du crâne. On m'a fait un scanner cérébral, mais, heureusement, je n'avais pas besoin d'opération. Le feu avait causé quelques dommages à mes poumons et à mes muqueuses. Je n'arrêtais pas de tousser, et mes côtes cassées détestaient cela. Ma vision ne s'était pas rétablie. C'était fréquent avec une blessure à la tête, mais les médecins m'avaient prévenue que les dommages risquaient de persister.

Andreas avait eu l'heureuse idée de passer au bureau pour me voir car notre dispute de la veille l'avait contrarié. Il avait décidé de me rendre une visite surprise avec un bouquet de fleurs et de m'inviter au restaurant. Une attention délicate qui m'avait sauvé la vie. Toutefois une autre question me brûlait les lèvres.

C'était le lendemain de l'incendie. Andreas était mon unique visiteur. Ma sœur Katie était en route pour venir. J'avais la gorge douloureuse et ma voix était réduite à un filet.

— Andreas… Pourquoi es-tu venu voir Charles ? La semaine où j'étais en tournée de promotion, tu es passé au bureau. Et tu ne me l'as pas dit.

Andreas a tout lâché d'un coup. Il recherchait un emprunt pour l'hôtel et, à son retour à Londres, il était allé à un rendez-vous avec sa banque. Celle-ci avait donné son accord mais à la condition qu'il ait un garant pour couvrir le prêt. Il avait pensé à Charles.

— Je voulais te faire la surprise. Quand je me suis rendu compte que tu n'étais pas au bureau, je me suis senti tout bête. Et un peu coupable. Comme je ne t'avais encore rien dit pour l'hôtel, ça m'était difficile de te parler de mon entretien avec Charles. Alors je lui ai demandé de garder le secret. Je t'ai parlé de l'hôtel le soir où nous nous sommes retrouvés, mais je me sentais quand même un peu mal à l'aise.

Je n'ai pas dit à Andreas que, après ma conversation avec Melissa, je l'avais brièvement soupçonné d'avoir tué Alan. Il avait un mobile solide, il se trouvait dans le pays, et il était la dernière personne que l'on pouvait suspecter. Cela pouvait donc être lui.

Charles a été arrêté. Deux officiers de police sont venus m'interroger dès ma sortie de l'hôpital. Ils ne ressemblaient en rien au commissaire Locke, ni d'ailleurs à Raymond Chubb. L'un était une femme, l'autre un Asiatique charmant. Ils sont restés une demi-heure, ont pris des notes, mais je parlais encore avec difficulté. J'étais sous sédatifs, choquée, et je toussais. Ils ont promis de revenir dès que je me sentirais mieux.

Le plus drôle c'est que, après ma mésaventure, je n'avais plus du tout envie de lire la fin d'*Épitaphe de la pie*. Non que je me désintéressais du meurtrier de Mary Blakiston et de son employeur, Sir Magnus Pye, mais j'avais eu mon compte d'indices, de preuves, et de meurtre. Et puis, de toute façon, je n'étais pas en mesure de lire. Ma vue ne s'était pas améliorée. Il m'a fallu plusieurs jours de repos à Crouch End pour que ma curiosité revienne. Andreas avait pris une semaine de congé pour s'occuper de moi, et je lui ai demandé de parcourir rapidement le livre afin de connaître l'histoire et de pouvoir me lire à voix haute les derniers chapitres. J'aimais bien l'idée de les entendre par sa voix. C'est grâce à lui s'ils avaient été sauvés.

Voici donc la fin.

7

UN SECRET À NE JAMAIS DÉVOILER

1

Profitant du soleil matinal, Fidèle Staupert fit une dernière promenade à travers Saxby-on-Avon. Il avait bien dormi et pris deux comprimés à son réveil. Il se sentait revigoré et avait les idées claires. L'inspecteur Chubb l'attendait au commissariat de Bath dans une heure. Pendant que James Fraser s'occupait des bagages et réglait la note de l'hôtel, il avait eu envie de se dégourdir les jambes. Il n'avait pas passé beaucoup de temps à Saxby, pourtant il lui semblait connaître les lieux intimement. L'église, le magasin d'antiquités, l'abri d'autobus, Dingle Dell et, bien sûr, Pye Hall, autant de repères reliés les uns aux autres de manières différentes mais qui tous composaient l'échiquier sur lequel s'était jouée cette partie, la dernière pour lui, sans doute.

Saxby-on-Avon n'aurait pu être plus charmant sous ce soleil. Il était encore tôt, il n'y avait personne en vue – ni voiture –, aussi était-il possible d'imaginer le petit bourg tel qu'il se présentait un siècle plus tôt. Pendant un instant, le meurtre lui parut presque insignifiant. Au fond, quelle importance ? Des gens étaient nés ici, s'en étaient allés. Des gens étaient tombés amoureux. Des gens avaient grandi, vieilli. Des gens étaient morts. Mais le bourg lui-même, les accotements herbeux et les haies, la toile de fond sur laquelle s'était joué le drame, tout cela était resté inchangé. Plus tard, quelqu'un désignerait du doigt la maison où avait été assassiné Sir Magnus, celle où son meurtrier avait vécu, et cela susciterait un simple petit « Oh ! » de curiosité. Sans plus. Ne s'agissait-il pas de l'homme qui avait eu la tête tranchée ? N'y avait-il pas eu un autre mort ? Autant de paroles et de commentaires qui se disperseraient comme feuilles au vent.

Néanmoins certains changements s'étaient produits. Les décès de Mary Blakiston et de Sir Magnus Pye avaient causé une myriade de minuscules fissures qui s'étaient étirées depuis leurs épicentres respectifs et mettraient du temps à cicatriser. Staupert remarqua la pancarte sur la vitrine du magasin d'antiquités des Whitehead : FERMÉ JUSQU'À NOUVEL ORDRE. Il ne savait pas si Johnny Whitehead avait été arrêté pour le vol des médailles, mais il doutait que le magasin rouvre un jour. Ses pas le menèrent ensuite jusqu'au garage. Il songea à Robert Blakiston et à Joy Sanderling dont le seul désir était de se marier mais qui avaient vu se dresser contre eux des forces obscures. Il se remémorait avec tristesse la visite que la jeune fille lui avait rendue à Londres. Quelles avaient été ses paroles ? « C'est injuste. Tellement injuste. » Ce jour-là, elle ignorait combien c'était vrai.

Un mouvement attira son regard, et Staupert aperçut Clarissa Pye qui marchait d'un pas vif vers la boucherie, coiffée d'un assez coquet chapeau piqué de trois plumes. Elle ne le vit pas. Quelque chose dans son maintien le fit sourire. La mort de son frère lui avait été bénéfique. C'était indéniable. Peut-être ne retrouverait-elle jamais son héritage, mais elle avait repris le contrôle de sa vie, ce qui importait davantage. Aurait-ce été un mobile suffisant pour le tuer ? Étrange, tout de même, la faculté d'un homme à s'attirer l'hostilité de tous. Par exemple celle d'Arthur Redwing, dont le meilleur tableau avait été profané, déchiqueté, brûlé. Arthur n'avait jamais atteint la renommée en tant que peintre, et Magnus Pye l'avait humilié. Pourtant celui-ci n'ignorait pas la passion qui brûle dans le cœur d'un artiste, passion qui peut aisément être pervertie et se muer en une arme dangereuse.

Et la Dr Redwing ? La dernière fois qu'elle avait parlé de Sir Magnus, elle n'avait pas pu dissimuler la haine qu'il lui inspirait, non seulement sa personne mais tout ce qu'il représentait. Elle, plus que quiconque, avait vu le mal qu'il avait infligé à son mari, et Staupert savait d'expérience qu'il n'existe personne de plus puissant dans une communauté que le médecin. Or, dans certaines circonstances, le médecin peut se révéler également des plus dangereux.

Il avait parcouru une partie de la rue principale et apercevait Dingle Dell sur sa gauche. Il aurait pu emprunter le raccourci pour rejoindre Pye Hall, mais il y renonça. Il n'avait pas la moindre envie de croiser Lady Pye ou son nouveau compagnon. Ces deux-là étaient les premiers bénéficiaires de la mort de Magnus Pye. N'était-ce pas l'histoire la plus vieille du monde ? La femme, l'amant, le mari cruel, la mort soudaine. Ils se croyaient libres de vivre ensemble, à présent, mais Staupert pressentait que cela ne durerait pas. Certaines relations amoureuses ne subsistent que parce qu'elles sont impossibles ; elles ont besoin d'obstacles pour se prolonger. Il ne faudrait pas longtemps à Frances Pye pour se lasser de Jack Dartford, aussi beau soit-il. Désormais, Pye Hall lui appartenait. Ou bien était-ce elle qui appartenait au manoir ? Matthew Blakiston avait dit que Pye Hall était maudit. Staupert ne pouvait pas ne pas être d'accord. Il tourna brusquement les talons. Il ne voulait plus revoir cet endroit.

Il aurait souhaité s'entretenir encore avec Brent. Curieusement, toute la lumière n'avait pas été faite sur le rôle du jardinier. L'inspecteur Chubb l'avait presque totalement écarté de l'enquête. Or Brent avait été le premier à découvrir le corps de Tom Blakiston après sa noyade, puis celui de Mary Blakiston au pied de l'escalier, et à téléphoner à la Dr Redwing. Pourquoi Sir Magnus l'avait-il renvoyé de façon si arbitraire quelques heures avant sa mort ? Staupert craignait de ne jamais découvrir la réponse à cette question. Il lui restait peu de temps, dans tous les sens du terme. Ce matin même, il dévoilerait ses conclusions sur les événements de Saxby-on-Avon. Et, cet après-midi, il serait parti.

Et Dingle Dell ? Le terrain boisé entre le presbytère et Pye Hall avait eu une part importante dans l'histoire, pourtant Staupert ne l'avait jamais considéré en soi comme un mobile du meurtre, ne serait-ce que parce que la mort de Sir Magnus n'empêcherait pas nécessairement le projet immobilier de se réaliser. Malgré tout, certaines personnes s'étaient conduites de façon vraiment stupide en laissant libre cours à leurs émotions. Diana Weaver, par exemple, l'impassible femme de ménage qui avait pris sur elle de taper une lettre anonyme sur la machine à écrire de son employeur. Staupert n'avait pas eu le loisir de l'interroger plus avant sur l'enveloppe écrite à la main, mais c'était sans importance. Il connaissait la réponse. D'ailleurs, il avait résolu l'affaire en se fondant moins sur des éléments concrets que sur des hypothèses. Finalement, il ne restait qu'une seule option logique.

Il revint sur ses pas dans la grand-rue, et se retrouva de nouveau au cimetière de St Botolph, sous le grand orme qui se dressait près du portail. Il leva les yeux. Les branches étaient vides.

Il poursuivit vers la tombe récemment creusée, avec sa croix et sa plaque provisoires.

Mary Elizabeth Blakiston
5 avril 1887 — 15 juillet 1955

C'était ici que tout avait commencé. Par le décès de Mary Blakiston, et son altercation publique avec son fils quelques jours auparavant, qui avait conduit Joy Sanderling à Londres, dans son bureau. Staupert savait désormais que tous les événements survenus à Saxby-on-Avon découlaient de la mort de la gouvernante. Il l'imagina étendue là, sous ses pieds, dans la terre froide. Sans l'avoir jamais rencontrée, il avait l'impression de la connaître. Il gardait bien présentes à l'esprit ses remarques acides dans son journal intime, sa vision venimeuse du monde.

Comme un poison…

Staupert se retourna et vit le révérend Osborne se diriger vers lui en passant entre les tombes. Pour une fois il n'avait pas sa bicyclette. Il était étrange que, la nuit du meurtre, lui et sa femme se soient trouvés à proximité de Pye Hall, l'une étant soi-disant à la recherche de l'autre. La bicyclette du pasteur avait également été entendue lors de son passage devant le Ferryman dans la soirée, et Matthew Blakiston l'avait vue garée devant le pavillon de gardien à Pye Hall. Staupert se félicita de pouvoir s'entretenir avec Robin Osborne une dernière fois. Il lui restait un détail à éclaircir.

— Oh ! bonjour, monsieur Staupert, le salua Osborne, en baissant les yeux sur la tombe de Mary Blakiston, où personne n'avait déposé de fleurs. Êtes-vous venu ici en quête d'inspiration ?

— Non, pas du tout. Je quitte le village aujourd'hui. Je passais simplement par là pour regagner l'hôtel.

— Vous partez ? Est-ce à dire que vous renoncez ?

— Non, monsieur Osborne. C'est tout le contraire.

— Vous connaissez le meurtrier ?

— Oui, je le connais.

— Je suis heureux de l'apprendre. J'ai souvent pensé… il doit être difficile de trouver le repos quand votre assassin se promène en liberté au-dessus de vous. C'est contraire à toutes les idées de justice. Je suppose que vous ne pouvez rien me dire ? D'ailleurs, je ne devrais pas vous le demander.

Staupert ne répondit pas et changea de sujet.

— Les paroles que vous avez prononcées lors des obsèques de Mary Blakiston étaient d'un grand intérêt, monsieur Osborne.

— Vous êtes sincère ? Merci.

— Vous avez dit que Mary Blakiston faisait partie intégrante du village, qu'elle incarnait la vie de la communauté. Seriez-vous étonné d'apprendre qu'elle rédigeait un journal dans lequel elle rapportait ses observations les plus noires et les plus cruelles sur les habitants de Saxby-on-Avon ?

— Oui, j'en serais étonné, monsieur Staupert. Bien sûr, Mary avait une façon de s'infiltrer chez les gens, mais je n'ai jamais remarqué une intention malveillante de sa part.

— Elle a noté quelque chose à votre sujet, monsieur Osborne. Apparemment, elle vous aurait rendu visite le 14 juillet, la veille même de sa mort. Vous en souvenez-vous ?

— Je ne saurais dire…

Osborne était un piètre menteur. Ses mains se tordaient, ses traits se contractaient. Bien sûr, il avait vu Mary Blakiston. Dans sa cuisine. « Il paraît que vous avez des soucis avec les guêpes. » Et les photos, posées à l'envers sur la table… Où étaient-elles ? Pourquoi Henrietta ne les avait-elle pas rangées à l'abri ?

— Dans son journal, reprit Staupert, Mary Blakiston emploie le terme « choquant ». Elle note aussi que c'était « affreux » et se demande quelle attitude adopter. Savez-vous à quoi elle faisait allusion ?

— Je n'en ai aucune idée.

— Eh bien, je vais vous le dire, monsieur Osborne. Je me suis beaucoup interrogé sur les causes de l'empoisonnement à la belladone de votre femme, qui a nécessité un traitement à base de physostigmine. Votre femme avait marché sur un massif de belladone.

— En effet.

— Mais ce qui m'intriguait, c'est pourquoi votre femme ne portait pas de chaussures.

— Oui, vous lui avez demandé… et ma femme a répondu.

— Votre femme ne m'a pas dit toute la vérité. Elle ne portait pas de chaussures parce qu'elle ne portait aucun vêtement non plus. C'est la raison pour laquelle vous étiez si réticents à m'expliquer où vous aviez passé vos vacances. Vous avez fini par me donner le nom de votre hôtel. Sheplegh Court, dans le Devonshire. Il a suffi d'un simple coup de téléphone pour découvrir que Sheplegh Court est un lieu de séjour pour naturistes. Est-ce la vérité, monsieur Osborne ? Vous et votre femme êtes des adeptes du naturisme ?

Osborne déglutit avec peine.

— Oui.

— Et Mary Blakiston en a découvert la preuve, c'est bien cela ?

— Elle a trouvé des photographies.

— Savez-vous ce qu'elle comptait en faire ?

— Non. Elle n'en a rien dit. Et le lendemain… (Il s'éclaircit la gorge.) Ma femme et moi sommes parfaitement innocents, dit-il en bafouillant. Le naturisme est un mouvement culturel et politique fondé sur la santé du corps. Il n'y a rien de sale ou de malsain, je vous assure, qui diminuerait ou ébranlerait ma vocation. Pensez à Adam et Ève qui n'avaient pas conscience d'être nus. C'était leur état naturel, et c'est seulement après avoir croqué la pomme que la honte leur est venue. Henrietta et moi avons voyagé en Allemagne avant guerre, et c'est là que nous avons eu notre première expérience. Ça nous a plu. Nous avons gardé le secret parce que nous pensions que la plupart des gens ici ne comprendraient pas et seraient offusqués.

— Et Dingle Dell ?

— Un lieu idéal pour nous. Où nous pouvions nous promener librement sans être vus. Je m'empresse d'ajouter, monsieur Staupert, que nous ne faisions rien de répréhensible. Il n'y avait rien de… charnel, dit-il en choisissant le mot avec soin. Nous nous promenions simplement au clair de lune. Vous avez vu vous-même combien cet endroit est charmant.

— Et tout allait pour le mieux jusqu'au jour où votre femme a marché sur un massif de belladone.

— Non. Tout allait pour le mieux jusqu'au jour où Mary a trouvé les photos. Mais n'allez pas croire… Vous ne pensez tout de même pas que je lui ai fait du mal à cause de ça ?

— Je sais exactement comment Mary Blakiston est morte, monsieur Osborne.

— Vous disiez… vous disiez que vous alliez partir.

— Dans quelques heures. Et je garderai votre secret pour moi. Votre femme et vous n'avez rien à craindre. Je saurai me taire.

Robin Osborne poussa un immense soupir.

— Merci, monsieur Staupert. Vous n'imaginez pas comme nous étions inquiets. (Son regard s'éclaira.) Vous connaissez la nouvelle ? Il paraît que Lady Pye n'a pas l'intention de poursuivre le projet immobilier. Dingle Dell va rester intact.

— Je suis ravi de l'apprendre. Vous avez raison, monsieur Osborne. C'est un très bel endroit. D'ailleurs, vous m'avez donné une idée…

Fidèle Staupert quitta le cimetière. Il lui restait cinquante minutes avant son rendez-vous avec Raymond Chubb.

Et il avait une dernière chose à faire.

2

Il lui fallut peu de temps pour écrire la lettre, assis dans un coin tranquille du Queen's Arms avec une tasse de thé.

Cher James,

Lorsque vous lirez ces lignes, tout sera fini. Vous me pardonnerez de ne pas vous en avoir parlé plus tôt, de ne pas m'être confié à vous, mais je suis certain que, avec le temps, vous comprendrez.

Vous trouverez sur mon bureau quelques notes que j'ai rédigées. Elles se rapportent à mon état de santé et à la décision que j'ai prise. Je tiens à ce que l'on comprenne bien que le diagnostic du médecin est clair et que, pour moi, il n'y a aucune chance de sursis. Je ne crains pas la mort. Je me plais seulement à penser que mon nom ne sera pas oublié.

J'ai obtenu de grands succès dans une vie qui a duré raisonnablement longtemps. Vous verrez que je vous ai laissé un petit legs dans mon testament. C'est en partie en souvenir des années que nous avons passées côte à côte, mais aussi dans l'espoir que vous pourrez achever le travail sur mon livre et le mettre en forme pour sa publication. Vous êtes désormais son unique gardien et je ne doute pas qu'il sera en sécurité entre vos mains.

Autrement, peu de gens me pleureront. Je ne laisse derrière moi aucune personne à charge. À l'heure où je me prépare à quitter ce monde, j'ai le sentiment d'avoir bien utilisé mon temps et j'espère que l'on se souviendra de moi pour les succès que vous et moi avons partagés.

Je vous demanderai de présenter mes excuses à mon ami l'inspecteur Chubb. Comme cela deviendra vite évident, j'ai utilisé la physostigmine que j'ai prise à Clarissa Pye et aurais dû rendre à l'inspecteur. J'ai cru comprendre que cela n'a pas de goût et que cela me procurera un passage aisé. Néanmoins je reconnais que c'est une petite trahison, voire un menu délit, et j'en suis désolé.

Enfin, j'aimerais que mes cendres soient dispersées dans le bois connu sous le nom de Dingle Dell. Cela me surprend moi-même, car je ne suis pas d'un tempérament romantique, comme vous le savez. Mais c'est le théâtre de ma dernière enquête et il me semble approprié. Sans compter que c'est un endroit paisible.

Je vous fais mes adieux, mon cher ami, et forme pour vous tous mes meilleurs vœux. Je vous remercie pour votre loyauté et votre compagnie. J'espère que vous songerez à reprendre votre métier d'acteur et que vous aurez une longue et florissante carrière.

Il signa la lettre et la glissa dans une enveloppe qu'il scella et sur laquelle il inscrivit : PERSONNEL — À l'attention de M. JAMES FRASER.

Cette lettre ne lui serait pas utile dans l'immédiat, mais il était heureux de l'avoir écrite. Il but son thé et sortit rejoindre la voiture qui l'attendait.

3

Ils étaient cinq dans le bureau de l'inspecteur Chubb au commissariat de Bath. Il y régnait une atmosphère étrangement silencieuse. De l'autre côté des hautes fenêtres, la vie continuait, mais ici elle semblait figée dans un instant qui avait toujours paru inéluctable et qui était enfin arrivé. L'inspecteur s'était installé à sa place habituelle, même s'il aurait peu à intervenir. Il était à peine plus qu'un témoin. Mais il s'agissait de son bureau, de son autorité, et il tenait à ce que ce soit clair. Fidèle Staupert était assis à côté de lui, une main posée sur la surface lustrée du bureau, sa canne en bois de rose appuyée en diagonale contre l'accoudoir du fauteuil. James Fraser était rencogné dans un angle de la pièce.

Joy Sanderling, dont la visite dans le bureau de Staupert à Londres avait attiré celui-ci à Saxby-on-Avon, était assise face à eux, sur une chaise qui avait été soigneusement positionnée ; on aurait dit qu'elle venait pour un entretien d'embauche. Robert Blakiston, pâle et nerveux, se tenait près d'elle. Ils avaient peu parlé depuis leur arrivée. C'était sur Staupert que se focalisait toute l'attention, et il prit la parole.

— Mademoiselle Sanderling, je vous ai conviée ici aujourd'hui parce que vous êtes, à bien des égards, ma cliente. Plus exactement, c'est par vous que j'ai la première fois entendu parler de Sir Magnus. Vous êtes venue me voir non parce que vous vouliez résoudre un crime – en vérité, nous ne pouvions être certains qu'un crime avait été commis –, mais pour demander mon aide concernant votre mariage avec Robert Blakiston qui vous semblait menacé. J'ai peut-être eu tort de ne pas accéder à votre demande, mais vous comprendrez, j'espère, que j'avais des affaires personnelles à régler et que mon attention était ailleurs. Le lendemain de votre visite, j'ai appris par le journal la mort de Sir Magnus et j'ai changé d'avis. Néanmoins, dès mon arrivée à Saxby-on-Avon, j'ai eu le sentiment de travailler non seulement pour vous mais aussi pour votre fiancé, c'est pourquoi il était juste de vous inviter l'un et l'autre pour entendre le fruit de mes réflexions. Je tiens aussi à vous faire savoir que j'étais attristé en constatant que vous aviez éprouvé le besoin de prendre les choses en main et de dévoiler votre vie privée à tout le village. Cela n'a pas dû être agréable pour vous, et je me suis senti responsable. Je vous demande de me pardonner.

— Si vous avez résolu les deux crimes et si Robert et moi pouvons nous marier, vous êtes tout pardonné, monsieur Staupert.

— C'est vrai, dit Staupert en se tournant brièvement vers Chubb. Nous avons ici deux jeunes gens visiblement très amoureux. Ce mariage compte énormément pour eux.

— Bonne chance à eux, marmonna Chubb.

— Si vous connaissez le coupable, pourquoi ne le dites-vous pas ? intervint Robert Blakiston sur un ton acide, prenant la parole pour la première fois. Joy et moi pourrons partir. J'ai pris ma décision. Nous ne resterons pas à Saxby-on-Avon. Je ne supporte plus ce village. Nous allons partir très loin et recommencer à zéro.

— Tout ira bien du moment que nous sommes ensemble, dit Joy en lui caressant la main.

— Dans ce cas, je vais me lancer, dit Staupert en ôtant sa main du bureau pour la poser sur son accoudoir. Avant même de venir à Saxby-on-Avon, en lisant l'article sur le meurtre de Sir Magnus dans le *Times*, j'ai eu conscience de me trouver face à une étrange coïncidence. Une gouvernante fait une chute mortelle lors de ce qui apparaît comme un banal accident domestique, deux semaines plus tard, son employeur meurt à son tour, et cette fois il s'agit sans conteste d'un meurtre épouvantable. Je parle de coïncidence, mais en réalité il s'agit du contraire. Il y a forcément une raison derrière la collision, si j'ose dire, de ces deux événements. Mais laquelle ? Y avait-il un seul mobile pour la mort de Sir Magnus et celle de sa gouvernante ? Quel dessein servaient leurs deux disparitions ?

Staupert jeta un regard appuyé aux jeunes gens assis en face de lui avant de poursuivre :

— L'idée m'est venue que le mariage auquel vous aspirez l'un et l'autre avec tant de ferveur pouvait fournir un mobile. Nous savons que, pour des raisons détestables, Mary Blakiston était opposée à votre union. Mais j'ai écarté cette idée. D'abord, Mary Blakiston n'avait aucun pouvoir d'empêcher ce mariage, du moins autant que je sache. Ce n'était donc pas un motif pour la tuer. De plus, rien n'indique que Sir Magnus était concerné. En vérité, il a toujours manifesté de bonnes dispositions envers le fils de Mary Blakiston et aurait sûrement été favorable à ce mariage.

— Sir Magnus était au courant de notre projet, dit Robert. Il n'avait pas d'objections. Pourquoi en aurait-il eu ? Joy est une fille merveilleuse et, vous avez raison, il a toujours été bon pour moi. Il voulait mon bonheur.

— Je suis d'accord. Mais si nous ne pouvons trouver un seul mobile commun aux deux morts, quelles options nous reste-t-il ? Deux meurtriers à Saxby-on-Avon, agissant indépendamment l'un de l'autre, avec deux motivations différentes ? Cela paraît improbable. À moins que l'une des morts ne soit, dans un sens, la cause de l'autre. Nous savons aujourd'hui que Mary Blakiston collectionnait les détails intimes sur les habitants de Saxby-on-Avon. Connaissait-elle un secret sur l'un d'eux qui l'aurait mise en danger ? Et aurait-elle raconté ce qu'elle savait à Sir Magnus ? N'oublions pas qu'il était son plus proche confident.

« Or, tandis que je retournais ces idées dans ma tête, un troisième acte criminel est venu s'ajouter. Le soir même des obsèques de Mary Blakiston, en effet, quelqu'un s'est introduit dans Pye Hall. Cela avait toutes les apparences d'un cambriolage ordinaire, mais au cours du même mois où deux personnes ont trouvé la mort, rien n'est ordinaire. Nous en avons eu très vite la preuve : une boucle de ceinture avait été vendue à Londres, et le reste des objets volés jeté dans le lac. Pourquoi ? Le cambrioleur a-t-il été dérangé ? Avait-il un autre objectif ? Désirait-il simplement soustraire les objets en argent à son propriétaire et non en tirer profit ?

— Vous voulez dire que ce serait une sorte de provocation ? demanda Chubb.

— Sir Magnus était fier de son trésor d'antiquités romaines. Cela faisait partie de son patrimoine. On aurait pu le lui voler simplement pour le mortifier. Cette idée m'a effleuré, inspecteur.

Staupert se pencha en avant et poursuivit :

— Un autre aspect de l'affaire m'échappait, c'était l'attitude de Mary Blakiston.

— Je ne l'ai jamais comprise non plus, murmura Robert Blakiston.

— Examinons sa relation avec vous. Elle perd un fils dans un tragique accident, et cela la rend hyperprotectrice, hyperpossessive, autoritaire. À propos, savez-vous que j'ai rencontré votre père ?

— Quand ? demanda Robert, interloqué.

— Hier. Mon assistant, Fraser, m'a conduit chez lui à Cardiff. Et votre père m'a confié des choses fort intéressantes. Après la mort de votre frère Tom, votre mère a reporté toutes ses attentions sur vous. Votre père lui-même ne pouvait plus vous approcher. Elle ne supportait pas de vous perdre de vue, c'est pourquoi, par exemple, elle s'est mise en colère quand vous avez décidé d'aller à Bristol. C'est la seule fois où elle s'est disputée avec Sir Magnus, qui avait depuis toujours veillé sur vous. Tout cela est logique. Une femme qui a perdu un enfant devient naturellement possessive avec le second. Je conçois aussi qu'une telle relation puisse devenir pénible, voire toxique. Les disputes qui vous opposaient à votre mère étaient on ne peut plus naturelles. Regrettables mais inévitables.

« Cependant, il y a une chose que je ne comprends pas. Pourquoi était-elle si opposée à votre mariage ? Cela n'a pas de sens. Son fils trouve une ravissante compagne en la personne de Mlle Sanderling. Une jeune fille de la région et de bonne famille. Le père est pompier. Elle travaille dans un cabinet médical. Elle n'a pas l'intention d'entraîner Robert loin de la région. C'est une union idéale, et pourtant, dès le début, Mary Blakiston s'y montre hostile. Pourquoi ?

Joy rougit.

— Je ne sais pas, monsieur Staupert.

— Je pense pouvoir vous éclairer sur ce point,

mademoiselle Sanderling, intervint Chubb. Vous avez un frère atteint du syndrome de Down.

— Paul ? Quel rapport ?

— Dans son journal intime, Mary Blakiston notait certaines de ses pensées. Elle avait dans l'idée que la maladie de votre frère risquait de se transmettre à vos enfants. C'était ça, son problème.

— Pardonnez-moi, inspecteur, dit Staupert en secouant la tête, mais je suis en désaccord avec vous.

— De mon point de vue, sa pensée était pourtant assez claire, *Herr* Staupert. Elle évoquait « cette horrible maladie qui affecterait sa famille »… Des mots terribles.

— Des mots que vous avez peut-être mal interprétés, soupira Staupert. Pour bien comprendre Mary Blakiston, il est nécessaire d'effectuer un retour dans le temps, jusqu'à l'instant qui a déterminé le reste de sa vie. J'espère ne pas trop ajouter à votre peine, monsieur Blakiston, ajouta-t-il à l'intention de Robert. Je parle bien sûr de la mort de votre frère.

— Je vis avec ça depuis toujours, répondit Robert. Ce que vous direz n'ajoutera rien à ma peine.

— Il y a certains aspects de l'accident qui m'intriguent. Commençons, si vous le permettez, par la réaction de votre mère. Je ne comprends pas comment une femme peut continuer de vivre à l'endroit même où s'est produit le drame qui a coûté la vie à son fils. Chaque jour elle passe devant le lac. Alors je me demande si elle cherche à se punir d'une chose qu'elle a faite. Ou bien d'une chose qu'elle sait. Est-elle poussée par un sentiment de culpabilité depuis ce jour terrible ?

« J'ai visité le pavillon en essayant d'imaginer ce que cela représentait, pour elle et pour vous, de vivre dans cet endroit sinistre, entouré d'arbres, plongé en permanence dans la pénombre. La maison ne recelait guère de secrets, pourtant il y a un mystère : cette chambre, à l'étage, que votre mère gardait fermée à clé. Pourquoi ? À quoi servait-elle et pourquoi Mary Blakiston n'y entrait-elle jamais ? Il y a peu de choses dans cette pièce : un lit, une table, et, dans un tiroir de la table, le collier d'un chien, mort lui aussi.

— Bella, dit Robert.

— Oui, la chienne Bella. Offerte à votre frère par votre père, et dont Sir Magnus ne voulait pas sur ses terres. Votre père, avec qui je parlais hier, a suggéré que Sir Magnus avait tué Bella de façon atroce. Je ne sais pas si c'est vrai, mais je vais vous dire le fond de ma pensée. Votre frère se noie. Votre mère tombe dans l'escalier. Sir Magnus est assassiné. Et Bella, une brave chienne bâtarde, est égorgée. Une autre mort violente à ajouter au catalogue de morts violentes de Pye Hall.

« Pourquoi le collier de Bella a-t-il été conservé dans la chambre ? Un autre détail a attiré mon attention. C'est la seule pièce du pavillon possédant une vue sur le lac. Ce qui, en soi, est lourd de sens. Mais à quoi servait cette chambre autrefois ? J'ai supposé, à tort, que c'était celle de votre frère ou bien la vôtre.

— Non, c'était la pièce de couture de ma mère, dit Robert. Je vous l'aurais dit si vous m'aviez posé la question.

— C'était inutile. Vous avez mentionné que votre frère

et vous aviez l'habitude de vous envoyer des messages codés en tapant contre le mur de séparation de vos chambres. Il est donc logique de penser que les pièces étaient contiguës et que celle située de l'autre côté du couloir avait une autre fonction. Comme votre mère faisait beaucoup de couture, j'en ai déduit que c'est là qu'elle aimait travailler.

— Tout cela est très intéressant, *Herr* Staupert, dit Chubb. Mais je ne vois pas où cela nous mène.

— Nous y arrivons, inspecteur. Mais laissez-moi d'abord examiner l'accident tel qu'il s'est produit, car, comme je l'ai déjà indiqué, là aussi apparaissent certaines interrogations.

« Selon le témoignage de Robert et de son père, Tom recherchait un morceau d'or, lequel se trouvait dans les joncs qui poussent en bordure du lac puisque c'était là que Sir Magnus l'avait caché. N'oublions pas que Tom n'était pas un petit enfant. Il avait douze ans. Il était intelligent. À votre avis, serait-il entré dans l'eau froide et vaseuse en croyant que l'or s'y trouvait ? D'après ce que j'ai compris, les jeux des deux garçons étaient très conventionnels. Organisés par Sir Magnus qui cachait le trésor et fournissait des indices précis. Si Tom était à côté du lac, on peut présumer qu'il avait deviné où chercher. Mais il n'avait nullement besoin de s'engager *dans* le lac. Cela n'a aucun sens. Un autre détail me trouble. Brent, le jardinier, a découvert le corps…

— Brent était toujours à rôder dans les parages, le coupa Robert. D'ailleurs Tom et moi avions peur de lui.

— Je vous crois volontiers. Néanmoins il y a une

question que j'aimerais vous poser. Brent a décrit la scène avec précision. Il tire votre frère hors de l'eau puis le dépose sur la berge. Vous arrivez quelques instants plus tard. Quel besoin aviez-vous donc de plonger vous-même dans l'eau ?

— Je voulais aider.

— Bien sûr. Mais votre frère était déjà hors de l'eau. Il gisait sur la berge. Pourquoi alors vous mouiller et risquer de prendre froid ?

Robert se renfrogna.

— Je ne sais pas ce que vous attendez que je dise, monsieur Staupert. J'avais quatorze ans. Je ne me rappelle pas exactement comment ça s'est passé. Je pensais juste à Tom, à le sortir du lac. Je n'avais rien d'autre en tête.

— Moi, je pense que si, Robert. Je pense que vous vouliez dissimuler le fait que vous étiez déjà mouillé.

L'atmosphère de la pièce sembla se figer, comme l'image d'un film qui reste soudain coincé dans le projecteur. Même dehors, dans la rue, l'animation sembla suspendue.

— Dans quel but aurait-il fait ça ? demanda Joy, avec un léger tremblement dans la voix.

— Parce que, peu de temps auparavant, il s'était battu avec son frère à côté du lac. Parce qu'il avait tué son frère en le noyant.

— C'est faux ! s'écria Robert, le regard étincelant de rage.

Un instant, Fraser crut qu'il allait bondir de sa chaise et il se tint prêt à secourir Staupert en cas de besoin.

— Tout cela n'est que pure hypothèse, poursuivit Staupert. Et croyez-moi quand je vous dis que je ne vous tiens pas pour entièrement coupable d'un crime commis quand vous étiez adolescent. Mais examinons les éléments dont nous disposons. Un chien est offert à votre frère et pas à vous. Le chien meurt dans des circonstances atroces. Votre frère et vous recherchez un objet en or. Votre frère le trouve, pas vous. Cette fois, c'est lui qui va être puni. Votre père m'a expliqué qu'il y avait de fréquentes bagarres entre Tom et vous. Votre père se tracassait pour vous à cause de vos humeurs, de votre habitude de faire de longues promenades en solitaire, même très jeune. Il ne voyait pas ce que votre mère voyait. Que, depuis votre naissance, une naissance difficile, quelque chose n'allait pas en vous. Il ne voyait pas que vous étiez dangereux.

— Non, monsieur Staupert ! protesta Joy. Ce n'est pas de Robert que vous parlez ! Robert n'est pas comme ça.

— Si, mademoiselle Sanderling. Robert est exactement comme cela. Vous-même m'avez raconté ses difficultés à l'école. Il avait du mal à se faire des camarades. Les autres enfants se méfiaient de lui. Peut-être devinaient-ils quelque chose de détraqué chez lui. Et la seule fois où il a quitté sa mère, pour aller travailler à Bristol, il s'est trouvé mêlé à une violente altercation et a passé une nuit en prison.

— Il avait cassé la mâchoire et trois côtes de l'autre type, précisa Chubb, qui avait visiblement consulté le rapport de police.

— Je crois que Mary Blakiston connaissait parfaitement la nature profonde de son fils aîné, reprit Staupert. Et la vérité est que ce n'est pas lui qu'elle protégeait du monde extérieur. Elle protégeait le monde extérieur de son fils. Elle avait compris, ou soupçonné, ce qui était arrivé à la chienne Bella. Sinon pourquoi aurait-elle gardé le collier? Elle avait vu ce qui s'était passé au lac. Oui, elle avait tout vu. Assise à sa table de couture, dans la chambre du haut, elle avait vu Robert noyer Tom, furieux que son jeune frère ait découvert le trésor avant lui. À partir de ce jour, elle a érigé un mur autour de lui. Matthew Blakiston dit qu'elle avait hissé le pont-levis. Elle l'empêchait d'approcher Robert. Il ne comprenait pas pourquoi. Elle refusait de lui avouer la vérité.

« À présent, mademoiselle Sanderling, nous savons pourquoi Mary Blakiston s'opposait à votre mariage. Vos qualités d'épouse n'étaient pas en cause. Elle connaissait bien son fils et se refusait à ce qu'il devienne un mari. Quant à l'"horrible maladie" évoquée dans son journal, il ne s'agit pas du syndrome de Down dont votre frère est atteint. James Fraser et l'inspecteur se sont totalement mépris sur ce que Mary voulait dire. La maladie qu'elle mentionne fait référence à la folie meurtrière de son fils. Elle redoutait que vos futurs enfants, mademoiselle Sanderling, n'aient à en souffrir.

— Je m'en vais ! cria Robert Blakiston en se levant d'un bond. Je ne suis pas obligé d'écouter ces absurdités.

— Restez où vous êtes, le somma l'inspecteur. Deux

de mes hommes gardent cette porte dans le couloir et vous n'irez nulle part avant que M. Staupert ait terminé.

Robert jeta un regard farouche autour de lui.

— Quelles autres théories farfelues allez-vous nous servir encore, monsieur Staupert ? Que j'ai tué ma mère pour l'empêcher de parler ? C'est ça que vous pensez ?

— Non, monsieur Blakiston. Je sais très bien que vous n'avez pas tué votre mère. Si vous voulez bien vous rasseoir, je vais vous expliquer ce qui s'est passé.

Robert Blakiston hésita, puis, vaincu, se rassit. Fraser remarqua que Joy Sanderling s'était détournée de son fiancé. Elle semblait accablée et évitait son regard.

— Essayons de nous mettre dans la tête de votre mère, poursuivit Staupert. Tout cela n'est, de nouveau, que pure hypothèse, mais c'est la seule façon dont les événements peuvent s'expliquer avec logique. Mary Blakiston vit avec un fils qu'elle sait perturbé et potentiellement dangereux. À sa manière, elle s'efforce de le protéger. Elle surveille tous ses mouvements. Elle ne le quitte pas des yeux. Mais à mesure que leur relation se dégrade, que leurs disputes deviennent plus violentes, son inquiétude croît. Et si, dans sa folie, son fils s'en prenait à elle ?

« Or, Mary Blakiston a un confident. Elle révère Sir Magnus Pye, un homme fortuné et de bonne naissance. Il lui est très supérieur. Un aristocrate, pas moins ! À maintes occasions, il l'a aidée dans des affaires familiales. Il lui a offert un emploi. Il a inventé des jeux pour ses enfants, les a distraits tandis que leur père était absent. Il l'a réconfortée après sa séparation d'avec Matthew Blakiston, et il a trouvé par deux fois du travail pour son fils survivant. Il a même usé de son influence pour faire sortir Robert de prison.

« Mary ne peut bien sûr pas lui parler du meurtre. Sir Magnus serait horrifié et les abandonnerait. Mais il lui vient une idée. Elle lui remet une enveloppe scellée, dans laquelle se trouve une lettre racontant la vérité : la noyade de son plus jeune fils, la façon dont est morte la chienne Bella, et peut-être d'autres incidents que nous ne connaîtrons jamais. Elle décrit Robert Blakiston tel qu'il est vraiment. Mais voici où réside l'astuce : la lettre ne devra être ouverte qu'après sa mort. Une fois la lettre remise à Sir Magnus et déposée en lieu sûr, elle explique à Robert ce qu'elle a fait, assurée que la lettre lui servira de protection. Fidèle à sa parole, Sir Magnus ne l'ouvrira pas. Il la conservera à l'abri. Mais s'il arrivait malheur à Mary, si elle devait périr dans d'étranges ou douteuses circonstances, il la lirait et saurait qui est le coupable. C'est un arrangement parfait. Robert ne peut pas s'en prendre à elle. Il ne peut pas lui faire de mal. Grâce à la lettre, il est neutralisé.

— Vous inventez, grommela Robert. Vous ne *pouvez* pas savoir tout ça.

— Je sais tout ! dit Staupert. Revenons maintenant à la mort de Mary Blakiston et voyons comment les événements se sont enchaînés.

— Qui l'a tuée ? demanda Chubb.

— Personne ! répondit Staupert en souriant. C'est bien le plus extraordinaire et le plus affligeant dans cette affaire. Mary Blakiston a vraiment trouvé la mort de façon accidentelle.

— Attendez une minute, intervint Fraser, toujours en retrait dans un coin de la pièce. Vous m'avez dit que Matthew Blakiston l'avait tuée !

— En effet. Mais pas intentionnellement, et sans même se douter de sa responsabilité. Rappelez-vous, James, que Matthew Blakiston a eu l'étrange prémonition que sa femme courait un danger et qu'il lui a téléphoné ce matin-là. Vous vous rappelez aussi que le téléphone au premier étage du manoir ne fonctionnait pas. Lady Pye nous l'a dit lorsque nous sommes allés la voir. Ce qui s'est produit est donc très simple. Mary Blakiston passait l'aspirateur sur le palier du premier étage. Le téléphone a sonné, et elle a dû descendre l'escalier en courant pour aller répondre. Son pied s'est entravé dans le fil de l'aspirateur, elle est tombée, entraînant avec elle l'aspirateur qui s'est coincé dans les barreaux de la rampe.

« Un accident est l'unique explication sensée, cela me paraît évident. Mary Blakiston était seule dans la maison. Ses clés étaient sur la porte de service, verrouillée. Brent travaillait devant la maison. Si quelqu'un était sorti, il l'aurait vu. Et puis… pousser quelqu'un dans un escalier n'est pas une méthode efficace pour le tuer. Comment être sûr qu'il ne va pas simplement se blesser ?

« Les habitants de Saxby-on-Avon n'ont pas vu les choses sous cet angle. Ils ont conclu à un meurtre. Pour ne rien arranger, Mary Blakiston et son fils s'étaient disputés quelques jours plus tôt. “Je voudrais que tu sois morte !" Robert n'en a pas eu conscience immédiatement, mais les conditions posées dans sa lettre par Mary, du moins telles qu'on peut les imaginer, étaient remplies. Elle avait péri brutalement. Il était donc le premier suspect.

« Et cela lui a été rappelé une semaine plus tard, lors des funérailles. Le pasteur m'a gentiment laissé lire son sermon et j'ai retenu ses paroles exactes. "Bien que nous soyons ici aujourd'hui pour pleurer sa disparition, nous devons nous souvenir de ce qu'elle laisse derrière elle." M. Osborne m'a dit que, en entendant cela, Robert a sursauté et s'est couvert les yeux. Et pour cause ! Ce n'était pas le chagrin. C'était parce qu'il venait de se rappeler ce que sa mère avait laissé derrière elle.

« Par chance, Sir Magnus et Lady Pye étaient absents. Ils passaient des vacances dans le sud de la France. Robert disposait de peu de temps et il a agi sans tarder. Le soir même des obsèques, il s'est introduit dans Pye Hall, en passant par la porte de service endommagée par Brent le jour où il avait découvert le corps de Mary Blakiston. Son but était simple : trouver et détruire la lettre avant le retour de Sir Magnus. Vous deviez être furieux contre tant d'injustice, n'est-ce pas, Robert ? Vous n'aviez rien fait. Ce n'était pas votre faute. Mais si on lisait la lettre, les secrets de votre enfance seraient révélés au grand jour et votre mariage annulé. Quant à vous, mademoiselle Sanderling, je sais à quel point tout cela doit vous être pénible. Je n'ai aucun plaisir à ruiner vos espérances, croyez-moi. Mais s'il y a une petite consolation, c'est de savoir que Robert vous aime sincèrement et qu'il a agi dans le seul espoir de vous garder.

Joy Sanderling était trop désemparée pour répondre. Staupert poursuivit.

— Robert a fouillé le manoir mais n'a rien trouvé. Sir Magnus avait rangé la lettre dans le coffre-fort de son bureau, avec d'autres papiers personnels. Le coffre est dissimulé derrière un tableau et s'ouvre avec une combinaison chiffrée que Robert ne pouvait pas connaître. Il est reparti les mains vides.

« Un autre problème se présente alors : comment expliquer le cambriolage. Si rien n'a été volé, Sir Magnus et la police soupçonneront un autre mobile et, une fois la lettre décachetée et lue, la piste remontera jusqu'à Robert. La solution, dès lors, est très simple. Il ouvre la vitrine, dérobe les objets en argent jadis trouvés à Dingle Dell et rafle aussi quelques bijoux de Lady Pye. Cette fois, ça ressemble à un vrai cambriolage. Bien sûr, le butin n'a aucun intérêt pour lui. Il ne va pas prendre le risque de revendre les antiquités. Alors que fait-il ? Il les jette dans le lac, où personne n'ira les chercher. Manque de chance, il laisse tomber une boucle de ceinture alors qu'il traverse la pelouse en courant. Le lendemain, Brent découvre la boucle et la vend à Johnny Whitehead. Ce qui conduit à la découverte, par les plongeurs de la police, du reste des objets volés et à la véritable raison du cambriolage.

« La lettre est toujours dans le coffre. Sir Magnus revient de France. Les jours qui suivent son retour, il a d'autres sujets de préoccupation. J'imagine votre angoisse, Robert, en attendant le coup de téléphone qui ne va pas tarder. Que va décider Sir Magnus ? Ira-t-il trouver la police tout de suite ou bien vous donnera-t-il une chance de vous expliquer ? Finalement, le jeudi, alors que sa femme est à Londres, il vous convoque à Pye Hall. C'est ainsi, enfin, que nous parvenons à la scène du crime.

« Sir Magnus a lu la lettre. Il est difficile de connaître sa réaction. En tout cas, il doit être ébranlé. Soupçonne-t-il Robert du meurtre de sa mère ? Peut-être. Mais c'est un homme intelligent. Il connaît Robert depuis des années et n'a pas peur de lui. Ne s'est-il pas toujours comporté comme son mentor ? Toutefois, par souci de sécurité, il sort son revolver et le place dans le tiroir de son bureau, où l'inspecteur le découvrira ensuite. C'est une sorte de police d'assurance, rien de plus.

« À dix-neuf heures, le garage ferme ses portes. Robert monte chez lui se laver et enfiler des vêtements propres en vue de l'entretien où il compte plaider son innocence et implorer la mansuétude de Sir Magnus. Pendant ce temps, d'autres forces entrent en action. Matthew Blakiston a quitté Cardiff pour venir à Saxby-on-Avon interroger Sir Magnus. Brent, qui vient d'être congédié, termine tard sa journée de travail et se rend au Ferryman pour dîner. Robin Osborne, miné par une crise de conscience, va s'isoler dans l'église pour méditer. Henrietta Osborne, inquiète de l'absence prolongée de son mari, part à sa recherche. Plusieurs des chemins de ces personnages vont se croiser, mais d'une manière telle que rien de patent n'en sortira.

« Aux alentours de vingt heures vingt, Robert se dirige vers son rendez-vous fatal. Il voit la bicyclette du pasteur à l'extérieur de l'église et, sous le coup d'une impulsion, décide de l'emprunter. Il ne peut évidemment pas deviner que le révérend est dans l'église. Il arrive incognito à Pye Hall, laisse la bicyclette devant le pavillon et rejoint le manoir à pied. Sir Magnus le reçoit. Ce qui se passe ensuite, c'est-à-dire le meurtre proprement dit, j'y reviendrai dans une minute. Laissez-moi d'abord compléter le tableau d'ensemble. Matthew Blakiston arrive à son tour à Pye Hall et gare sa voiture à côté du pavillon, où il remarque la bicyclette. Il remonte l'allée à pied et il est aperçu par Brent, qui vient de terminer son travail. Il toque à la porte du manoir, et Sir Magnus vient lui ouvrir un instant plus tard. Vous vous souvenez, Fraser, de l'échange qui s'est déroulé entre eux à ce moment, et que Matthew Blakiston nous a décrit par le détail.

« "Vous !" s'est exclamé Sir Magnus, surpris à juste titre. Le père arrive au moment même où le fils est dans la maison et où se déroule entre eux une discussion très délicate. Sir Magnus ne prononce pas le nom de son visiteur. Il ne tient pas à ce que Robert apprenne la présence de son père, au pire moment qui soit. Mais avant de congédier Matthew Blakiston, il profite de l'occasion pour lui poser une question. "Vous croyez vraiment que c'est moi qui ai tué votre chien ?" Pourquoi poserait-il cette question si ce n'était pour confirmer une chose dont il vient de parler avec Robert quelques instants plus tôt ? Quoi qu'il en soit, Sir Magnus referme sa porte.

« Et le meurtre s'accomplit. Ensuite Robert quitte la

maison précipitamment, avec la bicyclette empruntée au pasteur. Il fait nuit. Il ne s'attend pas à rencontrer quiconque. Au Ferryman, Brent entend le couinement de la bicyclette passer devant le pub et suppose qu'il s'agit du pasteur. Robert remet la bicyclette en place devant l'église, mais il a mis du sang sur le guidon. Quand le pasteur ressort de l'église et reprend sa bicyclette pour rentrer chez lui, il tache probablement de sang ses vêtements. C'est pourquoi Mme Osborne était si nerveuse quand je l'ai interrogée, je suppose. Il se peut qu'elle ait soupçonné son mari du crime. Ils connaîtront bientôt la vérité.

« Un dernier acte conclut le drame. Matthew Blakiston a changé d'avis et revient au manoir pour avoir une vraie discussion avec Sir Magnus. Il manque son fils de quelques minutes, mais il entrevoit le corps de Sir Magnus par la fente de la boîte aux lettres de la porte. Sous le choc, il défaille dans le parterre de fleurs, où il laisse une empreinte de main. Craignant d'être soupçonné, il s'en va précipitamment, mais Lady Pye, qui revient au même moment de Londres, croise sa voiture. Quelques instants plus tard, Lady Pye découvre le corps sans vie de son mari.

« Il ne manque à mon exposé que le meurtre lui-même. J'y viens maintenant.

« Robert Blakiston et Sir Magnus sont dans le bureau. Sir Magnus a sorti la lettre rédigée par Mary Blakiston il y a longtemps. Le tableau destiné à masquer le coffre-fort est entrebâillé. La lettre est sur le bureau pendant que les deux hommes discutent de son contenu. Robert presse Sir Magnus de croire qu'il n'a rien fait de mal, qu'il n'est pas responsable de la mort tragique de sa mère. Le hasard veut qu'il y ait une seconde lettre sur le bureau. Une lettre reçue le jour même par Sir Magnus, qui concerne la destruction de Dingle Dell et contient des menaces en termes assez violents. Nous le savons à présent, cette lettre a été écrite par Diana Weaver, qui l'a tapée sur la machine à écrire de la Dr Redwing.

« Deux lettres. Deux enveloppes. Gardez bien cela en mémoire.

« La conversation se passe mal. Il se peut que Sir Magnus menace son ancien protégé de le démasquer. Ou bien il lui dit qu'il va réfléchir avant d'aller trouver la police. J'imagine que Robert déploie tout son charme et sa force de persuasion lorsque Sir Magnus le raccompagne à la porte. Mais, au moment où ils arrivent dans le grand hall, il passe à l'attaque. Robert, qui a déjà remarqué l'armure, tire l'épée du fourreau. La lame glisse silencieusement et d'autant plus facilement que Sir Magnus s'en est servi récemment pour lacérer le portrait de sa femme. Robert ne prend aucun risque. Il ne sera pas démasqué. Son mariage avec Joy Sanderling aura lieu. Il décapite Sir Magnus, puis il retourne dans le bureau se débarrasser de la preuve qui l'accable.

« Là, il commet deux erreurs cruciales. Il froisse la lettre de sa mère avant de la jeter dans le feu et, ce faisant, il met du sang de Sir Magnus sur le papier, comme nous le découvrirons plus tard. Mais il y a pire. Il brûle la mauvaise enveloppe ! J'ai compris tout de suite qu'il y avait eu une erreur, et pas seulement parce que la lettre de Mme Weaver avait été tapée sur une machine à écrire alors que l'enveloppe subsistante était rédigée à la main. Non. C'est parce que cette enveloppe était très formellement adressée à Sir Magnus Pye et que cela ne collait pas du tout avec son contenu, où l'auteur le traitait de “salaud”. Mme Weaver le menaçait. Aurait-elle écrit poliment *Sir Magnus Pye* sur l'enveloppe ? Je ne le pense pas. Peut-être même n'y avait-il pas d'adresse. Je voulais le demander à Mme Weaver, mais un malaise m'a empêché de lui poser la question. Peu importe. Nous avons l'enveloppe et nous avons le journal intime de Mary Blakiston. L'écriture est identique.

Staupert se tut. Il n'y aurait pas de conclusion mélodramatique, pas de déclamation finale. Ce n'était pas son style.

Chubb secoua la tête et annonça :

— Robert Blakiston, je vous arrête pour meurtre.

Il débita ensuite les avertissements d'usage, et ajouta :

— Avez-vous quelque chose à déclarer ?

Depuis de longues minutes, Robert Blakiston regardait fixement un point sur le sol, comme s'il allait y découvrir son avenir. Tout à coup, il redressa la tête et des larmes jaillirent de ses yeux. En le voyant ainsi, Fraser imagina sans peine l'adolescent de quatorze ans qui avait tué son frère dans un accès de rage et qui, depuis lors, cachait son crime. Robert se tourna vers Joy, et c'est à elle seule qu'il s'adressa.

— J'ai fait ça pour toi, ma chérie. Te connaître a été la meilleure chose qui me soit arrivée. Je savais que je ne pourrais être totalement heureux qu'avec toi. Je ne voulais laisser personne m'enlever ce bonheur, et je recommencerais si je le devais. C'était pour toi.

4

Extrait du journal *The Times*, août 1955.

La mort de Fidèle Staupert a été largement commentée dans la presse britannique, mais j'ai souhaité ajouter quelques mots personnels car je l'ai sans doute connu mieux que quiconque, pour avoir été son secrétaire particulier pendant six ans. J'ai rencontré M. Staupert en répondant à une offre d'emploi qu'il avait fait paraître dans le magazine *The Spectator*. L'annonce disait qu'un homme d'affaires récemment arrivé d'Allemagne avait besoin des services d'un secrétaire capable de taper à la machine et d'exécuter diverses tâches administratives. Détail révélateur, il ne se présentait pas comme enquêteur ou détective privé, alors qu'il avait déjà une formidable réputation, notamment pour avoir permis la récupération du célèbre diamant Ludendorff et la spectaculaire série d'arrestations qui s'en était suivie. M. Staupert a toujours été modeste. Bien qu'ayant aidé la police en de multiples occasions, y compris dans le récent meurtre d'un riche propriétaire terrien de Saxby-on-Avon, dans le Suffolk, il préférait rester dans l'ombre et s'attribuait rarement le mérite de ses exploits.

Diverses spéculations ont couru sur les circonstances de sa mort, et je tiens à rétablir la vérité. Il est exact que, au cours de sa dernière enquête, M. Staupert a eu en sa possession une forte dose de poison, la physostigmine, qu'il aurait dû normalement remettre à la police. Il ne l'a pas fait parce qu'il avait déjà décidé de mettre fin à ses jours, ainsi qu'il l'a clairement notifié dans la lettre qu'il a laissée et qui m'a été transmise après sa crémation. Je l'ignorais, mais M. Staupert s'était vu diagnostiquer une tumeur au cerveau de forme particulièrement maligne, à laquelle il aurait rapidement succombé. Aussi a-t-il préféré s'épargner des souffrances inutiles.

C'est l'homme le meilleur et le plus sage que j'aie connu. Les épreuves qu'il avait traversées en Allemagne, avant et pendant la guerre, lui avaient donné une largeur de vue qui l'a probablement aidé dans son travail. Il avait une compréhension innée du mal et il était capable de le dénicher avec un flair infaillible. Bien que nous ayons passé beaucoup de temps ensemble, il avait peu d'amis et je ne saurai prétendre avoir totalement compris les ressorts de son esprit remarquable. Il a précisé qu'il ne voulait aucun monument à sa mémoire et désirait que ses cendres soient dispersées à Saxby-on-Avon, dans le bois de Dingle Dell, qu'il a contribué à sauvegarder.

Aujourd'hui, j'ai en ma possession tous les feuillets, toutes les notes et la documentation se rapportant au traité qui a occupé une grande partie de ses dernières années, un ouvrage fondamental intitulé *Le Paysage de l'enquête criminelle*. Il est tragique que celui-ci soit resté inachevé, cependant j'ai rassemblé et apporté l'ensemble des éléments au Pr Crena Hutton, au Centre de criminologie d'Oxford. J'espère sincèrement que cette œuvre essentielle sera prochainement mise à la disposition du public.

James Fraser

Agios Nikolaos, Crète

Il n'y a pas grand-chose à ajouter.

La page Cloverleaf est tournée, terme approprié pour une maison d'édition qui disparaît. Les choses ont été très compliquées, avec Charles en prison et les assureurs qui refusaient de payer pour l'immeuble ravagé par l'incendie. Nos auteurs à succès ont quitté le navire aussi vite qu'ils le pouvaient, une réaction un peu décevante mais nullement étonnante. Qui a envie d'être publié par un éditeur capable de vous assassiner ?

Bien entendu, je n'avais plus de travail. Après ma sortie de l'hôpital, j'ai eu la surprise d'apprendre que l'on me tenait en partie pour responsable. Charles Clover était, on le sait, très enraciné dans le monde de l'édition, et le sentiment général était que je l'avais trahi. Il avait tout de même publié Graham Greene, Anthony Burgess et Muriel Spark ! Et il n'avait tué qu'un seul auteur : Alan Conway, un emmerdeur patenté. Était-il vraiment nécessaire de faire toute une histoire de la mort d'un homme qui, de toute façon, allait bientôt mourir ? Personne n'osait le dire en ces termes, mais, lors d'un ou deux événements professionnels auxquels je me suis péniblement traînée, c'est ce que j'ai compris. Les organisateurs du Women's Prize for Fiction n'ont plus souhaité me voir faire partie du jury. Je regrette qu'ils n'aient pas vu Charles tel que moi je l'avais vu, prêt à me brûler vive et me brisant les côtes à coups de pied. Je ne comptais pas me remettre au travail prochainement. Je n'en avais plus le courage et, de toute façon, mes problèmes de vue me handicapaient. C'est toujours le cas. Je ne suis pas aveugle comme le pauvre M. Rochester dans Jane Eyre, mais mes yeux fatiguent si je lis trop longtemps. À présent, je préfère les livres audio. Je suis revenue à la littérature du XIXe siècle. J'évite les romans policiers.

Je vis à Agios Nikolaos, en Crète.

La décision s'est, en fin de compte, prise naturellement. Plus rien ne me retenait à Londres. Un grand nombre de mes amis m'avaient tourné le dos, et Andreas avait décidé de partir quoi qu'il arrive. J'aurais été folle de ne pas le suivre, ce que ma sœur Katie n'a cessé de me répéter pendant toute une semaine. Au fond, c'était simple, j'étais amoureuse de lui. J'en avais pleinement pris conscience à la gare de Bradford-on-Avon, après ma conversation avec Melissa Conway, et j'en avais eu la confirmation quand Andreas était apparu tel mon chevalier en armure scintillante, affrontant les flammes pour me secourir. C'est lui, en fait, qui aurait pu avoir des réticences. Je ne parlais pas un mot de grec, je cuisinais assez mal, j'avais une mauvaise vue. À quoi pouvais-je lui être utile ?

Quand je lui ai exposé ces arguments, Andreas a réagi

en m'invitant au restaurant grec de Crouch End. Là, il m'a offert un solitaire qui avait dû lui coûter une fortune et s'est agenouillé à mes pieds devant tous les clients. Affolée, je me suis empressée d'accepter pour qu'il se relève. Il n'a pas eu besoin de son emprunt à la banque. J'ai vendu mon appartement et, malgré ses protestations, j'ai insisté pour investir une partie de l'argent dans l'hôtel Polydore. Il s'agissait probablement d'une folie mais, après ce que je venais de traverser, je m'en moquais. Ce n'est pas seulement d'avoir échappé à la mort qui est traumatisant, mais d'avoir perdu tout ce en quoi je croyais. Il me semblait que ma vie se dévoilait comme s'était dévoilé le nom de Fidèle Staupert. Cela paraît sans doute absurde, mais j'avais l'impression que ma nouvelle vie était l'anagramme de l'ancienne, et que je découvrirais quelle forme elle prendrait seulement lorsque je commencerais à la vivre.

Deux années ont passé depuis mon départ d'Angleterre.

Polydore n'a pas encore rapporté de bénéfices, mais les clients apprécient l'hôtel, et nous avons affiché complet presque toute la saison. Les choses devraient donc aller de mieux en mieux. Polydore se trouve juste à la sortie d'Agios Nikolaos, une petite ville chatoyante et colorée, avec beaucoup trop de boutiques pour touristes mais suffisamment authentique pour que l'on ait envie d'y vivre. Nous sommes juste sur le front de mer et je ne me lasse jamais de contempler la Méditerranée, si bleue et scintillante. La cuisine et la réception ouvrent sur une terrasse de pierre, où sont disposées une douzaine de tables. Nous y servons le petit déjeuner, le déjeuner et le dîner. La cuisine est simple, fraîche et locale. Andreas est aux fourneaux. Son cousin Yannis ne fait presque rien mais il est très « connecté » et excelle dans les relations publiques. Il y a aussi Philippos, Alexandros, Giorgios, Nell, et toute la famille et les amis qui viennent nous donner un coup de main dans la journée, et s'installent le soir avec nous pour siroter du raki et discuter jusque très tard.

Je pourrais écrire un roman sur la vie en Crète. Je le ferai peut-être. Une femme mûre fait le plongeon et s'envole pour vivre en Grèce avec son amant et son excentrique famille, ses innombrables chats, ses voisins, ses fournisseurs, ses clients, mue par l'espoir de réussir sa vie sous le soleil égéen. Il y a un lectorat pour ce genre d'histoires, mais je ne pourrais pas écrire l'entière vérité. Du moins pas si je veux que mon livre ait du succès. Quelque chose en moi regrette Crouch End et l'édition. Les problèmes d'argent nous rendent un peu nerveux, Andreas et moi. La vie imite l'art, mais en général elle échoue.

Épitaphe de la pie a finalement été publié. Après la faillite de Cloverleaf, d'autres éditeurs ont récupéré certains de nos titres, y compris la série complète des Fidèle Staupert, qui est revenue dans l'escarcelle de mon ancienne maison d'édition, Orion. Ils ont ressorti les livres avec une nouvelle couverture et enchaîné avec *Épitaphe de la pie*. Le monde entier connaît maintenant la triste vérité sur le nom du détective, mais à court terme c'est sans importance. Toute la publicité sur le meurtre de Conway et le procès ont aiguisé l'intérêt du public pour le livre, et je n'ai pas été étonnée de le voir figurer sur la liste des meilleures ventes. Robert Harris a écrit une bonne critique dans le *Sunday Times*.

L'autre jour, en me promenant sur la plage, j'ai aperçu un exemplaire entre les mains d'une femme assise sur une chaise longue. Sur la quatrième de couverture, le visage d'Alan Conway me regardait. Une bouffée de colère m'a saisie. Je me suis souvenue de ce que Charles disait sur l'égoïsme d'Alan, son besoin de gâcher le plaisir de ses millions de lecteurs et admirateurs. Il avait raison. Je faisais partie de ces lecteurs déçus. L'espace d'un instant, j'ai imaginé que c'était moi, et non Charles, qui m'étais trouvée sur la tour d'Abbey Grange et qui avais poussé Alan dans le vide. Je me voyais réellement le pousser. C'était tout ce qu'il méritait.

De détective, je devenais la meurtrière.

Et vous savez quoi ? Je crois que cela me plaisait davantage.

Interview d'Alan Conway
par Anthony Horowitz

Parue dans le magazine *The Spectator*

Ma rencontre avec Alan Conway au Ivy Club, à Londres, m'a soudain fait prendre conscience que nous avions de nombreux points communs. C'est du moins ce que j'ai cru tout d'abord.

Lui et moi écrivons des romans policiers, bien que de styles différents. Il est l'auteur de la très célèbre série télévisée Fidèle Staupert, et de mon côté j'ai écrit pendant de nombreuses années des scénarios pour la télévision : Inspecteur Barnaby, Foyle's War, Hercule Poirot d'après d'Agatha Christie. Nous sommes désormais édités l'un et l'autre chez Orion. Nous avons des liens avec le Suffolk. Alan habite un manoir victorien à proximité de Framlingham, et je possède une petite maison à Orford, de l'autre côté de la A12. Enfin, pour ce que ça vaut, nous sommes tous deux membres du Ivy Club ; c'est lui qui m'a proposé de l'y retrouver.

Une semaine avant la sortie de son septième roman,

Meurtres au soleil, le magazine *The Spectator* m'avait demandé de l'interviewer et j'attendais ce moment avec impatience. Je suis un fervent admirateur de ses livres. J'ai travaillé pendant deux mois sur l'adaptation de *À l'assaut du crime*, le premier de la série de la BBC, mais cela s'est mal terminé. La société de production – Red Herring Productions – m'a viré brutalement et j'ai appris qu'Alan avait décidé d'en faire lui-même l'adaptation.

Évoquer cette histoire devant lui était sans doute une erreur de ma part, cependant sa réaction a été pour le moins surprenante. « En effet, je leur ai dit que je voulais m'en charger. Pour être franc, je n'ai jamais été un grand fan de votre Inspecteur Barnaby. Cette série m'a toujours paru un peu légère et sotte. J'ai pensé qu'écrire le scénario de mon roman était une occasion de réaliser peut-être quelque chose de plus subtil. »

Un contrat tacite existe habituellement entre les écrivains qui font la promotion de leur livre et ceux qui les interviewent. L'écrivain est censé être agréable et coopératif. Et même si le ou la journaliste déteste l'ouvrage, il ou elle fait preuve de politesse. Aussi la muflerie désinvolte de Conway m'a-t-elle beaucoup surpris et je suppose que, en réaction, je devrais l'égratigner dans ma critique.

Mais cela m'est impossible car, à la vérité, *Meurtres au soleil* est l'un de ses meilleurs romans. C'est le premier dont l'action se situe hors du Royaume-Uni, principalement dans le sud de la France et, au début, cela m'a troublé. J'ai toujours pensé que la campagne anglaise est ce qui convient le mieux à Fidèle Staupert. Londres, où se déroulent *Noir comme l'enfer* et *Gin et cyanure*, est un décor à mes yeux moins propice. Toutefois, Conway brosse une peinture très vivante de la Côte d'Azur à la fin des années cinquante. On peut presque sentir le parfum des bougainvillées.

C'est aussi le premier roman avec une véritable histoire d'amour. Staupert s'éprend de Lydia Ford, sœur d'un artiste célèbre, et se voit contraint d'enquêter lorsqu'elle est arrêtée pour le meurtre d'un négociant local, un certain Jon Subaru. À mesure que les preuves s'accumulent, la culpabilité de Lydia Ford devient de plus en plus évidente, et un policier français éminemment antipathique, l'inspecteur Renault, ajoute à la tension. La fin m'a vraiment mystifié, comme elle vous mystifiera aussi sans doute, même si Conway, fidèle à lui-même, joue franc jeu.

J'ai donc lancé la discussion en remarquant qu'il est assez inhabituel de voir un détective tomber amoureux. Conway s'est aussitôt récrié. « Foutaises ! Que faites-vous de Holmes avec Irene Adler ? D'Hercule Poirot avec la comtesse russe, Vera Rossakofff… » Bien sûr, je savais tout cela. La comtesse russe apparaît dans *Le Double Indice*, que j'ai adapté pour la télévision. Mais, sans me laisser le temps de souligner qu'il ne s'agit que de rencontres éphémères, Conway a poursuivi, semblant se contredire lui-même. « L'ennui c'est que la plupart des détectives sont trop primaires. Ils manquent de *cojones*. De caractère. Ils n'ont que des postures. » Il a esquissé un sourire avant d'ajouter : « Quand une femme dit à un détective qu'il n'a qu'une chose en tête, elle ne parle pas de sexe. Il ne désire probablement que l'arrêter. »

Ce n'est pas le cas de Fidèle Staupert, ai-je observé. Dans le dernier roman, figure un personnage, Otto Daimler, qui se trouvait avec Staupert dans le camp de concentration de Sobibor, et sa présence donne une dimension très personnelle et émouvante à l'histoire. Mais, là non plus, Conway n'était pas d'accord. Il m'a répondu sur un ton presque agressif. « Les gens ne lisent pas mes livres par intérêt pour Staupert ni pour ce qu'il a subi entre les mains des nazis. Ils lisent pour savoir qui a fait le coup. » Pourtant il faut bien considérer le détective comme un être humain, non ? « Pas nécessairement, a rétorqué Conway. Le détective remplit une fonction et c'est la seule chose qui compte. Regardez Holmes ! Conan Doyle lui-même admettait qu'il n'avait guère d'intérêt pour la littérature, la philosophie ou la politique ! Holmes n'a pas d'amis, seulement des relations. »

Et pourtant Sherlock Holmes est l'un des personnages de fiction les plus populaires. Quant à Staupert, qui est paraît-il inspiré de Stephen Stapler, le professeur d'anglais de Conway à St Albans (Stapler, qui enseigne encore dans ce lycée, n'a pas répondu à mes appels téléphoniques), n'est-il réellement rien d'autre qu'un artifice ? « Bien sûr qu'il n'est qu'un artifice. Un instrument codé. Et l'assassin de *Meurtres au soleil* est neutre, incolore. L'un et l'autre sont les composants d'une équation. On lit le livre uniquement pour en connaître le résultat. »

Vraiment ? À entendre Alan Conway, on pourrait croire qu'il éprouve un certain dédain pour son propre travail – mais pas pour la fortune que cela lui a rapportée. Il est arrivé à notre rendez-vous – avec un retard de quarante-cinq minutes, soit dit en passant – élégamment vêtu d'un jean, d'une chemise blanche et d'une veste de grande marque. Je buvais du thé, mais lui a commandé du champagne. Il jouait avec la bague qu'il portait à l'annulaire et la faisait tourner comme une manette de volume sonore. Plus je parlais, plus la bague tournait vite. Si j'ai commencé l'interview en songeant à nos nombreuses similitudes, il m'est très vite apparu que nous sommes en réalité radicalement opposés.

Tout au long de l'entretien, Alan Conway n'a cessé de regarder sa montre. Au bout de trente minutes, un jeune homme nous a rejoints. Il s'est présenté à moi sous le nom de James Taylor, secrétaire particulier d'Alan Conway. La voiture était dehors. L'interview était terminée. Conway est allé au bar régler les consommations et Taylor – qui est son compagnon – s'est adressé à moi en confidence. « J'espère qu'il ne vous a pas trop malmené ? Alan a horreur des interviews. » Dans ce cas, pourquoi a-t-il accepté de me rencontrer ? « Parce que l'éditeur a insisté, je suppose. Nous avons fait une tournée de promotion à Édimbourg, il y a quelques semaines, et Alan a détesté ça. Il dit que les écrivains ne devraient jamais parler de leurs livres, et se contenter de les écrire. »

En ce qui me concerne, je ne suis pas d'accord. L'écriture est un métier si solitaire que j'ai toujours adoré les salons littéraires, et c'est pour moi un plaisir de discuter avec mes lecteurs. On raconte que, un jour, Conway a fait fondre en larmes une journaliste lors de la fête du livre de Hay-on-Wye. Maintenant que je le connais, je suis enclin à croire à cette rumeur.

Finalement, Conway est revenu du bar. « J'espère que vous avez eu ce que vous vouliez ? Au fait, avez-vous lu le livre ? » Je lui ai assuré que, bien évidemment, je l'avais lu, et il m'a gratifié d'une ombre de sourire. « Tandis que nous parlions, j'ai glissé le nom de l'assassin. J'espère que personne ne lira votre article. Ça gâterait la surprise du dénouement. »

Telle a été sa dernière flèche. Je m'interroge encore sur les motivations d'Alan Conway, qui est sans nul doute l'un des auteurs les plus déconcertants que j'aie jamais rencontrés. Que signifiait cette dernière réplique ? J'ai repassé plusieurs fois l'enregistrement de notre conversation avant de rédiger cet article, or le nom de l'assassin n'y est jamais mentionné. S'y trouve-t-il réellement ou était-ce une simple boutade ?

En tout cas, c'est triste à dire, mais il y a quelqu'un qui a tué mon plaisir à lire ses livres. Et je crains que ce ne soit Conway lui-même.

Septembre 2014

Du même auteur :

LA MAISON DE SOIE
MORIARTY
DÉCLIC MORTEL

PAPIER À BASE DE FIBRES CERTIFIÉES

Le Livre de Poche s'engage pour l'environnement en réduisant l'empreinte carbone de ses livres. Celle de cet exemplaire est de :
550 g éq. CO_2
Rendez-vous sur www.livredepoche-durable.fr

Composition réalisée par Soft Office

Achevé d'imprimer en octobre 2019, en France sur Presse Offset par
Maury Imprimeur – 45330 Malesherbes
N° d'imprimeur : 240412
Dépôt légal 1re publication : novembre 2019
LIBRAIRIE GÉNÉRALE FRANÇAISE – 21, rue du Montparnasse – 75298 Paris Cedex 06

10/7987/8